*Am letzten Tag, den meine Mutter auf Erden weilte,
erfuhr ich ihren richtigen Namen wie auch den meiner Großmutter.
Dieses Buch ist ihnen gewidmet.*

Li Bingzi
und
Gu Jingmei

AMY TAN
**Das
Tuschezeichen**

Amy Tan

Das Tuschezeichen

Deutsch von Elke Link

GOLDMANN VERLAG

Die Originalausgabe erschien unter dem Titel
»The Bonesetter's Daughter« bei G. P. Putnam's Sons, New York

Umwelthinweis:
Dieses Buch und der Schutzumschlag
wurden auf chlorfrei gebleichtem Papier gedruckt.
Die Einschrumpffolie (zum Schutz vor Verschmutzung)
ist aus umweltschonender und recyclingfähiger PE-Folie.

3. Auflage
Copyright © der Originalausgabe 2001
by Amy Tan
Translation Rights arranged with Sandra Dijkstra
Literary Agency through Agence Hoffman, Munich
All rights reserved
Copyright © der deutschsprachigen Ausgabe 2001
by Wilhelm Goldmann Verlag, München,
in der Verlagsgruppe Random House GmbH
Satz: Uhl + Massopust, Aalen
Druck und Bindung: GGP Media, Pößneck
Made in Germany
ISBN 3-442-30455-5
www.goldmann-verlag.de

WAHRHEIT

Dies sind die Dinge, von denen ich weiß, dass sie wahr sind:
Mein Name ist LuLing Liu Young. Die Namen meiner Ehemänner lauteten Pan Kai Jing und Edwin Young, sie beide sind tot und unsere Geheimnisse mit ihnen verschwunden. Meine Tochter heißt Ruth Luyi Young. Sie wurde in einem Wasserdrachenjahr geboren und ich in einem Feuerdrachenjahr. Wir sind also das Gleiche, aber aus entgegengesetzten Gründen.

All das weiß ich, doch gibt es einen Namen, an den ich mich nicht erinnere. Er liegt in der ältesten Schicht meines Gedächtnisses begraben, und es gelingt mir nicht, ihn freizulegen. Hundertmal habe ich mir den Morgen zurückgerufen, an dem Liebste Tante ihn aufgeschrieben hat. Damals war ich zwar erst sechs, aber schon sehr klug. Ich konnte zählen. Ich konnte lesen. Ich konnte mir alles gut merken. Hier also meine Erinnerung an diesen Wintermorgen.

Schläfrig lag ich noch auf dem *k'ang*, dem Bett aus Ziegelsteinen, das ich mit Liebster Tante teilte. Der Warmluftkanal zu unserem kleinen Zimmer war derjenige, der am weitesten vom Ofen im Gemeinschaftsraum entfernt war, und die Ziegel unter mir waren längst kalt geworden. Jemand rüttelte mich an der Schulter. Als ich die Augen aufschlug, schrieb Liebste Tante etwas auf ein Stück Papier und zeigte mir dann, was sie geschrieben hatte. »Ich kann nichts erkennen«, klagte ich. »Es ist zu dunkel.«

Sie schnaubte, legte das Papier auf den niedrigen Schrank und bedeutete mir aufzustehen. Sie zündete das Kohlenfeuer für den Teekessel an und band sich, als es anfing zu rauchen, einen Schal um Nase und Mund. Sie goss Waschwasser in den Teekessel, und als es kochte, begann unser Tag richtig. Sie schrubbte mir Gesicht und Ohren. Sie scheitelte mir das Haar und kämmte den Pony. Sie feuchtete die Strähnen an, die wie Spinnenbeine abstanden, und drückte sie fest. Dann teilte sie die langen Haare und flocht mir zwei Zöpfe. Oben band sie eine rote Schleife herum, unten eine grüne. Ich schüttelte den Kopf, sodass meine Zöpfe wie die munteren Ohren von Palasthunden tanzten. Und Liebste Tante schnüffelte, als wäre auch sie ein Hund, der sich fragte: Was riecht denn hier so gut? Mit diesem Schnüffeln sagte sie meinen Spitznamen, Hündchen. Es war ihre Art zu sprechen.

Sie hatte keine Stimme, sondern konnte nur keuchen und fauchen, ein Pfeifen wie ein rauer Wind. Wenn sie mit mir sprach, sagte sie es mit Grimassen und Ächzen, mit tanzenden Augenbrauen und schnellen Blicken. Auf meiner kleinen Kreidetafel schrieb sie über alles in der Welt. Mit ihren geschwärzten Händen machte sie auch Bilder. Handsprache, Gesichtssprache und Kreidesprache, das waren die Sprachen, mit denen ich aufwuchs, tonlos und streng.

Während sie sich die Haare fest um den Kopf schlang, spielte ich mit ihrer Schatzkiste. Ich nahm einen hübschen Kamm aus Elfenbein heraus, in den rechts und links ein Hahn eingeschnitzt war. Liebste Tante war im Jahr des Hahns geboren. »Trag den«, forderte ich sie auf und hielt ihn hoch. »Hübsch.« Ich war noch jung genug, zu glauben, dass Schönheit von Dingen kam, und ich wollte, dass Mutter sie wohlwollender behandelte. Aber Liebste Tante schüttelte den Kopf. Sie zog sich den

Schal herunter, deutete auf ihr Gesicht und runzelte die Brauen. *Was nützt mir etwas Schönes?*, sagte sie.

Ihr Pony fiel ihr auf die Augenbrauen, wie bei mir. Das restliche Haar war zu einem Knoten zusammengebunden, der mit einer silbernen Nadel festgesteckt war. Sie hatte eine Pfirsichstirn, weit auseinander liegende Augen und volle Wangen, die sich zu einer kleinen, runden Nase verjüngten. Das war der obere Teil ihres Gesichts. Dann kam der untere.

Sie ließ ihre geschwärzten Fingerspitzen wackeln wie hungrige Flammen. *Sieh, was das Feuer getan hat.*

Ich fand sie nicht hässlich, ganz im Gegensatz zu anderen in unserer Familie. »Ai-ya, bei ihrem Anblick würde sogar ein Dämon einen Schreck bekommen«, hörte ich Mutter einmal sagen. Als ich klein war, fuhr ich Liebster Tante gerne mit den Fingern über den Mund. Er war ein Rätsel für mich. Die eine Hälfte war uneben, die andere Hälfte war glatt und schloss sich gleichmäßig. Die rechte Wange war innen steif wie Leder, die linke war feucht und weich. Wo das Zahnfleisch verbrannt war, waren die Zähne ausgefallen. Und die Zunge war wie eine verdorrte Wurzel. Die Freuden des Lebens konnte sie nicht schmecken: salzig und bitter, sauer und scharf, würzig, süß und fett.

Außer mir verstand niemand, was Liebste Tante redete, deshalb musste ich immer laut sagen, was sie meinte. Aber ich sagte nicht alles, nicht unsere geheimen Geschichten. Sie erzählte mir oft von ihrem Vater, dem Berühmten Knochenheiler vom Mund des Berges, von der Höhle, in der man die Drachenknochen fand, und dass die Knochen heilig waren und alle Schmerzen heilen konnten, nur ein gramerfülltes Herz nicht. »Erzähl's mir noch mal«, bat ich an diesem Morgen. Ich wollte noch einmal eine der Geschichten hören, wie sie sich das Gesicht verbrannt hatte und mein Kindermädchen geworden war.

Ich war Feuerschluckerin, sagte sie mit Händen und Augen.

Hunderte von Menschen kamen, um mich auf dem Marktplatz zu sehen. Ich warf rohes Schweinefleisch in den lodernden Topf, den mein Mund bildete, gab Pfefferschoten und Bohnenpaste dazu, rührte um und bot dann den Leuten Kostproben an. Wenn sie dann »Köstlich!« sagten, öffnete ich den Mund als Geldbörse, um ihre Kupfermünzen zu fangen. Aber eines Tages schluckte ich das Feuer, und das Feuer kam wieder hoch und verzehrte dann mich. Danach beschloss ich, kein Kochtopf mehr zu sein, und wurde stattdessen dein Kindermädchen.

Ich lachte und klatschte in die Hände, denn diese erfundene Geschichte gefiel mir am besten. Einen Tag zuvor hatte sie mir erzählt, sie habe einen Unglücksstern vom Himmel fallen sehen, der in ihrem offenen Mund gelandet sei und ihr das Gesicht verbrannt habe. Am Tag davor hatte sie erzählt, sie habe ein scharf gewürztes Hunan-Gericht essen wollen, nur um feststellen zu müssen, dass es die Kohlen waren, mit denen man gekocht hatte.

Keine Geschichte mehr, sagte Liebste Tante mir nun mit fliegenden Händen. *Es ist gleich Zeit fürs Frühstück, und wir müssen vor dem Essen noch beten.* Sie nahm den Zettel vom Schrank, faltete ihn in der Mitte und steckte ihn in das Futter ihres Schuhs. Wir zogen unsere wattierten Wintersachen an und gingen hinaus in den kalten Flur. Die Luft roch nach den Kohlenfeuern in den anderen Flügeln des Anwesens. Ich sah, wie der Arm von Alter Koch sich beim Drehen der Kurbel über dem Brunnen hob und senkte. Ich hörte, wie eine Mieterin ihre faule Schwiegertochter anschrie. Ich ging an dem Zimmer vorbei, das meine Schwester GaoLing mit Mutter teilte; die beiden schliefen noch. Wir eilten zu dem kleinen Raum, der nach Süden zeigte, unserer Ahnenhalle. An der Tür warf mir Liebste Tante einen warnenden Blick zu. *Sei demütig. Zieh dir die Schuhe aus.* In Strümpfen trat ich auf die kalten grauen Fliesen. Sofort stach mir eine Eiseskälte in die Füße, kroch mir die Beine herauf, durch den ganzen Körper hindurch, und tropfte mir aus der Nase. Ich begann zu zittern.

An der gegenüberliegenden Wand hingen lauter Schriftrollen mit Verspaaren, alles Geschenke von Gelehrten, die im Lauf der letzten zwei Jahrhunderte die Tusche unserer Familie benutzt hatten. Eines hatte ich zu lesen gelernt, ein Bildgedicht: »Fischschatten schnellen flussabwärts«. Das bedeutete, dass unsere Tusche dunkel, schön und sanft fließend war. Auf dem langen Altartisch standen zwei Statuen, der Gott der Langlebigkeit mit seinem weißen Wasserfallbart und die Göttin der Gnade mit glattem, sorgenfreiem Gesicht. Aus schwarzen Augen blickte sie mich an. Nur sie lauschte den Sorgen und Wünschen von Frauen, hatte Liebste Tante erklärt. Um die Statuen herum waren die Bildtafeln der Liu-Ahnen, ihre Gesichter und ihre Namen waren in Holz geschnitzt. Doch seien dies nicht alle meine Vorfahren, erzählte mir Liebste Tante, nur die, die meine Familie als am wichtigsten erachtete. Die anderen und die Tafeln der Frauen verstaute man in Truhen oder vergaß sie.

Liebste Tante zündete einige Räucherstäbchen an. Sie blies, bis sie zu glimmen anfingen. Bald stieg immer mehr Rauch auf – eine Mischung aus unserem Atem, unseren Opfergaben und Dunstwolken, die ich für Geister hielt, die mich hinabreißen wollten, um mit ihnen in der Welt des Yin herumzuwandern. Liebste Tante hatte mir einmal erzählt, dass ein Körper kalt wird, wenn er tot ist. Und da ich völlig durchgefroren war, hatte ich Angst.

»Mir ist kalt«, wimmerte ich, und Tränen liefen mir über die Wangen.

Liebste Tante setzte sich auf einen Hocker und zog mich auf ihren Schoß. *Hör auf, Hündchen*, schalt sie mich sanft, *sonst gefrieren die Tränen zu Eiszapfen und ragen dir aus den Augen.* Sie knetete mir mit schnellen Bewegungen die Füße, als wären sie Kloßteig. *Besser? Ist es jetzt besser?*

Nachdem ich aufgehört hatte zu weinen, zündete Liebste

Tante noch mehr Räucherstäbchen an. Sie ging zurück zur Tür und hob einen ihrer Schuhe auf. Ich sehe ihn noch vor mir – der staubige blaue Stoff, die schwarzen Paspeln, das winzige aufgestickte zusätzliche Blatt, wo sie das Loch gestopft hatte. Ich dachte erst, sie wollte ihren Schuh als Opfer für die Toten verbrennen. Stattdessen zog sie den beschriebenen Zettel von vorhin aus dem Futter. Sie nickte mir zu und sagte mit ihren Händen: *Mein Familienname, der Name aller Knochenheiler.* Sie hielt mir den Papiernamen wieder vors Gesicht: *Vergiss nie diesen Namen,* dann legte sie ihn vorsichtig auf den Altar. Wir verneigten und erhoben uns, verneigten und erhoben uns. Jedes Mal, wenn mein Kopf hochkam, sah ich den Namen. Und der Name lautete...

Weshalb kann ich ihn jetzt nicht vor mir sehen? Hunderte Familiennamen habe ich mir vorgesagt, aber bei keinem kommt eine plötzliche Erinnerung. War es ein ungewöhnlicher Name? Habe ich ihn verloren, weil ich ihn zu lange geheim gehalten habe? Vielleicht habe ich ihn so verloren, wie ich alle meine Lieblingssachen verloren habe – die Jacke, die mir GaoLing geschenkt hat, als ich in die Waisenschule kam, das Kleid, in dem ich laut meinem zweiten Mann wie ein Filmstar aussah, das erste Babykleidchen, das Luyi zu klein geworden war. Jedes Mal, wenn mir etwas ganz besonders ans Herz gewachsen war, steckte ich es in meine Truhe für die besten Sachen. Ich versteckte diese Sachen so lange, dass ich fast vergaß, sie je besessen zu haben.

Heute Morgen fiel mir die Truhe wieder ein. Ich wollte das Geburtstagsgeschenk wegpacken, das ich von Luyi bekommen habe. Graue Perlen aus Hawaii, unglaublich schön. Als ich den Deckel anhob, stob eine Wolke Motten hervor, dazu ein Strom Silberfischchen. Im Inneren fand ich lediglich ein löchriges Durcheinander. Die gestickten Blumen, die bunten Farben, alles weg. Fast alles, was mir in meinem Leben wichtig war, ist verschwunden, und das Schlimmste ist, dass ich den Namen von Liebster Tante verloren habe.

Liebste Tante, wie lautet unser Name? Ich wollte ihn immer tragen. Komm und hilf mir, mich zu erinnern. Ich bin kein kleines Mädchen mehr. Ich habe keine Angst vor Geistern. Bist du mir noch böse? Erkennst du mich nicht? Ich bin LuLing, deine Tochter.

Erster Teil

Eins

Seit acht Jahren, immer vom zwölften August an, verlor Ruth Young ihre Stimme.

Zum ersten Mal passierte es, als sie in Arts Wohnung in San Francisco einzog. Ruth konnte mehrere Tage lang nur wie ein vergessener Wasserkessel zischeln. Sie hielt es zunächst für ein Virus oder womöglich eine Allergie auf einen bestimmten Schimmelpilz im Haus.

Das nächste Mal verlor sie die Stimme am ersten Jahrestag ihres Einzugs, und Art witzelte, ihre Kehlkopfentzündung habe bestimmt psychosomatische Ursachen. Ruth hielt das für durchaus möglich. Als Kind hatte sie einmal die Stimme verloren, nachdem sie sich den Arm gebrochen hatte. Wie wäre das sonst zu erklären? An ihrem zweiten Jahrestag waren sie zum Sternegucken in die Grand Tetons gefahren. In einer Broschüre über den Park hatte gestanden: »Während des Höhepunkts der Perseiden, um den 12. August herum, ziehen jede Nacht Hunderte von Sternschnuppen über den Himmel. Eigentlich handelt es sich dabei um Meteoritenteile, die in die Erdatmosphäre eindringen und während des Fallens verbrennen.« Schweigend bewunderte Ruth mit Art den Tanz der Lichter vor der samtenen Dunkelheit. Im Grunde glaubte sie nicht, dass sie die Kehlkopfentzündung bekam, weil sie unter einem unglücklichen Stern stand, oder dass der Meteoritenschwarm irgendetwas mit ihrer Unfähigkeit zu sprechen zu tun hatte. Ihre Mutter hatte Ruth in ihrer Kindheit allerdings oft erzählt, Sternschnuppen seien in Wirklichkeit »schmelzende Geisterkörper«, und es bringe Unglück, welche zu sehen. Dann nämlich versuche ein Geist, mit einem zu sprechen. Für ihre Mutter war so gut wie alles ein Zeichen von Geistern: zerbrochene Schüsseln, bellende Hunde, Telefonanrufe, bei denen am anderen Ende nur geschwiegen oder heftig geatmet wurde.

Statt darauf zu warten, dass die Sprachlosigkeit wieder eintrat, erklärte Ruth im darauf folgenden August ihren Auftraggebern und Freunden, dass sie sich eine Woche lang bewusst in Schweigen zurückziehen wolle. »Es ist ein jährliches Ritual«, sagte sie, »um mein Bewusstsein für Wörter zu schärfen und dafür, wie wichtig sie sind.« Einer ihrer Auftraggeber für die Buchprojekte, ein Newagepsychotherapeut, fand, das freiwillige Schweigen sei ein »wundervoller Prozess«, und er beschloss, es Ruth nachzumachen, damit sie beide ihre Erfahrungen in einem Kapitel über dysfunktionale Familiendynamik oder über Schweigen als Therapie verwerten konnten.

Von diesem Zeitpunkt an wurde Ruths Leiden zu einem jährlichen, sanktionierten Ereignis erhoben. Zwei Tage bevor ihre Stimme von selbst versagte, hörte sie auf zu sprechen. Arts Angebot, sich mit ihm in Zeichensprache zu verständigen, lehnte sie höflich ab. Sie machte ihre Stimmlosigkeit zu einer bewussten Entscheidung, zu einer Willensangelegenheit und nicht zu einer Krankheit oder einem Geheimnis. Mittlerweile genoss sie die Ruhepause vom Sprechen sogar; eine ganze Woche lang musste sie keine Auftraggeber trösten, musste Art nicht an gesellschaftliche Anlässe erinnern, seine Töchter ermahnen, vorsichtig zu sein, oder Gewissensbisse haben, weil sie ihre Mutter nicht angerufen hatte.

Nun war also das neunte Jahr. Ruth, Art und die Mädchen waren für die Tage des Schweigens, wie sie es nannten, die zweihundert Meilen zum Lake Tahoe gefahren. Ruth hatte sich ausgemalt, wie sie zu viert Hand in Hand hinunter zum Truckee River gingen, um in stiller Ehrfurcht die nächtlichen Meteoritenschauer zu betrachten. Aber die Mücken waren eine Plage, und Dory heulte, sie habe eine Fledermaus gesehen, worauf Fia spöttelte: »Was kümmert einen die Tollwut, wenn im Wald die Axtmörder lauern?« Nachdem sie sich zurück in die Hütte geflüchtet hatten, verkündeten die Mädchen, ihnen sei langweilig. »Gibt es hier kein Kabelfernsehen?«, beschwerten sie sich. Also fuhr Art sie nach Tahoe City und lieh Videos aus, hauptsächlich Horrorfilme. Er und die Mädchen verschliefen die meisten, aber obwohl Ruth diese Filme hasste, konnte sie einfach nicht abschalten. Sie träumte von geistesgestörten Babysittern und triefenden Aliens.

Als sie am Samstag missmutig und verschwitzt nach San Francisco zurückkehrten, mussten sie feststellen, dass sie kein warmes Wasser hatten. Der Wasserspeicher war undicht, und das Heizelement hatte sich offenbar zu Tode gebrutzelt. Sie mussten sich das Badewasser im Wasserkessel warm machen; Art wollte keine Unsummen für den Installateurnotdienst ausgeben. Ohne Stimme konnte Ruth nicht diskutieren, und sie war froh darüber. Diskutieren hätte nur bedeutet, dass sie schließlich angeboten hätte, die Rechnung zu bezahlen. In den Jahren ihres Zusammenlebens hatte sie das schon so oft gemacht, dass es mittlerweile von ihr erwartet wurde. Diesmal kam sie sich jedoch kleinlich vor, dass sie es nicht angeboten hatte, und dann ärgerte sie sich, dass Art nichts weiter über die Sache sagte. Als sie ins Bett gingen, liebkoste er ihren Hals und schmiegte sich sanft an ihren Rücken. Aber sie spannte sich an. »Wie du willst«, meinte er und rollte sich auf die andere Seite, sodass sie sich nun zurückgewiesen fühlte. Sie wollte erklären, was los war – aber sie stellte fest, dass sie es selbst gar nicht wusste. Sie war schlecht gelaunt, sonst gab es nichts Besonderes. Bald rumpelte Arts gleichmäßiger Atem asynchron zu ihrer Frustration, und sie lag mit offenen Augen im Dunkeln.

Es war jetzt beinahe Mitternacht, und in wenigen Stunden würde Ruth wieder sprechen können. Sie stand im Kabuff, das früher einmal eine Speisekammer gewesen war, ihr nun aber als Arbeitszimmer diente. Sie stieg auf einen Hocker und drückte das kleine Fenster auf. Da war er, ein Splitter der Aussicht, die eine Million Dollar wert war: die roten Türme der Golden Gate Bridge, die das Wasser teilte und den Übergang der Bucht zum Ozean markierte. Die Luft lag feucht und antiseptisch kalt auf ihrem Gesicht. Sie suchte den Himmel ab, aber es war zu dunstig, um irgendwelche verbrennenden »Geisterkörper« zu sehen. Nebelhörner waren zu hören. Nach einer kurzen Weile konnte Ruth die Schwaden ausmachen, die das Meer in eine duftige Daunendecke einhüllten und sich in Richtung Brücke schoben. Ihre Mutter hatte ihr immer erzählt, Nebel sei eigentlich der Dampf zweier kämpfender Drachen, ein Wasserdrache der eine, der andere ein Feuerdrache. »Wasser und Feuer, wenn zusammenkommt, macht Dampf«, sagte LuLing in ihrem holprigen Englisch mit dem britischen Akzent, den sie in Hongkong angenommen hatte. »Du kennen das. Genau wie Wasserkessel. Anfassen, Finger verbrennen.«

Der Nebel rollte über die Geländer der Brücke und verschluckte die Autoscheinwerfer. Neun von zehn Fahrern waren um diese Uhrzeit betrunken – Ruth hatte das einmal irgendwo gelesen. Vielleicht hatte sie es aber auch für einen Klienten geschrieben. Sie stieg wieder hinunter, ließ das Fenster aber offen.

Die Nebelhörner dröhnten weiter. Sie klangen tragikomisch wie die Tuben in einer Schostakowitsch-Oper. Konnte eine Tragödie überhaupt lustig sein? Oder war es nur das Publikum, das wissend lachte, wenn die Opfer in Falltüren und Trickspiegel rannten?

Immer noch hellwach, wandte sich Ruth ihrem Schreibtisch zu. In diesem Moment überkam sie Unruhe – da war doch etwas gewesen, was sie nicht vergessen durfte. Hatte es mit Geld zu tun, einem Auftraggeber oder einem Versprechen, das sie den Mädchen gegeben hatte? Sie machte sich daran, ihren Schreibtisch aufzuräumen, die Bücher zu ordnen, die sie zur Recherche brauchte, Faxe und Entwürfe zu sortieren und sie je nach Projekt und Buch farbig zu markieren. Morgen musste sie zu Alltag und Terminen zurückkehren, und ein aufgeräumter Schreibtisch vermittelte ihr das Gefühl eines Neuanfangs, eines unbelasteten Kopfes. Alles hatte seinen Platz. Wenn etwas nicht besonders dringend oder wichtig war, steckte sie es in die unterste rechte Schublade ihres Schreibtisches. Die Schublade war mittlerweile voll mit unbeantworteten Briefen, aufgegebenen Entwürfen, Zetteln mit hingekritzelten Ideen, die vielleicht später einmal verwendet werden konnten. Sie zog einen zusammengehefteten Stapel Papier ganz unten aus der Schublade heraus, in der Annahme, sie konnte wegwerfen, was dort wohl am längsten unbeachtet gelegen hatte.

Es waren chinesisch beschriebene Blätter in der Handschrift ihrer Mutter. LuLing hatte sie ihr vor fünf oder sechs Jahren gegeben. »Nur ein paar alte Sachen von meine Familie«, hatte sie übertrieben gelassen gesagt, was darauf schließen ließ, dass die Papiere wichtig waren. »Meine Geschichte, anfangen Kleinmädchenzeit. Ich für mich schreibe, aber vielleicht du lesen, dann sehen, wie ich aufgewachsen und in dieses Land gekommen.« Ruth hatte selbstverständlich bereits in der Vergangenheit Geschichten aus dem Leben ihrer Mutter gehört, aber sie war gerührt, dass ihre Mutter sie so schüchtern bat, das zu lesen, womit sie sich offensichtlich viel Mühe gegeben hatte. Die Seiten waren mit präzisen vertikalen Reihen beschrieben, in denen nichts durchgestrichen war, wahrscheinlich eine Abschrift erster Entwürfe, wie Ruth annahm.

Ruth hatte sich bemüht, die Schrift zu entziffern. Ihre Mutter hatte ihr früher chinesische Kalligraphie in ihren widerspenstigen Kopf eingedrillt, und sie konnte noch ein paar der Zeichen erkennen: »Ding«, »ich«, »Wahrheit«. Aber um den Rest zu lösen, musste sie LuLings schnörkelige Radikale den einheitlichen in einem Chinesisch-Englisch-Wörterbuch zuordnen. »Dies sind die Dinge, von denen ich weiß, dass sie wahr sind«, lautete der erste Satz. Ruth hatte eine Stunde gebraucht, um ihn zu übersetzen. Sie nahm sich vor, jeden Tag einen Satz zu entziffern. Nach diesem Plan übersetzte sie am nächsten Abend einen weiteren Satz: »Mein Name ist LuLing Liu Young.« Das ging leicht, in nur fünf Minuten. Dann kamen die Namen von LuLings Ehemännern, von denen einer Ruths Vater war. Ehemänner? Ruth war überrascht zu lesen, dass es noch einen weiteren gegeben hatte. Und was meinte ihre Mutter mit »unsere Geheimnisse sind mit ihnen verschwunden«? Ruth hätte es am liebsten sofort gewusst, aber ihre Mutter konnte sie nicht fragen. Aus Erfahrung wusste sie, was passierte, wenn sie ihre Mutter bat, chinesische Schriftzeichen ins Englische zu übertragen. Zuerst schalt LuLing sie, weil sie sich als kleines Mädchen nicht besser angestrengt hatte, Chinesisch zu lernen. Und wenn ihre Mutter ein Zeichen erklärte, unternahm sie Umwege in ihre Vergangenheit, erklärte die unendlich vielen Bedeutungen chinesischer Wörter bis in jede Einzelheit. »Geheimnis bedeuten nicht nur nicht können sagen. Kann auch Verletzen-Geheimnis sein, oder Verfluchen-Geheimnis, dir vielleicht schadet für immer, nie mehr ändern können...« Danach kamen weitschweifige Ausführungen darüber, wer das Geheimnis erzählt hatte, ohne zu sagen, worin das Geheimnis an sich nun bestand, gefolgt von weiteren Ausführungen darüber, dass diese Person eines schrecklichen Todes gestorben war, warum dies passiert war, wie es sich hätte vermeiden lassen, wenn nur dieses oder jenes vor tausend Jahren nicht geschehen wäre. Wenn Ruth beim Zuhören auch nur das kleinste Anzeichen von Ungeduld erkennen ließ, wurde LuLing wütend, bevor sie einen Fluch ausstieß, dass dies alles sowieso egal sei, weil auch sie sterben würde, einfach so, weil ihr jemand Unglück wünschte, oder mit Absicht. Und dann begann das Schweigen, eine Strafe, die Tage oder Wochen dauerte, bis Ruth als Erste nachgab und sich entschuldigte.

Also fragte Ruth ihre Mutter nicht. Stattdessen beschloss sie, sich einige Tage freizunehmen, an denen sie sich ganz auf die Übersetzung konzentrieren konnte. Als sie das ihrer Mutter erzählte, ermahnte diese sie: »Warte nicht zu viel.« Immer wenn LuLing sie fragte, ob sie mit ihrer Geschichte fertig sei, antwortete Ruth: »Ich wollte gerade, aber dann kam ein Auftrag dazwischen.« Dazu kamen noch andere Ablenkungen hinzu, die mit Art, den Mädchen oder dem Haus zu tun hatten, oder auch Urlaubsreisen.

»Zu viel zu tun für Mutter«, beklagte sich LuLing. »Nie zu viel zu tun für Kino, ausgehen, Freundin besuchen.«

Im vergangenen Jahr hatte ihre Mutter dann aufgehört zu fragen, und Ruth rätselte: Hatte sie aufgegeben? Wohl kaum. Sie musste es einfach vergessen haben. Mittlerweile waren die Seiten also ganz unten in der Schublade gelandet.

Jetzt, wo sie wieder an die Oberfläche gelangt waren, verspürte Ruth Gewissensbisse. Vielleicht konnte sie jemanden engagieren, der fließend Chinesisch konnte. Art wusste da bestimmt jemanden – einen Linguistikstudenten oder einen Professor im Ruhestand, der so alt war, dass er auch die traditionellen Schriftzeichen kannte und nicht nur die vereinfachten. Sobald sie Zeit hatte, würde sie Art fragen. Sie legte die Blätter oben auf den Stapel, schloss die Schublade, und schon hatte sie ein weniger schlechtes Gewissen.

Als sie am Morgen aufwachte, war Art bereits wach und machte im Nebenzimmer seine Yogaübungen. »Hallo«, sagte sie zu sich selbst. »Ist da jemand?« Ihre Stimme war wieder da, wenn auch piepsig, weil sie so lange nicht benutzt worden war.

Während sie sich im Bad die Zähne putzte, hörte sie Dory kreischen: »Ich will das sehen! Schalt wieder zurück! Das ist auch mein Fernseher.« Und Fia johlte: »Das ist eine Babysendung, also genau richtig für dich, bäh-bäh-bäh.«

Seit Arts Scheidung wohnten die Mädchen abwechselnd bei ihrer Mutter und deren neuem Mann in Sausalito und in Arts edwardianischer Wohnung in der Vallejo Street. Jede zweite Woche zwängten sich die vier – Art, Ruth, Sofia und Dory – in die fünf Minizimmer, von denen eines gerade mal groß genug war, um darin ein Stockbett unterzubringen. Es gab nur ein Badezimmer. Ruth hasste es, weil die antiquierte Einrichtung so unpraktisch war. In der Eisenwanne mit den Löwenfüßen konnte man sich so gut entspannen wie in einem Sarkophag, und aus dem Sockelbecken mit den getrennten Wasserhähnen floss entweder siedend heißes oder aber eiskaltes Wasser. Als Ruth nach der Zahnseide langte, stieß sie alles Mögliche um, was noch auf dem Fensterbrett stand: Faltencremes, Mittel gegen Pickel, den Nasenhaarschneider und den Plastikbecher mit den neun Zahnbürsten, deren Besitzer und Alter seit jeher in Frage standen. Während sie das Durcheinander aufräumte, klopfte jemand heftig an die Tür.

»Du musst warten«, rief sie mit heiserer Stimme. Es klopfte weiter. Sie sah auf den Badezimmerplan für August, von dem auch draußen an der Tür ein Exemplar festgepinnt war. Darauf stand klar und deutlich, wer in welcher Viertelstunde an der Reihe war. Sie hatte sich an letzter Stelle eingetragen, aber weil alle anderen sich regelmäßig verspäteten, war am Ende immer wieder sie die Leidtragende. Unter dem Plan hatten die Mädchen Regeln und Zusätze angefügt, eine Liste von Verstößen und Strafen für Übertretungen betreffs der Benutzung des Waschbeckens, der Toilette und der Dusche sowie eine Erklärung, wie das Recht auf Privatsphäre von einem ECHTEN NOTFALL (dreimal unterstrichen) zu unterscheiden war.

Wieder wurde gegen die Tür gehämmert. »Ru-uth! Da ist ein Anruf für dich!« Dory öffnete die Tür einen Spalt und reichte das schnurlose Telefon hindurch. Wer rief denn morgens um zwanzig nach sieben an? Zweifellos ihre Mutter. Lu-Ling schien jedes Mal in eine Krise zu geraten, wenn Ruth sich mehrere Tage nicht gemeldet hatte.

»Ruthie, hast du deine Stimme wieder? Kannst du sprechen?« Es war Wendy, ihre beste Freundin. Sie telefonierten beinahe jeden Tag. Ruth hörte, wie Wendy sich schnäuzte. Weinte sie?

»Was ist passiert?«, flüsterte Ruth. Sag's mir nicht, sag's mir nicht, formte sie mit ihrem Mund lautlos im Rhythmus ihres rasenden Herzschlags. Wendy würde ihr gleich eröffnen, dass sie Krebs hatte, da war sich Ruth sicher. Das unangenehme Gefühl von letzter Nacht kroch ihr durch die Adern.

»Ich bin immer noch schockiert«, fuhr Wendy fort. »Gleich... Warte. Ich kriege gerade noch einen Anruf.«

Es muss nicht Krebs sein, dachte Ruth. Vielleicht ist sie auch überfallen worden, oder bei ihr wurde eingebrochen, und jetzt ruft die Polizei an, um eine Aussage aufzunehmen. Es war jedenfalls etwas Ernstes, sonst würde Wendy nicht weinen. Was sollte sie ihr sagen? Ruth klemmte sich das Telefon zwischen Schulter und Ohr und fuhr sich durch das kurz geschnittene Haar. Ihr fiel auf, dass der Spiegel ein wenig abgeblättert war. Oder waren das weiße Haare am Ansatz? Bald wurde sie sechsundvierzig. Wann war der Babyspeck in ihrem Gesicht weniger geworden? Wie hatte sie es früher immer gehasst, das Gesicht und die Haut eines ewigen Teenagers zu haben! Jetzt zogen sich Falten von den Mundwinkeln nach unten. Sie wirkte dadurch mürrisch, wie ihre Mutter. Ruth trug Lippenstift auf. In anderer Hinsicht war sie natürlich nicht wie ihre Mutter, Gott sei Dank. Ihre Mutter war permanent mit allem und jedem unzufrieden. LuLing hatte Ruth in einer Atmosphäre steter Verzweiflung aufwachsen lassen. Deshalb konnte Ruth es nicht ausstehen, wenn sie und Art sich stritten. Sie bemühte sich stets, nicht laut zu werden. Doch manchmal überschritt sie eine Schwelle und explodierte, nur um gleich darauf darüber zu grübeln, wie sie die Beherrschung hatte verlieren können.

Wendy war wieder am Apparat. »Bist du noch da? Tut mir Leid. Wir suchen gerade Darsteller für die Opfer in einem Erdbebenfilm, und eine Million Leute rufen gleichzeitig an.« Wendys Agentur engagierte Statisten, die zum Lokalkolorit von San Francisco passten – schnauzbärtige Polizisten, zwei Meter große Transvestiten, Schickimickis, die, ohne es zu wissen, Karikaturen ihrer selbst waren. »Zuallererst mal geht es mir total beschissen«, sagte Wendy. Sie hatte aufgehört zu niesen und sich zu schnäuzen. Sie weinte also gar nicht, wurde Ruth klar. Dann klickte es zweimal in der Leitung. »Verdammt«, sagte Wendy. »Bleib dran. Ich erledige schnell den Anruf.«

Ruth verabscheute es, in einer Warteschleife zu hängen. Was war so dringend, dass Wendy es ihr in aller Herrgottsfrühe erzählen musste? Hatte Wendys Mann eine Affäre? Joe? Nein, doch nicht der gute alte Joe. Was war es dann?

Art steckte den Kopf durch die Tür und tippte auf seine Armbanduhr. Fünf vor halb acht, bedeutete er ihr. Ruth wollte ihm gerade sagen, dass es sich bei Wendy um einen Notfall handle, aber da war er schon wieder durch den engen Flur abmarschiert. »Dory! Fia! Beeilt euch! Ruth fährt euch in fünf Minuten zur Eisbahn. Macht schon.« Die Mädchen kreischten, und Ruth kam sich vor wie ein Pferd in der Startmaschine.

»Ich bin sofort da!«, rief sie. »Und, Mädchen, wenn ihr nichts gefrühstückt habt, dann trinkt Milch, und zwar ein ganzes Glas, damit ihr mir nicht wegen Unterzuckerung tot umfallt.«

»Sag nicht ›tot‹«, meckerte Dory. »Ich mag es nicht, wenn du das sagst.«

»Mein Gott. Was ist denn da los?« Wendy war wieder da.

»Der übliche Wochenanfang«, sagte Ruth. »Chaos ist die Strafe fürs Nichtstun.«

»Genau. Wer hat das noch mal gesagt?«

»Ich. Jedenfalls, du hast gerade gesagt...«

»Versprich mir erst, dass du es niemand erzählst.« Wendy nieste wieder.

»Natürlich.«

»Nicht einmal Art, und vor allem nicht Miss Giddy.«

»Gideon? Na, ich weiß nicht, ob ich dir *das* versprechen kann.«

»Gestern Abend also«, sagte Wendy, »ruft mich meine Mutter völlig euphorisch an.« Während Wendy fortfuhr, eilte Ruth ins Schlafzimmer, um sich fertig anzuziehen. Wenn sie es nicht eilig hatte, hörte sie den Ausführungen ihrer Freundin gern zu. Wendy war geradezu eine Wünschelrute für seltsame Störungen in der Erdatmosphäre. Sie wurde immer wieder Zeugin bizarrer Schauspiele: drei obdachlose Albinos, die im Golden Gate Park lebten, ein BMW, der plötzlich von einem uralten Klärbehälter verschluckt wurde, ein frei herumlaufender Büffel, der durch die Taraval Street spazierte. Sie war Expertin für Partys, auf denen die Leute Szenen machten, Affären begannen und in andere, immer wiederkehrende Skandale verwickelt wurden. Ruth war der Meinung, dass Wendy gelegentlich Pep in ihr Leben brachte, aber heute war irgendwie nicht der richtige Tag für Pep.

»Ruth!«, sagte Art mit warnendem Unterton. »Die Mädchen kommen zu spät.«

»Tja, tut mir Leid, Wendy. Ich muss die Mädchen ins Eislauftraining fahren...«

Wendy unterbrach sie. »Mutter hat ihren Fitnesstrainer geheiratet! Deshalb hat sie mich angerufen. Er ist achtunddreißig, sie vierundsechzig. Kannst du das fassen?«

»Oh... Wow.« Ruth war verblüfft. Sie stellte sich vor, wie sich Mrs. Scott und ihr Bräutigam mit Frackschleife und Turnhosen auf einem Laufband ewige Treue schworen. War Wendy wütend? Sie wollte das Richtige sagen. Aber was? Vor etwa fünf Jahren hatte ihre eigene Mutter eine Art Freund gehabt, aber der war schon achtzig gewesen. Ruth hatte gehofft, T. C. würde LuLing heiraten, damit sie beschäftigt war. Stattdessen war T. C. an einem Herzanfall gestorben.

»Hör zu, Wendy, ich weiß, dass es wichtig ist, aber kann ich dich zurückrufen, sobald ich die Mädchen abgeliefert habe?«

Nachdem sie aufgelegt hatte, überlegte Ruth, was sie heute noch alles zu erledigen hatte. Zehn Dinge, und sie tippte sich zuerst auf den Daumen. Eins, die Mädchen zum Eislauftraining fahren. Zwei, Arts Anzüge aus der Reinigung holen. Drei, Abendessen einkaufen. Vier, die Mädchen von der Eisbahn abholen und sie zu deren Freundin in der Jackson Street bringen. Fünf und sechs, erst diesen arroganten Auftraggeber Ted anrufen, dann Agapi Agnos, die ihr wiederum ziemlich sympathisch war. Sieben, den Entwurf für ein Kapitel von Agapi Agnos' Buch fertig stellen. Acht, ihren Agenten Gideon anrufen, den Wendy ja nicht leiden konnte. Und neun – was zum Teufel war neun? Was zehn war, wusste sie, die letzte Aufgabe für den heutigen Tag. Sie musste Miriam, Arts Exfrau, anrufen, um sie zu fragen, ob die Kinder am Wochenende des Mondfests bei ihnen sein durften, zum jährlichen Familientreffen der Youngs, bei dem sie dieses Jahr die Gastgeberin war.

Was also war neun gewesen? Sie organisierte ihren Tag immer nach ihren Fingern. Jeder Tag bestand entweder aus fünf oder aus zehn Punkten. Sie war aber nicht sehr streng damit: Zusätzliche Aufgaben wurden an den Zehen untergebracht, wo immerhin Platz für zehn unerwartete Punkte war. Neun, neun ... Sie könnte den Anruf bei Wendy zu Nummer neun machen und alles beim Alten lassen. Aber dieser Anruf müsste eigentlich eine Zehe sein, ein Extra, eine Elf. Was war neun? Neun war normalerweise etwas Wichtiges, da neun eine bedeutsame Zahl war, von ihrer Mutter als die Zahl der Vollständigkeit bezeichnet, eine Zahl, die auch für *Vergiss es nicht, sonst riskierst du, alles zu verlieren* stand. Hatte neun etwas mit ihrer Mutter zu tun? *Irgendeinen* Grund gab es immer, sich wegen ihrer Mutter Gedanken zu machen. Das war nichts Besonderes, an das sie sich eigens erinnern musste. Das war sozusagen ein permanenter Zustand.

LuLing war diejenige gewesen, die ihr beigebracht hatte, die Finger als Gedächtnisstütze zu benutzen. Mit dieser Methode vergaß LuLing nie etwas, besonders nicht Lügen, Vertrauensbrüche und all die Schrecklichkeiten, die Ruth seit ihrer Geburt angestellt hatte. Ruth hatte noch deutlich vor Augen, wie ihre Mutter auf chinesische Art zählte, sie fing mit dem kleinen Finger an und bog dann jeden Finger zur Handfläche hin, eine Bewegung, die Ruth so interpretierte, dass auf diese Weise alle anderen Möglichkeiten und Fluchtwege geschlossen waren. Ruth selbst spreizte die Finger beim Zählen auf amerikanische Art ab. Was war neun? Sie zog feste Sandalen an.

Art erschien in der Tür. »Schatz? Vergiss nicht, den Installateur wegen dem Wasserspeicher anzurufen.«

Der Installateur würde *nicht* Nummer neun werden, sagte sich Ruth, auf gar keinen Fall. »Tut mir Leid, aber könntest nicht du anrufen? Ich habe einen ziemlich vollen Tag.«

»Ich habe jede Menge Besprechungen, und außerdem stehen drei Berufungen an.« Art arbeitete als linguistischer Berater, dieses Jahr bei Fällen mit gehörlosen Häftlingen, die ohne Gebärdendolmetscher vor Gericht gestellt worden waren.

Es ist deine Wohnung, war Ruth versucht zu sagen. Aber sie

zwang sich, vernünftig zu klingen, unangreifbar, wie Art eben. »Kannst du nicht zwischen den Besprechungen vom Büro aus anrufen?«

»Und dann muss ich wieder dich anrufen, um dich zu fragen, wann du Zeit hast, hier zu sein.«

»Ich könnte sowieso nicht *genau* sagen, wann ich nach Hause komme. Außerdem weißt du doch, wie es mit Handwerkern ist. Sie erzählen einem, sie kommen um eins, aber dann tauchen sie erst um fünf auf. Nur weil ich zu Hause arbeite, heißt das noch lange nicht, dass ich keinen richtigen Beruf habe. Ich habe wirklich einen verrückten Tag vor mir. Erstens muss ich...« Sie fing an, ihre Termine aufzuzählen.

Art ließ die Schultern sinken und seufzte. »Warum musst du immer alles so *kompliziert* machen? Ich habe nur gedacht, *falls* es möglich wäre, *falls* du Zeit hättest – ach, vergiss es.« Er wandte sich ab.

»Okay, okay, ich kümmere mich darum. Aber falls deine Besprechungen nicht so lange dauern, kannst du dann nach Hause kommen?«

»Klar doch.« Art küsste sie auf die Stirn. »He, danke. Ich hätte dich nicht darum gebeten, wenn mir die Arbeit nicht wirklich bis zum Hals stehen würde.« Er küsste sie noch einmal. »Ich liebe dich.«

Sie gab keine Antwort. Nachdem er gegangen war, holte sie ihren Mantel und die Schlüssel. Sie sah die Mädchen, die sie kritisch anstarrten, schon in der Eingangsdiele stehen. Sie wackelte mit der großen Zehe. Zwölf, warmes Wasser.

Ruth ließ das Auto an und trat ein paar Mal das Bremspedal, um sicherzugehen, dass die Bremsen funktionierten. Während sie Fia und Dory zur Eisbahn fuhr, überlegte sie immer noch, was neun wohl sein könnte. Sie ging das Alphabet durch, damit vielleicht einer der Buchstaben eine Erinnerung auslöste. Nichts. Was hatte sie letzte Nacht geträumt, bevor sie schließlich eingeschlafen war? Ein Schlafzimmerfenster, ein dunkler Schemen in der Bucht. Die Vorhänge, fiel ihr wieder ein, waren hauchdünn gewesen, und sie selbst nackt. Sie hatte aufgeblickt und die Leute in den Nachbarwohnungen grinsen sehen. Sie hatten ihre intimsten Momente beobachtet, ihre intimsten *Stellen*. Dann fing ein Radio zu plärren an. *Tröt! Tröt! Tröt!* »Das war ein Test der Katastrophenfrühwarnung des American Broad-casting System.« Dann kam noch eine Stimme, die ihrer Mutter: »Nein, nein, das kein Test! Das echt!« Und der dunkle Schemen in der Bucht erhob sich und wurde zu einer Flutwelle.

Vielleicht hatte Nummer neun doch mit dem Installateur zu tun: Flutwelle, kaputtes Heißwassergerät. Das Rätsel war gelöst. Aber was war mit den dünnen Vorhängen? Was bedeutete das? Wieder fühlte sie sich beklommen.

»Kennst du das neue Mädchen, das Darien so gefällt?«, hörte sie Fia ihre Schwester fragen. »Sie hat einfach tolle Haare. Ich könnte sie umbringen.«

»Sag nicht ›umbringen‹!«, leierte Dory ihren Spruch herunter. »Schon vergessen, was wir letztes Jahr mal bei einer Morgenandacht gelernt haben? Du darfst das nicht aussprechen, sonst kommst du ins Gefängnis.«

Beide Mädchen saßen auf der Rückbank. Ruth hatte vorgeschlagen, dass sich eine von ihnen mit nach vorn setzte, damit sie sich nicht wie ein Chauffeur vorkam. Aber Dory hatte geantwortet: »Es ist einfacher, nur eine Tür aufzumachen.« Ruth hatte nichts darauf erwidert. Sie hatte oft den Verdacht, die Mädchen würden sie auf die Probe stellen, um sie irgendwie auf die Palme zu bringen. Als sie kleiner gewesen waren, hatten sie ihr noch richtige Zuneigung entgegengebracht, dessen war sich Ruth sicher. Sie hatte das gespürt, und es war ein schönes Gefühl gewesen. Sie hatten immer gestritten, wer sie an der Hand halten oder neben ihr sitzen durfte. Sie hatten sich an sie gekuschelt wie hilflose Kätzchen und so getan, als hätten sie Angst. Jetzt schienen sie im Wettstreit zu liegen, wer sie mehr ärgern konnte, und manchmal musste sie sich mahnend in Erinnerung rufen, dass auch Teenager Seelen hatten.

Dory war dreizehn, etwas stämmig und größer als ihre fünfzehnjährige Schwester. Beide trugen sie ihr langes, kastanienbraunes Haar als Pferdeschwänze mit Ansatz hoch auf dem Kopf, sodass die Haare wie bei einem Springbrunnen herabwallten. Ruth war aufgefallen, dass sämtliche Freundinnen der Mädchen identische Frisuren hatten. In dem Alter hätte sie selbst auch gern langes Haar gehabt wie die anderen Mädchen, aber ihre Mutter hatte sie gezwungen, sie kurz zu schneiden. »Lange Haare erinnern an Selbstmördermädchen«, hatte LuLing gesagt. Ruth wusste, dass sie sich damit auf das Kindermädchen bezog, das sich umgebracht hatte, als LuLing noch klein war. Ruth hatte Albträume von diesem Geist mit den langen Haaren gehabt, der bluttriefend nach Rache schrie.

Sie hielt im Parkverbot vor der Eisbahn. Die Mädchen stiegen aus und schwangen sich die Sporttaschen auf den Rücken. »Bis später!«, riefen sie.

Plötzlich fiel Ruth auf, was Fia anhatte – Hüftjeans und ein abgeschnittenes T-Shirt, das eine gute Handbreit ihres Bauchs offenbarte. Beim Verlassen des Hauses hatte Fia wohl den Reißverschluss ihrer Jacke zugezogen gehabt. Ruth ließ das Autofenster herunter und rief: »Fia, mein Schatz, komm mal kurz her... Täusche ich mich, oder ist dein T-Shirt in den letzten zehn Minuten drastisch eingegangen?«

Fia wandte sich gelangweilt um und verdrehte die Augen.

Dory grinste. »Ich hab's dir ja gesagt.«

Ruth starrte auf Fias Nabel. »Weiß deine Mutter denn, dass du so was trägst?«

Fia ließ den Mund in gespielter Bestürzung offen stehen. Das war ihre übliche Reaktion auf die meisten Dinge. »Ha, sie hat es mir selbst gekauft, okay?«

»Also, ich glaube nicht, dass das deinem Vater recht wäre. Ich möchte, dass du die Jacke auch beim Eislaufen anbehältst. Dory, du sagst es mir, wenn sie es nicht tut.«

»Ich petze nicht!«

Fia drehte sich wieder um und ging weiter.

»Fia? Fia! Komm zurück. Du versprichst mir das jetzt, oder ich fahre dich nach Hause, wo du dich dann umziehen kannst.«

Fia blieb stehen, ohne sich umzudrehen. »Na gut«, murrte sie. Als sie den Reißverschluss der Jacke hochzog, sagte sie zu Dory so laut, dass Ruth es hören konnte: »Dad hat Recht. Sie macht immer alles *sooo kompliziert*.«

Diese Bemerkung demütigte und wurmte Ruth gleichzeitig. Warum hatte Art das gesagt, besonders vor den Mädchen? Er wusste, wie sehr sie das verletzen würde. Ein ehemaliger Freund hatte ihr einmal vorgeworfen, sie mache das Leben komplizierter, als es sei. Nachdem sie sich getrennt hatten, hatte sie so große Angst, seine Vorwürfe könnten der Wahrheit entsprechen, dass sie umso mehr darauf achtete, vernünftig zu sein und Fakten zu präsentieren statt Beschwerden. Art wusste das und hatte ihr sogar versichert, ihr damaliger Freund sei ein Trottel gewesen. Doch manchmal zog er sie damit auf, dass sie wie ein Hund sei, der im Kreis rennt und sich in den eigenen Schwanz beißt. Sie werde nie begreifen, dass sie sich damit nur selbst unglücklich mache.

Ruth musste an ein Buch denken, das sie vor ein paar Jahren mitgeschrieben hatte: *Die Physik der menschlichen Natur.* Der Autor hatte die Lehrsätze der Physik in einfache Leitgedanken umgewandelt, um den Menschen Verhaltensmuster zum Selbstschutz nahe zu bringen. »Das Gesetz der relativen Schwerkraft«: Kopf hoch. Ein Problem ist nur so schwer, wie du es zulässt.

»Der Dopplereffekt der Kommunikation«: Es gibt immer eine Verzerrung zwischen dem, was ein Sprecher sagt, und dem, was ein Zuhörer hören will. »Die Zentrifugalkraft von Streitigkeiten«: Je weiter du dich vom Kern des Problems entfernst, desto schneller gerät die Situation außer Kontrolle.

Damals fand Ruth die Analogien und Ratschläge viel zu simpel. Man konnte das wirkliche Leben nicht auf Einzeiler reduzieren. Die Menschen waren komplexer. Zumindest sie selbst war es, oder etwa nicht? Oder war sie zu *kompliziert*? Komplex, kompliziert, wo lag da der Unterschied? Art andererseits war das Verständnis in Person. Ihre Freundinnen sagten häufig: »Du hast aber ein Glück mit ihm.« Zuerst war sie stolz gewesen und hatte geglaubt, sie sprächen von ihrem Glück in der Liebe. In letzter Zeit hatte sie sich aber zunehmend gefragt, ob sie vielleicht gemeint hatten, ihr Glück bestehe darin, dass er es mit *ihr* aushielt. Aber dann hatte Wendy ihr auf die Sprünge geholfen: »Du warst doch diejenige, die Art einen verdammten Heiligen genannt hat.« Ruth hätte das zwar nie so ausgedrückt, aber es entsprach der Wahrheit. Sie hatte Art richtig bewundert, bevor sie sich in ihn verliebt hatte – seine Ruhe, seine Ausgeglichenheit. Tat sie das noch? Hatte er sich verändert oder sie? Sie fuhr zur Reinigung und grübelte über diesen Fragen.

Sie hatte Art vor beinahe zehn Jahren kennen gelernt, in einem Yoga-Abendkurs, den sie damals mit Wendy besuchte. Dieser Kurs war die erste sportliche Betätigung, an die sie sich seit Jahren gewagt hatte. Ruth war von Natur aus schlank, weshalb ihr zu Anfang irgendwie der Anreiz fehlte, Mitglied in einem Fitnesscenter zu werden. »Tausend Dollar im Jahr«, hatte sie bass erstaunt gesagt, »dafür, dass man auf einer Maschine herumhüpft und dabei aussieht wie ein Hamster in einem Laufrad.« Am allerliebsten, erklärte sie Wendy, halte sie sich durch Stress fit. »Spann die Muskeln an, halt die Spannung zwölf Stunden lang, lass locker und zähl bis fünf, dann spann sie wieder an.« Wendy hingegen hatte seit dem Turnunterricht an der Highschool fünfunddreißig Pfund zugenommen und wollte dringend wieder in Form kommen. »Machen wir doch zumindest den kostenlosen Fitnesstest«, schlug sie vor. »Wir müssen ja nicht gleich Mitglied werden.«

Ruth freute sich hämisch, weil sie mehr Sit-ups als Wendy schaffte. Wendy jubelte freudig, weil sie bei den Liegestützen besser abschnitt. Ruths Körperfettanteil lag bei gesunden 24 Prozent, Wendys bei 37. »Das sind noch meine chinesischen Bauerngene«, sagte Ruth, um ihre Freundin zu beruhigen. Im Punkt Beweglichkeit schnitt Ruth allerdings mit »sehr schlecht« ab. »Wow«, sagte Wendy dazu. »Laut der Tabelle hier ist das nur eine Stufe über der Leichenstarre.«

»Guck mal, die geben hier auch Yoga«, sagte Wendy später, als sie die im Studio angebotenen Kurse studierten. »Angeblich kann man durch Yoga sein Leben ändern. Und es gibt sogar Abendkurse.« Sie stupste Ruth an. »Vielleicht kommst du damit über Paul hinweg.«

An diesem ersten Abend hörten sie in der Umkleide ein Gespräch zwischen zwei Frauen mit an. »Der Typ neben mir hat mich gefragt, ob ich mit ihm in diesen Mitternachtskurs gehen will, Yoga ohne Toga. Du weißt schon, hat er gesagt, der *Nacktkurs.*«

»*Nackt?* So ein Dreckschwein! ... Hat er wenigstens gut ausgesehen?«

»Nicht schlecht jedenfalls. Aber kannst du dir vorstellen, zwanzig nackte Hintern zu sehen, von Leuten, die gerade den ›Nach unten blickenden Hund‹ machen?« Die beiden Frauen verließen die Umkleide. Ruth wandte sich an Wendy. »Wer interessiert sich denn bitte für Nacktyoga?«

»Ich zum Beispiel«, sagte Wendy. »Und sieh mich nicht so an, Fräulein Helles Entsetzen. Wenigstens wäre es nicht langweilig.«
»Nackt, mit völlig Fremden?«
»Nein, natürlich mit meinem Steuerberater, meinem Zahnarzt, meinem Chef. Was denkst du denn?«

In dem bereits vollen Trainingsraum steckten die etwa dreißig Schüler, von denen die meisten Frauen waren, zunächst ihr Gebiet ab, um dann gleich wieder die Matten verrücken zu müssen, weil noch Nachzügler kamen. Als ein Mann neben Ruth seine Matte ausrollte, vermied sie es, ihn anzusehen, für den Fall, dass er das Dreckschwein war. Sie blickte sich um. Die meisten Frauen hatten pediküre, perfekt lackierte Nägel. Ruth hatte breite Füße, und die nackten Zehen sahen aus wie die kleinen Schweinchen aus dem Kinderreim. Sogar die Füße des Mannes neben ihr sahen besser aus, die Haut war weich, die Zehen tadellos geformt. Dann riss sie sich wieder zusammen – sie sollte sich nicht so angenehme Gedanken über die Füße eines potenziellen Perversen machen.

Der Kurs begann mit etwas, was sich wie ein Kultgesang anhörte, gefolgt von Posen, mit denen man eine heidnische Gottheit zu begrüßen schien. »*Urdva Muka Svasana! Adho Muka Svasana!*« Alle bis auf Ruth und Wendy kannten offenbar den Ablauf. Ruth machte alles nach, als würden sie »Alle Vögel fliegen hoch« spielen. Ab und an kam die Yogalehrerin vorbei, eine drahtige Frau, und bog, senkte oder hob einen von Ruths Körperteilen. Wahrscheinlich sehe ich wie ein Folteropfer aus, dachte Ruth, oder wie eine dieser Missbildungen, von denen meine Mutter erzählt hat, chinesische Bettlerjungen ohne Knochen, die sich völlig verdrehen, um andere zu unterhalten. Inzwischen schwitzte sie stark. Sie hatte den Mann neben ihr mittlerweile genau genug beobachtet, um ihn, wenn nötig, der Polizei zu beschreiben. »Der nackte Yogavergewaltiger war eins achtzig groß und wog ungefähr fünfundsiebzig Kilo. Er hatte

dunkles Haar, große braune Augen und dicke Augenbrauen, dazu einen ordentlich geschnittenen Vollbart. Die Fingernägel waren sauber und perfekt geschnitten.«
Er war auch ungleich gelenkiger als sie. Er konnte die Füße hinter den Kopf klemmen und das Gleichgewicht halten wie Barischnikow, der Ballettmeister. Sie hingegen sah aus wie eine Frau, die gerade eine gynäkologische Untersuchung über sich ergehen ließ. Eine *arme* Frau. Sie trug ein altes T-Shirt und ausgeblichene Leggings mit einem Loch am Knie. Zumindest war es offensichtlich, dass sie nicht auf Männerjagd war, nicht wie diese Frauen in Designertrikots und vollem Make-up.
Dann fiel ihr der Ring auf, den der Mann trug. Es war ein dicker Ring aus gehämmertem Gold, und er trug ihn an der rechten Hand, an der linken trug er keinen Ring. Natürlich hatten nicht alle verheirateten Männer einen Ring am Finger, aber ein Ehering an der rechten Hand war ein untrügliches Zeichen dafür, dass er schwul war, zumindest in San Francisco. Jetzt, wo sie es sich recht überlegte, waren die Anzeichen ganz eindeutig: der gepflegte Bart, die schlanke Figur, die elegante Art, sich zu bewegen. Sie konnte sich entspannen. Sie beobachtete, wie der bärtige Mann sich vorbeugte, die Fußsohlen ergriff und die Stirn auf die Knie drückte. So etwas konnte kein Heterosexueller. Ruth fiel vornüber und ließ die Hände auf Höhe der Waden baumeln.
Als sich der Kurs dem Ende näherte, kam der Kopfstand an die Reihe. Die Neulinge rückten an die Wand, die Ehrgeizigen wuchsen sofort nach oben wie Sonnenblumen der Mittagssonne entgegen. An der Wand war kein Platz mehr, weshalb sich Ruth einfach auf ihre Matte setzte. Kurz darauf hörte sie den bärtigen Mann fragen: »Brauchen Sie Hilfe? Ich kann Sie an den Knöcheln stützen, bis Sie im Gleichgewicht sind.«
»Danke, aber ich lasse das aus. Ich würde wahrscheinlich sowieso nur eine Gehirnblutung bekommen.«

Er lächelte. »Haben Sie immer das Gefühl, in so einer gefährlichen Welt zu leben?«

»Immer. Das macht das Leben aufregender.«

»Na ja, der Kopfstand ist eine der wichtigsten Figuren. Sie können damit Ihr Leben auf den Kopf stellen. Es kann Sie glücklich machen.«

»Wirklich?«

»Na bitte, Sie lachen ja schon.«

»Sie haben gewonnen«, sagte sie und senkte den Kopf auf eine zusammengelegte Decke. » Also, legen Sie los.«

Noch innerhalb der ersten Woche ging Wendy nicht mehr ins Yoga, sondern übte auf einem Heimtrainer. Ruth dagegen trainierte von nun an dreimal die Woche. Sie hatte eine Form der Bewegung gefunden, die sie entspannte. Besonders genoss sie es, Konzentration zu üben, alles bis auf den Atem aus ihrem Kopf zu verbannen. Und sie mochte Art, den bärtigen Mann. Er war freundlich und witzig. Mittlerweile gingen sie nach dem Yogakurs immer in einen Coffeeshop um die Ecke.

Bei einem koffeinfreien Cappuccino erfuhr sie eines Abends, dass Art in New York aufgewachsen war und in Berkeley seinen Doktor in Linguistik gemacht hatte. »Welche Sprachen sprichst du denn?«, fragte sie.

»Ich bin nicht gerade das, was man polyglott nennt«, sagte er. »Die meisten Linguisten, die ich kenne, sind das nicht. Mein Spezialgebiet in Berkeley war Gebärdensprache. Jetzt arbeite ich im Gehörlosenzentrum hier an der Universität.«

»Du bist also Experte für die Stille?«, witzelte sie.

»Ich bin für gar nichts Experte. Aber ich liebe die Sprache in allen Formen – Klänge und Wörter, Mimik, Gestik, die Körperhaltung und den Rhythmus, also alles, was Menschen meinen, aber nicht unbedingt mit Worten ausdrücken. Ich habe Wörter schon immer geliebt, ihre ganze Kraft.«

»Was ist denn dein Lieblingswort?«

»Hm, das ist eine *exzellente* Frage.« Er schwieg und strich sich nachdenklich den Bart.

Ruth war gespannt. Wahrscheinlich suchte er nach einem Wort, das obskur und vielsilbig war, eines dieser Wörter aus den Kreuzworträtseln, die man nur im Oxford English Dictionary nachschlagen konnte.

»Dunst«, sagte er schließlich.

»Dunst?« Ruth dachte an Schauder und Kälte, Nebel und Geister von Selbstmördern. Auf dieses Wort wäre sie nicht gekommen.

»Er spricht alle Sinne an«, erklärte er. »Er kann undurchsichtig sein, aber nie fest. Man kann ihn fühlen, aber er hat keine dauerhafte Form. Manche Dünste riechen grauenhaft, manche ganz wunderbar. Manche sind gefährlich, andere harmlos. Manche Gase sind heller als andere, wenn sie verbrannt werden, Quecksilber im Gegensatz zu Natrium zum Beispiel. Mit einem Atemzug dringt einem der Dunst in die Nase und erfüllt die Lunge. Und der Klang des Wortes, wie es gebildet wird, mit Zunge und Gaumen – Duns*sssss*t –, es beginnt sanft und verliert sich dann leise. Es passt perfekt zu seinen Bedeutungen.«

»Das stimmt«, pflichtete Ruth ihm bei. »Duns*sss*t«, echote sie und kostete den Kitzel auf der Zunge aus.

»Dann gibt es noch den Gasdruck«, fuhr Art fort, »und den Siedepunkt. Die Grenze zwischen zwei Zuständen, einhundert Grad Celsius.« Ruth nickte und sah ihn, wie sie hoffte, intelligent und konzentriert an. Sie kam sich stumpf und ungebildet vor. »Im einen Moment hat man noch Wasser«, sagte Art und machte wellenförmige Bewegungen mit den Händen. »Aber unter dem Einfluss von Hitze wird es zu Dampf.« Er ließ die Finger nach oben zappeln.

Ruth nickte eifrig. Wasser zu Dampf, das verstand sie so ungefähr. Ihre Mutter hatte ihr immer erklärt, dass Feuer und

Wasser zusammen Dampf ergaben und Dampf zwar harmlos aussah, einem aber die Haut abschälen konnte. »Wie Yin und Yang?«, sagte sie zaghaft.

»Die Dualität der Natur. Genau.«

Ruth zuckte die Achseln. Sie kam sich vor wie eine Betrügerin.

»Und du?«, sagte er. »Was ist dein Lieblingswort?«

Sie setzte ein dummes Gesicht auf. »Ach Gott, ach Gott, da gibt es viele! Also, da wäre ›Urlaub‹. ›Hauptgewinn‹. Dann ist da noch ›kostenlos‹. ›Ausverkauf‹. ›Sonderangebot‹. Du weißt schon, die üblichen.«

Er hatte die ganze Zeit gelacht, und sie freute sich. »Ernsthaft«, sagte er. »Welches ist es?«

Ernsthaft? Alles was ihr in den Kopf schoss, fand sie abgedroschen: *Frieden, Liebe, Glück*. Und was würden diese Wörter über sie aussagen? Dass es ihr an diesen Dingen fehlte? Dass sie keine Phantasie hatte? Sie überlegte, ob sie Onomatopöie sagen sollte, ein Wort, mit dem sie in der fünften Klasse einmal einen Buchstabierwettbewerb gewonnen hatte. Aber *Onomatopöie* war ein Durcheinander von Silben und ähnelte so gar nicht den einfachen Lauten, die es repräsentieren sollte. Krach, bumm, peng.

»Ich habe noch kein Lieblingswort«, sagte sie schließlich. »Wahrscheinlich lebe ich schon so lange von Wörtern, dass es mir schwer fällt, mir zweckfrei darüber Gedanken zu machen.«

»Was machst du denn?«

»Früher war ich in der Unternehmenskommunikation. Dann habe ich als freie Lektorin angefangen, und vor ein paar Jahren habe ich mich mehr auf die umfassende Zusammenarbeit mit Autoren verlegt, meistens Bücher über Selbsterfahrung und Lebenshilfe, bessere Gesundheit, besseren Sex, besseres Seelenleben, solche Dinge.«

»Dann bist du also Buchdoktor.«

Ruth gefiel dieser Ausdruck. Buchdoktor. Sie hatte sich selbst noch nie so bezeichnet, und auch sonst hatte es niemand getan. Die meisten Leute nannten sie Ghostwriter – sie hasste diesen Ausdruck. Ihre Mutter glaubte sogar, es bedeutete, Ruth könne tatsächlich an Geister schreiben. »Ja«, sagte sie zu Art. »Man könnte es wohl so ausdrücken, Buchdoktor. Aber ich empfinde mich eher als Übersetzerin. Ich helfe den Menschen, das, was in ihrem Kopf ist, auf die leere Seite zu übertragen. Manche Bücher brauchen eben mehr Hilfe als andere.«

»Wolltest du noch nie selbst ein Buch schreiben?«

Sie zögerte. Natürlich hatte sie das gewollt. Sie wollte einen Roman im Stil von Jane Austen schreiben, einen Sittenroman über die Oberschicht, ein Buch, das nichts mit ihrem Leben zu tun hatte. Vor Jahren hatte sie davon geträumt, Geschichten zu schreiben, um so der Wirklichkeit zu entfliehen. Sie könnte ihr Leben überarbeiten und jemand anders werden. Sie könnte an einem anderen Ort sein. In ihrer Phantasie könnte sie alles ändern, sich selbst, ihre Mutter, ihre Vergangenheit. Aber die Vorstellung, ihr Leben einfach zu überarbeiten, jagte ihr Angst ein, als würde sie dann durch ihre Phantasie verurteilen, was sie an sich oder anderen nicht mochte. Zu schreiben, was man sich wünschte, war die gefährlichste Form von Wunschdenken.

»Ich glaube, die meisten Menschen würden gern selbst ein Buch schreiben«, antwortete sie. »Aber ich kann wohl besser übersetzen, was andere ausdrücken wollen.«

»Und das gefällt dir? Ist es zufrieden stellend?«

»Ja. Unbedingt. Mir bleibt immer noch viel Freiheit, zu tun, was ich will.«

»Da hast du Glück.«

»Ja«, musste sie zugeben. »Allerdings.«

Sie unterhielt sich gern mit ihm über solche Dinge. Mit Wendy sprach sie tendenziell mehr über das, was sie störte, als über das, was sie faszinierte. Sie beklagten sich über die überhand nehmende Frauenfeindlichkeit, schlechte Manieren und deprimierte Mütter, während sie sich mit Art stets unterhielt, um Neues über sich und ihn zu entdecken. Er wollte wissen, was sie inspirierte, was der Unterschied zwischen ihren Hoffnungen und ihren Zielen, ihrem Glauben und ihren Motivationen war.

»Unterschied?«, sagte sie.

»Manche Dinge tut man für sich«, sagte er. »Manche tut man für andere. Gelegentlich sind es dieselben.«

Während solcher Gespräche wurde ihr beispielsweise klar, dass es ein Glück für sie war, als freie Lektorin, als Buchdoktor zu arbeiten. Solche Entdeckungen taten gut.

Eines Abends, etwa drei Wochen nachdem sie ihn kennen gelernt hatte, wurden ihre Unterhaltungen persönlicher. »Ehrlich gesagt, ich lebe gern allein«, hörte sie sich sagen. Sie hatte sich inzwischen davon überzeugt, dass dem so war.

»Und was wäre, wenn du den idealen Partner finden würdest?«

»Dann kann er in seiner Wohnung ideal bleiben, und ich bleibe in meiner ideal. Auf diese Weise fangen wir gar nicht erst damit an, uns über so einen Mist zu streiten wie, wessen Schamhaar den Abfluss verstopft.«

Art gluckste. »O Gott! Hast du wirklich schon mal mit jemandem zusammengelebt, der sich *darüber* beschwert hat?«

Ruth zwang sich zu einem Lachen und schaute verlegen in ihre Kaffeetasse. Sie war diejenige gewesen, die sich beschwert hatte. »Wir hatten entgegengesetzte Ansichten über Sauberkeit«, sagte sie schließlich. »Gott sei Dank haben wir nicht geheiratet.« Als sie das sagte, spürte sie, dass diese Worte endlich echt waren und nicht nur den Schmerz verbargen.

»Du wolltest also heiraten.«

Sie hatte es nie geschafft, jemandem voll und ganz anzuvertrauen, was mit ihr und Paul Shinn passiert war, nicht einmal Wendy. Sie hatte Wendy erzählt, was sie alles an Paul störte und dass sie versucht war, sich von ihm zu trennen. Als sie dann verkündete, sie hätten sich getrennt, rief Wendy nur: »*Endlich* hast du es geschafft. Gut für dich.« Mit Art schien es leichter, über die Vergangenheit zu sprechen, weil er nicht Teil davon war. Er war bloß ein Bekannter aus dem Yogakurs, gehörte zur Peripherie ihres Lebens. Er kannte ihre früheren Hoffnungen und Ängste nicht. Mit ihm konnte sie die Vergangenheit offen, intelligent und mit emotionaler Distanz sezieren.

»Wir haben daran gedacht zu heiraten«, sagte sie. »Das ist doch klar, wenn man vier Jahre zusammenlebt, oder? Aber weißt du was? Mit der Zeit lässt die Leidenschaft nach, nicht aber die Unterschiede. Eines Tages hat er mir eröffnet, er hätte um eine Versetzung nach New York gebeten, und sie sei genehmigt worden.« Ruth erinnerte sich, wie überrascht sie gewesen war. Sie hatte Paul Vorwürfe gemacht, dass er es ihr nicht früher erzählt hatte. »Ich kann natürlich fast überall arbeiten«, hatte sie ihm gesagt, ärgerlich und doch aufgeregt angesichts der Aussicht, nach Manhattan zu ziehen, »aber es ist doch immer ein ziemlicher Bruch, aus der gewohnten Umgebung gerissen zu werden, gar nicht davon zu reden, meine Mutter zurückzulassen und in eine Stadt zu ziehen, in der ich überhaupt keine Kontakte habe. Warum hast du mir das erst in letzter Minute gesagt?« Es sollte eine rhetorische Frage sein. Dann kam Pauls betretenes Schweigen.

»Ich habe ihn nicht gebeten, mich mitzunehmen, er hat mich nicht gebeten mitzukommen«, erzählte sie Art einfach. Sie wich seinem Blick aus. »Es war eine Trennung auf die höfliche Weise. Wir waren uns beide einig, dass es an der Zeit war, sich weiterzubewegen, aber getrennt. Er war so nett, sich selbst die Schuld zu geben. Er sei unreif, während ich eben *verantwortungsbewusster* sei.« Sie grinste Art dämlich an, als wäre es das Absurdeste, was man über sie behaupten könne. »Das Schlimmste war, dass er dabei *so nett* war – als würde er sich schämen, mir das antun zu müssen. Und ich habe natürlich das letzte Jahr damit verbracht zu analysieren, was es war, was mit uns, mit *mir*, nicht funktioniert hat. Ich habe mir quasi jeden Streit durch den Kopf gehen lassen. Ich hatte ihm vorgeworfen, er sei gedankenlos, er hat behauptet, ich würde für einfache Probleme nur schwierige Lösungen finden. Ich habe gesagt, er würde nie etwas planen, er hat gesagt, bei mir sei das so zwanghaft, dass ich jede Spontaneität abtöten würde. Ich fand, er sei egoistisch, er sagte, ich würde ihn beinahe ersticken mit meiner Fürsorge, nur um mich dann zu bemitleiden, wenn er sich nicht vor Dankbarkeit überschlug. Vielleicht hatten wir ja beide Recht und waren deshalb nicht die Richtigen füreinander.«

Art berührte ihre Hand. »Ich finde, er hat eine großartige Frau verloren.«

Sie spürte Verlegenheit, aber auch Dankbarkeit.

»Das bist du. Du bist großartig. Du bist ehrlich und witzig. Klug, interessiert.«

»Vergiss nicht verantwortungsbewusst.«

»Was ist denn daran verkehrt? Ich wünschte, mehr Leute wären das. Und weißt du, was noch? Du bist gewillt, verwundbar zu sein. Ich finde das liebenswert.«

»Ach, Quatsch.«

»Im Ernst.«

»Das ist aber nett von dir. Der nächste Kaffee geht auf mich.« Sie lachte und legte die Hand auf seine. »Was ist mit dir? Erzähl mir von deinem Liebesleben und all deinen vergangenen Katastrophen. Mit wem bist du gerade zusammen?«

»Mit niemandem. Zur Hälfte lebe ich allein, die andere Hälfte sammle ich Spielzeug auf und mache Marmeladenbrote für meine beiden Töchter.«

Das war eine unerwartete Wendung. »Hast du sie adoptiert?«

Er wirkte verblüfft. »Es sind meine eigenen. Und natürlich von meiner Exfrau.«

Exfrau? Jetzt kannte sie schon drei homosexuelle Männer, die einmal verheiratet waren. »Wie lange warst du denn verheiratet, bevor du dein Coming-out hattest?«

»Coming-out?« Er verzog das Gesicht. »Moment mal. Glaubst du etwa, ich bin *schwul*?«

Auf der Stelle erkannte sie ihren Fehler. »Natürlich nicht!«, stammelte sie. »Ich meinte …«

Er bekam Lachkrämpfe. »Die ganze Zeit über hast du gedacht, ich sei *schwul*?«

Ruth wurde rot. Was hatte sie nur gesagt! »Es lag an dem Ring«, sagte sie dann und zeigte auf seinen goldenen Ring. »Die meisten schwulen Pärchen, die ich kenne, tragen einen Ring an der Rechten.«

Er zog den Ring ab und drehte ihn im Licht. »Mein bester Freund hat ihn mir zur Hochzeit gemacht«, sagte Art bedächtig. »Ernesto, ein Mensch, wie man nur selten welche trifft. Er hat sich zum Dichter und zum Goldschmied berufen gefühlt, sein Geld aber als Limousinenchauffeur verdient. Siehst du diese Kerben? Er hat mir erklärt, sie sollten mich daran erinnern, dass es viele Unebenheiten im Leben gibt, ich aber stets daran denken soll, was dazwischen liegt. Liebe, Freundschaft, Hoffnung. Als Miriam und ich uns getrennt haben, habe ich den Ring abgenommen. Dann ist Ernesto gestorben, an einem Gehirntumor. Ich habe beschlossen, den Ring als Erinnerung an ihn zu tragen, an das, was er gesagt hat. Er war ein guter Freund – aber *kein* Liebhaber.«

Er schob Ruth den Ring hinüber, damit sie die Details besser betrachten konnte. Sie nahm ihn in die Hand. Er war schwerer, als sie gedacht hatte. Sie hob ihn ans Auge und blickte Art durch den Ring an. Er war so sanft. Er bewertete nicht immer gleich alles. Sie spürte einen Druck in ihrem Herzen, der ihr wehtat, gleichzeitig aber hätte sie am liebsten gekichert und gejauchzt. Wie hätte sie ihn nicht lieben können?

Nachdem sie Arts Sachen in der Reinigung abgeholt hatte, bog Ruth den großen Zeh hoch und erinnerte sich daran, dass sie Wendy zurückrufen sollte. Mrs. Scott und ein jugendlicher Liebhaber, unglaublich. Sie beschloss zu warten, bis sie auf dem Parkplatz vor dem Lebensmittelgeschäft stand, um keinen Frontalzusammenstoß zu riskieren, weil sie über das Handy ein pikantes Gespräch führte.

Wendy und sie waren gleich alt. Sie kannten sich seit der sechsten Klasse, es hatte aber auch Zeiten gegeben, in denen sie sich jahrelang nicht sahen. Ihre Freundschaft war durch zufällige Treffen und durch die Hartnäckigkeit Wendys gewachsen. Ruth hätte Wendy zwar nicht als engste Freundin ausgewählt, aber sie war froh, dass es sich so ergeben hatte. Sie brauchte Wendys Übermut als Gegengewicht zu ihrer eigenen Vorsicht, Wendys Unverblümtheit als Gegengift gegen ihre eigene Zurückhaltung. »Jetzt sieh doch nicht gleich immer schwarz«, mahnte Wendy sie häufig. Nicht selten sagte sie: »Du musst nicht immer so verdammt höflich sein«, oder: »Du lässt mich richtig Scheiße aussehen.«

Wendy nahm beim ersten Freizeichen ab. »Ist das denn zu fassen?«, sagte sie, als hätte sie diesen Satz seit ihrem letzten Gespräch unablässig wiederholt. »Und ich dachte noch, sie hätte es schon mit dem Lifting übertrieben. Gestern Abend hat sie mir erzählt, dass sie und dieser Patrick es zweimal pro Nacht machen. Das erzählt sie mir – *mir*, ihrer Tochter, die sie einmal zur Beichte geschickt hat, nur weil sie gefragt hat, wo die Babys herkommen.«

Ruth stellte sich vor, wie Mrs. Scott ihr Chanelkostüm auszog, ihre Trifokalbrille und ihr diamantenbesetztes Designerkruzifix abnahm und dann ihren Beachboy umarmte.

»Sie kriegt mehr Sex ab als ich«, rief Wendy aus. »Ich kann mich gar nicht mehr erinnern, wann ich zum letzten Mal mit Joe im Bett etwas anderes wollte als einschlafen.«

Wendy hatte oft über ihren nachlassenden Sexualtrieb gewitzelt. Ruth glaubte allerdings nicht, dass sie damit meinte, er sei gänzlich verschwunden. Würde ihr das auch passieren? Sie und Art waren nicht mehr ganz das feurige Liebespaar wie in früheren Jahren. Sie gaben sich weniger Mühe mit den Vorbereitungen für die Liebe und ließen sich bereitwilliger auf Ausreden wie Müdigkeit ein. Sie wackelte mit einer Zehe: Östrogenspiegel überprüfen lassen. Das könnte der Grund dafür sein, dass sie sich so unbehaglich fühlte, Hormonschwankungen. Sie hatte keinen anderen Grund, sich unwohl zu fühlen. Nicht, dass ihr Leben perfekt war, aber was für Probleme sie auch haben mochte, sie waren geringfügig. Und sie sollte dafür sorgen, dass das so blieb. Sie nahm sich vor, liebevoller zu Art zu sein.

»Ich verstehe, weshalb du dich so aufregst«, sagte Ruth, um Wendy zu beschwichtigen.

»Eigentlich mache ich mir eher Sorgen, als dass ich mich aufrege«, sagte Wendy. »Es ist einfach verrückt. Je älter sie wird, desto jünger benimmt sie sich. Eine Stimme in mir sagt: Gut für sie, los, Mädchen. Und eine andere Stimme sagt: Wow. Ist die verrückt oder was? Muss ich jetzt auf sie aufpassen, mich wie ihre Mutter benehmen und dafür sorgen, dass sie nicht in Schwierigkeiten kommt? Verstehst du mich?«

»Mit meiner Mutter war das mein ganzes Leben so«, sagte Ruth. Plötzlich fiel ihr ein, was sie vergessen hatte. Ihre Mutter hatte nachmittags um vier einen Arzttermin. Während des letzten Jahres hatte sich Ruth zunehmend Sorgen um die Gesundheit ihrer Mutter gemacht. LuLing hatte eigentlich keine ernsthaften Probleme; sie schien nur immer ein wenig abwesend, wie benommen. Eine Weile hatte Ruth geglaubt, dass ihre Mutter nur müde war, dass ihr Gehör nachließ oder dass ihr Englisch schlechter wurde. Als Vorsichtsmaßnahme hatte Ruth auch die schlimmsten Möglichkeiten in Betracht gezogen – einen Gehirntumor, Alzheimer, einen Schlaganfall –, immer in der Hoffnung, dadurch sicherzustellen, dass es nichts von diesen Dingen war. In der Vergangenheit war es immer wieder so gewesen, dass sich Sorgen, die sie sich machte, im Nachhinein als unbegründet erwiesen. Vor ein paar Wochen, als ihre Mutter erwähnt hatte, sie habe einen Termin, um sich durchchecken zu lassen, hatte Ruth ihr aber sofort angeboten, sie zu fahren.

Nachdem sie und Wendy ihr Gespräch beendet hatten, stieg Ruth aus dem Auto aus und ging, immer noch in Gedanken, auf das Lebensmittelgeschäft zu. Und sie zählte an den Fingern die Fragen ab, die sie dem Arzt stellen wollte. Gott sei Dank konnte sie wieder sprechen.

Zwei

Im Gemüsegang steuerte Ruth auf einen Kübel mit wunderschön geformten Kohlrüben zu. Sie waren so groß wie Äpfel, ebenmäßig gewachsen, lila gemasert und gründlich abgeschrubbt. Die meisten Menschen wussten die Ästhetik einer Kohlrübe nicht zu würdigen, dachte Ruth, während sie sich fünf schöne heraussuchte. Sie hingegen liebte Kohlrüben, weil sie knackig waren und den Geschmack dessen annahmen, was sie umgab, Soße oder Marinade. Sie mochte kooperatives Gemüse. Kohlrüben mochte sie beispielsweise am liebsten, wenn sie in Scheiben geschnitten und in eine Marinade aus Essig, Chili, Zucker und Salz eingelegt waren.

Jedes Jahr vor dem Familientreffen im September setzte ihre Mutter zwei neue Einmachgläser mit Rüben an, von denen eines für Ruth war. Als kleines Mädchen hatte sie *la-la* dazu gesagt, scharf-scharf. Sie saugte und kaute an ihnen herum, bis die Lippen sich ganz entzündet und geschwollen anfühlten. Hin und wieder stopfte sie sich immer noch damit voll. War das ein Verlangen nach Salz oder nach Schmerz? Sobald der Vorrat zu schwinden drohte, gab Ruth wieder ein paar frische geschnittene Rüben und eine Prise Salz dazu und ließ sie mehrere Tage durchziehen. Art fand den Geschmack in geringen Dosen in Ordnung. Die Mädchen dagegen behaupteten immer, es rieche, als hätte jemand »in den Kühlschrank gefurzt«. Manchmal aß

Ruth morgens heimlich die scharfen Rüben, was ihre Weise war, den Tag anzugehen. Selbst ihre Mutter fand das merkwürdig.

Ihre Mutter – Ruth tippte sich auf den Ringfinger, um sich den Arzttermin wieder in Erinnerung zu rufen. Vier Uhr. Sie musste eine Menge Erledigungen an diesem verkürzten Tag unterbringen. Sie beeilte sich und nahm noch schnell Fuji-Äpfel für Fia, Granny Smith für Dory und Braeburn für Art mit. An der Fleischtheke ging sie die verschiedenen Möglichkeiten durch. Dory aß sowieso nichts, was Augen hatte, und seit Fia diesen Schweinefilm *Babe* gesehen hatte, versuchte auch sie, sich vegetarisch zu ernähren. Beide Mädchen machten aber bei Fisch eine Ausnahme, weil Meerestiere »nicht niedlich« waren. Als sie das verkündet hatten, entgegnete Ruth: »Nur weil etwas nicht niedlich ist, ist sein Leben weniger wert? Wenn ein Mädchen einen Schönheitswettbewerb gewinnt, ist es dann besser als ein Mädchen, das nicht gewonnen hat?« Fia verzog das Gesicht und sagte darauf: »Wovon redest du eigentlich? Fische nehmen nicht an Schönheitswettbewerben teil.«

Ruth schob den Einkaufswagen auf die Fischtheke zu. Ungeschälte Garnelen machten ihr immer Appetit, aber die mochte Art wiederum nicht. Er behauptete, bei Krustentieren oder Muscheln schmecke immer nur der Verdauungstrakt vor. Sie wählte also einen chilenischen Seebarsch. »Den da«, sagte sie und zeigte ihn dem Mann an der Theke. Dann überlegte sie es sich anders. »Ach, geben Sie mir doch den größeren.« Sie konnte ihre Mutter auch gleich zum Abendessen einladen, wenn sie schon gemeinsam zum Arzt gingen. LuLing klagte immer, dass sie nicht gern für sich allein koche.

An der Kasse sah Ruth, wie eine Frau vor ihr bundweise elfenbein- und pfirsichfarbene Tulpen aufhäufte, im Wert von mindestens fünfzig Dollar. Ruth war erstaunt, dass sich manche Leute einfach so Blumen für ihr Zuhause kauften, als wären sie so notwendig wie Toilettenpapier. Und ausgerechnet Tulpen!

Sie wurden nach wenigen Tagen welk und ließen die Blütenblätter fallen. Hatte die Frau etwa unter der Woche eine wichtige Essenseinladung? Wenn Ruth Blumen kaufte, wägte sie immer sämtliche Vor- und Nachteile ab, um die Ausgabe zu rechtfertigen. Margeriten waren fröhlich und billig, aber die rochen unangenehm. Schleierkraut war noch billiger, zeugte aber, wie Gideon immer betonte, von einem hundsmiserablen Geschmack in puncto Blumen; alte Tanten kauften so etwas und stellten es sich auf Spitzendeckchen, die sie von ihren Großmüttern geerbt hatten. Tuberosen rochen wunderbar und verliehen dem Ambiente einen Hauch von stilvoller Architektur, aber in diesem Laden waren sie teuer, fast vier Dollar pro Stiel. Im Blumenmarkt kosteten sie nur einen Dollar. Hortensien im Topf gefielen ihr; sie erlebten gerade ein Comeback. Sie kosteten zwar viel, hielten aber ein oder zwei Monate, *wenn* man nicht vergaß, sie zu gießen. Der Kniff bestand darin, sie abzuschneiden, bevor sie welkten. Wenn man sie dann in einem Keramikkrug trocknen ließ, konnte man sie als dauerhaften Blumenschmuck aufbewahren, bis jemand wie Art sie mit dem Argument, sie seien bereits verwelkt, wegwarf.

Ruth war nicht mit Blumen im Haus aufgewachsen. Sie konnte sich nicht erinnern, dass LuLing jemals welche gekauft hätte. Ruth hatte das nicht als Mangel empfunden, bis zu dem Tag, an dem sie einmal mit Tante Gal und ihren Kusinen einkaufen gegangen war. Im Supermarkt in Saratoga hatte die zehnjährige Ruth mit angesehen, wie diese alles in den Einkaufswagen packten, was ihnen gerade begehrenswert erschien, alle möglichen guten Sachen, die Ruth nie essen durfte: Schokoladenmilch, Donuts, Fertiggerichte, Eiscremesandwiches, kleine abgepackte Kuchen. Später blieben sie an einem kleinen Stand stehen, wo Tante Gal Schnittblumen kaufte, rosafarbene Moosröschen, obwohl niemand gestorben war oder Geburtstag hatte.

Durch diese Erinnerung angeregt, beschloss Ruth, sich ein

bisschen Luxus zu leisten und eine kleine Orchidee mit elfenbeinfarbenen Blüten zu kaufen. Orchideen wirkten zwar zart, gediehen aber gerade dann prächtig, wenn man sie vernachlässigte. Man musste sie nur alle zehn Tage gießen. Sie waren etwas kostspielig, aber sie blühten dafür sechs Monate oder sogar noch länger, um dann zu ruhen, bis sie einen mit neuen Blüten überraschten. Sie gingen nie ein – man konnte sich darauf verlassen, dass sie sich für immer und ewig reinkarnierten. Ein bleibender Wert.

Zurück in der Wohnung, verstaute Ruth die Lebensmittel, stellte die Orchidee auf den Esstisch und ging in ihr Kabuff. Sie war der Meinung, ein enger Raum beflügle umso mehr die Phantasie. Die Wände waren rot gestrichen, mit metallischen Goldsprenkeln, Wendys Idee. Das Licht der Deckenbeleuchtung wurde durch die Schreibtischlampe mit dem bernsteinfarbenen Lampenschirm etwas weicher. In den schwarz lackierten Regalen standen jetzt Nachschlagewerke statt Marmeladengläser. Ihr Laptop stand auf einer ausziehbaren Arbeitsfläche, aber damit die Knie ausreichend Platz bekamen, hatte Ruth erst den Mehlbehälter wegstellen müssen.

Sie schaltete den Computer ein und fühlte sich leer, noch bevor sie überhaupt angefangen hatte. Was hatte sie vor zehn Jahren gemacht? Das Gleiche. Was würde sie in zehn Jahren machen? Das Gleiche. Selbst die Themen der Bücher, die sie mitschrieb, unterschieden sich kaum, nur die Modewörter hatten sich geändert. Sie atmete tief durch und rief dann Ted an, ihren neuen Auftraggeber. Sein Buch, *Internet-Spiritualität*, handelte von der Ethik, die durch kosmische Computervernetzung geschaffen wurde. Er beharrte darauf, dass dieses Thema im Moment ganz heiß sei, aber sein charakteristisches Gepräge verlieren werde, sollte der Verlag es nicht sofort auf den Markt bringen. Am Wochenende, während Ruth in Tahoe war, hatte er auf ihrem Anrufbeantworter mehrere dringende Nachrichten hinterlassen.

»Auf die Publikationsdaten habe ich keinen Einfluss«, versuchte Ruth ihm zu erklären.

»Denken Sie nicht in Einschränkungen«, sagte er zu ihr. »Wenn Sie dieses Buch mit mir schreiben, müssen Sie an seine Prinzipien glauben. Alles ist möglich, solange es zum Wohle der Welt ist. Machen Sie die Ausnahme. Leben Sie außergewöhnlich. Wenn Sie das nicht können, sollten wir uns vielleicht überlegen, ob Sie überhaupt die Richtige für dieses Projekt sind. Denken Sie darüber nach, dann sprechen wir morgen noch einmal darüber.«

Ruth legte auf. Sie dachte darüber nach. Das Wohl der Welt, murmelte sie vor sich hin, war Aufgabe ihres Agenten. Sie würde Gideon vor diesem penetranten Kunden warnen und ihn darüber informieren, dass Ted vielleicht versuchen würde, den Erscheinungstermin zu ändern. Diesmal wollte sie nicht mit sich reden lassen. Die Forderungen dieses Auftraggebers zu erfüllen und dabei noch ihren anderen Verpflichtungen nachzukommen würde bedeuten, dass sie rund um die Uhr arbeiten müsste. Vor fünfzehn Jahren hätte sie das geschafft – damals, als sie noch Zigaretten geraucht und Arbeit mit dem Gefühl, gebraucht zu werden, gleichgesetzt hatte. Das war heute anders. Entspann dich, ermahnte sie sich. Sie holte noch einmal tief Luft und atmete aus, während sie das Regal mit den Büchern betrachtete, die sie lektoriert und mitgeschrieben hatte.

Der Kult der persönlichen Freiheit. Der Kult des Mitgefühls. Der Kult des Neids.

Die Biologie der sexuellen Anziehung. Die Physik der menschlichen Natur. Die Geographie der Seele.

Das Yin und Yang des Lebens als Single. Das Yin und Yang des Ehelebens. Das Yin und Yang nach der Scheidung.

Die populärsten Bücher waren *Mit Hunden gegen Depressionen, Zeit für Entscheidungen* und *Schuldgefühle – wozu?*. Das letzte Buch war zu einem umstrittenen Bestseller geworden. Es war sogar ins Deutsche *und* ins Hebräische übersetzt worden.

Als Koautorin erschien »Ruth Young«, wenn überhaupt, als der klein gedruckte Name, der auf ein »mit« folgte. Nach fünfzehn Jahren hatte sie annähernd fünfunddreißig Bücher zu verzeichnen. Die meisten ihrer ersten Titel waren von Kunden aus der Unternehmenskommunikation gekommen. Sie hatte sich zunächst auf Kommunikation im Allgemeinen spezialisiert, dann auf Kommunikationsprobleme, Verhaltensmuster, emotionale Probleme, auf seelisch-körperliche Wechselwirkungen und auf spirituelles Erwachen. Sie war schon so lange im Geschäft, dass sie mitverfolgt hatte, wie sich bestimmte Begriffe entwickelten – von »Chakras« zu »Chi«, »Prana«, »Lebensenergie«, »Lebenskraft«, »Biomagnetismus«, »Bioenergiefelder« und wieder zurück zu »Chakras«. In den Buchläden landeten die Weisheiten ihrer Kunden immer in den Abteilungen mit leichter Kost oder bei den Populärwissenschaften – Wellness, Inspiration und Lebenshilfe, Newage. Lieber würde sie Bücher bearbeiten, die unter die Kategorie Philosophie, Wissenschaft oder Medizin fielen.

Im Großen und Ganzen waren die Bücher, die sie mitverfasste, interessant, das hielt sie sich immer wieder vor Augen, und wenn nicht, dann war es ihre Aufgabe, sie interessant zu *machen*. Auch wenn sie sich aus Bescheidenheit manchmal geringschätzig über ihre Arbeit äußerte, ärgerte sie sich, wenn andere sie nicht ernst nahmen. Selbst Art schien nicht klar zu sein, wie schwierig ihre Arbeit war. Aber das lag zum Teil auch an ihr. Sie erweckte lieber den Eindruck, als fiele es ihr leicht. Die anderen sollten selbst erkennen, was sie Unglaubliches leistete, indem sie Stroh zu Gold spann. Natürlich tat das nie jemand. Niemand wusste, wie schwierig es war, diplomatisch zu sein, lebendige Texte aus unzusammenhängenden Gedanken zu machen. Ruth musste ihren Auftraggebern unablässig beteuern, dass deren Texte auch nach den Vereinfachungen, die sie vorgenommen hatte, immer noch klar, intelligent und gewichtig klangen. Sie musste dabei stets bedenken, dass die Autoren ihre Bücher als symbolische Form der Unsterblichkeit ansahen und irgendwie glaubten, ihre Worte auf der gedruckten Seite blieben weit länger erhalten als ihre Körper. Und wenn die Bücher dann erschienen, musste sich Ruth auf den Partys still zurücklehnen, während ihre Auftraggeber den Ruhm ernteten. Sie behauptete oft, sie brauche keine Bestätigung von außen, aber das entsprach nicht ganz der Wahrheit. Ein *wenig* Anerkennung wollte sie schon, allerdings nicht so wie vor zwei Wochen bei der Feier zum 77. Geburtstag ihrer Mutter.

Tante Gal und Onkel Edmund hatten eine Freundin aus Portland mitgebracht, eine ältere Frau mit dicker Brille, die Ruth fragte, was sie beruflich mache. »Ich kollaboriere mit Buchautoren«, gab sie zur Antwort.

»Warum du sagst das?«, schimpfte LuLing. »Klingt schlecht, wie Verräter und Spion.«

Darauf sagte Tante Gal mit großer Autorität: »Sie ist Ghostwriter, einer der besten, die es gibt. Du kennst das doch, wenn auf dem Buchumschlag ›nacherzählt von‹ steht, oder? Das ist Ruths Beruf – die Leute erzählen ihr Geschichten, und sie schreibt sie auf, Wort für Wort, genau wie es ihr erzählt wird.« Ruth blieb keine Zeit zum Widerspruch.

»Wie die Gerichtsstenografen also«, sagte die Frau. »Es heißt, die müssen sehr schnell und genau sein. Haben Sie eine besondere Ausbildung dafür machen müssen?«

Bevor Ruth antworten konnte, zwitscherte Tante Gal: »Ruthie, du solltest einmal meine Geschichte erzählen! Sehr aufregend und auch noch völlig wahr. Allerdings weiß ich nicht, ob du da mitkommen würdest. Ich rede ziemlich schnell!«

Jetzt griff LuLing ein: »Nicht nur tippen, *viel* Arbeit!« Ruth war dankbar für diese unerwartete Verteidigung, bis ihre Mutter hinzufügte: »Sie korrigieren auch Richtigschreiben!«

Ruth blickte von den Notizen auf, die sie bei der Telefonkonferenz mit dem *Internet-Spiritualität*-Autoren gemacht hatte, und dachte an die Vorteile ihres Berufs. Sie arbeitete zu Hause, verdiente anständig Geld und wurde zumindest von den Verlegern geschätzt, ebenso wie von den Presseleuten, die sie zur Vorabinformation anriefen, wenn sie Radiointerviews für die Autoren buchten. Sie hatte immer zu tun, im Gegensatz zu so manchen freiberuflichen Autoren, die sich wegen des ärmlichen Rinnsals an Jobs, das durch die Pipeline tröpfelte, sorgen mussten.

»So viel tun, so viel Erfolg«, hatte ihre Mutter neulich erwidert, als Ruth keine Zeit hatte, sie zu besuchen. »Keine Zeit«, fügte LuLing hinzu, »weil jede Minute Geld kosten. Wie viel ich zahlen, fünf Dollar, zehn Dollar, du mich dann kommst besuchen?« Ruth hatte wirklich nicht viel Freizeit, zumindest ihrer Meinung nach nicht. Freizeit war die wertvollste Zeit, die Zeit, in der man das tun sollte, was man gern tat. Wenigstens sollte man so zurückschalten, dass man sich erinnerte, was das Leben lebenswert und glücklich machte. Ihre Freizeit wurde meistens von dem aufgezehrt, was im Augenblick zwar dringend zu sein schien, sich später dann aber oft als unnötig erwies. Wendy war der gleichen Meinung. »Es gibt keine Freizeit mehr. Man muss jeder Minute einen Wert zuordnen. Ständig steht man unter dem Druck, etwas für sein Geld zu bekommen, sei es Ruhe, Entspannung oder ein Tisch in einem Restaurant, in das nicht so leicht reinzukommen ist.« Nachdem sie Wendys Ausführungen gehört hatte, zermarterte sich Ruth nicht mehr so den Kopf wegen ihres permanenten Zeitmangels. Es war nicht ihre Schuld, dass sie nicht genügend Zeit hatte, um das zu tun, was getan werden musste. Es war ein universelles Problem. Aber das musste sie erst einmal ihrer Mutter erklären.

Sie holte ihre Notizen zu Kapitel sieben von Agapi Agnos' neuestem Buch, *Gerechtigkeit für Kinder*, hervor und wählte dann Agapis Nummer. Ruth gehörte zu den wenigen Menschen, die wussten, dass Agapis richtiger Name Doris DeMatteo war und sie ihr Pseudonym gewählt hatte, weil *agapi* sich von dem griechischen Wort für »Liebe« herleitete und *agnos* so viel wie Unwissenheit hieß, die Agapi als Form der Unschuld interpretierte. So signierte sie auch ihre Bücher: »Liebe & Unschuld, Agapi Agnos.« Ruth arbeitete sehr gern mit ihr. Agapi war zwar Psychiaterin, aber sie wirkte trotzdem nicht einschüchternd. Sie wusste, dass ein Großteil ihrer Ausstrahlung auf ihrem Gehabe à la Zsa Zsa Gabor beruhte, ihrem Akzent, ihrer koketten und doch intelligenten Art, wenn sie Fragen in Fernseh- und Radiointerviews beantwortete.

Während des Telefonats ging Ruth das Kapitel durch, in dem die fünf Verbote und die zehn Gebote für engagiertere Eltern standen.

»Meine Liebe«, sagte Agapi, »warum muss es immer eine Liste mit fünf und zehn Punkten sein? Ich kann mich nicht immer auf so feste Zahlen beschränken.«

»Es ist leichter, sich Folgen von fünf oder zehn Punkten zu merken«, antwortete Ruth. »Ich habe irgendwo mal eine Untersuchung darüber gelesen.« Zumindest glaubte sie das. »Wahrscheinlich hat es mit dem Abzählen an den Fingern zu tun.«

»Das klingt jetzt völlig einleuchtend, Liebes! Ich wusste doch, dass es einen Grund dafür gibt.«

Nachdem sie das Telefonat beendet hatten, begann Ruth mit einem Kapitel, das den Titel »Kein Kind ist eine Insel« trug. Sie spielte dazu die Aufzeichnung eines Gesprächs mit Agapi ab:

»... Ob absichtlich oder nicht, Eltern drängen dem kleinen Kind eine Kosmologie auf ...« Agapi hielt inne. »Wolltest du etwas sagen?« Wie hatte sie Agapi zu verstehen gegeben, dass sie etwas einwenden wollte? Ruth unterbrach selten jemanden.

»Wir sollten ›Kosmologie‹ hier definieren«, hörte sie sich sagen, »vielleicht in einer Randbemerkung. Wir wollen doch nicht, dass die Leute denken, wir reden über Kosmetik oder Astrologie.«

»Ja, ja, hervorragend, meine Liebe. Kosmologie, sehen wir mal ... unsere *Vorstellung* – unterbewusst, implizit, oder beides – davon, wie das Universum funktioniert – möchtest du etwas sagen?«

»Die Leser werden denken, wir meinen Planeten oder die Urknalltheorie.«

»Du bist ganz schön zynisch! Na gut, schreib du die Definition, aber bitte erkläre dabei, wie jeder von uns sich in seine Familie einfügt, in die Gesellschaft, die Gemeinschaften, mit denen wir in Kontakt kommen. Sprich über die unterschiedlichen Rollen und darüber, wie wir sie unserer Meinung nach bekommen haben – ob es Vorsehung ist, Schicksal, Glück, Zufall, Selbstbestimmung, und so weiter und so fort. Ach ja, und Ruth, meine Liebe, sieh zu, dass es sexy und leicht verständlich klingt.«

»Kein Problem.«

»Na gut, wir gehen jetzt also davon aus, dass jeder den Begriff Kosmologie versteht. Danach sagen wir, dass Eltern diese Kosmologie an ihre Kinder weitergeben, durch ihr Verhalten, ihre Reaktionen auf tägliche Ereignisse, oft ganz banale – du siehst mich so fragend an?«

»Beispiele für banal.«

»Die Mahlzeiten zum Beispiel. Vielleicht gibt es das Abendessen immer um sechs Uhr, und Mami plant immer alles ganz genau, das Abendessen ist ein Ritual, aber nichts passiert, es wird nicht gesprochen, außer es gibt einen Streit. Oder es ist Catch-as-catch-can, und jeder nimmt sich so schnell und so viel er kann. Schon mit diesen Gegensätzen wächst das Kind entweder mit dem Glauben auf, dass Tag und Nacht vorhersehbar sind, wenn auch nicht immer angenehm, oder dass die

Welt chaotisch ist, hektisch, sich frei entwickelt. Manche Kinder finden sich wunderbar zurecht, unabhängig von den frühen Einflüssen. Andere wiederum werden zu großen, starken Erwachsenen, die ihr Leben lang eine sehr, *sehr* teure Psychotherapie brauchen.«

Ruth lauschte ihrem Gelächter auf dem Band. Anders als Wendy hatte sie selbst nie eine Therapie gemacht. Sie arbeitete mit zu vielen Therapeuten zusammen, sah, dass auch diese nur Menschen waren, die ihre Eigenheiten hatten und selbst Hilfe brauchten. Und während Wendy der Meinung war, es lohne sich, dass sich ein Fachmann in zwei Sitzungen pro Woche ihr und nur ihr allein widmete, konnte Ruth es nicht vor sich rechtfertigen, hundertfünfzig Dollar pro Stunde auszugeben, nur um sich selbst reden zu hören. Wendy schlug Ruth immer wieder vor, wegen ihres zwanghaften Zählens zum Psychiater zu gehen. Ruth fand das Zählen jedoch praktisch und mitnichten zwanghaft; sie zählte, um sich an etwas zu erinnern und nicht, um irgendeinen abergläubischen Unsinn abzuwehren.

»Meine liebe Ruth«, fuhr Agapis Stimme vom Band fort, »würdest du dir bitte auch den Ordner ›Faszinierende Fallstudien‹ vornehmen, um ein paar für dieses Kapitel herauszusuchen?«

»Natürlich. Außerdem, wie wäre es denn mit einem Abschnitt über die Kosmologie, die vom Fernsehen in seiner Funktion als künstlicher Betreuer vermittelt wird? Es ist nur ein Vorschlag, aber das Kapitel könnte auch als Aufhänger für Fernsehauftritte und Radiointerviews dienen.«

»Ja, ja, großartig! Welche Sendungen sollen wir nehmen?«

»Also, wir könnten mit den Fünfzigern anfangen, *Howdy, Doody, Micky Mouse Club*, bis hin zu den *Simpsons* und *South Park* ...«

»Nein, nein, ich meine Sendungen, in denen *ich* auftreten könnte. *Sixty Minutes, Today, Charley Rose* – ach, zu *der* Show würde ich gern eingeladen werden, der Mann ist *unglaublich* sexy...«

Ruth machte sich Notizen und fing mit einem Entwurf an. Agapi würde sie sicherlich am Abend anrufen, um über den Text zu sprechen, den Ruth bis dahin angefertigt hatte. Sie hatte den Verdacht, dass Agapi die einzige Autorin in der Branche war, die eine Frist wirklich für einen festen Termin hielt.

Um elf piepste ihre Uhr. Sie tippte sich auf den Finger, acht, Gideon anrufen. Als sie ihn am Apparat hatte, erzählte sie ihm zunächst von den Forderungen des *Internet-Spiritualität*-Autors. »Ted will, dass ich alles andere beiseite lege, um sein Projekt mit oberster Priorität zu behandeln. Ich habe ihm klipp und klar gesagt, dass das nicht geht, worauf er ziemlich deutlich angekündigt hat, er würde mich dann eben durch jemand anderes ersetzen. Ehrlich gesagt, ich wäre sogar ganz froh, wenn er mich feuern würde«, sagte Ruth. Sie bereitete sich auf eine Zurückweisung seitens Gideon vor.

»Das macht der nie«, sagte Gideon. »Du wirst nachgeben, wie üblich. Wahrscheinlich rufst du Ende der Woche bei Harper-SanFrancisco an und überredest die Leute da, den Erscheinungstermin zu verschieben.«

»Wie kommst du darauf?«

»Gib doch zu, du kommst immer allen entgegen. Du bist bereit, dir ein Bein auszureißen. Und du hast es raus, selbst den größten Trottel glauben zu machen, er wär der Beste auf seinem Gebiet.«

»Pass bloß auf«, sagte Ruth. »Was du da beschreibst, das ist eine Nutte.«

»Es ist aber wahr. Du bist ein Traum, was Zusammenarbeit betrifft«, fuhr Gideon fort. »Du hörst noch zu, während deine Autoren in ihrer ungehemmten Selbstherrlichkeit weiterschwafeln. Sie übergehen dich, und du nimmst es einfach hin. Du bist richtig unkompliziert.«

Warum hörte Art das nicht? Ruth hätte gern damit geprahlt: Siehst du, *andere* finden mich nicht schwierig. Dann wurde ihr klar, dass Gideon wohl meinte, sie sei ein leichtes Opfer. Das fand sie allerdings nicht. Sie kannte ihre Grenzen, aber sie war nicht der Typ, der sich in Dinge verrannte, die letztlich gar nicht wichtig waren. Sie verstand die Menschen nicht, die ständig stritten und immer Recht haben mussten. Ihre Mutter war so eine, und was hatte sie davon? Nichts als Unzufriedenheit und Ärger. Nach der Kosmologie ihrer Mutter war die Welt gegen sie, und niemand konnte etwas daran ändern, weil es ein Fluch war.

Ruths Meinung nach geriet LuLing jedoch hauptsächlich wegen ihres schlechten Englischs in Streit. Entweder verstand sie andere nicht, oder sie wurde nicht verstanden. Ruth war sich dabei immer als die eigentliche Leidtragende vorgekommen.

Ironischerweise war ihre Mutter sogar *stolz* darauf, sich ihr Englisch selbst beigebracht zu haben, diese holprigen Ausdrücke, die sie in China und Hongkong aufgeschnappt hatte. Seit sie vor fünfzig Jahren in die Vereinigten Staaten eingewandert war, hatte sie weder ihre Aussprache noch ihren Wortschatz verbessert. Ihre Schwester GaoLing war etwa zur selben Zeit nach Amerika gekommen, aber ihr Englisch war nahezu perfekt. Sie konnte über den Unterschied zwischen Krinolin- und Organzastoffen reden und die Bäume benennen, die ihr gefielen: Eiche, Ahorn, Ginkgo, Kiefer. LuLing unterschied Stoffe nach »kostet zu viel«, »zu glatt«, »kratzt auf Haut« und »hält lange«. Und es gab nur zwei Arten von Bäumen: »schattig« und »verliert Blatt ganze Zeit«. LuLing konnte noch nicht einmal Ruths Namen richtig aussprechen. Ruth war es immer peinlich, wenn sie auf der Straße nach ihr rief: »Luutie! Luutie!« Warum hatte ihre Mutter einen Namen mit Lauten ausgewählt, die sie nicht aussprechen konnte?

Das Schlimmste jedoch war: Als einziges Kind einer Witwe

hatte Ruth ihrer Mutter immer als Sprachrohr dienen müssen. Schon mit zehn Jahren war Ruth am Telefon die Englisch sprechende »Mrs. LuLing Young«, sie war diejenige, die Arzttermine vereinbarte, die Briefe an die Bank schrieb. Einmal musste sie sogar einen peinlichen Brief an den Pfarrer verfassen.

»Luutie macht mir so viele Sorgen«, hatte LuLing diktiert, als wäre Ruth unsichtbar, »vielleicht ich sie schicke nach Taiwan, Schule für schlechte Kinder. Was Sie meinen?«

Ruth machte daraus: »Vielleicht sollte Ruth ein Mädchenpensionat in Taiwan besuchen, wo sie die Umgangsformen einer jungen Dame lernt. Was halten Sie davon?«

Komischerweise, so überlegte sie jetzt, war es eigentlich ihre Mutter gewesen, die ihr beigebracht hatte, Buchdoktor zu werden. Ruth musste schon früher das Leben besser machen, indem sie es überarbeitete.

Um zehn nach drei war schließlich der Installateur wieder weg, nachdem Ruth ihn bezahlt hatte. Art war weder nach Hause gekommen, noch hatte er überhaupt angerufen. Sie hatte ein ganz neues Heißwassergerät einbauen lassen müssen, mit einem Ersatzteil war es nicht getan. Wegen der undichten Stelle musste der Installateur in der ganzen Wohnung den Strom abschalten, bis er das stehende Wasser abgesaugt hatte, um den alten Wasserspeicher entfernen zu können. Ruth hatte nicht arbeiten können.

Sie war spät dran. Sie faxte Agapi den Entwurf, dann lief sie hastig durch die Wohnung und suchte ihre Notizen zusammen, ihr Handy, ihr Adressbuch. Mit dem Auto fuhr sie zum Presidio Gate und dann durch den Eukalyptuswald weiter zur California Street. Ihre Mutter wohnte fünfzig Straßen westlich im Sunset District, einem Teil von San Francisco, der nahe bei Land's End liegt.

Bei dem Arzttermin handelte es sich offensichtlich um einen Routinebesuch. Ihre Mutter hatte in den letzten paar Jahren einfach die jährlichen Untersuchungen nicht beachtet, obwohl diese von der Kasse finanziert wurden. LuLing war nie krank. Ruth konnte sich nicht erinnern, wann ihre Mutter das letzte Mal einen Schnupfen oder gar eine Grippe gehabt hätte. Mit siebenundsiebzig hatte sie keines der üblichen geriatrischen Probleme, weder Arthritis noch einen hohen Cholesterinspiegel, noch Osteoporose. Ihr schlimmstes Leiden – über das sie sich häufig bei Ruth beklagte, und zwar mit peinlich genauen Details – war Verstopfung.

Seit kurzem machte Ruth sich jedoch Sorgen, weil sie den Eindruck hatte, dass ihre Mutter zwar nicht richtig vergesslich, aber zunehmend unachtsam wurde. Sie sagte »Schleife«, wenn sie »Packpapier« meinte, »Umschlag«, wenn sie »Briefmarke« meinte. Ruth hatte eine Liste von Beispielen im Kopf, die sie dem Arzt mitteilen wollte. Der Unfall im letzten März, den sollte sie ebenfalls erwähnen. LuLing war mit ihrem Auto auf einen Lastwagen aufgefahren. Glücklicherweise hatte sie sich nur den Kopf am Lenkrad angeschlagen, und niemand sonst war verletzt worden. Das Auto hatte einen Totalschaden.

»Ich bekomme Riesenschreck«, hatte LuLing berichtet. »Bis in Knochen.« Sie schob einer Taube die Schuld zu, die vor ihrer Windschutzscheibe hochgeflogen sei. Vielleicht, so überlegte Ruth jetzt, war es gar kein Flattern von Flügeln gewesen, sondern eines in LuLings Kopf, ein Schlaganfall also, und der Schlag auf den Kopf war vielleicht ernster gewesen, eine Gehirnerschütterung, ein Schädelbruch. Wie auch immer, der Polizeibericht und die Versicherung sagten, es sei LuLings Schuld gewesen, nicht die einer Taube. LuLing war darüber so empört, dass sie die Autoversicherung kündigte, nur um sich dann zu beschweren, dass die Gesellschaft sich später weigerte, sie wieder zu versichern.

Ruth hatte Agapi Agnos von dem Unfall erzählt. Agapi meinte daraufhin, Unaufmerksamkeit und Missmut hingen bei älteren Menschen oft mit Depressionen zusammen.

»Meine Mutter ist schon ihr ganzes Leben lang depressiv und missmutig«, sagte Ruth. Sie erwähnte aber nicht die Selbstmorddrohungen, die sie schon so oft gehört hatte, dass sie sich bemühte, gar nicht darauf zu reagieren.

»Ich habe von exzellenten Therapeuten gehört, die mit chinesischen Patienten gearbeitet haben«, sagte Agapi. »Sie kennen sich recht gut mit den kulturellen Unterschieden aus – magisches Denken, alte gesellschaftliche Zwänge, der Fluss des Chi.«

»Glaub mir, Agapi, meine Mutter ist *nicht* wie andere Chinesen.« Ruth hatte sich immer gewünscht, ihre Mutter wäre mehr wie Tante Gal. Die sprach nie von Geistern oder Unglück oder den Arten, auf die sie zu Tode kommen könnte.

»In jedem Fall solltest du sie von einem Arzt ganz gründlich durchchecken lassen, meine Liebe. Und umarme deine Mutter von mir, damit sie wieder gesund wird.« Das war nett gedacht, aber Ruth und LuLing umarmten sich nur selten. Immer wenn sie es versuchte, versteifte Mutter die Schultern, als würde sie jemand angreifen.

Auf dem Weg zu LuLing geriet Ruth in den typischen Sommernebel. Sie fuhr an langen Reihen von Bungalows vorbei, die in den Zwanzigerjahren erbaut worden waren, an kleinen Häuschen aus den Dreißigerjahren und charakterlosen Apartmentgebäuden aus den Sechzigern. Der Blick zum Meer wurde durchzogen von Leitungen, die wirr zwischen Häusern und Masten gespannt waren. Viele der Panoramafenster waren durch versprühtes Meerwasser verschmiert. Die Abflussrohre und Dachrinnen waren verrostet, ebenso die Stoßstangen alter Autos. Sie bog in eine Straße ein, die von stilvolleren Häusern gesäumt war, architektonische Versuche einer Bauhaus-Eleganz. Die kleinen Rasenflächen davor wurden von seltsam zurechtgestutzten Büschen geziert, die an die Zuckerwattebeine von Ausstellungspudeln denken ließen.

Sie hielt vor LuLings Haus, einem Gebäude mit zwei Wohnungen. Es war im mediterranen Stil erbaut, mit einer apricotfarbenen gewölbten Front und einem Balkon mit Erkerfensterimitaten und schmiedeeisernem Gitter. LuLing hatte früher stolz ihren Garten gepflegt. Sie hatte die Hecke selbst gegossen und geschnitten und die Begrenzung aus weißen Steinen sauber gehalten, die den kurzen Weg flankierte. Als Ruth noch zu Hause gewohnt hatte, hatte sie immer die fünf Quadratmeter Rasen mähen müssen. LuLing hatte sie immer kritisiert, wenn am Rand etwas über den Gehsteig hinauswuchs. Sie beklagte sich auch über die gelben Urinflecken, die von dem Hund gegenüber stammten. »Luutie, du sag dem Mann, er soll Hund nicht tun lassen.« Ruth ging widerwillig über die Straße, klopfte an die Tür und fragte, ob der Nachbar eine schwarzweiße Katze gesehen habe, dann ging sie wieder zurück und berichtete ihrer Mutter, der Mann habe versprochen, er werde sich bemühen. Später dann, wenn sie vom College nach Hause zu Besuch kam, verlangte ihre Mutter, kaum war Ruth durch die Tür getreten, immer noch von ihr, dass sie sich bei dem Mann gegenüber beschwerte. Die Sache mit der entlaufenen Katze war langsam abgedroschen, und es war schwer, sich neue Ausreden einfallen zu lassen, um bei dem Mann zu klingeln. Ruth zögerte es meistens hinaus, und LuLing klagte über mehr und immer mehr gelbe Flecken, genau wie über Ruths Faulheit, ihre Vergesslichkeit, ihr mangelndes Interesse an der Familie und so weiter. Ruth versuchte, ihre Mutter zu ignorieren, indem sie las oder fernsah.

Eines Tages nahm Ruth allen Mut zusammen und sagte LuLing, sie solle doch einen Rechtsanwalt engagieren, um den Mann zu verklagen, oder einen Gärtner, der sich um den Rasen kümmerte. Ihre Mitbewohnerin im College hatte das vorgeschlagen und gemeint, Ruth sei verrückt, dass sie sich von ihrer Mutter immer noch herumschubsen lasse wie eine Sechsjährige.

»*Bezahlt* sie dich denn dafür, dass du ihr Punchingball bist?«, hatte ihre Mitbewohnerin gesagt, um Argumente zu liefern.

»Na ja, sie gibt mir Geld für die Ausgaben am College«, sagte Ruth.

»Ja, aber das tun alle Eltern. Dazu sind sie verpflichtet. Aber das gibt ihnen noch lange nicht das Recht, einen zu ihrem Sklaven zu machen.«

Auf diese Weise gestärkt trat sie ihrer Mutter gegenüber: »Wenn es dich so stört, dann kümmere dich selbst darum.«

LuLing blickte sie volle fünf Minuten schweigend an, bis es aus ihr wie aus einem Geysir herausbrach: »Dir lieber ich tot? Du willst keine Mutter dir sagen was tun? Okeh, vielleicht ich sterbe bald!« Und schon war Ruth mir nichts, dir nichts der Boden unter den Füßen weggezogen worden, und sie war sozusagen unfähig, das Gleichgewicht zu halten. LuLings Drohungen zu sterben waren wie Erdbeben. Ruth war klar, dass es unter der Oberfläche womöglich brodelte und es jederzeit losgehen konnte. Doch obwohl sie das wusste, geriet sie jedes Mal in Panik, wenn die Erschütterungen spürbar wurden, und wäre am liebsten davongelaufen, bevor die Welt einstürzte.

Seltsamerweise verlor LuLing nach diesem Vorfall nie mehr ein Wort darüber, dass der Hund auf den Rasen pinkelte. Stattdessen machte LuLing es sich zur Angewohnheit, jedes Mal, wenn Ruth nach Hause kam, eine Schaufel zu nehmen, auf allen vieren die gelben Flecken sorgfältig auszugraben und neues Gras anzusäen, Quadratzentimeter für Quadratzentimeter. Ruth war bewusst, dass ihre Mutter sie damit nur unter Druck setzen wollte, aber sie bekam trotzdem Magenschmerzen, während sie so tat, als würde sie das nichts angehen. Zu guter Letzt stellte LuLing doch jemanden ein, der die gelben Flecken verschwinden ließ, einen kleinen Gartenbauunternehmer, der einen Rahmen und eine Gussform konstruierte, um eine Veranda aus roten und weißen Betonrauten zu gießen. Der Weg wurde ebenfalls rot. Mit der Zeit verblassten die roten Rauten dann. Die weißen wurden schmutzig. Manche Stellen sahen aus, als hätten sich dort Liliputanervulkane erhoben. Stacheliges Unkraut und strohige Büschel wuchsen in den Ritzen. Ich sollte das Ganze auf Vordermann bringen lassen, dachte Ruth, als sie auf das Haus zuging. Es betrübte sie, dass ihre Mutter nicht mehr auf das Erscheinungsbild achtete. Sie hatte auch Gewissensbisse, weil sie ihrer Mutter nicht mehr im Haus geholfen hatte. Vielleicht konnte sie ja ihren eigenen Hausmeister beauftragen, Reinigungsarbeiten und Reparaturen durchzuführen.

Als Ruth sich der Treppe zur oberen Wohnung näherte, trat die Mieterin der unteren Wohnung aus der Tür und bedeutete ihr, dass sie mit ihr reden wolle. Francine war eine magersüchtig dünne Frau Mitte dreißig, die eine Haut in Größe 40 über einem Körper mit Größe 34 zu tragen schien. Sie beklagte sich häufig bei Ruth wegen fälliger Reparaturen am Haus: Der Strom falle immer wieder aus. Die Rauchmelder seien alt und sollten ersetzt werden. Die Hintertreppe sei uneben und könne jederzeit zu einem Unfall führen – und zu einer Anzeige selbstverständlich.

»Nie zufrieden!«, hatte LuLing daraufhin zu Ruth gesagt.

Ruth hütete sich natürlich, Partei für die Mieterin zu ergreifen. Aber sie machte sich Sorgen, dass eines Tages wirklich etwas passierte, dass zum Beispiel ein Feuer ausbrach, und ihr graute vor Schlagzeilen wie: »Vermieterin in Elendsquartier festgenommen, tödliche Gefahren ignoriert.« Ruth sorgte deshalb heimlich dafür, dass zumindest die leichter zu lösenden Probleme beseitigt wurden. Nachdem sie Francine einen neuen Rauchmelder gekauft hatte, war ihr aber LuLing auf die

Schliche gekommen und fast geplatzt vor Wut. »Du denkst, sie haben Recht, ich nicht?« Wie schon in Ruths ganzer Kindheit steigerte sich LuLings Wut, bis sie kaum noch sprechen konnte und nur noch die alte Drohung ausstieß: »Vielleicht ich sterbe bald!«

»Sie müssen mit Ihrer Mutter reden«, jammerte Francine jetzt. »Sie hat mich beschuldigt, ich hätte die Miete nicht bezahlt. Ich zahle *immer* rechtzeitig, immer am Ersten jeden Monats. Ich weiß nicht, wovon sie redet, aber sie fängt immer wieder davon an, wie eine kaputte Schallplatte.«

Ruth bekam ein flaues Gefühl im Magen. Sie wollte das nicht hören.

»Ich habe ihr sogar den Beleg gezeigt. Aber sie hat nur gesagt: ›Sehen Sie, Sie haben ja die Rechnung noch!‹ Es war verrückt, sie hat völligen Unsinn geredet.«

»Ich kümmere mich darum«, sagte Ruth ruhig.

»Es ist nur, weil sie mich hundertmal am Tag darauf anspricht. Ich drehe noch durch.«

»Ich kläre das.«

»Das hoffe ich, denn ich war schon drauf und dran, die Polizei zu rufen, wegen einer Unterlassungsanordnung!«

Eine Unterlassungsanordnung? Wer war hier durchgedreht? »Ich bedaure sehr, was vorgefallen ist«, sagte Ruth, und sie erinnerte sich an ein Buch über die Spiegelung der Gefühle von Kindern, an dem sie mitgearbeitet hatte. »Das muss sehr frustrierend für Sie sein, wo doch feststeht, dass Sie nichts falsch gemacht haben.«

Es funktionierte. »Also gut«, meinte Francine und verschwand rückwärts in ihrer Tür wie ein Kuckuck in einer Kuckucksuhr.

Ruth schloss mit ihrem Schlüssel die Wohnungstür ihrer Mutter auf. Sie hörte LuLing rufen: »Warum so spät?«

In ihrem braunen Vinylsessel sah LuLing aus wie ein bockiges Kind auf einem Thron. Ruth überprüfte sie kurz auf Auffälligkeiten, ein Zucken am Auge, eine leichte Lähmung an einer Gesichtshälfte vielleicht. Nichts, dieselbe alte Mama. LuLing trug ein purpurrotes Strickjäckchen mit Goldknöpfen, ihr Lieblingsstück, schwarze weite Hosen und Pumps mit niedrigen Absätzen in Größe 35. Das Haar war wie bei Fia und Dory nach hinten gebunden, nur hatte sie den Pferdeschwanz mit einem Netz zu einem Knoten zusammengefasst und mit einem Haarteil verstärkt. Das Haar war pechschwarz, bis auf den Ansatz am Hinterkopf, wo sie nicht sehen konnte, dass sie nicht genügend Farbe aufgetragen hatte. Von fern sah sie aus wie eine viel jüngere Frau, sechzig statt siebenundsiebzig. Die Haut war gleichmäßig und weich, LuLing brauchte kein Puder oder Make-up. Man musste sie schon aus der Nähe betrachten, um die feinen Linien auf den Wangen zu erkennen. Die tiefsten Falten umgaben die Mundwinkel, die sie oft nach unten zog, wie auch jetzt.

LuLing schimpfte. »Du sagst Doktor besuchen ein Uhr.«
»Ich habe gesagt, der Termin ist um vier.«
»Nein! Ein Uhr! Du sagst fertig sein. Also ich fertig, du kommst nicht!«

Ruth spürte, wie ihr das Blut aus dem Kopf wich. Sie versuchte es anders. »Gut, ich rufe beim Arzt an und frage, ob wir auch um vier noch kommen können.« Sie ging nach hinten, wo ihre Mutter ihre Kalligraphie und Malerei betrieb, in das Zimmer, das vor langer Zeit einmal ihres gewesen war. Auf dem Zeichentisch lag ein großes Blatt Aquarellpapier. Ihre Mutter hatte ein Bildgedicht angefangen, dann aber mitten in einem Zeichen aufgehört. Der Pinsel lag auf dem Papier, die Spitze war trocken und steif. LuLing war sonst nicht so achtlos. Sie behandelte ihre Pinsel immer mit fanatischer Sorgfalt, sie wusch sie in Mineralwasser aus und nicht in Leitungswasser, damit sie nicht durch das Chlor beschädigt wurden. Vielleicht war sie gerade beim Malen gewesen, als der Wasserkessel gepfiffen hatte, und einfach aufgesprungen. Vielleicht hatte danach das Telefon geklingelt, eins auf das andere. Doch dann sah Ruth genauer hin. Ihre Mutter hatte versucht, immer wieder dasselbe Schriftzeichen zu schreiben, und jedes Mal hatte sie beim selben Strich aufgehört. Was war das für ein Zeichen? Und warum hatte sie mittendrin aufgehört?

Als Ruth aufwuchs, hatte LuLing ihr Gehalt als Hilfslehrerin durch Nebeneinkünfte aufgebessert, unter anderem durch zweisprachige Kalligraphien in Chinesisch und Englisch. Sie schrieb Preisschilder für Supermärkte und Schmuckgeschäfte in Oakland und San Francisco, Glückszweizeiler für Restauranteröffnungen, Spruchbänder für Trauerkränze sowie Geburts- und Hochzeitsanzeigen. Im Lauf der Zeit hatte man Ruth häufig gesagt, dass die Kalligraphien ihrer Mutter künstlerisches Niveau hätten und geradezu erstklassig seien. Diese Akkordarbeit brachte ihr einen verlässlichen Ruf ein, und auch Ruth hatte zu dem Erfolg beigetragen: Sie korrigierte die Rechtschreibung der englischen Wörter.

»Das heißt ›Grapefruit‹«, hatte die achtjährige Ruth einmal genervt gesagt, »nicht ›Grapefoot‹. Es ist doch eine Frucht und kein Fuß.«

An jenem Abend begann LuLing, ihr die chinesische Schrift beizubringen. Ruth wusste, dass das die Strafe für ihre Worte zuvor war.

»Sieh mir zu«, befahl LuLing ihr auf Chinesisch. Sie rieb einen Tuschestift auf einem Reibstein und träufelte mit einer Pipette Salzwassertränen dazu. »Sieh mir zu«, sagte sie und wählte einen Pinsel unter den Dutzenden aus, die mit der Spitze nach unten bereithingen. Ruths müde Augen bemühten sich, der Hand ihrer Mutter zu folgen, als diese den Pinsel in die Tusche tupfte, ihn dann beinahe senkrecht über das Blatt hielt, Handgelenk und Ellbogen in der Luft. Schließlich begann sie zu schreiben, indem sie das Handgelenk leicht drehte, worauf die Hand sich senkte und wie eine Motte über das glänzende weiße Papier tänzelte. Bald formten sich spinnenartige Bilder: »Alles um die Hälfte!« – »Enorme Preissenkungen!« – »Geschäftsaufgabe!«

»Chinesische Schriftzeichen«, erklärte ihr ihre Mutter, »schreibt man ganz anders als englische Wörter. Man denkt anders. Man fühlt anders.« Und das stimmte: LuLing war anders, wenn sie schrieb und malte. Sie war ruhig, organisiert und entschlossen.

»Bao Bomu hat mir das Schreiben beigebracht«, sagte LuLing eines Abends. »Sie hat mir das Denken beigebracht. Wenn man schreibt, sagt sie, muss man den freien Fluss seines Herzens sammeln.« Zur Demonstration schrieb LuLing das Zeichen für »Herz«. »Siehst du? Jeder Strich hat seinen eigenen Rhythmus, sein Gleichgewicht, seinen richtigen Platz. Bao Bomu hat gesagt, genauso sollte alles im Leben sein.«

»Wer war Bao Bomu noch mal?«, fragte Ruth.

»Sie hat sich um mich gekümmert, als ich ein kleines Mädchen war. Sie hat mich sehr geliebt, wie eine Mutter. *Bao*, das heißt ›wertvoll, allerliebst‹, und mit *bomu* zusammen bedeutet es ›Liebste Tante‹.« Ach, *die* Bao Bomu, der verrückte Geist. Lu-Ling begann eine einfache horizontale Linie. Aber die Bewegungen waren nicht einfach. Sie ließ die Spitze des Pinsels auf dem Papier ruhen, wie eine Spitzentänzerin. Die Spitze bog sich ein wenig nach unten, knickste, dann fuhr sie wie von launischen Winden getrieben nach rechts, hielt inne, wandte sich einen halben Schritt nach links und erhob sich. Ruth seufzte. Warum sollte sie es überhaupt versuchen? Ihre Mutter würde sich nur aufregen, dass sie es nicht richtig machte.

An manchen Abenden gab LuLing ihrer Tochter Hilfestellungen, damit diese sich die Zeichen merken konnte. »Jedes

Radikal kommt von einem alten Bild aus alter Zeit.« Sie machte einen waagrechten Strich und fragte Ruth, ob sie erkennen könne, was das Bild darstelle. Ruth kniff die Augen zusammen und schüttelte dann den Kopf. LuLing machte den gleichen Strich noch einmal. Das wiederholte sie immer wieder, und jedes Mal fragte sie Ruth, ob sie wisse, was das sei. Schließlich schnaubte ihre Mutter, der komprimierte Ausdruck ihrer Enttäuschung und Verachtung.

»Diese Linie ist wie ein Lichtstrahl. Hier, kannst du es sehen oder nicht?«

Für Ruth sah die Linie aus wie ein abgenagtes Rippchen.

»Jedes Zeichen ist ein Gedanke«, fuhr LuLing fort, »ein Gefühl, Bedeutungen, Geschichte, alles ist miteinander eins geworden.« Sie zeichnete weitere Linien – Punkte und kurze Striche, Striche nach unten und nach oben, Kurven und Haken. »Siehst du das?«, wiederholte sie dabei immer wieder, *tink-tink-tink*. »Diese Linie und diese und diese – das ist die Form eines himmlischen Tempels.« Da Ruth als Antwort nur die Schultern hob, fügte LuLing hinzu: »Ein Tempel im *alten* Stil«, als würde das Wort *alt* bei ihrer Tochter den Groschen fallen lassen! Ah, ich verstehe.

Später verlangte LuLing von Ruth, sich mit demselben Zeichen zu versuchen, und fütterte sie die ganze Zeit über mit chinesischer Denkweise. »Halte das Handgelenk so, fest, aber immer noch locker, wie ein junger Weidenzweig – ai-ya, nicht zusammengesackt wie ein Bettler auf der Straße ... Ziehe den Strich anmutig, wie ein Vogel, der auf einem Zweig landet, nicht wie ein Henker, der einem Teufel den Kopf abschlägt. So wie du es gemalt hast – sieh mal, das Ganze fällt um. Mach es so... erst das Licht, dann den Tempel. Zusammen bedeutet es ›Nachrichten von den Göttern‹. Siehst du, wie dieses Wissen immer von oben kommt? Siehst du, wie die chinesischen Wörter Sinn ergeben?«

Mit chinesischen Wörtern ergab es immer Sinn, was ihre Mutter sagte, überlegte Ruth nun. Oder doch nicht?

Sie rief beim Arzt an und bekam eine Arzthelferin an den Apparat. »Hier ist Ruth Young, die Tochter von LuLing Young. Wir haben um vier einen Termin bei Dr. Huey, ich wollte nur ein paar Dinge vorher erwähnen...« Sie kam sich vor wie ein Kollaborateur, eine Verräterin und Spionin.

Als Ruth wieder in das Wohnzimmer kam, suchte LuLing gerade nach ihrer Handtasche.

»Wir brauchen kein Geld«, sagte Ruth. »Und wenn, dann kann ich zahlen.«

»Nein, nicht zahlen! Niemand zahlen!«, rief LuLing. »In Handtasche ich stecken meine Karte. Tasche bei GaoLing gelassen. Sie vergessen, mir sagen.«

»Wann warst du denn dort?«

»Drei Tage vorher. Montag.«

»Heute ist Montag.«

»Wie kann sein Montag? Ich vor drei Tagen dort, nicht heute!«

»Bist du mit der Bahn gefahren?« Seit ihrem Autounfall fuhr LuLing mit öffentlichen Verkehrsmitteln, wenn Ruth sie nicht chauffieren konnte.

»Ja, und GaoLing mich spät abholt! Ich warte zwei Stunden. Endlich sie kommen. Und dann macht Vorwürfe, sagt: Warum du früh kommen, du sollen um elf kommen. Ich sage: Nein, ich nie sage, ich komme elf. Warum sagen, ich kommen elf, wenn ich schon wissen, ich komme neun Uhr? Sie tut, als ob ich verrückt, macht mich sehr böse.«

»Meinst du, du hast sie vielleicht in der Bahn vergessen?«

»Was vergessen?«

»Deine Handtasche.«

»Warum du immer auf ihre Seite?«

»Ich bin auf gar keiner Seite...«

»Vielleicht sie behalten meine Handtasche, mir nicht sagt. Sie immer wollen meine Sachen. Eifersüchtig auf mich. Kleinmädchenzeit, sie wollen mein *Chipao*-Kleid, wollen meine Melone, wollen alle Aufmerksamkeit.«

Die Dramen, die ihre Mutter und ihre Tante in all den Jahren durchgemacht hatten, ähnelten den Boulevardtheaterstücken, in denen zwei Personen sämtliche Rollen spielten: die besten Freunde und die schlimmsten Feinde, Erzrivalen und vergnügte Verschwörer. Sie waren nur ein Jahr auseinander, siebenundsiebzig und sechsundsiebzig, und wegen dieses geringen Altersunterschieds schienen sie besonders miteinander zu konkurrieren.

Die beiden Schwestern waren getrennt nach Amerika gekommen, hatten dann aber zwei Brüder geheiratet, die Söhne eines Kaufmanns und seiner Frau. LuLings Mann, Edwin Young, studierte Medizin, und als der Ältere war es sein »Schicksal«, wie LuLing es ausdrückte, klüger und erfolgreicher zu sein als sein Bruder. Die Familie hatte ihm die meiste Aufmerksamkeit und die meisten Privilegien zukommen lassen. GaoLings Mann Edmund, der kleine Bruder, studierte Zahnmedizin. Er galt als der faule, der unbekümmerte Junge, der immer einen großen Bruder brauchte, der auf ihn aufpasste. Doch dann kam der große Bruder Edwin bei einem Unfall um, als er eines Abends aus der Universitätsbibliothek auf die Straße trat. Der Lenker des Wagens beging Fahrerflucht. Ruth war damals zwei Jahre alt gewesen. Ihr Onkel Edmund wurde zum Oberhaupt der Familie und schließlich ein angesehener Zahnarzt, der viel Geschick darin bewies, sein Geld in Mietwohnungen für Menschen mit geringem Einkommen anzulegen.

Als der Kaufmann und seine Frau in den Sechzigerjahren starben, ging der größte Teil des Erbes – Geld, das Haus, der Laden, Gold und Jade, Familienfotos – an Edmund über, während LuLing wegen ihrer kurzen Ehe mit Edwin nur einen geringen Geldbetrag bekam. »Sie mir geben nur *so viel*«, beschrieb LuLing die Sache häufig und drückte dabei die Finger zusammen, als hielte sie einen Floh. »Nur weil du kein Junge.«

Mit diesem geerbten Geld und dem, was sie über die Jahre gespart hatte, kaufte LuLing sich an der Ecke Cabrillo und 47. Straße ein Haus mit zwei Wohnungen, wo sie mit Ruth in die obere Wohnung einzog. GaoLing und Edmund zogen nach Saratoga, eine Stadt mit großen Bungalows, riesigen Rasenflächen und nierenförmigen Pools. Gelegentlich boten sie LuLing Möbel an, die sie selbst durch etwas Besseres ersetzen wollten. »Warum ich soll nehmen?«, fragte sie dann wütend. »Damit sie Mitleid mit mir können haben? Sie denken sie so gut, geben mir Sachen, die selbst nicht wollen?«

Über die Jahre klagte LuLing auch immer wieder auf Chinesisch: »Ai-ya, wenn dein Vater noch leben würde, dann wäre er noch erfolgreicher als dein Onkel. Aber wir würden das Geld trotzdem nicht so aus dem Fenster werfen wie sie!« Sie erwähnte immer wieder, was Ruth *eigentlich* rechtmäßig zustand: der Jadering von Großmutter Young, Geld für das College. Dabei habe es völlig einerlei zu sein, ob Ruth nun ein Mädchen sei oder Edwin gestorben sei. Das sei altes chinesisches Denken! LuLing sagte das so häufig, dass Ruth sich oft ausmalte, wie ihr Leben hätte aussehen können, wenn ihr Vater noch am Leben wäre. Sie hätte Lackschuhe haben können und mit Glitzersteinen besetzte Haarspangen und Moosröschen. Manchmal betrachtete sie ein Foto ihres Vaters und ärgerte sich richtig, dass er tot war. Aber sie bekam jedes Mal Gewissensbisse und Angst und redete sich daraufhin ein, dass sie diesen Vater, an den sie sich nicht einmal erinnern konnte, sehr liebte. Sie pflückte dann blühendes Unkraut aus den Ritzen im Gehsteig und legte es vor den Bilderrahmen.

Jetzt also sah Ruth ihrer Mutter zu, wie diese im Schrank nach ihrer Tasche suchte. LuLing schimpfte immer noch über

GaoLings Verfehlungen. »Später Erwachsenzeit, sie auch wollen meine Sachen. Wollen deinen Daddy heiraten. Ja, weißt du nicht. Edwin, nicht Edmund, weil älter, hat mehr Erfolg. Jeden Tag sie lächelt ihn an, zeigt Zähne wie Affe.« LuLing drehte sich um und demonstrierte es. »Aber er kein Interesse für sie, nur für mich. Sie sehr böse. Später sie heiratet Edmund, und als dein Daddy tot, sie sagt: Oh, so viel Glück, ich nicht heiraten Edwin! So dumm, sie das sagt. Mir ins Gesicht! Nicht denken an mich, nur denken an sich selbst. Ich nichts sage. Ich nie mich beklagen. Ich mich je beklagen?«

Ruth half ihr beim Suchen und fühlte mit den Händen unter die Polster.

LuLing richtete sich gedemütigt zu ihrer vollen Größe von einem Meter fünfzig auf. »Und jetzt du siehst! Warum GaoLing *immer noch* wollen mein Geld? Sie verrückt, du weißt. Sie immer denken, ich habe mehr, irgendwo verstecken. Deshalb ich glaube, sie nehmen meine Handtasche.«

Der Esstisch, den LuLing nie benutzte, war mit Werbesendungen übersät. Ruth schob die chinesischen Zeitungen und Zeitschriften beiseite. Bei ihrer Mutter war zwar immer alles peinlich sauber gewesen, aber eigentlich nie ordentlich. Sie hasste Schmutz, aber Chaos störte sie nicht. Sie bewahrte Werbepost und Gutscheine auf, als wären es persönliche Grußkarten.

»Hier ist sie!«, rief Ruth. Endlich! Sie zog eine grüne Handtasche unter einem Stapel Zeitschriften hervor. Während LuLing überprüfte, ob ihr Geld und ihre Kreditkarten noch da waren, fiel Ruth auf, worunter die Handtasche überhaupt gelegen hatte: neue Ausgaben von *Das Tischlerhandwerk, Mädchen, Die Videothek, Fitness, Cosmopolitan, Mein Hund und ich, Skiwelt, Landhausmode* – Zeitschriften, die ihre Mutter in einer Million Jahren nie lesen würde.

»Warum hast du die alle?«

LuLing lächelte schüchtern. »Ich erst denke, Geld bekom-

men, dann erzähle ich. Jetzt du fragst, also ich zeige dir jetzt.«
Sie ging zu der Schublade in der Küche, in der sie seit Jahren abgelaufene Coupons aufbewahrte, und zog einen übergroßen Umschlag heraus.

»*Nachrichten von den Göttern*«, murmelte LuLing. »Ich zehn Millionen Dollar Gewinn! Aufmachen und nachsehen.«

In der Tat, in dem Umschlag steckte ein Lotteriewerbeschein, der wie ein Scheck aussah, und ein Blatt mit selbstklebenden Zeitschriftentiteln im Briefmarkenformat. Die Hälfte der Titel war abgerissen worden; LuLing musste demnach mindestens drei Dutzend Zeitschriften bestellt haben. Ruth malte sich aus, wie der Postbote jeden Tag einen Sack voller Zeitschriften brachte, sie auf die Einfahrt schüttete, wo jetzt die Hoffnungen und das logische Denken ihrer Mutter durcheinander auf einem Haufen lagen.

»Du überrascht?« LuLing sah überglücklich aus.

»Du solltest dem Arzt von dieser tollen Sache erzählen.«

LuLing strahlte und sagte dann: »Ich alles gewinne für dich.«

Ruth spürte ein Stechen in der Brust, das sich schnell zu einem regelrechten Schmerz entwickelte. Sie wollte ihre Mutter umarmen, sie beschützen, und gleichzeitig wollte sie, dass ihre Mutter sie an sich drückte, ihr versicherte, dass es ihr gut gehe, dass sie keinen Schlaganfall erlitten habe oder ihr sogar etwas Schlimmeres fehle. So war ihre Mutter immer gewesen, schwierig, dominant und merkwürdig. Und genau auf diese Weise hatte LuLing sie immer geliebt. Ruth wusste das, spürte es. Niemand hätte sie mehr lieben können. Besser vielleicht, aber nicht mehr.

»Danke, Ma. Das ist großartig. Wir sprechen später darüber, was wir mit dem Geld anfangen. Aber jetzt müssen wir los. Der Arzt hat gesagt, wir können auch um vier kommen, aber wir sollten uns nicht verspäten.«

LuLing wurde wieder griesgrämig. »Du schuld wir spät.« Ruth musste sie daran erinnern, ihre wieder gefundene Handtasche mitzunehmen, dann ihren Mantel und schließlich ihre Schlüssel. Sie kam sich vor, als wäre sie wieder zehn Jahre alt und übersetzte ihrer Mutter, wie die Welt funktionierte, erklärte ihr die Regeln, die Beschränkungen, die Gültigkeitsdauer von Geld-zurück-Garantien. Damals war sie immer wütend gewesen. Jetzt hatte sie Angst.

Drei

Im Wartezimmer des Krankenhauses stellte Ruth fest, dass alle Patienten – bis auf einen bleichen Mann mit schütterem Haar – Asiaten waren. Sie las die Namen der Ärzte auf der Tafel: Fong, Wong, Wang, Tang, Chin, Pon, Kwak, Koo. Die Empfangsdame sah chinesisch aus, ebenso die Arzthelferinnen.

In den Sechzigerjahren, dachte Ruth bei sich, beschimpfte man rassendifferenzierte Dienstleistungen noch als Gettoisierung. Jetzt forderte man sie als Zeichen der kulturellen Sensibilisierung. Andererseits war etwa ein Drittel der Bevölkerung in San Francisco asiatisch, weshalb chinesisch orientierte Medizin also vielleicht nur eine Marktstrategie war. Der Mann mit dem schütteren Haar sah sich um, als suchte er einen Fluchtweg. Hatte er einen Nachnamen wie Young, der von einem rassenblinden Computer fälschlicherweise als chinesisch identifiziert worden war? Bekam er auch Anrufe von chinesischsprachigen Telefonwerbern, die versuchten, ihn als Kunden für ihre Telefongesellschaft zu gewinnen, damit er billiger nach Hongkong oder Taiwan telefonieren konnte? Ruth wusste, was es für ein Gefühl war, Außenseiter zu sein, denn sie hatte als Kind häufig abseits gestanden. Acht Umzüge hatten sie das immer wieder zur Genüge spüren lassen.

»Fia jetzt gehen sechste Klasse?«, fragte LuLing auf einmal.

»Du meinst Dory«, antwortete Ruth. Dory hatte wegen ihres

Aufmerksamkeitsdefizitsyndroms ein Jahr wiederholt. Sie bekam jetzt eine spezielle Betreuung.

»Wie kann sein Dory?«

»Fia ist die Ältere, sie geht in die zehnte. Dory ist dreizehn. Sie kommt in die siebte.«

»Ich weiß, wer wer!«, brummte LuLing. Sie zählte und klappte die Finger ein, während sie aufzählte: »Dory, Fia, Älteste Fu-Fu, siebzehn.« Ruth hatte immer gewitzelt, Fu-Fu, ihre recht boshaft veranlagte verwilderte Katze, sei das Enkelkind, das LuLing nie hatte. »Wie geht Fu-Fu?«, fragte LuLing.

Hatte sie ihrer Mutter nicht erzählt, dass Fu-Fu gestorben war? Bestimmt. Oder Art hatte es getan. Jeder wusste, wie deprimiert Ruth noch Wochen nach Fu-Fus Tod gewesen war.

»Fu-Fu ist tot«, sagte sie, um ihre Mutter daran zu erinnern.

»*Ai-ya!*« LuLing verzog schmerzvoll das Gesicht. »Wie kann sein! Was passiert?«

»Ich habe dir doch erzählt...«

»Nein, nie!«

»Ach so... Also, vor ein paar Monaten, da ist sie über den Zaun geklettert. Ein Hund war hinter ihr her. Sie hat es nicht schnell genug wieder zurückgeschafft.«

»Warum hast du Hund?«

»Es war der Hund eines Nachbarn.«

»Dann warum lässt du Nachbarhund in deinen Garten? Jetzt sehen, was passiert! Ai-ya, sterben ohne Grund!«

Ihre Mutter redete viel zu laut. Die Leute schauten von ihren Strickarbeiten oder ihrer Lektüre auf, sogar der Mann mit dem schütteren Haar blickte herüber. Ruth spürte wieder den Schmerz. Diese Katze war ihr Baby gewesen. Sie hatte das Kätzchen am Tag seiner Geburt in der Hand gehalten, ein winziges, wildes Pelzknäuel, das sie an einem verregneten Tag in Wendys Garage gefunden hatte. Ruth hatte sie auch gehalten, als der Tierarzt der Katze die tödliche Spritze verabreicht hatte, um ihren Schmerzen ein Ende zu bereiten. Der Gedanke daran machte Ruth zu schaffen, aber sie wollte nicht in einem Wartezimmer voller Fremder in Tränen ausbrechen.

Glücklicherweise rief in diesem Moment die Empfangsdame: »LuLing Young!« Als Ruth ihrer Mutter half, ihre Tasche und ihren Mantel zu nehmen, sah sie, wie der Mann mit dem schütteren Haar aufsprang und rasch auf eine ältere Chinesin zuging. »He, Mama«, hörte Ruth ihn sagen. »Wie ist es gelaufen? Können wir nach Hause?« Die Frau reichte ihm mürrisch ein Rezept. Er musste ihr Schwiegersohn sein, vermutete Ruth. Würde Art ihre Mutter jemals zum Arzt bringen? Sie bezweifelte es. Und bei einem Notfall, einer Herzattacke, einem Schlaganfall?

Die Arzthelferin sprach mit ihrer Mutter auf Kantonesisch, aber diese antwortete auf Mandarin. Sie einigten sich als gemeinsamen Nenner auf Englisch mit Akzent. LuLing fügte sich schweigend den Voruntersuchungen. Stellen Sie sich auf die Waage. Achtunddreißig Kilo. Blutdruck. Hundert zu siebzig. Schieben Sie den Ärmel hoch und machen Sie eine Faust. LuLing zuckte nicht mit der Wimper. Sie hatte Ruth beigebracht, es auch immer so zu machen, die Spritze anzusehen und nicht aufzuschreien. Im Untersuchungszimmer wandte sich Ruth ab, als ihre Mutter ihr Baumwollleibchen auszog, um dann in ihrer hüfthohen geblümten Unterhose dazustehen.

LuLing schlüpfte in ein Papierhemd, kletterte auf den Untersuchungstisch und ließ die Füße baumeln. Sie wirkte zerbrechlich wie ein Kind. Ruth setzte sich in einen der Sessel. Als der Arzt kam, richteten sie sich beide gerade auf. LuLing hatte schon immer große Achtung vor Ärzten gehabt.

»Mrs. Young!«, begrüßte sie der Arzt herzlich. »Ich bin Dr. Huey.« Er warf Ruth einen Blick zu.

»Ich bin die Tochter. Ich habe vorhin hier angerufen.«

Er nickte wissend. Dr. Huey war ein Mann mit angenehmer

Ausstrahlung, jünger als Ruth. Er fing an, LuLing auf Kantonesisch Fragen zu stellen, und ihre Mutter tat so, als würde sie alles verstehen, bis Ruth dazwischenging. »Sie spricht Mandarin, nicht Kantonesisch.«

Der Arzt sah ihre Mutter an. »*Guoyu?*«

LuLing nickte, und Dr. Huey hob entschuldigend die Schultern. »Mein Mandarin ist ziemlich grässlich. Wie steht es mit Ihrem Englisch?«

»Gut. Kein Problem.«

Am Ende der Untersuchung lächelte Dr. Huey und sagte: »Sie sind wirklich eine sehr kräftige Frau. Herz und Lunge funktionieren großartig. Der Blutdruck ist hervorragend. Besonders für jemanden in Ihrem Alter. Sehen wir mal, in welchem Jahr genau Sie geboren sind.« Er sah auf die Patientenkarte, dann blickte er LuLing an. »Können Sie mir das sagen?«

»Jahr?« LuLing wandte den Blick nach oben, als stünde die Antwort an der Decke. »Das nicht so einfach.«

»Ich will die Wahrheit wissen«, sagte der Arzt schalkhaft. »Nicht das, was Sie Ihren Freunden erzählen.«

»Wahrheit ist 1916«, sagte LuLing.

Ruth mischte sich wieder ein. »Sie meint...« 1921 wollte sie sagen, aber der Arzt hob die Hand, damit sie nicht weitersprach.

Er blickte wieder auf die Patientenkarte, dann fragte er LuLing: »Sie sind jetzt also... wie alt?«

»Zweiundachtzig diesen Monat!«, sagte sie.

Ruth biss sich auf die Lippe und sah den Arzt an.

»Zweiundachtzig.« Er schrieb es auf. »Sie wurden also in China geboren? Ja? In welcher Stadt?«

»Ah, das auch nicht so einfach«, sagte LuLing verlegen. »Nicht wirklich Stadt, mehr kleiner Ort mit vielen verschiedenen Namen. Sechsundvierzig Kilometer von Brücke nach Peking.«

»Ah, Beijing«, sagte der Arzt. »Ich war vor ein paar Jahren dort. Meine Frau und ich haben uns die Verbotene Stadt angesehen.«

LuLing kam in Schwung. »Damals, so viele Dinge verboten, nicht sehen können. Jetzt alle zahlen, damit Verbotenes sehen. Dies verboten, das verboten, kostet extra.«

Aus Ruth platzte es beinahe heraus. Ihre Mutter musste sich für Dr. Huey völlig konfus anhören. Sie hatte sich Sorgen um sie gemacht, aber sie wollte nicht, dass sich ihre Sorgen als ganz und gar begründet erwiesen. Sie hatte, indem sie sich Sorgen machte, ernsthafte Probleme eigentlich ausschließen wollen.

»Sind Sie dort auch zur Schule gegangen?«, fragte Dr. Huey.

LuLing nickte. »Mein Kindermädchen mir auch viel beibringen. Malen, lesen, schreiben ...«

»Sehr gut. Nun, Sie könnten mir ja vielleicht etwas vorrechnen. Ich würde Sie bitten, dass Sie von hundert an abwärts zählen und dabei jedes Mal sieben abziehen.«

LuLing starrte ihn verdutzt an.

»Fangen Sie bei hundert an.«

»Hundert!«, sagte LuLing selbstsicher, aber dann kam nichts mehr.

Dr. Huey wartete. Schließlich sagte er: »Und jetzt ziehen Sie sieben ab.«

LuLing zögerte. »Zweiundneunzig, äh, dreiundneunzig. Dreiundneunzig!«

Das ist unfair, wollte Ruth einwerfen. Sie muss die Zahlen ins Chinesische übertragen, damit sie rechnen kann, dann muss sie sich das Ergebnis merken und die Antwort wieder ins Englische übersetzen. Ruth rechnete im Geiste rasch voraus. Sie wollte, sie könnte ihrer Mutter die Antworten per Gedankenübertragung einsagen. Sechsundachtzig! Neunundsiebzig!

»Siebenund... Siebenund...« LuLing war wieder stecken geblieben.

»Lassen Sie sich Zeit, Mrs. Young.«
»Achtzig«, sagte sie schließlich. »Danach, siebenundachtzig.«
»Schön«, sagte Dr. Huey, ohne die Miene zu ändern. »Jetzt würde ich Sie bitten, in umgekehrter Reihenfolge die letzten fünf Präsidenten aufzuzählen.«
Ruth wollte protestieren: Da hätte sogar ich Schwierigkeiten!
LuLing verzog nachdenklich die Augenbrauen. »Clinton«, sagte sie nach einer Pause. »Letzte fünf Jahre aber auch Clinton.« Ihre Mutter hatte nicht einmal die Frage verstanden! Natürlich nicht. Ruth hatte ihr schließlich immer erklärt, was andere Leute meinten, um ihr aus einer anderen Perspektive begreiflich zu machen, was diese sagten. »In umgekehrter Reihenfolge« bedeutet »rückwärts«, hätte sie LuLing erklärt. Wenn Dr. Huey dieselbe Frage in fließendem Mandarin stellen könnte, wäre es für LuLing kein Problem, die richtige Antwort zu geben. »Der eine Präsident, der andere Präsident«, hätte ihre Mutter ohne zu zögern gesagt, »kein Unterschied, alle Lügner. Keine Steuer vor der Wahl, mehr Steuer danach. Kein Verbrechen vorher, mehr Verbrechen nachher. Und immer nie kürzen Sozialhilfe. Ich kommen in dieses Land, ich nicht bekommen Sozialhilfe. Ist Hilfe? Ist keine Hilfe. Machen Leute nur zu faul zum Arbeiten!«
Weitere lächerliche Fragen folgten.
»Wissen Sie, welches Datum heute ist?«
»Montag.« Datum und Tag verwechselt sie ständig.
»Was war vor fünf Monaten für ein Datum?«
»Immer noch Montag.« Wenn man es sich recht überlegt, stimmt das.
»Wie viele Enkelkinder haben Sie?«
»Keine jetzt. Sie noch nicht heiraten.« Er merkt nicht, dass sie Spaß macht!
Es war, als wäre LuLing Kandidatin in einem Fernsehquiz

und würde verlieren! Ergebnis für LuLing Young: minus fünfhundert Punkte. Und jetzt die letzte Runde ...

»Wie alt ist Ihre Tochter?«

LuLing zögerte. »Vierzig, vielleicht einundvierzig.« Für ihre Mutter war Ruth immer jünger, als sie eigentlich war.

»In welchem Jahr ist sie geboren?«

»So wie ich. Drachenjahr.« Nach Bestätigung suchend blickte sie Ruth an. Ihre Mutter war im Jahr des Hahns geboren.

»In welchem Monat?«, fragte Dr. Huey.

»In welchem Monat?« LuLing blickte Ruth fragend an. Ruth zuckte hilflos die Achseln. »Sie nicht wissen.«

»Welches Jahr haben wir jetzt?«

»Neunzehnhundertachtundneunzig!« Sie sah den Arzt an, als wäre er ein Idiot, weil er das nicht wusste. Ruth war erleichtert, dass ihre Mutter wenigstens eine Frage richtig beantwortet hatte.

»Mrs. Young, würden Sie bitte hier warten, während ich mit Ihrer Tochter draußen einen neuen Termin ausmache?«

»Sicher, sicher. Ich nicht gehe weg.«

Auf dem Weg zur Tür blieb Dr. Huey stehen. »Und vielen Dank, dass Sie all die Fragen beantwortet haben. Sie sind sich sicher vorgekommen wie im Zeugenstand.«

»Wie O. J.«

Dr. Huey lachte. »Die Verhandlung hat wahrscheinlich jeder im Fernsehen gesehen.«

LuLing schüttelte den Kopf. »Oh nein, nicht nur Fernsehen, ich da, als passiert. Er töten Frau und diesen Freund, ihr bringen Brille. Ich sehen alles.«

Ruths Herz klopfte auf einmal heftig. »Du hast eine Dokumentation gesehen«, sagte sie zur Erklärung für Dr. Huey, »da wurde nachgespielt, wie es passiert sein könnte, und es schien, als *hättest* du es wirklich gesehen. Meinst du das?«

LuLing tat diese einfache Erklärung mit einem Winken ab. »Vielleicht *du* Dokument sehen. *Ich* sehe echte Sache.« Sie demonstrierte es mit Bewegungen. »Er sie so nehmen, Hals durchschneiden – sehr tief, viel Blut. Schrecklich.«

»Sie waren an diesem Tag also in Los Angeles?«, fragte Dr. Huey.

LuLing nickte.

Ruth suchte fieberhaft nach einer Begründung. »Ich kann mich nicht erinnern, dass du *je* in L. A. gewesen wärst.«

»Wie ich hinkomme, ich weiß nicht. Aber ich da. Das ist wahr! Ich folge diesem Mann, oh, er schlau. O. J. sich in Busch verstecken. Später, ich auch gehe zu sein Haus. Sehe, wie er Handschuh, Stock in Garten bringen, wieder in Haus gehen und umziehen...« LuLing hielt beschämt inne. »Na, er umziehen, ich nicht hinsehe, ich schaue woanders. Später er schnell zu Flughafen, fast zu spät, schnell in Flugzeug. Ich sehe alles.«

»Du hast das gesehen und niemandem erzählt?«

»Ich Angst!«

»Es muss schrecklich für Sie gewesen sein, den Mord mit ansehen zu müssen«, sagte Dr. Huey.

LuLing nickte tapfer.

»Danke, dass Sie uns das erzählt haben. Wenn Sie jetzt ein paar Minuten hier warten würden, dann mache ich mit Ihrer Tochter im Nebenraum einen Termin aus.«

»Keine Eile.«

Ruth folgte dem Arzt in den anderen Raum. »Seit wann beobachten Sie solche Anzeichen von Verwirrung?«, fragte Dr. Huey sie ohne Umschweife.

Ruth seufzte. »In den letzten sechs Monaten hat es sich ein bisschen verschlechtert, vielleicht auch schon seit längerem. Aber heute kommt es mir schlimmer vor als sonst. Abgesehen von dem, was sie zuletzt erzählt hat, ist sie gar nicht so verdreht oder vergesslich. Sie scheint mir eher Dinge durcheinander zu bringen, obwohl das zu einem großen Teil wohl auch daran liegt, dass sie nicht so gut Englisch spricht, wie Ihnen vielleicht aufgefallen ist. Die Geschichte über O. J. Simpson – vielleicht ist das auch ein Sprachproblem. Sie konnte sich noch nie gut ausdrücken...«

»Also, für mich hat es sich ziemlich eindeutig so angehört, als würde sie denken, sie wäre tatsächlich dort gewesen«, sagte Dr. Huey behutsam.

Ruth senkte den Blick.

»Sie haben der Arzthelferin am Telefon gegenüber erwähnt, dass sie einen Autounfall hatte. Wurde sie am Kopf verletzt?«

»Sie hat sich den Kopf am Lenkrad angeschlagen.« Ruth hatte plötzlich die Hoffnung, dass dies das fehlende Puzzleteil sein könnte.

»Haben Sie den Eindruck, dass ihre Persönlichkeit sich verändert hat? Ist sie depressiv oder vielleicht streitsüchtiger als sonst?«

Ruth versuchte zu erraten, worauf eine positive Antwort hindeuten würde. »Meine Mutter war schon immer sehr streitbar, ihr ganzes Leben lang. Sie kann sehr aufbrausend sein. Und sie ist depressiv, seit ich denken kann. Ihr Mann, mein Vater, ist vor vierundvierzig Jahren bei einem Unfall mit Fahrerflucht ums Leben gekommen. Sie hat es nie überwunden. Vielleicht sind ihre Depressionen schlimmer geworden, aber ich bin so sehr an sie gewöhnt, dass mir das als Letztes auffallen würde. Was ihre Zerstreutheit betrifft, da dachte ich mir, dass sie bei ihrem Unfall vielleicht eine Gehirnerschütterung erlitten hat, oder sie hat einen Minischlaganfall hinter sich.« Ruth versuchte, sich an den korrekten medizinischen Fachausdruck zu erinnern. »Sie wissen schon, eine TIA.«

»Bis jetzt sehe ich noch keinen Hinweis darauf. Ihre Motorik ist gut, die Reflexe ebenso. Der Blutdruck ist hervorragend. Aber wir sollten noch ein paar weitere Tests machen und auch überprüfen, ob sie nicht zum Beispiel an Diabetes oder Anämie leidet.«

»Könnten dadurch solche Symptome hervorgerufen werden?«

»Ja, aber auch durch Alzheimer und andere Formen der Demenz.«

Ruth fühlte sich, als hätte sie einen Schlag in den Magen bekommen. *So* schlimm war ihre Mutter nun auch wieder nicht dran. Er redete von einer schrecklichen unheilbaren Krankheit. Gott sei Dank hatte sie gegenüber dem Arzt nichts von den anderen Dingen geäußert, die sie hätte aufzählen können: den Streit mit Francine wegen der Miete, den Zehn-Millionen-Dollar-Scheck von der Zeitschriftenlotterie und dass sie vergessen hatte, dass Fu-Fu tot war. »Es könnte sich also um Depressionen handeln«, sagte Ruth.

»Wir haben noch nichts ausgeschlossen.«

»Falls es doch daran liegen sollte, dann müssen Sie ihr unbedingt sagen, dass die Antidepressiva, die Sie ihr verschreiben, Ginseng- oder *Po-chai*-Pillen sind.«

Dr. Huey lachte. »Der Widerstand gegen die westliche Medizin ist unter den älteren Patienten hier sehr verbreitet. Und sobald es ihnen besser geht, hören sie auf, sie zu nehmen, um Geld zu sparen.« Er reichte ihr ein Formular. »Geben Sie das Lorraine an der Computerstation um die Ecke. Ihre Mutter soll einen Termin in der Psychiatrie und in der Neurologie ausmachen, und in einem Monat soll sie wieder zu mir kommen.«

»Wenn das Mondfest ist, also.«

Dr. Huey blickte auf. »Ist das dann? Ich kann mir das nie merken.«

»Ich weiß es nur, weil ich dieses Jahr die Gastgeberin fürs Familientreffen bin.«

Als Ruth an diesem Abend den Seebarsch dämpfte, erzählte sie Art wie nebenbei: »Ich war heute mit meiner Mutter beim Arzt. Sie hat vielleicht Depressionen.«

»Gibt's sonst noch was Neues?«, sagte Art darauf.

Beim Essen saß LuLing neben Ruth. »Zu salzig«, sagte sie auf Chinesisch und stocherte im Fisch herum. Dann fügte sie hinzu: »Sag den Mädchen, sie sollen ihren Fisch aufessen. Sie sollen kein Essen wegwerfen.«

»Fia, Dory, warum esst ihr nicht?«, sagte Ruth.

»Ich bin satt«, sagte Dory. »Wir waren noch beim Burger King in der Presidio und haben Pommes gegessen.«

»Du solltest sie so was nicht essen lassen!«, schimpfte LuLing weiterhin auf Mandarin. »Sag ihnen, du erlaubst das nicht mehr.«

»Fia und Dory, ihr solltet euch nicht den Appetit mit Fastfood verderben.«

»Und ihr solltet aufhören, wie Spione Chinesisch zu sprechen«, sagte Fia. »Das ist wirklich unhöflich.«

LuLing starrte Ruth zornig an, und Ruth sah zu Art hinüber, aber der blickte nur hinunter auf seinen Teller. »Waipo spricht Chinesisch«, sagte Ruth, »weil das die Sprache ist, die sie gewöhnt ist.« Ruth hatte ihnen gesagt, sie sollten LuLing »Waipo« nennen, der chinesische Ehrentitel für »Großmutter«. Wenigstens das taten sie, andererseits hielten sie »Waipo« aber nur für einen Spitznamen.

»Englisch kann sie doch auch«, sagte Dory.

»Tz!«, machte LuLing in Ruths Richtung. »Warum schimpft ihr Vater sie nicht? Er sollte ihnen sagen, dass sie auf dich hören sollen. Warum greift er dir nicht mehr unter die Arme? Kein Wunder, dass er dich nie geheiratet hat. Keine Achtung vor dir. Sprich mit ihm. Sag ihm doch, er soll netter zu dir sein...«

Ruth wünschte sich, sie könnte einfach wieder schweigen.

Am liebsten hätte sie ihre Mutter angebrüllt, sie solle aufhören, sich über Dinge zu beschweren, die sie nicht ändern könne. Gleichzeitig wollte sie ihre Mutter vor den Mädchen verteidigen, besonders jetzt, wo LuLing nicht ganz in Ordnung war. Sie spielte immer die Starke, aber sie war auch zerbrechlich. Weshalb konnten Fia und Dory das nicht verstehen und ein bisschen freundlicher sein?

Ruth erinnerte sich, wie sie sich in ihrem Alter gefühlt hatte. Auch sie hatte sich geärgert, wenn LuLing vor anderen Chinesisch sprach und genau wusste, dass niemand ihre verstohlenen Bemerkungen verstehen konnte. »Sieh mal, wie fett diese Frau ist«, hatte LuLing beispielsweise gesagt. Oder: »Luyi, los, frag den Mann, ob er uns nicht einen besseren Preis machen kann.« Immer wenn Ruth gehorchte, war es ihr gleichzeitig höchst peinlich. In den Fällen, wo sie es nicht tat, so fiel ihr jetzt wieder ein, hatte das jedes Mal die schlimmsten Konsequenzen zur Folge gehabt.

Indem sie chinesische Wörter benutzte, konnte LuLing alle möglichen Weisheiten in Ruths Kopf verpflanzen. Sie konnte sie vor Gefahren, Krankheit und Tod warnen.

»Spiel nicht mit ihr, zu viele Keime«, sagte LuLing eines Tages zu der sechsjährigen Ruth und nickte in Richtung des Mädchens von gegenüber. Das Mädchen hieß Teresa. Ihm fehlten zwei Vorderzähne, das eine Knie war blutverkrustet, und das Kleid war voller Schmierer. »Ich habe gesehen, wie sie einen alten Bonbon vom Gehsteig aufgehoben und gegessen hat. Und sieh dir nur mal ihre Nase an, da läuft überall Krankheit heraus.«

Ruth mochte Teresa. Sie lachte viel und hatte die Taschen immer voll mit Dingen, die sie irgendwo aufgesammelt hatte: Kugeln aus Alufolie, kaputte Murmeln, abgebrochene Blüten.

Ruth war gerade wieder in eine neue Schule gekommen, und Teresa war das einzige Mädchen, das mit ihr spielte. Beide waren nicht sonderlich beliebt.
»Hast du mich verstanden?«, sagte LuLing.
»Ja«, antwortete Ruth.
Am nächsten Tag spielte Ruth im Schulhof. Ihre Mutter saß auf der anderen Seite und passte auf andere Kinder auf. Ruth kletterte eifrig die Rutsche hoch, um gleich die silberne Blechwelle in den kühlen, dunklen Sand hinunterzurutschen. Sie hatte das mit Teresa schon ein paar Mal wiederholt, ohne dass ihre Mutter es gesehen hatte.

Auf einmal schrillte eine vertraute Stimme laut über den Spielplatz:»Nein! Luyi, halt! Was machst du denn? Willst du dir alle Knochen brechen?«

Erstarrt vor Scham, stand Ruth oben auf der Rutsche. Ihre übereifrige Mutter war vielleicht für die Kindergartenkinder zuständig, aber sie ging doch schon in die erste Klasse! Ein paar andere Erstklässler vor der Rutsche lachten.»Ist das deine Mutter?«, riefen sie zu ihr hoch.»Was ist das denn für ein Kauderwelsch, was die da spricht?«

»Das ist nicht meine Mutter!«, rief Ruth zurück.»Ich weiß nicht, wer das ist!« Ihre Mutter fixierte sie. Obwohl sie auf der anderen Seite des Spielplatzes war, hörte sie alles, sah sie alles. Sie hatte magische Augen am Hinterkopf.

Du kannst mich nicht aufhalten, dachte Ruth, wild entschlossen. Sie sauste die Rutsche hinunter, mit dem Kopf voran, die Arme ausgestreckt – das war sonst nur die Position der tapfersten und wildesten Jungs –, schnell, schnell, schnell in den Sand. Und dann krachte sie mit dem Gesicht zuerst auf den Boden, so fest, dass sie sich auf die Lippe biss, sich die Nase anschlug, sich die Brille verbog und sich den Arm brach. Sie lag still da. Die Welt loderte in Flammen, war voller roter Blitze.

»Ruthie ist tot!«, schrie ein Junge. Einige Mädchen fingen an zu kreischen.

Ich bin nicht tot, wollte Ruth rufen, aber es war wie in einem Traum. Nichts kam so aus ihrem Mund, wie sie es wollte. War sie vielleicht doch tot? Fühlte sich das so an, die triefende Nase, der Schmerz in Kopf und Arm, die langsamen, schweren Bewegungen wie die eines Elefanten im Wasser? Bald spürte sie, wie vertraute Hände ihr über Kopf und Genick strichen. Ihre Mutter hob sie hoch und murmelte sanft: »Ai-ya, wie konntest du nur so dumm sein? Sieh dich nur an.«

Blut sickerte Ruth aus der Nase und tropfte auf die weiße Bluse, sodass der breite Spitzenkragen lauter Flecken bekam. Schlaff lag sie im Schoß ihrer Mutter und blickte zu Teresa und den Gesichtern der anderen Kinder auf. Sie sah deren Angst, aber auch ihren Respekt. Hätte sie sich bewegen können, sie hätte gelächelt. Zumindest beachteten die anderen sie jetzt, das neue Mädchen in der Schule. Dann sah sie das Gesicht ihrer Mutter, der die Tränen über die Wangen liefen. Wie feuchte Küsse fielen Ruth die Tränen aufs Gesicht. Ihre Mutter war ihr nicht böse, sie war besorgt, voller Liebe. Und in ihrem Staunen vergaß Ruth ihre Schmerzen.

Später lag sie auf einer Bahre im Krankenzimmer. Das Nasenbluten wurde mit Verbandmull gestillt, die lädierte Lippe wurde gereinigt. Ein kalter Waschlappen kühlte ihr die Stirn, und der verletzte Arm ruhte auf einem Eisbeutel.

»Der Arm könnte gebrochen sein«, sagte die Krankenschwester zu LuLing. »Vielleicht sind auch Nerven durchtrennt worden. Die Schwellung ist jedenfalls ziemlich stark. Allerdings scheint sie sich nicht über Schmerzen zu beklagen.«

»Sie brav, nie klagen.«

»Sie müssen unbedingt zum Arzt mit ihr. Verstehen Sie? Sie müssen zu einem Arzt.«

»Okeh, okeh, gehen Arzt.«

Als LuLing sie hinausführte, hörte Ruth eine Lehrerin sagen: »Seht doch mal, wie tapfer sie ist! Sie weint nicht einmal.« Zwei sehr beliebte Mädchen schenkten Ruth ein bewunderndes Lächeln. Sie winkten. Auch Teresa war da, und Ruth lächelte ihr rasch verstohlen zu.

Im Auto auf dem Weg in die Arztpraxis fiel Ruth auf, dass ihre Mutter merkwürdig still war. LuLing sah Ruth an, die jeden Moment harte Worte erwartete: Ich habe dir doch gesagt, dass die große Rutsche gefährlich ist. Warum hörst du nicht auf mich? Du hättest dir den Kopf aufschlagen können wie eine Wassermelone! Jetzt muss ich Überstunden machen, um das alles bezahlen zu können. Ruth wartete auf das große Donnerwetter, aber ihre Mutter fragte nur ab und zu, ob es wehtat. Jedes Mal schüttelte Ruth den Kopf.

Während der Arzt Ruths Arm untersuchte, sog LuLing gequält Luft durch die Zähne ein und stöhnte: »*Ai-ya!* Vorsichtig, vorsichtig, vorsichtig. Sie sehr verletzt.« Als der Arm eingegipst wurde, sagte LuLing stolz: »Lehrer, Kinder, alle sehr beeindruckt. Luutie nicht weinen, nicht klagen, nichts, nur still.«

Als sie dann zu Hause waren, war die ganze Aufregung vorüber, aber Ruth spürte einen pochenden Schmerz in Arm und Kopf. Sie bemühte sich, nicht zu weinen. LuLing legte sie in ihren Vinylsessel und machte es ihr so bequem wie möglich. »Soll ich dir Reisbrei kochen? Iss. Dann wirst du schneller gesund. Oder eingelegte Rüben? Möchtest du welche, während ich das Essen mache?«

Je weniger Ruth sagte, desto mehr versuchte ihre Mutter zu erraten, was sie wollen könnte. Vom Sessel aus hörte Ruth, wie LuLing mit Tante Gal telefonierte.

»Sie hätte tot sein können! Sie hat mir eine Mordsangst eingejagt. Wirklich! Ich übertreibe nicht. Sie wurde beinahe aus diesem Leben gerissen und war fast schon unterwegs zu den gelben Quellen… Ich hätte mir fast die Zähne ausgebissen, als ich mit ansehen musste, was für Schmerzen sie hatte... Nein, keine Tränen, sie muss die Stärke ihrer Großmutter geerbt haben. Na ja, sie isst jetzt ein bisschen. Sie spricht nicht, und ich habe zuerst schon gedacht, sie hätte sich die Zunge abgebissen, aber es ist wohl nur der Schreck. Zu Besuch? Gern, gern, aber sag deinen Kindern, sie sollen vorsichtig sein. Ich will nicht, dass ihr der Arm abfällt.«

Sie kamen mit Geschenken. Tante Gal brachte ein Fläschchen Eau de Toilette. Onkel Edmund schenkte Ruth eine neue Zahnbürste und einen dazu passenden Plastikbecher. Ihr Vetter und ihre Kusine überreichten ihr Malbücher, Wachsmalkreiden und einen Stoffhund. LuLing hatte den Fernseher nahe an den Sessel geschoben, da Ruth ohne ihre Brille nicht so gut sehen konnte.

»Tut es weh?«, fragte ihre jüngere Kusine Sally.

Ruth zuckte die Achseln, obwohl sie der Arm im Moment tatsächlich schmerzte.

»Mann, oh Mann, ich hätte auch gern so einen Gips«, sagte Billy. Er war genauso alt wie Ruth. »Daddy, krieg ich auch einen?«

»Sag so was nicht, das bringt Unglück!«, sagte Tante Gal warnend zu ihm.

Als Billy das Programm umschaltete, befahl ihm Onkel Edmund streng, wieder auf das zurückzuschalten, das Ruth zuvor angesehen hatte. Sie hatte ihren Onkel noch nie streng mit seinen Kindern reden hören. Billy war ein richtig verzogener Bengel.

»Warum sagst du nichts?«, fragte Sally. »Hast du dir auch den Mund gebrochen?«

»Genau«, sagte Billy. »Bist du bei dem Sturz blöd geworden oder so was?«

»Billy, hör auf, sie zu hänseln«, sagte Tante Gal. »Sie ruht sich aus. Sie hat zu starke Schmerzen, um zu sprechen.«

Ruth fragte sich, ob das wohl stimmte. Sie dachte daran, ein ganz kleines Geräusch zu machen, so klein, dass es niemand hören würde. Doch dann würde vielleicht all das Gute, das jetzt passierte, auf einmal verschwinden. Sie würden beschließen, dass es ihr jetzt gut gehe, und alles würde wieder normal werden. Ihre Mutter würde anfangen sie zu schimpfen, weil sie unachtsam und ungehorsam war.

Zwei Tage lang nach dem Sturz war Ruth auf fremde Hilfe angewiesen; ihre Mutter musste sie füttern, anziehen und baden. LuLing sagte ihr dabei immer, was sie zu tun habe: »Mach den Mund auf. Iss noch ein wenig. Steck den Arm hier rein. Versuch, den Kopf still zu halten, während ich dich kämme.« Es war angenehm, wieder ein Baby zu sein, geliebt und ohne Schuld.

An dem Tag, als sie wieder in die Schule ging, hing ein breites Papierband vor dem Klassenzimmer. »Willkommen Ruth!« stand darauf. Miss Sondegard, die Lehrerin, erklärte, dass alle Jungen und Mädchen dabei geholfen hatten. Sie applaudierte Ruth mit der ganzen Klasse für ihre Tapferkeit. Ruth lächelte verlegen. Innerlich wäre sie fast geplatzt vor Freude. So stolz und so glücklich war sie noch nie gewesen. Sie wollte, sie hätte sich schon viel früher den Arm gebrochen.

Beim Mittagessen wetteiferten die Mädchen darum, wer ihr imaginäre Schmuckstücke reichen und wer ihre Kammerdienerin sein durfte. Sie wurde eingeladen, das »geheime Schloss« zu betreten, eine von Steinen umgrenzte Fläche bei einem Baum am Rand des Sandkastens. Nur die beliebtesten Mädchen durften Prinzessinnen sein. Die Prinzessinnen malten jetzt abwechselnd auf Ruths Gips. Eines der Mädchen fragte eifrig: »Ist er immer noch gebrochen?« Ruth nickte, und ein anderes Mädchen flüsterte laut: »Kommt, wir bringen ihr Zaubertränke.« Die Prinzessinnen flitzten davon, um Flaschenverschlüsse, Glasscherben und Kleeblätter einzusammeln.

Am Ende des Tages kam Ruths Mutter zum Klassenzimmer, um sie abzuholen. Miss Sondegard nahm LuLing beiseite, und Ruth bemühte sich, so zu tun, als hörte sie nicht zu.

»Ich glaube, sie ist ein bisschen müde, was für den ersten Tag, den sie wieder zur Schule geht, aber ganz natürlich sein dürfte. Ich mache mir allerdings etwas Sorgen, weil sie so still ist. Sie hat den ganzen Tag kein einziges Wort gesagt, nicht einmal aua.«

»Sie nie klagt«, sagte LuLing und nickte.

»Vielleicht ist es ja gar kein Problem, aber wir sollten im Auge behalten, ob das so weitergeht.«

»Kein Problem«, sagte LuLing, um die Lehrerin zu beruhigen. »Sie kein Problem.«

»Sie müssen sie ermutigen zu sprechen, Mrs. Young. Ich möchte nicht, dass sich das zu einem echten Problem entwickelt.«

»Kein Problem!«, wiederholte ihre Mutter.

»Sorgen Sie bitte dafür, dass sie ›Hamburger‹ sagt, bevor sie einen Hamburger zu essen bekommt. Oder ›Keks‹, wenn Sie ihr einen Keks geben.«

An diesem Abend nahm LuLing den Rat der Lehrerin wörtlich: Sie machte Hamburger, was sie vorher noch nie getan hatte. LuLing aß oder kochte niemals Rindfleisch jedweder Art. Es ekelte sie, erinnerte sie an verwundetes Fleisch. Doch Ruth zuliebe präsentierte sie ihr – die es gar nicht fassen konnte, dass ihre Mutter ihr wirklich einmal amerikanisches Essen gemacht hatte – nun einen ungarnierten Fleischklops.

»Hambugga? Du sagst ›Hambugga‹, dann essen.«

Ruth war versucht zu sprechen, aber sie hatte Angst, den Zauber zu brechen. Ein Wort, und all die guten Dinge in ihrem Leben würden verschwinden. Sie schüttelte den Kopf. LuLing redete auf sie ein, bis die Rinnsale von Fett zu hässlichen weißen Teichen geronnen waren. Sie stellte den Fleischklops wieder in den Kühlschrank, dann setzte sie Ruth eine Schüssel mit dampfendem Reisbrei vor, der, wie sie meinte, sowieso besser für deren Gesundheit sei.

Nach dem Essen räumte LuLing ab und fing an zu arbeiten. Sie legte sich Tusche, Pinsel und eine Rolle Papier zurecht. Mit schnellen und makellosen Strichen schrieb sie große chinesische Zeichen: »*Geschäftsaufgabe. Nur noch wenige Tage! Wir nehmen alle Angebote an!*« Sie legte das Spruchband zum Trocknen beiseite, dann schnitt sie einen neuen Streifen Papier ab.

Ruth, die fernsah, merkte nach einer Weile, dass ihre Mutter sie ansah. »Warum du nicht lernen?«, fragte LuLing. Sie hatte Ruth schon im Kindergarten Lesen und Schreiben beigebracht, damit sie »eine Länge voraus« war.

Ruth hielt den eingegipsten rechten Arm hoch.

»Komm und setz dich hierher«, sagte ihre Mutter auf Chinesisch.

Ruth stand langsam auf. Oh, oh. Ihre Mutter war wieder ganz die Alte.

»Jetzt halte das.« LuLing legte Ruth einen Pinsel in die linke Hand. »Schreib deinen Namen.« Die ersten Versuche waren unbeholfen, das R beinahe unkenntlich, der Höcker des h machte einen abrupten Schlenker wie ein Fahrrad, das außer Kontrolle geraten war. Sie kicherte.

»Halte den Pinsel aufrecht«, instruierte ihre Mutter sie, »nicht geneigt. Zieh den Strich ganz leicht, so.«

Die nächsten Ergebnisse waren besser, aber sie hatten bei den Versuchen einen ganzen Streifen Papier verbraucht.

»Jetzt versuche, kleiner zu schreiben.« Doch nun sahen die Buchstaben aus wie die Kleckse einer tintengetränkten Fliege, die auf dem Rücken lag. Als es Zeit wurde, ins Bett zu gehen, hatten sie in ihrer Übungssitzung beinahe zwanzig Blätter aufgebraucht, und zwar Vorder- und Rückseite. Das war ein Zeichen von Erfolg sowie von Luxus. LuLing verschwendete nie etwas. Sie sammelte die beschriebenen Blätter zusammen, stapelte sie und legte sie in eine Ecke des Zimmers. Ruth wusste, dass ihre Mutter sie später noch verwenden würde, entweder zum Üben für ihre Kalligraphien, zum Aufwischen, wenn etwas verschüttet worden war, oder zusammengeknüllt als Topflappen.

Am folgenden Abend reichte LuLing ihr ein großes Teetablett, das mit weichem, feuchtem Sand vom Spielplatz an der Schule gefüllt war. »Hier«, sagte sie, »zum Üben, nimm das.« Sie hielt ein Essstäbchen in der linken Hand, dann ritzte sie das Wort »üben« in den Miniaturstrand. Nachdem sie das getan hatte, glättete sie den Sand wieder fein säuberlich mit der Breitseite des Essstäbchens. Ruth folgte ihrem Beispiel und fand, dass es leichter war, so zu schreiben, und außerdem machte es Spaß. Die Essstäbchen-Sand-Methode erforderte nicht die feine, behutsame Handhabung eines Pinsels. Sie konnte mehr Druck ausüben, sodass die Schrift gleichmäßiger wurde. Sie schrieb ihren Namen. Klasse! Das war wie die Zaubertafel, die ihr Vetter Billy letztes Weihnachten bekommen hatte.

LuLing ging zum Kühlschrank und holte den kalten Fleischklops heraus. »Was morgen essen?«

Und Ruth kritzelte: B-U-R-G-R.

LuLing lachte. »Ha! So kannst du jetzt also antworten!«

Am nächsten Tag brachte LuLing das Tablett mit in die Schule und füllte es mit Sand von der Stelle des Schulhofs, wo Ruth sich den Arm gebrochen hatte. Miss Sondegard war einverstanden, dass Ruth auf diese Weise Fragen beantwortete. Wenn Ruth bei einer Rechenaufgabe die Hand hob und dann »7« schrieb, sprangen alle anderen Kinder vom Stuhl, um es zu sehen. Bald wollten sie alle in Sand schreiben. In der Pause war Ruth äußerst beliebt. Sie hörte, wie sich die anderen um sie stritten. »Lass mich mal!« – »Nein, mich, sie hat gesagt, ich darf mal!« – »Du musst es mit der linken Hand machen, sonst ist es

Schummeln.« – »Ruth, zeig Tommy mal, wie das geht. Der ist so doof.«

Sie gaben Ruth das Essstäbchen zurück. Und Ruth schrieb leicht und schnell die Antworten auf ihre Fragen. *Tut dir der Arm weh? Ein wenig. Darf ich deinen Gips anfassen? Ja. Ist Ricky in Betsy verliebt? Ja. Meinst du, ich bekomme ein Fahrrad zum Geburtstag? Ja.*

Sie behandelten sie, als wäre sie Helen Keller, eine geniale Frau, die sich durch ihre Behinderung nicht davon abhalten ließ zu beweisen, wie klug sie war. Wie Helen Keller musste sie nur härter arbeiten, und vielleicht war es gerade das, was sie klüger machte, die Anstrengung und die Bewunderung der anderen. Selbst zu Hause fragte ihre Mutter: »Was meinst du?«, als würde Ruth mehr wissen, nur weil sie es in Sand schreiben musste.

»Wie schmeckt dir der Tofu?«, fragte LuLing eines Abends. Ruth kritzelte: *Salzig.* Sie hatte noch nie etwas Schlechtes über die Küche ihrer Mutter gesagt, aber mit diesem Wort kritisierte ihre Mutter häufig selbst, was sie gekocht hatte.

»Das finde ich auch«, antwortete ihre Mutter.

Es war erstaunlich! Bald fragte ihre Mutter sie in allen möglichen Dingen nach ihrer Meinung.

»Wir gehen Essen kaufen jetzt oder gehen später?« *Später.*
»Was ist mit Aktien? Ich investieren, habe Glück?« *Glück.*
»Dir gefallen dieses Kleid?« *Nein, hässlich.* Ruth hatte noch nie eine solche Macht durch Wörter ausgeübt.

Ihre Mutter runzelte die Stirn, dann brummte sie auf Mandarin: »Dein Vater hat dieses alte Kleid geliebt, ich kann es unmöglich wegwerfen.« Ihre Augen verschleierten sich. Sie seufzte, dann sagte sie auf Englisch: »Du glaubst, dein Daddy mich vermisst?«

Ruth schrieb sofort *Ja.* Ihre Mutter strahlte. Und dann hatte Ruth eine Idee. Sie hatte sich immer einen kleinen Hund gewünscht. Jetzt war die Zeit gekommen, darum zu bitten. Sie ritzte in den Sand: *Hündchen.*

Ihre Mutter schnappte nach Luft. Sie starrte auf das Wort und schüttelte ungläubig den Kopf. Nun gut, dachte Ruth, das war also ein Wunsch, der ihr nicht erfüllt werden würde. Doch da begann ihre Mutter auf Chinesisch zu jammern: »Hündchen, Hündchen.« Sie sprang auf, und ihre Brust hob und senkte sich. »Liebste Tante«, rief LuLing, »du bist zurückgekommen. Hier ist dein Hündchen. Vergibst du mir?«

Ruth legte das Essstäbchen beiseite.

LuLing schluchzte mittlerweile. »Liebste Tante, ach, Liebste Tante! Ach, wärst du doch nie gestorben! Es war alles meine Schuld. Wenn ich das Schicksal ändern könnte, würde ich mich lieber umbringen, als ohne dich zu leiden...«

Oh nein. Ruth wusste, was das war. Ihre Mutter erzählte manchmal von diesem Geist von Liebster Tante, der irgendwo in der Luft lebte. Liebste Tante war eine Frau, die sich nicht gut betragen hatte und schließlich am Ende der Welt gelandet war. Alle schlechten Menschen mussten dorthin: Es war ein tiefer Abgrund, wo sie niemals jemand finden würde, und dort mussten sie bis in alle Ewigkeit herumwandern, nass und blutig, mit bodenlangen Haaren.

»Bitte sag mir, dass du mir nicht böse bist«, fuhr ihre Mutter fort. »Gib mir ein Zeichen. Ich habe versucht, dir zu sagen, wie Leid es mir tut, aber ich weiß nicht, ob du es gehört hast. Kannst du mich hören? Seit wann bist du in Amerika?«

Ruth saß starr da, unfähig, sich zu bewegen. Sie wollte lieber wieder über Essen und Kleidung sprechen.

Ihre Mutter gab ihr noch einmal das Essstäbchen in die Hand. »Hier, mach, was ich dir sage. Schließ die Augen, wende das Gesicht zum Himmel und sprich mit ihr. Warte auf ihre Antwort, dann schreibe sie nieder. Schnell, schließ die Augen.«

Ruth kniff die Augen zu. Sie sah die Frau mit den bodenlangen Haaren. Sie hörte ihre Mutter wieder in höflichem Chinesisch sprechen: »Liebste Tante, was ich gesagt habe, bevor du gestorben bist, habe ich nicht so gemeint. Und als du tot warst, habe ich versucht, deine Leiche zu finden.«

Ruth riss die Augen auf. In ihrer Vorstellung lief der langhaarige Geist im Kreis herum.

»Ich bin zur Schlucht hinuntergegangen. Ich habe sehr lange gesucht. Ach, ich war verrückt vor Kummer. Hätte ich dich nur gefunden, dann hätte ich deine Knochen in die Höhle gebracht und dich angemessen bestattet.«

Ruth spürte eine Berührung an der Schulter und zuckte zusammen. »Frag sie, ob sie alles verstanden hat, was ich gerade gesagt habe«, befahl ihr LuLing. »Frag sie, ob mein Schicksal sich gewendet hat. Ist der Fluch vorüber? Sind wir außer Gefahr? Schreib ihre Antwort auf.«

Welcher Fluch? Ruth starrte auf den Sand und glaubte beinahe, das Gesicht der Toten würde aus einem Blutteich auftauchen. Welche Antwort wollte ihre Mutter? Bedeutete ein *Ja*, dass der Fluch vorbei war? Oder dass er noch da war? Sie steckte das Essstäbchen in den Sand, und ohne zu wissen, was sie schreiben sollte, zog sie eine Linie und eine weitere darunter. Sie zog noch zwei Linien, sodass ein Viereck entstand.

»Mund!«, rief ihre Mutter und fuhr das Viereck mit dem Finger nach. »Das Zeichen für ›Mund‹!« Sie starrte Ruth an. »Du hast das geschrieben, dabei kannst du doch gar nicht die chinesische Schrift! Hast du gespürt, wie Liebste Tante dir die Hand geführt hat? Wie war das? Sag schon!«

Ruth schüttelte den Kopf. Was geschah da? Ihr war zum Weinen zu Mute, aber sie traute sich nicht. Schließlich durfte sie ja keinen Ton von sich geben.

»Liebste Tante, danke, dass du meiner Tochter geholfen hast. Verzeih mir, dass sie nur Englisch spricht. Es muss schwierig für dich sein, dich auf diese Weise durch sie mitzuteilen. Aber jetzt weiß ich, dass du mich hören kannst. Und du verstehst mich, du weißt, wie sehr ich mir wünsche, deine Knochen zum Mund des Berges, zum Affenmaul bringen zu können. Ich habe es nie vergessen. Sobald ich nach China fahren kann, werde ich meine Pflicht erfüllen. Danke, dass du mich daran erinnert hast.«

Ruth fragte sich, was sie da geschrieben hatte. Wie konnte ein Viereck all das bedeuten? War da wirklich ein Geist im Zimmer? Was war los mit ihrer Hand und dem Essstäbchen? Warum zitterte ihre Hand so?

»Da es vielleicht noch sehr lange dauert, bis ich wieder nach China komme«, fuhr LuLing fort, »hoffe ich, du wirst mir trotzdem vergeben. Du solltest wissen, dass mein Leben sehr elend verlaufen ist, seit du mich verlassen hast. Deshalb bitte ich dich, nimm mein Leben, aber verschone meine Tochter, falls der Fluch nicht geändert werden kann. Ich weiß, dass ihr Unfall neulich eine Warnung war.«

Ruth ließ das Essstäbchen fallen. Die Frau mit den blutigen Haaren versuchte, sie umzubringen! Also stimmte es doch: Sie wäre an dem Tag auf dem Spielplatz fast gestorben! Sie hatte es zwar gleich vermutet, aber nun stellte es sich als Wahrheit heraus.

LuLing hob das Essstäbchen auf und wollte es Ruth wieder in die Hand drücken. Ruth ballte die Hand aber zur Faust. Sie schob das Sandtablett weg. Ihre Mutter schob es wieder zurück und plapperte weiter Unsinn: »Ich bin so froh, dass du mich endlich gefunden hast. So viele Jahre habe ich gewartet. Jetzt können wir miteinander sprechen. Du kannst mich durch jeden Tag führen. Du kannst mir jeden Tag sagen, wie ich mein Leben gestalten soll.«

LuLing wandte sich Ruth zu. »Bitte sie, jeden Tag herzukommen.« Ruth schüttelte den Kopf. Sie wollte sich vom Stuhl winden. »Los«, sagte LuLing drängend und tippte auf den Tisch vor dem Tablett. Und da fand Ruth schließlich ihre Stimme wieder.

»Nein«, sagte sie laut. »Ich kann nicht.«

»Wah! Jetzt du kannst wieder sprechen.« Ihre Mutter hatte zurück ins Englische gewechselt. »Liebste Tante dich geheilt?«

Ruth nickte.

»Also Fluch vorbei?«

»Ja, aber sie sagt, sie muss jetzt wieder zurück. Und sie hat gesagt, ich soll mich ausruhen.«

»Sie mir vergeben? Sie ...«

»Sie hat gesagt, alles wird wieder gut. *Alles.* Du sollst dir keine Sorgen mehr machen.«

Ihre Mutter schluchzte vor Erleichterung.

Als Ruth ihre Mutter nach dem Essen nach Hause fuhr, dachte sie darüber nach, wie viele Sorgen sie selbst in so zartem Alter schon gehabt hatte. Aber das war nichts im Vergleich zu dem, was die meisten Kinder heutzutage durchmachen mussten. Eine unzufriedene Mutter? Neben Waffen und sexuell übertragbaren Krankheiten war das Kleinkram, gar nicht zu reden von den Dingen, über die sich Eltern heutzutage Gedanken machen mussten: Pädophile im Internet, Designerdrogen wie Ecstasy, Schießereien in Schulen, Magersucht, Bulimie, Selbstverstümmelung, die Ozonschicht, Superbakterien. Automatisch zählte Ruth das alles an den Fingern ab, was sie sofort daran erinnerte, dass sie ja vor Tagesende noch etwas zu erledigen hatte: Sie musste Miriam anrufen, um sie zu fragen, ob die Kinder zum Familientreffen kommen durften.

Sie warf einen Blick auf ihre Uhr. Es war fast neun, ein wenig spät, um jemanden anzurufen, mit dem man nicht gut befreundet war. Miriam und Ruth standen zwar durch die Mädchen und ihren Vater in einer engen Beziehung, aber sie begegneten einander nur höflich wie Fremde. Ruth traf Miriam häufig bei der Übergabe der Mädchen oder bei Schulsportveranstaltungen. Einmal hatten sie sich in der Notaufnahme gesehen, nachdem sie Dory mit gebrochenem Knöchel ins Krankenhaus gefahren hatte. Sie und Miriam hatten lediglich Smalltalk über Krankheiten, schlechtes Wetter und Verkehrsstaus gemacht. Unter anderen Umständen hätten sie vielleicht gern mehr Zeit miteinander verbracht. Miriam war klug, lustig und hatte feste Meinungen, alles Eigenschaften, die Ruth an anderen mochte. Aber es machte Ruth zu schaffen, wenn Miriam beiläufige Bemerkungen über Vertraulichkeiten mit Art zur Zeit ihrer Ehe machte: wie viel Spaß sie auf einer Reise nach Italien gehabt hatten; der Leberfleck auf Arts Rücken, den er auf Hautkrebs untersuchen lassen sollte; wie sehr er Massagen liebte. Miriam hatte ihm zu seinem letzten Geburtstag einen Gutschein für zwei Sitzungen mit ihrem Lieblingsmasseur geschenkt, was Ruth unangemessen persönlich gefunden hatte. »Lässt du den Leberfleck immer noch jedes Jahr ansehen?«, fragte Miriam ihren Exmann einmal bei einer anderen Gelegenheit. Ruth tat so, als hörte sie nicht zu, während sie sich die ganze Zeit vorstellte, wie die beiden wohl früher als junges, verliebtes Paar gewesen waren, als Miriam noch so viel an ihm lag, dass sie die kleinste Größenveränderung an einem Leberfleck bemerkte. Sie malte sich aus, wie die beiden in einer toskanischen Villa faulenzten, deren Schlafzimmerfenster auf sanfte Hügel mit Obstbäumen hinausführten, wie sie kicherten und gegenseitig ihren Leberflecken auf dem nackten Rücken Namen gaben, als wären es Sternbilder. Sie sah es vor sich: Die beiden massierten sich mit langen Strichen Olivenöl in die Schenkel. Art hatte das auch einmal bei ihr ausprobiert, und Ruth hatte sich dabei gedacht, dass er diesen Handgriff von irgendwem *gelernt* haben musste. Sie versteifte sich aber immer völlig, wenn er ihr die Schenkel massieren wollte. Bei einer

Massage konnte sie sich einfach nicht entspannen. Sie hatte das Gefühl, gekitzelt zu werden, die Beherrschung zu verlieren, bekam Platzangst und wurde so panisch, dass sie nur noch auf und davon wollte. Art erzählte sie nie von ihrer Panik; sie sagte nur, Massage sei für sie Geld- und Zeitverschwendung.

Obwohl sie Arts Sexualleben mit Miriam und anderen Frauen durchaus interessierte, fragte sie ihn jedoch nie, was er mit seinen früheren Geliebten im Bett angestellt hatte. Und er fragte sie auch nicht. Sie konnte es immer kaum fassen, dass Wendy ihren Joe so bedrängte, ihr detailliert von seinen früheren Eskapaden in Betten und an Stränden zu erzählen und was ganz genau er empfunden hatte, als er zum ersten Mal mit ihr geschlafen hatte. »Und er sagt dir alles, wonach du fragst?«, hatte Ruth gesagt.

»Er nennt mir immer erst seinen Namen, sein Geburtsdatum und seine Sozialversicherungsnummer. Aber dann prügle ich auf ihn ein, bis er mir den Rest erzählt.«

»Und dann bist zu zufrieden?«

»Ich bin sauer!«

»Warum fragst du dann?«

»Irgendwie denke ich, dass alles an ihm mir gehört, seine Gefühle, seine Phantasien. Ich weiß, das ist Humbug, aber emotional ist das bei mir so. Seine Vergangenheit ist meine Vergangenheit, sie gehört zu mir. Scheiße, wenn ich nur die Spielzeugkiste aus seiner Kindheit finden könnte, da würde ich gern reingucken und sagen: ›Gehört mir.‹ Ich würde sehen wollen, welche Männermagazine er unter der Matratze versteckt und zum Masturbieren benutzt hat.«

Ruth lachte laut auf, als Wendy das sagte, aber innerlich war ihr unbehaglich zu Mute. Stellten viele Frauen ihren Männern solche Fragen? Hatte Miriam damals Art nach solchen Dingen gefragt? Gehörte Miriam ein größerer Teil von Arts Vergangenheit als Ruth?

Die Stimme ihrer Mutter riss sie aus ihren Gedanken.

»Wie geht Fu-Fu?«

Nicht schon wieder. Ruth holte tief Luft. »Fu-Fu geht es gut«, sagte sie diesmal.

»Wirklich?«, sagte LuLing. »Alte Katze. Ist Glück sie noch nicht tot.«

Ruth war so überrascht, dass sie vor Lachen losprustete. Das war wie die Kitzelfolter. Es war ihr zuwider, aber sie konnte nichts gegen den Reflex, lauthals zu lachen, unternehmen. Tränen brannten ihr in den Augen, und sie war froh, dass es im Auto so dunkel war.

»Warum du lachen?«, schimpfte LuLing. »Ich nicht mache Spaß. Und nicht lassen Hund in Garten. Ich kenne jemand, so passiert. Jetzt Katze tot!«

»Du hast Recht«, sagte Ruth und versuchte, sich mehr auf den Straßenverkehr zu konzentrieren. »Ich passe besser auf.«

Vier

Am Abend des Mondfests drängte ins Restaurant Fountain Court eine Menschenschlange, deren Ende aus der Tür ragte wie ein Drachenschwanz. Art und Ruth bahnten sich einen Weg an den Wartenden vorbei. »Verzeihung. Wir haben reserviert.« Im Inneren hallten die Gespräche hundert glücklicher Menschen wider. Kinder trommelten mit Essstäbchen auf Teetassen und Wassergläser. Der Kellner, der Ruth und Art an ihre Tische führte, musste seine Stimme heben, damit sie ihn durch das Geklapper der Teller, die auf- und abgetragen wurden, hören konnten. Während Ruth ihm folgte, inhalierte sie die Düfte Dutzender Vorspeisen. Zumindest das Essen würde heute Abend gut sein.

Ruth hatte das Fountain Court ausgewählt, weil es eines der wenigen Restaurants war, in denen ihre Mutter die Zubereitung der Speisen, das Benehmen der Kellner oder die Sauberkeit des Geschirrs nicht kritisierte. Ursprünglich hatte Ruth zwei Tische reserviert, genug Platz für ihre Familienangehörigen und Freunde sowie für die beiden Mädchen und Arts Eltern, die aus New Jersey zu Besuch waren. Nicht mitgerechnet hatte sie Arts Exfrau Miriam, deren Mann Stephen und die beiden kleinen Söhne, Andy und Beauregard.

Miriam hatte Art in der Woche zuvor angerufen. Als Ruth erfuhr, was Miriam wollte, stellte sie sich stur.

»Für vier Leute mehr ist kein Platz.«

»Du kennst doch Miriam«, sagte Art. »Mit einer Absage würde sie sich nie zufrieden geben. Außerdem ist es die einzige Gelegenheit für meine Eltern, sie noch einmal zu sehen, bevor sie nach Carmel fahren.«

»Und wo sollen sie sitzen? Etwa an einem anderen Tisch?«

»Wir können jederzeit ein paar Stühle dazustellen«, sagte Art. »Es ist doch nur ein Essen.«

Für Ruth war diese Zusammenkunft nicht einfach »nur ein Essen«. Es war ihr chinesisches Erntedankfest, das Familientreffen, bei dem sie zum ersten Mal die Gastgeberin war. Sie hatte während der Vorbereitung viel über die Bedeutung dieses Treffens nachgedacht, über die Bedeutung von Familie, der sie nicht nur Blutsverwandte zurechnete, sondern auch diejenigen, die durch die Vergangenheit vereint wurden und über die Jahre zusammenbleiben würden, Menschen, die sie gern in ihrem Leben hatte. Sie wollte allen Mitfeiernden danken, dass sie zu diesem Familiengefühl beitrugen. Miriam verkörperte eine misslungene Vergangenheit und eine ungewisse Zukunft. Doch all das auszusprechen würde Art kleinlich vorkommen, und Fia und Dory würden finden, sie sei gemein.

Ohne noch weiterzudiskutieren, veranlasste Ruth also in letzter Minute die Änderungen: Sie rief im Restaurant an, um die hinzugekommene Personenzahl durchzugeben. Sie schrieb die Sitzordnung neu. Sie bestellte zusätzlich Gerichte für zwei Erwachsene und zwei Kinder, die chinesisches Essen, wie sie wusste, nicht sonderlich gern mochten. Sie hatte den Verdacht, dass Fia und Dory mit Essen, das sie nicht kannten, deshalb so mäkelig waren, weil ihre Mutter auch nicht anders war.

Arts Eltern kamen als Erste im Restaurant an. »Hallo, Arlene, Marty«, begrüßte Ruth sie. Sie tauschten höflich Küsschen auf beide Wangen aus. Arlene umarmte ihren Sohn, und Marty boxte ihn mit einem Doppelschlag leicht auf die Schulter und dann gegen das Kinn. »Du haust mich um«, sagte Art und lieferte damit ihren traditionellen Vater-Sohn-Refrain.

Die Kamens stachen in ihrer makellosen, noblen Garderobe aus der Menge der leger gekleideten Gäste heraus. Ruth trug ein gebatiktes indonesisches Oberteil und einen Knitterrock. Ihr fiel auf, dass Miriam sich wie die Kamens kleidete, Designersachen, die in die Reinigung gebracht und professionell gebügelt werden mussten. Miriam liebte Arts Eltern, die wiederum sie hinreißend fanden, während Ruth spürte, dass die Kamens mit ihr nie so richtig warm geworden waren. Obwohl sie Art erst kennen gelernt hatte, als die Scheidung beinahe durch war, betrachteten Marty und Arlene sie wahrscheinlich als den Eindringling, der schuld daran war, weshalb sich Miriam und Art nicht wieder versöhnten. Ruth hatte das Gefühl, dass die Kamens hofften, sie sei nur eine kurze Episode in Arts Leben. Die beiden wussten nie, wie sie Ruth vorstellen sollten. »Das ist Arts, äh, Ruth«, sagten sie immer. Sicher, sie waren nett zu ihr. Sie hatten ihr hübsche Sachen zum Geburtstag geschenkt, einen Seidensamtschal, Chanel No. 5, ein gelacktes Teetablett, aber alles nichts, was sie mit Art teilen oder seinen Töchtern weitervererben könnte – oder etwaigen zukünftigen Kindern, da es ihr nicht mehr gegeben war, den Kamens weitere Enkelkinder zu schenken. Miriam hingegen war jetzt und für alle Ewigkeit die Mutter der Enkelinnen der Kamens, die Hüterin der Erbstücke für Fia und Dory. Marty und Arlene hatten ihr schon das Familiensilber und das Porzellan überlassen, und die jüdische Mesusa-Schriftrolle, die die Kamens nun schon seit fünf Generationen küssten, seit der Zeit, als sie noch in der Ukraine gelebt hatten.

»Miriam! Stephen!«, rief Ruth mit aufgesetzter Begeisterung. Sie reichten sich die Hand. Miriam umarmte Ruth kurz und winkte Art über den Tisch zu. »Schön, dass ihr kommen konntet«, sagte Ruth unbeholfen, dann wandte sie sich den Jungs zu. »Andy, Beauregard, wie geht es euch?«

Der Kleinere, der vier Jahre alt war, sagte strahlend: »Ich heiße jetzt Boomer.«

»Es ist wahnsinnig nett von dir, dass du uns mit eingeladen hast«, sagte Miriam begeistert zu Ruth. »Ich hoffe, es hat keine Umstände gemacht.«

»Überhaupt nicht.«

Miriam lief mit ausgebreiteten Armen auf Marty und Arlene zu, um sie überschwänglich zu umarmen. Sie trug ein Ensemble in Braun und Olivgrün, mit einem riesigen, runden Faltenkragen. Ihr kupferfarbenes Haar war zu einem strengen Pagenkopf geschnitten. Ruth konnte nachvollziehen, weshalb diese Frisur so hieß. Miriam sah aus wie ein Page in einem Renaissancegemälde.

Ruths Vetter Billy – der von anderen mittlerweile Bill genannt wurde – erschien, gefolgt von seiner zweiten Frau Dawn und ihren insgesamt vier Kindern im Alter von neun bis siebzehn. Ruth und Billy umarmten sich lange. Er klopfte ihr auf den Rücken, wie Männer es sonst mit ihren Kumpels taten. Als Junge war er spindeldürr gewesen und hatte Ruth, als sie ein kleines Mädchen war, immer tyrannisiert, aber diese Eigenschaft hatte sich schließlich zu Führungsqualitäten entwickelt. Heute leitete er eine Biotechfirma, und der Erfolg hatte ihn rundlich gemacht. »Mensch, wie ich mich freue, dich zu sehen«, sagte er. Ruth hatte sofort das Gefühl, dass der Abend doch noch gut verlaufen würde.

Sally, stets die Gesellige, hatte einen lauten Auftritt und rief kreischend die Namen der bereits anwesenden Familienangehörigen, während ihr Mann und ihre zwei Jungen ihr folgten. Sie war Flugzeugingenieurin und kam als Gutachterin für Rechtsanwaltskanzleien viel herum. Sie überprüfte Protokolle und Schauplätze von Flugzeugabstürzen, zumeist von kleineren Maschinen. Sie war stets redselig, offen und kontaktfreudig und ließ sich nicht so leicht einschüchtern, weder von Menschen noch von einem neuen Abenteuer. Ihr Mann George war Geiger im San Francisco Symphony Orchestra; er war still, übernahm aber gern die Konversation, wenn Sally ihm ein Stichwort lieferte. »George, erzähl doch mal von dem Hund, der im Stern Grove auf die Bühne gelaufen ist, auf das Mikrofon gepinkelt und damit die ganze Tonanlage kurzgeschlossen hat.« Dann wiederholte George immer genau das, was Sally eben erzählt hatte.

Ruth blickte auf und entdeckte Wendy und Joe, die sich suchend umsahen. Hinter ihnen kam Gideon, elegant und gepflegt wie immer, mit einem teuren Strauß exotischer Blumen. Als Wendy sich umdrehte und ihn sah, lächelte sie mit gespielter Freude, und er tat, als wäre er ebenso begeistert. Sie hatte ihn einmal als »Starfucker« bezeichnet, »der sich den Hals ausrenkt, wenn er einem über die Schultern guckt, um nach wichtigeren Leuten Ausschau zu halten«. Gideon wiederum hatte Wendy als »vulgär« bezeichnet und behauptet, ihr fehle »der Sinn dafür, weshalb es sich nicht schickt, jeden am Tisch in allen Einzelheiten über ihre Menstruationsprobleme aufzuklären«. Ruth hatte zunächst überlegt, nur einen von beiden einzuladen, aber in einem einfältigen Augenblick der Entschlossenheit hatte sie entschieden, dass die zwei das unter sich ausmachen mussten, selbst wenn sie beim Zusehen schon Sodbrennen bekam.

Wendy winkte mit beiden Händen, als sie Ruth entdeckte, und bahnte sich mit Joe einen Weg durch das Restaurant. Gideon folgte in gebührendem Abstand. »Wir haben gleich vor der Tür einen Parkplatz gefunden!«, sagte Wendy mit stolzgeschwellter Brust. Sie hielt ihren Glücksbringer hoch, einen Plastikengel mit dem Gesicht einer Parkuhr. »Ich sag's euch, es funktioniert jedes Mal!« Sie hatte Ruth auch einmal einen geschenkt, die ihn sogar auf ihr Armaturenbrett gestellt hatte, aber trotzdem immer nur Strafzettel bekam. »Hallo, meine Liebe«, sagte Gideon auf seine zurückhaltende Art. »Du strahlst ja geradezu. Oder ist das Schweiß und Nervosität?« Ruth, die ihm am Telefon erzählt hatte, dass Miriam sich quasi selbst eingeladen hatte, küsste ihn auf beide Wangen und flüsterte ihm zu, wo Arts Ex saß. Gideon hatte ihr vorgeschlagen, den Spion zu spielen und Ruth dann all die Schrecklichkeiten aus Miriams Mund zu berichten.

Art trat neben Ruth. »Wie läuft's?«

»Wo sind Fia und Dory?«

»Sie wollten im Green Apple Annex noch nach einer CD schauen.«

»Und du hast sie allein gehen lassen?«

»Es ist doch ganz in der Nähe, und sie wollten in zehn Minuten wieder da sein.«

»Und wo sind sie jetzt?«

»Entführt wahrscheinlich.«

»Das ist *nicht* lustig.« Ihre Mutter behauptete immer, es bringe Unglück, solche Wörter auch nur auszusprechen. Wie auf Stichwort kam nun auch LuLing herein, eine zarte Gestalt im Kontrast zu GaoLings kräftigerer Figur neben ihr. Ein paar Sekunden später folgte Onkel Edmund. Ruth fragte sich manchmal, ob ihr Vater auch so ausgesehen hatte – groß, mit krummen Schultern und einer dicken, weißen Haarkrone. Onkel Edmund ließ Arme und Beine locker schwingen und hatte die Angewohnheit, Witze schlecht zu erzählen, ängstliche Kinder zu trösten und Aktientipps zu geben. LuLing sagte häufig, die Brüder seien sich gar nicht ähnlich, Ruths Vater habe viel besser ausgesehen, sei klüger gewesen und außerdem sehr ehrlich. Sein einziger Fehler sei es gewesen, dass er zu vertrauensselig war, und vielleicht etwas zerstreut, wenn er sich zu sehr konzentrierte, so wie Ruth. Als Warnung für Ruth, wenn sie ihrer Mutter nicht richtig zuhörte, erzählte diese oft, wie er gestorben war. »Dein Daddy sieht grünes Licht, er sicher, Auto stoppen. Bum! Überfahren, ihn eine Straße mitschleift, zwei Straßen, nie anhalten.« Sie sagte, er sei wegen eines Fluchs gestorben, desselben, wegen dessen Ruth sich den Arm gebrochen habe. Und weil dieser Fluch häufig zur Sprache kam, wenn LuLing sich über Ruth ärgerte, glaubte Ruth als Kind immer, der Fluch und der Tod ihres Vaters hätten mit ihr zu tun. Sie hatte ständig wiederkehrende Albträume, in denen sie Menschen mit einem Auto ohne Bremsen verstümmelte. Vor dem Losfahren überprüfte sie heute noch immer die Bremsen.

Selbst durch den großen Raum sah Ruth, dass LuLing sie mit mütterlicher Bewunderung anstrahlte. Ihr Herz krampfte sich bei dem Anblick zusammen, es machte sie gleichzeitig glücklich und traurig, ihre Mutter gerade heute zu sehen. Warum war ihr Verhältnis nicht immer so? Wie viele solche Treffen würden sie noch erleben?

»Ein schönes Mondfest«, wünschte Ruth ihrer Mutter, als diese am Tisch anlangte. Sie winkte LuLing zu dem Platz neben sich. Tante Gal nahm den anderen Stuhl neben Ruth, und dann setzte sich der Rest der Familie. Ruth sah, dass Art bei Miriam am anderen Tisch saß, wo sich rasch die nicht chinesische Fraktion versammelte.

»He, sind wir hier im weißen Getto, oder wie?«, rief Wendy laut. Sie saß mit dem Rücken zu Ruth.

Als Fia und Dory schließlich auftauchten, unterließ es Ruth, sie vor deren Mutter oder Arlene und Marty zu schimpfen. Die beiden winkten allen zum Gruß, dann glucksten sie: »Hi, Oma und Opa«, und schlangen die Arme um ihre Großeltern. LuLing umarmten die Mädchen nie freiwillig.

Das Essen begann mit einer Unmenge Vorspeisen, die auf den Drehteller, den LuLing als »Karussell« bezeichnete, gestellt wurden. Die Erwachsenen machten anerkennende Laute, die Kinder riefen: »Ich hab Hunger!« Die Kellner brachten die von Ruth telefonisch bestellten Speisen: süß glasierten Phönixschwarzfisch, vegetarisches Huhn aus runzeligen Tofuschichten, und Qualle, das Lieblingsgericht ihrer Mutter, gewürzt mit Sesamöl und mit klein geschnittenen Frühlingszwiebeln bestreut. »Eine Frage«, sagte Miriam, »ist das tierisch, pflanzlich oder mineralisch?«

»Hier, Ma.« Ruth hielt ihrer Mutter die Platte mit der Qualle hin. »Du fängst an, schließlich bist du das älteste Mädchen.«

»Nein-nein!«, sagte LuLing automatisch. »Bitte dir nehmen.«

Ruth ignorierte diese rituelle Ablehnung und häufte ihrer Mutter die nudelähnlichen Quallenstreifen auf den Teller. LuLing fing sofort an zu essen.

»Was ist das?«, hörte Ruth den kleinen Boomer am anderen Tisch fragen. Misstrauisch beäugte er den wabbeligen Haufen Qualle, als dieser auf dem Drehteller an ihm vorbeikam.

»Würmer!«, sagte Dory, um ihn zu necken. »Versuch doch mal.«

»Igitt! Nimm das weg! Nimm das weg!«, schrie Boomer. Dory bekam einen hysterischen Lachanfall. Art reichte die ganze Portion Qualle wieder an Ruth weiter, die langsam spürte, wie sie Magenschmerzen bekam.

Weitere Gerichte wurden aufgetragen, eines seltsamer als das andere, jedenfalls nach dem Ausdruck der nicht chinesischen Gesichter zu urteilen. Tofu mit eingelegtem Gemüse. Seegurken, die Tante Gals Lieblingsgericht waren. Und Reisküchlein, von denen Ruth angenommen hatte, die Kinder würden sie mögen. Ein Irrtum, wie sich herausstellte.

Während alle aßen, drehte Nicky, Sallys sechsjähriger Sohn, den Drehteller – vielleicht weil er dachte, er könnte ihn wie ein Frisbee abheben lassen –, worauf die Tülle einer Teekanne ein Wasserglas umstieß. LuLing schrie und sprang auf. Wasser tropfte ihr vom Schoß. »*Ai-ya!* Warum du tust das?«

Nicky verschränkte schützend die Arme, und Tränen traten ihm in die Augen.

»Schon gut, mein Schatz«, sagte Sally zu ihm. »Entschuldige dich. Und das nächste Mal drehst du langsamer.«

»Sie war böse zu mir.« Er zog eine Schnute in LuLings Richtung, die sich gerade den Schoß mit einer Serviette abtupfte.

»Großtante hat sich nur erschreckt, das ist alles. Du bist einfach so stark – wie ein Baseballspieler.«

Ruth hoffte, ihre Mutter würde Nicky nicht weiter schelten. Sie erinnerte sich daran, wie ihre Mutter immer aufgezählt hatte, wie oft sie Essen oder Milch umgeschüttet hatte. Laut klagend hatte sie unsichtbare Kräfte angerufen, weshalb Ruth nicht lernen könne, sich zu benehmen. Ruth sah Nicky an und stellte sich vor, wie sie wohl gewesen wäre, wenn sie Kinder gehabt hätte. Vielleicht hätte sie auch wie ihre eigene Mutter reagiert, unfähig, ihren Ärger zu unterdrücken, bis das Kind sich geschlagen gab und Reue zeigte.

Die nächsten Getränke wurden bestellt. Ruth fiel auf, dass Art bereits sein zweites Glas Wein trank. Er schien sich auch angeregt mit Miriam zu unterhalten. Neue Gerichte wurden serviert, gerade rechtzeitig, um die Spannung zu lösen. Gebratene Auberginen mit frischen Basilikumblättern, ein zarter Drachenkopffisch, ummantelt mit Knoblauchscheibchen, eine chinesische Polentavariante in einer pikanten Fleischsoße, dicke schwarze Pilze, ein Löwenkopf aus Ton, der mit Fleischklößchen und Reisnudeln gefüllt war. Sogar die »Ausländer«, bemerkte LuLing, genossen das Essen. Über den Lärm hinweg beugte sich Tante Gal zu Ruth und sagte: »Deine Mutter und ich, wir haben letzte Woche hervorragend im Sun Hong Kong gegessen. Aber dann wären wir beinahe im Gefängnis gelandet!« Tante Gal warf gern Köder aus und wartete, bis der Zuhörer anbiss.

Ruth tat ihr den Gefallen. »Im Gefängnis?«

»Ja! Deine Mutter hat sich mit dem Kellner angelegt und behauptet, sie hätte die Rechnung schon bezahlt.« Tante Gal schüttelte den Kopf.»Der Kellner war aber im Recht, wir hatten nämlich tatsächlich noch nicht gezahlt.« Sie tätschelte Ruth die Hand.»Keine Sorge! Später, als deine Mutter mal abgelenkt war, habe ich dann bezahlt. Du siehst also, kein Gefängnis, und wir sind hier!« GaoLing nahm noch ein paar Bissen, schmatzte mit den Lippen, beugte sich dann wieder zu Ruth und flüsterte:»Ich habe deiner Mutter eine große Tüte Ginsengwurzeln geschenkt. Das ist gut gegen Verwirrung.« Sie nickte bedeutsam, und Ruth nickte zurück.»Manchmal ruft mich deine Mutter vom Bahnhof aus an, um mir zu sagen, dass sie jetzt da ist, dabei habe ich noch nicht einmal gewusst, dass sie überhaupt kommen wollte! Das geht natürlich in Ordnung, sie ist jederzeit bei mir willkommen. Aber um sechs Uhr morgens? Ich war noch nie Frühaufsteher!« Sie kicherte, und Ruth, der allmählich der Kopf schwirrte, stieß ein hohles Lachen hervor.

Was war los mit ihrer Mutter? Konnten Depressionen eine derartige Verwirrung auslösen? Sie würde das nächste Woche mit Dr. Huey besprechen, wenn sie den zweiten Termin bei ihm hatten. Wenn er ihrer Mutter mit Nachdruck Antidepressiva verordnete, würde sie diese vielleicht auch nehmen. Ruth wusste, dass sie ihre Mutter öfter besuchen sollte. LuLing beklagte sich zunehmend über ihre Einsamkeit und versuchte offenbar, die Leere zu füllen, indem sie GaoLing zu den merkwürdigsten Zeiten besuchte.

In der Pause vor dem Dessert stand Ruth auf und hielt eine kurze Ansprache.»Mit dem Lauf der Jahre sehe ich immer mehr, wie viel Familie bedeutet. Sie erinnert uns daran, was wichtig ist. Unsere Verbindung mit der Vergangenheit. Unsere immer gleichen Späße darüber, den Namen ›Young‹ zu tragen, aber alt zu werden. Die Traditionen. Die Tatsache, dass wir einander nicht loswerden können, sosehr wir uns auch bemühen. Wir sind für alle Zeiten verbunden, und diese Verbindung wird gefestigt durch Klebreis und Tapiokapudding. Dank euch allen, dass ihr seid, wer ihr seid.« Auf individuelle Erwähnungen verzichtete sie, da sie über Miriam und ihre Leute nichts zu sagen hatte.

Dann verteilte Ruth Päckchen mit Mondkuchen und Schokoladenhasen für die Kinder. »Danke!«, riefen sie. »Sind die süß!« Endlich war Ruth etwas beruhigt. Es war eine gute Idee gewesen, dieses Essen zu veranstalten. Trotz des gelegentlichen peinlichen Schweigens waren Familientreffen wichtig, ein Ritual, das bewahrte, was von der Familie noch übrig war. Sie wollte nicht, dass sie und ihre Vettern und Kusinen sich auseinander lebten, aber sie befürchtete, sobald die ältere Generation einmal nicht mehr war, würde das irgendwie das Ende der Familienbande bedeuten. Also mussten sie sich zusammenraufen.

»Und hier sind noch mehr Geschenke«, rief Ruth und verteilte kleine Päckchen. Sie hatte ein wunderschönes altes Kinderfoto von LuLing und Tante Gal gefunden, die ihre Mutter in die Mitte genommen hatten. Vom Original hatte sie zuerst ein Negativ machen lassen, hatte davon Vergrößerungen bestellt und diese dann gerahmt. Es sollte eine symbolische Verbeugung vor ihrer Familie sein, ein bleibendes Geschenk. Diejenigen, die es geschenkt bekamen, stießen anerkennende Jauchzer aus.

»Das ist ja unglaublich«, sagte Billy. »He, Kinder, ratet mal, wer diese beiden süßen Mädchen sind!«

»Wie jung wir waren«, seufzte Tante Gal wehmütig.

»He, Tante Lu«, sagte Sally neckisch. »Du siehst auf dem Bild ja ziemlich sauertöpfisch aus.«

»Das weil meine Mutter gerade gestorben«, sagte LuLing.

Ruth kam es so vor, als ob ihre Mutter Sally falsch verstanden hatte. »Sauertöpfisch« gehörte nun mal nicht zu LuLings Vokabular. Zudem war LuLings und GaoLings Mutter erst 1972 gestorben. Ruth deutete auf das Foto. »Siehst du? Deine Mutter steht hier. Und das bist du.«

LuLing schüttelte den Kopf. »Das nicht meine richtige Mutter.«

Ruth versuchte fieberhaft, den anderen darzulegen, was ihre Mutter meinte. Tante Gal warf Ruth einen bedeutsamen Blick zu und biss die Zähne zusammen, um nur nichts zu sagen. Der Rest schwieg und zog besorgt die Stirn in Falten.

»Das ist doch Waipo, oder täusche ich mich?«, sagte Ruth zu Tante Gal und bemühte sich, dabei unbekümmert zu klingen. Da GaoLing nickte, sagte Ruth fröhlich zu ihrer Mutter: »Na, wenn das die Mutter deiner Schwester ist, dann muss es auch deine sein.«

»GaoLing *nicht* meine Schwester!«, schnaubte LuLing.

Ruth hörte, wie ihr der Puls im Kopf pochte. Billy räusperte sich in dem offensichtlichen Wunsch, das Thema zu wechseln.

»Sie meine *Schwägerin*«, fuhr LuLing fort.

Jetzt lachten alle schallend. LuLing hatte doch tatsächlich einen Witz gemacht! Natürlich, sie waren ja wirklich Schwägerinnen, da sie mit zwei Brüdern verheiratet waren. Welch eine Erleichterung! Es ergab nicht nur Sinn, was ihre Mutter sagte, es war auch gewitzt.

Tante Gal wandte sich LuLing zu und spielte die Beleidigte. »He, warum behandelst du mich so schlecht, hm?«

LuLing suchte etwas in ihrer Brieftasche. Sie zog ein winziges Foto heraus und reichte es dann Ruth. »Da«, sagte sie auf Chinesisch. »Das hier, das ist meine Mutter.« Ein kalter Schauer fuhr Ruth über die Kopfhaut. Es war ein Foto vom Kindermädchen ihrer Mutter, Bao Bomu, Liebste Tante.

Sie trug eine Jacke mit hohem Kragen und einen merkwürdigen Kopfschmuck, der aussah, als wäre er aus Elfenbein geschnitzt. Sie war von ätherischer Schönheit. Sie hatte große, schräg stehende Augen, der Blick war direkt und unbescheiden. Die gebogenen Augenbrauen deuteten eine kritische Haltung an, die vollen Lippen eine Sinnlichkeit, die zur damaligen

Zeit noch unzüchtig erscheinen musste. Das Bild war offensichtlich vor dem Unfall aufgenommen worden, bei dem sie die Verbrennungen erlitten hatte, wodurch das Gesicht fortan in einem steten Ausdruck des Schreckens erstarrt war. Als Ruth das Foto jetzt näher betrachtete, erschien ihr der Gesichtsausdruck der Frau noch verstörender als sonst, als könnte jene in die Zukunft sehen und wissen, dass sie verflucht war. Das war die verrückte Frau, die sich seit der Geburt ihrer Mutter um diese gekümmert hatte, die LuLing mit Ängsten und Aberglauben erstickt hatte. LuLing hatte Ruth erzählt, wie sich dieses Kindermädchen – als LuLing selbst noch vierzehn war – auf eine derart grausige Weise umgebracht habe, die »zu schlimm zu sagen« sei. Wie auch immer das Kindermädchen es angestellt hatte, es machte LuLing jedenfalls glauben, es sei ihre Schuld gewesen. Liebste Tante war der Grund dafür, dass ihre Mutter überzeugt davon war, sie könne nie glücklich werden, dass sie immer das Schlimmste erwartete und so lange beunruhigt war, bis es endlich eintraf.

Ruth versuchte ihre Mutter wieder zur Vernunft zu bringen. »Das war dein Kindermädchen«, sagte sie ruhig. »Du willst wahrscheinlich sagen, sie war *wie* eine Mutter für dich.«

»Nein, *das* wirklich meine Mutter«, sagte LuLing stur. »Das da GaoLing Mutter.« Sie hielt das gerahmte Foto hoch.

Wie in Trance hörte Ruth, dass Sally sich gerade bei Billy erkundigte, wie sein Skiurlaub in Argentinien vor einem Monat gewesen sei. Onkel Edmund ermutigte seinen Enkel, einen schwarzen Pilz zu versuchen. Ruth fragte sich ständig: Was geschieht hier? Was geschieht?

Sie merkte, wie ihre Mutter sie auf den Arm klopfte. »Ich habe auch Geschenk für dich. Früher Geburtstag, gebe dir jetzt.« Sie langte in ihre Handtasche und holte eine schlichte weiße Schachtel hervor, die mit einer Schleife versehen war.

»Was ist das?«

»Aufmachen, nicht fragen.«

Die Schachtel war leicht. Ruth zog die Schleife ab, hob den Deckel und sah dann im Innern etwas grau schimmern. Es war eine Kette aus unregelmäßig geformten Perlen, die alle so groß wie Kaugummikugeln waren. War das ein Test? Oder hatte ihre Mutter wirklich vergessen, dass Ruth selbst ihr diese Kette vor Jahren geschenkt hatte? LuLing strahlte wissend – oh ja, Tochter kann ihr Glück nicht fassen!

»Beste Sachen jetzt nehmen«, sagte LuLing. »Nicht warten, bis ich tot.« Sie wandte sich ab, bevor Ruth ablehnen oder sich bedanken konnte. »Ist sowieso nicht viel wert.« LuLing prüfte, ob ihr Haarknoten noch saß, wohl um ihre Verlegenheit zu überspielen. Ruth hatte diese Geste schon häufig bei ihr gesehen. »Wenn jemand angeben, groß schenken«, sagte ihre Mutter immer, »das nicht wirklich groß schenken.« Viele ihrer Ermahnungen hatten damit zu tun, Gefühle und Empfindungen *nicht* zu zeigen: Hoffnung, Enttäuschung und besonders Liebe. Je weniger man zeigte, desto mehr bedeutete es.

»Diese Kette in meiner Familie lange Zeit«, hörte Ruth ihre Mutter sagen. Ruth betrachtete die Perlen und erinnerte sich daran, wie sie die Kette zum ersten Mal in einem Laden auf Kauai gesehen hatte. »Schwarze Perlen, Tahiti-Style« hatte auf dem Zettel gestanden. Es waren billige Glaskugeln für zwanzig Dollar, die sich an einem tropischen strahlenden Tag auf schweißnasser Haut gut ausnahmen. Sie hatte mit Art auf der Insel Urlaub gemacht, als sie beide noch frisch verliebt waren. Erst als sie wieder zu Hause waren, fiel ihr ein, dass sie ja den Geburtstag ihrer Mutter vergessen hatte. Sie hatte nicht einmal daran gedacht anzurufen, während sie am Sandstrand Mai-Tais getrunken hatte. Sie hatte das zweimal getragene Schmuckstück in eine Schachtel gepackt und gehofft, mit diesem Geschenk, das den Ozean überquert hatte, den Eindruck zu erwecken, sie habe an ihre Mutter gedacht. Dummerweise war sie ehrlich gewesen und hatte darauf beharrt, die Kette sei »nichts weiter«, worauf LuLing diese Bescheidenheit falsch deutete und dachte, das Geschenk sei recht teuer gewesen und damit ein aufrichtiger Liebesbeweis der Tochter. Sie trug sie danach zu allen Gelegenheiten, und Ruth fühlte sich stets schuldig, wenn sie zufällig mit anhörte, wie ihre Mutter vor ihren Freundinnen prahlte: »Seht, was meine Tochter Luutie mir kaufen.«

»Oh, sehr hübsch!«, brummte GaoLing und beäugte, was Ruth in der Hand hielt. »Zeig mal«, und schon hatte sie sich die Schachtel geschnappt. Sie presste die Lippen zusammen. »Mmm«, machte sie, während sie den Tand begutachtete. Hatte Tante Gal die Kette schon einmal gesehen? Wie oft hatte LuLing sie bei ihr zu Hause getragen und mit ihrem Wert geprahlt? Hatte GaoLing vielleicht die ganze Zeit schon gewusst, dass die Kette nicht echt war und Ruth, die gute Tochter, eine Schwindlerin?

»Lass mich auch mal sehen«, sagte Sally.

»Vorsichtig«, sagte LuLing warnend, als Sallys Sohn nach den Perlen langte, »nicht anfassen. Kostet zu viel.«

Bald machten die Perlen auch die Runde am anderen Tisch. Arts Mutter beäugte die Kette besonders kritisch und wog sie in der Hand. »*Sehr* hübsch«, sagte sie ein wenig zu emphatisch zu LuLing. Miriam bemerkte nur: »Die Perlen sind wirklich groß.« Art warf einen kurzen Blick auf die Perlen und räusperte sich.

»He, was los?«

Ruth wandte sich um und merkte, dass ihre Mutter sie prüfend ansah.

»Nichts«, nuschelte Ruth, »ich bin nur ein bisschen müde.«

»Unsinn!«, sagte ihre Mutter auf Chinesisch. »Ich sehe, dass etwas innen festsitzt und nicht herauskommt.«

»Achtung! Spionagesprache!«, rief Dory vom anderen Tisch.

»Du hast etwas«, sagte LuLing, die offenbar nicht locker lassen wollte. Ruth war erstaunt, dass ihre Mutter so aufmerksam war. Vielleicht war sie doch nicht krank.

»Es geht um Arts Frau«, flüsterte Ruth schließlich in ihrem Mandarin mit amerikanischem Akzent. »Mir wäre lieber, Art hätte ihr nicht erlaubt zu kommen.«

»Ah! Siehst du, ich hatte Recht. Ich wusste, dass etwas mit dir los ist. Eine Mutter weiß das immer.«

Ruth biss sich fest auf die Innenseite ihrer Wange.

»Jetzt mach dir keine Gedanken mehr«, beschwichtigte ihre Mutter sie. »Morgen sprichst du mit Artie. Er soll dir ein Geschenk kaufen. Er sollte viel zahlen, um dir zu zeigen, wie viel ihm an dir liegt. Er sollte dir so etwas kaufen.« LuLing berührte die Kette, die Ruth mittlerweile wieder in den Händen hielt.

Ruths Augen brannten von den zurückgehaltenen Tränen.

»Gefällt dir?«, fragte LuLing stolz, indem sie wieder in das allgemeine Englisch verfiel. »Das nämlich echte.«

Ruth hielt die Kette hoch. Sie sah die dunklen Perlen glitzern, ihr Geschenk, das vom Meeresboden aufgetaucht war.

Fünf

Ruth hielt LuLing am Arm, als sie auf die Parkgarage des Krankenhauses zugingen. Mit der schlaffen Haut fühlte sich der Arm an wie der knochige Flügel eines kleinen Vogels. LuLing war abwechselnd munter und mürrisch und zeigte sich völlig unberührt von dem, was sich gerade in der Arztpraxis herausgestellt hatte. Ruth jedoch spürte, dass ihre Mutter innerlich zunehmend abbaute, dass sie bald so brüchig wie Treibholz sein würde. *Dementia.* Ruth rätselte über die Diagnose: Wie konnte ein Wort, das so schön klang, eine so zerstörerische Krankheit bezeichnen? Es war ein Name, der einer Göttin anstand: Dementia, die ihre Schwester Demeter dazu verleitete, das Verwandeln des Winters in den Frühling zu vergessen. Ruth stellte sich vor, wie sich ein kalter Belag auf dem Gehirn ihrer Mutter bildete und die Flüssigkeit herauszog. Dr. Huey hatte gesagt, die Kernspintomographie zeige Schrumpfungen bestimmter Teile des Gehirns, die dem Verlauf von Alzheimer entsprächen. Er hatte auch gesagt, die Krankheit habe wahrscheinlich schon »vor Jahren« begonnen. Ruth war zu verdattert gewesen, um Fragen zu stellen, aber jetzt überlegte sie, was der Arzt wohl mit »vor Jahren« gemeint haben könnte. Zwanzig? Dreißig? Vierzig? Vielleicht lag darin ja der Grund, weshalb ihre Mutter Ruths Kindheit über immer so schwierig gewesen war, weshalb sie von Flüchen und

Geistern geredet und gedroht hatte, sich umzubringen. Dementia war die Erlösung ihrer Mutter, und Gott würde ihnen beiden vergeben, dass sie sich all die Jahre über so wehgetan hatten.

»Luutie, was sagt Doktor?« LuLings Frage riss Ruth aus ihren Gedanken. Sie standen vor dem Auto. »Er sagt, ich sterbe bald?«, fragte LuLing scherzend.

»Nein.« Zur Bekräftigung lachte Ruth. »Natürlich nicht.« LuLing sah ihre Tochter prüfend an, dann sagte sie wie abschließend: »Ich sterbe, egal. Ich keine Angst. Du weißt.«

»Dr. Huey hat gesagt, dein Herz ist völlig in Ordnung«, sagte Ruth. Sie suchte nach einer Möglichkeit, die Diagnose mit einem Namen zu übersetzen, den ihre Mutter aufnehmen würde. »Aber er sagt auch, dass du wahrscheinlich ein anderes Problem hast – mit dem Gleichgewicht der Elemente in deinem Körper. Und das könnte dir Schwierigkeiten machen... mit deinem Gedächtnis.« Sie half LuLing auf den Beifahrersitz und schnallte sie an.

LuLing schniefte. »Hnh! Kein Problem mit meinem Gedächtnis! Ich erinnern viele Dinge, mehr als du. Wo ich lebe Kleinmädchenzeit, wir nennen Ort Unsterbliches Herz, sieht aus wie Herz, zwei Fluss, ein Strom, beide austrocknen...« Sie fuhr fort zu sprechen, während Ruth um das Auto herumging, einstieg und den Motor anließ. »Was er wissen? Arzt nicht mal nimmt Gerät für hören mein Herz. Niemand hören mein Herz! Du nicht. GaoLing nicht. Du weißt mein Herz immer tut weh. Ich nur nicht klage. Ich klage?«

»Nein...«

»Also!«

»Aber der Arzt hat gesagt, dass du manchmal so vergesslich bist, weil du Depressionen hast.«

»Depression, weil *nicht* kann vergessen! Sehen mein trauriges Leben!«

Ruth trat ein paar Mal die Bremse, um sicherzugehen, dass sie funktionierte, dann lenkte sie das Auto die Kurven der Parkgarage hinunter. Die Stimme ihrer Mutter brummte im Rhythmus des Motors: »Natürlich Depression. Wo Liebste Tante sterben, alles Glück geht aus meinem Körper...«

Seit der Diagnose vor drei Monaten hatte LuLing beinahe jeden Abend bei Art und Ruth gegessen. An diesem Abend beobachtete Ruth ihre Mutter, wie diese ein Stückchen Lachs aß. Sie kaute langsam, dann hustete sie. »Zu salzig«, keuchte sie, als hätte man ihr eine Salzlecke als Hauptgang serviert.

»Waipo«, sagte Dory. »Ruth hat kein Salz genommen. Ich hab zugesehen. *Gar* keins.«

Fia trat unter dem Tisch gegen Dory. Sie machte mit den Zeigefingern ein X, das symbolische Kreuz, mit dem die Filmdraculas in Schach gehalten wurden. Dory trat sie zurück.

Nun, da Ruth die Probleme ihrer Mutter nicht mehr auf deren exzentrische Charaktereigenschaften zurückführen konnte, entdeckte sie überall Anzeichen der Demenz. Sie waren nur zu offensichtlich. Wieso waren sie ihr vorher nicht aufgefallen? Die Häusertauschangebote und »kostenlosen Ferien«, die ihre Mutter über Werbebroschüren orderte. Die Anschuldigungen, Tante Gal habe ihr Geld gestohlen. Die tagelange Aufregung über einen Busfahrer, der ihr vorgeworfen hatte, sie habe das Fahrgeld nicht gezahlt. Es tauchten aber auch neue Probleme auf, die Ruth bis in die Nacht hinein Sorgen bereiteten. Ihre Mutter vergaß oft, die Wohnungstür abzuschließen. Sie ließ Essen auf der Küchentheke auftauen, bis es verdarb. Sie drehte das kalte Wasser auf und ließ es tagelang laufen, weil sie darauf wartete, dass es warm wurde. Ein paar der Veränderungen machten das Leben allerdings sogar leichter. Zum Beispiel sagte LuLing nichts mehr, wenn Art sich ein weiteres Glas Wein einschenkte, wie er es auch an diesem Abend tat. »Warum so viel trinken?«, hatte sie sonst immer gefragt. Ruth hatte sich öfter im Stillen dieselbe Frage gestellt. Einmal hatte sie Art gegenüber erwähnt, dass er ein bisschen an sich halten solle, damit es nicht zur Gewohnheit wurde. »Du solltest mal wieder Saft trinken.« Er hatte sie ruhig darauf hingewiesen, dass sie sich schon wie ihre Mutter benahm. »Ein paar Gläser Wein zum Abendessen sind kein Alkoholproblem, sondern eine persönliche Entscheidung.«

»Dad?«, sagte Fia. »Können wir ein Kätzchen kriegen?«

»Ja«, fiel Dory ein. »Alice hat eine ganz süße Colourpoint, so eine Himalajakatze. So eine wollen wir auch.«

»Vielleicht«, sagte Art.

Ruth starrte auf ihren Teller. Hatte er es vergessen? Sie hatte ihm doch gesagt, sie sei noch nicht bereit für eine andere Katze. Irgendwie habe sie sonst das Gefühl, sich FuFu gegenüber nicht loyal zu verhalten. Und wenn die Zeit einmal für ein anderes Haustier gekommen sei, ein Tier, das schließlich zweifellos *sie* füttern und sauber halten müsse, dann habe sie lieber einen kleinen Hund.

»Ich einmal fahre Auto zu Himalaja, weite Wege ganz allein«, sagte LuLing mit großen Worten. »Himalaja sehr hoch oben, nahe an Mond.«

Art und die Mädchen sahen sich verdutzt an. LuLing machte häufig Bemerkungen, die für andere überhaupt keinen Zusammenhang erkennen ließen, Bemerkungen, die frei herumschwebten wie Staubkörnchen. Ruth war allerdings der Meinung, dass es für LuLings Irrtümer immer eine Erklärung gab. Diesmal war es eindeutig eine Wortassoziation: Himalajakatze, Himalajagebirge. Aber weshalb glaubte LuLing, sie sei mit dem Auto dorthin gefahren? Es war Ruths Aufgabe, solche Rätsel zu lösen. Wenn sie die Ursache fand, dann konnte sie LuLing helfen, die Wege in ihrem Gehirn freizuräumen, um zu vermei-

den, dass sich noch mehr zerstörerischer Schutt ansammelte. Mit etwas Anstrengung konnte sie vielleicht verhindern, dass ihre Mutter im Himalaja abstürzte. Dann fiel es ihr ein. »Meine Mutter und ich haben letzte Woche eine ziemlich interessante Dokumentation über Tibet gesehen«, sagte Ruth. »Es ging über den Weg, der zu...«
Dory unterbrach sie und sagte zu LuLing: »Man *kann* nicht von hier aus ins Himalaja *fahren*.«
LuLing runzelte die Stirn. »Warum du sagst das?«
Dory, die wie LuLing häufig impulsiv reagierte, platzte heraus: »Man kann es einfach nicht. Das heißt, es ist doch verrückt, wenn man glaubt...«
»Okeh, ich verrückt!«, ereiferte sich LuLing. »Warum du mir glauben sollen?« Zorn kochte in ihr hoch wie Wasser in einem Kessel – Ruth sah es vor sich, die blubbernden Blasen, den Dampf –, und dann sprudelte die endgültige Drohung aus LuLing heraus: »Vielleicht ich sterbe bald! Dann alle froh!«
Fia und Dory zuckten die Achseln und sahen einander wissend an: Ach, das schon wieder. LuLings Ausbrüche kamen inzwischen häufiger, abrupter. Glücklicherweise flauten sie immer schnell wieder ab, und die Mädchen wurden nicht zu sehr davon berührt. Sie reagierten aber auch nicht besonders sensibel auf das Problem, wie es Ruth schien. Sie hatte mehrmals versucht ihnen zu erklären, dass sie LuLing nie widersprechen sollten: »Waipo hört sich unlogisch an, weil sie auch so denkt. Daran können wir nichts ändern. Da spricht ihre Krankheit aus ihr, nicht sie.« Aber es fiel den beiden offenbar schwer, sich beständig dessen zu erinnern, so wie es Ruth schwer fiel, nicht auf die Todesdrohungen ihrer Mutter zu reagieren. Egal, wie oft sie diese schon gehört hatte, sie gingen ihr jedes Mal wieder durch Mark und Bein. Und inzwischen schien die Drohung sehr real zu sein – ihre Mutter war dabei zu sterben, erst ihr Geist, dann ihr Körper.

Die Mädchen trugen ihre Teller ab. »Ich muss Hausaufgaben machen«, sagte Fia. »Gute Nacht, Waipo.«

»Ich auch«, sagte Dory. »Wiedersehen, Waipo.«

LuLing winkte ihnen zu. Ruth hatte die Mädchen einmal gebeten, ihre Mutter zu küssen. LuLing hatte sich dabei aber nur völlig versteift.

Art stand auf. »Ich habe noch Unterlagen dabei, die ich bis morgen durchsehen muss. Ich mache mich am besten sofort an die Arbeit. Gute Nacht, LuLing.«

Als LuLing zur Toilette schlurfte, ging Ruth ins Wohnzimmer, um mit Art zu reden. »Es wird schlimmer.«

»Ist mir auch aufgefallen.« Er sortierte seine Papiere.

»Ich habe Angst sie allein zu lassen, wenn wir nach Hawaii fahren.«

»Was hast du also vor?«

Betroffen stellte sie fest, dass er gefragt hatte, was *sie* tun wolle, anstatt »wir« zu sagen. Seit dem Essen am Tag des Mondfests war ihr zunehmend bewusst geworden, aus welchen Gründen Art und sie nicht als Familie funktionierten. Sie hatte versucht es aus ihrem Kopf zu vertreiben, aber es kam immer wieder, nur um ihr zu bestätigen, dass ihre Sorge nicht unbegründet war. Warum nur hatte sie das Gefühl, zu niemandem zu gehören? Wählte sie sich unterbewusst die Menschen, die sie liebte, deshalb aus, weil sie Abstand hielten? War sie wie ihre Mutter dazu bestimmt, unglücklich zu sein?

Sie konnte Art nichts vorwerfen. Er war immer ehrlich gewesen, was ihre Beziehung betraf. Von Anfang an hatte er gesagt, dass er nicht wieder heiraten wolle. »Ich möchte, dass wir nichts als selbstverständlich voraussetzen«, hatte er einmal zu ihr gesagt, während er sie im Bett umarmt hielt. Das war gewesen, kurz nachdem sie zusammengezogen waren. »Ich möchte, dass wir uns jeden Morgen ansehen und fragen: ›Wer ist dieser erstaunliche Mensch, den ich das Glück habe zu lieben?‹« Damals fühlte sie sich verehrt wie eine Göttin. Nach dem zweiten Jahr hatte er ihr spontan eine prozentuale Beteiligung an der Wohnung angeboten. Ruth war gerührt von seiner Großzügigkeit, seiner Sorge um ihre Sicherheit. Er wusste, wie viel Angst ihr die Zukunft machte. Und die Tatsache, dass die Änderung noch nicht im Grundbuch eingetragen war? Nun, das war mehr ihre Schuld als seine. Sie sollte selbst entscheiden, wie viel Prozent sie übernehmen wollte, dann den Anwalt anrufen und die Papiere vorbereiten. Doch wie konnte man Liebe in Prozent ausdrücken? Sie kam sich vor wie damals auf dem College, als ein Geschichtsdozent die Studenten einmal aufforderte, sich selbst Noten zu geben. Ruth hatte sich eine Zwei minus, alle anderen hatten sich natürlich eine Eins gegeben.

»Du könntest jemanden beauftragen, ein paar Mal pro Woche bei deiner Mutter vorbeizuschauen«, schlug Art vor. »Eine Haushälterin oder so.«

»Stimmt.«

»Und diesen Service da anrufen, Essen auf Rädern. Die könnten ihr das Essen liefern, solange wir weg sind.«

»Gute Idee.«

»Du könntest eigentlich schon jetzt damit anfangen, damit sie sich an das Essen gewöhnt. Nicht, dass sie hier nicht zum Essen willkommen wäre, wann immer sie will... Also gut, ich muss jetzt wirklich arbeiten. Bringst du sie bald nach Hause?«

»Ich glaube schon.«

»Wenn du zurückkommst, gönnen wir uns noch eine Portion Malaga-Eis.« Das war ihre Lieblingssorte. »Danach geht es dir bestimmt besser.«

LuLing wehrte sich gegen den Vorschlag, dass jemand Fremdes zum Saubermachen in ihr Haus kommen sollte. Ruth hatte nichts anderes erwartet. Ihre Mutter verabscheute es, Geld für

Dinge auszugeben, die sie glaubte selbst machen zu können, vom Haarefärben bis zu Dachreparaturen.

»Das ist für ein Sonderprogramm für Einwanderer«, log Ruth, »damit sie keine Sozialhilfe bekommen müssen. Und wir müssen nichts dafür bezahlen. Die machen das umsonst, damit sie sich ein soziales Jahr in ihren Lebenslauf schreiben können.« LuLing begnügte sich mit dieser Erklärung. Ruth kam sich vor wie ein ungezogenes Kind. Sie würde bestimmt erwischt werden. Vielleicht auch nicht, was aber noch schlimmer wäre. Sozusagen ein weiterer Hinweis darauf, dass die Krankheit die Fähigkeit ihrer Mutter, alles zu wissen und zu sehen, beeinträchtigt hatte.

Ein paar Tage, nachdem das erste Hausmädchen angefangen hatte, rief LuLing an und beschwerte sich. »Sie denkt, kommt nach Amerika, alles so einfach. Sie will Pause machen, dann mir sagt, Lady, ich nicht machen Möbel rücken, ich nicht machen Fenster, ich nicht machen bügeln. Ich frage, ob will werden Millionär, ohne Finger krumm machen. Nein, Amerika nicht so!«

LuLing setzte der Immigrantin unablässig zu, bis diese kündigte. Ruth sprach mit weiteren Bewerberinnen. Bis sie jemand Passendes gefunden hatte, wollte sie selbst ein paar Mal pro Woche bei LuLing vorbeisehen, um sicherzugehen, dass das Gas ausgeschaltet war und die Wohnung nicht überschwemmt wurde.

»Ich musste gerade in der Nähe bei einem Auftraggeber etwas abgeben«, sagte sie, als sie eines Tages mal wieder vorbeikam.

»Ah, immer Auftrag. Erst Arbeit, dann Mutter.«

Ruth ging mit dem mitgebrachten Toilettenpapier, einer Tüte Orangen und anderen Lebensmitteln in die Küche. Dort überprüfte sie alles auf Katastrophen, die sich vielleicht abzeichneten, und potenzielle Gefahrenquellen. Beim letzten

Mal hatte sie festgestellt, dass LuLing versucht hatte, Eier in der Schale zu braten. Ruth machte auf dem Esstisch rasch Ordnung und fand dabei wieder Werbeangebote, die LuLing ausgefüllt hatte. »Ich bring sie für dich zur Post, Mama«, sagte sie. Dann ging sie ins Bad, um nachzusehen, ob das Wasser lief. Wo waren die Handtücher? Shampoo war keines vorhanden, nur ein dünnes Scheibchen gesprungener Seife. Wann hatte ihre Mutter das letzte Mal gebadet? Sie warf einen Blick in den Wäschekorb. Nichts. Trug ihre Mutter etwa jeden Tag dieselben Sachen?

Das zweite Hausmädchen blieb weniger als eine Woche. An den Tagen, an denen Ruth ihre Mutter nicht besuchte, fühlte sie sich unbehaglich, zerstreut. Sie schlief nicht gut und hatte sich sogar ein Stück Backenzahn abgebrochen, weil sie nachts ständig mit den Zähnen knirschte. Sie war zu müde, um zu kochen, und bestellte – entgegen dem Vorsatz, Dory eine fettarme Ernährung vorzuleben – mehrmals pro Woche Pizza, nur um dann LuLings Bemerkungen ertragen zu müssen, dass die Salami zu salzig sei. Seit kurzem litt Ruth an Verspannungen im Schulterbereich, sodass sie kaum am Schreibtisch sitzen und am Computer arbeiten konnte. Ihr gingen die Finger und Zehen aus, um sich alles merken zu können. Als sie eine Filipina fand, die sich auf Altenpflege spezialisiert hatte, überkam sie das Gefühl, dass nun eine große Last von ihr genommen wurde. »Ich liebe alte Menschen«, sagte die Frau beschwichtigend zu ihr. »Sie sind nicht schwierig, wenn man sich die Zeit nimmt, sie kennen zu lernen.«

Jetzt war es Nacht, und Ruth lag wach im Bett und hörte die Nebelhörner, die die Schiffe vor den Untiefen warnten. Als sie am Abend zu ihrer Mutter gefahren war, hatte sie erfahren, dass inzwischen auch die Filipina gekündigt hatte.

»Weg«, hatte LuLing gesagt und dabei äußerst zufrieden ausgesehen.

»Wann?«

»Nie arbeiten!«

»Aber bis wann war sie denn bei dir? Bis vor zwei Tagen? Vor drei Tagen?«

Bald hatte Ruth herausgefunden, dass die Frau nach dem Tag, an dem sie angefangen hatte, gar nicht mehr gekommen war. Ruth würde es nie schaffen, noch jemanden zu finden, bevor sie nach Hawaii fuhren. Das war in zwei Tagen. Ein Urlaub auf einer Insel kam nicht in Frage.

»Fahr du allein«, sagte Ruth am nächsten Morgen zu Art. Die Reise war bereits bezahlt, aber leider hatten sie keine Reiserücktrittsversicherung abgeschlossen.

»Wenn du nicht mitkommst, macht es doch keinen Spaß. Was soll ich ohne dich dort machen?«

»Nicht arbeiten. Nicht aufstehen. Nicht telefonieren.«

»Es wäre nicht das Gleiche.«

»Du wirst mich schrecklich vermissen und mir erzählen, dass es dir elend geht.«

Sehr zu Ruths Ärger ging er schließlich auf ihren Vorschlag ein.

Am nächsten Morgen machte sich Art auf den Weg nach Hawaii. Die Mädchen waren die Woche über bei Miriam, und obwohl Ruth es gewohnt war, tagsüber allein zu arbeiten, fühlte sie sich rastlos und leer. Kaum hatte sie sich an den Schreibtisch gesetzt, rief Gideon an, um ihr mitzuteilen, dass der *Internet-Spiritualität*-Autor sie abgelehnt habe – *abgelehnt*, zum ersten Mal in ihrer Laufbahn. Sie hatte sein Buch zwar früher als geplant fertig gestellt, aber ihm hatte es offenbar nicht gefallen, was sie geschrieben hatte. »Ich bin genauso sauer wie du«, sagte Gideon. Ruth wusste, dass sie eigentlich empört reagieren oder sich sogar schämen müsste, aber in Wirklichkeit war sie nur erleichtert. Eine Sache weniger, an die sie zu denken hatte. »Ich bemühe mich um Schadensbegrenzung hinsichtlich Vertrag und HarperSan Francisco«, fuhr Gideon fort, »aber du musst mir auflisten, wie lange du gebraucht hast, und kurz darstellen, warum seine Einwände nicht zu realisieren waren... Hallo? Ruth, bist du noch dran?«

»Sorry. Ich war gerade in Gedanken...«

»Kleines, genau darüber wollte ich mit dir reden. Das soll nicht heißen, dass es deine Schuld ist, was passiert ist. Aber ich finde, dass du nicht ganz auf der Höhe bist. Du wirkst...«

»Ich weiß, ich weiß. Aber ich fahre ja nicht nach Hawaii, also kann ich aufholen.«

»Das klingt gut. Übrigens, wahrscheinlich bekommen wir heute wegen diesem anderen Buchprojekt Bescheid, aber ehrlich gesagt, ich glaube nicht, dass du es bekommst. Du hättest ihnen lieber erzählen sollen, du hast eine Blinddarmnotoperation oder so was.« Ruth war zu dem Vorstellungstermin nicht erschienen, weil ihre Mutter sie in Panik angerufen hatte. Wie sich herausstellte, hatte LuLing das Klingeln ihres Weckers für den Rauchmelderalarm gehalten.

Um vier rief Agapi an, um die letzten Änderungen an *Gerechtigkeit für Kinder* zu besprechen. Eine Stunde später telefonierten sie immer noch. Agapi wollte gern bald ein neues Buch anfangen, das entweder *Perfekte Vergangenheit* oder *Das innere Ich* heißen sollte. Ruth sah immer wieder auf die Uhr. Sie wollte ihre Mutter um sechs zum Essen ins Fountain Court abholen. »Gewohnheit, Neuromuskulatur und das limbische System sind die Grundlagen...«, sagte Agapi. »Vom Säuglingsalter und unserem ersten Gefühl der Unsicherheit an klammern wir, greifen wir, fuchteln wir herum. Wir *verinnerlichen* die Reaktion, vergessen aber die Ursache, die Vergangenheit, die eben nicht perfekt war... Ruth, meine Liebe, du scheinst mit deinen Gedanken woanders zu sein. Willst du mich später anrufen, wenn du dich wieder frischer fühlst?«

Um Viertel nach fünf rief Ruth ihre Mutter an, um sie daran

zu erinnern, dass sie gleich komme, um sie abzuholen. Niemand hob ab. Wahrscheinlich war sie im Bad. Ruth wartete fünf Minuten, dann rief sie wieder an. Immer noch nahm niemand ab. Hatte ihre Mutter Verstopfung? War sie eingeschlafen? Ruth stellte das Telefon auf Zimmerlautsprecher und automatische Wahlwiederholung und räumte dann den Schreibtisch auf. Als nach einer Viertelstunde immer noch niemand abgenommen hatte, war sie bereits sämtliche Möglichkeiten durchgegangen, die schließlich in der unvermeidlichen Katastrophe gipfelten. Flammen schlugen aus einem Topf, der auf dem Herd vergessen worden war. LuLing löschte die Flammen mit Öl. Ihr Ärmel fing Feuer. Auf dem Weg zu ihr bereitete sich Ruth innerlich auf eine Feuersbrunst vor, die das Dach verschlang, während ihre Mutter verrenkt in einem rußgeschwärzten Haufen lag.

Wie befürchtet, sah Ruth bei ihrer Ankunft flackernde Lichter im oberen Stockwerk, tanzende Schatten. Sie eilte hinein. Die Tür war nicht verschlossen. »Mami? Mama? Wo bist du?« Im Fernseher lief die spanische Sendung *Amor sin Límite* auf voller Lautstärke. LuLing hatte nie gelernt, mit der Fernbedienung umzugehen, obwohl Ruth alles bis auf die Programmwähltasten und den Ein/Aus-Knopf abgeklebt hatte. Sie schaltete den Fernseher aus, und die plötzliche Stille machte ihr Angst.

Sie rannte zu den hinteren Zimmern, riss Schranktüren auf, sah aus den Fenstern. Ihre Kehle war wie zugeschnürt. »Mama, wo bist du?«, wimmerte sie. »Antworte doch.« Sie rannte die Treppe hinunter und klopfte bei der Mieterin.

Sie versuchte gelassen zu klingen. »Ich wollte nur fragen, ob Sie zufällig meine Mutter gesehen haben.«

Francine verdrehte die Augen und nickte wissend. »Sie ist vor zwei, drei Stunden den Gehsteig hinuntergestürmt. Mir ist es nur aufgefallen, weil sie Hausschuhe und einen Schlafanzug anhatte. Und ich hab mir noch gedacht: ›Wow, die sieht aber wirklich ausgeflippt aus.‹ ... Es geht mich ja nichts an, aber Sie sollten sie mal zum Arzt bringen und sehen, dass sie Medikamente bekommt. Ich meine das nur im Guten.«

Ruth rannte wieder nach oben. Mit zitternden Fingern rief sie einen ehemaligen Auftraggeber an, der Captain bei der Polizei war. Minuten später stand ein Polizist lateinamerikanischer Abstammung in der Tür. Er strotzte geradezu vor Waffen und anderen Ausrüstungsgegenständen und machte eine ernste Miene. Ruths Panik steigerte sich dadurch noch. Sie trat nach draußen.

»Sie hat Alzheimer«, stammelte sie. »Sie ist siebenundsiebzig, aber sie denkt wie ein Kind.«

»Beschreibung.«

»Einsfünfzig groß, etwa vierzig Kilo, schwarzer Haarknoten, wahrscheinlich trägt sie Hausschuhe und einen rosa- oder lilafarbenen Schlafanzug...« Ruth stellte sich LuLing währenddessen vor: der verblüffte Gesichtsausdruck ihrer Mutter, ihr regloser Körper auf der Straße. Ruths Stimme flatterte: »Oh Gott, sie ist so klein und hilflos...«

»Sieht sie der Dame dort hinten irgendwie ähnlich?«

Ruth blickte auf und sah LuLing stocksteif am Ende des Fußwegs stehen. Sie trug einen Pullover über dem Schlafanzug.

»*Ai-ya!* Was passieren?«, rief LuLing. »Einbrecher?«

Ruth rannte auf sie zu. »Wo warst du?« Sie überprüfte hastig, ob ihre Mutter Anzeichen einer Verletzung aufwies.

Der Polizist kam auf die beiden zu. »Happy End, na also«, sagte er und wandte sich seinem Wagen zu.

»Du bleibst hier«, sagte Ruth schnell zu ihrer Mutter. »Ich bin gleich wieder da.« Sie ging zum Streifenwagen hinüber. Der Polizist ließ das Fenster herunter. »Es tut mir Leid, dass Sie solche Umstände hatten«, sagte sie. »Sie hat so was noch nie gemacht.« Plötzlich fiel ihr ein, dass LuLing es vielleicht sehr wohl getan hatte, sie es aber einfach nicht mitbekommen hatte. Vielleicht machte sie das jeden Tag, jede Nacht. Vielleicht streunte sie in Unterwäsche durch das Viertel!

»He, kein Problem«, sagte der Polizist. »Bei meiner Schwiegermutter war das genauso. Nach Sonnenuntergang ist sie losgezogen. Wir mussten alle Türen mit einem Warnsystem ausrüsten. Das war ein hartes Jahr, bis wir sie in einem Pflegeheim untergebracht haben. Meine Frau hat es nicht mehr geschafft – sie Tag und Nacht zu beaufsichtigen.«

Tag und Nacht? Und Ruth hatte gedacht, es sei schon viel, wenn sie ihre Mutter zum Essen holte und versuchte, eine Haushaltshilfe zu organisieren. »Na ja, vielen Dank jedenfalls«, sagte sie.

Als sie zu ihrer Mutter zurückkam, beschwerte sich LuLing sofort: »Kaufmann um die Ecke? Ich gehe herum und herum, weg! Sein Bank jetzt. Du nicht glaubst, geh selbst sehen!«

Ruth blieb die Nacht über bei ihrer Mutter und schlief in ihrem alten Zimmer. Die Nebelhörner waren in diesem Teil der Stadt lauter zu hören. Sie erinnerte sich, wie sie ihnen als Teenager immer gelauscht hatte. Sie hatte im Bett gelegen, das Tuten gezählt und so die Jahre berechnet, die es noch dauern würde, bis sie ausziehen konnte. Fünf Jahre, dann vier, dann drei. Nun war sie wieder zurück.

Am Morgen öffnete Ruth die Küchenschränke auf der Suche nach Cornflakes. Sie fand Stapel von zusammengefalteten gebrauchten Papierservietten. Hunderte. Sie öffnete den Kühlschrank. Er war voller Plastiktüten, die schwarzen und grünlichen Brei enthielten, Schachteln mit Essensresten, Orangenschalen, Melonenrinde, Tiefgefrorenem, das längst aufgetaut war. Im Gefrierschrank waren eine Schachtel Eier, ein Paar Schuhe, der Wecker, und das, was offenbar einmal Sojasprossen gewesen waren. Ruth wurde übel. Das alles war in nur einer Woche passiert?

Sie rief Art auf Kauai an, er ging aber nicht ans Telefon. Sie stellte sich vor, wie er entspannt am Strand lag und alle Probleme dieser Welt vergessen hatte. Aber konnte es überhaupt sein, dass er am Strand lag? Dort war es sechs Uhr morgens. Wo war er? Hula tanzen in irgendeinem Bett? Noch etwas, worüber sie sich Sorgen machen musste. Sie konnte Wendy anrufen, aber Wendy würde ihr Mitgefühl nur dadurch ausdrücken, indem sie erzählte, ihre Mutter würde viel verrücktere Dinge tun. Und Gideon? Der machte sich mehr Sorgen über Auftraggeber und Verträge. Ruth beschloss, Tante Gal anzurufen.

»Schlechter? Wie kann es sein, dass es ihr schlechter geht?«, sagte GaoLing. »Ich habe ihr doch Ginseng gegeben, und sie sagt, sie nimmt es jeden Tag.«

»Der Arzt meint, das hilft alles nichts...«

»Der Arzt!«, schnaubte GaoLing. »Alzheimer, an die Diagnose glaube ich nicht. Dein Onkel hat dasselbe gesagt, und der ist Zahnarzt. Jeder wird älter, jeder wird vergesslich. Wenn man alt ist, muss man sich an zu vieles erinnern. Mal ehrlich: Warum hatte vor zwanzig, dreißig Jahren niemand diese Krankheit? Das Problem ist, dass heutzutage die Kinder keine Zeit mehr für ihre Eltern haben. Deine Mama ist einsam, das ist alles. Sie hat niemanden, mit dem sie sich auf Chinesisch unterhalten kann. Natürlich ist sie im Kopf ein bisschen eingerostet. Wenn man aufhört zu sprechen, dann kriegt das quietschende Rad kein Öl!«

»Eben, deshalb brauche ich auch deine Hilfe. Könnte sie nicht für eine Woche zu dir ziehen? Ich habe diese Woche einfach zu viel um die Ohren und nicht so viel Zeit...«

»Da musst du mich gar nicht bitten. Das ist doch selbstverständlich. Ich komme in einer Stunde und hole sie ab. Ich muss sowieso in der Gegend einkaufen.«

Ruth hätte vor Erleichterung am liebsten geheult.

Nachdem Tante Gal mit LuLing weggefahren war, ging

Ruth ein paar Straßen weiter zum Strand, zu Land's End. Sie wollte das Stampfen der Wellen hören, die mit ihrer Beharrlichkeit und Lautstärke das Pochen ihres Herzens übertönen würden.

Sechs

Ruth ging am Strand entlang. Die Brandung umspielte ihre Knöchel und zerrte an ihnen. Geh in die See, rieten die Wellen ihr, weit hinaus, dort bist du frei.

Als Ruth noch ein Teenager war, war ihre Mutter einmal mitten in einem Streit davongelaufen und hatte erklärt, sie würde sich im Meer ertränken. Sie war bis zu den Oberschenkeln hineingegangen, bevor die Schreie und Bitten ihrer Tochter sie zurückgeholt hatten. Nun fragte sich Ruth: Wenn sie ihre Mutter nicht angefleht hätte umzukehren, hätte LuLing dann das Meer über ihr Schicksal entscheiden lassen?

Seit ihrer Kindheit hatte Ruth jeden Tag an den Tod gedacht, manchmal sogar mehrmals pro Tag. Sie glaubte, das tue im Geheimen jeder, aber außer ihrer Mutter sprach niemand offen darüber. In ihrem jungen Kopf hatte sie darüber nachgegrübelt, was der Tod bedeutete. Verschwanden die Menschen? Wurden sie unsichtbar? Warum wurden Tote stärker, gemeiner, trauriger? Ihre Mutter schien das jedenfalls zu denken. Als Ruth älter war, versuchte sie sich den genauen Moment vorzustellen, in dem sie nicht mehr atmen, sprechen oder sehen konnte, in dem sie keine Gefühle mehr hatte, nicht einmal mehr die Angst, tot zu sein. Vielleicht würde sie auch große Angst haben, Sorge, Wut und Bedauern empfinden, so wie die Geister, mit denen ihre Mutter sprach. Der Tod war nicht unbedingt eine Pforte zum reinen Segen des absoluten Nichts. Es war ein Sprung ins Unbekannte. Das Unbekannte konnte auch etwas Schlechtes bedeuten. Deshalb kam sie zu dem Entschluss, dass sie sich niemals freiwillig umbringen würde, egal, wie schrecklich und unlösbar ihr das Leben zu sein schien. Obwohl sie sich erinnerte, wie sie es einmal versucht hatte.

Es passierte in dem Jahr, in dem sie ihren elften Geburtstag hatte. Ruth und ihre Mutter waren von Oakland in die Ebene von Berkeley gezogen: in einen Bungalow mit dunklen Schindeln, der hinter einem buttergelben kleinen Haus lag, das einem jungen Paar gehörte, Lance und Dottie Rogers, beide in den Zwanzigern. Der Bungalow war als Schuppen und Garage genutzt worden, bis ihn Lance' Eltern während des Zweiten Weltkriegs zu einer illegalen Unterkunft umbauten und an Frauen vermieteten, deren Ehemänner über die Alameda Naval Station zur Schlacht in den Pazifik gezogen waren.

Die Decken waren niedrig, der Strom fiel oft aus, und die Rückwand und eine Seite grenzten an einen Zaun, auf dem nachts Straßenkatzen saßen und jaulten. Es gab keine Belüftung, nicht einmal einen Ventilator über dem Gaskocher mit den zwei Brennern, sodass sie die Fenster öffnen mussten, wenn LuLing abends kochte, um den »fettigen Geruch«, wie sie es nannte, hinauszulassen. Aber die Miete war niedrig, und der Bungalow lag in einem Viertel mit einer guten Mittelschule, die die klugen und ehrgeizigen Söhne und Töchter von Universitätsdozenten besuchten. Das war, wie LuLing ihre Tochter gern erinnerte, der Hauptgrund, hierher zu ziehen, ihre Ausbildung nämlich.

Mit den kleinen Fenstern und den gelben Fensterläden wirkte der Bungalow wie ein Puppenhaus. Ruths anfängliche Freude darüber verwandelte sich bald in Verdruss. Das neue

Heim war so klein, dass sie keinen Platz für sich hatte. Sie und ihre Mutter teilten sich ein kleines Zimmer ohne Sonnenlicht, in dem nur zwei Betten und eine Kommode Platz hatten. Das kombinierte Wohnzimmer mit Essplatz und Behelfsküche bot keine Rückzugsmöglichkeit. Ruths einzige Zuflucht war das Badezimmer. Vielleicht waren diese Umstände der Grund für ihre häufigen Bauchschmerzen in jenem Jahr. Ihre Mutter hielt sich für gewöhnlich im selben Zimmer auf wie sie, malte ihre Kalligraphien, kochte oder strickte, Tätigkeiten, bei denen ihre Hände ziemlich beschäftigt waren, die aber ihrer Zunge genug Raum ließen, um Ruth zu unterbrechen, wenn diese fernsah.

»Dein Haar zu lang. Haare fallen über Brille wie Vorhang, nichts mehr können sehen. Du denkst, siehst gut aus, ich sage, *nicht* siehst gut aus! Du schalten Fernseher aus, ich dir schneide Haare ... He, hörst du. Fernsehen ausschalten ...«

Wenn Ruth fernsah, nahm ihre Mutter das als Zeichen, dass sie nichts Besseres zu tun hatte. Und manchmal betrachtete sie dies als gute Gelegenheit zu einem Gespräch. Sie holte das Sandtablett vom Kühlschrank und stellte es auf den Küchentisch. Ruth bekam einen Kloß im Hals. *Nicht schon wieder.* Aber sie wusste, je mehr Widerstand sie leistete, desto mehr würde ihre Mutter nach dem Grund dafür fragen.

»Liebste Tante böse auf mich?«, fragte ihre Mutter, wenn Ruth mehrere Minuten dagesessen hatte, ohne etwas in den Sand zu schreiben.

»Das ist es nicht.«

»Du spürst etwas anderes? ... Ein anderer Geist da?«

»Da ist kein anderer Geist.«

»Oh. Oh, ich wissen ... Ich bald sterbe ... Ich habe Recht? Du kannst sagen, ich keine Angst.«

Ihre Mutter ließ sie nur dann in Ruhe, wenn sie ihre Hausaufgaben machte oder für eine Prüfung lernte. Ihre Mutter respektierte ihre Studien. Wenn sie unterbrochen wurde, musste

Ruth einfach nur sagen: »Pst! Ich lese.« Und fast immer schwieg ihre Mutter dann. Ruth las viel.

Wenn das Wetter schön war, nahm Ruth ihr Buch mit auf die zwergengroße Veranda des Bungalows, und dort saß sie dann mit untergeschlagenen Beinen auf einem federnden Verandastuhl mit muschelförmiger Lehne. Lance und Dottie waren auch im Garten, rauchten Zigaretten, zupften Unkraut aus dem mit Ziegelsteinen gepflasterten Weg oder beschnitten die Bougainvilleen, die wie eine bunte Decke über eine Wand ihres Hauses wuchsen. Ruth beobachtete sie heimlich, indem sie über ihr Buch spitzte.

Sie war in Lance vernarrt. Sie fand, dass er gut aussah, so wie ein Filmstar, mit seinen kurz geschorenen Haaren, dem eckigen Kinn und der schlaksigen, sportlichen Figur. Und er war so lässig, so freundlich zu ihr, wodurch sie nur noch schüchterner wurde.

Sie musste so tun, als wäre sie von dem Buch gefesselt oder von den Schnecken, die ihre Schleimspuren auf dem Elefantenfarn hinterließen, bis er sie endlich bemerkte und sagte: »He, kleiner Fratz, du wirst noch blind, wenn du zu viel liest.« Seinem Vater gehörten ein paar Schnapsläden, und Lance half im Familienbetrieb mit. Oft fuhr er am späten Vormittag zur Arbeit und kam um halb vier oder vier nach Hause, dann ging er um neun wieder und kehrte spät zurück, lange nachdem Ruth aufgegeben hatte, nach seinem Auto zu lauschen.

Ruth fragte sich, wie Dottie zu dem Glück gekommen war, Lance zu heiraten. Sie war nicht einmal sonderlich hübsch, obwohl Wendy, Ruths neue Schulfreundin, fand, Dottie sei süß wie eine Strandschönheit. Wie konnte sie so etwas behaupten? Dottie war groß und knochig und ungefähr so angenehm zu umarmen wie ein Rechen. Außerdem hatte Dottie laut den Ausführungen von Ruths Mutter große Zähne. LuLing hatte es ihr demonstriert, indem sie sich die Lippen mit den Fingern zurückgezogen hatte, sodass man das Zahnfleisch sah.»Große Zähne, zeigen zu viel innen außen, wie Affe.« Später blickte Ruth in den Badezimmerspiegel und bewunderte ihre eigenen kleinen Zähne.

Es gab noch einen weiteren Grund, weshalb Ruth fand, dass Dottie diesen Mann nicht verdiente: Sie war herrisch und sprach zu laut und zu schnell. Manchmal klang ihre Stimme belegt, als sollte sie sich räuspern. Und wenn sie brüllte, klang es wie rostiges Metall. An warmen Abenden, wenn sie die Fenster nach hinten geöffnet hatten, lauschte Ruth den Stimmen von Lance und Dottie, die verzerrt durch den Garten und in den Bungalow drangen. Manchmal, wenn sie stritten, konnte sie deutlich verstehen, was sie sagten.

»Verdammt, Lance«, hörte sie Dottie eines Abends schreien, »ich schmeiß dein Essen weg, wenn du nicht sofort kommst!«

»Ach, lass mich in Ruhe. Ich bin auf dem Klo!«, antwortete er.

Danach stellte sich Ruth im Badezimmer immer vor, dass Lance sich auch in seines zurückzog, dass sie beide versuchten, den Leuten aus dem Weg zu gehen, die ständig an ihnen herumnörgelten.

An einem anderen Abend, als Ruth und ihre Mutter gerade vor dem Sandtablett am Küchentisch saßen, erscholl Dotties heisere Stimme:

»Ich weiß, was du gemacht hast! Spiel mir nicht den Unschuldigen!«

»Erzähl mir nicht, was ich verdammt noch mal gemacht habe, du weißt es nämlich nicht!«

Zwei Türen wurden zugeknallt, der Motor des roten Pontiac heulte auf, und gleich darauf brauste der Wagen los. Ruths Herz raste mit ihm. Ihre Mutter schüttelte den Kopf und schnalzte mit der Zunge, dann murmelte sie auf Chinesisch: »Die sind verrückt, diese Ausländer.«

Ruth fand es spannend, was sie gehört hatte, sie hatte aber auch ein schlechtes Gewissen. Dottie hatte genauso geklungen wie ihre Mutter, anklagend und uneinsichtig. Und Lance litt ebenso wie sie. Der einzige Unterschied war, dass er parieren konnte. Er sagte genau das, was Ruth ihrer Mutter am liebsten gesagt hätte: Erzähl mir nicht, was ich denke, du weißt es nämlich nicht!

Im Oktober bat ihre Mutter sie, den Rogersens den Scheck mit der Miete zu bringen. Als Dottie die Tür öffnete, sah Ruth, dass sie und Lance gerade dabei waren, eine riesige Kiste abzuladen. Es war ein brandneuer Farbfernseher, den sie gerade rechtzeitig geholt hatten, um *Der Zauberer von Oz* zu sehen, der an diesem Abend um sieben Uhr laufen sollte, wie Dottie erklärte. Außer im Schaufenster hatte Ruth noch nie einen Farbfernseher gesehen.

»Kennst du den Teil im Film, wo alles von Schwarzweiß zu Farbe wechselt?«, fragte Dottie. »Bei dem Gerät wird es jetzt wirklich farbig!«

»He, kleiner Fratz«, sagte Lance, »komm doch rüber und schau's dir mit uns an!«

Ruth wurde rot. »Ich weiß nicht...«

»Klar, sag deiner Mutter, sie soll mitkommen«, sagte Dottie.

»Ich weiß nicht. Vielleicht.« Dann eilte Ruth nach Hause.

Ihre Mutter war der Meinung, sie solle nicht gehen. »Sie nur höflich, nicht wirklich meinen.«

»Doch. Sie haben es mir zweimal angeboten.« Ruth hatte ausgelassen, dass sie LuLing ebenfalls eingeladen hatten.

»Letztes Jahr bei Zeugnis, du hast ein Befriedigend, nicht einmal Gut. Soll alles Sehr gut sein. Heute lieber mehr lernen.«

»Aber das war in Turnen!«, jammerte Ruth.

»Trotzdem, du diese Ozzie-Show schon gesehen haben.«
»Das ist *Der Zauberer von Oz*, nicht *Ozzie and Harriet*. Und es ist ein Spielfilm, ein *berühmter* Spielfilm!«
»Berühmt! Ha! Alle nicht sehen, dann nicht mehr berühmt! Ozzie, Oz, Zorro, alles eins.«
»Also, Liebste Tante findet, ich sollte mir das ansehen.«
»Was meinst du?«
Ruth wusste nicht, warum sie das gesagt hatte. Es war einfach so über sie gekommen. »Gestern Abend, schon vergessen?« Sie suchte nach einer passenden Erklärung. »Sie hat mich etwas schreiben lassen, das wie der Buchstabe Z ausgesehen hat, und wir hatten keine Ahnung, was das bedeutet hat, weißt du nicht mehr?«
LuLing blickte ungläubig drein und machte den Eindruck, als versuchte sie sich zu erinnern.
»Ich glaube, sie wollte, dass ich O–Z schreibe. Wir können sie ja fragen, wenn du mir nicht glaubst.« Ruth ging zum Kühlschrank, stieg auf den Hocker und holte das Sandtablett.
»Liebste Tante«, rief LuLing, die sofort ins Chinesische gefallen war, »bist du da? Was willst du uns sagen?«
Ruth saß da und hielt das Essstäbchen bereit. Lange passierte gar nichts. Das lag allerdings nur an ihrer Nervosität, weil sie vorhatte, ihre Mutter hereinzulegen. Was, wenn es wirklich einen Geist namens Liebste Tante gab? Meistens empfand sie das Schreiben im Sand nur als langweilige Pflicht, bei der sie die Aufgabe hatte zu erraten, was ihre Mutter hören wollte, eine Sitzung, die sie schnell zu Ende bringen wollte. Es hatte aber auch Zeiten gegeben, in denen Ruth selbst geglaubt hatte, ein Geist würde ihr den Arm führen und ihr sagen, was sie schreiben solle. Manchmal schrieb sie Dinge, die sich als richtig herausstellten, Börsentipps zum Beispiel. Ihre Mutter investierte nämlich mittlerweile in Aktien, um das Geld, das sie über die Jahre gespart hatte, ein wenig zu vermehren. Ihre Mutter

bat dann Liebste Tante, zwischen zwei Aktien zu wählen, zum Beispiel IBM oder U. S. Steel, und Ruth nahm dann meist das mit weniger Buchstaben. Egal, für was sich Ruth jeweils entschied, LuLing dankte Liebster Tante jedes Mal überschwänglich. Einmal fragte ihre Mutter, wo der Leichnam von Liebster Tante liege, damit sie ihn finden und begraben könne. Ruth war bei dieser Frage ein kalter Schauer über den Rücken gelaufen, und sie setzte alles daran, das Gespräch zu Ende zu bringen. *Ende* schrieb sie, worauf ihre Mutter vom Stuhl hochsprang und rief: »Dann ist es also wahr! GaoLing hat die Wahrheit erzählt. Du bist am Ende der Welt.« Ruth stellten sich die Nackenhaare auf.

Nun beruhigte sie Kopf und Hand und versuchte die Weisheit heraufzubeschwören, die Liebste Tante ebenso verleihen konnte wie der Zauberer aus dem Musical. O-Z schrieb sie, und dann fing sie an, langsam und mit großen Buchstaben das Wort *gut* zu schreiben: G-U-. Noch bevor sie fertig war, rief LuLing: »Gu! *Gu* bedeutet ›Knochen‹ auf Chinesisch. Was ist mit Knochen? Hat zu tun mit Knochendoktorfamilie?«

So renkte sich durch einen glücklichen Zufall alles ein. *Der Zauberer von Oz,* schien Liebste Tante zu sagen, handele auch von einem Knochendoktor, und sie würde sich freuen, wenn Ruth den Film sehen könne.

Zwei Minuten vor sieben klopfte Ruth bei Lance und Dottie. »Wer ist da?«, rief Lance.

»Ich bin's, Ruth.«

»Wer?« Und dann hörte sie ihn brummen: »Verdammt noch mal.«

Ruth wäre am liebsten im Boden versunken. Vielleicht hatte er sie wirklich nur unverbindlich aus Höflichkeit gefragt. Sie rannte die Verandatreppe hinunter. Jetzt musste sie sich zwei Stunden lang im Garten verstecken, damit ihre Mutter nichts von ihrem Irrtum oder ihrer Lüge erfuhr.

Die Tür ging auf. »Hallo, kleiner Fratz«, sagte Lance freundlich, »komm schon rein. Wir haben fast schon nicht mehr mit dir gerechnet. He, Dottie! Ruth ist da! Bring ihr doch eine Limonade aus der Küche mit, ja? Hier, Ruth, setz dich da aufs Sofa.«

Während des Films musste Ruth sich anstrengen, sich auf den Fernsehbildschirm zu konzentrieren. Sie musste vorgeben, dass sie sich wohl fühlte. Sie saßen zu dritt auf einem türkis-gelben Sofa, dessen Stoff die Struktur von Zwirn und Brokat hatte. Es kratzte Ruth hinten an ihren nackten Beinen. Außerdem fielen Ruth ständig schockierende Dinge auf, zum Beispiel dass Dottie und Lance die Füße auf den Sofatisch legten – ohne die Schuhe auszuziehen! Wenn ihre Mutter das sähe, hätte sie noch mehr Gesprächsstoff als Dotties große Zähne! Dazu tranken Lance und Dottie goldfarbenen Schnaps, obwohl sie doch gar nicht in einer Cocktailbar waren. Was Ruth am meisten störte, war aber Dotties albernes, kindisches Benehmen. Sie strich ihrem Mann über das linke Knie und den Oberschenkel, während sie Dinge säuselte wie: »Laney-Schatz, kannst du die Lautstärke nicht ein klitzekleines bisschen hochdrehen?«

Während eines Werbespots löste sich Dottie von Lance, stand auf und torkelte betrunken herum wie die Vogelscheuche im Film. »Wie wär's mit Pop-pop-pop-Popcorn?« Dann schwang sie die Arme, trat einen Schritt zurück und hüpfte aus dem Zimmer, während sie »Uuuuuund, ab in die Küche ...« sang.

Jetzt saß Ruth allein mit Lance auf dem Sofa. Mit klopfendem Herzen starrte sie geradeaus auf den Fernseher. Sie hörte Dottie summen, hörte, wie Küchenschränke auf- und zugemacht wurden.

»Wie gefällt es dir?«, fragte Lance und nickte in Richtung Fernseher.

»Ist wirklich toll«, antwortete Ruth mit leiser, ernster Stimme, ohne die Augen vom Bildschirm zu nehmen.

Sie roch das heiße Öl, dessen Geruch aus der Küche herüberzog, hörte wie die Maiskörner mit einem maschinengewehrähnlichen Knattern in der Pfanne aufplatzten. Lance klirrte mit den Eiswürfeln, die er in seinem Glas hatte, und redete über die Sendungen, von denen er hoffte, sie jetzt auch in Farbe sehen zu können: Football, *Mister Ed*, *The Beverly Hillbillies*. Ruth kam sich vor wie bei einem Rendezvous. Sie wandte sich ein wenig in seine Richtung. *Mach ein fasziniertes Gesicht und hör zu.* Wendy hatte ihr erzählt, dass sich ein Junge dann männlich und wichtig vorkomme. Aber was kam danach? Lance saß so dicht neben ihr. Auf einmal patschte er ihr aufs Knie, stand auf und sagte: »Ich gehe lieber noch mal aufs Klo, bevor es weitergeht.« Was er sagte, war peinlich intim. Sie war immer noch rot, als er einen Augenblick später wieder zurückkam. Diesmal setzte er sich noch näher zu ihr als zuvor. Er hätte sich auf Dotties Platz setzen können, warum hatte er das nicht getan? War das Absicht? Der Film ging wieder los. Kam Dottie bald zurück? Hoffentlich nicht. Ruth stellte sich vor, wie sie Wendy erzählen würde, wie nervös sie war. »Ich hab gedacht, ich mach mir gleich in die Hose!« Das sollte nur eine Redensart sein, aber in dem Moment, als sie das dachte, musste sie wirklich. Es war schrecklich. Sie konnte doch nicht Lance fragen, ob sie die Toilette benutzen durfte. Sie konnte auch nicht aufstehen und einfach so durchs Haus laufen. Sollte sie etwa so lässig wie er sein und einfach sagen, sie gehe jetzt aufs Klo? Sie spannte die Muskeln an und strengte sich an, es noch auszuhalten. Als Dottie schließlich mit der Schüssel Popcorn hereinkam, platzte Ruth heraus: »Ich muss mir erst die Hände waschen.«

»Ganz hinten, am Schlafzimmer vorbei«, sagte Dottie.

Ruth versuchte locker zu wirken und kniff beim Gehen die Schenkel zusammen. Als sie am Schlafzimmer vorbeieilte, roch sie kalten Rauch, sah ein ungemachtes Bett, Kissen, Handtücher und Jean-Naté-Badeöl am Fuß des Betts. Kaum war sie im Badezimmer, zog sie die Unterhose herunter, setzte sich und stöhnte vor Erleichterung. Hier war Lance gerade gewesen, dachte sie, und musste kichern. Dann sah sie, wie unordentlich das Bad war. Es war ihr peinlich für Lance. Der Fugenkitt zwischen den rosafarbenen Kacheln war schmutzig grau. Ein BH und ein Schlüpfer lagen zerknüllt auf dem Wäschebehälter. Autozeitschriften waren schlampig in ein eingebautes Wandregal gegenüber der Toilette geschoben worden. Wenn ihre Mutter das sehen würde!

Ruth stand auf, und in dem Moment bemerkte sie, dass ihr Po ganz feucht war. Der Toilettensitz war nass gewesen! Ihre Mutter hatte sie immer davor gewarnt, sich auf fremde Toiletten zu setzen, selbst wenn sie das zu Hause bei ihren Freundinnen tun musste. Männer sollten die Brille hochklappen, aber sie taten es nie. »Vergisst jeder Mann«, hatte ihre Mutter gesagt, »ist ihnen egal. Lassen Keime da, bekommen du.«

Ruth überlegte, ob sie den Urin mit Toilettenpapier abwischen sollte. Doch dann beschloss sie, es als Zeichen zu nehmen, als Liebesbeweis. Es war Urin von Lance, seine Keime, und sie nicht abzuwischen verlieh ihr das Gefühl von Tapferkeit und Romantik.

Ein paar Tage später sah Ruth im Turnunterricht einen Film, in dem gezeigt wurde, wie Eier im weiblichen Körper trieben und dabei seit Urzeiten lange Wege zurücklegten, bevor sie in einem Schwall Blut herausfielen. Der Film war alt und an vielen Stellen geklebt. Eine Frau, die wie eine Krankenschwester aussah, redete irgendetwas über Frühlingsanfang. Mitten in ihrer Erzählung vom Entstehen schöner Knospen verschwand sie mit einem *Klack*, dann tauchte sie in einem anderen Raum wieder auf und beschrieb Knospen, die sich im Inneren eines

Zweigs bewegten. Während sie die Gebärmutter mit einem Nest verglich, verwandelte sich ihre Stimme in das Flattern eines Vogels, und sie verschwand in der wolkenweißen Leinwand. Als das Licht anging, blinzelten die Mädchen beschämt, denn nun dachten sie alle an die Eier, die sich in ihnen bewegten. Die Lehrerin holte den schlurfenden Jungen mit dem losen Mundwerk, der für die Technik zuständig war; Wendy und ein paar andere Mädchen kreischten, dass sie am liebsten im Boden versinken würden. Nachdem der Junge den Film zusammengeklebt hatte, ging es wieder los. Sie sahen eine Kaulquappe, die Sperma hieß und durch eine herzförmige Gebärmutter wanderte, während ein Busfahrer die Stationen ausrief: »Vagina«, »Gebärmutterhals,« »Uterus«. Die Mädchen kreischten und verdeckten die Augen, bis der Junge mit einer Miene aus dem Zimmer stolzierte, als hätte er sie alle nackt gesehen.

Der Film ging weiter, und Ruth sah zu, wie die Kaulquappe auf das Ei stieß, das darauf die Kaulquappe verschlang. Ein großäugiger Frosch begann zu wachsen. Am Ende des Films reichte eine Krankenschwester, die eine gestärkte weiße Haube trug, einer schönen Frau, die eine pinkfarbene Satinjacke anhatte, ein brabbelndes Baby, während ihr mannhafter Ehemann erklärte: »Es ist ein Wunder, das Wunder des Lebens.«

Als das Licht wieder anging, hob Wendy die Hand und fragte die Lehrerin, wie dieses Wunder überhaupt in Gang gesetzt worden sei, und die Mädchen, die die Antwort bereits wussten, prusteten und kicherten. Auch Ruth lachte. Die Lehrerin sah die Schülerinnen tadelnd an und sagte: »Man muss zuerst heiraten.«

Ruth wusste, dass das nicht ganz stimmte. Sie hatte nämlich einmal einen Film mit Rock Hudson und Doris Day gesehen. Die Chemie musste stimmen, und dazu konnte auch Liebe gehören, manchmal war es allerdings auch die falsche Chemie, bei der Alkohol trinken und einschlafen mit im Spiel war. Ruth war sich nicht ganz sicher, wie das alles ablief, aber sie war sich ziemlich sicher, dass dies die Hauptbestandteile waren, die die wissenschaftlich beobachtbare Veränderung bewirkten: Es war so ähnlich wie mit Alka Seltzer, das Leitungswasser in Sprudelwasser verwandelte. Plopp, plopp. Zisch, zisch. Wenn die falsche Chemie beteiligt war, bekamen manche Frauen uneheliche Kinder, auch so ein Wort, das man nicht aussprechen durfte.

Vor Unterrichtsschluss verteilte die Lehrerin noch weiße elastische Gürtel, an denen Clips befestigt waren, und Schachteln, die dicke, weiße Einlagen enthielten. Sie erklärte, dass bei den Mädchen bald die erste Periode fällig sei, sie also nicht überrascht sein oder gar erschrecken sollten, wenn sie einen roten Fleck in der Unterhose entdeckten. Der Fleck sei ein Zeichen dafür, dass sie zur Frau geworden seien, und es sei auch die Garantie dafür, dass sie »brave Mädchen« waren. Die meisten Mädchen kicherten. Ruth verstand die Lehrerin so, als wäre ihre Periode fällig wie die Hausaufgaben, also morgen, am nächsten Tag oder spätestens in der nächsten Woche.

Auf dem Nachhauseweg erklärte ihr Wendy, was die Lehrerin weggelassen hatte. Wendy kannte sich aus, weil sie manchmal mit den Freunden ihres Bruders und deren Freundinnen zusammen war, den harten Mädchen, die geschminkt waren und Strümpfe mit Nagellack auf den Laufmaschen trugen. Wendy hatte eine große blonde Ballonfrisur, die sie in der Pause ständig toupierte und einsprühte. Sie kaute auch Kaugummi, den sie während des Unterrichts immer in einem Stück Alufolie aufhob. Sie war das erste Mädchen, das weiße Go-go-Stiefel trug, und vor und nach der Schule rollte sie ihren Rock immer ein Stückchen hoch, sodass er zwei Finger breit über den Knien aufhörte. Sie hatte schon dreimal nachsitzen müssen, einmal, weil sie zu spät zur Schule gekommen war, und zweimal, weil sie die Turnlehrerin mit unanständigen

Wörtern betitelt hatte. Auf dem Heimweg prahlte sie vor Ruth damit, dass sie auf einer Kellerknutschparty einem Jungen erlaubt habe, sie zu küssen. »Er hatte gerade ein Sandwicheis gegessen, und sein Atem hat nach Kotze gerochen, deshalb habe ich ihm gesagt, er soll mich auf den Hals küssen, aber nicht darunter. Unterhalb vom Hals, und du bist weg vom Fenster.« Sie legte den Kragen frei, und Ruth schnappte nach Luft, weil sie einen mächtigen blauen Fleck sah.

»Was ist das denn?«

»Ein Knutschfleck, du Dummerchen. Das haben sie in dem blöden Film natürlich nicht gezeigt. Knutschflecken, einen Ständer, wie man es macht, *das* alles eben. Wo wir gerade *davon* sprechen: Da war ein älteres Mädchen auf der Party, das hat sich auf der Toilette völlig ausgekotzt. Aus der zehnten Klasse. Die glaubt, sie ist von diesem Jungen aus der Besserungsanstalt schwanger.«

»Liebt sie ihn?«

»Sie hat ihn jedenfalls als Widerling bezeichnet.«

»Dann muss sie sich keine Sorgen machen«, sagte Ruth wissend.

»Wie meinst du das?«

»Es liegt an der Chemie, die einen schwanger macht. Die Liebe ist nur eine der Zutaten«, erklärte Ruth so wissenschaftlich wie möglich.

Wendy blieb stehen. Die Kinnlade war ihr heruntergeklappt. Dann flüsterte sie: »Weißt du denn *gar* nichts?« Und sie erklärte Ruth, worüber deren Mutter, die Frau in dem Film und die Lehrerin nicht gesprochen hatten: dass die Zutat aus dem Penis eines Jungen kam. Und um sicherzugehen, dass Ruth auch alles genau verstanden hatte, machte es Wendy noch deutlicher: »Der Junge *pinkelt* in das Mädchen.«

»Das ist nicht wahr!« Ruth hasste Wendy dafür, dass sie ihr das gesagt hatte, dass sie dabei so hysterisch gelacht hatte. Sie war froh, als sie die Straße erreichten, wo sie und Wendy in unterschiedlichen Richtungen weitergehen mussten.

Auf dem letzten Stück ihres Nachhausewegs schossen ihr Wendys Ausführungen wie Flipperkugeln im Kopf herum. Die Sache mit dem Pinkeln klang schrecklich vernünftig. Deshalb also hatten Jungen und Mädchen ja auch getrennte Toiletten. Deshalb sollten Jungen die Brille hochklappen, was sie aber aus lauter Übermut nicht taten. Und deshalb mahnte ihre Mutter sie immer, sich nie in einem fremden Badezimmer auf die Toilette zu setzen. Was ihre Mutter über *Keime* gesagt hatte, war in Wirklichkeit eine Warnung vor *Spermien*. Warum konnte ihre Mutter nicht richtig Englisch lernen?

Dann packte sie die Panik. Auf einmal fiel ihr nämlich ein, dass sie sich ja drei Abende zuvor auf den Urin des Mannes gesetzt hatte, den sie heimlich liebte.

Ruth überprüfte mehrmals pro Tag ihre Unterwäsche. Am vierten Tag nach dem Film war ihre Periode immer noch nicht gekommen. Das hast du nun davon, jammerte sie vor sich hin. Mit leerem Blick wanderte sie um den Bungalow. Sie hatte sich ruiniert, und das war nicht mehr zu ändern. Liebe, Urin, Alkohol, diese Zutaten zählte sie immer wieder an den Fingern ab. Sie erinnerte sich daran, wie tapfer sie sich vorgekommen war, als sie eingeschlafen war, ohne sich den Urin abgewischt zu haben.

»Warum benimmst du so verrückt?«, fragte ihre Mutter sie oft. Sie konnte ihrer Mutter natürlich nicht erzählen, dass sie schwanger war. Die Erfahrung hatte sie gelehrt, dass ihre Mutter sich schon riesige Sorgen machte, selbst wenn es keinen richtigen Grund dafür gab. Wenn es aber ein *wirkliches* Problem gab, dann brüllte ihre Mutter geradezu und hämmerte sich dabei wie ein Gorilla mit den Fäusten auf die Brust. Sie würde das bestimmt auch vor Lance und Dottie tun. Sie würde sich die Augen ausreißen und nach den Geistern rufen, sie wegzubringen. Und dann würde sie sich wirklich umbringen. Dieses Mal ganz bestimmt. Sie würde dafür sorgen, dass Ruth dabei zusehen musste, nur um sie noch mehr zu bestrafen.

Immer wenn Ruth jetzt Lance sah, musste sie so heftig und schnell atmen, dass ihre Lunge nicht mehr mitmachte und sie beinahe ohnmächtig wurde, weil sie keine Luft mehr bekam. Sie hatte ständig Bauchschmerzen. Manchmal bekam sie Bauchkrämpfe und stellte sich dann keuchend über die Toilette, aber nichts kam heraus. Wenn sie aß, stellte sie sich vor, wie das Essen in das Froschmaul des Babys fiel. Darauf fühlte sich ihr Magen dann immer wie ein klebriger Sumpf an, und sie musste ins Bad rennen und würgen, wobei sie hoffte, der Frosch würde in die Toilette springen, damit sie ihre Sorgen einfach wegspülen könnte.

Ich will sterben, stöhnte sie leise. Sterben, sterben, sterben. Zuerst weinte sie viel im Badezimmer, dann ritzte sie sich eines Tages das Handgelenk mit einem Messer ein. Ein Streifen Haut wurde aufgerissen, ohne dass es blutete, aber es tat zu weh, um noch tiefer zu schneiden. Später fand sie im Garten einen rostigen Reißnagel in der Erde, piekste sich damit in die Fingerspitze und wartete darauf, dass ihr eine Blutvergiftung wie die Flüssigkeit in einem Thermometer den Arm hochkroch. An jenem Abend, immer noch unglücklich, aber lebendig, ließ sie die Badewanne voll laufen und setzte sich hinein. Als sie untertauchte und den Mund schon weit öffnen wollte, fiel ihr ein, dass das Wasser jetzt von dem ekelhaften Zeug an ihren Füßen schmutzig war, von ihrem Po und der Stelle zwischen den Beinen. Weiterhin fest entschlossen, stieg sie aus der Wanne, trocknete sich ab und füllte das Waschbecken, dann senkte sie das Gesicht, bis es das Wasser berührte. Sie öffnete den Mund. Wie leicht das Ertrinken war. Es tat überhaupt nicht weh. Es war wie Wasser trinken, was allerdings, wie sie nach einer Weile begriff, genau das war, was sie gerade tat. Also hielt sie das Gesicht noch tiefer ins Wasser und öffnete dann wieder den Mund. Sie holte tief Luft, hieß den Tod endlich willkommen. Der Schuss ging jedoch nach hinten los, denn ihr ganzer Körper protestierte vehement. Sie hustete so laut und heftig, dass ihre Mutter, ohne anzuklopfen, hereinstürmte und ihr auf den Rücken schlug. Dann legte sie ihr die Hand auf die Stirn und brummelte auf Chinesisch, dass sie krank sei und sofort ins Bett gehöre. Durch den liebevollen Trost ihrer Mutter fühlte sich Ruth noch elender.

Der erste Mensch, dem Ruth ihr Geheimnis anvertraute, war Wendy. Sie kannte sich aus, sie wusste immer, was zu tun war. Ruth musste warten, bis sie ihre Freundin in der Schule traf, denn am Telefon mit dem Gemeinschaftsanschluss konnte sie unmöglich darüber reden, ohne dass ihre Mutter oder sonst jemand mithörte.

»Du musst es Lance sagen«, meinte Wendy und drückte Ruths Hand.

Da musste Ruth noch mehr weinen. Sie schüttelte den Kopf. Die grausame Welt und all das, was sie ihr vorenthielt, verschwamm vor ihr. Lance liebte sie nicht. Wenn sie ihm alles gestand, würde er sie hassen, Dottie würde sie hassen. Sie würden sie und ihre Mutter aus dem Bungalow werfen. Die Schule würde Ruth in die Besserungsanstalt schicken. Und ihr Leben wäre vorbei.

»Also, wenn du es Lance nicht sagst, dann mache ich es«, sagte Wendy.

»Nein«, würgte Ruth hervor. »Das darfst du nicht. Das erlaube ich dir nicht.«

»Wie soll er es sonst rausbekommen, dass er dich liebt, wenn du es ihm nicht sagst?«

»Er liebt mich nicht.«

»Natürlich tut er das. Oder er wird es. Das passiert oft so. Der

Typ erfährt, dass ein Baby unterwegs ist, und peng – verliebt, verlobt, verheiratet.«

Ruth versuchte sich das vorzustellen. »Keine Frage, es ist deins«, würde Wendy zu Lance sagen. Sie stellte sich Lance als Rock Hudson vor, der gerade erfährt, dass Doris Day ein Baby von ihm bekommt. Er würde zunächst verblüfft dreinblicken, aber langsam würde er anfangen zu lächeln, um gleich darauf wie ein Idiot zu grinsen und auf die Straße hinauszulaufen, ohne auf den Verkehr oder auf die Leute zu achten, die er anrempelte, Leute, die ihm nachbrüllten, er sei wohl verrückt geworden. Und er würde zurückbrüllen: »Ich *bin* verrückt, verrückt nach ihr!« Bald wäre er an ihrer Seite, kniete vor ihr, sagte ihr, dass er sie liebe, immer geliebt habe, und dass er sie jetzt heiraten wolle. Was Dottie betraf, nun, sie würde sich bald in den Postboten oder so jemanden verlieben. Alles würde sich finden. Ruth seufzte. So könnte es möglicherweise ablaufen.

An jenem Nachmittag begleitete Wendy sie nach Hause. Lu-Ling hatte die Nachmittagsschicht im Kindergarten und würde erst in zwei Stunden zurück sein. Um vier, als sie noch draußen waren, sahen sie, wie Lance pfeifend und mit den Schlüsseln klimpernd zu seinem Auto ging. Wendy löste sich von Ruth, und Ruth rannte auf die andere Seite des Bungalows, wo sie sich verstecken, aber immer noch gut sehen konnte. Der Atem stockte ihr. Wendy ging auf Lance zu. »Hallo«, rief sie.

»Hallo, Kleine«, sagte er. »Was gibt's?«

Da wandte Wendy sich um und rannte weg. Ruth musste auf einmal losheulen, aber als Wendy wieder bei ihr war, tröstete sie Ruth und sagte ihr, dass sie einen besseren Plan habe. »Mach dir keine Sorgen«, sagte sie. »Ich mach das schon. Ich denk mir was aus.« Gesagt, getan. »Warte hier«, sagte sie lächelnd und rannte zur Veranda auf der Rückseite des Hauses, wo Lance und Dottie wohnten. Ruth lief in den Bungalow. Fünf Minuten später flog die Hintertür des Hauses auf, und Dottie stürmte die Verandatreppe hinunter. Durch das Fenster sah Ruth, wie Wendy ihr noch zuwinkte, bevor sie schnell wegging. Dann hämmerte es an die Tür des Bungalows, und als Ruth aufmachte, stand Dottie vor ihr und packte sie mit beiden Händen. Sie blickte sie betroffen an und flüsterte heiser mit ihrer samtigen Metallstimme: »Bist du wirklich ...?«

Ruth fing an zu heulen. Dottie legte ihr den Arm um die Schultern, tröstete sie und drückte sie so fest, dass Ruth schon dachte, ihr würden die Knochen aus den Gelenken springen. Es tat weh, aber es war auch ein gutes Gefühl. »Dieser Schweinekerl, dieser miese, dreckige Mistkerl«, sagte Dottie immer wieder durch zusammengebissene Zähne. Ruth war allein schon schockiert, so unanständige Ausdrücke zu hören, aber noch mehr, als sie begriff, dass Dottie böse war – und zwar nicht mit ihr, sondern mit Lance!

»Weiß es deine Mama?«, fragte Dottie.

Ruth schüttelte den Kopf.

»Okay. Im Augenblick sollten wir es ihr nicht sagen, noch nicht jedenfalls. Ich will erst nachdenken, was wir tun können, ja? Es wird nicht leicht, aber ich denke mir etwas aus, mach dir keine Sorgen. Vor fünf Jahren ist mir das Gleiche passiert.«

Deshalb hatte Lance sie also geheiratet. Aber wo war das Baby?

»Ich weiß, wie du dich fühlst«, fuhr Dottie fort. »Wirklich.«

Ruth weinte daraufhin noch mehr, und aus ihr strömten so viele Gefühle – sie hätte es nie für möglich gehalten, dass so viele Gefühle in einem Herzen Platz hatten. Jemand war für sie zornig. Jemand wusste, was zu tun war.

An diesem Abend kochte ihre Mutter bei offenem Fenster. Laute Stimmen drangen durch die Luft und übertönten das Zischen des spritzenden Öls. Ruth tat so, als würde sie in *Jane Eyre* lesen. Sie strengte sich an, die Wörter von draußen zu verstehen, aber das Einzige, was sie aufschnappen konnte, war Dotties schriller Schrei. »Du dreckiger Mistkerl!« Lance' Stimme war ein tiefes Grollen, das sich wie der laufende Motor seines Pontiacs anhörte.

Ruth ging in die Küche und langte unter das Spülbecken. »Ich bringe den Müll raus.« Ihre Mutter hob erstaunt eine Augenbraue, kochte aber weiter. Als Ruth sich den Mülltonnen neben dem Haus näherte, verlangsamte sie ihre Schritte, um besser lauschen zu können.

»Du findest dich ja so toll! Und wie viele hast du sonst noch gevögelt?... Dir geht's doch nur um 'ne schnelle Nummer – genau, rapp, zapp, aber nichts dahinter!«

»Seit wann kennst du dich denn so verdammt gut damit aus, sag mir das mal!«

»Weil ich es weiß! Ich weiß, was ein *richtiger* Mann ist!... Danny... ja, genau, und der war gut. Danny ist ein *richtiger* Mann. Aber du, du musst ihn in kleine Mädchen stecken, die sich nicht auskennen.«

Lance' Stimme wurde laut und brach sich wie die eines weinenden Jungen: »Du verdammte Hure!«

Als Ruth wieder im Bungalow war, zitterte sie immer noch. Sie hatte nicht erwartet, dass alles so wahnsinnig und hässlich werden würde. Nicht aufzupassen konnte schreckliche Probleme nach sich ziehen. Man konnte schlecht sein, ohne es zu wollen.

»Diese Leute *huli-hudu*«, brummte ihre Mutter. Sie stellte das dampfende Essen auf den Tisch. »Verrückt, streiten über nichts.« Dann schloss sie die Fenster.

Stunden später, als Ruth noch hellwach im Bett lag, hörte das gedämpfte Geschrei plötzlich auf. Sie lauschte, ob es wieder anheben würde, aber sie hörte nur das Schnarchen ihrer Mutter. In der Dunkelheit stand sie auf und ging ins Badezimmer. Sie kletterte auf die Toilette und blickte durch das Fenster über den Garten hinweg. Im Haus gegenüber waren immer noch die

Lichter an. Was ging da vor sich? Dann sah sie Lance mit einer Reisetasche herauskommen, die er in den Kofferraum seines Wagens warf. Kurz darauf ließ er die Reifen auf dem Kies durchdrehen und fuhr dann mit aufheulendem Motor davon. Was hatte das zu bedeuten? Hatte er Dottie vielleicht gesagt, er werde jetzt Ruth heiraten?

Am nächsten Morgen, einem Samstag, rührte Ruth den Reisbrei, den ihre Mutter aufgewärmt hatte, kaum an. Sie wartete gespannt auf die Rückkehr des Pontiac, aber alles blieb ruhig. Sie ließ sich mit ihrem Buch auf das Sofa fallen. Ihre Mutter stopfte schmutzige Wäsche, Handtücher und Bettwäsche in eine Tüte, die auf einem Leiterwagen stand. Sie zählte die Münzen, die sie für den Waschsalon brauchte, dann sagte sie zu Ruth: »Gehen wir. Wäsche machen.«

»Mir geht es nicht so gut.«

»Ai-ya, schlecht?«

»Ich glaube, ich muss spucken.«

Ihre Mutter machte viel Getue um sie, maß Fieber, fragte sie, was sie gegessen habe, wie ihr Stuhl aussehe. Ruth musste sich auf das Sofa legen, und LuLing stellte einen Eimer in die Nähe, falls ihr wirklich schlecht werden sollte. Schließlich ging ihre Mutter in den Waschsalon; sie würde mindestens drei Stunden fort bleiben. Sie zog den Wagen immer zu einem Salon, der zwanzig Minuten entfernt lag, weil eine Maschine dort fünf Cent weniger kostete als in näher gelegenen Waschsalons und weil die Trockner dort der Wäsche nicht so sehr zusetzten.

Ruth zog sich eine Jacke an und ging nach draußen. Sie setzte sich auf den Stuhl auf der Veranda, schlug ihr Buch auf und wartete. Zehn Minuten später öffnete Dottie die Hintertür ihres Hauses, kam die vier Stufen herunter und ging durch den Garten. Ihre Augen waren geschwollen wie die einer Kröte, und als sie lächelte, sah Ruth, dass Dotties obere Gesichtshälfte ziemlich zerschunden war.

»Wie geht's, Kleines?«

»Es geht schon.«

Dottie seufzte, setzte sich auf die Veranda und stützte das Kinn auf die Knie. »Er ist weg«, sagte sie. »Aber er wird zahlen, keine Sorge.«

»Ich will kein Geld«, sagte Ruth abwehrend.

Dottie lachte kurz auf, dann schniefte sie. »Er kommt ins Gefängnis.«

Ruth bekam es mit der Angst. »Warum?«

»Wegen dem, was er dir angetan hat, natürlich.«

»Aber das wollte er ja nicht. Er hat doch nur vergessen...«

»Vergessen, dass du erst elf bist? Ich bitte dich!«

»Es war auch meine Schuld. Ich hätte vorsichtiger sein müssen.«

»Nein, nein, nein, Schätzchen! Du brauchst ihn nicht in Schutz zu nehmen. Wirklich. Es ist weder deine Schuld noch die von dem Baby... Pass auf, du musst jetzt mit der Polizei reden...«

»Nein! Nein! Ich will nicht!«

»Ich weiß, dass du Angst hast, aber was er getan hat, war nicht recht. Man nennt das Vergewaltigung, und dafür muss er bestraft werden... Die Polizei wird dir wahrscheinlich viele Fragen stellen, und du sagst ihnen einfach die Wahrheit – was er getan hat, wo es passiert ist... War es im Schlafzimmer?«

»Im Badezimmer.«

»Herrgott!« Dottie nickte verbittert. »Ja, da drin hat es ihm immer gefallen... Er ist also mit dir ins Badezimmer...«

»Ich bin allein gegangen.«

»Also gut, und dann ist er dir gefolgt. Und wie weiter? Hat er etwas angehabt?«

Ruth blickte entgeistert. »Er ist im Wohnzimmer geblieben und hat ferngesehen«, sagte sie mit dünner Stimme. »Ich war ganz allein im Bad.«

»Wann hat er es dann gemacht?«
»Vor mir. Er hat zuerst gepinkelt, dann ich.«
»Moment mal ... *Was* hat er gemacht?«
»Er hat gepinkelt.«
»Auf dich?«
»Auf die Klobrille. Dann bin ich hineingegangen und habe mich draufgesetzt.«
Dottie erhob sich. Ihr Gesicht war vor Entsetzen verzerrt. »Oh nein, oh mein Gott!« Sie packte Ruth an den Schultern und schüttelte sie. »*So* werden doch keine Babys gemacht. Urin auf der Klobrille. Wie konntest du nur so *blöd* sein? Er muss seinen Schwanz in dich reinstecken. Er muss Sperma verspritzen, nicht Urin. Ist dir eigentlich klar, was du angestellt hast? Du hast einen Unschuldigen bezichtigt, dich vergewaltigt zu haben.«
»Ich habe doch nicht ...«, jammerte Ruth.
»Doch, das hast du, und ich habe dir geglaubt.« Dottie stapfte fluchend davon.
»Das tut mir Leid«, rief Ruth ihr nach. »Ich habe gesagt, es tut mir Leid.« Ihr war immer noch nicht ganz klar, was sie eigentlich getan hatte.
Dottie wandte sich um und grinste höhnisch. »Du hast doch keine Ahnung, was es heißt, wenn es einem Leid tut.« Dann ging sie ins Haus und schlug die Tür zu.
Obwohl sie nun offenbar nicht mehr schwanger war, verspürte Ruth keine Erleichterung. Es war immer noch alles furchtbar schrecklich, vielleicht sogar noch schlimmer. Als ihre Mutter aus dem Waschsalon zurückkam, lag Ruth im Bett unter der Decke und tat so, als würde sie schlafen. Sie kam sich dumm vor, und sie hatte Angst. Kam sie nun ins Gefängnis? Obwohl sie jetzt wusste, dass sie gar nicht schwanger war, wollte sie mehr denn je sterben. Aber wie? Sie stellte sich vor, wie sie unter den Rädern des Pontiac lag, Lance das Auto anließ und losfuhr und sie dabei zerquetschte, ohne es zu wissen.

Wenn sie starb wie ihr Vater, würde er sie im Himmel treffen. Oder würde auch er denken, sie sei verdorben?

»Ah, braves Mädchen«, murmelte ihre Mutter. »Du schlafen, fühlen bald besser.«

Später am Nachmittag hörte Ruth den Pontiac in die Auffahrt einbiegen. Sie lugte aus dem Fenster. Lance holte gerade mit grimmiger Miene ein paar Kisten, zwei Koffer und auch eine Katze aus dem Haus. Dann kam Dottie heraus und tupfte sich mit einem Taschentuch die Nase. Sie und Lance sahen sich nicht an. Dann waren sie weg. Eine Stunde später kam der Pontiac zurück, aber nur Lance stieg aus. Was hatte Dottie ihm erzählt? Warum musste Dottie ausziehen? Würde Lance bei ihnen vorbeikommen, ihrer Mutter erzählen, was Ruth getan hatte, und verlangen, dass sie ebenfalls am selben Tag noch auszögen? Lance musste sie hassen, dessen war Ruth sich sicher. Sie hatte gedacht, schwanger zu sein sei das Schlimmste, was ihr passieren konnte. Aber das hier war noch viel schlimmer.

Am Montag ging sie nicht zur Schule. LuLing bekam zusehends Angst, ein Geist habe es darauf abgesehen, ihr die Tochter wegzunehmen. Weshalb sonst sollte Ruth denn immer noch krank sein? LuLing plapperte etwas von knochigen Zähnen aus einem Affenmaul. Liebste Tante würde das wissen, wiederholte sie unablässig. Sie wisse von dem Fluch. Er sei die Strafe für etwas, was die Familie vor langer Zeit getan habe. Sie stellte das Sandtablett auf einen Stuhl, den sie neben Ruths Bett gerückt hatte, und wartete. »Wir beide sterben«, fragte sie, »oder nur ich?«

»Nein«, schrieb Ruth, »alles okay.«

»Was okeh-okeh? Dann warum sie krank, kein Grund?«

Am Dienstag hielt Ruth das Getue ihrer Mutter nicht mehr aus. Sie sagte, ihr gehe es wieder so gut, dass sie zur Schule gehen könne. Bevor sie die Tür öffnete, warf sie einen Blick aus dem Fenster, dann überprüfte sie die Auffahrt. Nein, der Pontiac war immer noch da. Sie zitterte so arg, dass sie fürchtete, ihr würden die Knochen splittern. Nachdem sie tief Luft geholt hatte, schoss sie aus der Tür, rannte auf der Seite der Auffahrt entlang, die weiter von dem Haus entfernt lag, dann schob sie sich an dem Pontiac vorbei. Sie ging nach links, obwohl die Schule auf der rechten Seite lag.

»He, kleiner Fratz! Ich hab auf dich gewartet.« Lance stand auf der Veranda und rauchte eine Zigarette. »Wir müssen uns unterhalten.« Ruth stand wie angewurzelt auf dem Gehsteig, unfähig sich zu bewegen. »Ich hab gesagt, wir müssen uns unterhalten. Findest du nicht, du bist mir das schuldig?... Komm her.« Er warf die brennende Zigarette auf den Rasen.

Ruth bewegte die Beine zitternd vorwärts. Ihre obere Hälfte rannte immer noch davon. Als sie oben auf der Veranda angelangt war, war sie wie betäubt. Sie blickte auf. »Es tut mir Leid«, piepste sie. Das Kinn zitterte ihr so sehr, dass ihr Mund sich ungewollt öffnete und Schluchzer herausplätscherten.

»He, he«, sagte Lance. Er blickte nervös die Straße hinunter. »Na, na, beruhige dich. Ich wollte nur mit dir reden, damit wir uns verstehen. Ich möchte nicht, dass das jemals wieder passiert. Okay?«

Ruth schniefte und nickte.

»Na also. Jetzt beruhige dich. Nur keine Panik.«

Ruth wischte sich ihr verweintes Gesicht mit dem Ärmel ab. Das Schlimmste war vorüber. Sie schickte sich an, die Treppen hinunterzugehen.

»He, wo gehst du hin?«

Ruth erstarrte.

»Wir sind mit der Unterhaltung noch nicht fertig. Dreh dich um.« Seine Stimme klang nicht mehr ganz so sanft. Ruth sah, dass er die Tür geöffnet hatte. Ihr stockte der Atem. »Rein mit dir«, sagte er streng. Sie biss sich auf die Lippen und stieg langsam die Treppe wieder hinauf, dann schob sie sich an ihm vorbei. Sie hörte, wie sich hinter ihr die Tür schloss. Es wurde düster im Raum.

Im Wohnzimmer roch es nach Alkohol und Zigaretten. Die Vorhänge waren zugezogen, und auf dem Sofatisch lagen leere Packungen von Fertiggerichten.

»Setz dich.« Lance deutete auf das kratzige Sofa. »Willst du eine Limonade?« Ruth schüttelte den Kopf. Das einzige Licht im Raum kam vom Fernseher, wo gerade ein alter Film lief. Ruth war froh über die Geräusche. Und dann sah sie einen Werbespot mit einem Autoverkäufer. Er hatte einen Spielzeugsäbel in der Hand. »Wir haben unsere Preise abgesäbelt – also kommt zu Rudys Chevrolet und fragt nach dem Säbelmann!«

Lance setzte sich auf das Sofa, allerdings nicht so nahe bei ihr wie an dem Abend neulich. Er nahm ihr die Schulsachen ab. Ruth fühlte sich schutzlos. Tränen verschwammen ihr in den Augen, und sie strengte sich an, nicht so zu klingen, als ob sie weinte.

»Also, sie hat mich verlassen.«

Ruth schluchzte laut auf. Sie wollte sagen, wie Leid ihr das alles tue, aber sie konnte nur wie eine Maus schniefen.

Lance lachte. »Eigentlich hab ich sie ja rausgeschmissen. Tja, in gewisser Art und Weise hast du mir sogar einen Gefallen getan. Wenn du nicht gewesen wärst, hätte ich nicht herausgefunden, dass sie herumvögelt. Klar, ich hab's schon 'ne ganze Weile vermutet, aber ich hab mir gesagt, Mensch, du musst Vertrauen haben. Und weißt du was, sie war diejenige, die mir nicht vertraut hat. Kannst du das fassen? Mir? Ich sag dir mal was: Man kann keine Ehe führen, wenn man kein Vertrauen hat.« Er sah sie an.

Ruth nickte eifrig.

»Ach was, das verstehst du erst in zehn Jahren.« Er zündete sich wieder eine Zigarette an. »In zehn Jahren erinnerst du dich an das Ganze und sagst: ›Mann, damals war ich ganz schön blöd, als ich nicht gewusst habe, wie Babys gemacht werden!«« Er grunzte, dann neigte er den Kopf, um ihre Reaktion zu sehen. »Lachst du denn nicht? Ich finde es eigentlich selbst ganz lustig. Du nicht?« Er tätschelte ihr den Arm, und sie zuckte unwillkürlich zurück. »He, was ist los? Na, sag bloß... *Du* vertraust mir nicht. Wie bist du denn drauf, wie sie etwa? Findest du, dass ich es *verdient* habe, so von dir behandelt zu werden, nach dem, was *du* gemacht hast, *ich* jedenfalls mit Sicherheit *nicht*?«

Ruth war lange still und versuchte ihre Lippen dazu zu bringen, dass sie sich richtig bewegten. Schließlich sagte sie mit brüchiger Stimme: »Ich vertraue dir.«

»Ja?« Er tätschelte ihr wieder den Arm, und diesmal schreckte sie nicht so dumm zurück. »Hör mal, ich will dich doch nicht anbrüllen oder so was, okay? Also entspann dich. Okay? He, ich habe ›Okay?‹ gesagt.«

»Okay.«

»Schenk mir ein Lächeln.«

Sie zwang ihre Mundwinkel nach oben.

»Na also! Hoppla. Jetzt ist es wieder weg!« Er drückte die Zigarette aus. »Und, sind wir jetzt wieder Freunde?« Er streckte ihr die Hand entgegen. »Gut. Es wäre ja schrecklich, wenn wir keine Freunde sein könnten, wo wir doch nebeneinander wohnen.«

Sie lächelte ihn an, und diesmal kam es ganz natürlich. Es fiel ihr schwer, durch die verstopfte Nase zu atmen.

»Und wo wir doch Nachbarn sind, müssen wir uns gegenseitig helfen, statt herumzulaufen und einen Unschuldigen anzuklagen...«

Ruth nickte und merkte, dass sie immer noch die Zehen verkrampfte. Sie entspannte sich. Bald würde es vorbei sein. Sie sah, dass er dunkle Ringe unter den Augen hatte, und von der Nase zogen sich tiefe Falten nach unten. Komisch. Er sah viel älter aus, als sie ihn in Erinnerung hatte, nicht mehr so gut. Und dann begriff sie, dass sie nicht mehr in ihn verliebt war. Wie seltsam. Sie hatte es für Liebe gehalten, aber das war es nie gewesen. Liebe dauerte nämlich ewig.

»Inzwischen weißt du doch, wie Babys wirklich gemacht werden, oder?«

Ruth hielt den Atem an. Sie senkte den Kopf.

»Und? Ja oder nein?«

Sie nickte rasch.

»Wie? Sag's mir.«

Sie wand sich. Im Kopf drehte sich ihr alles. Sie hatte schreckliche Bilder vor Augen. Ein brauner Hotdog, aus dem gelber Senf spritzte. Sie kannte die Wörter: Penis, Sperma, Vagina. Aber sie konnte sie unmöglich aussprechen. Dann stünde das hässliche Bild hier vor ihnen beiden. »Du weißt es doch«, wimmerte sie.

Er blickte sie streng an. Er schien einen Röntgenblick zu haben. »Ja«, sagte er schließlich. »Ich weiß es.« Ein paar Sekunden war er still, dann fügte er mit freundlicher Stimme hinzu: »Mensch, warst du dumm. Babys und Klobrillen, meine Güte.« Ruth hielt den Kopf immer noch gesenkt, aber sie blickte zu ihm auf. Er lächelte. »Ich hoffe, du erklärst es deinen Kindern einmal besser. Klobrille! Pipi? Igitt!«

Ruth kicherte.

»Ha! Ich wusste doch, dass du lachen kannst.« Er bohrte ihr einen Finger unter die Achselhöhle und kitzelte sie. Sie kreischte höflich. Er kitzelte sie wieder, weiter unten an den Rippen, und sie verkrampfte sich im Reflex. Dann langte er ihr plötzlich mit der anderen Hand unter die andere Achsel, und sie stöhnte vor Lachen, hilflos und zu ängstlich, um ihm zu sagen, er solle aufhören. Er ließ ihr die Finger über den Rücken, den Bauch krabbeln. Sie rollte sich zusammen wie eine Assel und fiel wild kichernd auf den Teppich am Boden.

»Du findest vieles lustig, nicht wahr?« Er zupfte mit den Fingern ihre Rippen hinauf und hinunter, als wären es Harfensaiten. »Ja, jetzt wird mir das klar. Hast du es allen deinen kleinen Freundinnen erzählt? Ha! Ha! Fast hätte ich den Kerl ins Gefängnis gebracht.«

Sie versuchte Nein zu rufen, nicht, aber sie musste zu sehr lachen, konnte weder den Atem noch Arme oder Beine kontrollieren. Ihr Rock war verrutscht, aber es gelang ihr nicht, ihn hinunterzuziehen. Ihre Hände waren wie die einer Marionette, sie zuckten automatisch dorthin, wo er sie berührte, um seine Finger von ihrem Bauch, ihrer Brust, ihrem Po wegzuhalten. Tränen liefen ihr über die Wangen. Er zwickte sie in die Brustwarzen.

»Du bist nur ein kleines Mädchen«, keuchte er. »Du hast noch nicht mal Busen. Warum sollte ich mit dir rummachen? Scheiße, ich wette, du hast noch nicht mal Schamhaare...« Und als seine beiden Hände hinunterfuhren, um ihr die geblümte Unterhose hinunterzuziehen, löste sich ihre Stimme und verwandelte sich in lautes Kreischen. Immer wieder stieß sie schrille Schreie aus, die von einem unbekannten Ort kamen. Es war, als wäre ein anderer Mensch aus ihr herausgebrochen.

»Ua! Ua!«, machte er und hielt die Hände hoch wie jemand, der überfallen wird. »Was machst du denn? Reiß dich zusammen... Würdest du dich bitte beruhigen, um Himmels willen!«

Sie heulte weiter wie eine Sirene, rutschte auf dem Po von ihm weg, zog sich die Unterhose hoch und ruckelte das Kleid hinunter.

»Ich tu dir nicht weh. Ich tu dir *nicht* weh.« Er wiederholte das, bis sie nur noch wimmerte und winselte. Dann war nur schnelles Atmen zwischen ihnen.

Er schüttelte ungläubig den Kopf. »Habe ich Wahnvorstellungen, oder hast du gerade noch gelacht? In der einen Sekunde haben wir Spaß, in der nächsten benimmst du dich wie

– na ja, ich weiß nicht, erzähl du's mir.« Er sah sie streng an. »Weißt du, vielleicht hast du ein großes Problem. Du kommst auf die seltsame Idee, jemand würde dir irgendwas antun, und bevor du siehst, wie es wirklich ist, beschuldigst du ihn und drehst durch und machst alles kaputt. Ist das so?«

Ruth stand auf. Ihr zitterten die Knie. »Ich gehe jetzt«, flüsterte sie. Sie schaffte es kaum bis zur Tür.

»Du gehst nirgendwohin, bevor du mir nicht versprichst, dass du deine gottverdammten Lügen nicht weiter verbreitest. Hast du das kapiert?« Er ging auf sie zu. »Du solltest lieber nicht herumerzählen, ich hätte irgendwas mit dir angestellt, wo ich es doch gar nicht getan habe. Wenn du das nämlich tust, dann werde ich wirklich böse und sorge dafür, dass es dir verdammt Leid tun wird, klar?«

Sie nickte benommen.

Er schnaubte verächtlich. »Raus hier. Hau ab.«

An jenem Abend versuchte Ruth ihrer Mutter zu erzählen, was passiert war. »Ma? Ich habe Angst.«

»Warum Angst?« LuLing bügelte. Es roch nach Wasserdampf.

»Dieser Mann, Lance, er war böse zu mir...«

Ihre Mutter machte ein finsteres Gesicht, dann sagte sie auf Chinesisch: »Das kommt nur, weil du ihm ständig auf die Nerven gehst. Du glaubst, er will mit dir spielen – aber dem ist nicht so! Warum machst du ständig Schwierigkeiten?«

Ruth fühlte sich zum Kotzen. Ihre Mutter sah Gefahren, wo gar keine waren, aber jetzt, wo wirklich etwas Fürchterliches passiert war, war sie von Blindheit geschlagen. Wenn Ruth ihr jetzt die ganze Wahrheit erzählte, würde sie aber wahrscheinlich durchdrehen. Sie würde nicht mehr leben wollen. Es war also alles egal. Sie war allein. Niemand konnte sie retten.

Eine Stunde später, als LuLing vor dem Fernseher saß und strickte, holte Ruth von selbst das Sandtablett herunter. »Liebste Tante will dir etwas sagen«, sagte sie zu ihrer Mutter.

»Ach?«, machte LuLing. Sie stand sofort auf, schaltete den Fernseher aus und setzte sich erwartungsvoll an den Küchentisch. Ruth strich den Sand mit dem Essstäbchen glatt. Sie schloss die Augen, öffnete sie wieder und legte los.

Ihr müsst umziehen, schrieb Ruth. *Sofort.*

»Umziehen?«, rief ihre Mutter. »Ai-ya! Aber wohin denn?«

Das hatte Ruth ganz vergessen, sich zu überlegen. *Weit weg,* war das, wofür sie sich zunächst entschied.

»Wo weit?«

Ruth dachte an eine Entfernung so groß wie ein Meer. Sie stellte sich die Bucht vor, die Brücke, die langen Busfahrten, die sie mit ihrer Mutter unternommen hatte und bei denen sie immer eingeschlafen war. *San Francisco* schrieb sie schließlich.

Ihre Mutter blickte immer noch besorgt drein. »Welcher Teil? Wo gut?«

Ruth zögerte. Sie kannte San Francisco nicht so gut, jedenfalls bis auf Chinatown und ein paar andere Stellen, den Golden Gate Park, das Fun House bei Land's End. Und so kam es ihr in den Sinn, eine Eingebung, die sich schnell auf ihre Hand übertrug: *Land's End.*

Ruth erinnerte sich an den ersten Tag, an dem sie allein an diesem Stück des Strands entlanggelaufen war. Er war fast menschenleer gewesen und der Sand vor ihr sauber und unberührt. Sie war geflohen und hier angekommen. Sie hatte die kalten, entsetzlichen Wellen gespürt, wie sie an ihren Knöcheln zerrten und sie mit sich ziehen wollten. Sie erinnerte sich, wie sie in dem Tosen der Wellen um sie herum vor Erleichterung geweint hatte.

Jetzt, fünfunddreißig Jahre später, war sie wieder das elfjährige Kind. Sie hatte sich entschieden zu leben. Warum? Jetzt fühlte sie sich beim Gehen durch das Wasser beruhigt, durch seine Beständigkeit, seine Berechenbarkeit. Jedes Mal, wenn es sich zurückzog, nahm es all das mit sich, was am Ufer gewesen war. Als sie als Kind zum ersten Mal an diesem Strand gestanden hatte, war ihr der Sand wie eine gigantische Schreibfläche vorgekommen. Die Tafel war sauber, einladend, offen für neue Möglichkeiten. Und in diesem Moment ihres Leben hatte sie eine neue Bestimmung, eine ungestüme Hoffnung. Sie musste sich die Antworten nicht mehr ausdenken. Sie konnte fragen.

Wie vor so langer Zeit bückte sich Ruth und hob eine zerbrochene Muschel auf. Sie ritzte ein Wort in den Sand: *Hilfe*. Und sie sah zu, wie die Wellen ihre Bitte in eine andere Welt trugen.

Sieben

Als Ruth in LuLings Wohnung zurückkehrte, fing sie an, alles wegzuwerfen, was ihre Mutter angesammelt hatte: schmutzige Servietten und Plastiktüten, Sojasoße- und Senftütchen aus Restaurants, Einwegessstäbchen, benutzte Strohhalme und abgelaufene Gutscheine, Watte aus Tablettenröhrchen und die leeren Röhrchen selbst. Sie holte noch versiegelte Schachteln und Gläser aus den Schränken. Im Kühlschrank und im Gefrierschrank waren genug verdorbene Lebensmittel, um vier große Mülltüten damit zu füllen.

Die Aufräumaktion verlieh ihr das Gefühl, das Durcheinander aus dem Kopf ihrer Mutter zu entfernen. Sie öffnete weitere Schränke. Sie sah Gästetücher mit Stechpalmenmotiven, ein Weihnachtsgeschenk, das LuLing nie benutzt hatte. Sie steckte sie in die Tüte, die sie für die Kleidersammlung vorbereitet hatte. Sie fand auch kratzige Handtücher und Bettwäsche aus dem Ausverkauf, die es schon gab, als sie noch ein Kind war. Die neuere Bettwäsche war immer noch in der Geschenkverpackung aus dem Kaufhaus.

Als Ruth nach den alten Handtüchern langte, stellte sie jedoch fest, dass sie es ebenso wenig schaffte, sie wegzuwerfen, wie ihre Mutter. Es waren Gegenstände, die von Leben und Vergangenheit erfüllt waren. Sie hatten eine Geschichte, eine Persönlichkeit, eine Verbindung zu anderen Erinnerungen. Das

Handtuch mit den Fuchsienblüten zum Beispiel, das sie jetzt in Händen hielt, hatte sie früher immer schön gefunden. Sie hatte es sich um die nassen Haare geschlungen und dann gespielt, sie wäre eine Königin mit Turban. Einmal hatte sie es mit an den Strand genommen, und ihre Mutter hatte sie geschimpft, weil sie »beste Sachen« benutzte statt des grünen Handtuchs mit den ausgefransten Rändern. Auf Grund ihrer Erziehung hätte es Ruth niemals so machen können wie Gideon, der jedes Jahr für Tausende von Dollar italienische Wäsche kaufte und das, was er im Jahr zuvor erstanden hatte, ohne weiteres wegwarf wie eine Illustrierte vom Vormonat. Sie war vielleicht nicht so genügsam wie ihre Mutter, aber sie glaubte, dass sie Dingen unter Umständen nachtrauern könnte.

Ruth ging in LuLings Schlafzimmer. Auf der Kommode standen Flaschen mit Eau de Toilette, etwa zwei Dutzend davon, die immer noch in den zellophanverpackten Schachteln waren. »Stinkewasser«, nannte es ihre Mutter. Ruth hatte versucht ihrer Mutter zu erklären, dass Eau de Toilette etwas anderes sei als Wasser aus einer Toilette. Aber LuLing meinte, es komme auf den Klang der Wörter an, und sie glaube, diese Geschenke von GaoLing und ihrer Familie seien nur dazu gedacht, sie zu beleidigen.

»Aber wenn du das nicht magst«, sagte Ruth einmal, »warum behauptest du ihnen gegenüber dann immer, du hättest genau das gewünscht?«

»Wie ich nicht sollen zeigen höflich?«

»Dann sei höflich, aber wirf es später weg, wenn es dich so stört.«

»Wegwerfen? Wie kann ich wegwerfen? Ist Geldverschwendung!«

»Dann *verschenk* es.«

»Wer will solche Sache? *Toiletten*wasser! *Bäh!* Ich sie groß beleidigen.«

Da standen sie also, zwei Dutzend Flaschen, zwei Dutzend Beleidigungen, ein paar von GaoLing, ein paar von GaoLings Tochter, die beide keine Ahnung hatten, dass LuLing jeden Morgen diese Geschenke sah und den Tag mit dem Gefühl begann, die Welt sei gegen sie. Aus Neugier öffnete Ruth eine Schachtel, holte die Flasche heraus und drehte den Verschluss auf. Stinkewasser! Ihre Mutter hatte Recht. Andererseits, wie lange war Parfüm haltbar? Eau de Toilette konnte man nicht wie Wein lagern. Ruth stopfte die Schachteln in die Tüte für die Kleidersammlung, aber dann überlegte sie es sich noch einmal anders. Entschlossen, aber immer noch mit dem Gefühl, verschwenderisch zu sein, steckte sie alles in eine der Tüten mit dem Abfall. Und was war mit dem Gesichtspuder hier? Sie öffnete die Puderdose aus goldfarbenem Metall, die mit einer Lilienprägung versehen war. Die Dose musste mindestens dreißig Jahre alt sein. Das Puder selbst hatte die Farbe eines oxidierten Orange angenommen, wie die Wangen von Bauchrednerpuppen. Was auch immer es war, es sah aus, als könnte es Krebs erregen – oder Alzheimer. Alles auf der Welt, egal, wie harmlos es erscheinen mochte, war potenziell gefährlich, strotzte vor Giften, die entweichen konnten, um einen zu infizieren, wenn man es am wenigsten erwartete. Das hatte ihre Mutter ihr beigebracht.

Sie nahm die Puderquaste heraus. Am Rand war sie noch erhaben und fest, aber die Mitte war abgewetzt, denn LuLing war sich damit früher einmal am Tag über die Wölbungen ihres Gesichts gefahren. Sie warf die Dose und die Puderquaste in den Müll. Einen Augenblick später holte sie die Dose panisch und den Tränen nahe wieder heraus. Das war ein Teil des Lebens ihrer Mutter! Was machte es schon, wenn sie sentimental war? Sie klappte die Dose noch einmal auf und sah ihr schmerzerfülltes Gesicht im Spiegel, dann blickte sie wieder auf das orangefarbene Puder. Nein, das hatte nichts mit Sentimentalität zu tun. Es war krankheitserregend und ekelhaft. Sie steckte die Puderdose zurück in den Müll.

Als es Abend wurde, häuften sich in der einen Ecke des Wohnzimmers Dinge, die ihre Mutter bestimmt nicht vermissen würde: ein kleines Telefon, Schnittmuster, stapelweise alte Strom- und Wasserrechnungen, fünf Teegläser aus Milchglas, diverse nicht zusammenpassende Kaffeebecher mit Werbesprüchen, eine ursprünglich dreifüßige Lampe, der ein Fuß fehlte, der alte, verrostete muschelförmige Verandastuhl, ein Toaster mit einem zerfransten Kabel und Dellen wie beim Kotflügel eines Buick, eine Küchenuhr mit Messer, Gabel und Löffel als Stunden-, Minuten- und Sekundenzeiger, eine Stricktasche samt den darin enthaltenen halb fertigen purpurroten, türkisen und grünen Hausschuhen, abgelaufene Medikamente und ein spinnenartiges Wirrwarr aus alten Kleiderbügeln.

Es war spät, aber Ruth spürte dennoch mehr Energie, mehr Entschlossenheit in sich. Sie sah sich in der Wohnung um und zählte an den Fingern ab, welche Reparaturen durchgeführt werden mussten, um etwaige Unfälle zu vermeiden. Die Steckdosen mussten in Ordnung gebracht werden. Die Rauchmelder sollten ersetzt werden. Das Heißwassergerät musste heruntergedreht werden, damit ihre Mutter sich nicht verbrühen konnte. Kam der braune Fleck an der Decke von einem Leck? Sie untersuchte den Boden, ob irgendwo Wasser hinuntergetropft war. Ihr kritisches Auge blieb an einer Stelle neben dem Sofa hängen. Sie lief hin, zog den Teppich zurück und starrte verdutzt auf die Parkettdiele. Hier war also eines der Verstecke ihrer Mutter, wo sie Wertsachen aufbewahrte, die man in Kriegszeiten brauchen könnte, oder, wie LuLing sagte: »Katastrophen, du dir nicht kannst vorstellen, so schlimm.« Ruth drückte auf das eine Ende der Diele, und siehe da, das andere Ende hob sich wie bei einer Wippe. Aha! Der goldene Schlangenarmreif! Sie nahm ihn heraus und lachte ausgelassen, als hätte sie bei einer Gameshow gerade die richtige Tür erwischt. Ihre Mutter hatte sie einmal in das Royal Jade House an der Jackson Street geschleppt, dort den Armreif für hundertzwanzig Dollar gekauft und Ruth erklärt, es sei vierundzwanzig Karat Gold und man könne das Gold auf einer Waage wiegen und im Notfall gegen den vollen Wert eintauschen.

Und was war mit LuLings anderen Verstecken? Neben dem nie benutzten Kamin hob Ruth einen Korb mit Fotoalben hoch. Sie rüttelte an einem lockeren Ziegel, zog ihn heraus, und – unglaublich – er war immer noch da, ein Zwanzigdollarschein, der um vier einzelne Dollarnoten gewickelt war. Nicht zu fassen! Sie war ganz aufgeregt, diesen kleinen Schatz zu finden, eine Erinnerung an ihre Jugend. Als sie in diese Wohnung gezogen waren, hatte LuLing fünf Zwanzigdollarscheine unter dem Ziegelstein versteckt. Ruth hatte ab und zu dort nachgesehen und festgestellt, dass die Scheine immer in demselben ordentlichen Bündel dalagen. Eines Tages legte sie ein Haar auf das Geld; sie hatte diesen Trick in einem Kinderdetektivfilm gesehen. Aber immer wenn sie nachsah, war das Haar noch da. Mit fünfzehn begann Ruth, sich im Notfall Geld von dem Stapel auszuborgen – das heißt, wenn sie ab und an einen Dollar für Verbotenes brauchte: Wimperntusche, eine Kinokarte und später Marlboro-Zigaretten. Zuerst war sie immer sehr nervös gewesen, bis sie den Schein ersetzen konnte. Sobald sie ihn zurückgelegt hatte, war sie erleichtert und freute sich, nicht erwischt worden zu sein. Sie redete sich ein, dass sie sich das Geld eigentlich *verdiente* – fürs Rasenmähen, fürs Abspülen und dafür, dass sie ohne Grund angebrüllt wurde. Sie ersetzte die fehlenden Zwanziger durch Zehner, dann Fünfer und schließlich nur durch die Eindollarscheine, die in den einen übrig gebliebenen Zwanziger eingewickelt waren.

Als sie nun, einunddreißig Jahre später, die Erinnerung an ihre kleinen Beutezüge sah, war sie wieder das Mädchen von früher, aber gleichzeitig auch die Betrachterin ihrer jüngeren Version. Sie erinnerte sich an das unglückliche Mädchen, das in ihrem Körper gelebt hatte, das Mädchen, das voller Leidenschaft, Wut und Impulsivität gewesen war. Sie hatte sich oft gefragt: Sollte sie an Gott glauben oder lieber Nihilist sein? Buddhist oder Beatnik? Aber egal, wofür sie sich entschied, was war die Lektion daraus, dass ihre Mutter die ganze Zeit über unglücklich war? Gab es wirklich Geister? Wenn aber nicht, bedeutete das gleichzeitig, dass ihre Mutter verrückt war? Gab es wirklich so etwas wie Glück und Schicksal? Wenn aber nicht, warum lebten Ruths Verwandte dann in Saratoga und sie nicht? Manchmal wollte sie unbedingt das genaue Gegenteil ihrer Mutter sein. Sie wollte sich nicht über die Welt beklagen, sondern etwas Konstruktives tun. Sie wollte mit dem Friedenskorps in entlegene Dschungel gehen. Anderntags beschloss sie, sich von nun an vegetarisch zu ernähren und verletzten Tieren zu helfen. Später erwog sie, Lehrerin an einer Schule für geistig Behinderte zu werden. Sie würde die Kinder nicht ständig darauf hinweisen, was falsch war, so wie es ihre Mutter bei ihr tat, und ihnen vorhalten, dass ihnen wohl das halbe Gehirn fehle. Sie würde sie als Menschen behandeln, die allen anderen ebenbürtig waren.

Sie verlieh diesen Gefühlen Ausdruck, indem sie ein Tagebuch schrieb, das sie von Tante Gal zu Weihnachten bekommen hatte. Sie hatte in der Schule gerade *Das Tagebuch der Anne Frank* gelesen, und wie alle anderen Mädchen war sie erfüllt von dem Gedanken, dass auch sie anders war, eine Unschuldige auf dem Weg zu einer Tragödie, derentwegen man sie nach ihrem Tod bewundern würde. Das Tagebuch wäre der Beweis für ihre Existenz, dafür, dass sie zählte, und, was noch wichtiger war, es garantierte, dass eines Tages irgendwer irgendwo sie verstehen würde, auch wenn es nicht mehr zu ihren Lebzeiten war. Es war ein großer Trost zu glauben, dass ihre

Leiden nicht umsonst waren. In ihrem Tagebuch konnte sie so wahrheitsgetreu sein, wie sie wollte. Die Wahrheit musste natürlich durch Fakten gestützt werden. Ihr erster Eintrag beinhaltete also die Top Ten der Hitliste aus dem Radio sowie die Notiz, dass ein Junge namens Michael Papp beim Tanzen mit Wendy einen Steifen bekommen habe. Das hatte jedenfalls Wendy behauptet, und damals hatte Ruth geglaubt, *Steifer* beziehe sich auf ein übermäßig festes Selbstbewusstsein.

Sie wusste, dass ihre Mutter heimlich in ihrem Buch las, denn eines Tages hatte sie Ruth gefragt: »Warum dir gefällt dieser Song ›Turn, Turn, Turn‹? Nur weil gefällt anderen?« Ein andermal schnüffelte ihre Mutter in der Luft und fragte: »Warum riecht wie Zigaretten?« Ruth hatte gerade darüber geschrieben, dass sie mit Freundinnen nach Haight-Ashbury gefahren sei und im Park ein paar Hippies kennen gelernt habe, die ihnen etwas zu rauchen angeboten hätten. Ruth freute sich hämisch, dass ihre Mutter glaubte, es gehe um Zigaretten und nicht etwa um Haschisch. Nach diesem Verhör versteckte sie das Tagebuch unten in ihrem Schrank, zwischen den Matratzen, hinter ihrer Kommode. Aber ihre Mutter fand es immer, zumindest schloss Ruth das daraus, was ihr jeweils als Nächstes verboten wurde: »Nicht mehr zum Strand nach Schule.« – »Nicht mehr treffen dieses Lisa-Mädchen.« – »Warum du so verrückt auf Jungen?« Wenn Ruth ihre Mutter beschuldigte, in ihrem Tagebuch gelesen zu haben, wich sie ihr aus und gab nie zu, dass sie es getan hatte, sagte aber gleichzeitig: »Eine Tochter sollte vor ihrer Mutter keine Geheimnisse haben.« Ruth wollte ihr Tagebuch nicht zensieren, deshalb schrieb sie von nun an in einer Mischung aus Geheimsprache, Spanisch und vielsilbigen Wörtern, die ihre Mutter bestimmt nicht verstehen würde. »Aquatische Amüsements der silifizierten Varietät« war ihre Umschreibung für den Strand bei Land's End.

Ist Mutter eigentlich nie klar geworden, fragte sich Ruth

jetzt, dass ihre Forderung, keine Geheimnisse vor ihr zu haben, mich dazu getrieben hat, mich noch mehr vor ihr zu verstecken? Vielleicht hatte ihre Mutter das ja doch gespürt. Vielleicht hatte sie manche Wahrheiten über sich vor Ruth versteckt. *Zu schlimm, zu sagen.* Sie konnten einander nicht vertrauen. So begannen Unehrlichkeit und Verrat, nicht mit großen Lügen, sondern mit kleinen Geheimnissen.

Ruth erinnerte sich jetzt, wo sie ihr Tagebuch zuletzt versteckt hatte. Sie hatte es in all den Jahren völlig vergessen. Sie ging zur Küche und hievte sich auf die Theke, was ihr weniger leicht fiel als damals mit sechzehn. Sie klopfte den Küchenschrank oben ab und fand es auch bald: das Tagebuch mit dem Herzmuster. Einige der Herzen waren mit rosa Nagellack übermalt, um die Namen der Jungen unkenntlich zu machen, die sie als jeweils aktuellen Schwarm verewigt hatte. Mit dem verstaubten Relikt kletterte sie wieder nach unten, lehnte sich an die Theke und rieb den rot-goldenen Einband sauber.

Sie spürte, wie ihr die Kraft aus den Gliedern wich, wie sie unsicher wurde, so als enthielte das Tagebuch eine unabänderliche Vorhersage über den Rest ihres Lebens. Wieder einmal war sie sechzehn Jahre alt. Sie öffnete den Schnappverschluss und las die Wörter auf der Einbandinnenseite, die sie in übergroßen Druckbuchstaben hingeschrieben hatte: STOPP!!! PRIVAT!!! WENN DU DAS LIEST, DRINGST DU IN MEINE PRIVATSPHÄRE EIN!!! JA! DICH MEINE ICH!

Aber ihre Mutter hatte es dennoch gelesen, hatte es gelesen und sich zu Herzen genommen, was Ruth auf die vorletzte Seite geschrieben hatte, die Worte, die sie beide beinahe getötet hätten.

In der Woche bevor Ruth jene verhängnisvollen Worte geschrieben hatte, hatten sie und LuLing ihre gegenseitigen Quälereien noch gesteigert. Sie waren zwei schmerzgebeutelte Menschen in einem Sandsturm, und jeder warf dem anderen vor, die Ursache für den Wind zu sein. Am Tag bevor der Streit seinen Höhepunkt erreichte, hatte Ruth sich in ihrem Zimmer eine Zigarette angesteckt und blies den Rauch aus dem Fenster. Die Tür war zu, aber als sie die Schritte ihrer Mutter auf ihr Zimmer zukommen hörte, warf sie die Zigarette hinaus, ließ sich auf ihr Bett fallen und tat so, als würde sie ein Buch lesen. Wie üblich öffnete LuLing die Tür, ohne zu klopfen. Als Ruth mit unschuldiger Miene aufblickte, brüllte LuLing sie an: »Du rauchst!«

»Stimmt nicht!«

»Raucht immer noch.« LuLing deutete auf das Fenster und ging hinüber. Die Zigarette war auf dem Sims vor dem Fenster gelandet und verriet ihre Lage durch eine dünne Rauchfahne.

»Ich bin Amerikanerin«, schrie Ruth. »Ich habe ein Recht auf Privatsphäre, darauf, mein eigenes Glück zu verfolgen, nicht deins!«

»Nicht richtig! Alles falsch!«

»Lass mich in Ruhe!«

»Warum ich habe Tochter wie dich? Warum ich lebe? Warum ich nicht vor langer Zeit sterbe?« LuLing keuchte und schnaubte. Ruth fand, dass ihre Mutter dabei wie ein tollwütiger Hund aussah. »Du wollen ich sterbe?«

Ruth zitterte, aber sie hob, so lässig sie konnte, die Schultern. »Das ist mir wirklich völlig egal.«

Ihre Mutter schnaufte noch ein paar Mal, dann verließ sie das Zimmer. Ruth stand auf und schlug die Tür zu.

Schluchzend vor selbstgerechter Empörung, schrieb sie später in ihr Tagebuch, wohl wissend, dass ihre Mutter alles lesen würde: »Ich hasse sie! Sie ist die schlechteste Mutter, die man haben kann. Sie liebt mich nicht. Sie hört mir nicht zu. Sie versteht mich überhaupt nicht. Immer nörgelt sie nur an mir herum und wird wütend, sodass ich mich danach noch schlechter fühle.«

Sie wusste, dass es riskant war, so etwas zu schreiben. Es war richtig böse. Aber da der Mantel der Schuld immer mehr von ihr abfiel, ließ sie ihre Formulierungen noch wagemutiger werden. Was sie danach schrieb, war noch schlimmer, wirklich schreckliche Worte, die sie erst später – zu spät – wieder ausgestrichen hatte. Ruth betrachtete jetzt die geschwärzten Linien, und sie wusste genau, was dort gestanden, was ihre Mutter gelesen hatte:

»Du sprichst immer davon, dich umzubringen, warum tust du es nicht einfach? Ich wünschte, du würdest es tun. Mach es, mach es, mach es! Na los, bring dich doch um! Liebste Tante möchte, dass du es tust, und ich auch!«

Damals war sie schockiert, dass sie fähig war, solche schrecklichen Gefühle niederzuschreiben. Jetzt entsetzte sie die Erinnerung daran. Sie hatte geweint, während sie das geschrieben hatte, voller Wut, Angst und einer merkwürdigen Freiheit, endlich offen zuzugeben, dass sie ihrer Mutter ebenso wehtun wollte wie ihre Mutter ihr. Dann hatte sie das Tagebuch hinten in der Schublade mit ihrer Unterwäsche versteckt, ein leichtes Versteck. Sie hatte das Buch einfach unter eine rosa geblümte Unterhose hineingelegt, aber mit dem Buchrücken nach hinten. So würde Ruth sicher merken, ob ihre Mutter dort herumgeschnüffelt hatte.

Am nächsten Tag trödelte Ruth auf dem Heimweg von der Schule. Sie ging in einen Drugstore und sah sich die Schminksachen dort an. Sie rief Wendy von einer Telefonzelle aus an. Bis sie zu Hause war, würde ihre Mutter den Text gelesen haben. Sie rechnete mit einem heftigen Streit, nichts zum Abendessen, nur Geschrei, noch mehr Drohungen, noch mehr Schimpfkanonaden darüber, dass sie nur wolle, dass sie, LuLing, tot war, damit Ruth bei Tante Gal wohnen könne. LuLing würde darauf warten, dass Ruth zugab, diesen hasserfüllten Text geschrieben zu haben.

Dann stellte Ruth es sich anders vor. Ihre Mutter las den Text, schlug sich mit den Fäusten auf die Brust, um ihren Schmerz wieder in ihrem Herzen zu verstecken, und biss sich auf die Lippen, damit sie nicht weinte. Später, wenn Ruth nach Hause kam, würde ihre Mutter so tun, als ob sie Luft für sie wäre. Sie würde Essen machen, sich setzen und schweigend essen. Ruth würde nicht nachgeben und fragen, ob sie nicht auch etwas zu essen bekäme. Sie würde zu jeder Mahlzeit Cornflakes aus der Packung essen, wenn es sein musste. Sie würde das tagelang durchhalten, während ihre Mutter sie mit ihrem Schweigen quälte, mit ihrer absoluten Zurückweisung. Ruth würde stark bleiben, indem sie alle Schmerzen verdrängte, bis ihr alles einerlei war. Oder aber es lief ab wie gewöhnlich, und Ruth gab klein bei, weinte und entschuldigte sich.

Dann war für Ruth die Zeit um, sich andere Versionen dessen, was geschehen würde, auszudenken. Sie war zu Hause. Sie nahm allen Mut zusammen. Darüber nachzudenken war genauso schlimm, wie es durchzumachen. Bring es hinter dich, sagte sie sich. Sie ging die Treppe zur Wohnungstür hoch, und kaum hatte sie diese geöffnet, kam ihre Mutter auch schon auf sie zugerannt und rief mit sorgenerfüllter Stimme: »Endlich bist du zu Hause!«

Erst einen Augenblick später wurde ihr klar, dass es gar nicht ihre Mutter war, sondern Tante Gal. »Deine Mutter ist verletzt«, sagte sie und packte Ruth am Arm, um sie aus der Tür zu schieben. »Schnell, schnell, wir fahren gleich ins Krankenhaus.«

»Verletzt?« Ruth konnte sich nicht rühren. Ihr Körper fühlte sich gleichzeitig luftleer, hohl und schwer an. »Was soll das heißen? Wie hat sie sich verletzt?«

»Sie ist aus dem Fenster gefallen. Warum sie sich hinausgelehnt hat, weiß ich nicht. Aber sie ist auf den harten Boden geknallt. Die Dame unten hat den Krankenwagen gerufen. Sie hat sich etwas gebrochen, und irgendetwas ist mit ihrem Kopf – ich weiß nicht was, aber es ist ziemlich schlimm, sagen die Ärzte. Ich hoffe nur, dass sie keinen Gehirnschaden abbekommen hat.«

Ruth brach in Schluchzen aus. Sie krümmte sich zusammen und begann hysterisch zu weinen. Sie hatte sich das gewünscht, sie war schuld, dass es passiert war. Sie weinte, bis sie nur noch keuchte und hyperventilierte, sodass sie beinahe ohnmächtig wurde. Als sie im Krankenhaus ankamen, musste Tante Gal auch Ruth in die Notaufnahme bringen. Eine Schwester gab ihr eine Papiertüte zum Atmen, die Ruth aber wegschlug; danach bekam sie eine Spritze. Sie wurde schwerelos, alle Sorgen wichen ihr aus den Gliedern und dem Kopf. Eine dunkle, warme Decke wurde ihr über den Körper gelegt und dann über den Kopf gezogen. In diesem Nichts konnte sie die Stimme ihrer Mutter hören, die den Ärzten verkündete, ihre Tochter sei nun endlich still, weil sie beide tot seien.

Wie sich herausstellte, hatte ihre Mutter eine gebrochene Schulter, eine angeknackste Rippe und eine Gehirnerschütterung davongetragen. Als sie aus dem Krankenhaus entlassen wurde, blieb Tante Gal noch ein paar Tage, um beim Kochen und Aufräumen zu helfen und auch, damit LuLing sich daran gewöhnen konnte, sich in ihrem jetzigen Zustand zu baden und anzuziehen. Ruth wich ihr nicht von der Seite. »Kann ich helfen?«, fragte sie immer wieder mit schwacher Stimme. Und Tante Gal ließ sie Reis kochen, die Badewanne sauber machen oder das Bett ihrer Mutter neu beziehen.

Während der folgenden Tage quälte Ruth die Frage, ob LuLing ihrer Schwester erzählt hatte, was sie in Ruths Tagebuch gelesen hatte und weshalb sie aus dem Fenster gesprungen war. Sie suchte in Tante Gals Gesicht nach Anzeichen dafür, dass sie es inzwischen wusste. Sie analysierte jedes Wort, das ihre Tante sagte. Aber Ruth entdeckte keine Wut, keine Enttäuschung und kein falsches Mitleid in der Art, wie Tante Gal mit ihr sprach. Ihre Mutter war ebenso rätselhaft. Sie wirkte weniger wütend als vielmehr traurig und niedergeschlagen. Etwas war *weniger* geworden – aber was? Liebe? Sorge? In den Augen ihrer Mutter lag eine Mattheit, als wäre es ihr egal, was sich vor ihr abspielte. Alles war egal, alles war unwichtig. Was hatte das zu bedeuten? Warum wollte sie nicht mehr streiten? LuLing nahm die Schüsseln mit Reisbrei, die Ruth ihr brachte. Sie trank ihren Tee. Sie redeten miteinander, aber die Gespräche drehten sich um unbedeutende Dinge, um nichts, was zu Streitigkeiten und Missverständnissen führen konnte.

»Ich gehe jetzt in die Schule«, sagte Ruth.

»Du hast Essensgeld?«

»Ja. Brauchst du noch Tee?«

»Nein, reicht.«

Mehrmals täglich wollte Ruth ihrer Mutter sagen, dass es ihr Leid tue, dass sie ein schlechtes Mädchen sei und alles ihre Schuld. Aber das würde nur bedeuten, dass sie eingestand, was ihre Mutter offenbar als nicht existent abtun wollte, nämlich jene Wörter, die Ruth geschrieben hatte. Wochenlang gingen sie beide wie auf Zehenspitzen, vorsichtig bemüht, nicht auf die Scherben zu treten.

Am Tag ihres sechzehnten Geburtstags kam Ruth aus der Schule nach Hause und stellte fest, dass ihre Mutter ein paar ihrer Lieblingsgerichte besorgt hatte: den in Lotusblätter gewickelten Klebreis, beide Sorten, einmal mit Fleischfüllung, einmal mit der süßen Rote-Bohnen-Paste, und dazu noch einen chinesischen Biskuitkuchen mit einer Füllung aus Erdbeeren und Schlagsahne. »Kann dir nicht kochen bessere Sachen«, sagte LuLing. Den rechten Arm trug sie immer noch in einer Schlinge, weshalb sie mit diesem Arm nichts tragen konnte. Es war schon schwer genug für sie, die Tüten mit den Einkäufen im linken Arm nach Hause zu schleppen. Ruth betrachtete diese Gaben als Zeichen der Vergebung.

»Leckere Sachen«, sagte Ruth höflich. »Toll.«

»Keine Zeit, kaufen Geschenk«, brummelte ihre Mutter.

»Aber ich finden Sachen, vielleicht dir immer noch gefallen.« Sie zeigte auf den Couchtisch. Ruth ging langsam hinüber und hob ein plumpes Päckchen hoch, das unbeholfen mit Klebstreifen in Seidenpapier eingeschlagen war, allerdings ohne Schleife. Sie fand darin ein schwarzes Buch und ein kleines Täschchen aus roter Seide, das einen kleinen Paspelverschluss hatte. In dem Täschchen wiederum war ein Ring, den Ruth schon immer gewollt hatte. Er bestand aus einem dünnen goldenen Reif mit zwei ovalen apfelgrünen Jadesteinen. Es war ein Geschenk von Ruths Vater gewesen, der es von seiner Mutter für seine zukünftige Braut bekommen hatte. LuLing hatte ihn nie getragen. GaoLing hatte einmal angedeutet, der Ring stehe eigentlich ihr zu, damit sie ihn an ihren Sohn weitergeben könne, der ja schließlich der einzige Enkelsohn sei. Von da an erwähnte LuLing den Ring immer im Kontext dieser habgierigen Bemerkung ihrer Schwester.

»Wow.« Ruth betrachtete den Ring auf ihrem Handteller.

»Das sehr gute Jade, nicht verlieren«, sagte ihre Mutter zur Ermahnung.

»Den verliere ich bestimmt nicht.« Ruth versuchte sich den Ring über den Mittelfinger zu schieben. Dort war er zu klein, aber auf den Ringfinger passte er.

Schließlich sah sich Ruth das andere Geschenk an. Es war ein kleines Buch mit schwarzem Ledereinband und einer roten Schleife als Lesezeichen.

»So verkehrt«, sagte ihre Mutter und drehte es um, sodass die Rückseite vorn war, aber in die falsche Richtung zeigte. Sie blätterte für Ruth um, von links nach rechts. Alles war Chinesisch. »Chinesische Bibel«, sagte LuLing. Sie schlug eine Seite auf, wo sich ein weiteres Lesezeichen befand, eine sepiafarbene Fotografie einer jungen Chinesin.

»Das meine Mutter.« LuLing sprach mit erstickter Stimme. »Sehen? Ich machen Abzug für dich.« Sie zog einen Umschlag aus Wachspapier hervor, der das Originalfoto enthielt, und zeigte es ihrer Tochter.

Ruth nickte. Sie spürte, dass das hier wichtig war und dass ihre Mutter ihr eine Botschaft über Mütter weitergab. Sie wollte aufpassen, was ihre Mutter ihr zu sagen hatte, statt den Ring an ihrem Finger anzusehen, aber sie musste sich einfach ausmalen, was die anderen Mädchen in der Schule wohl sagen und wie sehr sie sie beneiden würden.

»Als ich Kleinmädchenzeit, halten diese Bibel hier.« LuLing klopfte sich auf die Brust. »Schlafenzeit, denken an meine Mutter.«

Ruth nickte. »Sie war hübsch damals.« Ruth hatte andere Fotos von LuLings und GaoLings Mutter gesehen – Waipo nannte Ruth sie immer. Auf diesen Aufnahmen hatte Waipo ein teigiges Gesicht mit tiefen Falten und einen Mund, der so streng, gerade und lippenlos wie ein Schnitt mit dem Schwert war. LuLing schob das hübsche Bild in die Bibel, dann hielt sie eine Hand auf. »Jetzt zurückgeben.«

»Was?«

»Ring. Zurückgeben.«

Ruth verstand nicht. Widerwillig legte sie LuLing den Ring in die Hand und sah zu, wie sie ihn wieder in das seidene Täschchen steckte.

»Manche Dinge zu gut, um zu benutzen jetzt. Für später aufheben, dann mehr schätzen.«

»Nein!«, wollte Ruth ausrufen. »Das darfst du nicht tun! Das ist *mein* Geburtstagsgeschenk.«

Aber sie sagte natürlich nichts. Sie stand mit einem Kloß im

Hals da, während LuLing zu ihrem Vinylsessel ging. Dort zog sie das untere Kissen hoch. Darunter war ein Schneidbrett, und darunter eine Klappe, die sie hochhob. In diesen Hohlraum legte ihre Mutter die Bibel und den Ring in dem Täschchen. Das war also auch eines ihrer Verstecke!

»Eines Tages geben ich dir für immer.«

Eines Tages? Ruths Kehle war wie zugeschnürt. Am liebsten hätte sie losgeheult. »Wann ist für immer?« Aber sie wusste, was ihre Mutter meinte – für immer hieß: »Wenn ich für immer tot, dann du musst mir nicht mehr zuhören.« Ruth war einerseits glücklich, dass ihre Mutter ihr so schöne Geschenke gemacht hatte, weil das bedeutete, dass sie sie noch liebte, andererseits war sie voller Verzweiflung, dass ihr der Ring so schnell wieder weggenommen worden war.

Am nächsten Tag ging Ruth zum Sessel, schob das Kissen und das Schneidbrett weg und langte in den Hohlraum, um nach dem seidenen Täschchen zu fühlen. Sie holte den Ring heraus und sah ihn sich an, ein Gegenstand, der ihr jetzt verboten war. Vielleicht hatte ihre Mutter ihr den Ring nur gezeigt, um sie zu quälen. Das war es wahrscheinlich. Ihre Mutter wusste genau, wie sie Ruth unglücklich machen konnte! Nun, diese Genugtuung würde Ruth ihr nicht gönnen. Sie würde so tun, als wäre es ihr egal. Sie würde sich zwingen, den Ring nie wieder anzusehen, sich zwingen, so zu tun, als existierte er nicht.

Ein paar Tage später kam LuLing in Ruths Zimmer und beschuldigte sie, am Strand gewesen zu sein. Als Ruth log und alles abstritt, zeigte LuLing ihr die Turnschuhe, die vor der Tür standen. Sie klopfte sie zusammen, worauf sofort ein wahrer Sandschauer niederging.

»Das kommt vom Gehsteig!«, entgegnete Ruth.

Die Streitigkeiten setzten sich also fort, ein Umstand, den Ruth gleichzeitig als seltsam und vertraut empfand. Sie stritten mit zunehmender Heftigkeit und Anmaßung, sie überschritten die provisorischen Grenzen des vorangegangenen Monats, verteidigten wieder das alte Terrain. Sie wurden verletzender, denn sie wussten, dass sie das Schlimmste bereits überstanden hatten.

Später überlegte Ruth, ob sie ihr Tagebuch nicht lieber wegwerfen sollte. Sie holte das gefürchtete Buch hervor, das immer noch in der Schublade mit ihrer Unterwäsche lag. Sie blätterte darin, las hier und da, weinte für sich. Es lag Wahrheit in dem, was sie geschrieben hatte, glaubte sie, zumindest ein wenig. Ein Teil von ihr, den sie nicht vergessen wollte, steckte in diesen Seiten. Als sie schließlich beim letzten Eintrag ankam, überkam sie jedoch das Gefühl, dass Gott, ihre Mutter und Liebste Tante wussten, dass sie beinahe einen Mord begangen hatte. Sorgfältig strich sie die letzten Sätze aus, fuhr immer wieder mit dem Kugelschreiber über die Wörter, bis alles nur noch ein schwarzer Balken war. Auf die nächste Seite, die letzte, schrieb sie: »Es tut mir Leid. Manchmal wünsche ich mir, du würdest sagen, dass es auch dir Leid tut.«

Obwohl sie ihrer Mutter diese Zeilen nie würde zeigen können, tat es gut, sie zu schreiben. Sie war dadurch ehrlich, aber weder gut noch böse. Dann suchte sie nach einem Platz, wo ihre Mutter das Tagebuch niemals finden würde. Sie kletterte auf die Küchentheke, streckte den Arm weit aus und warf das Tagebuch oben auf den Wandschrank, so weit außer Reichweite, dass auch sie es mit der Zeit vergaß.

Ruth überlegte nun, dass sie und ihre Mutter in all den vergangenen Jahren nie darüber gesprochen hatten, was damals passiert war. Sie legte das Tagebuch weg. Für immer bedeutete nicht mehr dasselbe wie früher. Für immer, das änderte sich unweigerlich im Laufe der Zeit. Sie verspürte ein eigenartiges Mitleid für ihr jüngeres Ich, und sie schämte sich im Nachhinein, wie albern und egozentrisch sie gewesen war. Wenn sie ein Kind gehabt hätte, dann wäre es eine Tochter gewesen, die sie mit der Zeit ebenso unglücklich gemacht hätte wie sie ihre

Mutter. Diese Tochter wäre jetzt fünfzehn oder sechzehn und hätte Ruth angebrüllt, wie sehr sie sie hasse. Sie fragte sich, ob ihre Mutter das jemals auch zu ihrer Mutter gesagt hatte.

In diesem Moment fielen ihr die Fotos ein, die sie am Mondfest angesehen hatten. Ihre Mutter war auf dem Foto mit Tante Gal und Waipo etwa fünfzehn gewesen. Und dann war da noch das andere Foto gewesen, das von Liebster Tante, die von LuLing fälschlich als ihre Mutter bezeichnet worden war. Ihr fiel etwas ein: das Foto, das ihre Mutter in der Bibel aufbewahrte. Sie hatte behauptet, auch das sei ihre Mutter. Wer war auf diesem Bild?

Ruth ging zum Vinylsessel hin und nahm das Kissen und das Schneidbrett weg. Alles war noch da: die kleine schwarze Bibel, das seidene Täschchen, der apfelgrüne Jadering. Sie schlug die Bibel auf, und da war er, der Umschlag aus Wachspapier mit dem gleichen Foto, das ihre Mutter ihr bei dem Familientreffen gezeigt hatte. Liebste Tante mit einem seltsamen Kopfschmuck und Winterkleidung mit hohem Kragen. Was bedeutete das? Hatte ihre Mutter schon vor dreißig Jahren den Verstand verloren? Oder war Liebste Tante wirklich die, von der ihre Mutter behauptete, es zu sein? Und wenn dem so war, hieße das nicht, dass ihre Mutter gar nicht den Verstand verloren hatte? Ruth blickte das Foto noch einmal an und musterte die Gesichtszüge der Frau. Schwer zu entscheiden.

Was war noch in diesem Sessel versteckt? Ruth langte hinein und zog ein Päckchen heraus, das in einer braunen Papiertüte steckte und mit einer roten Weihnachtsschleife zugebunden war. Darin enthalten war ein Stapel Papier, von dem jedes Blatt mit chinesischen Schriftzeichen beschrieben war. Manche Seiten waren oben mit einem großen Zeichen in kunstvoller Kalligraphie versehen. Sie hatte das schon einmal gesehen. Aber wo? Wann?

Da fiel es ihr ein. Die anderen Blätter, die in der untersten rechten Schublade ihres Schreibtischs steckten. »Wahrheit« stand oben auf der ersten Seite, erinnerte sie sich. »Dies sind die Dinge, von denen ich weiß, dass sie wahr sind.« Was bedeuteten die nächsten Sätze? Die Namen der Toten, die Geheimnisse, die sie mit sich genommen hatten. Welche Geheimnisse? Ruth spürte, dass es um das Leben ihrer Mutter ging und die Antwort in ihren Händen lag, die ganze Zeit schon dort gewesen war.

Sie betrachtete das oberste Blatt dieses neuen Stapels, das große kalligraphierte Zeichen. Sie konnte ihre Mutter schimpfen hören: »Mehr üben.« Ja, das hätte sie tun sollen. Das große Zeichen kam ihr bekannt vor, unten ein Bogen, drei Punkte darüber – *Herz!* Und der erste Satz, er begann wie die Seite, die sie zu Hause hatte. »Dies sind die Dinge...« Dann ging es anders weiter. Das nächste Wort war *ying-gai*, »sollte«. Ihre Mutter benutzte es häufig. Das nächste war *bu*, ein weiteres Wort, das ihre Mutter häufig gebrauchte. Aber das danach, das kannte sie nicht. »Dies sind die Dinge, die ich nicht...« Ruth riet, was das nächste Wort sein könnte: »Dies sind die Dinge, die ich nicht *erzählen* sollte.« – »Dies sind die Dinge, die ich nicht *schreiben* sollte.« – »Dies sind die Dinge, die ich nicht *aussprechen* sollte.« Sie ging in ihr altes Zimmer zu dem Regal, wo ihre Mutter ein Englisch-Chinesisch-Wörterbuch stehen hatte. Sie schlug die Zeichen für »erzählen«, »schreiben«, »aussprechen« nach, aber nichts passte zu dem, was ihre Mutter geschrieben hatte. Fieberhaft suchte sie nach weiteren Wörtern, bis sie zehn Minuten später das richtige fand:

»Dies sind die Dinge, die ich nicht vergessen sollte.«

Ihre Mutter hatte ihr die anderen Blätter vor – wie lange war das her? –, vor fünf oder sechs Jahren gegeben. Hatte sie diese hier zur selben Zeit geschrieben? Wusste sie, dass sie ihr Gedächtnis verlor? Wann hatte ihre Mutter vor, ihr diese Seiten zu geben, wenn überhaupt? Wenn sie ihr endlich den Ring gab, damit sie ihn behalten konnte? Wenn feststand, dass Ruth nun bereit war, richtig aufzupassen? Ruth warf einen kurzen Blick auf die nächsten Zeichen. Doch außer »ich« kam ihr nichts bekannt vor, und auf »ich« konnten zehntausend Wörter folgen. Und nun? Ruth legte sich auf das Bett und den Stapel Papier neben sich. Sie betrachtete das Foto von Liebster Tante und legte es sich auf die Brust. Morgen würde sie Art auf Hawaii anrufen und ihn endlich fragen, ob er ihr nicht einen Übersetzer empfehlen könne. Das war Nummer eins. Sie würde die anderen Blätter von zu Hause holen. Das war Nummer zwei. Sie würde Tante Gal anrufen und sie fragen, was sie wusste. Das war Nummer drei. Und sie würde ihre Mutter bitten, ihr von ihrem Leben zu erzählen. Ausnahmsweise würde sie einmal fragen. Sie würde zuhören. Sie würden sich hinsetzen und es weder eilig noch etwas anderes zu tun haben. Sie würde sogar zu ihrer Mutter ziehen, um mehr Zeit damit verbringen zu können, sie kennen zu lernen. Art würde nicht allzu begeistert davon sein. Er könnte ihren Auszug als Anzeichen für Schwierigkeiten interpretieren. Aber schließlich musste sich ja jemand um ihre Mutter kümmern. Und sie wollte das auch. Sie wollte da sein, wenn ihre Mutter ihr von ihrem Leben erzählte, sie über alle Umwege der Vergangenheit führte, ihr die vielen Bedeutungen chinesischer Wörter erklärte, ihr erklärte, wie ihr Herz zu übersetzen war. Sie würde immer beide Hände brauchen, aber am Ende konnten sie und ihre Mutter beide aufhören zu zählen.

Zweiter Teil

HERZ

Dies sind die Dinge, die ich nicht vergessen darf: Ich wuchs im Liu-Clan im Westlichen Bergland im Süden von Peking auf. Der älteste schriftlich belegte Name unseres Dorfes lautete Unsterbliches Herz. Liebste Tante brachte mir bei, diesen Namen auf meiner Tafel zu schreiben. *Pass auf, Hündchen,* sagte sie streng und malte das Zeichen für »Herz«: *Siehst du diesen Bogen? Das ist der untere Teil des Herzens, wo sich das Blut sammelt, um dann weiterzufließen. Und die Punkte, das sind die beiden Venen und die Arterie, die das Blut hinein- und hinausschaffen.* Während ich das Zeichen nachzog, fragte sie: *Wessen totes Herz gab diesem Wort seine Gestalt? Wie fing es an, Hündchen? Gehörte es einer Frau? Wurde es in Traurigkeit gemalt?*

Einmal sah ich das Herz eines eben geschlachteten Schweins. Es war rot und glitzerte. Ich hatte auch schon eine Menge Hühnerherzen in einer Schüssel gesehen, die darauf warteten, gekocht zu werden. Sie sahen aus wie ganz kleine Lippen und hatten dieselbe Farbe wie die Narben von Liebster Tante. Aber wie sah ein Frauenherz aus? »Warum müssen wir wissen, wem das Herz gehört hat?«, fragte ich, während ich das Zeichen malte.

Liebste Tante warf schnell die Hände hoch: *Jeder Mensch sollte sich überlegen, wie etwas anfängt. Ein besonderer Anfang zieht ein besonderes Ende nach sich.*

Ich erinnere mich, dass sie häufig darüber sprach, wie etwas begann. Seither habe ich mir oft Gedanken über den Anfang und das Ende vieler Dinge gemacht. Zum Beispiel des Dorfes Unsterbliches Herz. Und der Leute, die dort lebten, mich eingeschlossen. Zu der Zeit, als ich geboren wurde, hatte Unsterbliches Herz nicht mehr das Glück auf seiner Seite. Das Dorf lag zwischen den Bergen in einem Tal, das in eine tiefe Kalksteinschlucht abfiel. Die Schlucht war geformt wie eine Herzkammer, und die Arterie und die Venen des Herzens waren die drei kleinen Flüsse, die früher die Schlucht gespeist und entwässert hatten. Aber sie waren ausgetrocknet. Ebenso wie die göttlichen Quellen. Von den Wasserläufen war nichts übrig als rissige Furchen und der Gestank eines Furzes.

Doch zu Anfang war das Dorf ein heiliger Ort gewesen. Einer Legende nach hatte ein Kaiser, der sich hier einmal auf Besuch befand, eigenhändig eine Kiefer in die Mitte des Tals gepflanzt. Mit dem Baum wollte er seine verstorbene Mutter ehren, und die Achtung vor seiner Mutter war so groß, dass er feierlich versprach, der Baum würde ewig leben. Als Liebste Tante den Baum zum ersten Mal sah, war er bereits mehr als dreitausend Jahre alt.

Arm wie reich machte Wallfahrten in das Dorf Unsterbliches Herz. Man hoffte, die Lebensenergie des Baumes würde sich übertragen. Die Leute streichelten den Stamm, strichen über die Nadeln und beteten dann für männliche Nachkommen oder große Reichtümer, ein Mittel gegen das Sterben, die Aufhebung von Flüchen. Zum Abschied brachen sie sich ein Stückchen Rinde oder ein paar Zweige ab. Sie nahmen sie als Andenken mit. Liebste Tante sagte, genau das hätte den Baum umgebracht, zu viel Bewunderung. Als der Baum starb, verloren die Andenken ihre Kraft. Und weil der Baum nicht mehr unsterblich war, war er nicht mehr berühmt, genauso wenig wie unser Dorf. Dieser Baum war gar nicht einmal so alt gewesen, hieß es später, womöglich nur zwei- oder dreihundert Jahre. Und die Geschichte über den Kaiser, der seiner Mutter Respekt zollen wollte? Das war eine erfundene Legende des Feudalsystems, um uns glauben zu machen, die Korrupten seien ehrlich. Diese Beschwerden hörte man im selben Jahr, in dem die alte Qing-Dynastie fiel und die neue Republik ausgerufen wurde.

An den Spottnamen unseres Dorfes erinnere ich mich mühelos: Sechsundvierzig Kilometer von der Schilfgrabenbrücke weg. Die Schilfgrabenbrücke ist dieselbe wie die Marco-Polo-Brücke, wie die Zufahrt zu Peking heute bezeichnet wird. GaoLing hat wahrscheinlich den alten Namen vergessen, ich aber nicht. In meiner Kindheit wurde der Weg nach Unsterbliches Herz folgendermaßen beschrieben: »Suche zuerst die Schilfgrabenbrücke, dann gehe sechsundvierzig Kilometer zurück.«

Durch diesen Witz wurde der Eindruck erweckt, wir wohnten in einem armseligen kleinen Weiler mit zwanzig oder dreißig Leuten. Dem war aber nicht so. In meiner Kindheit lebten dort beinahe zweitausend Menschen. Es war sehr belebt, vom einen Ende des Tals bis zum anderen herrschte Gedränge. Wir hatten einen Ziegelbrenner, einen Sackweber und eine Farbmühle. Wir hatten vierundzwanzig Markttage, sechs Tempelfeste und eine Grundschule, die auch GaoLing und ich besuchten, wenn wir unserer Familie nicht zur Hand gehen mussten. Alle möglichen Händler zogen von Haus zu Haus und verkauften frischen Tofu, kleine gedämpfte Kuchen, gedrehte Teigrollen und bunte Süßigkeiten. Und bei uns gab es viele Leute, die diese Waren kauften. Ein paar Kupfermünzen, mehr brauchte man nicht, um den eigenen Magen so zufrieden zu stellen wie den eines reichen Mannes.

Der Liu-Clan lebte seit sechs Jahrhunderten im Dorf Unsterbliches Herz. Seit damals stellten die Söhne Tuschestifte her, die sie an Reisende verkauften. Seit damals lebten sie in demselben Hofhaus, dem Räume und später ganze Flügel hinzugefügt worden waren, nachdem eine Mutter vor vierhundert Jahren acht Söhne bekommen hatte, jedes Jahr einen. Das Haus der Familie wuchs von einem einfachen Dreisäulenhaus zu einem Anwesen mit Flügeln, von denen sich jeder über fünf Säulen erstreckte. In späteren Generationen war die Anzahl der Söhne geringer, weshalb die zusätzlichen Zimmer verkamen, um schließlich an sich zankende Mieter vergeben zu werden. Ob diese Leute über derbe Witze lachten oder vor Schmerzen schrien, war einerlei: Die Geräusche waren die Gleichen, es war hässlich anzuhören.

Alles in allem war unsere Familie zwar erfolgreich, aber nicht so sehr, dass wir großen Neid hervorriefen. Zu beinahe jeder Mahlzeit gab es bei uns Fleisch oder Tofu. Alle Winter bekamen wir neue wattierte Jacken und mussten deshalb nicht in löchrigen herumlaufen. Wir hatten Geld für den Tempel, die Oper, den Jahrmarkt übrig. Die Männer in unserer Familie waren aber auch ehrgeizig. Sie wollten immer noch mehr. Sie sagten, in Peking schrieben mehr Leute wichtige Dokumente als hier. Und diese wichtigen Dokumente erforderten mehr gute Tusche. In Peking sei also auch mehr großes Geld zu machen. Um 1920 gingen Vater, mein Onkel und ihre Söhne dorthin, um die Tusche zu verkaufen. Von da an lebten sie die meiste Zeit dort, im Hinterzimmer eines Ladens im alten Glasiererviertel.

In unserer Familie stellten die Frauen die Tusche her. Wir blieben zu Hause. Wir arbeiteten alle – ich, GaoLing, meine Tanten und Kusinen, jede. Sogar die ganz Kleinen und Urgroßmutter hatten Arbeit. Sie mussten die Steine aus der getrockneten Hirse picken, die wir zum Frühstück kochten. Jeden Tag versammelten wir uns in der Werkstatt, wo die Tusche hergestellt wurde. Laut Urgroßmutter war die Werkstatt früher ein Getreideschuppen an der vorderen Mauer des Hofhauses gewesen. Irgendwann fügte eine Generation Söhne Backsteinwände und ein geziegeltes Dach hinzu. Eine folgende Generation verstärkte die Balken und verlängerte das Anwesen um zwei Säulen. Die nächste fliestte den Boden und hob Gruben aus, um dort die Bestandteile der Tusche aufzubewahren. Spätere Nachkommen wiederum bauten einen Keller, um die Tuschestifte vor Hitze und Kälte zu schützen. »Seht euch das an«, prahlte Urgroßmutter häufig. »Unsere Werkstatt ist ein wahrer Tuschepalast.«

Weil unsere Tusche von bester Qualität bleiben sollte, mussten wir die Tische und Böden das ganze Jahr über sauber halten. Wegen des staubigen gelben Windes aus der Wüste Gobi war das nicht ganz einfach. Die Fensteröffnungen mussten sowohl mit Glas als auch mit dickem Papier verschlossen werden. Im Sommer hängten wir Netze vor die Türen, um Insekten fern zu halten. Zum Schutz vor dem Schnee im Winter nahmen wir Schafsfelle.

Der Sommer war die ungünstigste Jahreszeit für die Herstellung der Tusche. Nur Hitze, Hitze, Hitze. Der Rauch brannte uns in Augen, Nase und Lunge. Da sich Liebste Tante immer den Schal über das zerstörte Gesicht zog, kamen wir auf die Idee, uns ein feuchtes Tuch vor den Mund zu binden. Ich kann noch die Bestandteile unserer Tusche riechen. Es gab mehrere Arten duftenden Rußes: Kiefer, Kassia, Kampfer und das Holz des zerhackten Unsterblichen Baums. Vater schleppte mehrere dicke Blöcke davon nach Hause, nachdem ein Blitz den abgestorbenen Baum in der Mitte gespalten und sein Inneres zum Vorschein gebracht hatte, das beinahe hohl war, weil Käfer es von innen her zerfressen hatten. Dazu kam noch ein Leim aus klebriger Paste, die mit vielen Ölen und Pigmenten vermischt war – Serpentin, Kampfer, Terpentin und Tungöl. Dann fügten wir noch eine leicht giftige Pflanze hinzu, um Insekten und Ratten abzuwehren. Mit all diesen bleibenden Gerüchen war unsere Tusche schon etwas Besonderes.

Wir stellten immer nur wenig Tusche aufs Mal her. Sollte Feuer ausbrechen, wären nicht alle Vorräte und der Lagerbestand auf einen Schlag verloren. Und wenn eine Ladung einmal zu klebrig oder zu nass, zu weich oder nicht schwarz genug geworden war, dann war es leichter herauszufinden, wessen Schuld das gewesen war. Jede von uns war für mindestens einen Teil einer langen Liste von Dingen verantwortlich. Zuerst kamen das Brennen und Mahlen, das Messen und Gießen, danach das Rühren und Formen, das Trocknen und Schneiden. Und schließlich das Verpacken und Zählen, das Lagern und Stapeln. Eine Zeit lang hatte ich nichts anderes zu tun, als zu verpacken. Die Gedanken konnte ich dabei getrost schweifen lassen, meine Finger bewegten sich aber dennoch wie kleine Maschinen. Dann wieder musste mich mit einer ganz feinen Pinzette Käfer herauspicken, die sich auf den Stiften niedergelassen hatten. Wenn GaoLing diese Arbeit verrichtete, hinterließ sie immer zu viele Kerben. Liebste Tante hatte die Aufgabe, an einem langen Tisch zu sitzen und die rußige Mixtur in die Steinformen zu drücken. Deshalb waren ihre Fingerspitzen auch immer so schwarz. War die Tusche getrocknet, schnitzte sie mit einem langen, scharfen Messer Glücksverse und Bilder in die Stifte. Ihre Kalligraphie war sogar noch besser als die von Vater.

Es war eine langweilige Arbeit, aber wir waren stolz auf unser geheimes Familienrezept. Es ergab genau die richtige Farbe und Härte. Ein Tuschestift von uns konnte zehn Jahre oder länger halten. Er trocknete weder aus, noch zerbröselte er, und er nahm auch nicht zu viel Feuchtigkeit auf und wurde zu weich.

Bewahrte man die Stifte so wie wir in einem kühlen Keller auf, konnten sie von einer großen historischen Periode bis in die nächste überdauern. Diejenigen, die unsere Tusche benutzten, bestätigten das. Egal, wie viel Hitze, Feuchtigkeit oder Schmutz ihrer Finger in das Blatt Papier eindrangen, die Wörter blieben stehen, schwarz und unverwüstlich.

Mutter behauptete gern, es liege an der Tusche, dass unsere Haare so kohlrabenschwarz blieben. Unsere Arbeit sei besser für die Haare, als Schwarzer-Sesam-Suppe zu trinken. »Tagsüber hart arbeiten und Tusche herstellen, nachts jung aussehen und schlafen.« So scherzten wir immer, und Urgroßmutter prahlte oft: »Meine Haare sind so schwarz wie die verbrannte Schale einer Rosskastanie, und mein Gesicht so schrumpelig weiß wie das Fleisch im Inneren.« Urgroßmutter war nicht auf den Mund gefallen. Einmal fügte sie hinzu: »Besser als weiße Haare und ein verbranntes Gesicht«, worauf alle lachten, obwohl Liebste Tante mit im Zimmer war.

In späteren Jahren war Urgroßmutter jedoch nicht mehr so scharfsinnig und schlagfertig. Oft fragte sie mit sorgenzerfurchter Stirn: »Hast du Hu Sen gesehen?« Man konnte Ja sagen, man konnte Nein sagen, einen Augenblick später zwitscherte sie trotzdem wie ein Vogel: »Hu Sen? Hu Sen?« Sie verlangte immer nach ihrem toten Enkel, was sehr traurig anzuhören war.

Gegen Ende ihres Lebens waren Urgroßmutters Gedanken wie bröckelnde Mauern, Steine ohne Mörtel. Ein Arzt sagte, ihr innerer Wind sei kalt und ihr Puls gehe so langsam wie ein seichter Bach, der bald gefror. Er riet zu heißeren Speisen. Urgroßmutter ging es aber immer schlechter. Liebste Tante vermutete, ein winziger Floh sei Urgroßmutter ins Ohr gekrochen und labe sich jetzt an ihrem Hirn. Wirrnis-Juckreiz sei der Name der Krankheit, sagte Liebste Tante. Daran liege es auch, dass sich die Leute oft am Kopf kratzten, wenn ihnen etwas nicht einfalle. Ihr Vater sei Arzt gewesen, und sie habe einige Patienten mit diesem Symptom gesehen. Gestern, als mir der Name von Liebster Tante nicht einfiel, hatte ich schon befürchtet, mir sei ein Floh ins Ohr gekrochen! Doch jetzt, wo ich so viele Dinge niederschreibe, weiß ich, dass ich nicht an Urgroßmutters Krankheit leide. Ich kann mich an die kleinsten Kleinigkeiten erinnern, auch wenn sie längst vergangen sind und weit weg.

Das Anwesen, in dem wir wohnten und arbeiteten – ich sehe es vor mir, als würde ich vor dem Tor stehen. Es lag in der Schweinekopfstraße. Die Straße begann im Osten bei dem Marktplatz, wo Schweineköpfe verkauft wurden. Vom Marktplatz aus machte sie einen Bogen in Richtung Norden und führte dann am früheren Standort des einstmals berühmten Unsterblichen Baums vorbei. Dann verengte sie sich zu einer kleinen krummen Gasse, wo ein Anwesen ans andere stieß. Am Ende der Schweinekopfstraße war ein schmaler Erdwall über der tiefsten Stelle der Schlucht. Liebste Tante hatte mir erzählt, ursprünglich sei der Wall vor Tausenden von Jahren von einem mächtigen Grundherrn errichtet worden. Er träumte davon, das Innere des Berges bestehe aus Jade. Deshalb befahl er allen, unablässig zu graben. Männer, Frauen und Kinder baggerten wegen seines Traums. Als der Grundherr schließlich starb, waren die Kinder bereits alte Leute mit krummem Rücken, und der halbe Berg war umgepflügt.

Hinter unserem Anwesen ging der Wall in eine Felswand über. Wenn man kopfüber hinunterfiel, war es von dort aus ein weiter Weg bis zum Boden der Schlucht. Der Familie Liu hatten einmal zwanzig *mu* Land hinter dem Anwesen gehört. Im Lauf der Jahrhunderte waren aber mit jedem heftigen Regen die Seitenwände der Schlucht zunehmend abgebröckelt, sodass die Schlucht breiter und tiefer geworden war. Mit jedem Jahrzehnt wurden diese ursprünglich zwanzig *mu* Land also immer kleiner, wobei der Abhang unaufhaltsam näher an die Rückseite unseres Hauses herankroch.

Die wandernde Felswand gab uns das Gefühl, hinter uns blicken zu müssen, um zu wissen, was vor uns lag. Wir nannten es das Ende der Welt. Manchmal stritten die Männer unserer Familie untereinander, ob uns das Land, das in die Schlucht gefallen war, noch gehörte. Ein Onkel sagte beispielsweise: »Was einem gehört, ist lediglich die Spucke, die vom Mund aus auf den Boden dieser Ödnis fällt.« Worauf seine Frau sagte: »Redet nicht mehr darüber. Ihr beschwört nur ein Unglück herauf.« Was dort unten auf der anderen Seite liege, sei nämlich zu unglückselig, um es laut auszusprechen: ungewollte Kinder, Selbstmörderinnen und Geister von Bettlern. Das sei nun einmal so.

Als wir noch jünger waren, ging ich häufig mit meinen Brüdern und GaoLing zum Abhang. Wir hatten unseren Spaß daran, verdorbene Melonen und welken Kohl über den Rand purzeln zu lassen. Wir beobachteten, wie sie hinunterfielen, um dann auf Schädeln und Knochen zu zerplatzen. Zumindest glaubten wir, dass sie auf solche Dinge trafen. Einmal kletterten wir sogar hinunter, rutschten auf dem Hintern, klammerten uns an Wurzeln fest und stiegen so in die Unterwelt hinab. Bei einem Rascheln im Unterholz dort unten schrien wir so laut, dass uns die Ohren klingelten. Der Geist entpuppte sich schließlich als ein Hund, der auf Nahrungssuche war. Und die Schädel und Knochen stellten sich lediglich als Felsbrocken und abgebrochene Äste heraus. Obwohl wir keine Leichen entdeckten, lagen dennoch überall bunte Kleidungsstücke herum: ein Ärmel, ein Kragen, ein Schuh – wir waren uns sicher, dass sie den Toten gehörten. Und dann rochen wir es: den Gestank von Geistern. Ein Mensch muss diesen Geruch nur einmal in die Nase bekommen, er weiß gleich, was es ist. Er stieg von der Erde auf. Er wehte mit den Flügeln von tausend Fliegen zu uns herüber. Die Fliegen jagten uns wie eine Gewitterwolke, und als wir hastig wieder hinaufkletterten, trat Erster Bruder einen Stein los, der Zweitem Bruder ein Loch in den Kopf schlug. Die Wunde war vor Mutter nicht zu verbergen. Als sie sie entdeckte, bekamen wir alle Schläge und dann drohte sie uns, wenn wir je wieder hinunter zum Ende der Welt gingen, könnten wir gleich draußen vor den Mauern des Anwesens bleiben und müssten uns gar nicht die Mühe machen hereinzukommen.

Die Mauern des Hauses der Familie Liu bestanden aus Steinen, die der Regen aus der Erde ausgewaschen hatte. Die Steine wurden übereinander gestapelt und mit einer Paste aus Schlamm, Mörtel und Hirse zusammengehalten. Zum Schluss wurde alles mit Kalk verputzt. Im Sommer waren die Wände schwitzig feucht, schimmlig feucht dagegen im Winter. In den vielen Zimmern des Hauses traten auch immer wieder neue undichte Stellen im Dach oder ein Zugloch in der Wand auf. Und doch verspüre ich ein merkwürdiges Heimweh nach diesem Haus, sobald ich mich daran zurückerinnere. Nur dort gibt es für mich geheime Orte, warme oder kühle, dunkle Orte, wo ich mich verstecken konnte und so tun, als könnte ich an einen anderen Ort entfliehen.

In diesen Mauern lebten gleichzeitig viele Familien unterschiedlicher Stellung und Generation, vom Vermieter bis zu den Mietern, von der Urgroßmutter bis zur kleinsten Nichte. Wir waren wohl dreißig oder mehr Leute, wovon die Hälfte zum Liu-Clan gehörte. Liu Jin Sen war der älteste von vier Söhnen. Er war derjenige, den ich Vater nannte. Meine Onkel und ihre Frauen nannten ihn Ältester Bruder. Meine Vettern nannten ihn Ältester Onkel. Ihrer Stellung nach waren mein Onkel Großer Onkel und Kleiner Onkel, und ihre Frauen waren Große Tante und Kleine Tante. Als ich noch ganz klein war, dachte ich immer, dass man Vater und Mutter als die Ältesten bezeichnete, weil sie viel größer waren als meine Onkel und Tanten. Erster Bruder und Zweiter Bruder hatten ebenfalls lange Knochen, wie auch GaoLing, und lange Zeit begriff ich nicht, weshalb ich so klein war.

Klein-Onkel war der vierte Sohn, der jüngste, der Liebling. Er hieß Liu Hu Sen. Er war mein wirklicher Vater, und er wäre mit Liebster Tante verheiratet gewesen, wäre er nicht am Hochzeitstag der beiden gestorben.

Liebste Tante wurde in einer größeren Stadt unten in den Gebirgsausläufern geboren, einem Ort, der Zhous Mund des Berges genannt wurde. Den Namen hatte der Ort zu Ehren von Kaiser Zhou aus der Shang-Dynastie bekommen, den alle Welt als Tyrannen in Erinnerung hat.

Unsere Familie ging manchmal zum Mund des Berges, wenn ein Tempelfest anstand oder eine Oper aufgeführt wurde. Die Straße entlang war es nur zehn Kilometer vom Dorf Unsterbliches Herz aus entfernt. Durch das Ende der Welt war es sogar nur die halbe Strecke, aber der Weg war gefährlicher, besonders im Sommer. Dann war die Zeit der großen Regenfälle. Die ausgetrocknete Schlucht füllte sich mit Wasser, und noch bevor man den Abhang erreicht hatte, hinaufgeklettert war und »Göttin der Gnade« ausrufen konnte, liefen die Sturzbäche an einem vorbei wie Diebe und packten einen und alles andere, was nicht fest im Boden verwurzelt war. Sobald der Regen aufgehört hatte, trocknete das Wasser schnell aus, und die Eingänge zu den Höhlen verschluckten die Erde und die Bäume, die Leichen und die Knochen. Sie verschwanden durch den Rachen des Berges, in seinem Bauch, den Eingeweiden und schließlich im Gedärm, wo alles stecken blieb. *Verstopft*, erklärte mir Liebste Tante einmal. *Jetzt siehst du, warum es so viele Knochen und Berge gibt: Hühnerknochenberg, Alte-Kuh-Berg, Drachenknochenberg. Natürlich gibt es nicht nur Drachenknochen im Drachenknochenberg. Manche stammen auch von gewöhnlichen Tieren, vom Bär, vom Elefant, vom Nilpferd.* Liebste Tante malte von allen diesen Tieren ein Bild auf meine Tafel, weil wir vorher noch nie über sie geredet hatten.

Ich habe hier einen Knochen, wahrscheinlich von einer Schildkröte, erzählte sie mir. Sie zog ihn aus einer eingenähten Tasche in ihrem Ärmel. Er sah aus wie eine getrocknete Kohlrübe mit Pockenmalen. *Mein Vater hätte ihn beinahe zu Medizin zerrieben. Dann hat er aber gesehen, dass eine Schrift darauf war.* Sie drehte den Knochen um, und ich sah senkrechte Reihen von seltsamen Zeichen. *Bis vor kurzem waren solche Knochen noch nicht so wertvoll, gerade wegen der eingeritzten Zeichen. Die Knochensucher haben sie immer mit einer Feile geglättet, bevor sie sie an die Apotheken verkauft haben. Die Gelehrten bezeichnen sie aber als Orakelknochen, weshalb man sie jetzt auch für das Doppelte verkaufen kann. Und was steht hier? Es sind Fragen an die Götter.*

»Was heißt das?«, fragte ich.

Wer weiß? Damals hatte man andere Wörter. Aber es muss etwas sein, an das man sich erinnern sollte. Warum haben es die Götter sonst gesagt, warum sonst hat es jemand aufgeschrieben?

»Wo sind die Antworten?«

Das sind die Risse. Der Wahrsager hat einen heißen Nagel an den Knochen gehalten, bis der wie ein vom Blitz getroffener Baum zersprungen ist. Dann hat er interpretiert, was die Risse bedeuten. Sie nahm den Wahrsageknochen wieder an sich. *Eines Tages, sobald du gelernt hast, dich zu erinnern, gebe ich dir den Knochen für immer. Jetzt würdest du nur vergessen, wo du ihn hingesteckt hast. Später können wir auch nach Drachenknochen suchen, und wenn du einen mit Schriftzeichen findest, darfst du ihn behalten.*

Im Mund des Berges sammelten die armen Männer immer Drachenknochen ein, wenn sie das Glück hatten, welche zu finden. Die Frauen machten das auch; nur, wenn sie einen entdeckten, mussten sie behaupten, ein Mann habe ihn gefunden, sonst war der Knochen nicht so viel wert. Später gingen Zwischenhändler durch das Dorf und kauften die Drachenknochen auf, die sie dann nach Peking brachten, um sie dort für viel Geld an die Apotheken zu verkaufen. Die Apotheken wiederum verkauften sie für noch mehr Geld an Kranke. Die Knochen waren berühmt dafür, dass man mit ihnen alles heilen konnte, von Auszehrung bis selbst Dummheit. Viele Ärzte verkauften sie, auch der Vater von Liebster Tante. Er verwendete die Knochen aber, um Knochen zu heilen.

Neunhundert Jahre lang gehörte die Familie von Liebster Tante zu den Knochenheilern. Es war Tradition. Die Patienten ihres Vaters waren hauptsächlich Männer und Jungen, die in den Kohlenbergwerken oder den Kalksteinbrüchen eingequetscht worden waren. Wenn nötig, behandelte er auch andere Krankheiten, aber das Knocheneinrichten war seine Spezialität. Er hatte nicht auf eine besondere Schule gehen müssen, um Knochenheiler zu werden. Er lernte es, indem er seinem Vater zusah, und vor ihm hatte es sein Vater wiederum von dessen Vater gelernt. Das war ihr Erbe. Sie vererbten auch das geheime Wissen um den Ort, wo man die besten Drachenknochen fand, eine Stelle namens Affenmaul. Ein Vorfahre aus der Zeit der Sung-Dynastie hatte die Höhle in den tiefsten Schluchten des ausgetrockneten Flussbetts gefunden. Mit jeder Generation grub man sich noch tiefer hinein. Ein ums andere Mal führte ein schmaler Spalt in der Höhle zu einem weiteren, der noch tiefer im Inneren lag. Das Geheimnis, wo genau sich diese Höhle befand, war auch ein Familienerbstück, das von einer Generation an die nächste weitergegeben wurde, vom Vater an den Sohn, und, zur Zeit von Liebster Tante, vom Vater an die Tochter und dann an mich.

Ich erinnere mich noch an den Weg zu unserer Höhle. Sie lag zwischen dem Mund des Berges und dem Dorf Unsterbliches Herz, weit weg von den anderen Höhlen in den Gebirgsausläufern, wo all die anderen nach Drachenknochen suchten. Liebste Tante nahm mich mehrere Male mit, immer im Frühjahr oder Herbst, nie im Sommer oder Winter. Um dorthin zu gelangen, gingen wir hinunter ins Ende der Welt und liefen in der Mitte der Schlucht entlang, wobei wir uns von den Wänden fern hielten, wo es, wie die Erwachsenen behaupteten, Dinge gab, die zu schlimm waren, als dass man sie ansehen durfte. Manchmal kamen wir an einem Geflecht aus Unkraut, an Scherben einer Schüssel, einem Durcheinander aus Zweigen vorbei. In meiner kindlichen Phantasie wurden diese Dinge zu verdorrtem Fleisch, der Schädeldecke eines Säuglings, einem Gemenge aus Frauenknochen. Vielleicht war dem auch wirklich so, manchmal hielt mir Liebste Tante nämlich die Augen zu.

Von den drei ausgetrockneten Flussbetten nahmen wir jenes, das die Arterie des Herzens bildete. Bald standen wir dann vor der Höhle selbst, einer Spalte im Berg, die nur so hoch wie ein Besen war. Liebste Tante zerteilte die abgestorbenen Büsche, die die Höhle verbargen. Dann holten wir beide tief Luft und gingen hinein. In Worten ist es schwer auszudrücken, wie wir hineingelangten, es ist, als würde man den Weg in ein Ohr beschreiben. Ich musste den Körper auf unnatürliche Weise ganz weit nach links drehen und dann einen Fuß auf einen kleinen Vorsprung stellen, den ich aber nur erreichte, indem ich das Bein eng an die Brust drückte. Da weinte ich dann bereits, und Liebste Tante brummte mich an. Ich konnte ihre schwarzen Finger nicht sehen und deshalb nicht verstehen, was sie sagte. Ich musste ihrem Schnaufen und Klatschen folgen und wie ein Hund kriechen, damit ich mir nicht den Kopf anschlug oder hinfiel. Wenn wir schließlich den größeren Teil der Höhle erreicht hatten, zündete Liebste Tante die Laterne an und hängte sie an eine lange Stange mit Fußstützen, die jemand aus ihrer Sippe vor langer Zeit dagelassen hatte.

Auf dem Boden der Höhle lag Werkzeug zum Graben, Eisenkeile unterschiedlicher Größe, Hämmer und Zangen, sowie Säcke, um die Erde hinauszuschaffen. Die Wände der Höhle bestanden aus vielen Schichten, die wie ein aufgeschnittener Reispudding der Acht Kostbarkeiten aussahen, obenauf leichtere Krümel, darunter dann ein dickerer, schlammiger Teil wie Bohnenpaste, der nach unten immer schwerer wurde. Die oberste Schicht war am leichtesten abzukratzen. Die unterste war dagegen hart wie Stein. Dort fand man aber die besten

Knochen. Nachdem jahrhundertelang nach unten gegraben worden war, war dort ein Überhang entstanden, der jeden Moment abbrechen konnte. Das Innere des Bergs sah aus wie die Backenzähne eines Affen, der einen entzweibeißen konnte. Deshalb wurde es auch Affenmaul genannt.

Während wir uns ausruhten, redete Liebste Tante mit ihren tuschegeschwärzten Händen. *Halt dich fern von dieser Seite der Affenzähne. Einmal sind sie auf einen Vorfahren heruntergekracht, der daraufhin zerdrückt und mit den Steinen verschlungen wurde. Mein Vater hat seinen Schädel dort drüben gefunden. Wir haben ihn gleich wieder zurückgelegt. Es bringt Unglück, den Kopf eines Menschen von seinem Körper zu trennen.*

Stunden später kletterten wir dann mit einem Sack Erde und, wenn wir Glück hatten, mit ein oder zwei Drachenknochen wieder aus dem Affenmaul heraus. Liebste Tante hielt sie gen Himmel und verbeugte sich zum Dank an die Götter. Sie war fest davon überzeugt, die Knochen aus dieser Höhle seien der Grund dafür, dass sich ihre Familie als Knochenheiler einen Namen gemacht hatte.

Als ich ein Mädchen war, erzählte sie einmal auf dem Nachhauseweg, *sind viele verzweifelte Menschen zu meinem Vater gekommen. Er war ihre letzte Rettung. Wenn ein Mann nicht laufen konnte, konnte er nämlich nicht arbeiten. Und wenn er nicht arbeiten konnte, hatte seine Familie nichts zu essen. Dann musste er sterben, und das wäre das Ende seiner Familie, das Ende von allem, wofür seine Vorfahren gearbeitet hatten.*

Für diese verzweifelten Patienten hatte der Vater von Liebster Tante drei Arten von Medizin: moderne, Behelfsmedizin und traditionelle. Die moderne war die westliche Medizin der Missionare. Die Behelfsmedizin waren die Zaubersprüche und Gesänge der Mönche. Zur traditionellen Medizin gehörten die Drachenknochen, Seepferdchen, Seetang, Insektenpanzer und seltene Samen, Baumrinde und Fledermausdung, alles von höchster Qualität. Der Vater von Liebster Tante war so talentiert, dass Patienten aus den fünf umliegenden Bergdörfern zu dem Berühmten Knochenheiler vom Mund des Berges reisten (dessen Namen ich niederschreiben werde, sobald er mir einfällt).

Doch so geschickt und berühmt er auch war, alle Tragödien konnte er nicht verhindern. Als Liebste Tante vier Jahre alt war, starben ihre Mutter und ihr älterer Bruder an einer Durchfallerkrankung. Daran starben auch die meisten anderen Verwandten von beiden Seiten der Familie, nur drei Tage, nachdem sie an einer Rote-Eier-Zeremonie teilgenommen und aus einem Brunnen getrunken hatten, der mit der Leiche einer Selbstmörderin verseucht war. Der Knochenheiler schämte sich so sehr, dass er die eigene Familie nicht hatte retten können, dass er sein gesamtes Vermögen für die Bestattungen ausgab und sich auf Lebenszeit verschuldete.

Vor lauter Kummer, erzählte Liebste Tante mit den Händen, hat er mich verwöhnt, ich durfte alles, was ein Sohn durfte. Ich habe zu lesen und zu schreiben gelernt, Fragen zu stellen, Rätsel zu lösen, klassische Gedichte zu schreiben, allein herumzulaufen und die Natur zu bewundern. Die alten Tantchen haben ihn immer gewarnt, es sei gefährlich, dass ich in Gegenwart von Fremden so auffallend glücklich sei statt schüchtern und zurückgezogen. Und sie fragten, warum er mir nicht die Füße band. Mein Vater war zwar daran gewöhnt, Schmerzen der schlimmsten Art zu sehen, aber bei mir war er hilflos. Er konnte es nicht ertragen, mich weinen zu sehen.

Also folgte Liebste Tante ihrem Vater einfach in sein Arbeitszimmer und in die Praxis. Sie weichte die Schienen ein und zupfte das Tupfmoos. Sie polierte die Waagen und führte Buch. Ein Kunde konnte auf irgendein Glas in der Praxis deuten, und sie konnte den Namen des Inhalts lesen, sogar die wissenschaftlichen Bezeichnungen für Tierorgane. Als sie älter wurde, lernte sie, eine Wunde mit einem viereckigen Nagel ausbluten zu lassen, Schrammen mit ihrer Spucke zu reinigen, eine Schicht Maden zu setzen, die den Eiter fraßen, und abgerissene Hautfetzen mit gewebtem Papier zu verbinden. Als sie dann vom Kind zu einer jungen Frau wurde, hatte sie schon alle Arten von Schreien und Flüchen gehört. Sie hatte so viele Körper berührt, lebendige, sterbende und tote, dass kaum eine Familie sie als Braut in Betracht zog. Während sie nie erfuhr, was romantische Liebe war, wusste sie alles über Todesqualen. *Wenn die Ohren weich werden und sich flach an den Kopf legen,* erklärte sie mir einmal, *dann ist es schon zu spät. Nach ein paar Sekunden setzt der letzte Atemzug ein. Der Körper wird kalt.* Sie hat mich viele solche Dinge gelehrt.

Bei den schwierigsten Fällen half sie ihrem Vater, den Verletzten auf eine Pritsche aus leichtem Rattangitterwerk zu legen. Ihr Vater hob und senkte es mit Rollen und Seilen, und sie führte das Gitter in eine mit Salzwasser gefüllte Wanne. Im Wasser schwebten die zerquetschen Knochen des Mannes dann und konnten so wieder eingerichtete werden. Anschließend brachte Liebste Tante ihrem Vater Rattanstreifen, die im Wasser eingeweicht worden waren. Er bog sie so zu einer Schiene, dass Arm oder Bein noch Luft bekam, aber ruhig gehalten wurde. Gegen Ende der Behandlung öffnete der Knochenheiler sein Glas mit Drachenknochen und schabte mit einem schmalen Meißel einen dünnen Splitter ab, der so winzig wie ein abgeschnittener Fingernagel war. Liebste Tante zerrieb ihn mit einer silbernen Kugel zu Pulver. Das Pulver kam in eine Salbe zum Einreiben oder in einen Trank. Dann ging der glückliche Patient nach Hause. Bald verbrachte er wieder den ganzen Tag im Bergwerk.

Einmal erzählte mir Liebste Tante mit den Händen beim Abendessen eine Geschichte, die nur ich verstehen konnte. *Eine reiche Dame ist zu meinem Vater gekommen und hat ihn gebeten, ihr die Füße aufzubinden, um zeitgemäßere daraus zu formen. Sie wollte*

Schuhe mit hohen Absätzen tragen. »Aber machen Sie die neuen Füße nicht zu groß«, sagte sie, »nicht wie die eines Sklavenmädchens oder einer Ausländerin. Machen Sie sie natürlich klein wie die von ihr.« Und sie hat auf meine Füße gedeutet.

Ich vergaß, dass Mutter und meine anderen Tante mit am Esstisch saßen und fragte laut: »Sehen gebundene Füße aus wie die weißen Lilien, die in den Liebesromanen beschrieben werden?« Mutter und meine Tanten, die noch gebundene Füße hatten, sahen mich missbilligend an. Wie könne ich bloß so offen über die intimsten Stellen einer Frau sprechen? Liebste Tante tat deshalb so, als würde sie mich mit den Händen für eine solche Frage schelten, aber in Wahrheit sagte sie: *Sie sind meistens so gewellt wie gedämpfte Teigzöpfe. Aber wenn sie schmutzig sind und von Schwielen knotig, sehen sie aus wie faulige Ingwerwurzeln und riechen wie der Rüssel eines Schweins, das schon drei Tage tot ist.*

Auf diese Weise brachte mir Liebste Tante bei, unartig zu sein, genau wie sie es war. Sie brachte mir bei, neugierig zu sein, genau wie sie es war. Sie brachte mir bei, verwöhnt zu sein. Und weil ich all das dann auch war, gelang es ihr später nicht mehr, mir beizubringen, eine bessere Tochter zu sein, auch wenn sie am Ende versuchte, mir all meine Fehler wieder auszutreiben.

Ich erinnere mich noch, wie sie es anstellte. Es war während der letzten Woche, die wir zusammen verbrachten. Sie sprach tagelang nicht mit mir. Stattdessen schrieb sie die ganze Zeit nur. Schließlich reichte sie mir einen Stapel Papier, der mit einer Schnur zusammengebunden war. *Das ist meine wahre Geschichte,* bedeutete sie mir, *und auch deine.* Aus reinem Starrsinn las ich das meiste nicht. Als ich es dann einmal doch tat, erfuhr ich Folgendes:

Eines Tags im Spätherbst – Liebste Tante war nach chinesischer Zeitrechnung neunzehn Jahre alt – bekam der Knochenheiler zwei neue Patienten. Der eine war ein schreiendes Kleinkind einer Familie, die im Dorf Unsterbliches Herz lebte. Der andere war Klein-Onkel. Beide sollten Liebster Tante ewigen Kummer bereiten, wenn auch auf völlig unterschiedliche Weise.

Das brüllende Kleinkind war der jüngste Sohn eines breitschultrigen Mannes namens Chang, ein Sargschreiner, der zu Seuchenzeiten reich geworden war. Die Schnitzereien außen auf seinen Särgen waren zwar aus Kampferholz, aber das Innere bestand nur aus billigem Kiefernholz, das angemalt und lackiert wurde, damit es so aussah und roch wie das bessere, goldfarbene Holz.

Von diesem goldfarbenen Holz war etwas von einem Stoß heruntergefallen und hatte dem Kind die Schulter aus dem Gelenk geschlagen. Deshalb schreie es auch so laut, berichtete Changs Frau mit ängstlichem Gesichtsausdruck. Liebste Tante erkannte diese nervöse Frau wieder. Zwei Jahre zuvor hatte sie in der Praxis des Knochenheilers gesessen, weil ihr Auge und ihr Backenknochen von einem Stein verletzt worden waren, der vom Himmel gefallen sein musste. Jetzt war sie mit ihrem Mann wiedergekommen, der dem kleinen Jungen auf das Bein schlug und ihm befahl, er solle mit dem Gebrüll aufhören. Liebste Tante schnauzte Chang an: »Erst die Schulter, und jetzt wollen Sie ihm auch noch das Bein brechen?« Chang funkelte sie böse an. Liebste Tante nahm das Kind auf den Arm. Sie rieb ihm ein wenig Medizin innen in die Wangen. Bald beruhigte sich das Kind, gähnte einmal und schlief dann ein. Der Knochenheiler renkte daraufhin die kleine Schulter wieder ein.

»Was ist das für eine Medizin?«, fragte der Sargschreiner Liebste Tante. Sie gab ihm keine Antwort.

»Traditionelle Sachen«, sagte der Knochenheiler. »Ein bisschen Opium, ein paar Kräuter und eine besondere Art Drachenknochen von einem geheimen Ort, den nur unsere Familie kennt.«

»Besondere Drachenknochen, ja?« Chang tauchte den Finger in den Medizintopf und betupfte sich dann die Innenseite der Wange. Er bot Liebster Tante auch davon an, die aber nur verächtlich schnaubte. Darauf lachte er und blickte Liebste Tante so dreist an, als gehörte sie schon ihm und er könnte mit ihr machen, was er wollte.

Gleich nachdem die Changs mit ihrem Kind wieder gegangen waren, humpelte Klein-Onkel herein.

Er sei von seinem aufgeregten Pferd verletzt worden, erklärte er dem Knochenheiler. Auf dem Weg von Peking nach Unsterbliches Herz habe das Pferd während einer Rast ein Kaninchen aufgeschreckt, das wiederum das Pferd erschreckt habe, worauf dieses Klein-Onkel auf den Fuß gestiegen sei. Drei gebrochene Zehen waren das Ergebnis. Klein-Onkel sei mit dem bösen Pferd ohne Umwege zum Mund des Berges in die Praxis des Berühmten Knochenheilers geeilt.

Klein-Onkel saß auf dem Untersuchungsstuhl aus Schwarzholz. Liebste Tante hielt sich gerade im Hinterzimmer auf und konnte ihn durch den geteilten Vorhang sehen. Er war ein dünner junger Mann von zweiundzwanzig Jahren. Er besaß feine Züge, benahm sich aber weder gespreizt noch zu formell. Er war zwar nicht wie ein reicher Herr gekleidet, aber sehr gepflegt. Sie hörte ihn über seinen Unfall spaßen: »Meine Stute war so verrückt vor Angst, dass ich schon damit gerechnet habe, sie würde mit mir auf dem Rücken geradewegs in die Unterwelt galoppieren.« Als Liebste Tante den Raum betrat, sagte sie: »Aber das Schicksal hat Sie stattdessen hierher geführt.« Klein-Onkel verstummte. Bei ihrem Lächeln vergaß er seinen Schmerz. Als sie schließlich einen Drachenknochenwickel um seinen nackten Fuß legte, stand für ihn fest, dass er sie heiraten würde. Auf diese Weise hatten sie sich laut Liebster Tante ineinander verliebt.

Ich habe nie ein Bild meines richtigen Vaters gesehen, aber Liebste Tante erzählte mir, dass er sehr gut aussehend und klug war, dabei aber doch zu schüchtern, um in einem Mädchen zärtliche Gefühle hervorzurufen. Er sah aus wie ein armer Gelehrter, der seinen beschränkten Verhältnissen hatte entkommen können, und er hätte sich sicherlich für die kaiserlichen Prüfungen als tauglich erwiesen, wären diese nicht einige Jahre zuvor von der neuen Republik abgeschafft worden.

Am nächsten Morgen kam Klein-Onkel mit drei Stielen Lychees als Zeichen seiner Anerkennung für Liebste Tante zurück. Er schälte eine Frucht, und sie aß das weiße Fleisch in seinem Beisein. Der Morgen sei warm für den Spätherbst, bemerkten sie beide. Er fragte, ob er ein Gedicht aufsagen dürfe, das er an diesem Morgen geschrieben habe: »Du sprichst«, sagte er, »die Sprache der Sternschnuppen, überraschender als der Sonnenaufgang, strahlender als die Sonne, kurz wie der Sonnenuntergang. Ich möchte ihrer Spur in die Ewigkeit folgen.«

Am Nachmittag brachte der Sargschreiner Chang dem Knochenheiler eine Wassermelone. »Als Zeichen meiner höchsten Wertschätzung«, sagte er. »Meinem Sohn geht es bereits wieder gut, er kann Schüsseln hochheben und sie mit der Kraft von drei Jungen zerschlagen.«

Später in dieser Woche ging jeder der beiden Männer zu einem Wahrsager, ohne dass sie voneinander wussten. Beide Männer wollten wissen, ob der Kombination ihres Geburtsdatums mit dem von Liebster Tante Glück beschieden sei. Sie wollten herausbekommen, ob es schlechte Omen für eine Hochzeit gebe.

Der Sargschreiner ging zu einem Wahrsager im Dorf Unsterbliches Herz, einem Mann, der immer mit einer Wünschelrute durch das Dorf zog. Die Zeichen für eine Heirat seien ausgezeichnet, sagte der Wahrsager. Liebste Tante sei nämlich in einem Jahr des Hahns geboren worden, während er, Chang, eine Schlange sei, was beinahe die beste Kombination sei. Der alte Mann sagte zudem, Liebste Tante habe auch eine glücksbringende Anzahl von Strichen in ihrem Namen (ich werde die Zahl aufschreiben, wenn mir ihr Name einfällt). Und als Dreingabe habe sie einen Leberfleck auf Position elf nahe dem dicken Teil ihrer Wange, der darauf hindeute, dass nur süße Worte aus ihrem gehorsamen Mund kämen. Der Sargschreiner freute sich dermaßen, das zu hören, dass er dem Wahrsager reichlich Trinkgeld gab.

Klein-Onkel seinerseits ging zu einer Wahrsagerin am Mund des Berges, einer alten Dame, deren Gesicht noch faltiger war als ihre Handfläche. Sie sah nichts als Katastrophen. Das erste Zeichen sei der Leberfleck, den Liebste Tante im Gesicht trage. Er sei auf Position zwölf, erklärte sie Klein-Onkel, und er ziehe ihren Mund nach unten, was nur bedeute, dass das Leben ihr immer Traurigkeit bringen werde. Die Kombination beider Geburtsjahre sei auch unharmonisch, da sie ein Feuerhahn und er ein Holzpferd sei. Das Mädchen werde auf seinem Rücken reiten und ihn Stück für Stück zerpicken. Sie werde ihn mit ihren unstillbaren Forderungen aufzehren. Und das Schlimmste komme noch. Die Eltern des Mädchens hätten ihr Geburtsdatum mit dem sechzehnten Tag des siebten Monats angegeben. Aber die Wahrsagerin habe eine Schwägerin, die in der Nähe des Knochenheilers wohne, und die wisse es besser. Die Schwägerin habe das Neugeborene schreien hören, und zwar nicht am sechzehnten Tag, sondern am fünfzehnten, dem einzigen Tag, an dem unglückliche Geister die Erde heimsuchen dürften. Wie die Schwägerin berichtete, habe sich das Geschrei wie »*Wu-wu, wu-wu*« angehört, nicht wie ein Mensch, sondern als werde es von Geistern geplagt. Die Wahrsagerin vertraute Klein-Onkel an, dass sie die junge Frau recht gut kenne. Sie sehe sie oft an Markttagen, wo sie immer ganz allein unterwegs sei. Dieses seltsame Mädchen rechne ganz schnell im Kopf und streite mit den Händlern. Sie sei arrogant und eigensinnig. Sie sei zudem gebildet, ihr Vater habe ihr die Geheimnisse des Körpers beigebracht. Das Mädchen sei zu neugierig, zu wissbegierig, zu entschlossen, den eigenen Kopf durchzusetzen. Vielleicht war sie ja besessen. Er solle sich lieber eine andere Braut suchen, riet die Wahrsagerin. Diese Verbindung werde jedenfalls zu einer Katastrophe führen.

Klein-Onkel gab der Wahrsagerin weiteres Geld, nicht als Trinkgeld, sondern damit sie angestrengter nachdachte. Die Wahrsagerin schüttelte aber weiterhin den Kopf. Nachdem Klein-Onkel ihr insgesamt tausend Kupfermünzen gegeben hatte, fiel der alten Dame schließlich doch noch etwas ein. Wenn das Mädchen lächle, was es oft tue, sei der Leberfleck in einer besseren Position, Nummer elf. Die Wahrsagerin schlug in einem Almanach nach und überprüfte die Geburtsstunde des Mädchens. Welch Überraschung. Die Stunde des Hasen deute auf ein friedliebendes Wesen. Ihre mangelnde Anpassungsfähigkeit sei nur vorgespiegelt. Jegliche Rechthaberei, die noch vorhanden sei, könne man ja auch mit einem festen Stock austreiben. Zudem sei die Schwägerin der Wahrsagerin ja eine bekannte Klatschbase, die zu Übertreibungen neige. Um ganz sicherzugehen, dass die Ehe gut verlaufe, verkaufte die Wahrsagerin Klein-Onkel noch einen Hundert-verschiedene-Dinge-Zauber, der schlechte Tage, böse Geister, Unglück und Haarausfall mit einschloss. »Aber auch damit dürfen Sie nicht in einem Drachenjahr heiraten. Ein schlechtes Jahr für ein Pferd.«

Den ersten Hochzeitsantrag reichte Changs Heiratsvermittlerin ein. Sie kam zum Knochenheiler und erzählte von den guten Omen. Sie prahlte damit, wie geachtet der Sargschreiner sei, ein Handwerker, der von berühmten Handwerkern abstamme. Sie beschrieb sein Haus, seinen Steingarten, seine

Fischteiche, die Möbel in seinen vielen Zimmern, das Holz, das von der besten Farbe sei, violett wie ein frischer blauer Fleck. Was die Mitgift betreffe, so sei der Sargschreiner gewillt, mehr als nachsichtig zu sein. Da das Mädchen lediglich eine zweite Ehefrau werden solle und keine erste, könne die Mitgift ruhig aus einem Glas Opium und einem Glas Drachenknochen bestehen. Das sei zwar nicht viel, aber doch unbezahlbar, weshalb es auch keine Beleidigung für den Wert des Mädchens sei.

Der Knochenheiler dachte über das Angebot nach. Er wurde alt. Wo würde seine Tochter leben, wenn er starb? Und welcher andere Mann würde sie in seinem Haushalt haben wollen? Sie war zu temperamentvoll, zu eigensinnig auf ihre Art. Sie hatte keine Mutter, die ihr beibringen konnte, wie sich eine Ehefrau benehmen musste. Wohl wahr, der Sargschreiner wäre nicht seine erste Wahl als Schwiegersohn gewesen, wenn er eine andere gehabt hätte, aber er wollte dem Glück seiner Tochter nicht im Weg stehen. Er erzählte Liebster Tante von dem großzügigen Angebot des Sargschreiners.

Liebste Tante schnaubte, als sie das hörte. »Der Mann ist ein Rohling«, sagte sie. »Lieber würde ich Würmer verspeisen.«

Der Knochenheiler musste Changs Heiratsvermittlerin also eine unangenehme Antwort überbringen: »Es tut mir Leid«, sagte er, »aber meine Tochter hat sich die Augen aus dem Kopf geweint, weil sie den Gedanken nicht ertragen kann, ihren wertlosen Vater zu verlassen.« Diese Lüge wäre auch ohne Blamage geschluckt worden, wäre nicht das Angebot von Klein-Onkels Heiratsvermittlerin in der darauf folgenden Woche angenommen worden.

Ein paar Tage, nachdem die bevorstehende Hochzeit angekündigt worden war, kam der Sargschreiner wieder zum Mund des Berges und überraschte Liebste Tante, als diese gerade auf dem Rückweg vom Brunnen war. »Du glaubst wohl, du kannst mich beleidigen und dann lachend davonmarschieren?«

»Wer hat hier wen beleidigt? Sie haben angefragt, ob ich Ihre Konkubine werden will, eine Dienerin Ihrer Frau. Ich habe kein Interesse daran, die Sklavin in einer Feudalehe zu sein.«
Als sie ihren Weg fortsetzen wollte, zwickte Chang sie in den Hals und sagte, er sollte ihn ihr eigentlich brechen, dann schüttelte er sie, als würde er ihr wirklich gleich den Kopf wie einen Winterzweig abbrechen. Stattdessen warf er sie jedoch zu Boden und verfluchte ihre Geschlechtsteile und die ihrer Mutter. Als Liebste Tante wieder Luft bekam, spottete sie: »Große Worte, große Fäuste. Glauben Sie, Sie können jemandem damit so viel Angst einjagen, dass er etwas bedauert?«

Dann sprach er die Worte aus, die sie nie vergessen sollte: »Bald wirst du jeden einzelnen Tag deines elendigen Lebens bedauern.«

Liebste Tante erzählte weder ihrem Vater noch Hu Sen, was vorgefallen war. Es wäre nicht gut, sie zu beunruhigen. Und weshalb sollte sie ihren zukünftigen Ehemann auf den Gedanken bringen, Chang habe tatsächlich einen Grund, beleidigt zu sein? Zu viele Leute hatten bereits herumerzählt, sie sei zu stark, zu sehr daran gewöhnt, ihren Kopf durchzusetzen. Vielleicht stimmte das ja sogar. Sie fürchtete sich weder vor Strafe noch vor Schande. Sie fürchtete sich vor beinahe gar nichts.

Einen Monat vor der Hochzeit kam Klein-Onkel spätnachts in ihr Zimmer. »Ich möchte deine Stimme im Dunkeln hören«, flüsterte er. »Ich möchte die Sprache der Sternschnuppen hören.« Sie ließ ihn in ihr *k'ang,* worauf er begierig die Ehe vollziehen wollte. Während Klein-Onkel sie liebkoste, blies ihr ein Windhauch über die Haut, der sie zittern ließ. Zum ersten Mal in ihrem Leben verspürte sie Furcht, wurde ihr nun klar, eine Furcht, die von unbekannter Freude herrührte.

Die Hochzeit sollte im Dorf Unsterbliches Herz stattfinden, gleich nach Beginn des neuen Jahrs des Drachen. Es war ein nüchterner Frühlingstag. Auf dem Boden lagen blanke Eisplatten. Morgens kam ein Fotograf in die Praxis des Knochenheilers im Mund des Berges. Er hatte sich einen Monat zuvor den Arm gebrochen, seine Bezahlung bestand nun in einer Fotografie von Liebster Tante an ihrem Hochzeitstag. Sie trug ihre beste Winterjacke, die einen hohen, pelzbesetzten Kragen hatte, und eine bestickte Mütze. Sie musste lange in die Kamera blicken, und während dessen dachte sie daran, wie sich ihr Leben bald für immer ändern würde. Obwohl sie glücklich war, machte sie sich auch Sorgen. Sie spürte Gefahr heraufziehen, konnte sie aber nicht benennen. Sie strengte sich an, weit in die Zukunft zu blicken, konnte aber nichts erkennen.

Für die Fahrt zur Hochzeit zog sie ihr Hochzeitsgewand an: eine rote Jacke und ein roter Rock, dazu der ausgefallene Kopfschmuck mit einem Schal, den sie sich um den Kopf binden musste, sobald sie das Haus ihres Vaters verließ. Der Knochenheiler hatte sich Geld geliehen, um zwei Maultierkarren zu mieten, einen, um die Geschenke für die Familie des Bräutigams zu transportieren, den anderen für die Truhen mit den Decken und der Kleidung der Braut. Für die Braut selbst gab es eine geschlossene Sänfte. Der Knochenheiler musste dazu noch vier Sänftenträger anstellen, zwei Fuhrleute, einen Flötenspieler und zwei Leibwächter, die nach Banditen Ausschau hielten. Für seine Tochter hatte er nur das Beste besorgt: die schickste Sänfte, die saubersten Karren, die stärksten Wachen mit echten Pistolen und Schießpulver. In einem der Karren war die Mitgift, das Glas Opium und das Glas mit Drachenknochen, der letzte Rest seines Vorrats. Er versicherte seiner Tochter viele Male, sie solle sich keine Gedanken wegen der Kosten machen. Nach ihrer Hochzeit werde er zum Affenmaul gehen, um wieder Knochen zu sammeln.

Auf halbem Weg zwischen den Dörfern sprangen zwei vermummte Banditen aus dem Gebüsch. »Ich bin der berühmte Mongolenbandit!«, brüllte der größere der beiden. Sofort erkannte Liebste Tante die Stimme von Chang, dem Sargschreiner. Was für ein lächerlicher Humbug sollte das werden? Doch bevor sie etwas sagen konnte, warfen die Wächter ihre Pistolen weg und die Fuhrleute ließen die Deichseln fallen. Liebste Tante ging mit der Sänfte zu Boden und wurde bewusstlos.

Als sie wieder zu sich kam, konnte sie verschwommen Klein-Onkels Gesicht erkennen. Er hatte sie aus der Sänfte gehoben. Sie blickte sich um und sah, dass die Hochzeitstruhen geplündert worden waren. Die Wächter und Fuhrleute hatten das Weite gesucht. Und dann sah sie ihren Vater im Graben liegen. Kopf und Hals standen in einem seltsamen Winkel ab. Das Leben war ihm aus dem Gesicht gewichen. Träumte sie? »Mein Vater«, stöhnte sie, »ich will zu ihm.« Als sie sich über die Leiche beugte, unfähig zu begreifen, was geschehen war, hob Klein-Onkel eine Pistole auf, die einer der Wächter fallen gelassen hatte.

»Ich schwöre, die Teufel zu finden, die meiner Braut so viel Kummer bereitet haben«, rief er und feuerte die Pistole in den Himmel ab, worauf sein Pferd sich erschreckt aufbäumte.

Liebste Tante sah den Tritt nicht, der Klein-Onkel umbrachte, aber sie hörte ihn, ein schreckliches Krachen, wie die Urgewalt der Erde bei ihrem Entstehen. Den Rest ihres Lebens sollte sie dieses Krachen immer hören, wenn Zweige brachen, wenn Feuer knisterte, wenn im Sommer eine Melone zerspalten wurde.

Auf diese Weise wurde Liebste Tante an ein und demselben Tag zur Witwe und zur Waise. »Das ist ein Fluch«, murmelte sie beim Blick auf die Leichen der Männer, die sie geliebt hatte. Drei schlaflose Tage und Nächte lang nach deren Tod entschuldigte sich Liebste Tante noch bei den leblosen Gestalten ihres

Vaters und Klein-Onkels. Sie sprach zu deren starren Gesichtern. Sie berührte deren Mund, obwohl das als verboten galt, was in den Frauen des Hauses die Furcht aufsteigen ließ, die Geister, denen Unrecht angetan worden sei, hätten entweder schon Besitz von Liebster Tante ergriffen oder könnten überhaupt zum Bleiben veranlasst werden.

Am dritten Tag kam Chang mit zwei Särgen herbei. »Er war es, der sie umgebracht hat!«, rief Liebste Tante. Sie griff nach einem Feuerhaken und wollte ihn damit schlagen. Sie hieb auf die Särge ein. Klein-Onkels Brüder mussten sie zurückhalten. Sie entschuldigten sich bei Chang für das verrückte Benehmen des Mädchens, aber Chang antwortete nur, Trauer solchen Ausmaßes sei schon etwas Bewundernswertes. Weil Liebste Tante weiterhin vor lauter bewundernswerter Trauer tobte, mussten die Frauen des Hauses sie von den Ellbogen bis zu den Knien mit Stoffstreifen fesseln. Dann legten sie sie auf Klein-Onkels *k'ang*, wo sie wie ein Schmetterling, der in seinem Kokon steckte, zappelte und strampelte, bis Urgroßmutter Liebste Tante zwang, eine Schüssel Medizin zu trinken, bis sie ganz erschlaffte. Zwei Tage und Nächte lang träumte sie, sie wäre bei Klein-Onkel und läge als seine Braut auf dem *k'ang*.

Als sie wieder erwachte, lag sie allein im Dunkeln. Man hatte ihr Arme und Beine wieder losgebunden, aber sie fühlten sich schwach an. Im Haus war es ruhig. Sie machte sich auf die Suche nach ihrem Vater und nach Klein-Onkel. Als sie in die Haupthalle kam, waren die Leichen dort verschwunden, bereits begraben in Changs Holzsärgen. Weinend lief sie im Haus umher und schwor, sich zu ihnen in die gelbe Erde zu gesellen. In der Tuschewerkstatt suchte sie nach einem Stück Seil, einem scharfen Messer, langen Streichhölzern, die sie schlucken konnte, nach allem, was einen größeren Schmerz verursachen konnte als den, den sie verspürte. Da erblickte sie einen Topf mit schwarzem Harz. Sie tauchte eine Kelle in die Flüssigkeit und hielt sie in den Schlund des Ofens. Die ölige Tinte wurde zu einer Suppe aus blauem Flammen. Sie hielt die Schöpfkelle an den Mund und schluckte.

Urgroßmutter hörte als Erste das Krachen und Schlagen in der Werkstatt. Bald waren auch die anderen Frauen des Haushalts da. Sie fanden Liebste Tante, wie sie auf dem Boden lag und wild um sich schlug. Luft drang zischend aus einem von Blut und Tusche geschwärzten Mund. »Als würden Aale in ihrem Mund schwimmen«, sagte Mutter. »Es wäre am besten, sie würde sterben.«

Urgroßmutter wollte das jedoch nicht zulassen. Klein-Onkels Geist war ihr im Traum erschienen und hatte ihr gedroht, wenn Liebste Tante sterben sollte, würden er und seine Geisterbraut durch das Haus ziehen und an allen Rache üben, die kein Mitleid mit ihr gehabt hätten. Alle wussten, dass es nichts Schlimmeres gab als rachsüchtige Geister. Sie ließen Räume nach Leichen stinken. Sie ließen Tofu in einem Atemzug ranzig werden. Sie ließen wilde Geschöpfe über die Mauern und Tore klettern. Mit einem Geist im Haus gab es keinen ruhigen Schlaf mehr.

Tagaus, tagein tauchte Urgroßmutter Tücher in Salben und legte sie dann über die Wunden von Liebster Tante. Sie kaufte Drachenknochen, zerrieb sie und streute sie ihr in den geschwollenen Mund, und dann bemerkte sie, dass noch ein Teil von Liebster Tante angeschwollen war: ihr Bauch.

Über die nächsten paar Monate verschwand der Eiter, und die Wunden wurden zu Narben, während der Bauch von Liebster Tante wie ein Kürbis wuchs. Sie war einmal ein hübsches Mädchen gewesen. Jetzt schauderte es bis auf blinde Bettler alle bei ihrem Anblick. Eines Tages, als feststand, dass Liebste Tante durchkommen würde, sagte Urgroßmutter zu ihrer sprachlosen Patientin: »Jetzt, da ich dir das Leben gerettet habe, wo willst du mit deinem Kind hin? Was hast du vor?«

In jener Nacht erschien Urgroßmutter wieder der Geist von

Klein-Onkel, und am nächsten Morgen sagte sie zu Liebster Tante: »Du wirst bleiben und das Kindermädchen dieses Kindes sein. Erste Schwester wird behaupten, es sei ihres, und es als eine Liu aufziehen. Wenn du jemandem begegnest, sagen wir einfach, du bist eine entfernte Verwandte aus Peking, eine Kusine, die in einem Nonnenkloster gelebt hat, bis es niedergebrannt ist und dich beinahe mitgenommen hat. Mit diesem Gesicht wird dich keiner erkennen.«

Genauso geschah es. Liebste Tante blieb. Ich war der Grund dafür, dass sie blieb, ihr einziger Grund, am Leben zu bleiben. Fünf Monate nach meiner Geburt im Jahr 1916 bekam Mutter GaoLing. Aber Urgroßmutter hatte sie ja gezwungen, mich als ihre Tochter auszugeben. Wie konnte Mutter da behaupten, sie habe zwei Kinder im Abstand von fünf Monaten bekommen? Das ging nicht. Deshalb beschloss Mutter zu warten. Genau neun Monate nach meiner Geburt, an einem Glück verheißenden Datum im Jahr 1917, kam GaoLing endgültig auf die Welt.

Die Erwachsenen kannten alle die Wahrheit über die Umstände unserer Geburten. Die Kinder wussten nur das, was sie anderen gegenüber zu sagen hatten. Obwohl ich eigentlich schlau war, war ich doch auch dumm. Ich habe nie nach der Wahrheit gefragt. Ich habe mich nicht gewundert, warum Liebste Tante keinen Namen hatte. Für andere war sie das Kindermädchen. Für mich war sie Liebste Tante. Und ich hatte keine Ahnung, wer sie wirklich war, bis ich las, was sie geschrieben hatte.

»Ich bin deine Mutter«, hieß es dort.

Ich las das aber erst, nachdem sie gestorben war. Und doch habe ich eine Erinnerung daran, wie sie es mir mit den Händen erzählt, ich kann sehen, wie sie es mit ihren Augen sagt. Wenn es dunkel ist, sagt sie es mir mit einer klaren Stimme, wie ich sie noch nie gehört habe. Sie spricht in der Sprache der Sternschnuppen.

VERÄNDERUNG

Im Jahr 1929, meinem vierzehnten Lebensjahr, wurde ich böse. Es war auch das Jahr, in dem die Wissenschaftler, sowohl aus China als auch aus dem Ausland, zum Drachenknochenberg am Mund des Berges kamen. Sie trugen Sonnenhüte und Gummistiefel. Sie brachten Schaufeln und Haken zum Stochern mit, Siebe und sprudelnde Flüssigkeiten. Sie gruben in den Steinbrüchen, sie buddelten in den Höhlen. Sie gingen von einer Apotheke zur nächsten und kauften dort alle alten Knochen auf. Wir hörten Gerüchte, dass die Ausländer eigene Drachenknochenwerke aufmachen wollten, worauf eine Gruppe aus dem Dorf mit Äxten in die Steinbrüche zog, um sie zu vertreiben.

Doch dann verbreiteten einige der chinesischen Arbeiter, die für die Wissenschaftler gruben, das Gerücht, dass es sich bei zwei gefundenen Drachenknochen womöglich um Zähne aus einem menschlichen Schädel handelte. Alle gingen davon aus, dass es welche von jemandem waren, der erst kürzlich verstorben war. Aus wessen Grab? Wessen Großvater? Wessen Großmutter? Nicht wenige Leute verzichteten auf einmal auf Drachenknochen. In den Apotheken standen große Schilder: »Keines unserer Mittel enthält menschliche Bestandteile.«

Damals hatte Liebste Tante noch ein paar Drachenknochen von unseren Besuchen in der Familienhöhle übrig, darunter auch der Orakelknochen, den ihr Vater ihr vor langer Zeit geschenkt hatte. Die anderen hatte sie während der Jahre benutzt, um Medizin für mich herzustellen. Diese, so beschwichtigte sie mich, stammten nicht von einem Menschen. Bald nachdem sie das gesagt hatte, erschien ihr Vater, der Berühmte Knochenheiler, ihr in einem Traum. »Die Knochen in deinem Besitz stammen nicht von Drachen«, sagte er. »Sie sind aus unserer Sippe, von dem Vorfahren, der im Affenmaul verschüttet wurde. Weil wir sie gestohlen haben, hat er uns verflucht. Deshalb sind fast alle deine Familienmitglieder gestorben, deine Mutter, dein Bruder, ich, dein Bräutigam – wegen dieses Fluchs. Mit dem Tod ändert sich nichts daran. Seit ich in der Welt des Yin angekommen bin, springt mich hinter jeder Ecke sein Schatten an. Wenn ich nicht schon tot wäre, wäre ich tausendmal vor Schreck gestorben.«

»Was sollen wir tun?«, fragte Liebste Tante in ihrem Traum.

»Bringt die Knochen zurück. Erst wenn sie mit dem Rest seines Körpers vereint sind, wird er uns nicht mehr quälen. Du bist die Nächste, aber auch alle nachfolgenden Generationen unserer Familie werden verflucht sein. Glaub mir, Tochter, es gibt nichts Schlimmeres als einen Verwandten, der sich an einem rächen will.«

Am nächsten Morgen stand Liebste Tante früh auf und blieb dann beinahe den ganzen Tag weg. Bei ihrer Rückkehr wirkte sie erleichtert. Bald darauf gab es wieder Neuigkeiten von den Arbeitern am Drachenknochenberg: »Die Zähne«, so hieß es, »sind nicht nur menschlicher Herkunft, sie gehören sogar zum Stück einer Schädeldecke unseres ältesten Vorfahren und sind eine Million Jahre alt!« »Pekingmensch« war der Name, den die Wissenschaftler für die Schädeldecke wählten. Sie mussten nur noch mehr Teile finden, um die Schädeldecke zu vervollständigen, und dann noch ein paar mehr, um den Schädel mit dem Unterkiefer zu verbinden, den Unterkiefer mit dem Hals, den

Hals mit den Schultern und so weiter, bis es ein vollständiger Mensch war. Weil also noch viele Teile vonnöten waren, baten die Wissenschaftler die Dorfbewohner, alle Drachenknochen abzuliefern, die sie noch in ihren Häusern und in den Apotheken aufbewahrten. Wenn sich herausstellte, dass es sich bei den Drachenknochen um urzeitliche Menschenknochen handelte, sollte der Besitzer eine Belohnung bekommen.

Eine Million Jahre! Überall wurde darüber getuschelt. Am einen Tag hatte niemand einen Grund, diese Zahl auszusprechen, am nächsten Tag schon konnte sie nicht oft genug wiederholt werden. Kleiner Onkel meinte, man könne eine Million Kupfermünzen für ein einziges Stück Drachenknochen bekommen. Vater sagte: »Heutzutage sind Kupfermünzen nichts mehr wert. Eine Million Silbertaels sind wahrscheinlicher.« Durch Vermutungen und Diskussionen wurde die Summe bald zu einer Million Goldbarren. Die ganze Stadt redete darüber. »An alten Knochen wächst neues Fett«, dieser Ausspruch war in aller Munde. Und weil Drachenknochen jetzt so viel wert waren, zumindest in der wilden Phantasie der Leute, konnte sie sich niemand mehr leisten, um Medizin daraus zu machen. Die Menschen mit lebensbedrohlichen Krankheiten konnten nicht mehr geheilt werden. Aber was machte das aus? Sie waren die Nachkommen des Pekingmenschen. Und der war jetzt berühmt.

Natürlich gingen mir die Drachenknochen, die Liebste Tante wieder in die Höhle zurückgebracht hatte, nicht mehr aus dem Kopf. Auch sie stammten von einem Menschen – das hatte ihr Vater ihr in ihrem Traum gesagt. »Wir könnten sie für eine Million Goldbarren verkaufen«, sagte ich zu ihr. Ich fand, dass ich dabei nicht rein egoistisch dachte. Wenn Liebste Tante uns reich machte, würde meine Familie sie vielleicht mehr respektieren.

Eine Million oder zehn Millionen, schimpfte sie mit ihren verbrannten Händen, *wenn wir sie verkaufen, kehrt der Fluch zurück. Dann kommt ein Geist und nimmt uns und unsere elenden Knochen mit sich. Dann müssen wir das Gewicht dieser Million Goldbarren um unsere toten Hälse tragen, damit wir uns durch Bestechung den Weg durch die Hölle freikaufen können.* Sie tippte mir an die Stirn. *Ich sage dir, die Geister werden nicht ruhen, bis unsere ganze Familie tot ist. Die gesamte Familie, verschwunden.* Sie schlug sich mit der Faust auf die Brust. *Manchmal wäre es mir am liebsten, ich wäre schon tot. Ich wollte sterben, wirklich, aber wegen dir bin ich zurückgekommen.*

»Also, ich habe keine Angst«, antwortete ich. »Und wo doch der Fluch dir gilt und nicht mir, kann ich ja wohl die Knochen holen.«

Sofort schlug mir Liebste Tante auf den Kopf. *Hör auf so zu reden!* Sie fuhr mit den Händen durch die Luft. *Willst du zu meinem Fluch beitragen? Geh nie wieder dorthin! Fass sie nie an! Versprich mir das, sag es!* Sie packte mich an den Schultern und rüttelte mich, bis das Versprechen aus meinem klappernden Mund herausfiel.

Später malte ich mir aus, wie ich mich allein zur Höhle schlich. Wie konnte ich tatenlos herumsitzen, während alle im Mund des Berges und den umliegenden Dörfern nach unsterblichen Relikten suchten? Ich wusste, wo die Menschenknochen waren, und doch durfte ich nichts sagen. Ich musste zusehen, wie andere gruben, wo ihre Schafe das Gras kauten, wie sie wühlten, wo sich ihre Schweine im Schlamm suhlten. Sogar Erster Bruder und Zweiter Bruder durchkämmten mit ihren Frauen das übrig gebliebene Land zwischen unserem Anwesen und dem Abhang. Sie rissen Wurzeln und Würmer aus dem Dreck heraus. Sie dachten dabei, es handele sich vielleicht um die Finger und Zehen der Urzeitmenschen oder sogar um die versteinerte Zunge, mit der unsere Vorfahren die ersten Worte gesprochen hatten. Die Straßen füllten sich mit Leuten, die alle möglichen getrockneten Relikte verkaufen wollten, von Hühnerschnäbeln bis zu Schweinekot. Bald sah unser Dorf schlimmer aus als ein Friedhof, der von Grabräubern heimgesucht worden war.

Tag und Nacht redete die Familie fast ausschließlich über den Pekingmenschen. »Eine Million Jahre?«, sagte Mutter ungläubig. »Wie kann man das Alter von jemandem wissen, der schon so lange tot ist? Ha, selbst als mein Großvater gestorben ist, hat niemand gewusst, ob er achtundsechzig oder neunundsechzig war. Achtzig hätte er werden sollen, wenn er nur mehr Glück gehabt hätte. Also hat unsere Familie beschlossen, dass er achtzig war – glücklicher schon, das ja, aber trotzdem tot.«

Auch ich hatte etwas zu der neuen Entdeckung beizutragen: »Warum wird er Pekingmensch genannt? Die Zähne sind doch vom Mund des Berges gekommen. Außerdem behaupten die Wissenschaftler, dass die Schädeldecke von einer Frau stammt. Also müsste es wohl richtiger die Frau vom Mund des Berges heißen.« Meine Tanten und Onkel sahen mich an, und einer meinte dann: »Weisheit aus dem Mund eines Kindes, einfach, aber doch wahr.« Ich war beschämt, so hohe Worte zu hören. Dann fügte GaoLing hinzu: »Ich finde, er sollte Mensch aus Unsterbliches Herz heißen. Dann wäre unsere Stadt berühmt, und wir auch.« Mutter lobte ihren Vorschlag in den Himmel, auch die anderen taten es. Für mich ergab das allerdings keinen Sinn, aber das hätte ich nicht sagen dürfen.

Ich war oft eifersüchtig, wenn GaoLing mehr Aufmerksamkeit als ich von der Mutter bekam, die uns gemeinsam war. Ich glaubte immer noch, ich sei die älteste Tochter. Ich war klüger. Ich war besser in der Schule. Dennoch hatte immer GaoLing die Ehre, neben Mutter sitzen oder in ihrem *k'ang* schlafen zu dürfen, während ich nur Liebste Tante hatte.

Als ich noch kleiner war, störte mich das nicht. Ich war froh, sie um mich zu haben. Ich dachte immer, »Liebste Tante« bedeutete dasselbe wie »Mama« bei anderen. Ich konnte es nicht aushalten, auch nur einen Augenblick von meinem Kindermädchen getrennt zu sein. Ich hatte sie bewundert und war stolz, dass sie den Namen jeder Blume, jedes Korns und jedes Strauchs schreiben konnte und noch dazu den medizinischen Verwendungszweck wusste. Doch je älter ich wurde, desto mehr nahm ihre Bedeutung ab. Je klüger ich glaubte geworden zu sein, desto klarer wurde mir, dass Liebste Tante nur eine Angestellte war, eine Frau, der in unserem Haushalt keine wichtige Position zukam, jemand, den niemand recht mochte. Dabei hätte sie doch unsere Familie reich machen können, hätte sie nur nicht so verrückte Gedanken über Flüche.

Meine Achtung für Mutter wuchs beständig. Ich setzte alles daran, ihr Wohlwollen zu erlangen. Ich hielt Wohlwollen für dasselbe wie Liebe. Durch das Wohlwollen fühlte ich mich wichtiger, zufriedener. Immerhin war Mutter die oberste Frau im Haus. Sie entschied, was wir aßen, welche Farben wir tragen sollten, wie viel Taschengeld wir bekamen, wenn sie uns erlaubte, auf den Markt zu gehen. Alle fürchteten sie und wollten ihr andererseits gefallen, bis auf Urgroßmutter, die so geistesschwach war, dass sie Tusche nicht von Schlamm unterscheiden konnte.

In Mutters Augen jedoch war ich uninteressant. Für ihre Ohren hatten meine Worte keinen Klang. Es war völlig egal, wie gehorsam ich war, wie demütig oder wie reinlich. Sie war mit nichts zufrieden, was ich tat. Ich verstand nicht, was ich noch tun konnte, um ihr zu gefallen. Ich war wie eine auf dem Rücken liegende Schildkröte, die einfach nicht begreift, warum die Welt auf dem Kopf steht.

Häufig beklagte ich mich bei Liebster Tante darüber, dass Mutter mich nicht liebte. *Hör auf mit dem Unsinn*, antwortete Liebste Tante dann. *Hast du sie heute nicht gehört? Sie hat gesagt, du hättest schlampig gestickt. Und sie hat erwähnt, dass deine Haut zu dunkel wird. Wenn sie dich nicht lieben würde, weshalb würde sie sich dann die Mühe machen, dich zu deinem eigenen Besten zu bemängeln?* Dann fuhr Liebste Tante fort, mir zu sagen, wie egoistisch ich sei und dass ich immer nur an mich selbst dächte. Sie sagte, mein Gesicht werde hässlich, wenn ich eine Schnute ziehe. Warum sie mich derart kritisierte, wird mir erst heute klar: Sie wollte mir damit nur sagen, dass sie mich sogar noch mehr liebte.

Eines Tages – ich weiß noch, dass es kurz vor dem Frühlingsfest war – kam Alter Koch vom Markt zurück und sagte, es gebe große Neuigkeiten in Unsterbliches Herz. Chang, der Sargschreiner, sei berühmt geworden und würde bald sehr reich sein. Wegen der Drachenknochen, die er den Wissenschaftlern gegeben habe, da lägen jetzt nämlich die Ergebnisse vor: Es waren Menschenknochen. Wie alt sie seien, stehe noch nicht fest, aber man gehe davon aus, sie seien mindestens eine Million Jahre alt, wenn nicht sogar zwei.

Wir waren gerade in der Tuschewerkstatt, alle Frauen, Mädchen und Kleinkinder, bis auf Liebste Tante, die im Keller die Tuschestifte zählte, die bereits geschnitzt worden waren. Ich war froh, dass sie nicht in der Werkstatt war; immer wenn jemand Changs Namen erwähnte, spuckte sie nämlich aus. Wenn er also Holz lieferte, wurde sie auf ihr Zimmer geschickt, wo sie ihn verfluchte, indem sie so lange und so laut auf einen Eimer einschlug, dass sogar die Mieter laut protestierten.

»Was für ein komischer Zufall«, sagte Große Tante. »Derselbe Herr Chang, der uns Holz verkauft. Sein Glück hätte ebenso gut unseres sein können.«

»Die Verbindungen die sogar noch weiter«, sagte Mutter selbstzufrieden. »Er war derjenige, der seinen Wagen angehalten hat, um zu helfen, nachdem Klein-Bruder von den Mongolenbanditen umgebracht worden ist. Ein Mann der guten Taten, dieser Herr Chang.«

Die vielen Weisen, auf die wir mit dem nun berühmten Herrn Chang verknüpft waren, schienen endlos zu sein. Da Herr Chang bald noch reicher als zuvor sein würde, ging Mutter davon aus, dass er bestimmt den Preis seines übrigen Holzes reduzieren werde. »Er sollte sein Glück teilen«, sagte Mutter fest. »Nichts weniger werden die Götter von ihm erwarten.«

Liebste Tante kam zurück in die Tuschewerkstatt, und es dauerte nicht lang, bis sie begriff, über wen alle sprachen. Sie stampfte mit den Füßen auf und schlug mit den Fäusten in die Luft. *Chang ist ein schlechter Mensch*, sagte sie mit fuchtelnden Armen. *Er hat meinen Vater umgebracht. Er ist der Grund dafür, dass Hu Sen tot ist.* Sie keuchte heiser, als müsste sie sich die Lunge aus dem Leib husten.

Das stimmt nicht, dachte ich. Ihr Vater war von einem Wagen gefallen, weil er betrunken war, und Klein-Onkel hatte einen Tritt vom eigenen Pferd erhalten. Das hatten mir Mutter und meine Tanten erzählt.

Liebste Tante packte mich am Arm. Sie blickte mir in die Augen, dann sprach sie sehr schnell mit ihren Händen: *Sag es den anderen, Hündchen, sag ihnen, dass es stimmt, was ich sage. Und die Drachenknochen, die Chang hat,* sie schüttete sich imaginäre Knochen auf die Handfläche, *jetzt wird mir klar, dass das wahrscheinlich diejenigen sind, die meinem Vater, meiner Familie gehörten. Chang hat sie an meinem Hochzeitstag von uns gestohlen. Sie waren meine Mitgift. Es sind Knochen vom Affenmaul. Wir müssen sie von Chang zurückholen und wieder in die Höhle bringen, sonst wird der Fluch nie enden. Schnell, sag es ihnen.*

Bevor ich dazu kam, sagte Mutter entschieden: »Ich möchte ihre verrückten Geschichten nicht mehr hören. Hast du verstanden, Tochter?«

Alle starrten mich an, auch Liebste Tante. *Sag es ihnen*, bedeutete sie mir. Aber ich wandte mich Mutter zu, nickte und sagte: »Ja, habe ich.« Liebste Tante rannte aus der Tuschewerkstatt und klang dabei, als würde sie ersticken. Es traf mich ins Herz, und ich kam mir böse vor.

Eine Weile war es sehr still in der Werkstatt. Dann wandte sich Urgroßmutter an Mutter und fragte mit besorgtem Gesicht:»Äh, hast du Hu Sen gesehen?«

»Er ist im Hof«, antwortete Mutter, worauf Urgroßmutter hinausschlurfte.

Die Frauen meiner Onkel schnalzten mit der Zunge.»Die ist immer noch völlig verrückt wegen dem, was passiert ist«, murmelte Kleine Tante,»dabei ist es schon fast fünfzehn Jahre her.« Einen Augenblick lang war mir nicht klar, ob sie über Urgroßmutter oder über Liebste Tante redeten.

»Gut, dass sie nicht sprechen kann«, sagte Große Tante.»Wie peinlich für unsere Familie, wenn jemand wüsste, was sie sagen wollte.«

»Du solltest sie aus dem Haus werfen«, sagte Kleine Tante zu Mutter. Dann nickte Mutter in Urgroßmutters Richtung, die jetzt umherlief und sich eine blutige Stelle hinter dem Ohr kratzte.»Nur wegen der alten Urgroßmutter«, sagte sie,»durfte das verrückte Kindermädchen all die Jahre hier bleiben.« Da begriff ich, was Mutter eigentlich meinte, aber nicht offen aussprechen konnte. Wenn Urgroßmutter starb, konnte sie Liebste Tante endlich wegschicken. Auf einmal überkam mich eine große Zärtlichkeit für mein Kindermädchen. Ich wollte aufbegehren, dass Mutter das nicht tun durfte. Aber wie konnte ich gegen etwas anreden, was noch gar nicht gesagt worden war?

Einen Monat später stürzte Urgroßmutter und schlug sich den Kopf an der Ziegelkante ihres *k'ang* an. Noch vor der Stunde des Hahns war sie tot. Vater, Großer Onkel und Kleiner Onkel kehrten unverzüglich aus Peking zurück, obwohl die Straßen gefährlich geworden waren. Zwischen Peking und dem Mund des Berges gab es viele Schießereien zwischen Warlords. Zu unserem Segen waren die einzigen Streitigkeiten, die wir mitbekamen, die unter den Mietern. Wir mussten sie mehrere Male bitten, nicht zu schreien und zu brüllen, damit wir Urgroßmutter in der Gemeinschaftshalle in Ruhe unsere Achtung erweisen konnten.

Als Herr Chang den Sarg lieferte, blieb Liebste Tante in ihrem Zimmer und verfluchte ihn, indem sie wieder auf ihren Eimer einschlug. Ich saß auf einer Bank im Vorgarten und sah zu, wie Vater und Herr Chang den Wagen ausluden.

Liebste Tante war im Unrecht, dachte ich bei mir. Herr Chang sah überhaupt nicht wie ein Dieb aus. Er war ein großer Mann mit freundlichen Umgangsformen und einem offenen Gesicht. Vater erörterte eifrig dessen »wichtigen Beitrag für Wissenschaft, Geschichte und ganz China«. Herr Chang zeigte sich erfreut, aber bescheiden. Dann ging Vater ins Haus, um das Geld für den Sarg zu holen.

Obwohl es ein kalter Tag war, schwitzte Herr Chang. Er wischte sich die Stirn mit dem Ärmel ab. Nach einer Weile bemerkte er, dass ich ihn anstierte. »Du bist aber groß geworden«, rief er mir zu. Ich errötete. Ein berühmter Mann sprach mit mir.

»Meine Schwester ist größer«, war alles, was mir dazu einfiel. »Dabei ist sie ein Jahr jünger.«

»Na, das ist aber schön«, sagte er.

Es war nicht meine Absicht gewesen, dass er GaoLing loben sollte. »Ich habe gehört, Sie hatten Teile vom Pekingmenschen«, sagte ich dann. »Welche Teile waren das denn?«

»Ach, nur die wichtigsten.«

Auch ich wollte wichtig erscheinen, und so entfuhr es mir unwillkürlich: »Ich hatte einmal selbst Knochen«, bevor ich mir rasch den Mund zuhielt.

Herr Chang lächelte und wartete darauf, dass ich fortfuhr. »Wo sind die jetzt?«, fragte er nach einer Weile.

Ich wollte nicht unhöflich sein. »Wir haben sie zurück in die Höhle gebracht«, antwortete ich.

»Wo ist das?«

»Das darf ich nicht sagen. Ich musste es meinem Kindermädchen versprechen. Es ist ein Geheimnis.«

»Ach, dein Kindermädchen, das ist doch die mit dem hässlichen Gesicht.« Herr Chang versteifte die Finger wie eine Krabbe und hielt sie sich über den Mund.

Ich nickte.

»Die Verrückte.« Er blickte in Richtung des dröhnenden Eimers.

Ich schwieg.

»Hat sie die Knochen etwa auch an dem Ort gefunden, von dem du nichts erzählen darfst?«

»Gefunden haben wir sie zusammen, aber sie hat sie allein zurückgebracht«, sagte ich schnell. »Ich darf nicht sagen, wohin.«

»Natürlich nicht. Das solltest du einem Fremden auch nicht erzählen.«

»Aber Sie sind doch kein Fremder! In unserer Familie sind Sie wohl bekannt. Das sagen alle.«

»Trotzdem solltest du es mir nicht sagen. Bestimmt hast du es aber deinem Vater und deiner Mutter erzählt.«

Ich schüttelte den Kopf. »Niemandem. Sonst würden sie sie nämlich ausgraben wollen. Das hat Liebste Tante gesagt. Sie sagt, die Knochen müssen in der Höhle bleiben, sonst muss sie die Folgen tragen.«

»Welche Folgen denn?«

»Einen Fluch. Sie muss sterben, wenn ich es verrate.«

»Aber sie ist doch sowieso schon ziemlich alt, oder?«

»Ich weiß es nicht. Ich glaube nicht.«

»Frauen können in jedem Alter sterben, aber nicht, weil ein Fluch daran schuld ist. Eine Krankheit oder ein Unfall, das ist oft der Grund. Meine erste Frau ist vor zehn Jahren gestorben. Sie war immer sehr ungeschickt und ist dann eines Tages vom

Dach gefallen. Jetzt habe ich eine neue Frau, und die ist sogar besser als die letzte. Wenn dein Kindermädchen stirbt, kannst du auch ein neues bekommen.«

»Ich bin zu alt für ein neues«, sagte ich. Mir behagte unser Gespräch nicht mehr. Schließlich kam Vater mit dem Geld für Herrn Chang zurück. Sie unterhielten sich noch eine Weile freundlich, dann rief Herr Chang mir zu: »Wir unterhalten uns ein andermal wieder«, und fuhr mit seiner leeren Karre davon. Vater schien erfreut zu sein, dass Herr Chang, der jetzt ein so überaus bekannter Mann in unserem Dorf war, mich seiner Aufmerksamkeit für wert befunden hatte.

Ein paar Tage später hielten wir eine angemessene Beerdigung für Urgroßmutter ab. Alle klagten laut, wenn auch Mutter am lautesten, wie es der Brauch vorschrieb, da sie ja die oberste Dame des Hauses war. Es gelang ihr gut, hoffnungslos traurig zu klingen. Auch ich weinte, weil ich traurig war, aber auch aus Angst: Nach der Beerdigung stand zu befürchten, dass Liebste Tante von Mutter aus dem Haus gewiesen wurde.

Aber sie tat es nicht, und zwar aus folgendem Grund:

Mutter glaubte, Urgroßmutter sei immer noch in der Nähe und spuke im Toilettenhäuschen, von wo aus sie sich davon überzeugte, dass alle ihren Regeln folgten. Jedes Mal, wenn sich Mutter über das Loch hockte, hörte sie eine Stimme fragen: »Hast du Hu Sen gesehen?« Als sie uns das erzählte, sagte Dritte Tante: »Der Anblick deines nackten Hinterns hätte jeden Geist vertreiben müssen.« Wir lachten alle, worauf Mutter eingeschnappt verkündete, sie würde allen das Taschengeld für nächsten Monat sperren. »Damit ihr lernt, Urgroßmutter mehr Respekt entgegenzubringen«, sagte sie. Um den Geist in der Toilette zu besänftigen, ging Mutter jeden Tag in den Dorftempel und brachte dort besondere Opfergaben dar. Sie ging zu Urgroßmutters Grab und verbrannte Silberpapier, damit sich Urgroßmutter den Weg in eine höhere Ebene erkaufen konnte. Nachdem sie neunzig Tage lang unter Verstopfung gelitten hatte, ging Mutter zum Bestattungsgeschäft und kaufte ein lebensgroßes Papierautomobil mitsamt Chauffeur. Urgroßmutter hatte bei einem Tempelfest im Mund des Berges einmal ein echtes gesehen. Es hatte auf dem Parkplatz gestanden, wo man die Karren und die Esel abstellte. Als das Automobil dröhnend davonfuhr, so erzählte sie, war es dabei so laut, um selbst dem Teufel Angst einzujagen, und so schnell, um bis in den Himmel zu fliegen.

Das Papierauto ging also in Flammen auf, und Urgroßmutters Geist trat die Reise von der Latrine in die Welt des Yin an. Schließlich ging es in unserem Haushalt wieder normal und laut zu. Die Familienmitglieder hatten nur noch Sorgen wegen kleiner, alltäglicher Dinge: Schimmel in der Hirse, ein Sprung im Glas, nichts von anhaltender Wichtigkeit.

Nur ich machte mir Gedanken, was mit Liebster Tante geschehen würde.

Ich erinnere mich an den Tag, an dem Mutter unerwartet einen Brief aus Peking bekam. Es war die Zeit der Großen Hitze, in der die Mücken am glücklichsten waren und draußen liegen gelassenes Obst in weniger als einer Stunde unter der Sonne verdarb. Wir setzten uns in den Schatten des großen Baumes im Hof und warteten gespannt, was es Neues gab.

Wir alle kannten die Briefschreiberin, die Alte Witwe Lau. Sie war eine Kusine achten Grades auf Vaters Seite und fünften Grades auf Mutters Seite, nahe genug also, um die Trauerrituale der Familie mitzumachen. Sie war zu Urgroßmutters Beerdigung gekommen und hatte so laut wie wir alle geklagt.

Da Mutter nicht lesen konnte, bat sie GaoLing, den Brief vorzulesen. Ich verbarg geflissentlich meine Enttäuschung, dass nicht ich für diese wichtige Aufgabe gewählt worden war.

GaoLing strich sich die Haare glatt, räusperte sich, leckte sich die Lippen, dann las sie: »Liebe Kusine, ich schicke dir Grüße von allen, die sich mit großer Anteilnahme nach dir erkundigt haben.« Dann las GaoLing stockend eine lange Liste von Namen vor, von Kindern, die gerade erst zur Welt gekommen waren, bis zu Leuten, von denen sich Mutter sicher war, dass sie bereits gestorben waren. Auf der nächsten Seite schrieb unsere alte Kusine in etwa Folgendes: »Ich weiß, du bist noch in Trauer und vor Kummer kaum fähig zu essen. Deshalb scheint es nicht angebracht zu sein, alle zu einem Besuch nach Peking einzuladen. Aber ich habe darüber nachgedacht, was wir beide besprochen haben, als ich bei der Beerdigung war.«

GaoLing unterbrach das Vorlesen und wandte sich an Mutter. »Was habt ihr denn besprochen?« Auch ich fragte mich das.

Mutter schlug GaoLing auf die Hand. »Sei nicht so neugierig. Lies einfach, ich sage dir schon, was du wissen sollst.«

Im Brief hieß es weiter: »Ich möchte den bescheidenen Vorschlag machen, dass deine erste Tochter« – sie sprach von mir; das Herz schwoll mir in der Brust – »nach Peking kommt, um wie beiläufig eine entfernte Verwandte von mir kennen zu lernen!« GaoLing machte ein verdrießliches Gesicht, ich genoss es richtig, wie eifersüchtig sie war. »Diese Verwandte«, fuhr GaoLing in weniger enthusiastischem Tonfall fort, »hat vier Söhne, die Vettern siebten Grades von mir aus einer dritten Seitenlinie sind, also einen anderen Nachnamen tragen. Sie leben in eurem Dorf, aber sie sind kaum mit euch verwandt, wenn überhaupt.«

Als ich die Worte »kaum verwandt« hörte, war mir klar, dass sie bei dieser beiläufigen Bekanntmachung prüfen wollte, ob ich als Heiratskandidatin für eine bestimmte Familie in Frage kam. Um welche Familie es sich handelte, wollte die Alte Witwe Lau erst verraten, wenn sie sicher wusste, dass unsere Familie ein solches Treffen für sinnvoll hielt. »Offen gesagt«, schrieb sie, »wäre ich nicht von selbst auf diese Familie gekommen. Aber der Vater kam zu mir und fragte mich nach LuLing. Offenbar haben sie das Mädchen gesehen und sind von ihrer Schönheit und ihrer freundlichen Art beeindruckt.«

Ich wurde rot. Endlich erfuhr Mutter, was andere über mich dachten. Vielleicht würde jetzt auch sie diese guten Eigenschaften in mir erkennen können. »Ich will auch nach Peking«, sagte GaoLing wie eine murrende Katze.

Mutter schimpfte sie: »Hat dich jemand eingeladen? Hä? Es macht nur einen dummen Eindruck, wenn du auch dorthin willst.« Da GaoLing weiter jammerte, zog Mutter sie am Zopf und sagte: »Halt den Mund.« Dann reichte sie den Brief mir, damit ich ihn zu Ende las.

Ich setzte mich gegenüber Mutter kerzengerade auf und las mit viel Ausdruck: »Die Familie schlägt ein Treffen in der Tuschehandlung eurer Familie in Peking vor.« Ich hielt einen Moment inne und lächelte GaoLing an. Beide waren wir noch nie in dem Geschäft gewesen. »Auf diese Weise«, fuhr ich fort, »wird keine Familie öffentlich blamiert, sollten die Interessen nicht übereinstimmen. Werden sich beide Familien über eine Heirat einig, wäre das ein Segen der Götter, für den ich allerdings keine Anerkennung beanspruchen würde.«

»Keine Anerkennung«, schnaubte Mutter, »nur viele Geschenke.«

Der nächste Abschnitt des Briefs lautete folgendermaßen: »Eine gute Schwiegertochter ist schwer zu finden, da werden wir uns einig sein. Erinnerst du dich noch an meine zweite Schwiegertochter? Ich schäme mich, zugeben zu müssen, dass sie sich als kaltherzig entpuppt hat. Gerade heute hat sie vorgeschlagen, am besten solle deine Tochter nicht von deren Kindermädchen nach Peking begleitet werden. Sie meinte, wenn jemand die beiden zusammen sehe, würde derjenige sich nur an die entsetzliche Hässlichkeit des Kindermädchens erinnern und nicht an die aufblühende Schönheit des Mädchens. Ich habe das ihr gegenüber als blanken Unsinn abgetan. Während ich diesen Brief schreibe, wird mir jedoch auch klar, dass es schwierig wäre, eine weitere Bedienstete unterzubringen, da meine sich bereits beschweren, dass nicht mehr genügend Platz in dem einen Bett wäre. Vielleicht wäre es also doch besser, wenn das Kindermädchen nicht mitkommt. Ich bedaure, dass an der Armut unseres Haushalts nichts zu ändern ist...«

Erst als ich fertig gelesen hatte, blickte ich beschämt zu Liebster Tante auf. *Das macht nichts*, bedeutete sie mir still. *Ich werde ihr, wenn es so weit ist, mitteilen, dass ich ja auf dem Boden schlafen könnte.* Ich wandte mich Mutter zu, um zu hören, was sie noch zu sagen hatte.

»Schreibe einen Antwortbrief. Sage der Alten Witwe Lau, dass ich dich in einer Woche schicke. Ich würde dich gern selbst begleiten, aber wegen der Nachfrage nach Tusche wäre derzeit zu viel zu tun. Ich werde Herrn Wei bitten, dich in seinem Karren zu fahren. Er bringt am Ersten immer Medikamente nach Peking; für ein bisschen Geld wird er dich mitnehmen.«

Liebste Tante wedelte mit den Händen, um meine Aufmerksamkeit zu erregen. *Jetzt musst du ihr sagen, dass du nicht allein fahren kannst. Wer wird begutachten, ob es eine gute Heirat ist? Was, wenn diese idiotische Kusine, die sich überall einmischt, nur versucht, dich als zweite Frau an eine arme Familie zu verschachern? Sag ihr, sie soll das bedenken.*

Ich schüttelte den Kopf. Ich hatte Angst, Mutter mit unnötigen Fragen zu belästigen und damit meine Aussicht darauf, Peking zu besuchen, zunichte zu machen. Liebste Tante zog mich am Ärmel. Ich beachtete sie nicht. Das hatte ich in letzter Zeit schon öfter gemacht, was Liebste Tante immer wütend machte. Da sie nicht sprechen und Mutter nicht lesen konnte, war sie, wenn ich mich weigerte, mit ihr zu sprechen, völlig machtlos, wortlos.

Als wir auf unserem Zimmer waren, flehte mich Liebste Tante an: *Du bist noch zu jung, um allein nach Peking zu fahren. Das ist gefährlicher, als du dir vorstellen kannst. Es könnte sein, dass Banditen dich umbringen, dir den Kopf abschneiden und ihn auf einen Pfahl stecken...* Ich gab ihr keine Antwort, ich stritt nicht mit ihr, ich lieferte ihr keinen Anlass für weitere Argumente. Den ganzen Tag über machte sie unablässig weiter, auch den nächsten und noch den Tag danach. Manchmal äußerte sie sich verärgert über das, was die Alte Witwe Lau geschrieben hatte. *Dieser Frau ist es doch einerlei, was am besten für dich ist. Nur für Geld steckt sie die Nase in die Angelegenheiten anderer Leute. Bald wird sie wie die Hintern stinken, in die sie kriecht.*

Später reichte mir Liebste Tante einen Brief, den ich GaoLing geben sollte, damit sie ihn Mutter vorlese. Ich nickte, aber sobald ich aus dem Zimmer getreten und um die Ecke gebogen war, las ich ihn selbst: »Abgesehen von den Schießereien und der Unruhe, ist die Sommerluft dort voller Krankheiten. In Peking gibt es ungeahnte Krankheiten, die hier gänzlich unbekannt sind, Krankheiten, bei denen LuLing die Nasenspitze und die Fingerkuppen abfallen könnten. Glücklicherweise kenne ich die Mittel, um solche Sachen zu behandeln. Dann würde LuLing bei ihrer Rückkehr auch keine Seuche einschleppen...«

Als Liebste Tante mich fragte, ob ich Mutter den Brief gegeben hätte, verwandelte ich mein Gesicht und mein Herz in eine Mauer aus Stein. »Ja«, log ich. Ich fragte mich, was sich in ihr wohl verändert hatte, dass sie nicht mehr spürte, ob ich die Wahrheit sagte oder nicht. Oder war ich diejenige, die sich geändert hatte?

Am Abend vor meiner Abreise baute sich Liebste Tante mit dem Brief vor mir auf, den ich zu einer kleinen Kugel zerknüllt und in eine Hosentasche gestopft hatte. *Was soll das bedeuten?* Sie packte mich am Arm.

»Lass mich in Ruhe«, sagte ich ungehalten. »Du hast nicht mehr über mich zu bestimmen.«
Du hältst dich wohl für sehr klug, was? Du bist immer noch ein dummes Kind.
»Bin ich nicht. Ich brauche dich nicht mehr.«
Wenn du etwas Hirn hättest, dann ja, dann würdest du mich nicht mehr brauchen.
»Du willst mich nur deshalb hierbehalten, damit du deine Stellung als Kindermädchen nicht verlierst.«
Ihr Gesicht verfärbte sich dunkel, als bekäme sie keine Luft mehr. *Stellung? Glaubst du denn wirklich, ich bin nur wegen einer niedrigen Stellung als Kindermädchen hier? Ai-ya! Warum bin ich noch am Leben und höre dieses Kind solches Zeug reden?*
Beide rangen wir nach Luft. Ich brüllte ihr das entgegen, was ich Mutter und meine Tanten oft hatte sagen hören: »Du bist nur am Leben, weil meine Familie gut war und Mitleid mit dir hatte und dir das Leben gerettet hat. Wir hätten das nicht zu tun brauchen. Überhaupt, Klein-Onkel hätte nie versuchen sollen, dich zu heiraten. Es hat ihm Unglück gebracht, dass er das wollte. Nur aus diesem Grund ist er von seinem Pferd getötet worden. Jeder weiß das.«
Sie sackte in sich zusammen, wahrscheinlich weil sie zugeben musste, dass ich Recht hatte. In diesem Augenblick tat sie mir Leid, so wie mir Bettler Leid taten, denen ich nicht in die Augen sehen konnte. Ich hatte das Gefühl, endlich erwachsen geworden zu sein und dass sie ihre Macht über mich verloren hatte. Es war, als würde mein altes Ich das neue Ich anblicken, um zu bewundern, wie sehr ich mich geändert hatte.

Am nächsten Morgen half mir Liebste Tante nicht beim Sachenpacken. Sie bereitete mir auch keinen Reiseimbiss vor. Stattdessen saß sie auf der Kante des *k'ang* und vermied es, mich anzusehen. Die Sonne war zwar noch nicht aufgegangen, aber ich konnte erkennen, dass ihre Augen rot und verschwollen waren. Mein Herz wurde weich, aber mein Entschluss stand fest.

Zwei Stunden vor Tagesanbruch kam Herr Wei mit seinem Esel vorbei, der mit Schlangenkäfigen für die Apotheken in der Stadt beladen war. Ich band mir einen Schal um, um das Gesicht vor der Sonne zu schützen. Als ich neben ihn in den Wagen kletterte, standen alle bis auf Liebste Tante am Tor, um mich zu verabschieden. Sogar GaoLing mit ihrem ungewaschenen Gesicht war da. »Bring mir eine Puppe mit«, rief sie. Trotz ihrer dreizehn Jahre war sie immer noch ganz Kind.

Der Tag bestand aus einer langen Fahrt durch endlosen Staub. Immer wenn der Esel an einer Tränke anhielt, tauchte Herr Wei ein großes Tuch in den Fluss, das er sich dann zur Kühlung um den Kopf band. Bald machte ich mit meinem Schal dasselbe. Zur Mittagszeit holte Herr Wei eine Dose mit Klößen heraus. Ich hatte nichts zu essen dabei. Ich hatte Alten Koch nicht bitten wollen, mir etwas einzupacken, aus Angst, er würde Mutter sagen, wie lästig es doch sei, mich nach Peking zu schicken. Natürlich bot mir Herr Wei etwas von seinem Essen an. Und natürlich tat ich so, als wäre ich nicht hungrig. Dann bot er mir nur noch zweimal davon an; ein weiteres Angebot kam dann nicht mehr. Ich musste die ganze Strecke mit einem leeren Magen, umgeben von acht Käfigen mit hässlichen Schlangen, zurücklegen.

Am späten Nachmittag näherten wir uns Peking. Sofort erwachte ich aus der Trägheit, in die mich Hitze und Hunger hatten fallen lassen. Als wir an die Zollstelle kamen, befürchtete ich schon, wir würden nicht weiterreisen dürfen. Ein uniformierter Beamter wühlte mein kleines Bündel durch und warf einen Blick in die Käfige mit Herrn Weis Schlangen.

»Was ist der Grund für Ihre Reise nach Peking?«, fragte der Beamte.

»Medizinlieferung.« Herr Wei nickte in Richtung der Schlangenkäfige.

»Heirat«, antwortete ich wahrheitsgetreu, worauf der Beamte sich einem anderen zuwandte und laut meine Antwort wiederholte. Beide lachten. Danach wurden wir durchgelassen. Bald sah ich in der Ferne einen hohen Torbogen, dessen goldene Beschriftung in der Sonne glänzte. Wir fuhren hindurch und kamen auf eine Straße, die so breit war wie der größte Fluss. Rikschas eilten vorbei, mehr auf einmal, als ich je in meinem ganzen Leben gesehen hatte. Und dort drüben, ein Automobil, wie das aus Papier, das Mutter für Urgroßmutter verbrannt hatte. Ich verglich all das, was ich nun zu sehen bekam, mit meinem bisherigen Leben. Die Märkte waren größer und lauter. Die Straßen waren viel belebter. Ich sah Männer in locker sitzenden langen Jacken, andere trugen westliche Anzüge. Diese Männer sahen auch ungeduldiger, wichtiger aus. Zudem gab es viele Mädchen in wehenden Kleidern. Sie hatten Frisuren wie berühmte Schauspielerinnen, der Pony war gewellt wie getrocknete Nudeln. Ich fand sie hübscher als alle Mädchen bei uns im Dorf Unsterbliches Herz. Wir kamen an Fußwegen vorbei, die von Händlern gesäumt waren, die alle möglichen Arten von Vögeln, Insekten und Eidechsen am Spieß verkauften. Das Angebotene war zehnmal teurer als der beste Imbiss, den es bei uns gab. Ein Stück weiter sah ich Persimonen, die goldener waren, Erdnüsse, die dicker waren, und zuckerüberzogene Mehlbeeren, die in einem kräftigeren Rot glänzten. Ich hörte ein Knacken und sah darauf das appetitlich aussehende Fleisch einer frisch geöffneten Melone. Und diejenigen, die sich an einem Stück davon labten, sahen zufriedener aus als alle Melonenesser, die ich je gesehen hatte.

»Wenn du weiter so glotzt, renkst du dir noch den Kopf aus«, sagte Herr Wei. Ich merkte mir alles, was ich sah, damit ich es den anderen erzählen konnte. Ich stellte mir ihre Ehrfurcht vor,

Mutters Bewunderung, GaoLings Neid. Ich konnte auch die Enttäuschung im Gesicht von Liebster Tante sehen. Sie würde mir missgönnen, dass ich meinen Spaß hatte, also verdrängte ich sie aus meinen Gedanken.

Herr Wei blieb mehrmals stehen, um nach dem Weg zu einem Geschäft in der Nähe der Laternenmarktstraße zu fragen, danach machten wir uns auf die Suche nach einer bestimmten Gasse, und schließlich standen wir vor dem Tor, das in den engen Hof des Hauses der Alten Witwe Lau führte. Zwei Hunde rannten bellend auf mich zu.

»Ai! Ein Mädchen wie eine Statue aus gelbem Lehm!«, sagte Alte Witwe Lau zur Begrüßung. Staub klebte mir an Hals und Händen, an jeder Falte oder Beuge. Ich stand in einem Hof, in dessen vier Mauern ein solches Durcheinander herrschte, dass meine Ankunft kaum Aufmerksamkeit erregte. Alte Witwe Lau sagte mir gleich, dass das Essen bald fertig sei, weshalb es am besten sei, dass ich mich rasch wüsche. Sie reichte mir einen zerbeulten Eimer und zeigte mir, wo die Wasserpumpe war. Während ich den Eimer füllte, fiel mir ein, dass Mutter gesagt hatte, wie süß das Wasser in Peking schmecke. Ich nahm einen Schluck, aber es war brackig und schmeckte grauenhaft. Kein Wunder, dass Liebste Tante mir erzählt hatte, Peking sei einmal das Ödland der bitteren See gewesen. In diesem Augenblick wurde mir klar, dass sie zum ersten Mal in meinem Leben nicht da war, um mir bei einem Bad zu helfen. Wo war die Wanne? Wo war der Ofen, um das Wasser zu heizen? Ich traute mich nicht, etwas anzufassen. Ich kauerte mich hinter einen Verschlag aus Matten und goss mir kaltes Wasser über den Hals. Ich war verärgert, weil Liebste Tante mich zu einem so dummen Mädchen erzogen hatte, das jetzt fürchten musste, dass alle mitbekamen, wie dumm es wirklich war.

Nachdem ich fertig war, merkte ich, dass ich nicht daran gedacht hatte, einen Haarkamm mitzubringen oder Holzstäbchen, um mir die Fingernägel zu reinigen. Liebste Tante dachte stets an solche Dinge. *Sie* war der Grund, dass ich sie vergessen hatte! Wenigstens hatte ich eine saubere Hemdjacke und eine frische Hose dabei. Natürlich waren sie zerknittert und staubig, als ich sie aus meinem Bündel holte.

Während des Abendessens fiel mir noch etwas auf. Zum ersten Mal schrieb mir Liebste Tante nicht vor, was ich essen sollte und was nicht. Darüber war ich froh. »Nicht zu viel Fettes und Scharfes«, hätte sie mich zurechtgewiesen, »sonst bekommst du überall Furunkel oder andere feuchte Krankheiten.« Zum Trotz aß ich mehrere Portionen scharf gewürztes Schweinefleisch. Später wurde mir allerdings leicht übel, und ich fürchtete schon, mein Magen würde nach außen Blasen werfen.

Nach dem Essen setzte ich mich mit Alter Witwe Lau und ihren Schwiegertöchtern in den Hof, lauschte dem Summen der Mücken und den Stimmen um uns herum. Ich schlug die Insekten weg und dachte dabei wehmütig an den großen Fächer, mit dem Liebste Tante immer die Hitze und die Fliegen von uns beiden wegscheuchte. Als mir zum wiederholten Mal die Augen zufielen, schickte mich Alte Witwe Lau ins Bett. Also ging ich in den traurigen kleinen Verschlag mit der geflochtenen Pritsche, wo ich auch mein Kleiderbündel verstaut hatte. Als ich die Löcher in dem Rattangeflecht der Pritsche betastete, bemerkte ich noch etwas anderes: Ich musste zum allerersten Mal allein schlafen. Ich legte mich hin und schloss die Augen. Beim Hinübergleiten in den Dämmerzustand hörte ich Ratten, die an der Wand entlangkratzten. Ich beugte mich nach unten, um zu prüfen, ob sicherheitshalber Becher mit Terpentin unter die Pritsche gestellt worden waren. Nein. Aber wieder war ich nicht etwa dankbar, dass Liebste Tante sonst immer solche Dinge für mich gemacht hatte, vielmehr warf ich ihr vor, dass sie mich so dumm gehalten hatte.

Als ich aufwachte, war niemand da, der mir die Haare richtete oder sich Ohren und Nägel zeigen ließ. Da ich ja keinen Kamm dabeihatte, entwirrte ich das Haar mit den Fingern. Die Hemdjacke und die Hose, die ich auch zum Schlafen getragen hatte, waren verschwitzt, und frische Sachen lagen nicht bereit. Was ich anhatte, war nicht gerade für die anstehende Bekanntmachung geeignet. Selbst der Aufzug, den ich für die Gelegenheit ausgewählt hatte, erschien mir jetzt völlig unpassend, aber mehr hatte ich nicht eingepackt. Da stand ich nun da: schon ein großes Mädchen, aber unglaublich hilflos und dumm. So gut hatte mich also Liebste Tante erzogen.

Als ich vor der Alten Witwe Lau erschien, rief sie: »Ist dein Kopf etwa nur ein ausgeblasenes Ei? Warum trägst du eine wattierte Jacke und Winterhosen? Und was ist bloß mit deinem Haar los?«

Was sollte ich ihr antworten? Dass Liebste Tante sich geweigert hatte, mich zu beraten? Eigentlich hatte ich bei der Auswahl der Kleider nur daran gedacht, meine besten Sachen mit den schönsten Stickereien herauszusuchen. Meine besten Sachen waren mir zudem überhaupt nicht ungeeignet erschienen, als ich sie während der kühleren Morgenstunden am Tag zuvor gepackt hatte.

»Völlig unbrauchbar!«, brummte Alte Witwe Lau, als sie die Kleider durchsah, die ich mitgebracht hatte. Rasch sah sie in ihren Truhen nach, wo sie die schmaler geschnittenen Kleider ihrer Jugendzeit aufbewahrte. Am Ende entschied sie sich für das Kleid einer ihrer Schwiegertöchter, ein leichtes *chipao*, das nicht zu altmodisch war. Es hatte einen hohen Kragen und kurze Ärmel, der Stoff war in den Farben von Sommerlaub gehalten, Flieder am Körper und Blattgrün für die Ränder und die Paspelverschlüsse. Dann löste Alte Witwe Lau meine unordentlichen Zöpfe und fuhr mir mit einem nassen Kamm durch die Haare.

Gegen Mittag verkündete sie, wir würden nun in die Tuschehandlung gehen. Sie teilte ihrer Bediensteten mit, dass wir das Mittagessen nicht zu Hause einnehmen würden. Sie gehe davon aus, dass ihr Vetter, der Tuschehändler, ein besonderes Mahl vorbereiten würde. »Wenn die andere Familie auch da ist«, wies sie mich zurecht, »iss ein bisschen von jedem Gericht, um zu zeigen, dass du nicht wählerisch bist, aber sei nicht gierig. Lass anderen den Vortritt und benimm dich, als wärst du die Unwichtigste.«

Die Laternenmarktstraße war nicht weit vom Glasiererviertel entfernt, mit der Rikscha etwa eine halbe Stunde. Alte Witwe Lau befürchtete aber, wir könnten unser »zufälliges« Treffen verpassen, wenn wir nicht genügend Luft einrechneten. »Was ist«, überlegte sie laut, »wenn wir einen alten, lahmen Rikschafahrer erwischen? Was, wenn es zu regnen anfängt?«

Kurz nach der Mittagsstunde stand ich schließlich vor der Tuschehandlung unserer Familie und freute mich darauf, endlich Vater zu sehen. Alte Witwe Lau zahlte den Rikschafahrer – aber nicht, ohne vorher gehörig mit ihm gestritten zu haben. Sie fand, er könne nicht so viel für einen zusätzlichen Passagier verlangen, da ich ja noch ein kleines Kind sei. »Ein kleines Kind?«, sagte der Fahrer aufgebracht. »Wo haben Sie Ihre Augen, alte Frau?« Ich blickte verlegen an dem geliehenen fliederfarbenen Kleid hinab und nestelte am Haarknoten herum. Ich schämte mich, war aber auch stolz, dass mich der Fahrer für eine erwachsene Frau gehalten hatte.

Beinahe jede Tür in dieser Straße führte in einen Laden, und neben jeder dieser Türen hingen rote Spruchbänder mit Glücksversen. Der Zweizeiler neben dem Laden unserer Familie war besonders schön. Er war in dem Kursivstil gehalten, den Liebste Tante auch mir gerade beibrachte. Es wirkte eher wie Malerei als Schrift, sehr ausdrucksvoll, die Zeichen liefen nach unten wie feine Zweige, durch die der Wind fuhr. Man merkte, dass derjenige, der das geschrieben hatte, ein Künstler war, ein gebildeter Mensch, der Respekt verdiente. Widerwillig gestand ich mir ein, dass Liebste Tante diese Kalligraphie gemalt haben musste.

Schließlich hatte Alte Witwe Lau das Gefeilsche mit dem Rikschafahrer beendet, und wir betraten Vaters Laden. Das Geschäft war nach Norden ausgerichtet, weshalb es im Inneren recht düster war. Vielleicht war das auch der Grund, weshalb Vater uns nicht sofort wahrnahm. Er war gerade mit einem Kunden beschäftigt, einem Mann, der so vornehm aussah wie die Gelehrten vor zwei Jahrzehnten. Die beiden Männer beugten sich über einen Glaskasten und unterhielten sich über die unterschiedliche Güte der Tuschestifte. Großer Onkel begrüßte uns und bot uns einen Sitzplatz an. Aus seinem formellen Gehabe schloss ich, dass er uns nicht erkannt hatte. Schüchtern nannte ich ihn beim Namen. Er sah mich schief an, dann lachte er und gab die Kunde unserer Ankunft an Kleinen Onkel weiter, der sich viele Male entschuldigte, dass er nicht früher herbeigeeilt sei, uns zu begrüßen. Sie drängten uns, an einem der beiden Teetische, die für Kunden vorbehalten waren, Platz zu nehmen. Alte Witwe Lau lehnte die Einladung gleich dreimal ab, immer wieder beteuernd, mein Vater und mein Onkel müssten doch viel zu viel zu tun haben, um Besuch zu empfangen. Sie machte sogar Anstalten, wieder zu gehen, aber nach der vierten Aufforderung setzten wir uns schließlich doch. Kleiner Onkel brachte uns heißen Tee und süße Orangen, dazu Bambusfächer, damit wir uns kühle Luft zufächeln konnten.

Aufmerksam beobachtete ich alles um mich herum, damit ich einer neiderfüllten GaoLing später haarklein erzählen konnte, was ich gesehen hatte. Der Boden des Ladens bestand aus dunklem Holz, das glatt gewienert war und keinerlei schmutzige Fußabdrücke aufwies, obwohl jetzt die staubigste Zeit des Sommers war. An den Wänden standen Vitrinen und hölzerne Schaukästen. Das Glas glänzte sehr, und nicht eine Scheibe hatte einen Sprung. In diesen Glaskästen lagen unsere in Seide verpackten Schachteln, all unsere harte Arbeit. Hier sahen sie so viel hübscher aus als in der Tuschewerkstatt im Dorf Unsterbliches Herz.

Ich sah, dass Vater mehrere der Schachteln geöffnet hatte. Er legte Stifte und Riegel und Tuschestücke in anderen Formen auf ein Seidentuch, das auf einem Glaskasten ausgebreitet war. Er und der Kunde beugten sich darüber. Zuerst deutete Vater auf einen Stift, der oben die Form eines Märchenschiffs hatte. Mit würdevoller Wichtigkeit sagte er: »Ihre Schrift wird so sanft fließen wie ein Kiel, der durch einen spiegelglatten See schneidet.« Dann nahm er eine Vogelform zur Hand: »Ihr Geist wird in die wolkigen Regionen des höheren Denkens aufsteigen.« Er machte eine Handbewegung über eine Reihe von Tuschestücken, die mit Pfingstrosen und Bambus verziert waren: »Ihre Linien werden üppig blühen, während Bambus ihr stilles Denken umgibt.«

Während seiner Erklärungen musste ich wieder an Liebste Tante denken. Ich erinnerte mich, wie sie mir beigebracht hatte, dass alles, selbst Tusche, einen Sinn und eine Bedeutung hatte: Gute Tusche besitzt etwas Widerspenstiges, das sich dem Gleichgültigen nicht erschließt. Man kann kein richtiger Künstler sein, wenn das Werk, das man schafft, ohne Anstrengung entsteht. Das sei auch der Mangel moderner Tusche aus der Flasche. Man muss nicht denken. Man schreibt einfach, was im Kopf obenauf schwimmt. Und oben ist nichts als der Abschaum eines Teiches, welkes Laub und Mückenlarven. Aber wenn man einen Tuschestift über einen Reibstein schiebt, macht man den ersten Schritt zur Reinigung des Denkens und des Herzens. Man schiebt und fragt sich: Was sind meine Absichten? Was ist in meinem Herzen, das meinem Denken entspricht?

Das fiel mir wieder ein, und doch hörte ich an diesem Tag in der Tuschehandlung Vater zu, und seine Worte wurden weitaus wichtiger als alles, was Liebste Tante gedacht hatte. »Sehen Sie her«, sagte Vater zu seinem Kunden, und ich passte auf. Er hielt einen Tuschestift hoch und drehte ihn im Licht. »Sehen Sie? Er hat die richtige Schattierung, violett-schwarz, nicht braun oder grau wie die billigen Marken, die man ein Stück weiter bekommt. Und nun hören Sie.« Ich vernahm einen Klang, der so rein und pur war wie ein silbernes Glöckchen. »Dieser hohe Ton verrät Ihnen, dass der Ruß sehr fein ist, so sanft wie die abfallenden Ufer geruhsamer Flüsse. Und der Geruch – riechen Sie das Gleichgewicht von Stärke und Feinheit, den Ton des Dufts der Tusche? Nicht ganz billig, aber jeder, der Sie damit schreiben sieht, weiß, dass der hohe Preis voll und ganz berechtigt war.«

Ich war sehr stolz, Vater so von der Tusche unserer Familie sprechen zu hören. Ich sog die heiße Luft ein. Es roch stark nach Gewürzen und Kampfer.

»Dieser Ruß«, fuhr Vater fort, »ist weit besser als der der Anhui-Kiefer. Wir stellen ihn aus einem Baum her, der so selten ist, dass es mittlerweile verboten ist, ihn zu fällen. Glücklicherweise sind wir durch einen Blitzeinschlag zu einem gekommen, ein Segen der Götter.« Vater fragte den Kunden, ob er von dem alten menschlichen Schädel gehört habe, der vor kurzem bei dem Steinbruch am Drachenknochenberg ausgegraben worden sei. Der betagte Gelehrte nickte. »Nun, wir kommen aus dem Dorf, das dort einen Hügel weiter liegt«, erklärte Vater. »Die Bäume in unserem Dorf sind angeblich *mehr* als eine Million Jahre alt! Woher wir das wissen? Ganz einfach. Als diese Leute vor einer Million Jahren im Gebiet um den Drachenknochenberg herumgezogen sind, brauchten sie da nicht Bäume, um sich darunterzusetzen? Bäume, die ihnen Schatten spendeten? Bäume, um Feuer zu machen? Bäume, um Hocker,

Tische und Betten zu machen? Na, habe ich Recht? Und wir, die Leute aus dem Dorf gleich hinter dem Drachenknochenberg, wir haben sie damit versorgt. Wir sind jetzt auch diejenigen, denen die Überreste dieser ursprünglichen Bäume gehören. Wir bezeichnen sie als Unsterbliches-Herz-Holz.«

Vater deutete auf die Regale. »Hier, auf diesem Regal, ist nur eine Prise pro Stift enthalten, deshalb kosten sie auch weniger. In dieser Reihe hier sind zwei Prisen. Und in diesem Kasten da wurde beinahe ausschließlich der Ruß von Unsterbliches-Herz-Holz verwendet. Die Tusche zieht leicht in den Pinsel ein, wie Nektar in den Saugrüssel eines Schmetterlings.«

Der Kunde kaufte schließlich mehrere der teuersten Stifte und verließ dann den Laden. Ich hätte am liebsten Beifall geklatscht, als hätte ich gerade ein Schauspiel für die Götter gesehen. Jetzt kam Vater auf uns, auf mich zu. Freudig erhob ich mich. Ich hatte ihn seit Urgroßmutters Beerdigung vor drei Monaten nicht mehr gesehen. Würde er etwas über meine erwachsene Erscheinung sagen?

»Sowas! Ist es etwa schon fünf Uhr?«, sagte er.

Alte Witwe Lau sprang sofort auf und rief: »Wir sind zu früh! Wir sollten« gehen und später wiederkommen!«

Auf diese Weise erfuhr ich, um welche Zeit wir eigentlich hätten kommen sollen: um fünf Uhr, nicht etwa um eins. Alte Witwe Lau war so erregt über diese Offensichtlichkeit ihres Missgriffs, dass sie sich erst nach fünfmaliger Aufforderung meines Vaters wieder setzte. Meine Onkel brachten noch mehr Tee und Orangen, aber es herrschte eine betretene Stimmung.

Nach einer Weile zeigte Vater sich besorgt um mich. »Du siehst zu dünn aus«, sagte er. Vielleicht sagte er aber auch, ich würde recht pummelig aussehen. Danach erkundigte er sich jedenfalls nach Mutters Gesundheit, dann nach GaoLing und meinen jüngeren Brüdern, dann nach den diversen Tanten und angeheirateten Verwandten. Gut, bestens, wunderbar, schnatterte ich wie eine Ente. In den ungewohnten Kleidern schaffte ich es kaum, auf natürliche Weise zu antworten. Schließlich fragte er mich, ob ich schon gegessen habe. Obwohl so hungrig, dass ich einer Ohnmacht nahe war, hatte ich keine Gelegenheit zu antworten, weil Alte Witwe Lau mir zuvorkam: »Wir haben schon gegessen, wir sind zum Platzen voll! Wir wollen keine weiteren Unannehmlichkeiten verursachen. Mach nur mit deiner Arbeit weiter.«

»So beschäftigt sind wir nun auch nicht«, antwortete Vater aus Höflichkeit, »jedenfalls nicht, wo es um die Familie geht.«

Worauf Alte Witwe Lau noch höflicher erwiderte: »Wirklich, wir sollten gehen... Aber bevor wir gehen, hast du gehört, was mit...« Dann fing sie an, aufgeregt von einigen entfernten Verwandten zu erzählen. Nachdem Alte Witwe Lau mindestens fünf oder sechs weitere Verwandte erwähnt hatte, stellte mein Vater seine Teetasse ab und stand auf.

»Kusine Lau, wo bleiben nur meine Manieren? Ich sollte nicht über Gebühr verlangen, dass du mich noch länger unterhältst. Bestimmt bist du so früh gekommen, um mit meiner Tochter noch durch die Straßen zu spazieren, damit ihr euch die vielen wunderbaren Dinge ansehen könnt.« Er reichte mir ein paar Münzen für Süßigkeiten und Klöße und mahnte mich, auf Ältere Tante Rücksicht zu nehmen und sie nicht zu überanstrengen. »Lasst euch nur Zeit«, sagte er zu ihr. »Wegen uns müsst ihr euch nicht beeilen.«

Alte Witwe Lau war sichtlich beschämt, auf so geschickte Weise hinauskomplimentiert worden zu sein. Ich dagegen freute mich unbändig. Gleich darauf waren wir draußen in der schwelenden Hitze.

Ein Stück weiter stießen wir auf einen Stand, an dem Klöße feilgeboten wurden. Man konnte dort auch auf Bänken im Freien sitzen. Während ich meine Klöße verschlang, klagte Alte Witwe Lau darüber, dass ihr durch die feuchte Hitze die Füße anschwollen: »Bald sind sie so weich und nutzlos wie faule Bananen.« Sie war zu sparsam, um eine Rikscha nach Hause in die Laternenmarktstraße zu nehmen, nur um dann wieder umkehren und zurückkommen zu müssen. Andererseits machte sie sich lautstark Sorgen darüber, dass wir, wenn wir um fünf in den Laden zurückkämen, wo die beiläufige Begegnung mit den wichtigen Leuten stattfinden sollte, mit offenem Mund und heraushängender Zunge dastünden, keuchend wie verwurmte Straßenköter. »Möglichst jetzt nicht schwitzen«, sagte sie ernst.

Wir gingen weiter, immer auf der Suche nach Schatten. Mit einem Ohr lauschte ich den Klagen von Alter Witwe Lau, während ich die Leute betrachtete, die auf der Straße an uns vorbeigingen: junge Männer, die offenbar Studenten oder Lehrlinge waren; alte Mandschu-Frauen mit schweren Bündeln; Mädchen mit modischen Kurzhaarfrisuren und westlichen Kleidern. Jeder lief entschlossen, mit schnellem Schritt, ganz anders als die Leute bei uns zu Hause. Hin und wieder rüttelte mich Alte Witwe Lau an der Schulter und schimpfte: »He! Glotz nicht so als wärst du eine Landpomeranze.«

Wir setzten unseren Streifzug fort, zwei Straßen nach Osten, dann zwei Straßen nach Norden, dann wieder zwei Straßen nach Osten. Auf diese Weise wollte meine Verwandte verhindern, dass wir uns verliefen. Wir fanden uns in einem Park wieder, mit Trauerweiden und Brücken über einen Teich, der mit schwimmenden Blumen und zappelnden Larven bedeckt war. Alte Witwe Lau setzte sich auf eine Bank im Schatten eines Baumes und fächelte sich eifrig Luft zu, während sie klagte, sie würde gleich wie eine Jamsknolle zerbersten, die man zu lange im Ofen gelassen hatte. Bald fiel ihr das Kinn auf die Brust. Sie war eingeschlafen.

Ganz in der Nähe gab es einen Freilichtpavillon aus dunklen, geflochtenen Holzgittern und Reihen von Säulen, die das schwere Ziegeldach stützten. Ich ging zu einer Ecke des Pavillons und drückte mich gegen eine der Säulen. Wie eine Eidechse versuchte ich mich still zu halten und unentdeckt zu bleiben. Von dort aus sah ich einem Mann zu, der sich ganz in die Handhabung seines Schwerts versenkte. Ich sah einen alten Mann, der Melodien auf einem Metallkamm blies, während die alte Frau neben ihm eine Orange schälte und dabei einen Schmetterling fangen wollte, der immer wieder auf die Schale zuflog. Eine Treppe weiter unten saß ein junges Paar an einem kleinen Teich. Die beiden taten so, als würden sie die Enten bewundern, während sie einander mit den Fingerspitzen heimlich berührten. Auch ein Ausländer war da, obwohl ich ihn zuerst nicht als solchen erkannte, weil er Kleider wie ein hiesiger Gelehrter trug, eine lange Sommerrobe und Hosen. Seine Augen waren grau wie trübes Wasser. An einer anderen Säule erblickte ich eine Kinderfrau, die einem Kleinkind etwas vorgurrte, damit es sie ansähe, aber das Kind schrie weiter und drehte den Kopf immer wieder nach dem Ausländer um. Ein anderer Mann, auch er von Kleidung und Auftreten elegant, ging zu einem Baum, wo er den Vorhang eines Käfigs teilte, der mir zuvor gar nicht aufgefallen war. Sofort hoben Vögel zu singen an. Ich hatte das Gefühl, eine tausend Jahre alte Welt betreten zu haben, in der ich schon immer gewesen sei, aber erst jetzt die Augen geöffnet zu haben, um sie zu sehen.

Ich blieb, bis der Pavillon sich fast geleert hatte. Schließlich hörte ich, wie Alte Witwe Lau nach mir brüllte. »Du hast mir eine Heidenangst eingejagt«, schimpfte sie und kniff mich fest in den Arm.

Als wir jetzt zurück zum Laden meines Vaters gingen, war ich ein anderes Mädchen. In meinem Kopf herrschte ein Sandsturm, Ideen und Hoffnungen wirbelten losgelassen umher. Ich fragte mich die ganze Zeit, woran sich diese Leute im Pavillon wohl am nächsten Tag erinnern würden, und am Tag darauf.

Ich für meinen Teil wusste, dass ich nie auch nur einen Augenblick dieses Tages vergessen würde, dieses Tages, an dem ich mein neues Leben beginnen sollte.

Genau wie Alte Witwe Lau geplant hatte, kam meine zukünftige Schwiegermutter pünktlich um fünf Uhr wie zufällig im Laden vorbei. Die Frau war jünger als meine Mutter. Sie machte einen ernsten Eindruck und blickte kritisch drein. An den Handgelenken trug sie nicht wenig Gold und Jade, wie um zu zeigen, welch Wert ihr zugemessen sei. Als Alte Witwe Lau sie ansprach, reagierte sie zunächst erstaunt, dann erfreut.

»Was für ein Glück, dass wir Sie hier treffen«, rief Alte Witwe Lau mit hoher Stimme. »Wann sind Sie denn in Peking angekommen? ... Ach, Sie besuchen eine Kusine? Wie geht es denn so in Unsterbliches Herz?« Nachdem wir uns von unserer gespielten Überraschung erholt hatten, stellte Alte Witwe Lau sie Vater und meinen Onkeln vor. Ich war so damit beschäftigt, keine Miene zu verziehen, dass ich den Namen der Frau nicht mitbekam.

»Das ist die Älteste Tochter meiner Kusine, Liu LuLing«, sagte Alte Witwe Lau. »Sie ist fünfzehn.«

»Ich bin vierzehn«, verbesserte ich sie, worauf Alte Witwe Lau mich böse anfunkelte, bevor sie hinzufügte: »Beinahe fünfzehn. Sie ist diese Woche zu Besuch in Peking. Die Familie lebt auch im Dorf Unsterbliches Herz, aber sie verkaufen ihre Tusche in Peking. Und wie Sie sehen«, sagte sie und schwenkte den Arm, »läuft das Geschäft nicht schlecht.«

»Zum Teil haben wir Ihrem Mann dafür zu danken«, sagte Vater dann. »Von ihm kaufen wir viel von unserem exzellenten Holz.«

»Wirklich?«, sagten Alte Witwe Lau und die Frau wie aus einem Mund. Ich war jetzt vor Neugier ganz Ohr, was Vater sagen würde, woher sich unsere Familien kannten.

»Und ob. Wir erhalten unser Kampferholz immer von Herrn

Chang«, fuhr Vater fort. »Er hat uns auch schon zu weniger frohen Anlässen Särge geliefert, immer von der besten Qualität.«

Chang, der Sargschreiner. Als all die Ausrufe der Überraschung und der Freude verklungen waren, stellte ich mir vor, wie Liebste Tante mit den Fäusten in die Luft schlug. Sie würde mir nie erlauben, in diese Familie einzuheiraten. Doch dann sagte ich mir, dass die Entscheidung schließlich nicht bei ihr lag.

»Auch wir denken daran, einen Laden in Peking aufzumachen«, sagte Frau Chang.

»Ach ja? Vielleicht könnten wir Ihnen dabei behilflich sein«, sagte Vater höflich.

»Wir würden Ihnen keine Umstände bereiten wollen«, sagte Frau Chang.

»Das wären überhaupt keine Umstände«, entgegnete Vater.

»Vielleicht sollte man sich einmal zusammensetzen, um das zu besprechen«, schlug Alte Witwe Lau wie auf Stichwort vor.

Während Frau Chang über diesen hervorragenden Vorschlag nachdachte, fügte Vater hinzu: »In jedem Fall würde ich mich mit Ihrem Mann gern weiter über die Drachenknochen unterhalten, die er zu der großen wissenschaftlichen Entdeckung des Pekingmenschen beigetragen hat.«

Frau Chang nickte. »Wir haben nicht schlecht gestaunt, dass diese hässlichen kleinen Knochen so wertvoll waren. Nur gut, dass wir sie nicht als Medizin verwendet haben.«

Ich dachte darüber nach, was es für mich bedeuten würde, in diese reiche und berühmte Familie einzuheiraten. GaoLing würde vor Neid vergehen. Mutter würde mich besonders liebevoll behandeln. Die Changs würden Liebster Tante natürlich nicht erlauben, als Kindermädchen für ihre zukünftigen Enkel mitzukommen, besonders angesichts dessen, dass sie immer spuckte und um sich schlug, wann immer der Name Chang erwähnt wurde.

Zu guter Letzt wurde beschlossen, dass Alte Witwe Lau,

mein Vater und ich einem Haus in Peking einen Besuch abstatten sollten, das Verwandten der Changs gehörte, wo einige ungewöhnliche Steine im Garten zu besichtigen seien. Aus Sicht von Alte Witwe Lau standen die Zeichen durch diese Einladung gut, dass die Changs mich als mögliche Heiratskandidatin betrachteten. Auch ich war froh, hieß es doch, dass ich länger in Peking bleiben konnte.

Zwei Abende später gingen wir zu einem Mondfest bei den Verwandten der Changs. Ich trug ein anderes Kleid, das aber wiederum geborgt war. Ich saß stumm da, hielt mich beim Essen zurück, und sagte noch weniger. Auch Herr Chang war aus Unsterbliches Herz hergekommen. Er und Vater unterhielten sich über den Pekingmenschen.

»Alle Teile des Schädels müssen in China bleiben«, sagte Vater. »Das gehört sich nicht nur so, so ist es auch mit den Ausländern vereinbart.«

»Diese Ausländer«, sagte Chang, »bei denen kann man nicht darauf vertrauen, dass sie ihr Wort halten. Sie werden eine Möglichkeit finden, ein paar Teile aus dem Land zu schmuggeln. Sie werden Ausreden finden, neue Verträge machen, Druck ausüben.«

»Kein Vertrag kann etwas daran ändern, dass der Pekingmensch ein Chinese ist und dort bleiben sollte, wo er gelebt hat und gestorben ist.«

Plötzlich sah Herr Chang mich an. Ich saß kerzengerade auf einem der Gartenhocker. »Vielleicht können du und ich eines Tages gemeinsam noch mehr Teile des Pekingmenschen sammeln. Was hältst du davon?«

Ich nickte eifrig.

Tags darauf fuhr ich als zufriedenes Mädchen wieder nach Hause. Ich hatte mich noch nie so wichtig gefühlt. Ich hatte Alter Witwe Lau und meiner Familie keine Schande bereitet. Ich war sogar ein großer Erfolg gewesen. Mein Vater hatte mich nur ganz wenig tadeln müssen und dann auch immer nur wegen Kleinigkeiten. Ich konnte also davon ausgehen, dass er stolz auf mich war. Alte Witwe Lau hatte vor ihren Schwiegertöchtern geprahlt, dass ich das Aussehen und das Benehmen hätte, um zehn Hochzeitsanträge zu rechtfertigen. Gewiss würde ich noch innerhalb dieser Woche ein Heiratsangebot von den Changs bekommen.

Obwohl ich den vierten Sohn der Changs, der in Drachenknochenberg wohnte, noch nicht kannte, wusste ich, dass er zwei Jahre älter als ich war. Wie die anderen Söhne war er Lehrling in der Sargschreinerei seines Vaters. Darüber hinaus hieß es, dass er als der jüngste Sohn die Sargschreinerei nach Peking ausweiten könne, so wie meine Familie es mit dem Tuschegeschäft gemacht habe. Was nur bedeutete, dass ich in Peking wohnen würde.

Während all dieses Erörterns stellte ich mir allerdings nicht die Frage, ob mein zukünftiger Ehemann klug war, ob er gebildet war, ob er freundlich war. Kein Gedanke an romantische Liebe. Das war mir ganz fern. Ich wusste aber, dass eine Hochzeit Auswirkungen darauf hatte, ob sich meine Stellung im Leben verbesserte oder verschlechterte. Und nach den Manieren der Changs und dem Schmuck von Frau Chang zu urteilen, würde auch ich eine wichtige Persönlichkeit werden. Was sollte dagegen einzuwenden sein?

Herr Wei kam schon vor Sonnenaufgang, um mich abzuholen. Der Himmel war dunkel, und die fauligen Sommergerüche hingen noch nicht in der Luft. Im Wagen fing ich an zu träumen, wie ich mein Leben ändern musste. Ich brauchte natürlich sofort neue Kleider. Ich sollte auch mehr darauf achten, das Gesicht von der Sonne fern zu halten. Ich wollte nicht aussehen wie ein dunkles kleines Bauernmädchen. Immerhin waren wir Handwerker und Händler aus einer alten Sippe von hohem Ansehen.

Als schließlich die Sterne verblassten und die Sonne aufging, war Peking längst vom Horizont verschwunden. Die Landschaft vor mir wurde wieder zur staubigen Ödnis.

Stunden später erklomm der Wagen den Hügel, hinter dem sich Unsterbliches Herz verbarg. Ich hörte die Hähne krähen, die Hunde jaulen, all die vertrauten Geräusche unseres Dorfes. Herr Wei fing an, ein ländliches Liebeslied zu grölen, so laut, dass ihm die Lunge zu platzen drohte. Als wir um die letzte Biegung kamen, trafen wir auf Schäfer Wu, der dort seine Herde zusammentrieb. Die spätnachmittägliche Sonne strahlte durch die Bäume auf die Rücken der Schafe. Wu hob seinen Stock und rief Herrn Wei und mir einen Gruß zu. Auf einmal drehte sich die Herde in einer einzigen Bewegung in dieselbe Richtung um wie eine Wolke, die einen Sturm mit sich bringt. Ich spürte Gefahr heraufziehen. Mir fiel ein, wie Mutter einmal verhohlen davon erzählt hatte, dass dieser Schäfer Witwer sei, der eine neue Frau suche, die ihm dabei half, die Webstühle zu bedienen. Ich konnte den körnigen, gelben Gobistaub geradezu fühlen, sollte ich mit den Fingern einst durch Wolle fahren. Ich konnte riechen, wie der Gestank der Lämmer in die Finger, bis in die Knochen eindrängte. Jetzt, da ich den Schäfer mit seinem Grinsen und dem erhobenen Stock vor mir sah, war ich noch entschlossener, den Sohn der Changs zu heiraten. Vielleicht würde sich dieser Sohn als einäugiger Idiot entpuppen. Sei's drum. Ich wäre immer noch die Schwiegertochter einer berühmten Familie, die ein Geschäft in Peking hatte.

So schnell wie man einen Zweig zerbricht – so schnell kann sich das Denken gegen das wenden, was einem lieb und vertraut ist. Da kehrte ich nun gleich in mein altes Heim zurück, war aber dennoch nicht erfüllt von sentimentaler Zuneigung für das, womit ich aufgewachsen war. Stattdessen nahm ich den durchdringenden Gestank des Schweinefutters wahr, das pockennarbige Land, das von Träumern auf der Suche nach Drachenknochen umgepflügt worden war, die Löcher in den Mauern, den Schlamm bei den Brunnen, den Staub auf den unbefestigten Wegen. Ich sah, dass all die Frauen, an denen wir vorbeikamen, ob jung oder alt, dasselbe leere Gesicht hatten, schläfrige Augen, Spiegel ihres schläfrigen Denkens. Das Leben des einen war wie das Leben des anderen. Eine Familie war so viel wert wie die andere, also unwichtig. Es waren Landmenschen, einfältig, wenn auch geschickt, behäbig, wenn es um Veränderungen ging, aber ganz schnell dabei, eine wimmelnde Ameisenstraße als schlechtes Zeichen der Götter zu deuten. Selbst Liebste Tante gehörte für mich nun dazu, sie war eine verschlafene Landpomeranze.

Eine lustige Redensart über das Leben in einem verschlafenen Dorf kam mir in den Sinn. Wenn man nichts anderes zu tun hatte, konnte man immer noch Maden aus dem Reis lesen. Früher hatte ich über solche Redensarten gelacht. Jetzt sah ich, dass sie der Wahrheit entsprachen.

Als wir auf den Hauptplatz fuhren, sang Herr Wei immer noch seine lauten Volksweisen. Und dann schließlich kamen wir zur Schweinekopfstraße. Ich kam an all den vertrauten Gesichtern vorbei und hörte ihre barschen, vom Staub heiseren Begrüßungen. Als wir uns der Kurve näherten, wo unser Haus stand, schlug mir das Herz bis in die Schläfen. Ich sah das Tor des Familienanwesens, den Bogen mit seinem abblätternden Holz, die verblichenen roten Spruchbänder mit den Versen, die an den Säulen herunterhingen.

Doch in dem Moment, als ich das Tor aufschob, zog sich mein Herz wieder ganz in die Brust zurück, und ich war erfüllt von der Sehnsucht, Liebste Tante zu sehen. Sie würde sich freuen, mich zu sehen. Sie hatte geweint, als ich weggefahren war. Ich lief in den vorderen Hof: »Ich bin wieder da! Ich bin schon wieder da!« Ich ging in die Tuschewerkstatt, wo ich Mutter und GaoLing antraf.

»Ah, schon zurück?«, sagte Mutter, die nicht einmal ihre Arbeit unterbrach. »Kusine Lau hat mir geschrieben, dass das Treffen gut verlaufen ist und dass die Changs dich wahrscheinlich nehmen.«

Ich platzte fast, so gern wollte ich ihnen von meinen Abenteuern, all den schönen Dingen, die ich erlebt hatte, erzählen. Aber Mutter ließ es nicht dazu kommen: »Beeil dich und mach dich sauber, damit du deiner kleinen Schwester und mir beim Mahlen helfen kannst.« GaoLing rümpfte die Nase und sagte: »*Cho!* Du riechst wie das Hinterteil eines Esels.«

Ich ging ins Zimmer, das ich mit Liebster Tante teilte. Alles war an seinem üblichen Ort, die Decke lag zusammengelegt am unteren Ende des *k'ang*. Aber Liebste Tante war nicht da. Ich wanderte von Raum zu Raum, von einem kleinen Hof zum nächsten. Mit jedem Moment steigerte sich mein Verlangen, sie zu sehen.

Dann hörte ich einen Topf klappern. Sie war im Vorratskeller und wollte sich mit dem Klappern offenbar bemerkbar machen. Ich blickte die steile Stiege in den Gang hinunter. Sie winkte. Als sie aus dem Schatten heraufkletterte, sah ich, dass sie immer noch eine mädchenhafte Figur hatte. In dem kurzen Augenblick, in dem ich nur die eine Hälfte ihres Gesichts in der Sonne sah, war sie wieder so schön, wie sie mir als kleines Kind vorgekommen war. Nachdem sie ganz aus dem Loch hervorgekommen war, stellte sie den Topf ab und strich mir über das Gesicht, dann sagte sie mit den Händen: *Bist du wirklich zu mir zurückgekommen, Hündchen?* Sie zog an meinem verhedderten Zopf und schnaubte. *Hast du deinen Kamm nicht mitgenommen? Hat dich etwa niemand daran erinnert? Jetzt siehst du, warum du mich brauchst. Du hast kein Hirn!* Sie stupste mich am Kopf, was mich ärgerte. Mit Spucke auf dem Finger rieb sie mir

Schmutz von der Wange, dann fühlte sie meine Stirn. *Bist du krank? Du scheinst Fieber zu haben.*

»Ich bin nicht krank«, erwiderte ich. »Mir ist nur heiß.« Sie entwirrte meine Haare. Ich betrachtete ihre schwieligen Narben, ihren verdrehten Mund.

Ich wich zurück. »Ich kann mich selbst sauber machen«, sagte ich.

Sie zischte. *Eine Woche fort und schon bist du erwachsen?*

Ich schnappte zurück: »Und ob. Immerhin bin ich bald eine verheiratete Frau.«

Das habe ich gehört. Und sogar nicht nur als Konkubine, sondern als Ehefrau. Das ist gut. Ich habe dich gut erzogen, das kann jeder sehen.

Da wusste ich, dass Mutter ihr nicht den Namen der Familie gesagt hatte. Früher oder später musste sie ihn sowieso erfahren. »Es ist die Familie Chang«, sagte ich und beobachtete, wie die Wörter durch sie hindurchschnitten. »Genau, Chang, der Sargschreiner.«

Sie hörte sich an, als würde sie ertrinken. Sie wiegte den Kopf wie eine schwingende Glocke. Dann sagte sie mir mit fuchtelnden Händen: *Das darfst du nicht. Ich verbiete es dir.*

»Du hast das gar nicht zu entscheiden!«, brüllte ich zurück.

Sie schlug mich und schubste mich dabei gegen die Wand. Immer wieder schlug sie mir auf die Schultern, den Kopf. Zuerst versuchte ich, mich zu schützen, wimmerte und duckte mich. Aber dann wurde ich zornig. Ich schob sie weg und richtete mich auf. Ich zeigte im Gesicht keine Regung, und das überraschte sie. Wir starrten einander an, atmeten heftig und schnell, bis wir einander nicht mehr erkannten. Sie fiel auf die Knie und schlug sich unablässig auf die Brust, ihr Zeichen für *sinnlos*.

»Ich muss jetzt Mutter und GaoLing bei der Arbeit helfen«, sagte ich, wandte mich von ihr ab und ging davon.

GEIST

Wie erwartet, fragten die Changs unsere Familie, ob ich als Schwiegertochter in ihre Familie eintreten würde. Wenn ich sofort einwilligte, so fügte Alte Witwe Lau hinzu, würde meine Familie ein Geldgeschenk erhalten und ich würde sofort bei allen Familien- und Stadtzeremonien als Schwiegertochter bekannt gemacht werden, auch bei der besonderen Zeremonie während des Mondfests, bei der Herr Chang für seine Errungenschaften auf dem Gebiet der Wissenschaft geehrt werden sollte.

»Sie sollte sofort gehen«, rieten Große Tante und Kleine Tante meiner Mutter. »Sonst ändern sie vielleicht noch ihre Meinung. Stellt euch vor, sie finden heraus, dass mit ihrer Vergangenheit etwas nicht in Ordnung ist, und wollen dann den Ehevertrag nichtig machen. Was dann?« Ich dachte, sie redeten von meinem mangelhaften Geschick im Nähen oder irgendeinem Ungehorsam, der schon länger zurücklag. Aber sie sprachen natürlich von meiner Geburt. Sie wussten, wessen Tochter ich in Wirklichkeit war. Die Changs und ich wussten das nicht.

Mutter beschloss, dass ich in ein paar Wochen zur Familie Chang ziehen solle, noch vor der Stadtzeremonie, die man zum Mondfest abhalten wollte. Sie versicherte mir, dass sie und meine Tanten dann genügend Zeit hätten, Decken und Kleider für mein neues Leben zu nähen. Nachdem Mutter das verkündet hatte, weinte sie vor Freude. »Ich habe meine Sache mit dir gut gemacht«, sagte sie stolz. »Niemand kann sich beschweren.« GaoLing weinte ebenfalls. Selbst ich vergoss ein paar Tränen, wenn auch nicht alle aus Freude. Ich würde meine Familie, mein Zuhause verlassen. Ich würde von einem Mädchen zu einer Ehefrau werden, von einer Tochter zu einer Schwiegertochter. Aber ganz egal, wie glücklich ich dann sein würde, es war trotzdem traurig, mich von meinem alten Leben verabschieden zu müssen.

Liebste Tante und ich teilten weiterhin denselben Raum, dasselbe Bett. Aber weder ließ sie mir von jetzt an ein Bad ein, noch brachte sie mir Trinkwasser vom Brunnen. Sie half mir nicht mehr mit meinen Haaren und kümmerte sich auch nicht mehr um mein tägliches Wohl oder die Sauberkeit meiner Fingernägel. Sie erteilte mir keine Zurechtweisungen, keine Ratschläge. Sie sprach nicht mehr mit den Händen zu mir.

Auf dem *k'ang* schliefen wir möglichst weit voneinander entfernt. Wenn ich merkte, dass ich mich an ihre vertraute Gestalt gekuschelt hatte, rutschte ich vorsichtig wieder weg, bevor sie aufwachte. Jeden Morgen wachte sie mit roten Augen auf, ich wusste also, dass sie geweint hatte. Manchmal hatte auch ich rote Augen.

Wenn Liebste Tante nicht in der Tuschewerkstatt arbeitete, schrieb sie, eine Seite nach der anderen. Sie saß an ihrem Tisch und rieb den Tuschestift immer wieder in den Reibstein. Ich hatte nicht die geringste Ahnung, was ihr durch den Kopf ging. Sie tauchte den Pinsel ein und schrieb, hielt inne und tauchte ihn wieder ein. Die Wörter flossen ohne Kleckse, Streichungen oder nachträgliche Änderungen dahin.

Ein paar Tage, bevor ich zu den Changs ziehen sollte, wachte ich auf und merkte, dass Liebste Tante dasaß und mich ansah. Sie hob die Hände. *Jetzt zeige ich dir die Wahrheit.* Sie ging zu dem kleinen Holzschrank und holte dort ein in blaues Tuch eingeschlagenes Päckchen heraus. Sie legte es mir in den Schoß. In dem Päckchen befand sich ein dicker Stapel Papier, der mit einer Schnur zusammengebunden war. Sie starrte mich lange mit einem seltsamen Gesichtsausdruck an, dann verließ sie den Raum.

Ich warf einen Blick auf die erste Seite. »Ich wurde geboren als die Tochter des Berühmten Knochenheilers vom Mund des Berges«, begann es. Ich überflog die nächsten paar Seiten. Es ging um die Tradition ihrer Familie, den Verlust ihrer Mutter, die Trauer ihres Vaters, all die Dinge, die sie mir bereits erzählt hatte. Aber dann entdeckte ich die Stelle, wo es hieß: »Jetzt werde ich erzählen, wie böse dieser Chang wirklich ist.« Sofort ließ ich die Blätter fallen. Ich wollte nicht zulassen, dass Liebste Tante meine Gedanken vergiftete. Also las ich damals nicht bis zum Ende, wo stehen würde, dass sie meine Mutter war.

Während unseres Abendessens verhielt sich Liebste Tante, als wäre ich wieder das hilflose Ding wie einst. Mit ihren Essstäbchen nahm sie einzelne Bissen und legte sie mir in die Schüssel. *Du musst mehr essen,* wies sie mich an. *Warum isst du nichts? Bist du krank? Du scheinst mir warm zu sein. Du hast eine heiße Stirn. Warum bist du so blass?*

Nach dem Essen gingen wir wie gewöhnlich in den Hof. Mutter und meine Tanten bestickten meine Hochzeitskleider. Liebste Tante stopfte ein Loch in meiner alten Hose. Sie legte die Nadel weg und zupfte mich am Ärmel. *Hast du schon gelesen, was ich geschrieben habe?*

Ich nickte, aber nur weil ich vor den anderen nicht mir ihr streiten wollte. Meine Kusinen, GaoLing und ich spielten Fadenspiele mit Schnüren, die wir zwischen den Fingern spannten. Ich machte viele Fehler, die GaoLing zu der hämischen Bemerkung nutzte, dass die Changs eine unbeholfene Schwiegertochter bekämen. Als Liebste Tante das hörte, warf sie mir einen ernsten Blick zu.

Der Abend schritt voran. Die Sonne ging unter, und die Geräusche der Dunkelheit ertönten, das Zirpen, Knacken und Flattern unsichtbarer Wesen. Allzu bald war es Zeit, zu Bett zu gehen. Ich wartete, dass Liebste Tante zuerst ging. Viel später – als ich glaubte, sie würde vielleicht schon schlafen – betrat ich das dunkle Zimmer.

Liebste Tante setzte sich sofort auf und sprach mit ihren Händen zu mir.

»Ich kann nicht sehen, was du mir sagen willst«, sagte ich. Als sie darauf zur Kerosinlampe ging, um sie anzuzünden, beschied ich ihr: »Mach dir nicht die Mühe, ich bin müde. Ich will jetzt nicht reden.« Sie zündete die Lampe trotzdem an. Ich ging zum *k'ang* und legte mich hin. Sie folgte mir und stellte die Lampe auf die Kante, kauerte sich zusammen und starrte mich mit glühendem Gesicht an. *Jetzt, wo du meine Geschichte gelesen hast, was empfindest du mir gegenüber? Sei ehrlich.*

Ich brummte nur. Das leise Brummen war ihr offenbar Anlass genug, die Hände zu falten, sich zu verbeugen und die Göttin der Gnade zu preisen, weil sie mich vor den Changs gerettet hatte. Bevor sie sich zu sehr bedankte, sagte ich schnell: »Ich werde trotzdem gehen.«

Lange Zeit rührte sie sich nicht. Dann begann sie zu weinen und sich auf die Brust zu schlagen. Ihre Hände bewegten sich schnell: *Empfindest du nichts für die, die ich bin?*

Ich erinnere mich genau, was ich zu ihr sagte: »Selbst wenn die ganze Familie Chang nur aus Mördern und Dieben bestünde, ich würde zu ihnen gehen, nur um von dir wegzukommen.«

Sie schlug mit der flachen Hand gegen die Wand. Dann blies sie die Lampe aus und verließ den Raum.

Am nächsten Morgen war sie verschwunden, aber ich machte mir weiter keine Gedanken. Es war in der Vergangenheit schon öfter vorgekommen, dass sie weggegangen war, wenn sie sich über mich ärgerte. Jedes Mal war sie wieder zurückgekommen. Sie erschien auch nicht zum Frühstück. Daher wusste ich, dass ihr Ärger größer sein musste als sonst. Soll sie sich doch ärgern, sagte ich mir. Ihr liegt nichts an meinem zukünftigen Glück. Nur Mutter liegt etwas daran. Das ist der Unterschied zwischen einem Kindermädchen und einer Mutter.

Das ging mir durch den Kopf, als meine Tanten, GaoLing und ich Mutter in die Tuschewerkstatt folgten, um mit der Arbeit zu beginnen. Als wir den düsteren Raum betraten, empfing uns ein völliges Durcheinander. Flecken an den Wänden. Flecken auf der Bank. Große Lachen auf dem Boden. War ein wildes Tier eingebrochen? Und was war das für ein fauliger, süßlicher Geruch? Dann fing Mutter zu heulen an: »Sie ist tot! Sie ist tot!«

Wer war tot? Gleich darauf sah ich Liebste Tante. Die obere Hälfte ihres Gesichts war kalkweiß, und sie starrte mich mit wilden Augen an. Sie saß verkrümmt an der gegenüberliegenden Wand. »Wer ist tot?«, rief ich Liebster Tante zu. »Was ist passiert?« Ich ging auf sie zu. Ihr Haar war offen und verfilzt, und dann sah ich, dass ihr Hals von Fliegen übersät war. Die Augen waren weiterhin auf mich gerichtet, aber die Hände bewegte sie nicht. In der einen hielt sie das Messer, mit dem sonst Reibsteine geschnitzt wurden. Noch bevor ich Liebste Tante erreicht hatte, schob mich eine herbeigeeilte Mieterin zur Seite, damit sie besser gaffen konnte.

Das war alles, woran ich mich von diesem Tag noch erinnere. Ich wusste nicht, wie ich in mein Zimmer, auf den *k'ang* kam. Als ich in der Dunkelheit erwachte, dachte ich, es sei noch der Morgen zuvor. Ich setzte mich auf und schüttelte mich, um den Albtraum loszuwerden.

Liebste Tante lag nicht im *k'ang*. Dann erinnerte ich mich, dass sie böse auf mich gewesen und weggegangen war, um woanders zu schlafen. Ich versuchte, wieder einzuschlafen, aber ich konnte nicht stillliegen. Ich stand auf und ging nach draußen. Der Himmel war voller Sterne, nirgendwo brannte eine Lampe, und nicht einmal der alte Hahn rührte sich. Es war nicht schon Morgen, sondern noch Nacht, und ich fragte mich, ob ich wohl schlafwandelte. Ich ging über den Hof in die Tuschewerkstatt, weil ich dachte, Liebste Tante würde vielleicht dort auf der Bank schlafen. Doch dann fielen mir wieder einzelne Stücke des bösen Traums ein: schwarze Fliegen, die sich an ihrem Hals labten, die ihr über die Schultern krochen wie flatternde Haare. Ich fürchtete mich vor dem, was ich in der Werkstatt sehen würde, aber unwillkürlich hatte ich mit zitternden Händen bereits die Lampe angezündet.

Die Wände waren sauber. Ebenso der Boden. Liebste Tante war nicht da. Ich war erleichtert und kehrte ins Bett zurück.

Als ich das nächste Mal aufwachte, war es Morgen, und GaoLing saß auf dem Rand des *k'ang*. »Egal, was passiert«, sagte sie mit tränenüberströmtem Gesicht, »ich verspreche, dich immer wie eine Schwester zu behandeln.« Dann erzählte sie mir, was vorgefallen war, und ich vernahm ihre Worte, als befände ich mich immer noch in einem schlechten Traum.

Am Tag zuvor war Frau Chang mit einem Brief herübergekommen, den sie mitten in der Nacht von Liebster Tante erhalten hatte. »Was soll das bedeuten?«, wollte die Frau wissen. In dem Brief stehe, Liebste Tante würde für immer und ewig als Hausgeist bei ihnen spuken, sollte ich in die Familie Chang einheiraten. »Wo ist die Frau, die das geschickt hat?«, verlangte Frau Chang zu wissen und schlug auf den Brief. Als Mutter ihr erzählte, dass sich das Kindermädchen gerade umgebracht habe, zog Frau Chang zu Tode erschreckt wieder ab.

Danach war Mutter hinüber zu der Leiche gerannt, erzählte

GaoLing. Liebste Tante lehnte immer noch an der Werkstattwand. »Ist das dein Dank?«, rief Mutter. »Ich habe dich wie eine Schwester behandelt. Ich habe deine Tochter wie meine eigene behandelt.« Sie trat die Leiche immer wieder, weil diese sich nicht tausendmal entschuldigte: Danke, es tut mir Leid, ich bitte um Vergebung. »Mutter war außer sich vor Wut«, berichtete GaoLing. »Sie hat zu der Leiche von Lieber Tante gesagt: ›Wenn du bei uns spukst, dann verkaufe ich LuLing als Hure.‹« Danach befahl Mutter dem Alten Koch, die Leiche auf eine Karre zu laden und sie dann über den Abhang zu werfen. »Jetzt liegt sie dort unten«, sagte GaoLing, »deine Liebste Tante liegt am Ende der Welt.«

Nachdem GaoLing gegangen war, verstand ich immer noch nicht alles, was sie erzählte hatte, und doch wusste ich es. Ich kramte die Seiten hervor, die Liebste Tante für mich geschrieben hatte. Endlich las ich ihre Worte. *Deine Mutter, deine Mutter, ich bin deine Mutter.*

An jenem Tag ging ich zum Ende der Welt, um sie zu suchen. Beim Hinunterrutschen rissen mir Zweige und Dornen die Haut auf. Als ich unten ankam, suchte ich fieberhaft nach ihr. Ich hörte das Zirpen der Zikaden, das Schlagen von Geierflügeln. Ich ging auf das dicke Unterholz zu, wo die Bäume seitwärts wuchsen, so wie sie mit dem abbröckelnden Abhang abgesackt waren. Ich sah Moos, oder war das ihr Haar? Ich sah ein Nest hoch oben in den Ästen, oder war das ihr Körper, der an Arm oder Bein hängen geblieben war? Ich stieg über Äste, oder waren das ihre Knochen, die die Wölfe bereits verstreut hatten?

Ich wandte mich um und ging in die andere Richtung, folgte den Biegungen der Felswand. Ich entdeckte Stofffetzen – ihre Kleider? Ich sah Krähen kleine Stückchen wegtragen – Fetzen von ihrem Fleisch? Ich kam in eine Ödnis mit Steinhaufen, zehntausend Stücke von ihrem Schädel und ihren Knochen. Wo ich auch hinblickte, schien es, als sähe ich sie, zerfetzt und zerschmettert. Es war meine Schuld. Ich erinnerte mich an den Fluch ihrer Familie, *meiner* Familie, an die Drachenknochen, die nicht an den Ort ihrer Bestattung zurückgebracht worden waren. Chang, dieser schreckliche Mensch, wollte doch nur, dass ich seinen Sohn heiratete, damit ich ihm verriete, wo er noch mehr von diesen Knochen finden konnte. Wie war ich nur so dumm gewesen, dass mir das nicht vorher klar geworden war?

Bis in die Abenddämmerung hinein suchte ich nach ihr. Meine Augen waren von Staub und Tränen geschwollen. Ich fand sie nicht. Als ich wieder hinaufkletterte, war ich ein Mädchen, das einen Teil seiner Selbst am Ende der Welt verloren hatte.

Fünf Tage lang war ich nicht fähig, mich zu bewegen. Ich brachte kein Essen hinunter. Ich konnte nicht einmal weinen. Ich lag in dem einsamen *k'ang* und spürte nur die Luft, die mir aus dem Brustkorb entwich. Immer wenn ich dachte, ich hätte nichts mehr übrig, wurde dennoch weiter Luft aus meinem Körper gesogen. Manchmal konnte ich einfach nicht glauben, was passiert war. Ich weigerte mich, es zu glauben. Ich strengte mich an, Liebste Tante wieder auftauchen zu lassen, ihre Schritte zu hören, ihr Gesicht zu sehen. Aber wenn ich ihr Gesicht sah, dann war es im Traum, und sie war böse. Sie sagte, ein Fluch würde mich jetzt verfolgen, und ich würde niemals Frieden finden. Ich sei dazu verdammt, unglücklich zu sein. Am sechsten Tag begann ich zu weinen, vom Morgen bis in die Nacht, ohne Unterlass. Als kein Gefühl mehr in mir war, erhob ich mich vom Bett und kehrte in mein Leben zurück.

Mein Einzug bei den Changs wurde nie mehr auch nur erwähnt. Der Ehevertrag war für ungültig erklärt worden. Mutter tat auch nicht mehr so, als wäre ich ihre Tochter. Ich wusste nicht mehr, wo mein Platz in dieser Familie war, und manchmal drohte mir Mutter, wenn sie böse mit mir war, mich als Sklavin an den tuberkulösen alten Schäfer zu verkaufen. Niemand sprach von Liebster Tante, weder von ihr als Lebendiger noch als Toter. Und obwohl meine Tanten immer gewusst hatten, dass ich ihre uneheliche Tochter war, bemitleideten sie mich nicht, wie es einem trauernden Kind zugekommen wäre. Wenn ich meine Tränen nicht mehr unterdrücken konnte, wandten sie sich ab und hatten auf einmal ganz viel mit Augen und Händen zu tun.

Nur GaoLing sprach mich schüchtern an. »Hast du schon Hunger? Wenn du den Kloß nicht willst, esse ich ihn.« Und ich weiß noch: Wenn ich auf meinem *k'ang* lag, kam sie oft zu mir und nannte mich Große Schwester. Sie streichelte mir die Hand.

Zwei Wochen, nachdem sich Liebste Tante umgebracht hatte, kam eine Gestalt durch unser Tor gerannt, die wie ein Bettler wirkte, hinter dem der Teufel her war. Es war Kleiner Onkel aus Peking. Die Kleider und selbst die Augenhöhlen waren voller Ruß. Als er den Mund öffnete, drangen erstickte Schreie hervor. »Was ist los? Was ist los?«, hörte ich Mutter rufen, als ich aus dem Vorratskeller hinaufstieg. Die anderen strömten aus der Tuschewerkstatt heraus. Auch ein paar der Mieter kamen herbeigeeilt, mit krabbelnden Kindern und lärmenden Hunden im Schlepptau.

»Alles fort«, sagte Kleiner Onkel. Er klapperte mit den Zähnen, als wäre ihm kalt. »Alles verbrannt. Wir sind erledigt.«

»Verbrannt?«, rief Mutter. »Was willst du damit sagen?«

Kleiner Onkel brach mit verzerrtem Gesicht auf einer Bank zusammen. »Der Laden an der Straße, die Schlafzimmer hinten, alles liegt in Schutt und Asche.« GaoLing packte mich am Arm.

Stück für Stück zogen ihm Mutter und die Tanten aus der Nase, was geschehen war. Letzte Nacht, erzählte er, sei Liebste Tante Vater erschienen. Sie hatte das Haar offen getragen, und Tränen und schwarzes Blut troffen herunter, wodurch Vater sofort wusste, dass es sich um einen Geist und nicht um einen üblichen Traum handelte.

»Liu Jin Sen«, hatte Liebste Tante gerufen. »War dir Kampferholz wichtiger als mein Leben? Dann soll das Holz brennen, so wie ich jetzt brenne.«

Vater holte mit dem Arm aus, um sie zu verscheuchen, stieß dabei aber die Öllampe um, die nicht etwa zum Traum gehörte, sondern auf dem Tisch neben seinem Bett stand. Als Großer Onkel den Krach hörte, habe er sich aufgesetzt und ein Streichholz angezündet, um zu sehen, was da auf dem Boden ausgelaufen war. Da hat ihm Liebste Tante, erzählte Kleiner Onkel, das Streichholz aus der Hand geschlagen. Eine Feuerfontäne schoss nach oben. Großer Onkel brüllte Kleinen Onkel an, er solle ihm helfen, das Feuer zu ersticken. Wegen der Tücke, die Liebste Tante anwandte, sagte Kleiner Onkel, goss er statt einer Kanne kalten Tees einen Krug *pai-gar*-Wein über die Flammen, worauf das Feuer nur noch höher aufloderte. Vater und die beiden Onkel weckten schnell ihre Söhne im Zimmer nebenan; dann hätten alle Männer unserer Familie im Hof gestanden, wo sie lediglich zusehen konnten, wie die Flammen das Bettzeug, die Spruchbänder, die Wände verschlangen. Je mehr das Feuer fraß, desto hungriger wurde es. Es kroch auf der Suche nach Nahrung weiter nach vorn in die Tuschehandlung. Es machte sich her über die Schriftrollen der berühmten Gelehrten, die unsere Tusche verwendet hatten. Es leckte an den in Seide eingeschlagenen Schachteln, die die teuersten Tuschestifte enthielten. Und als das Harz aus diesen Stiften heraustropfte, prasselte es vor Freude, und sein Appetit wurde noch größer. Innerhalb einer Stunde stieg das gesamte Vermögen unserer

Familie als Wohlgeruch, Asche und giftiger Rauch hinauf zu den Göttern.

Mutter, Große Tante und Kleine Tante hielten sich die Ohren zu, als wäre das die einzige Möglichkeit, den Kopf nicht zu verlieren. »Das Schicksal hat sich gegen uns gewendet!«, heulte Mutter. »Kann es etwas Schlimmeres geben?« Da heulte und lachte Kleiner Onkel gleichzeitig und sagte, es gebe sehr wohl etwas Schlimmeres.

Die Häuser neben der Tuschehandlung unserer Familie fingen ebenfalls an zu brennen, erzählte er. In dem Haus auf der östlichen Seite wurden alte Gelehrtenbücher verkauft, das auf der westlichen Seite war bis zum Dach mit Meisterwerken berühmter Maler gefüllt. Mitten in der orangefarben leuchtenden Nacht warfen die Ladenbesitzer ihre Waren auf die mit Asche bedeckte Straße. Dann kam die Feuerwehr. Alle halfen mit und schütteten so viele Kübel Wasser in die Luft, dass es aussah, als würde es regnen. Dann regnete es wirklich, der Regen prasselte auf die Erde und ruinierte die herausgeschafften Waren, rettete aber den Rest des Viertels davor, in Flammen aufzugehen.

Als Kleiner Onkel mit seiner Erzählung fertig war, hatten Mutter, meine Tanten und GaoLing mit Jammern aufgehört. Sie sahen aus, als wären ihnen Knochen und Blut unten aus den Fußsohlen gewichen. Ich glaube, sie fühlten sich jetzt wie ich, als mir endgültig klar geworden war, dass Liebste Tante tot war.

Mutter fasste sich als Erste wieder. »Holt die Silberbarren aus dem Vorratskeller«, wies sie uns an. »Und allen Schmuck, den ihr habt, holt ihn her!«

»Warum?«, wollte GaoLing wissen.

»Sei nicht dumm. Die anderen Ladenbesitzer werden verlangen, dass unsere Familie für den Schaden aufkommt.« Dann drängte Mutter sie. »Steh auf! Beeil dich!« Sie zog GaoLing noch ein Armband vom Handgelenk. »Näht den Schmuck in die Ärmel eurer schäbigsten Jacken. Höhlt die härtesten Holzäpfel aus und steckt das Gold dort hinein. Häuft sie in der Karre auf und bedeckt sie mit Äpfeln, am besten mit faulen. Alter Koch, sieh zu, ob die Mieter uns Schubkarren verkaufen können, aber verhandle nicht zu hart. Jeder packt ein Bündel, aber verschwendet keine Zeit mit Unwichtigem...« Ich staunte, wie schnell Mutter denken konnte: als wäre sie es gewohnt, zwei Schritte vor einer Flutwelle her zu laufen.

Am nächsten Tag kamen Vater, Großer Onkel und ihre Söhne bei uns an. Sie sahen mit ihren ungewaschenen Gesichtern und der verrauchten Kleidung bereits wie arme Leute aus. Große Tante und Kleine Tante liefen schnatternd auf sie zu:

»Werden wir das Haus verlieren?«

»Müssen wir hungern?«

»Müssen wir wirklich weglaufen?«

Die kleineren Kinder fingen an zu weinen. Vater wirkte wie ein Taubstummer. Er setzte sich auf seinen Stuhl aus Ulmenholz, rieb über die Armlehne und erklärte, das sei das beste Stück, das er je besessen und verloren habe. An diesem Abend aß niemand etwas. Wir versammelten uns nicht im Hof, um den Abendwind zu genießen. GaoLing und ich verbrachten die Nacht zusammen, redeten und weinten und schworen uns, zusammenzuhalten und als Schwestern zu sterben. Wir tauschten Haarnadeln aus, um unseren Schwur zu besiegeln. Falls sie der Meinung war, dass Liebste Tante schuld an unseren Katastrophen war, so sagte sie es nicht, im Gegensatz zu den anderen. Sie machte nicht meine Geburt dafür verantwortlich, dass Liebste Tante in ihr Leben getreten war. Stattdessen sagte mir GaoLing, ich solle froh sein, dass Liebste Tante bereits tot sei und deshalb nicht wie wir den langsamen Tod des Verhungerns und der Schande erleiden müsse. Ich stimmte ihr zu, und doch wünschte ich, Liebste Tante wäre bei mir. Aber sie war am Ende der Welt. Oder streifte sie wirklich mit Rachegelüsten auf der Erde herum?

Am nächsten Tag kam ein Mann zu uns ans Tor und reichte Vater einen versiegelten Brief. Wegen des Feuers und der Haftung unserer Familie für den Schaden war Klage eingereicht worden. Der Beamte sagte, sobald die Eigentümer der betroffenen Läden ihren Verlust ausgerechnet hätten, gingen die Zahlen an den Magistrat, und der Magistrat würde uns dann mitteilen, wie die Schulden zu begleichen seien. In der Zwischenzeit solle unsere Familie die Besitzurkunde für das Haus und das Land abgeben. Er drohte uns, er würde im Dorf eine Bekanntmachung anbringen lassen, damit die Leute wüssten, dass sie uns zu melden hatten, sollten wir wegzulaufen versuchen.

Nachdem der Beamte gegangen war, warteten wir darauf, dass Vater uns Anweisungen gab. Er saß zusammengesunken auf seinem Ulmenholzstuhl. Da sagte Mutter: »Wir sind also ruiniert. Man kann das Schicksal aber nicht ändern. Heute gehen wir auf den Markt, und morgen gibt es ein Festessen.«

Mutter gab uns allen mehr Taschengeld, als wir in unserem ganzen Leben je bekommen hatten. Sie sagte, wir alle sollten gute Sachen zu essen kaufen, Früchte und Süßigkeiten, Leckereien und fettes Fleisch, alles, was wir uns bisher versagt, aber gern gehabt hätten. Das Mondfest stand bevor, und deshalb war es nichts Ungewöhnliches, dass wir wie alle anderen für das Erntefest einkauften.

Wegen des Feiertags war der Markt größer, es gab ein Tempelfest, Jongleure und Akrobaten, Verkäufer von Laternen und Spielsachen und mehr als die übliche Anzahl von Schwindlern und Betrügern. GaoLing und ich hielten uns an der Hand, während wir uns durch die Menge schoben. Wir sahen weinende Kinder, die ihre Eltern im Gewühl verloren hatten, und grob aussehende Männer, die uns unverwandt anstarrten. Liebste Tante hatte mich stets vor Verbrechern aus den großen Städten gewarnt, die dumme Mädchen vom Land entführten, um sie als Sklaven zu verkaufen. Wir blieben an einem Stand stehen, an dem Mondkuchen verkauft wurden. Sie waren uns zu trocken. Wir verzogen beim Betrachten von grauem Schweinefleisch die Nase. Wir lugten in Schüsseln mit frischem Tofu, aber die Würfel waren breiig und stanken. Wir hatten Geld, wir hatten die Erlaubnis zu kaufen, was wir wollten, und doch sagte uns nichts zu, alles schien verdorben zu sein. Wir liefen durch die dichte Menschenmenge und pressten uns aneinander wie Ziegelsteine.

Dann befanden wir uns plötzlich in der Bettlergasse, einem Ort, an dem ich noch nie gewesen war. Uns bot sich ein Mitleid erregender Anblick nach dem anderen: ein kahl rasierter Kopf und ein Rumpf ohne Gliedmaßen, der auf dem Rücken schaukelte wie eine Schildkröte auf ihrem Panzer. Ein Junge, der die Beine um den Kopf geschlungen hatte, als besäße er keine Knochen. Ein Zwerg, dessen Wangen, Bauch und Schenkel von langen Nadeln durchbohrt waren. Die Bettler klagten alle dasselbe: »Bitte, kleines Fräulein, ich bitte euch, großer Bruder, habt Mitleid mit uns. Gebt uns Geld, dann müsst ihr in eurem nächsten Leben nicht leiden wir wir.«

Ein paar Jungen lachten im Vorübergehen, die meisten anderen Leute aber wandten den Blick ab, nur ein paar alte Omas, denen die nächste Welt wohl bald bevorstand, warfen ihnen ein paar Münzen zu. GaoLing klammerte sich fest an mich und flüsterte: »Steht uns jetzt auch so ein Schicksal bevor?« Wir wollten gerade weggehen, da stießen wir auf eine weitere Elendsgestalt. Ein Mädchen, das nicht älter war als wir. Sie trug zerfetzte Lumpen, aneinander geknotete Streifen, dass es so aussah, als trüge sie ein altes Kriegergewand. Dort, wo die Augäpfel hätten sein sollen, waren zwei tiefe Falten. Mit eintöniger Stimme leierte sie: »Meine Augen haben zu viel gesehen, deshalb habe ich sie mir ausgerissen. Jetzt, wo ich nichts sehen kann, kommen die Unsichtbaren zu mir.« Sie hielt uns eine leere Schüssel entgegen. »Ein Geist wartet, der mit euch sprechen will.«

»Was für ein Geist?«, fragte ich sofort.

»Jemand, der wie eine Mutter für dich war«, antwortete das Mädchen ebenso schnell.

GaoLing schnappte nach Luft. »Woher weiß sie, dass Liebste Tante deine Mutter war?«, raunte sie mir zu. Dann sagte sie zu dem Mädchen: »Erzähl uns, was sie sagt.«

Das blinde Mädchen hielt wieder die leere Schüssel hoch und schüttelte sie. GaoLing warf eine Münze hinein. Das Mädchen neigte die Schüssel und sagte: »Deine Großzügigkeit wiegt nicht viel.«

»Zeig uns erst, was du kannst«, sagte GaoLing.

Das Mädchen kauerte sich auf den Boden. Aus einem ihrer zerfetzten Ärmel holte sie ein Säckchen hervor. Sie band es auf und leerte es auf dem Boden aus. Es enthielt Kalk. Aus dem anderen Ärmel zog sie einen langen, dünnen Stock. Mit der Breitseite des Stocks strich sie über den Sand, bis die Oberfläche glatt wie ein Spiegel war. Mit dem spitzen Ende deutete sie schließlich auf den Boden, richtete die blicklosen Augen gen Himmel und fing dann an zu schreiben. Wir hockten uns neben sie. Woher lernte ein Bettlermädchen so etwas? Das war kein gewöhnliches Kunststück. Sie schrieb mit gleichmäßiger Hand, gleichmäßiger Schrift, wie ein geübter Kalligraph. Ich las die erste Zeile.

Ein Hund heult, der Mond geht auf, hieß es. »Hündchen! So hat sie mich immer genannt«, sagte ich zu dem Mädchen. Sie strich den Sand wieder glatt und schrieb weiter: *In der Dunkelheit leuchten ewig die Sterne.* Sternschnuppen, sie kamen in dem Gedicht vor, das Klein-Onkel für Liebste Tante geschrieben hatte. Wieder strich sie den Sand glatt, wieder schrieb sie: *Ein Hahn kräht, die Sonne geht auf.* Liebste Tante war ein Hahn gewesen. Und dann schrieb das Mädchen die letzte Zeile: *Im Tageslicht scheint es, als hätte es die Sterne nie gegeben.* Ich wurde traurig, ohne zu wissen, warum.

Das Mädchen strich den Sand ein letztes Mal glatt. »Der Geist hat euch nichts mehr zu sagen.«

»War das alles?«, sagte GaoLing entrüstet. »Das Ganze ergibt doch keinen Sinn.«

Ich für meinen Teil dankte dem Mädchen jedoch und legte alle Münzen, die ich dabeihatte, in die Schüssel. Auf dem Nachhauseweg fragte mich GaoLing, warum ich das Geld bloß für solch einen Unsinn über einen Hund und einen Hahn ausgegeben hätte. Zuerst konnte ich ihr keine Antwort geben. Im Kopf wiederholte ich die Zeilen immer wieder, damit ich sie nicht vergaß. Jedes Mal verstand ich die Botschaft ein wenig besser, aber mir wurde immer elender zu Mute. »Liebste Tante hat gesagt, ich wäre der Hund, der sie betrogen hat«, erklärte ich GaoLing schließlich. »Der Mond war die Nacht, in der ich ihr gesagt habe, dass ich zu den Changs gehen würde. Die Sterne, die ewig leuchten, damit sagt sie, dass das eine bleibende Wunde ist, die sie nie verzeihen kann. Als der Hahn gekräht hat, war sie verschwunden. Bis zu ihrem Tod wusste ich nicht, dass sie meine Mutter war, als hätte es sie nie gegeben.«

»Das ist vielleicht eine Deutung«, sagte GaoLing. »Es gibt aber noch andere.«

»Welche denn?«, fragte ich.

Etwas anderes fiel ihr aber nicht ein.

Bei unserer Rückkehr trafen wir Mutter, Vater und unsere Tanten und Onkel im Hof an, die sich dort aufgeregt unterhielten. Vater erzählte gerade, wie er auf dem Markt einen alten taoistischen Priester getroffen habe, einen bemerkenswerten, seltsamen Mann. Im Vorübergehen habe der Priester ihm zugerufen: »Mein Herr, Sie sehen aus, als würde Ihr Haus von einem Geist heimgesucht.«

»Warum sagen Sie das?«, hatte Vater gefragt.

»Es stimmt doch, oder nicht?«, beharrte der alte Mann weiter. »Ich spüre, dass Sie viel Pech hatten, und es gibt keinen anderen Grund als den Geist dafür. Habe ich Recht?«

»Bei uns gab es einen Selbstmord«, gestand Vater ein, »ein Kindermädchen, dessen Tochter bald heiraten sollte.«

»Und darauf folgte nur Pech.«

»Ein paar Unglücksfälle«, antwortete Vater.

Der junge Mann neben dem Priester fragte Vater, ob er schon von dem Berühmten Geisterfänger gehört habe. »Nein? Nun, das ist er, der Wanderpriester, der vor Ihnen steht. Er ist gerade erst hier angekommen, deshalb ist er auch noch nicht so bekannt wie weiter im Norden oder im Süden. Haben Sie Verwandte in Harbin? Nein? Na, dann! Wenn Sie welche hätten, würden Sie wissen, wer er ist.« Der junge Mann, der behauptete, der Gefolgsmann des Priesters zu sein, fügte hinzu: »Allein in der genannten Stadt ist er bekannt dafür, dass er bereits einhundert Geister in Spukhäusern gefangen hat. Nachdem die Arbeit erledigt war, haben ihm die Götter aufgetragen, wieder auf Wanderschaft zu gehen.«

Als Vater mit dem Bericht über das Treffen mit den beiden Männern fertig war, sagte er: »Heute Nachmittag kommt der Berühmte Geisterfänger zu uns ins Haus.«

Der Priester hatte einen weißen Bart, das lange Haupthaar war wie ein unordentliches Vogelnest aufgetürmt. In der einen Hand hatte er einen Spazierstock mit geschnitztem Griff, der aussah wie ein geschundener Hund, der über ein Tor sprang. In der anderen hielt er einen kurzen Schlagstock. Über die Schultern hatte er einen groben Schnurumhang geschlungen, an dem eine große hölzerne Glocke hing. Sein Gewand bestand nicht wie das der meisten Wandermönche, die ich bislang gesehen hatte, aus sandfarbener Baumwolle. Seines bestand aus edel aussehender blauer Seide, wenngleich die Ärmel Fettflecken hatten, als würde er häufig gierig über den Esstisch langen, um sich nachzunehmen.

Hungrig sah ich zu, wie Mutter ihm besondere Häppchen anbot. Es war später Nachmittag, und wir saßen auf den niedrigen Hockern im Hof. Der Mönch nahm sich von allem – Glasnudeln mit Spinat, Bambussprossen mit gewürztem Senf, Tofu in Sesamöl und Koriander. Mutter entschuldigte sich ständig wegen der Qualität des Essens und sagte, es beschäme und ehre sie gleichzeitig, ihn in unserem schäbigen Heim zu bewirten. Vater trank Tee. »Erzählen Sie uns doch, wie es gemacht wird«, bat er den Priester, »dieses Geisterfangen. Packen Sie sie mit der Faust? Ist es ein wilder oder gefährlicher Kampf?«

Der Priester sagte, er würde es uns bald zeigen. »Doch zuerst brauche ich einen Beweis eurer Aufrichtigkeit.« Vater gab ihm sein Wort, dass wir wirklich aufrichtig seien. »Worte sind kein Beweis«, entgegnete der Priester.

»Wie beweist man seine Aufrichtigkeit?«, fragte Vater.

»In manchen Fällen wandert eine Familie zum Beispiel von hier bis auf den Gipfel des Tai und wieder zurück, barfuß und mit einem Haufen Steinen beladen.« Alle, besonders meine Tanten, schienen zu bezweifeln, dass jemand von uns das zu Stande brächte.

»In anderen Fällen«, fuhr der Mönch fort, »genügt eine kleine Gabe puren Silbers, um die Aufrichtigkeit des engeren Familienkreises zu beweisen.«

»Wie viel wäre denn genug?«, fragte Vater.

Der Priester legte die Stirn in Falten. »Nur *ihr* wisst, ob eure Aufrichtigkeit groß oder klein ist, falsch oder echt.«

Der Mönch aß weiter. Vater und Mutter gingen ins Haus,

um den Grad ihrer Aufrichtigkeit zu besprechen. Als sie wiederkamen, öffnete Vater einen Beutel, holte einen Silberbarren heraus und legte ihn vor den Berühmten Geisterfänger.

»Das ist gut«, sagte der Priester. »Ein bisschen Aufrichtigkeit ist besser als gar keine.«

Da zog Mutter einen weiteren Barren aus dem Ärmel ihrer Jacke. Sie schob ihn neben den ersten, bis die beiden sich klickend berührten. Der Mönch nickte und stellte seine Schüssel ab. Er klatschte in die Hände, worauf sein Gefolgsmann einen leeren Essigkrug und ein Knäuel Schnur aus seinem Bündel holte.

»Welches ist das Mädchen, das der Geist am liebsten hatte?«, fragte der Priester.

»Das da.« Mutter zeigte auf mich. »Der Geist war ihr Kindermädchen.«

»Ihre Mutter«, verbesserte Vater sie. »Das Mädchen ist ihr Bastard.«

Ich hatte noch nie gehört, wie jemand dieses Wort laut aussprach. Mir war, als würde mir gleich das Blut zu den Ohren herauslaufen.

Der Priester ächzte kurz. »Keine Sorge. Ich hatte schon Fälle, die waren genauso schlimm.« Dann sagte er zu mir: »Hol mir den Kamm, mit dem sie dich gekämmt hat.«

Die Füße wollten mir nicht gehorchen, bis Mutter mir eine kleine Kopfnuss versetzte, damit ich mich beeilte. Ich ging also in das Zimmer, das Liebste Tante und ich vor nicht allzu langer Zeit noch geteilt hatten. Ich nahm den Kamm, mit dem sie mir durch die Haare gefahren war. Es war der Zierkamm aus Elfenbein mit den eingeschnitzten Hähnen zu beiden Seiten, den Liebste Tante aber nie im Haar getragen hatte. Er hatte lange und gerade Zähne. Ich erinnerte mich, wie mich Liebste Tante immer gescholten hatte, weil ich so zerzaust war, und wie sie sich mit jedem Haar auf meinem Kopf abgemüht hatte.

Als ich zurückkam, sah ich, dass der Gefolgsmann den Essigkrug in die Mitte des Hofs gestellt hatte. »Fahre dir neunmal mit dem Kamm durchs Haar«, sagte er. Ich tat es.

»Lege ihn in den Krug.« Ich ließ den Kamm hineinfallen und roch dabei die entweichenden Dämpfe billigen Essigs. »Jetzt stell dich hin und rühr dich nicht.« Der Geisterfänger schlug mit seinem Stock gegen die Holzglocke. Sie gab ein tiefes *Tocktock* von sich. Er und sein Gehilfe gingen im Rhythmus der Schläge umher, umkreisten mich, sangen dabei und kamen näher. Ohne Vorwarnung stieß der Geisterfänger auf einmal einen Schrei aus und sprang auf mich zu. Ich dachte, er würde mich gleich in den Krug quetschen, deshalb schloss ich die Augen und schrie. Auch GaoLing schrie auf.

Als ich die Augen wieder aufschlug, sah ich, dass der Gehilfe einen dicht schließenden hölzernen Deckel auf den Krug klatschte. Er umwickelte den Krug von oben nach unten mit Schnur, von unten nach oben und dann rundherum, bis er wie ein Hornissennest aussah. Als er damit fertig war, tippte der Geisterfänger den Krug mit seinem Schlagstock an und sagte: »Es ist vorbei. Sie ist gefangen. Na los. Versucht, ihn zu öffnen, versucht es. Es geht nicht.«

Alle sahen hin, aber niemand wollte ihn anfassen. Vater fragte: »Kann sie entkommen?«

»Unmöglich«, sagte der Geisterfänger. »Ich verbürge mich dafür, dass dieser Krug mehrere Lebzeiten lang hält.«

»Ob das reicht?«, brummelte Mutter. »Für immer in einem Krug zu stecken wäre auch nicht zu lange, wenn man bedenkt, was sie uns angetan hat. Sie hat unseren Laden in Brand gesteckt. Sie hätte dabei fast unsere Familie getötet. Wegen ihr sind wir hoch verschuldet.« Ich weinte, weil ich kein gutes Wort für Liebste Tante einlegen konnte. Ich wurde zur Verräterin.

Am nächsten Tag hielt unsere Familie das angekündigte Festessen. Es gab nur die besten Gerichte, Dinge, die wir in diesem Leben nie wieder zu Gesicht bekommen würden. Aber niemand, außer den ganz Kleinen, hatte Appetit. Mutter hatte auch einen Mann bestellt, der Fotos machen sollte, damit wir uns an die Zeit erinnerten, zu der wir noch viel besaßen. Auf einer Aufnahme sollten nur sie und GaoLing sein. Im letzten Moment bestand GaoLing aber darauf, dass ich dazukam und mich wie sie neben Mutter stellte. Mutter war überhaupt nicht begeistert, sagte aber nichts. Am Tag darauf machten Vater und meine zwei Onkel sich auf den Weg nach Peking, um zu erfahren, wie hoch der Schaden war, für den unsere Familie aufkommen musste.

Während sie weg waren, gab es zu unserem Leidwesen nur wässrigen Reisbrei zu essen, dem lediglich kleine Beigaben von kalten Gerichten etwas Geschmack verliehen. Weniger wollen, weniger bedauern, das war Mutters Motto. Etwa eine Woche später stand Vater auf einmal im Hof und brüllte wie ein Wahnsinniger.

»Veranstaltet noch ein Festessen«, schrie er.

Dann fielen unsere Onkel ein: » Unser Unglück hat ein Ende! Keine Schäden! So hat der Magistrat entschieden – überhaupt keine Schäden!«

Wir liefen alle auf sie zu, Kinder, Tanten, Mieter und Hunde.

Wie ging das an? Wir lauschten den Erklärungen unseres Vaters. Als die anderen Ladenbesitzer ihre beschädigten Waren zur Begutachtung brachten, entdeckte der Magistrat, dass einer davon seltene Bücher in seinem Besitz hatte, die dreißig Jahre zuvor aus der Hanlin-Akademie gestohlen worden waren. Ein anderer, der behauptete, er besitze Meisterwerke bekannter Kalligraphen und Maler, verkaufte in Wahrheit Fälschungen. Da beschlossen die Richter, das Feuer sei eine passende Strafe für diese beiden Diebe gewesen.

»Der Geisterfänger hatte Recht«, sagte Vater. »Der Geist ist fort.«

An diesem Abend langten alle tüchtig zu, außer mir. Die anderen lachten und schwatzten, und alle Sorgen waren offenbar verschwunden. Sie schienen vergessen zu haben, dass unsere Tuschestifte zu Holzkohle geworden waren, dass die Tuschehandlung nur noch wehende Asche war. Es hieß nur, das Glück habe sich gewendet, weil Liebste Tante den Kopf nunmehr an die Innenseite eines stinkenden Essigkrugs schlage.

Am nächsten Morgen sagte mir GaoLing, dass Mutter sofort mit mir sprechen wolle. Mir war aufgefallen, dass Mutter mich seit dem Tod von Liebster Tante nicht mehr Tochter nannte. Sie griff mich nie wegen irgendetwas an. Sie schien beinahe Angst zu haben, dass auch ich mich in einen Geist verwandeln könnte. Auf dem Weg zu ihr fragte ich mich, ob sie wohl überhaupt jemals etwas für mich empfunden hatte. Schließlich stand ich vor ihr. Mein Anblick schien ihr peinlich zu sein.

»Wenn eine Familie unglückliche Zeiten durchmacht«, sagte sie mit schriller Stimme, »ist selbstsüchtige Trauer nicht angezeigt. Aber so traurig es ist: Wir werden dich leider in ein Waisenhaus schicken müssen.«

Ich war völlig verblüfft, aber ich weinte nicht. Kein Wort kam mir über die Lippen.

»Wenigstens verkaufen wir dich nicht als Sklavin«, fügte sie hinzu.

Empfindungslos sagte ich: »Danke.«

»Wenn du im Haus bleibst«, fuhr Mutter fort, »wer weiß, dann kehrt vielleicht der Geist zurück. Der Geisterfänger hat sich zwar dafür verbürgt, dass das nicht passieren wird, aber es wäre dasselbe, wie wenn man sagt, auf eine Dürre folgt keine Dürre oder auf eine Flut folgt keine Flut. Jeder weiß, dass das nicht stimmt.«

Ich entgegnete nichts. Trotzdem wurde sie wütend. »Schau mich nicht so an! Willst du mich beschämen? Vergiss nicht, all die Jahre habe ich dich wie eine Tochter behandelt. Hätte irgendeine Familie in dieser Stadt dasselbe getan? Vielleicht wirst du uns mehr zu schätzen wissen, wenn du im Waisenhaus bist. Mach dich jetzt lieber schnell fertig. Herr Wei wartet schon mit seinem Karren auf dich.«

Ich dankte ihr nochmals und verließ das Zimmer. Als ich gerade am Packen war, kam GaoLing mit tränenüberströmtem Gesicht zu mir ins Zimmer gerannt. »Ich komme dich bestimmt besuchen«, versprach sie mir und schenkte mir dann ihre Lieblingsjacke.

»Mutter wird dich bestrafen, wenn ich sie nehme«, sagte ich.

»Das ist mir egal.«

Sie begleitete mich zu Herrn Weis Karren. Als ich den Hof und das Haus schließlich für immer verließ, waren sie und die Mieter die Einzigen, die sich von mir verabschiedeten.

Kaum bog der Karren in die Schweinekopfstraße ein, setzte Herr Wei zu einem fröhlichen Lied über den Herbstmond ein. Ich dachte darüber nach, was Liebste Tante dem Bettlermädchen eingegeben hatte:

Ein Hund heult, der Mond geht auf.
In der Dunkelheit leuchten ewig die Sterne.
Ein Hahn kräht, die Sonne geht auf.
Im Tageslicht scheint es, als hätte es die Sterne nie gegeben.

Ich blickte zum Himmel auf, der so klar war, so hell, und in meinem Herzen heulte ich.

SCHICKSAL

Bei dem Waisenhaus handelte es sich um ein verlassenes Kloster in der Nähe der Ortschaft Drachenknochenberg. Vom Bahnhof aus war es über einen schwierigen Aufstieg zu erreichen, immer den gewundenen Weg entlang. Um den Esel zu schonen, ließ mich Herr Wei den letzten Kilometer laufen. Er verabschiedete sich von mir, und mein neues Leben begann.

Es war Herbst; die kahlen Bäume sahen aus wie eine Armee von Skeletten, die den Berg und das Anwesen darauf bewachten. Als ich durch das Tor ging, war niemand da, mich zu begrüßen. Ich stand vor einem Tempel aus sprödem Holz, bei dem der Lack abblätterte. In dem nüchternen, offenen Hof waren Mädchen in weißen Jacken und blauen Hosen wie die Soldaten aufgereiht. Sie beugten den Körper – nach vorn, zur Seite, nach hinten, zur Seite –, als gehorchten sie dem Wind. Ich erblickte noch etwas Seltsames: zwei Männer, ein Ausländer und ein Chinese. Es war erst das zweite Mal, dass ich aus unmittelbarer Nähe einen Ausländer sah. Die beiden Männer schritten über den Hof, gefolgt von einem Trupp Männer mit langen Stöcken. Sie hatten Landkarten bei sich. Ich befürchtete sofort, auf eine geheime kommunistische Armee gestoßen zu sein.

Ich trat über die Schwelle des Tempels, und beinahe wäre ich vor Schreck tot umgefallen. Da waren Tote in Leichentüchern, zwanzig oder dreißig an der Zahl. Sie standen mitten in der Halle, an den Seiten, manche groß, manche klein. Unwillkürlich dachte ich, dass das die Wiederkehrenden Toten waren. Liebste Tante hatte mir einmal erzählt, in ihrer Kindheit hätten manche Familien einen Priester bezahlt, der einen Toten in seinen Bann bringen sollte, damit er ihn zum Haus der Ahnen zurückführen konnte. Der Priester geleitete sie aber nur nachts, sagte sie, damit die Toten keinen Lebenden begegneten, von denen sie sonst hätten Besitz ergreifen können. Tagsüber ruhten die Toten in Tempeln. Liebste Tante habe die Geschichte nicht geglaubt, bis sie einmal spätnachts einen Priester eine hölzerne Glocke schlagen hörte. Statt wegzurennen wie die anderen Dorfbewohner, hatte sie sich hinter einer Mauer versteckt, um alles zu beobachten. *Tock-tock,* und dann sah sie die Toten. Es waren sechs, und sie sprangen wie riesige Maden drei Meter hoch in die Luft. *Was genau ich gesehen habe, kann ich nicht mit Sicherheit sagen,* teilte mir Liebste Tante mit. *Ich weiß nur, dass ich noch lange danach nicht mehr dasselbe Mädchen war.*

Ich wollte gerade wieder hinausrennen, aber da merkte ich, dass die Toten golden schimmernde Füße hatten. Ich guckte genauer hin. Das waren Götterstatuen, keine Toten. Ich ging auf eine der Statuen zu und zog das Tuch herunter. Es war der Gott der Literatur mit seinem gehörnten Kopf, einen Pinsel zum Schreiben in der einen Hand, die Kappe eines Abschiedsredners in der anderen. »Warum hast du das gemacht?«, rief eine Stimme. Ich wandte mich um und sah ein kleines Mädchen.

»Warum ist er zugedeckt?«

»Die Lehrerin sagt, dass er keinen guten Einfluss auf uns hat. Wir sollen nicht an die alten Götter glauben, nur an die christlichen.«

»Wo ist die Lehrerin?«

»Zu wem willst du denn?«

»Zu jemandem, der weiß, dass Liu LuLing hier als Waise aufgenommen wird.« Das Mädchen rannte davon. Einen Augenblick später standen zwei ausländische Damen vor mir.

Die amerikanischen Missionarinnen hatten mich nicht erwartet, und ich hatte nicht erwartet, dass sie Amerikanerinnen sein würden. Weil ich noch nie mit Ausländern geredet hatte, brachte ich kein Wort heraus, sondern starrte sie nur an. Sie hatten beide kurzes Haar, die eine weiß, die andere rot und lockig, und sie trugen auch beide eine Brille, weshalb ich sie für gleich alt hielt.

»Es tut mir Leid, aber es wurden keine Vereinbarungen getroffen«, sagte die weißhaarige Dame auf Chinesisch.

»Überhaupt«, fügte die andere hinzu, »die meisten Waisen hier sind weit jünger.«

Als sie mich nach meinem Namen fragten, brachte ich immer noch kein Wort heraus, also malte ich mit den Fingern Zeichen in die Luft. Sie sprachen auf Englisch weiter.

»Kannst du das denn lesen?«, fragte mich eine der beiden und deutete auf ein chinesisches Schild.

»Iss, bis du satt bist, aber horte nicht««, las ich.

Eine der Damen gab mir einen Stift und ein Blatt Papier. »Kannst du dieselben Wörter auch aufschreiben?« Ich tat es, worauf die beiden ausriefen: »Sie musste das Schild kein zweites Mal ansehen!« Sie überhäuften mich mit Fragen: Könne ich auch mit dem Pinsel schreiben? Welche Bücher habe ich gelesen? Danach unterhielten sie sich wieder in ihrer Sprache, und schließlich verkündeten sie, dass ich bleiben durfte.

Später erfuhr ich, dass ich als Schülerin aufgenommen wurde, damit ich auch als Tutorin dienen konnte. Es gab nur vier Lehrer, ehemalige Schüler und Schülerinnen, die jetzt in einem der sechsunddreißig Räume und Gebäude auf dem Anwesen lebten. Lehrer Pan unterrichtete die älteren Mädchen. Ich war seine Aushilfe. Als er vor fünfzig Jahren selbst noch

Schüler war, durften nur Jungen die Schule besuchen. Lehrerin Wang unterrichtete die jüngeren Mädchen, und ihre verwitwete Schwester – wir nannten sie Mutter Wang – kümmerte sich um die Kleinkinder. Die älteren Mädchen unterstützten sie dabei. Außerdem gab es noch Schwester Yu, eine winzige Frau mit einem knochigen Buckel, harter Hand und schriller Stimme. Sie war zuständig für Sauberkeit, Ordnung und Benimm. Sie teilte nicht nur die Bäder und unsere Aufgaben für die Woche ein, sondern kommandierte auch gern den Koch und seine Frau herum.

Die Missionarinnen waren, wie ich später herausfand, gar nicht gleich alt. Miss Grutoff, die mit den Locken, war zweiunddreißig, halb so alt wie die andere. Sie war Krankenschwester und Leiterin der Schule. Miss Towler war die Direktorin des Waisenhauses und zuständig für das Spendensammeln bei Menschen, die Mitleid mit uns hatten. Sie hielt auch die Sonntagsandacht, inszenierte Theaterstücke über die Geschichte des Christentums und spielte Klavier, während sie uns beibrachte »wie die Engel« zu singen. Damals wusste ich natürlich nicht, was ein Engel war. Ich konnte auch nicht singen.

Die ausländischen Männer waren nicht etwa Kommunisten, sondern Wissenschaftler, die in den Steinbrüchen arbeiteten, wo man die Knochen des Pekingmenschen gefunden hatte. Außer den beiden ausländischen gab es noch zehn chinesische Wissenschaftler. Sie wohnten am nördlichen Ende des Klosteranwesens, nahmen aber morgens und abends ihre Mahlzeiten mit uns gemeinsam in der Tempelhalle ein. Der Steinbruch war ganz in der Nähe, etwa zwanzig Minuten hinab, dann hinauf und wieder über einen kurvigen Weg hinab.

Insgesamt gab es hier ungefähr siebzig Kinder: dreißig ältere Mädchen, dreißig kleine Mädchen und zehn ganz kleine, so in etwa jedenfalls, je nachdem wie viele überlebten und wie viele starben. Die meisten Mädchen waren wie ich, Kinder der Liebe von Selbstmörderinnen, Freudenmädchen und Unverheirateten. Manche waren wie die Jahrmarktkünstler, die GaoLing und ich in der Bettlergasse gesehen hatten – Mädchen ohne Beine oder Arme, ein Zyklop, eine Zwergin. Es gab auch Mischlinge, die alle einen Ausländer als Vater hatten, einen Engländer, einen Deutschen, einen Amerikaner. Ich fand sie auf seltsame Weise schön, aber Schwester Yu verspottete sie ständig. Sie sagte, sie hätten mit dem westlichen Teil ihres Blutes Hochmut geerbt, und der müsse mit Demut verdünnt werden. »Ihr könnt stolz auf das sein, was ihr täglich tut«, sagte Schwester Yu, »aber nicht arrogant wegen etwas, womit ihr geboren wurdet.« Sie erinnerte uns auch immer wieder daran, dass Selbstmitleid untersagt war. Es sei ein Zeichen der Schwäche.

Wenn ein Mädchen ein langes Gesicht zog, sagte Schwester Yu zu ihm: »Sieh dir Klein-Ding dort drüben an. Sie hat keine Beine, aber trotzdem lächelt sie den ganzen Tag.« Klein-Ding strahlte dann mit ihren dicken Backen, dass sie fast die Augen verschluckten, so froh war sie, bloß Stummel statt Gliedmaßen zu haben. Laut Schwester Yu konnten wir sofort glücklich sein, wenn wir an jemanden dachten, dem es viel schlechter als uns ging.

Ich war für Klein-Ding, die keine Beine hatte, sozusagen die große Schwester; Klein-Ding wiederum war die große Schwester für ein noch jüngeres Mädchen namens Klein-Jung, das nur eine Hand hatte. Jeder hatte eine solche Beziehung, war wie in einer Familie verantwortlich für jemand anderen. Große und kleine Mädchen wohnten zusammen, in drei Räumen für jeweils zwanzig Mädchen, mit drei Reihen Betten in jedem Raum. Die erste Reihe war für die jüngsten Mädchen, die zweite Reihe für die Mädchen dazwischen, und die dritte Reihe war für die ältesten Mädchen. Klein-Dings Bett stand vor meinem und das von Klein-Jung vor dem von Klein-Ding, was auf diese Weise den Grad an Verantwortung und Achtung widerspiegelte.

Für die Missionarinnen waren wir die Mädchen des Neuen Schicksals. In allen Klassenzimmern hing ein großes rotes Spruchband, das mit goldenen Zeichen bestickt war, die genau das verkündeten. Wenn wir nachmittags unsere Schulaufgaben machten, besangen wir auf Englisch und Chinesisch unser Schicksal mit einem Lied, das Miss Towler geschrieben hatte:

> *Wir lernen und wir büffeln,*
> *Heiraten den, der uns gefällt.*
> *Viel Arbeit, volle Schüsseln,*
> *Uns winkt das Glück der Welt.*

Immer wenn besondere Besucher zu uns in die Schule kamen, ließ uns Miss Grutoff einen Sketch aufführen, und Miss Towler spielte auf dem Klavier sehr dramatische Weisen dazu, wie in Stummfilmen. Eine Gruppe von Mädchen hielt Schilder hoch, die für das Alte Schicksal standen: Opium, Sklaven, der Kauf von heidnischen Glücksbringern. Sie stolperten auf gebundenen Füßen daher und fielen hilflos um. Dann kamen die Mädchen des Neuen Schicksals als Ärztinnen. Sie heilten die Opiumraucher. Sie befreiten die Füße der Leidenden und fegten mit Besen die nutzlosen Glücksbringer weg. Am Ende dankten sie Gott und verbeugten sich vor den besonderen Gästen, den ausländischen Besuchern Chinas. Sie dankten ihnen auch dafür, dass sie so vielen Mädchen geholfen hatten, ihrem schlechten Los zu entrinnen und sich mit ihrem Neuen Schicksal weiterzuentwickeln. Auf diese Weise bekamen wir viel Geld, besonders wenn wir die Gäste zum Weinen brachten.

Während der Andacht erklärte uns Miss Towler immer, dass es an uns liege, ob wir Christen werden wollten oder nicht. Niemand würde uns je zwingen, an Jesus zu glauben, sagte sie. Unser Glaube müsse aufrichtig und echt sein. Schwester Yu dagegen, die mit sieben selbst in das Waisenhaus gekommen war, erinnerte uns oft an ihr altes Los. Sie hatte als Kind betteln gehen müssen, und wenn sie nicht genügend Münzen sammelte, bekam sie zum Essen nichts als Flüche zu hören. Als sie eines Tages klagte, dass sie hungrig sei, habe sie der Mann ihrer Schwester wie ein Stück Müll fortgeworfen. In der Schule hier, sagte sie, könnten wir aber essen so viel wir wollten. Wir müssten uns nie Sorgen machen, dass uns jemand hinauswerfen könnte. Aber, so fügte sie hinzu, jede Schülerin, die sich nicht für den Glauben an Jesus entscheide, sei eine leichenfressende Made, und wenn diese Ungläubige sterbe, würde sie in die Unterwelt stürzen, wo ihr Körper von einem Bajonett aufgespießt und wie eine Ente gebraten werde, wo sie alle möglichen Foltern erleiden müsse, die schlimmer waren als alles, was in der Mandschurei passierte.

Manchmal überlegte ich, was wohl mit den Mädchen geschah, die noch nicht wählen konnten. Wo kamen sie hin, wenn sie starben? Ich hatte einmal einen Säugling gesehen, von dem selbst die Missionarinnen nicht glaubten, dass es ein Neues Schicksal habe, einen Säugling, dessen Vater der eigene Großvater war. Ich sah die Kleine jeden Morgen im Säuglingssaal, wenn ich dort meiner Arbeit nachging. Niemand gab ihr einen Namen, und Mutter Wang wies mich an, die Kleine nicht hochzuheben, selbst wenn sie weinte, weil nämlich etwas mit dem Hals und dem Kopf nicht stimme. Sie gab nie einen Laut von sich. Das Gesicht war so flach und rund wie ein Teller; sie hatte zwei große Augen und in der Mitte eine winzige Nase und einen winzigen Mund. Die Haut war bleich wie Reispaste, und der Körper, der viel zu klein für den Kopf war, war so starr wie eine Wachsblume. Nur die Augen bewegte sie, immer hin und her, als würde sie eine Mücke an der Decke beobachten. Eines Tages war dann das Bettchen, in dem sie gelegen hatte, leer. Miss Grutoff sagte, die Kleine sei jetzt ein Kind Gottes, was nichts anderes hieß, als dass sie gestorben war. In der Zeit, die ich im Waisenhaus verbrachte, kamen mir noch sechs weitere Säuglinge unter, die so aussahen, und immer war der Großvater auch der Vater. Sie alle hatten das »eine Gesicht«, wie Mutter Wang es nannte. Es war, als wäre immer wieder derselbe Mensch im selben Körper zurückgekommen, immer wegen eines Fehlers, den jemand anders begangen hatte. Jedes Mal hieß ich ein solches Kind willkommen wie eine alte Freundin. Jedes Mal weinte ich, wenn es die Welt wieder verlassen hatte.

Weil ich aus einer Familie kam, die Tusche herstellte, war ich die beste Kalligraphieschülerin, die die Schule je gehabt hatte. Das sagte jedenfalls Lehrer Pan. Er erzählte uns häufig von der Qing-Zeit, wie alles korrupt geworden war, sogar die Schulen. Und doch schien er sentimental zu werden, wenn er von dieser Zeit sprach. »LuLing, wenn du damals als Junge auf die Welt gekommen wärst«, sagte er einmal zu mir, »hättest du ein Gelehrter werden können.« Genau das waren seine Worte. Er sagte auch, ich sei besser in Kalligraphie als sein Sohn Kai Jing, den er immerhin selbst unterrichtet habe.

Kai Jing war Geologe und eigentlich ein sehr guter Kalligraph, besonders für jemanden, dessen rechte Körperhälfte durch Kinderlähmung, an der er als Kind erkrankte, beeinträchtigt war. Er hatte Glück gehabt, weil seine Familie sehr viel Geld ausgegeben hatte, ihre gesamten Ersparnisse, um die besten westlichen und chinesischen Ärzte zu bekommen. Nach der Genesung war nur eine hängende Schulter zurückgeblieben, und Kai Jing hinkte etwas. Die Missionare verhalfen ihm später zu einem Stipendium an der berühmten Universität von Peking, wo er Geologie studierte. Nach dem Tod seiner Mutter kehrte er nach Hause zurück, um sich um seinen Vater zu kümmern und mit den Wissenschaftlern im Steinbruch zu arbeiten.

Jeden Tag fuhr er mit dem Fahrrad vom Waisenhaus zum

Steinbruch und wieder zurück, bis vor die Tür des Klassenzimmers seines Vaters. Lehrer Pan setzte sich dann seitlich auf den Gepäckträger, und wenn Vater und Sohn sich so zu ihrer Wohnung am anderen Ende des Anwesens aufmachten, riefen wir Schülerinnen und Lehrerinnen:»Seid vorsichtig! Nicht umfallen!«

Schwester Yu bewunderte Kai Jing sehr. Einmal stellte sie ihn den Kindern als gutes Beispiel vor und sagte:»Seht ihr? Auch ihr könnt euch das Ziel setzen, anderen zu helfen, statt eine nutzlose Last zu bleiben.« Ein andermal hörte ich sie sagen: »Welch eine Tragödie, dass ein so hübscher Junge gelähmt sein muss.« Vielleicht wollte sie damit die Schülerinnen auch trösten. Für mich aber hieß ihre Aussage, dass Kai Jings Tragödie größer war als die anderer, weil er nämlich hübscher anzusehen war. Wie konnte ausgerechnet Schwester Yu so denken? Wenn ein reicher Mann sein Haus verliert, ist das etwa schlimmer, als wenn ein armer seines verliert?

Ich sprach ein älteres Mädchen darauf an, und sie antwortete:»Was für eine dumme Frage. Natürlich! Der Hübsche und der Reiche haben mehr zu verlieren.« Und doch schien mir das nicht richtig zu sein.

Ich musste an Liebste Tante denken. Wie Kai Jing war sie mit einer natürlichen Schönheit auf die Welt gekommen, aber dann wurde ihr Gesicht zerstört. Ständig hatte ich hören müssen:»Wie schrecklich, so ein Gesicht zu haben. Es wäre besser für sie gewesen, wenn sie gestorben wäre.« Hätte ich genauso empfunden, wenn ich sie nicht geliebt hätte? Ich musste auch an das blinde Bettlermädchen denken. Wer würde sie vermissen?

Plötzlich wollte ich dieses Bettlermädchen finden. Sie konnte für mich mit Liebster Tante reden. Sie konnte mir sagen, wo sie war. Zog sie am Ende der Welt umher oder steckte sie noch in dem Essigkrug? Und was war mit dem Fluch?

Würde er mich bald erreichen? Wenn ich jetzt auf der Stelle starb, wer würde mich auf dieser Welt vermissen? Wer würde mich in der nächsten willkommen heißen?

Wenn schönes Wetter war, ging Lehrer Pan mit uns älteren Mädchen zum Steinbruch am Drachenknochenberg. Das erfüllte ihn immer mit Stolz, sein Sohn war ja einer der Geologen. Der Steinbruch war ursprünglich eine Höhle gewesen wie die, die der Familie von Liebster Tante gehört hatte, aber nun sah ich eine gigantische Grube vor mir, die mindestens fünfzig Meter tief war. Von oben nach unten und von einer Seite zur anderen waren weiße Linien über die Wände und den Boden gezogen worden. Es sah aus, als hätte man dort ein riesiges Fischernetz ausgebreitet. »Wenn jemand ein Stück von einem Tier oder einem Menschen findet oder auch ein Jagdgerät«, erklärte uns Kai Jing, »dann kann er aufschreiben, dass es aus einem bestimmten Quadrat des Steinbruchs stammt. Durch den Fundort können wir auf das Alter des Stücks schließen. Die achte Schicht ist die älteste. Auf diese Weise finden wir auch zur Fundstelle zurück, um dort weiterzugraben.«

Wir Mädchen brachten immer kleine Kuchen und Thermoskannen mit Tee für die Wissenschaftler mit. Wenn sie uns kommen sahen, kletterten sie rasch von unten herauf, erfrischten sich und sagten dann dankbar seufzend: »Danke, danke. Ich war so durstig, dass ich schon dachte, ich würde mich selbst gleich in einen ausgetrockneten Knochen verwandeln.« Hin und wieder mühte sich eine Rikscha den steilen Weg herauf, der dann ein Pfeife rauchender Ausländer mit dicker Brille entstieg. Er fragte jedes Mal, ob es neue Fundstücke gebe. Gewöhnlich deuteten die Wissenschaftler in die eine oder andere Richtung, worauf der Mann mit der Brille nickte, aber gleichzeitig enttäuscht wirkte. Manchmal wurde er jedoch auch ganz aufgeregt und sog immer heftiger an seiner Pfeife, während er redete. Danach stieg er wieder in die Rikscha, die ihn den Berg hinunter zu einem glänzenden schwarzen Auto brachte, mit dem er weiter nach Peking fuhr. Wenn wir zum Aussichtspunkt des Berges liefen, konnten wir bis zum anderen Ende der Ebene sehen, wo das schwarze Auto über die schmale Straße dahinbrauste und eine Staubwolke hinter sich herzog.

Beim Nahen des Winters mussten sich die Wissenschaftler beeilen, bevor der Boden zum Graben zu hart wurde. Sie ließen ein paar von uns Mädchen hinunterklettern, damit wir halfen, die ausgegrabene Erde in Kisten zu schütten oder die weißen Linien auf dem Boden neu zu ziehen oder sorgfältig durchzusieben, was bereits zehnmal gesiebt worden war. Wenn bestimmte Bereiche mit Seilen abgesperrt waren, durften wir nicht hin – dort waren Menschenknochen gefunden worden. Ein ungeübtes Auge konnte die Knochen leicht für Steine oder Tonscherben halten, ich dagegen kannte den Unterschied aus der Zeit, wo ich mit Liebster Tante hier Knochen gesammelt hatte. Ich wusste auch, dass die Knochen des Pekingmenschen nicht nur von einer Person stammten, sondern von vielen – Männer, Frauen, Kindern, Säuglingen. Nie reichten die einzelnen Stücke aus, einen ganzen Menschen daraus zu machen. Solche Dinge sagte ich den anderen Mädchen aber nicht. Ich wollte nicht angeben. Wie sie half ich nur dort, wo die Wissenschaftler es uns erlaubten und wo hauptsächlich Tierknochen, Hörner und Schildkrötenpanzer lagen.

Ich erinnere mich noch an den Tag, an dem Lehrer Pans Sohn mich besonders lobte. »Du arbeitest sehr sorgfältig«, sagte Kai Jing. Danach war es meine Lieblingsarbeit, Erde sorgfältig durch ein Sieb zu streichen. Bald wurde es bitterkalt, sodass wir nicht mehr Finger noch Wangen spürten. Das war also das Ende dieser Arbeit und des Lobs.

Meine zweitliebste Aufgabe war es, die anderen Schülerinnen zu betreuen. Manchmal unterrichtete ich Malerei. Ich zeigte den jüngeren Schülerinnen, wie sie mit dem Pinsel Katzenohren, Schwänze und Schnurrhaare malen konnten. Ich malte Pferde und Kraniche, Affen und sogar ein Nilpferd. Ich half den Schülerinnen auch, ihre Kalligraphie und ihr Denken zu verbessern. Ich erzählte ihnen, was mir Liebste Tante über die Zeichen beigebracht hatte. Dass man über seine Absichten nachdenken musste, wie das *ch'i* vom Körper in den Arm floss, durch den Pinsel und weiter in den Strich. Jeder Strich hatte Bedeutung, und da jedes Wort aus vielen Strichen bestand, hatte es auch viele Bedeutungen.

Am wenigsten mochte ich die Wochenaufgaben, die mir Schwester Yu zuteilte: den Boden fegen, die Waschbecken reinigen oder die Bänke für die Andacht aufstellen und sie zum Mittagessen wieder an die Tische tragen. All das wäre nicht so schlimm gewesen, hätte Schwester Yu nicht immer an allem herumgemeckert, was ich falsch machte. Einmal war ich beispielsweise dafür zuständig, herumkrabbelnde Insekten zu beseitigen. Sie klagte darüber, dass die Mönche sie nie getötet hatten, weil die Tiere womöglich früher Menschen oder Heilige gewesen waren. »Vermieter waren diese Viecher wohl am ehesten in ihrem früheren Leben«, brummte Schwester Yu. »Zertritt sie, bringe sie um, mach, was du willst, damit sie nur nicht hereinkommen.« Die meisten Türen, die der Ausländer ausgenommen, waren außer im Winter nie geschlossen, sodass die Ameisen und Kakerlaken einfach über die Schwelle marschierten. Sie kamen durch jeden Riss und jedes Loch in der Wand, aber auch durch die großen Holzgitter, die Luft und Licht hereinlassen sollten. Ich wusste jedoch, was zu tun war. Liebste Tante hatte es mir beigebracht. Zuerst klebte ich Papier über die Gitter. Dann holte ich ein Stück Kreide aus dem Klassenzimmer und zog damit vor alle Schwellen und um die Risse herum eine Linie. Wenn Ameisen diese Kreidelinie rochen, verwirrte sie das so sehr, dass sie kehrtmachten und verschwanden. Die Kakerlaken waren da allerdings mutiger, sie liefen mitten durch die Kreide. Aber der Staub drang dann in die Gelenke und unter die Panzer ein, sodass die Tiere am nächsten Tag mit den Beinen in der Luft auf dem Rücken lagen und erstickten.

Das war einmal eine Woche, in der Schwester Yu nicht an mir herummeckerte. Stattdessen bekam ich sogar eine Auszeichnung für besondere Leistungen im Bereich der Hygiene, zwei freie Stunden, in denen ich tun durfte, was ich wollte, solange es nichts Schlechtes war. Da es in dem Gedränge hier keinen Platz gab, an dem man einmal allein sein konnte, war ein solcher Ort mein sehnlichster Wunsch. Lange Zeit hatte ich die Seiten, die Liebste Tante vor ihrem Tod für mich geschrieben hatte, nicht wieder gelesen. Ich hatte es nicht getan, weil ich über ihren Aufzeichnungen bestimmt weinen musste, aber dann würde Schwester Yu nur wieder mit mir schimpfen, weil ich vor Klein-Ding und den anderen jüngeren Mädchen Selbstmitleid zeigte. Am Sonntagnachmittag suchte ich mir also einen leer stehenden Lagerraum, in dem es muffig roch und in dem kleine Statuen standen. Ich setzte mich auf den Boden an eine Wand nahe am Fenster. Ich faltete das blaue Tuch auf, in das die Blätter eingeschlagen waren. Und zum ersten Mal entdeckte ich, dass Liebste Tante eine kleine Tasche in den Stoff eingenäht hatte.

In dieser Tasche waren zwei wunderbare Dinge. Das erste war der Orakelknochen, den sie mir gezeigt hatte, als ich noch ein kleines Mädchen war. Sie hatte mir gesagt, wenn ich eines Tages gelernt hätte, mich zu erinnern, würde ich ihn bekommen. Er hatte einmal ihr gehört, so wie er vorher ihrem Vater gehört hatte. Ich drückte den Knochen ans Herz. Dann zog ich den zweiten Gegenstand heraus. Es war ein kleines Foto von einer jungen Frau mit einem bestickten Kopftuch und einer wattierten Winterjacke mit einem Kragen, der ihr bis zu den

Wangen reichte. Ich hielt das Bild ans Licht. War das...? Ich sah, dass es wirklich Liebste Tante war, bevor sie sich das Gesicht verbrannt hatte. Sie hatte verträumte Augen, wagemutige, schräg nach oben stehende Augenbrauen und ihr Mund – so volle, schmollende Lippen, so sanfte Haut. Sie war schön, aber sie sah nicht so aus, wie ich sie in Erinnerung hatte, und ich bedauerte, dass nicht ihr verbranntes Gesicht auf dem Foto abgebildet war. Doch je länger ich hinsah, desto vertrauter wurde sie mir. Und dann wurde es mir klar: Ihr Gesicht, ihre Hoffnung, ihr Wissen, ihre Traurigkeit – alles war mein. Da weinte ich hemmungslos und überschwemmte mein Herz mit Freude und Selbstmitleid.

Einmal in der Woche fuhren Miss Grutoff und die Frau des Kochs zum Bahnhof, um dort Pakete und Post abzuholen. Oft kamen die Briefe von Bekannten in anderen Missionarsschulen in China oder von den Wissenschaftlern der Medizinischen Fakultät der Pekinger Universität. Manchmal waren es aber auch Briefe, in denen man uns Geld zusicherte. Sie kamen von weit her: aus San Francisco in Kalifornien, Milwaukee in Wisconsin, Elyria in Ohio. Miss Grutoff las die Briefe in der Sonntagsandacht laut vor. Sie nahm auch immer einen Globus zu Hilfe. »Hier sind wir, und dort leben die Leute. Und weil sie euch mögen, schicken sie viel Geld.« Dann drehte sie den Globus, dass einem von dieser Vorstellung ganz schwindlig werden konnte.

Ich fragte mich ständig: Wie kam ein Fremder dazu, einen anderen Fremden zu mögen? Mutter und Vater waren jetzt wie Fremde für mich. Sie liebten mich nicht. Für sie existierte ich nicht mehr. Und was war mit GaoLings Versprechen, mich zu besuchen? Hatte sie es je versucht? Wohl nicht.

Eines Nachmittags, nachdem ich bereits zwei Jahre im Waisenhaus war, reichte mir Miss Grutoff einen Brief. Ich erkannte die Handschrift sofort. Es war Mittagszeit, und in der lauten Haupthalle wurde ich von allen Seiten bedrängt, bis mir die Ohren dröhnten. Die Mädchen wollten alle wissen, was in dem Brief stehe und wer ihn geschrieben habe. Ich flüchtete vor ihnen und bewachte meinen Schatz wie ein ausgehungerter Hund. Ich besitze ihn noch heute, sein Inhalt lautete folgendermaßen:

»Meine liebste Schwester, bitte entschuldige, dass ich dir nicht früher geschrieben habe. Nicht ein Tag ist vergangen, an dem ich nicht an dich gedacht hätte. Aber ich konnte nicht schreiben. Herr Wei wollte mir nicht sagen, wohin er dich gebracht hat. Mutter auch nicht. Schließlich habe ich letzte Woche auf dem Markt gehört, dass in den Steinbrüchen am Drachenknochenberg wieder viel Betrieb ist und dass die amerikanischen und chinesischen Wissenschaftler in dem alten Kloster wohnen, zusammen mit den Schülerinnen des Waisenhauses. Als ich das nächste Mal die Frau von Erstem Bruder traf, sagte ich: ›Ich frage mich, ob LuLing wohl die Wissenschaftler kennen gelernt hat, da sie ja so nahe bei ihnen wohnt.‹ Und sie antwortete: ›Das habe ich mich auch schon gefragt.‹ Damit wusste ich es.

Mutter geht es gut, aber sie klagt darüber, dass sie so viel zu tun hat, dass ihre Fingerspitzen ständig schwarz sind. Sie plackt sich immer noch ab, um den Vorrat an Tuschestiften wieder aufzufüllen, der bei dem Feuer ja verloren gegangen ist. Vater und unsere Onkel hatten viel zu tun, den Laden in Peking wieder aufzubauen. Sie haben sich Geld und Holz von Chang, dem Sargschreiner, geborgt, dem jetzt auch der größte Teil des Geschäfts gehört. Sie haben einen Teil des Geschäfts bekommen, weil ich Chang Fu Nan geheiratet habe, den vierten Sohn, den Jungen, den eigentlich du heiraten solltest.

Mutter hat gesagt, es sei ein Glück für uns, dass die Changs überhaupt noch ein Mädchen aus unserer Familie wollten. Ich finde allerdings nicht, dass ich Glück habe. Ich finde, du kannst dich glücklich schätzen, weil du keine Schwiegertochter dieser Familie geworden bist. Jeden Tag, mit jedem Bissen, den ich esse, werde ich daran erinnert, dass die Familie Chang über unserer Familie steht. Wir schulden ihnen für das Holz, und die Schulden steigen unablässig. Noch in hundert Jahren wird die Liu-Familie für sie arbeiten. Die Tuschestifte verkaufen sich nicht mehr so gut, und auch nicht mehr für so viel Geld. Um ehrlich zu sein, die Stifte sind auch nicht mehr so gut, weil die Zutaten jetzt minderwertiger sind und Liebste Tante nicht mehr da ist, um die Schnitzereien zu machen. Als Mahnung an die Schulden unserer Familie bekomme ich kein eigenes Geld. Um eine Briefmarke für diesen Brief zu kaufen, musste ich eine Haarnadel eintauschen.

Du solltest auch wissen, dass die Familie Chang nicht so reich ist, wie wir als Kinder geglaubt haben. Ein großer Teil ihres Vermögens ist vom Opium aufgezehrt worden. Eine der Frauen des anderen Sohnes hat mir erzählt, dass die Schwierigkeiten angefangen haben, als Fu Nan noch ein kleines Kind war und sich einmal die Schulter ausgekugelt hat. Seine Mutter hat ihm daraufhin Opium gegeben. Irgendwann starb die Mutter dann, manche sagten, sie wurde zu Tode geprügelt, Chang allerdings behauptet, sie sei vom Dach gefallen. Nach ihrem Tod hat sich Chang eine andere Frau genommen, die früher einmal die Freundin eines Warlords war, der Opium gegen Särge getauscht hat. Auch diese zweite Frau ist süchtig. Der Warlord hat Chang gedroht, wenn er ihr je wehtue, würde er ihn zum Eunuchen machen. Chang war klar, dass das durchaus möglich war, hatte er doch schon Männer gesehen, denen Körperteile fehlten, weil sie ihre Opiumschulden nicht bezahlt hatten.

In diesem elenden Haushalt gibt es nur Geschrei und Wahnsinn, ständig benötigt man neues Geld für Opium. Wenn Fu Nan mich stückweise verkaufen könnte, um Opium für seine

Pfeife zu bekommen, würde er es tun. Er ist davon überzeugt, dass ich weiß, wo man noch mehr Drachenknochen finden kann. Er quasselt ständig auf mich ein, ich soll es ihm verraten, damit wir alle reich werden. Wenn ich es allerdings wüsste, dann würde ich sie selbst verkaufen, um nämlich von dieser Familie wegzukommen. Ich würde mich sogar selbst verkaufen. Aber wo sollte ich hin?

Schwester, es tut mir Leid, wenn dieser Brief dir Kummer oder Sorge bereitet. Ich schreibe dir dies nur, damit du weißt, warum ich dich nicht besucht habe und warum du Glück hast, dort zu sein, wo du jetzt bist. Bitte schreibe mir nicht zurück. Ich würde nur Schwierigkeiten bekommen. Jetzt, da ich weiß, wo du bist, werde ich versuchen, dir auch weiterhin zu schreiben. In der Zwischenzeit hoffe ich, dass du bei guter Gesundheit und zufrieden bist. Deine Schwester, Liu GaoLing.«

Noch lange, nachdem ich fertig gelesen hatte, zitterten mir die Hände. Ich musste daran denken, dass ich einmal eifersüchtig auf GaoLing gewesen war. Jetzt war ihr Schicksal schlimmer als meines. Schwester Yu hat gesagt, wir könnten über unsere eigene Lage glücklich sein, wenn wir an Menschen dachten, denen es viel schlechter ergehe. Aber ich wurde dadurch nicht glücklich.

Mit der Zeit wurde ich immerhin weniger unglücklich. Ich nahm mein Leben so, wie es war. Vielleicht lag es an meinem schlechten Gedächtnis, dass ich allmählich weniger Schmerz empfand. Vielleicht wurde meine Lebenskraft stärker. Ich wusste jedenfalls, dass ich jetzt ein anderes Mädchen war als das, das einst im Waisenhaus angekommen war.

Natürlich hatten zu diesem Zeitpunkt selbst die Götter im Kloster ihre Einstellung geändert. Über die Jahre hatte Miss Towler die Hüllen von den Statuen entfernt, eine nach der anderen, da der Stoff gebraucht wurde, um Kleider oder Decken zu nähen. Nach und nach offenbarten sich die Statuen und verspotteten Miss Towler – wie diese behauptete – mit ihren roten Gesichtern, drei Augen und nackten Bäuchen. Und es gab sehr, sehr viele Statuen, buddhistische wie taoistische, das Kloster war nämlich über die Jahrhunderte von Mönchen beider Glaubensrichtungen bewohnt gewesen, je nachdem, welche Machthaber gerade über das Land regierten. Eines Tages, es war kurz vor Weihnachten und viel zu kalt, um hinauszugehen, beschloss Miss Grutoff, dass wir die chinesischen Götter in christliche umwandeln sollten. Wir würden sie mit Farbe taufen. Die Mädchen, die schon als Säuglinge ins Waisenhaus gekommen waren, versprachen sich davon großen Spaß. Viele der Schülerinnen jedoch, die erst hierher gekommen waren, als sie schon älter waren, wollten die Götter nicht verunstalten, damit sie nicht deren Zorn auf sich zogen. Sie hatten eine solche Angst, dass sie losschrien, als man sie zu den Statuen zerrte, Schaum vor dem Mund bekamen und dann auf den Boden fielen, als wären sie besessen. Ich hatte keine Angst. Ich glaubte, wenn ich mich sowohl den chinesischen Göttern als auch dem christlichen Gott gegenüber respektvoll verhielte, würde mir keiner etwas tun. Wir Chinesen waren ja ein höfliches und zweckmäßig denkendes Volk. Die chinesischen Götter hatten sicher Verständnis dafür, dass wir in einem westlichen Haushalt lebten, der von Amerikanern geführt wurde. Wenn die Götter sprechen könnten, würden sie bestimmt ebenfalls darauf bestehen, dass die christlichen Gottheiten die bessere Stellung bekämen. Chinesen drängten anderen ihre Vorstellungen nur ungern auf, im Gegensatz zu den Ausländern. Die Ausländer sollten ruhig ihre Sachen machen, mochten sie auch noch so seltsam sein, so dachte man bei uns. Als ich mit dem Pinsel über die rot-goldenen Gesichter fuhr, sagte ich: »Verzeih mir, Jadefürst, verzeih mir, Herrscher der Acht Unsterblichen, ich bemale euch nur mit einer Tarnung, falls die Kommunisten oder die Japaner kommen, um Statuen für ein Freudenfeuer zu sammeln.« Ich war eine gute Künstlerin. Manchen Göttern klebte ich Schafshaare als Bart an, Nudeln als lange Haare, Federn als Flügel. So wurde aus Buddha ein dicker Jesus, die Göttin der Gnade war Maria an der Krippe, die Dreiheit der Reinen Wesen, wichtige Gottheiten der Taoisten, wurden zu den Heiligen Drei Königen, und die Achtzehn Luhan des Buddha wurden zu den Zwölf Aposteln mit sechs Söhnen. Alle kleinen Figuren in der Hölle wurden zu Engeln befördert. Im darauf folgenden Jahr beschloss Miss Grutoff, wir sollten auch die kleinen Buddhaschnitzereien im restlichen Anwesen bemalen. Davon gab es Hunderte.

Im Jahr danach entdeckte Miss Grutoff den muffigen Lagerraum, in den ich mich damals zurückgezogen hatte, um die Aufzeichnungen von Liebster Tante zu lesen. Die Statuen dort, so erklärte Schwester Yu, gehörten zu einem taoistischen Schaukastenbild. Es sollte zeigen, was mit einem passierte, wenn man in die Unterwelt kam. Es gab Dutzende von Figuren, die alle sehr wirklichkeitsnah und Furcht einflößend waren. Eine davon stellte einen knienden Mann dar, dessen Eingeweide von gehörnten Tieren gefressen wurden. Drei Gestalten baumelten an einem Pfahl wie Schweine am Spieß. Vier Menschen hockten in einem Bottich mit siedendem Öl. Und es gab riesige Teufel, rotgesichtig mit spitzen Schädeln, die den Toten befahlen, in die Schlacht zu ziehen. Als wir sie fertig bemalt hatten, hatten wir eine vollständige Geburt Christi, Jesus als Säugling, Mutter Maria, Josef und sogar den heiligen Nikolaus. Aber immer noch rissen die Statuen wie vor Angst schreiend den Mund auf. Egal, was Miss Grutoff auch erzählte, die meisten Mädchen wollten einfach nicht glauben, dass die Krippenfiguren »Stille Nacht« sangen.

Nachdem wir auch diese Statuen behandelt hatten, gab es keine Götzen mehr, die man in Engel hätte verwandeln können. Zu diesem Zeitpunkt hatte übrigens auch ich mich verwandelt, ich war von der Tutorin zur Lehrerin geworden, vom einsamen Mädchen zu einem, das sich in Lehrer Pans Sohn verliebt hatte.

So fing es mit uns an:

Jedes Jahr, während des kleinen Neujahrs, malten die Schülerinnen Glücksspruchbänder für das Tempelfest im Mund des Berges. Ich war also eines Tages mit Lehrer Pan und unseren Schülerinnen im Klassenzimmer, wo wir die langen roten Streifen bemalten, die überall auf den Tischen und auf dem Boden lagen.

Wie gewöhnlich kam Kai Jing auf seinem Fahrrad vorbei, um seinen Vater abzuholen. Die Erde am Drachenknochenberg war durch den Frost so hart geworden, dass Kai Jing jetzt die meiste Zeit damit verbrachte, Schaubilder zu zeichnen, Berichte zu schreiben oder Abgüsse von den verschiedenen Stellen zu machen, wo man Knochen gefunden hatte. An diesem Tag kam Kai Jing frühzeitig, und Lehrer Pan war mit seiner Arbeit noch nicht fertig. Kai Jing bot sich deshalb an, uns bei den Spruchbändern zu helfen. Er stellte sich zu mir an den Tisch. Ich war für jede Hilfe dankbar.

Auf einmal fiel mir auf, was er die ganze Zeit machte. Egal, welches Zeichen oder welches Bild ich malte, er malte das Gleiche. Wenn ich »Glück« schrieb, schrieb auch er »Glück«. Wenn ich »Reichtum« schrieb, schrieb auch er »Reichtum«. Wenn ich »Alle deine Wünsche« malte, malte er das Gleiche, Strich für Strich. Er malte fast im selben Rhythmus wie ich, sodass wir zwei Tänzern glichen. Das war der Anfang unserer Liebe, derselbe Bogen, derselbe Punkt, dasselbe Heben des Pinsels, während unser Atem eins wurde.

Ein paar Tage später brachten die Schülerinnen und ich die Spruchbänder zu der Feier. Kai Jing begleitete mich und ging leise sprechend neben mir her. Er hatte ein kleines Buch mit Pinselzeichnungen auf Maulbeerpapier dabei. Auf dem Umschlag stand: *Die vier Manifestationen der Schönheit.* »Möchtest du wissen, was drinsteht?«, fragte er mich. Ich nickte. Jeder, der unser Gespräch mitbekam, musste denken, wir unterhielten uns über Schulisches. In Wahrheit aber sprach er von der Liebe.

Er blätterte eine Seite weiter. »Bei jeder Form von Schönheit gibt es vier Stufen des Könnens. Das trifft zu für die Malerei, die Kalligraphie, die Literatur, Musik und Tanz. Die erste Stufe ist die der Geschicklichkeit.« Wir betrachteten eine Seite, auf der zwei identische Abbildungen eines Bambushains zu sehen waren, ein typisches Bild, gut gemacht, realistisch, interessante Details mit doppelten Linien, es vermittelte ein Gefühl von Stärke und Langlebigkeit. »Geschicklichkeit«, fuhr er fort, »ist die Fähigkeit, dieselbe Sache immer wieder mit den gleichen Strichen zu malen, mit der gleichen Kraft, im selben Rhythmus, mit derselben Exaktheit. Doch diese Art der Schönheit ist gewöhnlich. Die zweite Stufe ist die der Erhabenheit.« Wir sahen uns zusammen ein anderes Bild an; es stellte mehrere Bambusstiele dar. »Diese Stufe liegt jenseits der Geschicklichkeit«, sagte er. »Ihre Schönheit ist einzigartig. Und doch ist sie einfacher, weniger der Stiel wird betont, viel eher die Blätter. Sie vermittelt sowohl Stärke als auch Einsamkeit. Der schlechtere Maler könnte das eine einfangen, nicht aber gleichzeitig das andere.«

Er blätterte weiter. Das nächste Bild zeigte einen einzigen Bambusstängel. »Die dritte Stufe ist die des Göttlichen«, sagte er. »Die Blätter sind jetzt Schatten, in die ein unsichtbarer Wind weht, und der Stiel ist hauptsächlich durch die Andeutung dessen vorhanden, was fehlt. Und doch sind die Schatten lebendiger als die ursprünglichen Blätter, die das Licht verfinsterten. Mit Worten könnte wohl kaum jemand beschreiben, wie das zu Stande kommt. Und selbst derselbe Maler könnte es noch so sehr versuchen, nie würde er wieder das Gefühl dieses Bilds einfangen, nur als Schatten des Schattens.«

»Wie kann denn Schönheit mehr als göttlich sein?«, murmelte ich, wohl wissend, dass ich bald die Antwort erfahren würde.

»Die vierte Stufe«, sagte Kai Jing, »ist weitaus höher, und es liegt im Wesen jedes Menschen, sie zu finden. Wir können sie nur spüren, wenn wir nicht versuchen, sie zu spüren. Sie wird erreicht ohne Ziel oder Begehren oder Wissen dessen, was daraus entstehen könnte. Sie ist rein. Unschuldige Kinder haben sie. Alte Meister gewinnen sie wieder, wenn sie den Verstand verloren haben und wieder zu Kindern werden.«

Er blätterte weiter. Auf der nächsten Seite war ein Oval zu sehen. »Dieses Bild heißt *In der Mitte eines Bambusstiels*. Das Oval ist das, was du siehst, wenn du dich im Inneren befindest und nach oben oder unten blickst. Es ist die Einfachheit des Im-Inneren-Seins, es gibt keinen Grund und keine Erklärung dafür, dort zu sein. Es ist das Wunder der Natur, dass alles in Verbindung zu etwas anderem existiert, ein tintenschwarzes Oval zu einem weißen Blatt Papier, ein Mensch zu einem Bambusstiel, der Betrachter zu dem Bild.«

Kai Jing verstummte eine Weile. »Diese vierte Stufe nennt man die der Mühelosigkeit«, sagte er schließlich. Er steckte das kleine Buch zurück in die Jackentasche und sah mich nachdenklich an. »In letzter Zeit habe ich diese Schönheit der Mühelosigkeit in allen Dingen gespürt«, sagte er. »Und du?«

»Mir ist es genauso ergangen«, sagte ich und fing an zu weinen.

Beide wussten wir natürlich, dass wir von der Mühelosigkeit sprachen, mit der man sich verliebt, ohne es zu wollen, als wären wir zwei Bambusstängel, die der Wind einander zuneigt. Und dann neigten wir uns zueinander und küssten uns, verloren im Nirgendwo des Zusammenseins.

MÜHELOSIGKEIT

Die erste Nacht, in der Kai Jing und ich uns verbotenen Freuden hingaben, war eine strahlende Mondnacht im Sommer. Wir hatten uns in einen dunklen Lagerraum am unbenutzten Ende eines Gangs geschlichen, weit weg von den Augen und Ohren anderer. Ich verspürte keine Scham, keine Schuldgefühle. Ich fühlte mich wild und wie neu geboren, als könnte ich durch den Himmel schwimmen und durch Wellen fliegen. Wenn das ein schlechtes Los war, dann sollte es eben so sein. Ich war die Tochter von Liebster Tante, einer Frau, die ebenfalls ihr Verlangen nicht hatte beherrschen können und darauf mich geboren hatte. Wie konnte das schlecht sein, wenn die Haut von Kai Jings Rücken so weich, so warm, so duftend war? War es auch Schicksal, seine Lippen an meinem Hals zu spüren? Als er meine Bluse hinten aufknöpfte und sie auf den Boden gleiten ließ, war das der Anfang meiner Verführung, und ich war froh darum. Gleich darauf folgten die übrigen Kleidungsstücke, eines nach dem anderen, und ich fühlte mich zunehmend leichtfertiger und verruchter. Er und ich waren zwei Schatten, schwarz und körperlos, Schatten, die sich ineinander verschränkten, sich vermischten, schwach und doch wild, schwerelos, ohne auf andere zu achten – bis ich die Augen aufschlug und sah, dass uns gut ein Dutzend Leute beobachteten.

Kai Jing lachte. »Nein, nein, die sind nicht echt.« Er berührte eine der Gestalten. Es war das übermalte Theater der Hölle, das nun eine Weihnachtskrippe darstellte.

»Sie kommen mir wie das Publikum in einer schlechten Oper vor«, sagte ich, »es gefällt ihnen nicht besonders, was sie sehen.« Da waren die Mutter Gottes, die schreiend den Mund aufriss, die Schäfer mit den spitzen Köpfen, und der kleine Jesus, dessen Augen hervorstanden wie die eines Froschs. Kai Jing hängte Maria meine Bluse über den Kopf. Er bedeckte Josef mit meinem Rock, während der kleine Jesus meinen Unterrock bekam. Seine Kleider legte Kai Jing über die Heiligen Drei Könige, dann drehte er die Schäfer um. Als sie alle die Wand anblickten, führte mich Kai Jing zu unserem Bett aus Stroh. Wir wurden wieder zu Schatten.

Was danach passierte, war aber nicht wie ein Gedicht oder ein Gemälde auf der vierten Stufe. Wir waren nicht wie die Natur, so wunderschön harmonisch wie die Blätter eines Baums vor dem Himmel, nichts von dem, was wir erwartet hatten. Das Stroh kratzte und stank nach Urin. Eine Ratte krabbelte aus ihrem Nest, worauf Kai Jing von mir herunterrollte und dabei vor lauter Ungestüm den kleinen Jesus aus der Krippe bugsierte. Das froschäugige Monster lag neben uns, als wäre es unser Kind der Liebe. Dann stand Kai Jing auf und riss ein Streichholz an, um die Ratte zu suchen. Und als ich Kai Jings Geschlechtsteil erblickte, sah ich, dass er nicht mehr vom Drang zur Liebe besessen war. Ich sah auch, dass er Zecken am Bein hatte. Gleich darauf zeigte er mir drei an meinem Po. Ich sprang auf und tanzte wild herum, um sie abzuschütteln. Ich musste mich anstrengen, nicht laut zu lachen und zu kreischen, als Kai Jing mich herumdrehte und untersuchte, um dann die Zecken mit dem Kopf eines Streichholzes abzubrennen. Als ich meine Bluse von Marias Kopf zog, schien diese Genugtuung auszustrahlen, dass mir die Sache peinlich war, obwohl wir unser Verlangen ja gar nicht gestillt hatten.

Während Kai Jing und ich uns rasch anzogen, schämten wir uns zu sehr, um etwas zu sagen. Auch auf dem Weg zu meinem Zimmer schwiegen wir. Doch an der Tür sagte er: »Es tut mir Leid. Ich hätte mich beherrschen sollen.« Das tat mir im Herzen weh. Ich wollte seine Entschuldigung, seinen Ausdruck des Bedauerns nicht hören. Wie von fern hörte ich ihn hinzufügen: »Ich hätte warten sollen, bis wir verheiratet sind.« Da schnappte ich nach Luft und begann zu weinen, und er umarmte mich und versprach, dass wir uns zehntausend Leben lang lieben würden, und ich schwor dasselbe, bis wir ein lautes »Pst!« hörten. Selbst nachdem wir ruhig waren, brummte Schwester Yu, deren Zimmer neben meinem lag, weiter: »Keine Rücksicht auf andere. Schlimmer als die Hähne...«

Am nächsten Morgen fühlte ich mich wie ein anderer Mensch, glücklich, aber auch besorgt. Schwester Yu hatte einmal behauptet, man könne sehen, welche der Mädchen in den Gassen Prostituierte waren, weil sie nämlich Augen wie Hühner hätten. Was sie damit meinte, verstand ich nicht. Wurden die Augen röter, wurden sie kleiner? Würden die anderen aus meinen Augen ablesen, dass ich über neue Erkenntnisse verfügte? Als ich in die Haupthalle zum Frühstück kam, waren fast alle anderen schon dort. Sie hatten sich in einem Kreis versammelt und unterhielten sich ernst. Bei meinem Eintreten schien mir, als ob alle Lehrer und Lehrerinnen den Blick hoben und mich entsetzt und traurig anstarrten. Dann schüttelte Kai Jing den Kopf. »Schlechte Neuigkeiten«, sagte er. Das Blut wich mir aus den Gliedern. Würde man mich hinauswerfen? Hatte Kai Jings Vater sich geweigert, der Ehe zuzustimmen? Und woher wussten das alle? Wer hatte es weitererzählt? Wer hatte es gesehen? Wer hatte es gehört? Kai Jing deutete auf das Kurzwellenfunkgerät der Wissenschaftler, dem sich jetzt alle wieder zuwandten. Wurde jetzt schon über *Funk* gemeldet, was wir getan hatten? Auf Englisch?

Als Kai Jing mir schließlich erzählte, worum es ging, blieb mir nicht einmal ein kurzer Augenblick, um erleichtert zu sein, dass die schlechten Nachrichten nichts mit mir zu tun hatten.

»Die Japaner haben letzte Nacht angegriffen«, sagte er, »in der Nähe von Peking. Es heißt, dass ein Krieg unausweichlich ist.«

Maku polo hier, *maku polo* da, hörte ich die Stimme aus dem Funkgerät sagen. »Was ist dieses *maku*?«, fragte ich.

»Die *Maku-Polo*-Brücke«, sagte Schwester Yu. »Die Inselzwerge haben sie eingenommen.« Ich war überrascht, dass ausgerechnet sie dieses Schimpfwort für die Japaner benutzte. In der Schule war nämlich immer sie es gewesen, die den Mädchen eingeschärft hatte, keine Schimpfwörter zu verwenden, nicht einmal für diejenigen, die wir hassten. »Sie haben mit den Gewehren in die Luft geschossen«, fuhr Schwester Yu fort, »nur zur Übung angeblich. Also hat unsere Armee zurückgeschossen, um den Lügnern eine Lektion zu erteilen. Und jetzt fehlt einer von den Zwergen. Wahrscheinlich ist der Feigling nur davongelaufen, aber den Japanern nach ist ein fehlender Mann Grund genug, um Krieg zu erklären.« Weil Schwester Yu vom Englischen ins Chinesische übersetzte, war es schwierig zu unterscheiden, was zu den Nachrichten gehörte und was ihre eigene Meinung war.

»Diese Maku-Polo-Brücke«, fragte ich, »wie weit ist die weg?«

»Sie liegt nördlich von hier, in Wanping«, sagte Miss Grutoff, »in der Nähe des Bahnhofs.«

»Aber das ist doch die Schilfgrabenbrücke, sechsundvierzig Kilometer von meinem Dorf entfernt«, sagte ich. »Seit wann hat die denn einen anderen Namen?«

»Seit mehr als sechshundert Jahren«, sagte Miss Grutoff, »seit Marco Polo sie zum ersten Mal bewundert hat.« Während alle weiter über den Krieg redeten, fragte ich mich, warum niemand in unserem Dorf zu wissen schien, dass die Brücke schon vor so langer Zeit ihren Namen geändert hatte. »Auf welchem

Weg stoßen die Japaner vor?«, fragte ich. »In Richtung Norden nach Peking oder in Richtung Süden zu uns?«

Auf einmal hörten alle zu reden auf. Eine Frau stand in der Tür. Mit der strahlenden Sonne hinter ihr war sie nur ein Schatten, weshalb ich nicht erkennen konnte, wer sie war, nur dass sie ein Kleid trug. »Wohnt Liu LuLing noch hier?«, hörte ich sie sagen. Ich blinzelte. Wer wollte das wissen? So viele Dinge hatten mich bereits völlig verwirrt, und nun auch noch das. Als ich auf die Frau zuging, verwandelte sich meine Verwirrung in eine Vermutung, und die Vermutung wurde zur Gewissheit. *Liebste Tante.* Wie oft hatte ich doch geträumt, ihr Geist würde zurückkommen. Wie in meinen Träumen konnte sie sprechen, ihr Gesicht war unversehrt, und wie in meinen Träumen rannte ich auf sie zu. Und dieses Mal schob sie mich endlich einmal nicht weg. Sie breitete die Arme aus und rief: »Du erkennst deine Schwester also immer noch!«

Es war GaoLing. Wir drehten uns im Kreis, tanzten, schlugen einander auf die Arme und riefen abwechselnd: »Wie du aussiehst!« Ich hatte nichts mehr von ihr gehört, seit sie mir vier oder fünf Jahre zuvor den Brief geschrieben hatte. Innerhalb von Minuten waren wir wieder wie richtige Schwestern. »Was hast du denn mit deinen Haaren angestellt?«, witzelte ich und griff in ihr Durcheinander von Locken. »War das ein Unfall oder hast du das absichtlich gemacht?«

»Gefällt es dir?«

»Nicht schlecht. Du siehst modern aus, nicht mehr wie ein Mädchen vom Lande.«

»Um deinen Kopf kreisen ja auch keine Fliegen. Ich habe gehört, du bist jetzt eine stolze Intellektuelle.«

»Nur Lehrerin. Und du, bist du noch ...«

»Die Frau von Chang Fu Nan. Seit sechs Jahren schon, kaum zu glauben.«

»Aber was ist mit dir passiert? Du siehst fürchterlich aus.«

»Ich habe seit gestern nichts mehr gegessen.«

Ich sprang auf, eilte in die Küche und brachte ihr eine Schüssel Hirsebrei, eingelegtes Gemüse, gedämpfte Erdnüsse und kleine Häppchen. Wir setzten uns in eine Ecke der Halle, weg von den Kriegsnachrichten, und sie aß gierig mit viel Geschmatze. »Wir wohnen in Peking, Fu Nan und ich, Kinder sind keine da«, sagte sie mit vollem Mund. »Wir haben die Hinterzimmer der Tuschehandlung. Alles ist wieder aufgebaut worden. Habe ich dir das nicht geschrieben?«

»Zum Teil.«

»Dann weißt du ja, dass nun den Changs das Geschäft gehört, während unserer Familie die Schulden geblieben sind. Vater und unsere Onkel sind jetzt wieder in Unsterbliches Herz und stellen Tusche her, bis sie ihnen aus allen Poren kommt. Jetzt, wo sie die ganze Zeit zu Hause arbeiten, sind sie ständig schlecht gelaunt und streiten unablässig, wer schuld an diesem und an jenem ist, selbst am Wetter.«

»Was ist mit Erstem Bruder und Zweitem Bruder?«, fragte ich. »Sind sie auch zu Hause?«

»Die Nationalisten haben Ersten Bruder vor fünf Jahren eingezogen. Alle Jungen in seinem Alter mussten gehen. Und Zweiter Bruder ist zwei Jahre danach weggelaufen, um zu den Kommunisten überzutreten. Die Söhne von Großem Onkel sind ihm bald gefolgt. Großer Onkel hat darauf geflucht, dass alle drei nie mehr zurückzukommen brauchen. Mutter hat nicht mehr mit ihm geredet, bis die Einheitsfront gebildet wurde und Onkel sich entschuldigt hat, weil ja jetzt egal sei, auf welcher Seite jemand war.«

»Und Mutter, wie geht es ihr gesundheitlich?«

»Weißt du noch, wie schwarz ihr Haar war? Jetzt ist es wie der Bart eines alten Mannes. Sie färbt es nicht mehr.«

»Was? Und ich dachte immer, ihre Haare sind von Natur aus schwarz, von der Arbeit mit der Tusche.«

»Sei nicht albern. Sie haben sich alle die Haare gefärbt – Urgroßmutter, die Tanten, alle. Aber heute ist es Mutter egal, wie sie aussieht. Sie behauptet, sie hat seit zwei Jahren nicht mehr geschlafen. Sie ist davon überzeugt, dass die Mieter uns nachts bestehlen und die Möbel umräumen wollen. Und sie glaubt auch, dass Urgroßmutters Geist in die Latrine zurückgekehrt ist. Seit Monaten hat sie keinen Stuhlgang mehr, der größer als eine Sojasprosse ist. Ihr Kot ist hart wie Mörtel geworden, sagt sie, und deshalb ist sie aufgebläht wie ein Flaschenkürbis.«

»Das hört sich ja schrecklich an.« Obwohl Mutter dieselbe Frau war, die mich aus dem Haus geworfen hatte, bereitete es mir keine Freude, von ihren Schwierigkeiten zu hören. Irgendwie betrachtete ich Mutter und Vater wohl doch noch als meine Eltern.

»Was ist mit dem Geist von Liebster Tante? Ist sie noch einmal aufgetaucht?«

»Keinen Mucks hat sie gemacht, obwohl das ziemlich seltsam ist. Dieser Geisterfänger hat sich nämlich als Betrüger entpuppt, nicht einmal ein Mönch war er. Er hatte eine Frau und drei Bälger, wie sich herausgestellt hat, von denen einer sein Helfershelfer war. Sie haben immer wieder denselben Essigkrug benutzt, um auch noch andere Geister damit zu fangen. Sie haben jedes Mal nur den Deckel geöffnet und ihn wieder verschlossen. Nicht wenige sind darauf hereingefallen. Als Vater das gehört hat, hätte er am liebsten den Gauner selbst in den Krug gesteckt, um ihn mit Pferdemist zu bedecken. Da habe ich zu ihm gesagt: ›Der Geist von Liebster Tante ist doch nie mehr wiedergekommen, was macht es also aus?‹ Seither murrt er wegen der zwei Barren, die ihn das Ganze gekostet hat, und bei dem Gedanken, wie viel sie wohl wert waren, klagt er ständig, er hätte sich damit den Himmel kaufen können.«

In meinem Kopf raste ein Sandsturm: Wenn der Mönch ein Betrüger war, bedeutete das etwa, dass Liebste Tante entflohen war? Oder war sie nie in den Krug gesteckt worden? Schließlich kam mir ein anderer Gedanke.

»Vielleicht war da ja nie ein Geist, weil sie nämlich gar nicht gestorben ist«, sagte ich zu GaoLing.

»Doch, sie ist ganz bestimmt gestorben. Ich habe selbst gesehen, wie Alter Koch ihre Leiche ins Ende der Welt geworfen hat.«

»Aber vielleicht war sie nicht richtig tot und ist dann wieder hinaufgeklettert. Warum sonst habe ich sie nicht gefunden? Ich habe stundenlang gesucht, von einer Seite zur anderen und von oben bis unten.«

GaoLing wandte den Blick ab. »Was für ein schrecklicher Tag das für dich gewesen sein muss... Auch wenn du sie nicht gefunden hast, sie war da. Altem Koch hat es irgendwann Leid getan, dass Liebste Tante keine richtige Beerdigung bekommen hat. Er hatte Mitleid mit ihr. Als Mutter gerade einmal nicht aufgepasst hat, ist er hinuntergegangen und hat die Leiche mit Steinen bedeckt.«

Ich stellte mir jetzt vor, wie Liebste Tante mühselig den Abhang hinaufklettern wollte, wie ein Stein auf sie zurollte und sie traf, dann noch einer und noch einer, bis sie wieder hinunterfiel. »Warum hast du mir das nicht früher erzählt?«

»Ich habe es selbst erst erfahren, nachdem Alter Koch tot war, zwei Jahre nach Liebster Tante. Da hat seine Frau es mir erzählt. Sie hat gesagt, er hätte Gutes getan, es aber vor den anderen verborgen.«

»Ich muss zurück und ihre Knochen suchen. Ich will sie an einem gebührenden Ort begraben.«

»Du wirst sie nicht finden«, sagte GaoLing. »Der Fels ist bei den Unwettern letztes Jahr wieder abgebrochen, eine Kante so lang wie fünf Männer. Auf einmal ist die Wand eingestürzt und hat alles unter Steinen und Erde begraben, drei Stockwerke tief. Unser Haus ist als Nächstes dran.«

»Hättest du mir das nur früher erzählt«, murmelte ich.

»Es ist traurig, ich weiß. Ich habe nicht geglaubt, dass du noch hier bist. Wenn die Frau von Herrn Wei nicht so klatschsüchtig wäre, hätte ich gar nicht erfahren, dass du hier Lehrerin bist. Sie hat es mir erzählt, als ich zum Frühjahrsfest bei uns im Dorf war.«

»Warum hast du mich da nicht besucht?«

»Glaubst du denn, mein Mann erlaubt mir auszugehen, wie und wann ich will? Ich musste warten, bis mir der Himmel einmal eine Gelegenheit schenkt. Die kam dann jetzt nicht gerade zur günstigsten Zeit. Gestern hat mich Fu Nan nämlich nach Unsterbliches Herz geschickt, um dort von seinem Vater wieder einmal Geld zu erbetteln. ›Hast du etwa nicht mitbekommen, dass die Japaner ihre Truppen entlang der Eisenbahn aufmarschieren lassen?‹, habe ich zu ihm gesagt. Pah. Es war ihm egal. Seine Gier nach Opium ist größer als die Angst, seine Frau könnte von einem Bajonett aufgespießt werden.«

»Nimmt er denn immer noch Opium?«

»Da hat sich nichts geändert. Ohne Opium ist er wie ein tollwütiger Hund. Ich habe mich also nach Wanping aufgemacht, und siehe da, auf einmal sind die Züge stehen geblieben und nicht mehr weitergefahren. Wir mussten alle aussteigen und wurden zusammengetrieben wie Schafe oder Enten. Die Soldaten haben uns gestoßen, damit wir uns bewegen. Sie haben uns auf ein Feld gelotst, und ich war mir sicher, wir würden gleich hingerichtet werden. Aber dann haben wir, peng-peng-peng, viele Schüsse gehört. Die Soldaten sind weggerannt und haben uns einfach stehen lassen. Eine ganze Weile haben wir vor lauter Angst keinen Mucks gemacht. Mein nächster Gedanke war: Soll ich jetzt etwa hier warten, bis sie wiederkommen und mich umbringen? Sollen sie mich doch jagen. Also bin ich weggerannt. Alle haben das gemacht und sich in alle Richtungen zerstreut. Ich bin bestimmt zwölf Stunden lang ohne Unterbrechung gelaufen.«

GaoLing zog sich die Schuhe aus. Die Absätze waren kaputt und die Seiten zerrissen. An den Fußsohlen hatte sie blutige Blasen. »Meine Füße haben so wehgetan, dass mich der Schmerz fast umgebracht hat.« Sie schnaubte. »Vielleicht sollte ich Fu Nan in dem Glauben lassen, dass man mich erschossen hat. Ja, und ihm das Gefühl geben, dass es seine Schuld ist. Obwohl er wahrscheinlich gar nichts fühlen wird. Er würde einfach wieder in seine umwölkten Träume zurückkehren. Die Tage sind für ihn alle gleich, Krieg oder kein Krieg, Frau oder keine Frau.« Sie lachte, war aber den Tränen nahe. »Also, Große Schwester, was meinst du? Soll ich zu ihm zurückkehren?«

Was konnte ich anderes tun, als viermal darauf zu bestehen, dass sie bei mir bleiben solle? Und was konnte sie anderes tun, als zunächst dreimal darauf zu bestehen, dass sie mir nicht zur Last fallen wolle? Zu guter Letzt nahm ich sie mit auf mein Zimmer. Sie reinigte sich Gesicht und Hals mit einem feuchten Tuch, legte sich dann mit einem Seufzer auf meine Pritsche und schlief ein.

Schwester Yu war die Einzige, die etwas dagegen hatte, dass GaoLing bei mir in der Schule wohnte. »Wir sind kein Flüchtlingslager«, sagte sie streng. »Wir haben derzeit noch nicht einmal genug Betten, um mehr Kinder aufzunehmen.«

»Sie kann bei mir im Bett schlafen.«

»Sie ist einer mehr, den wir zu füttern haben. Und wenn wir bei ihr eine Ausnahme machen, werden das andere auch für sich verlangen. Allein Lehrer Wang hat noch zehn Verwandte in der Familie. Und was ist mit ehemaligen Schülern und ihren Familien? Sollen wir die auch alle hereinlassen?«

»Aber da hat doch niemand darum gebeten, kommen zu dürfen.«

»Und? Wächst dir jetzt Moos im Hirn? Wenn wir Krieg haben, werden bald *alle* darum bitten. Vergiss eines nicht: Unsere Schule wird von Amerikanern geführt, und die sind den Japanern gegenüber neutral. Sie sind aber auch den Nationalisten und den Kommunisten gegenüber neutral. Wir müssen uns hier nicht täglich Sorgen darüber machen, welche Seite nun gewinnt oder verliert. Wir brauchen einfach nur zuzusehen. Genau das bedeutet Neutralität.«

In all den Jahren hatte ich mich zurückgehalten, wenn Schwester Yu herrisch wurde. Ich hatte ihr gegenüber Achtung gezeigt, auch wenn ich keine empfunden hatte. Obwohl ich inzwischen selbst Lehrerin war, wusste ich jetzt jedoch nicht, wie ich mich mit ihr auseinander setzen sollte. »Hier ging es immer um Freundlichkeit, hier sollten wir immer Mitleid haben« – aber bevor ich ihr an den Kopf warf, was ich wirklich von ihr hielt, sagte ich schnell: »Und jetzt soll ich meine Schwester zurück zu einem Opiumsüchtigen schicken?«

»Meine ältere Schwester musste auch mit einem zusammenleben«, entgegnete sie nur. »Als sie einmal Blut gehustet hat, hat es ihr Mann nicht für nötig gehalten, ihr Medizin zu kaufen. Stattdessen hat er für sich Opium besorgt. Das ist der Grund, weshalb sie jetzt tot ist – sie war der einzige Mensch, der je etwas für mich empfunden hat.« Es war zwecklos. Schwester Yu hatte wieder einmal ein Elend gefunden, das größer war als das aller anderen. Ohne weitere Worte humpelte sie aus dem Zimmer.

Ich wollte jetzt unbedingt Kai Jing sehen. Nachdem ich ihn gefunden hatte, gingen wir durch das Tor hinaus hinter das Waisenhaus, um uns unbeobachtet zu umarmen. Dann erzählte ich ihm von meinem Zusammenstoß mit Schwester Yu.

»Auch wenn der Eindruck trügt, in Wirklichkeit hat sie ein gutes Herz«, sagte er. »Ich kenne sie seit unserer gemeinsamen Kindheit.«

»Dann solltest du vielleicht lieber sie statt mich heiraten.«

»Ach, da ist mir eine Frau mit Zecken an ihrem hübschen Po lieber.«

Ich schlug seine Hände weg.

»Du willst um jeden Preis deiner Schwester gegenüber treu sein«, fuhr er fort. »Yu dagegen denkt nur zweckmäßig. Es hat keinen Sinn, sich zu streiten, wenn man unterschiedliche Absichten hat. Sucht eine gemeinsame Grundlage. Am besten unternimmst du erst einmal gar nichts. Warte einfach ab, was passiert.«

Oh, wie ich Kai Jing bewunderte, wie ich ihn liebte. Er war freundlich und vernünftig. Wenn er einen einzigen Fehler hatte, dann seine Dummheit, mich zu lieben. Und während er mich liebkoste und meine Gedanken um diesen Mann kreisten, der mir so viele Rätsel aufgab, vergaß ich all die großen Kriege und kleinen Schlachten.

Als ich zurück in mein Zimmer kam, traf ich dort zu meiner Überraschung Schwester Yu an. Sie schrie GaoLing gerade entgegen: »So hohl wie ein wurmzerfressener Baumstamm!«

GaoLing reckte die Faust und rief: »Das Gewissen einer Made.«

Auf einmal lachte Schwester Yu. »Ich hasse diesen Mann bis ins Mark meiner Knochen!«

GaoLing nickte. »Genau das fühle ich auch.«

Nach einer Weile dämmerte mir, dass die beiden gar nicht miteinander stritten, sondern in einem Wettstreit die schlimmsten Beleidigungen für die Teufel suchten, die ihnen Unrecht angetan hatten. Während der nächsten zwei Stunden wogen sie ihr Leid gegeneinander ab. »Den Schreibtisch, der neun Generationen im Besitz der Familie meines Vaters war«, sagte GaoLing, »hat er einfach im Tausch gegen ein paar vergnügliche Stunden weggegeben.«

»Nichts zu essen, keine Kohle, keine Kleider im Winter. Wir mussten uns so eng zusammenkuscheln, dass wir uns wie eine einzige lange Raupe vorkamen.«

Später am Abend sagte GaoLing zu mir: »Diese Schwester Yu

ist sehr weise und auch sehr lustig.« Ich entgegnete nichts darauf. Sie würde schnell genug feststellen, dass diese Frau auch wie eine Wespe stechen konnte.

Am nächsten Tag fand ich die beiden, wie sie zusammen im Esszimmer der Lehrer saßen. Schwester Yu sagte etwas mit leiser Stimme, und GaoLing antwortete: »Schon das zu hören ist unerträglich. War deine Schwester denn genauso hübsch, wie sie liebenswürdig war?«

»Sie war zwar keine große Schönheit, aber auch nicht gerade hässlich«, sagte Schwester Yu. »Du erinnerst mich an sie – das gleiche breite Gesicht und der große Mund.«

GaoLing zeigte sich eher geehrt als beleidigt. »Wenn ich nur ebenso tapfer und duldsam sein könnte.«

»Sie hätte eben *nicht* so duldsam sein sollen«, sagte Schwester Yu. »Du auch nicht. Warum müssen die, die leiden, auch noch schweigen? Warum sollen sie das Schicksal wortlos hinnehmen? Da bin ich einer Meinung mit den Kommunisten! Wir müssen kämpfen, um uns zu behaupten. Wir dürfen nicht weiter in der Vergangenheit stecken bleiben und die Toten ehren.«

GaoLing hielt sich die Hand vor den Mund und lachte. »Pass lieber auf, was du sagst, sonst schlagen dir die Japaner und die Nationalisten abwechselnd den Kopf ab.«

»Sollen sie doch zuschlagen«, sagte Schwester Yu. »Was ich sage, denke ich auch. Die Kommunisten stehen Gott näher, obwohl sie nicht an ihn glauben. Teile den Fisch und das Brot, daran glauben sie. Wirklich, die Kommunisten sind nichts anderes als Christen. Vielleicht sollten sie lieber eine Einheitsfront mit den Anhängern von Jesus als mit den Nationalisten bilden.«

GaoLing legte Schwester Yu die Hand über den Mund. »Sind alle Christen so dumm wie du?« Sie beleidigten einander auf eine offene Art, wie es nur gute Freundinnen können.

Ein paar Tage darauf traf ich die beiden vor der Essenszeit im

Hof an. Sie schwelgten in Erinnerungen wie zwei, die früher jahrelang wie die Kletten aneinander gehangen hatten. GaoLing winkte mich herüber, um mir einen Brief mit rotem Siegel und dem Emblem der aufgehenden Sonne zu zeigen. Absender war die »vorläufige japanische Militärpolizei«.

»Lies«, sagte Schwester Yu.

Der Brief war an Chang Fu Nan gerichtet. Ihm wurde mitgeteilt, dass seine Frau Liu GaoLing in Wanping als antijapanische Spionin festgenommen worden sei. »Man hat dich festgenommen?«, rief ich.

GaoLing stupste mich am Arm. »Du Melonenschädel, lies weiter.«

»Vor ihrer Flucht aus der Strafanstalt, wo sie auf ihre Hinrichtung wartete«, stand in dem Brief, »gestand Liu GaoLing, dass sie auf Geheiß ihres Ehemanns Chang Fu Nan einen illegalen Auftrag erledigen sollte. Aus diesem Grund möchten die japanischen Bevollmächtigten in Peking mit Chang Fu Nan über dessen Verwicklung in die Spionagetätigkeit seiner Frau sprechen. Wir werden Chang Fu Nan daher in Kürze bei sich zu Hause in dieser Angelegenheit aufsuchen.«

»Den Brief habe ich getippt«, platzte Schwester Yu heraus.

»Und die Siegel sind von mir«, sagte GaoLing.

»Ich dachte schon, der Brief ist echt«, sagte ich. »Das Herz hat mir beim Lesen bis an den Hals geschlagen.«

»Und Fu Nan wird denken, dass ihn ein Feuerwerksböller zerreißt«, sagte GaoLing. Meine Schwester und Schwester Yu kreischten daraufhin wie Schulmädchen.

»Aber was ist mit Mutter und Vater? Werden sie nicht Todesängste ausstehen, wenn sie hören, dass du vermisst wirst?«

»Ich gehe sie nächste Woche besuchen, falls die Straßen dann sicher sind.«

So kam es dann auch. GaoLing ging nach Unsterbliches Herz, wo niemand etwas von einem Brief an Fu Nan wusste.

Etwa einen Monat später kehrte sie als Schwester Yus Gehilfin an die Schule zurück. »Mutter und Vater wussten nur, was Vater Chang ihnen erzählt hat«, berichtete sie. »›Dieser Mann da von dir‹, hat Vater zu mir gesagt. ›Ich habe schon gedacht, das wäre nur ein Großmaul ohne Rückgrat. Und jetzt erfahren wir, dass er zur Armee gegangen ist – man hat ihn noch nicht einmal zwingen müssen.‹ Ich habe Mutter und Vater übrigens erzählt, dass ich dich am Mund des Berges am Bahnhof getroffen habe«, sagte GaoLing. »Es hat richtig gut getan, damit anzugeben, dass du jetzt eine Intellektuelle bist und an der Seite der Wissenschaftler arbeitest – und dass du bald einen von denen heiratest.«

Ich war froh, dass sie Mutter und Vater das erzählt hatte. »Haben sie denn bedauert, was sie mir angetan haben?«

»Ha, im Gegenteil! Sie waren stolz auf sich«, sagte GaoLing. »Mutter hat gesagt: ›Ich habe immer gewusst, dass wir es gut mit ihr angestellt haben. Nun seht euch an, was dabei herausgekommen ist.‹«

Der Tau verwandelte sich in Frost. In diesem Winter feierten wir gleich zweimal Hochzeit, eine amerikanische und eine chinesische. Für den amerikanischen Teil schenkte mir Miss Grutoff ein langes weißes Kleid, das sie einmal für ihre eigene Hochzeit hatte nähen lassen, aber nie getragen hatte. Ihr Verlobter war im Großen Krieg umgekommen, es war also ein Unglückskleid. Aber sie hatte so glückliche Tränen in den Augen, als sie mir das Kleid reichte, wie hätte ich es ablehnen können? Zum chinesischen Bankett trug ich dann einen roten Hochzeitsrock und ein Kopftuch, das GaoLing bestickt hatte.

Da GaoLing Mutter und Vater bereits erzählt hatte, dass ich heiraten würde, lud ich die beiden aus Höflichkeit ein. Ich hoffte, sie würden den Krieg als willkommene Ausrede benutzen und absagen. Aber Mutter und Vater kamen, ebenso die Tanten und Onkel, die großen und kleinen Vettern und Kusinen, Neffen und Nichten. Niemand erwähnte die große Peinlichkeit dessen, was wir alle wussten. Es war äußerst unangenehm. Ich stellte Mutter und Vater als meine Tante und meinen Onkel vor, was ja auch der Wahrheit entsprochen hätte, wäre ich nicht ein Kind der Liebe ohne rechtmäßigen Anspruch auf eine Familie gewesen. Fast jeder aus der Schule benahm sich ihnen gegenüber höflich. Schwester Yu allerdings warf ihnen missgünstige Blicke zu. Sie murmelte GaoLing zu, und zwar so laut, dass Mutter es hören konnte: »Erst haben sie sie weggeworfen, und jetzt stopfen sie sich an ihrem Tisch den Mund voll.« Den ganzen Tag lang war ich völlig durcheinander – glücklich verliebt, böse auf meine Familie und doch auf merkwürdige Weise froh, dass sie da waren. Ich machte mir auch Sorgen wegen des weißen Hochzeitskleids, ich hielt es nämlich für ein Zeichen, dass mein Glück nicht von langer Dauer sein würde.

Nur zwei der Wissenschaftler, Dong und Chao, waren bei unserer Feier anwesend. Wegen des Krieges war es inzwischen zu gefährlich, noch im Steinbruch zu arbeiten, weshalb die meisten Wissenschaftler nach Peking geflohen waren. Sie hatten fast alles zurückgelassen, bis auf die Überreste der Vergangenheit. Sechsundzwanzig der heimischen Arbeiter waren geblieben, aber auch Kai Jing, Dong und Chao, die ebenfalls in dem ehemaligen Kloster lebten. Jemand musste ein Auge auf den Steinbruch haben, fand Kai Jing. Was, wenn die Kommunisten den Steinbruch als Schützengraben für ihre Maschinengewehrstellungen benutzen wollten? »Selbst wenn sie ihn als Plumpsklo verwenden wollen«, sagte ich zu ihm, »wie könntest du sie daran hindern?« Ich versuchte nicht, ihn zu drängen, ebenfalls nach Peking zu fliehen. Ich wusste, er würde sich nie von seinem alten Vater trennen, wie sein alter Vater sich wiederum nie von der Schule und den Waisenmädchen trennen würde. Ich wollte andererseits aber auch nicht, dass mein Mann als Held in den Steinbruch ging, um als Märtyrer wieder herauszukommen. Vieles war so ungewiss. Viele waren bereits weggegangen. Und viele von uns fühlten sich zurückgelassen. Unser Hochzeitsbankett wirkte deshalb wie die Feier eines traurigen Sieges.

Nach dem Bankett trugen uns Schülerinnen und Freunde zu unserem Schlafzimmer. Es war der gleiche Lagerraum, in dem Kai Jing und ich jene schreckliche erste Nacht hatten verbringen wollen. Doch jetzt war das Zimmer sauber: keine Ratten, kein Urin, keine Zecken und kein Stroh. In der Woche zuvor hatten die Schülerinnen die Wände gelb gestrichen und die Balken rot. Sie hatten die Statuen auf eine Seite geschoben. Und um die Heiligen Drei Könige daran zu hindern, uns zu beobachten, hatte ich aus Seilen und Stoff einen Vorhang genäht. In der Hochzeitsnacht harrten die Schülerinnen lange Stunden vor unserer Tür aus, machten Witze und Späße, lachten und ließen Feuerwerkskörper los. Schließlich wurden sie ihres Treibens müde und entfernten sich. Kai Jing und ich waren zum ersten Mal als Ehemann und Ehefrau zusammen. In dieser Nacht war nichts verboten, und unsere Freude konnte nichts trüben.

Es war Brauch, am Tag nach der Hochzeit die Schwiegereltern zu besuchen. Wir gingen also zu den beiden Zimmern am anderen Ende des Gangs, wo Lehrer Pan wohnte. Ich verneigte mich, servierte ihm Tee und nannte ihn »Baba«, und wir alle lachten über diese förmliche Tradition. Dann gingen Kai Jing und ich zu einem kleinen Altar, den ich mit dem gerahmten Bild von Liebster Tante aufgebaut hatte. Wir schenkten auch ihr Tee ein und zündeten Räucherstäbchen an. Kai Jing nannte sie »Mama« und versprach, sich um meine ganze Familie zu kümmern, auch um die Vorfahren, die vor mir gekommen waren. »Ich gehöre jetzt auch zu deiner Familie«, sagte er.

Auf einmal lief es mir kalt den Rücken hinunter. Warum? Ich musste an unseren Vorfahren denken, denjenigen, der im Affenmaul gestorben war. War das der Grund? Mir fielen wieder die Knochen ein, die nie zurückgebracht worden waren, der Fluch. Was hatte diese Erinnerung zu bedeuten?

»Solche Sachen wie Flüche gibt es nicht«, sagte Kai Jing später zu mir. »Das ist alles nur Aberglaube, und Aberglaube macht unnötig Angst. Die einzigen wahren Flüche sind die Sorgen, die man nicht loswird.«

»Das mit den Flüchen habe ich von Liebster Tante, und sie war sehr klug.«

»Sie war aber eine Frau, die sich alles selbst beigebracht hat und dabei nur auf Überlieferungen hat zurückgreifen können. Sie hatte nie die Gelegenheit, sich mit Wissenschaft auseinander zu setzen oder auf eine Universität zu gehen, so wie ich.«

»Warum ist dann mein Vater gestorben? Warum ist Liebste Tante gestorben?«

»Dein Vater ist bei einem Unfall gestorben. Liebste Tante hat sich umgebracht. Das hast du mir selbst erzählt.«

»Aber warum hat der Wille des Himmels dann dazu geführt?«

»Einen Willen des Himmels gibt es nicht. Das kann nicht der Grund sein.«

Weil ich meinen Mann so sehr liebte, strengte ich mich an, mich an die neuen Vorstellungen zu halten: keine Flüche, kein Unglück, auch kein Glück. Wenn ich mir Sorgen wegen dunkler Wolken machte, redete ich mir ein, es gebe keinen Grund dazu. Wenn Wind und Wasser den Ort wechselten, versuchte ich mich davon zu überzeugen, dass es auch dafür keinen Grund gebe. Eine Weile führte ich ein glückliches Leben, ohne allzu viele Sorgen.

Jeden Abend besuchten Kai Jing und ich nach dem Essen seinen Vater. Ich saß sehr gern bei ihm in seinen Räumen, im

Wissen, dass dies auch mein Zuhause war. Die alten Möbel waren einfach, aber gut, und alles hatte seinen Platz und seinen Zweck. An die westliche Wand hatte Lehrer Pan eine gepolsterte Bank gestellt, die ihm als Bett diente, und darüber hingen drei Schriftrollen. Auf jeder waren hundert Zeichen, die so wirkten, als wären sie in einem Atemzug, in einer Eingebung geschrieben worden. Vor dem Fenster, das nach Süden blickte, war ein Topf mit Blumen der jeweiligen Jahreszeit, ein bunter Farbfleck, der den Blick vom Schatten ablenkte. An der östlichen Wand standen ein einfacher Schreibtisch und ein Stuhl aus dunkel poliertem Holz, ein guter Ort für Gedanken. Und auf dem Schreibtisch lagen die wertvollen Utensilien eines Gelehrten, die wie ein Stillleben arrangiert waren: eine lackierte Lederschachtel, Pinselhalter aus Elfenbein, und ein Tuschereibstein aus *duan*, ein Stein der besten Qualität, sein wertvollster Besitz. Er war das Geschenk eines alten Missionars, der Lehrer Pan in dessen Kindheit unterrichtet hatte.

Eines Abends schenkte mir Lehrer Pan diesen *duan*-Reibstein. Ich wollte das zuerst nicht, doch dann begriff ich wieder, dass er ja jetzt mein Vater war und ich das Geschenk von Herzen annehmen konnte. Ich nahm den runden *duan* und fuhr mit den Fingern über die seidig-sanfte Oberfläche. Ich hatte diesen Tuschestein schon immer bewundert, seit ich als seine Helferin an die Schule gekommen war. Er hatte ihn einmal in den Unterricht mitgebracht, um ihn den Schülerinnen zu zeigen. »Wenn ihr die Tusche gegen den Stein reibt, dann verändert ihr ihren Charakter, vom Nichtgebenden wird sie zum Gebenden, von einer einzigen Form wird sie zu vielen fließenden Formen. Doch sobald ihr die Tusche auf das Papier aufragt, wird sie wieder unversöhnlich. Ihr könnt sie nicht wieder zurückverwandeln. Wenn ihr einen Fehler macht, bleibt euch nur, das Ganze wegzuwerfen.« Liebste Tante hatte einmal etwas Ähnliches gesagt. *Du solltest über dein Wesen nachdenken.*

Du musst wissen, wo du dich veränderst, wie du verändert wirst, was du nicht rückgängig machen kannst. Das hatte sie mir erklärt, als ich ganz am Anfang lernte, Tusche zu reiben. Sie hatte es auch gesagt, als sie sich über mich ärgerte, während der letzten Tage, die wir zusammen verbrachten. Als ich dann auch Lehrer Pan darüber reden hörte, schwor ich mir, mich zu ändern und eine bessere Tochter zu werden.

Vieles hatte sich geändert, und ich wollte, Liebste Tante könnte sehen, wie gut mein Leben war. Ich war Lehrerin und eine verheiratete Frau. Ich hatte einen Mann und einen Vater. Zudem waren es gute Menschen, anders als GaoLings Schwiegereltern, die Changs. Meine neue Familie war ehrlich und aufrichtig anderen gegenüber, sie empfanden im Inneren so, wie sie es äußerlich zeigten. Liebste Tante hatte mich gelehrt, dass das wichtig war. Gutes Benehmen genügt nicht, hatte sie gesagt, das ist nicht dasselbe wie ein gutes Herz. Obwohl Liebste Tante schon seit vielen Jahren nicht mehr da war, hörte ich immer noch ihre Worte, in glücklichen und in traurigen Zeiten, immer wenn es wichtig war.

Nachdem die Japaner den Mund des Berges angegriffen hatten, kletterten GaoLing und ich auf den Gipfel, sobald wir Schüsse in der Ferne hörten. Wir suchten die Umgebung nach Rauchfahnen ab. Wir sahen, wo die Karren und Lastwagen auf den Straßen fuhren. GaoLing witzelte, wir brächten die Nachrichten schneller als das Amateurfunkgerät, vor dem Kai Jing und Miss Grutoff den halben Tag lang in der Hoffnung saßen, von den Wissenschaftlern zu hören, die nach Peking geflüchtet waren. Mir war schleierhaft, weshalb sie ausgerechnet von dem Funkgerät eine Antwort wollten. Es verkündete nur schlechte Nachrichten – welche Hafenstadt eingenommen worden war, dass fast alle Einwohner dieser oder jener Stadt getötet worden seien, den Toten zur Lehre, dass man nicht gegen die Japaner kämpfen sollte.

»Hier können die Japaner nicht gewinnen«, sagte GaoLing abends immer. »Auf dem Wasser sind sie vielleicht schnell, aber hier in den Bergen sind sie wie Fische, die auf dem Sand zappeln. Unsere Männer hingegen sind wie Ziegen.« Jeden Abend sagte sie das, wie um sich selbst davon zu überzeugen, dass es stimmte. Für eine Weile sah es auch ganz danach aus. Die Japaner schafften es einfach nicht, sich bis in die Berge hinauf durchzukämpfen.

Zwar floss das Wasser nicht bergauf, dafür aber das Geld. Alle möglichen Händler schlichen sich an den Barrikaden vorbei und brachten ihre Waren hinauf in die Berge, sodass die Bevölkerung der Bergdörfer noch ihr Geld ausgeben konnte, bevor alle umgebracht wurden. GaoLing, Kai Jing und ich zogen los, um uns am Weg entlang des Grats Leckereien zu kaufen. Manchmal füllte ich meine Büchse mit *shaoping*, den leckeren blättrigen Sesambrötchen, die Lehrer Pan so gern mochte. An anderen Tagen kaufte ich geröstete Erdnüsse, getrocknete Pilze oder kandierte Melone. Während des Krieges waren so viele Dinge knapp geworden, dass jeder Leckerbissen, den wir auftreiben konnten, uns stets Anlass zu einer kleinen Feier war.

Wir hielten solche Feiern im Wohnzimmer von Lehrer Pan ab. GaoLing und Schwester Yu gesellten sich dann immer zu uns, aber auch die Wissenschaftler – Dong, der ältere Mann mit dem freundlichen Lächeln, und Chao, der große, jüngere Mann, dem die dicken Haare ins Gesicht hingen. Während wir den Tee einschenkten, zog Lehrer Pan seinen Phonographen auf. Dann labten wir uns an unseren Leckereien und hörten dazu ein Lied von Rachmaninow, den »Orientalischen Tanz«. Ich sehe Lehrer Pan noch vor mir, wie er die Hand wie ein Dirigent schwenkt und dem unsichtbaren Pianisten und den Cellospielern bedeutet, wo sie leiser werden und wo sie mit vollem Gefühl wieder einsetzen sollen. Am Ende des Abends legte er sich dann auf die gepolsterte Bank, schloss die Augen und seufzte, dankbar für das Essen, Rachmaninow, seinen Sohn, seine Schwiegertochter, seine lieben alten Freunde. »Das ist der Inbegriff des Glücks«, sagte er. Anschließend machten Kai Jing und ich noch einen Abendspaziergang, bevor wir in unser eigenes Zimmer zurückkehrten, selbst dankbar für die Freude, die nur zwischen zwei Menschen bestand.

Das waren unsere kleine Rituale, das, was uns tröstete, was wir liebten, worauf wir uns freuten, worüber wir dankbar sein und woran wir uns später erinnern konnten.

Selbst im Krieg und in Zeiten der Armut braucht der Mensch Oper und Theater. »Sie sind die Sprache und die Musik der Seele«, sagte Kai Jing zu mir. Jeden Sonntagnachmittag führten die Schülerinnen etwas für uns auf, und sie taten es mit großer Begeisterung. Doch um ehrlich zu sein, die Aufführungen und die Musik waren nicht besonders gut. Manchmal tat es sogar weh, zuzusehen und zuzuhören, und wir mussten selbst sehr gute Schauspieler sein, um vorzugeben, es sei alles ein unvergleichlicher Genuss. Lehrer Pan erzählte mir, die Aufführungen seien genauso schlecht gewesen, als ich noch ein Kind war und selbst mitmachte. Wie lange das her zu sein schien! Jetzt war Miss Towler vom Alter gebeugt, beinahe so klein wie Schwester Yu. Wenn sie Klavier spielte, berührte sie die Tasten fast mit der Nase. Lehrer Pan hatte grauen Star und machte sich Sorgen, dass er bald nicht mehr würde malen können.

Als der Winter einzog, hörten wir, dass viele der kommunistischen Soldaten krank wurden und an ihren Krankheiten starben, bevor sie auch nur die Gelegenheit hatten, eine einzige Kugel abzufeuern. Die Japaner dagegen besaßen Medikamente und wärmere Kleidung. Sie bedienten sich auch vom Wasser und von den Vorräten der Dörfer, die sie einnahmen. Da jetzt immer weniger kommunistische Truppen das Bergland verteidigten, konnten die Japaner weiter nach oben vordringen, und bei jedem Vorrücken fällten sie unterwegs die Bäume, damit sich niemand verstecken und entkommen konnte. Weil sie näher kamen, konnten wir auch nicht mehr ungefährdet hinauf zum Grat, um Lebensmittel zu kaufen.

Kai Jing ging mit seinen Kollegen aber weiterhin zum Steinbruch, was mich vor Angst schier verrückt machte. »Geh nicht«, bat ich ihn immer wieder. »Diese alten Knochen liegen jetzt schon seit einer Million Jahre dort, da können sie auch warten, bis der Krieg vorüber ist.« Der Steinbruch war das Einzige, was uns Anlass zum Streiten gab, aber wenn ich jetzt manchmal daran denke, finde ich, dass ich noch mehr mit ihm hätte streiten sollen, ich hätte streiten sollen, bis er die Sache hätte sein lassen. Dann wieder denke ich, nein, ich hätte weniger streiten sollen, oder gar nicht. Dann wären seine letzten Erinnerungen an mich nicht die an eine sich beklagende Ehefrau gewesen.

Wenn Kai Jing nicht im Steinbruch war, unterrichtete er die Mädchen in meiner Klasse in Geologie. Er erzählte ihnen Geschichten über die Urzeit der Erde und die Urmenschen. Auch ich hörte gern zu. Auf die Tafel malte er Bilder von eisigen Fluten und feurigen Explosionen, vom Schädel des Pekingmenschen und den Unterschieden zu dem eines Affen, die höhere Stirn, die mehr Platz für das sich verändernde Gehirn bot. Wenn Miss Towler oder Miss Grutoff zuhörten, malte Kai Jing keinen Affen und erzählte auch nicht von den verschiedenen Erdzeitaltern. Er wusste, dass seine Vorstellungen von den Vorfahren des Menschen und vom ewigen Leben von ihren abwichen.

Eines Tages erklärte Kai Jing den Mädchen, wie es kam, dass sich der Mensch anders als die Affen entwickelte: »Der alte Pekingmensch konnte aufrecht gehen. Das erkennen wir an der

Form seiner Knochen und an den Fußabdrücken, die er im Schlamm hinterlassen hat. Er hat Werkzeuge verwendet. Das sehen wir an den Knochen und Steinen, die er bearbeitet hat, um damit wahrscheinlich auch schon Wörter sprechen zu können. Zumindest hatte er das Gehirn dafür, eine Sprache zu entwickeln.«

»Was für Wörter waren das? Chinesische?«, fragte eines der Mädchen.

»Das können wir nicht mit Sicherheit sagen«, antwortete Kai Jing, »gesprochene Wörter kann man nämlich nicht zurücklassen. Damals gab es noch keine Schrift. Die gibt es erst seit ein paar tausend Jahren. Und wenn es tatsächlich eine Sprache gab, dann war es wahrscheinlich eine Ursprache, die nur damals existiert hat. Wir können nur raten, was der Pekingmensch zu sagen hatte. Was will ein Mensch sagen? Zu welchem Mann, welcher Frau, welchem Kind will er es sagen? Was glaubt ihr war der erste Laut, der zu einem Wort, einer Bedeutung wurde?«

»Ich finde, ein Mensch sollte immer zu Gott beten«, sagte ein anderes Mädchen. »Man sollte danke sagen zu allen, die nett zu einem sind.«

In dieser Nacht dachte ich noch, als Kai Jing längst schlief, über diese Frage nach. Ich stellte mir zwei Menschen ohne Worte vor, unfähig, miteinander zu sprechen. Ich stellte mir vor, zu welchen Mitteilungen ein Bedürfnis bestanden haben konnte: Die Farbe des Himmels, die »Sturm« bedeutete. Der Geruch von Feuer, der »Flieh!« signalisierte. Das Geräusch eines Tigers, der gleich einen Satz machte. Das waren doch alles Dinge, die sich von selbst verstanden.

Aber dann wurde mir klar, was das erste Wort gewesen sein musste: *ma*, das Schmatzen eines Säuglings, der die Brust der Mutter suchte. Für lange Zeit würde das das einzige Wort sein, das der Säugling brauchte. Ma, ma, ma. Dann entschied die Mutter, dass dies fortan ihr Name sein sollte, und auch sie begann zu sprechen. Sie brachte dem Kind bei, vorsichtig zu sein: Himmel, Feuer, Tiger. Eine Mutter ist immer der Anfang. Mit ihr beginnt alles.

€ines Frühlingsnachmittags führten die Schülerinnen ein Stück auf. Ich erinnere mich gut daran, es war eine Szene aus dem *Kaufmann von Venedig*, die Miss Towler ins Chinesische übersetzt hatte. »Fallt auf die Knie und betet«, sangen sie. Und auf einmal sollte sich mein Leben ändern. Lehrer Pan kam nämlich keuchend in die Halle gerannt und rief: »Man hat sie gefangen.«

Nach Atem ringend berichtete er uns, dass Kai Jing und seine Freunde zur üblichen Begutachtung in den Steinbruch gegangen seien. Lehrer Pan hatte sie begleitet, um ein bisschen Luft zu schnappen und sich mit den Wissenschaftlern zu unterhalten. Am Steinbruch angekommen, wurden sie von Soldaten empfangen. Von Kommunisten, nicht etwa von Japanern, weshalb sie sich keine Sorgen machten.

Der Anführer der Soldaten kam auf die Ankömmlinge zu und fragte dann Kai Jing: »He, warum habt ihr euch uns nicht angeschlossen?«

»Wir sind Wissenschaftler und keine Soldaten«, sagte Kai Jing. Er wollte ihnen schon über die Arbeit mit dem Pekingmenschen erzählen, aber einer der Soldaten unterbrach ihn: »Hier ist seit Monaten nicht mehr gearbeitet worden.«

»Wenn ihr gearbeitet habt, um die Vergangenheit zu erhalten«, sagte der Anführer lächelnd, »dann könnt ihr sicher auch daran arbeiten, die Zukunft zu gestalten. Außerdem, welche Vergangenheit werdet ihr retten, wenn die Japaner China zerstören?«

»Ihr habt die Pflicht, euch uns anzuschließen«, brummte ein anderer Soldat. »Wir vergießen hier immerhin unser Blut, um euer verdammtes Dorf zu schützen.«

Der Anführer winkte ihm, still zu sein und wandte sich wieder Kai Jing zu. »Wir bitten alle Männer in den Dörfern, die wir verteidigen, uns zu helfen. Ihr müsst nicht kämpfen. Ihr könnt auch kochen oder putzen oder Reparaturen durchführen.« Als niemand etwas sagte, fügte er jetzt weniger freundlich hinzu: »Das ist keine Bitte, es ist eine Notwendigkeit. Euer Dorf schuldet uns das. Wir befehlen es euch. Wenn ihr nicht als Patrioten mitkommt, nehmen wir euch als Feiglinge mit.«

Und so geschah es dann ziemlich schnell, berichtete Lehrer Pan. Die Soldaten wollten zunächst auch ihn mitnehmen, fanden dann aber, dass ein fast blinder alter Mann ihnen eher eine Last als eine Hilfe wäre. Als die Soldaten die Männer schließlich wegführten, rief Lehrer Pan ihnen nach: »Wie lange werden sie weg sein?«

»Sag du es mir, Kamerad«, antwortete der Anführer. »Wie lange wird es dauern, die Japaner zu vertreiben?«

Während der nächsten zwei Monate nahm ich ziemlich ab. GaoLing musste mich zum Essen zwingen, aber nichts schmeckte mir. Ich musste ständig an den Fluch vom Affenmaul denken, was ich GaoLing auch erzählte, sonst allerdings niemandem. Schwester Yu hielt Fürbitten ab, bei denen um ein rettendes Wunder gebeten wurde, nämlich dass die Kommunisten bald die Japaner besiegten, damit Kai Jing, Dong und Chao bald zu uns zurückkehren konnten. Und Lehrer Pan wanderte mit vom grauen Star getrübten Augen ziellos durch die Anlage. Miss Grutoff und Miss Towler erlaubten den Mädchen nicht mehr, sich vom Anwesen zu entfernen, obwohl die Kämpfe jetzt in anderen Berggegenden stattfanden. Sie hatten schreckliche Geschichten von japanischen Soldaten gehört, die sich an Mädchen vergingen. Sie kramten eine große amerikanische Flagge hervor und hängten sie über das Tor, als wäre sie ein Bannzauber, der sie vor dem Bösen schützte.

Zwei Monate nachdem die Männer verschwunden waren,

wurden die Gebete von Schwester Yu wenigstens zur Hälfte erhört. Drei Männer kamen frühmorgens durch das Tor, und Miss Grutoff schlug den Gong am Ohr des Buddha. Bald riefen alle durcheinander, dass Kai Jing, Dong und Chao zurückgekehrt seien. Ich rannte so schnell über den Hof, dass ich stolperte und mir dabei fast den Knöchel brach. Kai Jing und ich fielen einander glücklich schluchzend in die Arme. Sein Gesicht war schmaler und sehr braun geworden; Haare und Haut rochen nach Rauch. Und die Augen – sie waren jetzt anders. Ich weiß noch, dass mir das damals auffiel. Sie waren stumpf geworden, und inzwischen glaube ich, dass schon damals ein Teil seiner Lebenskraft geschwunden war.

»Die Japaner haben die Berge besetzt«, berichtete er uns. »Sie haben unsere Truppen vertrieben.« Mit diesen Worten erfuhr Schwester Yu, dass die andere Hälfte ihres Gebets um ein Wunder nicht erhört worden war. »Sie werden uns suchen.«

Ich bereitete ein Bad und wusch Kai Jing mit einem Tuch ab, während er in der engen Holzwanne saß. Danach gingen wir in unser Schlafzimmer, wo ich ein Stück Stoff über dem Gitterfenster festmachte, damit es dunkel war. Wir legten uns hin, und während er mich in den Armen wiegte, sprach er leise murmelnd mit mir. Ich musste mich anstrengen, wirklich zu begreifen, dass ich in seinen Armen lag, dass sein Blick auf meinem ruhte. »Es gibt keinen Fluch«, sagte er. Ich hörte genau zu, stellte mir vor, wie ich ihn immer würde sprechen hören. »Aber du bist tapfer, du bist stark«, fuhr er fort. Ich wollte etwas sagen, dass ich nämlich gar nicht stark sein wolle, aber ich weinte zu sehr, um sprechen zu können. »Du kannst nichts daran ändern«, sagte er. »So ist nun einmal dein Charakter.«

Er küsste mich nacheinander auf die Augen. »Das ist Schönheit, und das ist Schönheit, und du bist Schönheit, und Liebe ist Schönheit, und wir sind Schönheit. Wir sind göttlich, unverändert durch die Zeit.«

Die Japaner kamen noch am gleichen Abend, um Kai Jing, Dong und Chao zu holen. Miss Grutoff war tapfer und erklärte, sie sei Amerikanerin, und sie hätten kein Recht, in ein Waisenhaus einzudringen. Aber sie beachteten sie nicht weiter. Als sie auf die Räume zugingen, in denen sich die Mädchen unter ihren Betten versteckten, traten Kai Jing und die anderen Männer heraus und sagten, sie müssten nicht weitersuchen. Vergeblich versuchte ich ihnen zu folgen.

Ein paar Tage später hörte ich Wehklagen in der Haupthalle. Als GaoLing mit roten Augen auf mich zukam, hielt ich sie davon ab, das auszusprechen, was ich bereits wusste. Einen Monat lang versuchte ich, Kai Jing in meinem Herzen und in meinen Gedanken lebendig zu erhalten. Immer noch strengte ich mich auch an zu glauben, was er gesagt hatte: »Es gibt keinen Fluch.« Aber dann ließ ich GaoLing schließlich die Worte aussprechen.

Zwei japanische Offiziere hatten die Männer Tag und Nacht verhört. Sie wollten sie zwingen ihnen zu verraten, wohin die kommunistischen Truppen gezogen waren. Am dritten Tag stellten sie sie in einer Reihe auf, Kai Jing, Dong und Chao und dreißig weitere Dorfbewohner. Ein Soldat mit einem Bajonett kam herbei. Der japanische Offizier sagte, er würde sie noch einmal fragen, einen nach dem anderen. Und einer nach dem anderen schüttelte den Kopf, einer nach dem anderen fiel. In meiner Vorstellung war Kai Jing manchmal der Erste, manchmal der Letzte, manchmal war er dazwischen.

Ich war nicht zugegen, als es geschah, und doch sah ich es vor mir. Der einzige Weg, es aus meinem Kopf zu vertreiben, war die Flucht in die Erinnerung. Dort, an diesem sicheren Ort, war ich bei ihm, und er küsste mich, als er mir sagte: »Wir sind göttlich, unverändert durch die Zeit.«

CHARAKTER

GaoLing meinte, die Japaner würden uns sowieso bald alle holen kommen, deshalb brauche ich mir nicht die Mühe zu machen, mich gleich auf der Stelle umzubringen. Weshalb nicht warten und gemeinsam sterben? So wäre es weniger einsam.

Lehrer Pan sagte zu mir, ich solle ihn nicht verlassen, um in die andere Welt einzutreten. Wen sonst hätte er noch in der Familie, um ihn in seinen letzten Tagen zu trösten?

Miss Grutoff sagte, die Kinder brauchten mich als leuchtendes Beispiel dafür, was aus einem Waisenmädchen werden könne. Wenn sie wüssten, dass ich die Hoffnung aufgegeben hätte, welche Hoffnung bliebe ihnen dann noch?

Schwester Yu war es schließlich, die mir den Grund lieferte, am Leben zu bleiben und hier auf Erden zu leiden. Kai Jing, so sagte sie, sei im Himmel der Christen, und wenn ich Selbstmord beginge, würde Gott mich nicht zu ihm lassen. Für mich war der christliche Himmel wie Amerika, ein weit entferntes Land, voller Ausländer und regiert unter ihren Gesetzen. Selbstmord war dort nicht erlaubt.

Also blieb ich und wartete darauf, dass die Japaner zurückkamen und mich holten. Ich besuchte regelmäßig Lehrer Pan und brachte ihm gute Sachen zu essen. Jeden Nachmittag ging ich hinaus vor die Schule zu dem Teil des Hangs, wo die vielen kleinen Steinhaufen waren. Dort begruben die Missionarinnen die kleinen Kinder und die Mädchen, die während all der Jahre gestorben waren. Auch Kai Jing lag dort. In unserem Zimmer fand ich ein paar Drachenknochen, die er in den Monaten zuvor ausgegraben hatte. Sie waren nicht besonders wertvoll, denn sie stammten nur von alten Tieren. Ich nahm einen der Knochen und ritzte mit einer dicken Nadel Wörter ein, um einen Orakelknochen wie den, den mir Liebste Tante geschenkt hatte, daraus zu machen. Ich schrieb: »Du bist Schönheit, wir sind Schönheit, wir sind göttlich, unverändert durch die Zeit.« Als ich mit dem einen fertig war, machte ich mit dem nächsten weiter, ich konnte einfach nicht aufhören. Das waren die Worte, die ich im Gedächtnis behalten wollte. Das waren die Bröckchen Kummer, von denen ich zehrte.

Die Orakelknochen brachte ich immer zu Kai Jings Grab. »Kai Jing«, sagte ich jedes Mal, wenn ich wieder einen hinlegte. »Vermisst du mich?« Nach einem langen Schweigen erzählte ich ihm dann, was am betreffenden Tag vorgefallen war: wer krank geworden war, wer sich klug verhalten hatte, dass wir keine Medizin mehr hatten, wie schade es sei, dass er den Mädchen nichts mehr über Geologie beibringen könne. Eines Tages musste ich ihm sagen, dass Miss Towler morgens nicht mehr aufgewacht sei und bald neben ihm liegen würde. »Sie ist sanft zu Gott gegangen«, hatte Miss Grutoff beim Frühstück gesagt, und sie schien froh zu sein, dass es so war. Doch dann presste sie die Lippen zusammen, und zwei tiefe Falten liefen seitlich hinunter, woraus ich ersah, dass sie entsetzlich traurig sein musste. Für Miss Grutoff war Miss Towler gleichzeitig Mutter, Schwester und die älteste Freundin gewesen.

Nach Miss Towlers Tod begann Miss Grutoff damit, amerikanische Flaggen zu nähen. Ich glaube, sie nähte die Flaggen aus demselben Grund, aus dem ich die Orakelknochen für Kai Jings Grab machte. Sie bewahrte dadurch ein wenig Erinnerung auf, hatte Angst zu vergessen. Jeden Tag nähte sie einen

Stern oder einen Streifen. Sie färbte Stoffreste rot oder blau. Sie ließ auch die Mädchen in der Schule Flaggen herstellen. Bald wehten fünfzig Fahnen an der äußeren Mauer des alten Klosters, dann einhundert, zweihundert. Wenn jemand nicht wusste, dass es sich um ein Waisenhaus für chinesische Mädchen handelte, konnte er leicht auf den Gedanken kommen, eine große Gruppe Amerikaner würde hier im Innern eine patriotische Feier abhalten.

Eines kalten Morgens strömten schließlich die Japaner auf das Grundstück. Wir hatten uns zur Sonntagsmesse in der Haupthalle versammelt, obwohl nicht Sonntag war. Auf einmal hörten wir Schüsse. Wir rannten zur Tür und sahen den Koch und seine Frau mit dem Gesicht nach unten auf dem Boden liegen. Die Hühner zankten sich daneben und pickten Körner aus einem umgefallenen Eimer. Die große amerikanische Flagge, die immer über dem Tor gehangen hatte, lag jetzt auf der Erde. Die Mädchen begannen zu weinen, weil sie dachten, der Koch und seine Frau seien tot. Aber dann sahen wir, wie sich der Koch etwas bewegte, den Kopf zur Seite wandte und sich vorsichtig umblickte. Miss Grutoff drängte sich an uns vorbei nach vorn. Ich glaube, wir gingen alle davon aus, dass sie den japanischen Soldaten jetzt befehlen würde, uns in Ruhe zu lassen, immerhin war sie ja Amerikanerin. Stattdessen bat sie uns aber nur, uns nicht zu rühren. Danach waren wir alle mucksmäuschenstill. Wir hielten uns die Hand vor den Mund, um nicht laut zu schreien, während wir dabei zusahen, wie die japanischen Soldaten die restlichen Fahnen herunterschossen. Sie wechselten sich dabei ab, und immer wenn einer daneben traf, wurde er von seinen Kameraden ausgelacht. Nachdem alle Flaggen zerfetzt waren, fingen sie an, die aufgeregt gackernden und umherflatternden Hühner abzuknallen. Schließlich klaubten sie die toten Hühner auf und zogen wieder ab. Der Koch und seine Frau standen auf, die übrig gebliebenen Hühner gackerten leise, und die Mädchen ließen das Wehgeschrei heraus, das sie zurückgehalten hatten.

Miss Grutoff bat alle, in die Haupthalle zurückzukehren. Dort teilte sie uns mit zittriger Stimme mit, was sie einige Tage zuvor über das Funkgerät und die Kurzwellensender erfahren hatte: Japan habe die Vereinigten Staaten angegriffen, worauf die Amerikaner den Japanern den Krieg erklärt hätten. »Jetzt, wo wir Amerika auf unserer Seite haben, wird China den Krieg schneller gewinnen können«, sagte sie und ermutigte uns, mit ihr mitzuklatschen. Ihr zuliebe lächelten wir, als glaubten wir diese gute Botschaft. Als die Mädchen nachts auf ihren Zimmern waren, erzählte Miss Grutoff den Lehrern sowie dem Koch und seiner Frau, was sie sonst noch von ihren Freunden aus der Medizinischen Fakultät in Peking gehört habe.

»Die Knochen des Pekingmenschen sind weg.«

»Hat man sie zerstört?«, fragte Lehrer Pan.

»Niemand weiß es genau. Sie sind jedenfalls verschwunden. All die Teile der einundvierzig Urmenschen. Sie sollten mit dem Zug zu einem amerikanischen Schiff gebracht werden, das sich von Tientsin aus auf den Weg nach Manila machen sollte, aber das Schiff ist versenkt worden. Manche behaupten, dass die Kisten nie auf das Schiff verladen worden sind. Angeblich haben die Japaner alle Züge aufgehalten, und weil sie dachten, dass die Kisten nur Sachen von amerikanischen Soldaten enthalten würden, haben sie sie einfach auf die Gleise geworfen, damit sie von nachkommenden Zügen überrollt wurden. Niemand weiß, ob das so stimmt. Aber so oder so, es klingt jedenfalls gar nicht gut.« Beim Zuhören kam es mir so vor, als würde bei mir das Mark in den Knochen zu Mehl. Kai Jings gesamte Arbeit, sein Opfer, sein letzter Gang zum Steinbruch – alles umsonst? Ich stellte es mir vor, wie die kleinen Bruchstücke der Schädel jetzt zwischen den Fischen im Hafen schwammen und langsam zu Boden sanken, bis Meeraale darüber hinwegglitten, sie mit aufgewirbeltem Sand zudeckten. Ich sah andere Knochenstücke vor mir, die wie Müll aus dem Zug geworfen wurden, sah die Reifen von Militärlastern, die sie zerquetschten, bis die Teile nicht größer waren als die Sandkörner der Wüste Gobi. Mir war, als wären es Kai Jings Knochen.

Am nächsten Tag kehrten die Japaner zurück, um Miss Grutoff zu holen. Sie wollten sie in ein Kriegsgefangenenlager bringen. Sie hatte das vorausgesehen, aber dennoch keinen Fluchtversuch unternommen. »Ich würde meine Mädchen doch niemals freiwillig verlassen«, hatte sie zu uns gesagt. Ihre Koffer waren bereits gepackt, und sie trug auch schon ihren Reisehut, den sie mit einem Schal um das Kinn befestigt hatte. Sechsundfünfzig weinende Mädchen standen am Tor, um sie zu verabschieden. »Lehrer Pan, vergessen Sie nicht die Lehren der Apostel«, rief sie noch, bevor sie auf die Ladefläche des Lasters stieg. »Und bitte sagen Sie es auch den anderen, damit sie die frohe Botschaft weitertragen können.« Ich fand das einen seltsamen Abschied. Auch die anderen empfanden es so, bis Lehrer Pan uns aufklärte, was sie damit meinte.

Er führte uns in die Haupthalle zur Statue eines der Apostel und schraubte ihm die Hand ab. Darin befand sich eine Kammer, die er und Miss Grutoff ausgehöhlt hatten. In dieser Kammer hatten sie Silber, Gold und eine Liste von Namen früherer Schülerinnen, die jetzt in Peking waren, versteckt. Miss Grutoff und er hatten das spätnachts während des letzten Monats gemacht. Ihre persönlichen Ersparnisse hatten sie auf alle Apostel verteilt. Sollten die Japaner also in einem Apostel Geld finden, würden sie als Heiden dennoch nicht wissen, welche anderen dieser Hunderte von Statuen sie durchsuchen mussten, um den Rest zu finden.

Wenn sich die Lage um das Waisenhaus verschlechtern sollte, sollten wir das Geld verwenden, um die Mädchen nach Peking zu bringen, immer vier oder fünf in einer Gruppe. Dort konnten sie dann bei den ehemaligen Schülerinnen oder Freunden der Schule wohnen. Miss Grutoff hatte bereits Verbindung zu den Leuten aufgenommen, und diese hatten sich gern bereit gezeigt, uns zu helfen, wenn die Zeit gekommen war. Wir mussten ihnen nur per Funk mitteilen, wann wir kommen würden.

Lehrer Pan teilte jedem von uns – Lehrern, Hilfslehrern und vier älteren Schülerinnen – einen Apostel mit unserem Anteil an dem Flüchtlingsgeld zu. Von dem Tag an, an dem Miss Grutoff nicht mehr da war, ließ uns Lehrer Pan üben und auswendig lernen, welcher Apostel welcher war und wo das Holz ausgehöhlt worden war. Ich fand, es müsste eigentlich genügen, die eigene Statue zu erkennen, aber Schwester Yu meinte: »Wir sollten alle Namen laut aussprechen. Dann werden die Apostel unsere Ersparnisse besser beschützen.« Ich musste die Namen so oft aufsagen, dass ich sie immer noch im Kopf habe: *Pida, Pa, Matu, Yuhan, Jiama yi, Jiama er, Andaru, Filipa, Tomasa, Shaimin, Tadayisu* und *Budalomu*. Der Verräter *Judasa* hatte keine Statue.

Etwa drei Monate, nachdem Miss Grutoff uns verlassen hatte, beschloss Lehrer Pan, es sei an der Zeit, dass wir gingen. Die Japaner waren wütend darüber, dass sich die Kommunisten in den Bergen versteckten. Sie wollten sie herauslocken, indem sie die Bewohner der umliegenden Dörfer abschlachteten. Schwester Yu erzählte auch GaoLing und mir, dass die Japaner unaussprechliche Dinge mit unschuldigen Mädchen machten, von denen manche erst elf oder zwölf Jahre alt waren. Das sei so in Tientsin geschehen, aber auch in Tungschau und in Nanking. »Die Mädchen, die sie danach nicht umgebracht haben, haben selbst versucht, sich umzubringen«, fügte sie hinzu. In unserer Angst konnten wir uns in unserer Phantasie alles ausmalen, um zu wissen, was sie meinte, ohne dass sie Einzelheiten aussprechen musste.

Mit den vier älteren Schülerinnen, die trotz des Krieges blieben, waren wir zwölf Aufsichtspersonen. Wir funkten Miss Grutoffs Freunden in Peking, die uns daraufhin mitteilten, die Stadt sei besetzt, und obwohl die Lage ruhig sei, sollten wir warten, bis wir von ihnen hörten. Die Züge würden nicht immer fahren, und es wäre nicht gut für uns, tagelang in irgendwelchen Städten unterwegs festzusitzen. Lehrer Pan bestimmte die Reihenfolge, in der die Gruppen abfahren sollten: die Erste sollte von Mutter Wang angeführt werden, die uns dann erzählen könne, wie die Reise verlaufen sei, dann kamen die Gruppen der vier älteren Mädchen, dann die der Frau des Kochs, der Lehrerin Wang, des Kochs, GaoLings, meine, Schwester Yus und am Ende die von Lehrer Pan.

»Warum willst du an letzter Stelle gehen?«, fragte ich ihn.

»Ich weiß, wie man das Funkgerät bedient.«

»Das kann genauso gut ich lernen.«

»Und ich auch«, sagten Schwester Yu und GaoLing einstimmig.

Wir stritten uns darum und überboten einander an Tapferkeit. Das ging nicht immer freundlich zu, jeder hatte an anderen etwas auszusetzen. Lehrer Pan habe zu schlechte Augen, um allein gelassen zu werden. Schwester Yu sei zu taub. GaoLing habe wehe Füße und außerdem Angst vor Geistern, die sie bestimmt kopflos werden lasse. Auch an mir wurde einiges ausgesetzt, aber schließlich wurde doch mir zugebilligt, als Letzte gehen zu dürfen, damit ich nämlich Kai Jings Grab noch so lange wie möglich besuchen konnte.

Jetzt kann ich ja zugeben, wie viel Angst ich in jenen letzten paar Tagen hatte. Ich war für vier Mädchen verantwortlich: sechs, acht, neun und zwölf Jahre. Und während der Gedanke, mich selbst umzubringen, immer noch etwas Tröstliches hatte, machte es mich unruhig, vielleicht von anderen umgebracht zu werden. Immer wenn eine Gruppe ging, schien das Waisenhaus größer zu werden und die Schritte der Verbliebenen lauter. Ich hatte Angst, die japanischen Soldaten würden kommen, das Funkgerät entdecken und mich beschuldigen, eine Spionin zu sein, um mich dann zu foltern. Ich rieb den Mädchen Schmutz ins Gesicht und riet ihnen, sie sollten sich am Kopf und an der Haut kratzen, wenn die Japaner kämen, und so tun, als hätten sie Läuse. Fast stündlich betete ich zu Jesus und Buddha, wer auch immer mir zuhörte. Ich zündete Räucherstäbchen vor dem Foto von Liebster Tante an und ging an Kai Jings Grab, wo ich ihm ehrlich von meinen Ängsten erzählte. »Wo ist mein Charakter?«, fragte ich ihn. »Du hast gesagt, ich wäre stark. Wo ist diese Stärke jetzt?«

Als wir bereits den vierten Tag allein waren, kam die Nachricht über Funk: »Kommt schnell. Die Züge fahren wieder.« Ich eilte, um es den Mädchen mitzuteilen. Da sah ich, dass ein Wunder geschehen war. Ob es von dem westlichen Gott oder den chinesischen Göttern kam, weiß ich nicht: Ich war einfach nur dankbar, dass alle vier Mädchen geschwollene Augen hatten, aus denen grüner Eiter lief. Sie hatten sich eine Augeninfektion zugezogen, nichts Ernstes, aber es war scheußlich anzusehen. Niemand würde sie berühren wollen. Was mich betraf, so kam mir nach kurzem Überlegen eine Idee. Ich nahm etwas von dem Reisbrei, der vom Frühstück übrig geblieben war, goss das Wasser ab, das sich abgesetzt hatte, und schmierte mir diese Flüssigkeit auf die Haut, die Wangen, die Stirn, den Hals und die Hände, sodass ich, nachdem es getrocknet war, ledrig und runzelig wie eine alte Frau vom Land aussah. Ich goss ein bisschen von dem klebrigen Reiswasser in eine Thermoskanne und fügte noch Hühnerblut hinzu. Die Mädchen sollten alle Hühnereier, die noch in den Ställen lagen, einsammeln, auch die faulen, und sie in Säcke stecken. Jetzt waren wir bereit, den Berg hinunter zum Bahnhof zu gehen.

Als wir etwa hundert Schritte gegangen waren, sahen wir

schon den ersten Soldaten. Ich verlangsamte meinen Schritt und nahm einen Schluck aus der Thermoskanne. Der Soldat blieb an der Stelle, wo er war, und hielt uns erst auf, als wir ihn erreicht hatten.

»Wo wollt ihr hin?«, fragte er. Wir fünf blickten auf, und ich sah, wie sich ein Ausdruck des Ekels über sein Gesicht zog. Die Mädchen fingen an, sich den Kopf zu kratzen. Bevor ich antwortete, hustete ich noch in ein Taschentuch, dann faltete ich es auf, damit der Soldat den blutigen Schleim sehen konnte. »Wir gehen zum Markt, um Eier zu verkaufen«, sagte ich. Wir hoben unsere Säcke. »Wollt ihr welche als Geschenk?« Er winkte uns wortlos weiter.

Als wir ein kurzes Stück entfernt waren, nahm ich gleich wieder einen Schluck Reiswasser mit Hühnerblut, den ich im Mund behielt. Wir wurden noch zweimal aufgehalten und noch zweimal hustete ich das aus, was wie der blutige Auswurf einer Frau aussah, die Tuberkulose hatte. Und die Mädchen stierten aus ihren grün triefenden Augen.

Als wir in Peking ankamen, sah ich aus dem Zugfenster, dass GaoLing gekommen war, um uns abzuholen. Sie blinzelte ein paarmal, wie um sichergehen zu wollen, dass wirklich ich es war, die da aus dem Zug stieg. Zögernd kam sie auf uns zu, den Mund vor Entsetzen verzerrt. »Was ist denn mit dir passiert?«, fragte sie. Ich hustete ein letztes Mal Blut in mein Taschentuch. »Ai-ya!«, rief sie und machte einen Satz rückwärts. Ich zeigte ihr die Thermoskanne mit dem »Japanerverjagsaft«. Danach prustete ich vor Lachen und konnte nicht mehr damit aufhören. Ich war wie verrückt vor Freude, im Taumel vor Erleichterung.

»Die ganze Zeit über bin ich ganz krank vor Sorge, und dann kommst du und veräppelst mich«, beschwerte sich GaoLing.

Wir brachten die Mädchen alle bei ehemaligen Schülerinnen unter. Im Lauf der nächsten Jahre heirateten manche von ihnen, manche starben, manche kamen uns gelegentlich als ihre Eltern ehrenhalber besuchen. GaoLing und ich wohnten in den Hinterzimmern der alten Tuschehandlung im Glasiererviertel. Wir holten Lehrer Pan und SchwesterYu zu uns. Was GaoLings Mann betraf, so hofften wir alle, dass er tot war.

Es ärgerte mich natürlich über alle Maßen, dass der Familie Chang nun die Tuschehandlung gehörte. In all den Jahren seit Liebste Tante gestorben war, hatte ich, dem Himmel sei Dank, nicht allzu oft an den Sargschreiner denken müssen. Aber jetzt schikanierte er uns, mehr Tusche zu verkaufen, sie schneller zu verkaufen. Er war der Mann, der meinen Großvater und meinen Vater getötet hatte, der Liebster Tante so viel Schmerz bereitet hatte, dass sie letzten Endes ihr Leben zerstörte. Ich überlegte mir dann jedoch, dass jemand, der zurückschlagen will, demjenigen nahe sein muss, den er schlagen will. Ich beschloss also, in der Tuschehandlung wohnen zu bleiben, weil es meinem Zweck diente. In der Zwischenzeit dachte ich darüber nach, wie ich Rache üben wollte.

Glücklicherweise machte uns der Vater Chang wegen des Geschäfts nicht allzu sehr zu schaffen. Die Tusche verkaufte sich gut, besser als vor unserer Ankunft. Das lag daran, dass wir den Kopf benutzten. Wir stellten fest, dass nicht mehr sehr viele Leute Bedarf an Tuschestiften und Tuscheriegeln hatten. Es herrschte Krieg. Wer hatte noch die Zeit und die Ruhe, herumzusitzen, um Tusche auf einem Tuschestein zu reiben, und darüber nachzudenken, was er schreiben sollte? Wir merkten auch, dass die Familie Chang jetzt schlechtere Zutaten verwendete, sodass die Stifte und Riegel nun leichter zerbröselten. Lehrer Pan war es schließlich, der uns vorschlug, doch Fertigtusche herzustellen. Wir zerrieben also die billige Tusche, vermischten sie mit Wasser und füllten sie dann in kleine Gläser ab, die wir spottbillig in einer Apotheke erstehen konnten, weil diese vor der Geschäftsaufgabe stand.

Lehrer Pan entpuppte sich auch als sehr guter Verkäufer. Er hatte das Auftreten und den Schreibstil eines alten Gelehrten und konnte damit die Kunden überzeugen, wie ausgezeichnet unsere Fertigtusche doch sei, auch wenn das überhaupt nicht zutraf. Bei seinen Vorführungen musste er allerdings immer aufpassen, dass er nichts schrieb, was als antijapanisch oder profeudal, als christlich oder kommunistisch interpretiert werden konnte. Das war gar nicht so einfach. Einmal nahm er sich vor, einfach über Essen zu schreiben. Darin liege bestimmt keine Gefahr. Er schrieb also: »Kohlrüben schmecken eingelegt am besten.« GaoLing wandte daraufhin ein, das könne sowohl als Beleidigung gegen die Japaner als auch als Parteinahme für sie ausgelegt werden, da Kohlrüben ja so etwas Ähnliches seien wie Rettich und die Japaner dafür bekannt seien, dass sie für ihr Leben gern Rettich aßen. Also schrieb er: »Vater, Mutter, Bruder, Schwester.« Schwester Yu meinte allerdings, das sehe aus wie eine Liste aller Familienmitglieder, die umgekommen seien, als würde er auf diese Art die Besatzung anklagen. »Es könnte auch eine Rückkehr zu den konfuzianischen Familiengrundsätzen sein«, fügte GaoLing hinzu, »der Wunsch, in die Kaiserzeit zurückzukehren.« Alles barg Gefahren in sich, die Sonne, die Sterne, die Windrichtungen, je nachdem, welche Sorgen wir in uns trugen. Jeder Zahl, jeder Farbe und jedem Tier konnte eine schlechte Bedeutung zugewiesen werden. Bei jedem Wort schwang etwas anderes mit. Schließlich war ich es, die mit dem besten Vorschlag kam, und darauf einigten wir uns dann auch: »Bitte probieren Sie unsere Fertigtusche aus. Sie ist günstig und einfach im Gebrauch.«

Wir hegten den Verdacht, dass viele der Universitätsstudenten, die bei uns Tusche kauften, kommunistische Revolutionäre waren, die damit die Propagandaplakate malten, die über Nacht plötzlich an allen Wänden hingen. »Leistet gemeinsam Widerstand«, hieß es auf den Plakaten. Schwester Yu kümmerte sich um die Buchhaltung, aber sie zeigte sich nicht zu streng, wenn manche der ärmeren Studenten nicht genügend Geld hatten, um die Tusche zu bezahlen. »Zahl, was du zahlen kannst«, sagte sie dann zu ihnen. »Ein Student sollte immer genügend Tusche für seine Arbeiten haben.« Schwester Yu zweigte auch für uns Geld ab, ohne dass Vater Chang dahinter kam, wenn etwas fehlte.

Als der Krieg 1945 endete, mussten wir endlich nicht mehr über die verborgene Bedeutung von Wörtern nachdenken, die uns Schwierigkeiten mit den Japanern hätte bereiten können. Den ganzen Tag lang gingen in den Straßen Feuerwerkskörper hoch, und jedermann war ausgelassen und glücklich. Über Nacht füllten sich die Straßen mit Verkäufern, die alle möglichen Leckereien feilboten, und mit Wahrsagern, die nur mit den besten Neuigkeiten aufwarteten. GaoLing fand, dass der Tag geeignet sei, um sich die Zukunft voraussagen zu lassen. Schwester Yu und ich begleiteten sie.

Der Wahrsager, den sich GaoLing aussuchte, hielt drei Pinsel in einer Hand und konnte damit gleichzeitig drei unterschiedliche Wörter schreiben. Den ersten Pinsel hielt er zwischen der Daumenkuppe und einem Finger, den zweiten in der Hautfalte zwischen Handfläche und Daumen, und den dritten zwickte er in der Handbeuge ein. »Ist mein Mann tot?«, wollte GaoLing von ihm wissen. Ihre Unverblümtheit überraschte uns alle. Mit angehaltenem Atem sahen wir zu, wie gleichzeitig drei Zeichen entstanden: »Rückkehr Verlieren Hoffnung.«

»Was bedeutet das?«, fragte Schwester Yu.

»Für einen kleinen Betrag«, antwortete der Wahrsager, »erlaubt mir der Himmel, es zu erklären.« Doch GaoLing schien mit der Antwort zufrieden zu sein, und wir machten uns wieder auf den Weg.

»Er ist tot«, sagte GaoLing entschlossen.

»Woher willst du das wissen?«, sagte ich. »Die Botschaft könnte auch heißen, dass er nicht tot ist.«

»Es hieß klar und deutlich, alle Hoffnung, dass er noch einmal nach Hause zurückkehrt, ist verloren.«

»Vielleicht heißt es aber auch, dass er zurückkehrt, und dann verlieren wir alle Hoffnung«, warf Schwester Yu ein.

»Unmöglich«, sagte GaoLing, aber ich sah, wie sich die Spur eines Zweifels über ihre Stirn zog.

Am nächsten Nachmittag saßen wir im Hof des Ladens und genossen unsere neue Unbeschwertheit, als wir jemanden rufen hörten: »He, ich habe gedacht, du wärst tot.« Ein Mann in Soldatenuniform sah GaoLing an.

»Was wollen Sie?«, fragte GaoLing.

Der Mann grinste höhnisch. »Ich wohne hier. Das ist mein Haus.«

Da wussten wir, dass es Fu Nan war. Zum ersten Mal sah ich von Angesicht zu Angesicht den Mann, der mein Ehemann hätte werden können. Wie sein Vater war er groß und hatte eine lange, breite Nase. GaoLing stand auf, nahm ihm sein Bündel ab und bot ihm ihren Platz an. Sie behandelte ihn übertrieben freundlich, wie einen ungebetenen Gast. »Was ist mit deinen Fingern passiert?«, fragte sie. Ihm fehlten beide kleinen Finger.

Zuerst schien er verwirrt zu sein, dann lachte er. »Ich bin jetzt ein verdammter Kriegsheld«, sagte er. Er blickte uns der Reihe nach an. »Wer sind die?« GaoLing nannte ihm unsere Namen und erklärte ihm, welche Aufgaben wir im Geschäft übernommen hatten. Fu Nan nickte, dann zeigte er auf Schwester Yu und sagte: »Die da brauchen wir nicht mehr. Ich kümmere mich von jetzt an um das Geld.«

»Sie ist aber eine gute Freundin von mir.«

»Ach ja?« Er blickte GaoLing zornig an, und als sie den Blick nicht abwandte, sagte er: »Aha, immer noch die wilde kleine Schlange. Na ja, in Zukunft kannst du dich ja mit dem neuen Ladenbesitzer streiten. Morgen ist er da.« Er knallte ein Dokument hin, das mit roten Namenssiegeln übersät war. GaoLing schnappte es sich.

»Du hast den Laden verkauft? Dazu hattest du nicht das Recht! Du kannst meine Familie nicht dazu zwingen, für jemand anderen zu arbeiten. Und überhaupt – wieso sollen die Schulden jetzt noch höher sein? Was hast du gemacht, hast du das Geld verspielt, verfressen oder verraucht? Hä?«

»Ich gehe jetzt schlafen«, sagte er, »und wenn ich aufwache, will ich diese Frau mit dem Buckel da nicht mehr sehen. Ich kann ihren Anblick nicht ertragen.« Mit einer Handbewegung tat er alles weitere Aufbegehren ab. Er entfernte sich, und bald konnten wir den Qualm seiner Opiumpfeife riechen. GaoLing begann zu fluchen.

Lehrer Pan seufzte. »Wenigstens ist der Krieg jetzt vorüber, und wir können unsere Freunde an der medizinischen Fakultät fragen, ob sie vielleicht ein Zimmer wissen, wo wir Unterschlupf finden.«

»Ich gehe nicht fort«, sagte GaoLing.

Wie konnte sie so etwas sagen, nach all dem, was sie mir von ihrem Mann erzählt hatte? »Du willst bei diesem Teufel bleiben?«, rief ich aus.

»Das ist und bleibt die Tuschehandlung unserer Familie. Ich gehe hier nicht weg. Der Krieg ist vorbei. Ich bin jetzt bereit, mich zu wehren.«

Ich wollte ihr widersprechen, aber Lehrer Pan fasste mich am Arm. »Gib ihr Zeit. Sie kommt schon noch zur Vernunft.«

Schwester Yu ging an diesem Nachmittag zur medizinischen Fakultät, kam aber gleich darauf wieder zurück. »Miss Grutoff ist wieder da«, berichtete sie. »Man hat sie aus dem Gefangenenlager entlassen. Sie ist allerdings sehr, sehr krank.« Wir vier machten uns sofort zum Haus von Mrs. Riley auf, der Ausländerin, bei der Miss Grutoff untergekommen war. Als wir eintraten, sahen wir gleich, wie dünn Miss Grutoff geworden war. Wir hatten immer gescherzt, dass ausländische Frauen so große Euter hätten, weil sie immer Kuhmilch tranken. Aber jetzt sah Miss Grutoff ausgezehrt aus. Zudem hatte sie eine schlechte Farbe. Sie wollte zur Begrüßung aufstehen, aber wir bestanden darauf, dass sie sitzen blieb und ihren alten Freunden gegenüber nicht förmlich sein musste. Die Haut hing ihr lose von Gesicht und Armen herunter. Ihr früher rotes Haar war grau und dünn geworden. »Wie geht es Ihnen?«, fragten wir.

»Nicht schlecht«, antwortete sie fröhlich und lächelte. »Wie ihr seht, bin ich noch am Leben. Den Japanern ist es zwar nicht gelungen, mich zu Tode zu hungern, aber dafür haben die Moskitos mich fast geschafft. Malaria.«

Zwei der kleinen Mädchen in der Schule waren nach Miss Grutoffs Weggang an Malaria gestorben. Aber das wollte ich ihr jetzt nicht sagen. Später würde noch genügend Zeit für schlechte Nachrichten sein.

»Sie müssen schnell wieder zu Kräften kommen«, sagte ich. »Dann können wir die Schule wieder eröffnen.«

Miss Grutoff schüttelte den Kopf. »Das alte Kloster gibt es nicht mehr. Zerstört. Ich habe es von einem Missionar erfahren.«

Es verschlug uns den Atem.

»Die Bäume, das Haus, alles ist niedergebrannt und dem Erdboden gleichgemacht worden.« Die andere Ausländerin, Mrs. Riley, nickte.

Ich wollte fragen, was mit den Gräbern geschehen sei, brachte aber kein Wort heraus. Ich hatte dasselbe Gefühl wie an jenem Tag, als ich erfuhr, dass man Kai Jing umgebracht hatte. Bei dem Gedanken an ihn versuchte ich wieder, mich an sein Gesicht zu erinnern. Die Steine, unter denen er lag, sah ich jedoch deutlicher vor mir. Wie lange hatte ich ihn geliebt, als er am Leben war? Wie lange hatte ich um ihn getrauert, seit er tot war?

»Sobald wir ein geeignetes Gebäude finden«, sagte Mrs. Riley dann, »eröffnen wir eine Schule in Peking. Aber jetzt müssen wir erst zusehen, dass sich Miss Grutoff wieder erholt, nicht wahr, Ruth?« Sie tätschelte Miss Grutoff die Hand.

»Auf jeden Fall«, bekräftigten wir abwechselnd. »Natürlich helfen wir. Wir lieben Miss Grutoff. Sie ist für uns alle eine Mutter und eine Schwester. Was sollen wir tun?«

Mrs. Riley eröffnete uns, dass Miss Grutoff in die Vereinigten Staaten zurückkehren müsse, um sich von Ärzten in San Francisco behandeln zu lassen. Sie brauchte allerdings jemanden, der sie erst nach Hongkong und dann weiter über den Ozean begleitete.

»Würde jemand von euch mit mir kommen wollen? Ein Visum dürfte keine Schwierigkeiten bereiten.«

»Wir können doch alle mit!«, rief GaoLing sofort.

Miss Grutoff war beschämt. Ich konnte ihr das ansehen. »Ich würde nicht mehr als einen von euch bemühen wollen«, sagte sie. »Ja, ich glaube, einer genügt.« Dann seufzte sie und meinte, sie sei ziemlich erschöpft. Sie müsse jetzt etwas schlafen.

Als sie das Zimmer verließ, sahen wir einander an, unsicher, wie wir die Unterhaltung darüber, wer Miss Grutoff helfen dürfe, beginnen sollten. Amerika? Das war beileibe nicht nur ein Gefallen, um den Miss Grutoff uns da bat. Alle wussten wir, welche Aussichten sie uns damit auch bot. Ein Visum nach Amerika. Aber nur einer von uns sollte es bekommen. In meinem Innersten hielt ich Amerika immer noch für den Himmel der Christen. Kai Jing war dort. Ich wusste, dass das eigentlich nicht stimmte, aber es bestand immerhin die Hoffnung, dass ich dort das Glück fand, das mir hier verborgen geblieben war. Ich konnte den alten Fluch, meine schlimme Vergangenheit hinter mir lassen.

»Lehrer Pan sollte gehen«, sagte GaoLing auf einmal. »Er ist der Älteste, der Erfahrenste.« Da sie den ersten Vorschlag gemacht hatte, wusste ich, dass sie selbst auch gern gehen würde.

»Erfahren worin?«, sagte Lehrer Pan. »Ich wäre bestimmt keine große Hilfe. Ich bin nur ein alter Mann, der nicht einmal mehr lesen und schreiben kann, wenn die Wörter nicht so groß und nahe sind wie meine zittrigen Hände. Außerdem wäre es für einen Mann nicht angemessen, eine Dame zu begleiten. Was, wenn sie während der Nacht Hilfe braucht?«

»Schwester Yu«, sagte GaoLing. »Dann geh du. Du bist klug genug, um jedes Hindernis zu überwinden.« Der nächste Vorschlag! GaoLing wollte wirklich unbedingt mitfahren, sie brauchte nur jemanden, der sie selbst vorschlug.

»Wenn die Leute mich nicht vorher zertrampeln«, sagte Schwester Yu. »Mach dich nicht lächerlich. Außerdem will ich China nicht verlassen. Um ehrlich zu sein, ich empfinde zwar eine christliche Liebe für Miss Grutoff und unsere ausländischen Freunde, aber mir liegt nichts an der Gesellschaft anderer Amerikaner. Bürgerkrieg hin oder her, ich würde lieber in China bleiben.«

»Dann sollte LuLing gehen«, sagte GaoLing.

Was blieb mir übrig? Ich musste erwidern: »Ich könnte niemals meinen Schwiegervater oder dich allein lassen.«

»Ach was, du brauchst diesem alten Mann nicht Gesellschaft zu leisten«, hörte ich da meinen Schwiegervater sagen. »Ich wollte euch sowieso noch sagen, dass ich demnächst vielleicht wieder heiraten werde. Ja, ich. Ich weiß, was ihr jetzt denkt. Aber die Götter lachen, und das tue ich auch.«

»Wer ist es denn?«, fragte ich. Ich konnte mir nicht vorstellen, dass er Zeit gehabt hatte, um eine Frau zu werben. Er stand die ganze Zeit über im Laden, außer er machte kurze Erledigungen.

»Sie wohnt neben uns und ist seit langem Witwe. Es ist die Witwe des Mannes, dem die Buchhandlung gehört hat.«

»Wie? Etwa der Mann, der meine Familie verklagt hat?«, fragte GaoLing.

»Die Bücher waren Fälschungen«, sagte ich zu ihr. »Der Mann hat den Prozess doch verloren, schon vergessen?« Schließlich erinnerten wir uns unserer Manieren und gratulierten Lehrer Pan herzlich. Wir fragten ihn, ob sie eine gute Köchin sei, ob sie ein hübsches Gesicht habe, eine angenehme Stimme, eine Familie, die ihm keine großen Schwierigkeiten bereiten würde. Ich freute mich für ihn, war aber auch froh, nicht mehr sagen zu müssen, dass ich nicht nach Amerika reisen konnte.

»Also, für mich steht fest, dass LuLing diejenige ist, die Miss Grutoff nach Amerika begleiten sollte«, sagte Schwester Yu. »Lehrer Pan wird bald von seiner neuen Frau herumgescheucht werden. Es gibt also keinen Grund, dass LuLing bleibt.«

GaoLing zögerte einen Augenblick zu lange, aber dann sagte sie: »Ja, das wird das Beste sein. Es ist also abgemacht.«

»Was soll das heißen?« Ich bemühte mich, großmütig zu sein. »Ich kann doch die eigene Schwester nicht verlassen.«

»Ich bin nicht einmal deine richtige Schwester«, sagte GaoLing. »Du gehst zuerst. Später kannst du dann ja für mich bürgen.«

»Ah, sieh an! Du willst also doch!« Das musste ich einfach loswerden. Jetzt, wo alles entschieden war, hatte ich das Gefühl, mir das leisten zu können.

»Das habe ich nicht behauptet«, sagte GaoLing entrüstet. »Ich meine nur, wenn sich die Dinge einmal ändern und ich später nachkommen *muss*.«

»Warum willst dann nicht du zuerst gehen, um später vielleicht für mich zu bürgen? Wenn du bleibst, wirst du nur unter der Fuchtel von deinem Mann stehen, bis er dich zerquetscht.« Ich war wirklich großmütig.

»Aber ich kann meine Schwester doch auch nicht verlassen, genauso wenig wie sie mich verlassen kann«, sagte GaoLing.

»Widersprich nicht«, sagte ich streng. »Ich bin die Ältere. Du gehst zuerst, und ich fahre in einem Monat oder so nach Hongkong und warte dort, bis die Bürgschaftspapiere da sind.«

GaoLing hätte jetzt eigentlich anbieten sollen, dass sie diejenige sei, die in Hongkong warten wolle.

Stattdessen fragte sie: »Dauert das nur so lange, bis man für jemanden bürgen kann? Nur einen Monat?«

Ich hatte zwar keine Ahnung, wie lange es wirklich dauerte, aber ich sagte: »Vielleicht geht es sogar noch schneller.« Ich ging immer noch davon aus, dass sie mir den Vortritt lassen würde.

»So schnell«, sagte GaoLing gedankenverloren. »Also, wenn das so schnell geht, könnte ja genauso gut ich zuerst fahren. Nur so kann ich nämlich diesen Teufel von Ehemann sofort verlassen.«

In diesem Moment betrat Mrs. Riley wieder das Zimmer.

»Wir haben uns geeinigt«, sagte Schwester Yu. »GaoLing wird Miss Grutoff nach San Francisco begleiten.«

Ich war zu verblüfft, um etwas zu sagen. In dieser Nacht ließ ich mir immer wieder durch den Kopf gehen, wie ich die günstige Gelegenheit nur hatte verstreichen lassen können. Ich war wütend, dass GaoLing mich übertölpelt hatte. Dann wieder hatte ich schwesterliche Gefühle und freute mich für sie, weil sie auf diese Weise Fu Nan verlassen konnte. Immer wieder wechselte ich zwischen diesen beiden Gefühlen hin und her. Noch bevor ich einschlief, sagte ich mir aber, dass ich es als Schicksal hinnehmen musste. Was immer geschah, es war mein »Neues Schicksal«.

Drei Tage später, kurz bevor wir nach Hongkong aufbrachen, veranstalteten wir eine kleine Feier. »Es besteht keine Veranlassung zu Tränen und Lebewohlsagen«, sagte ich. »Sobald wir uns im neuen Land eingerichtet haben, laden wir euch alle ein, uns zu besuchen.«

Lehrer Pan meinte, er und seine Frau würden sich sehr darüber freuen, an ihrem Lebensabend noch ein anderes Land zu besuchen. Schwester Yu sagte, sie habe viel darüber gehört, wie man in Amerika tanze. Sie gestand uns, dass sie schon immer einmal hatte tanzen lernen wollte. Den restlichen Abend über – und es sollte der Abend sein, an dem wir sie alle zum letzten Mal sahen – schmiedeten wir Pläne und machten Späße. Miss Grutoff würde geheilt werden und dann zurück nach China kommen, wo sie noch mehr Waisenmädchen noch mehr schlechte Theaterstücke würde aufführen lassen. GaoLing würde reich sein, nachdem sie endlich den richtigen Wahrsager gefunden hatte, einen, der mit vier Pinseln gleichzeitig schreiben konnte. Und ich würde eine berühmte Malerin werden.

Wir brachten Trinksprüche aufeinander aus. Bald, vielleicht in einem Jahr oder sogar noch früher, würden Schwester Yu und Lehrer Pan mit seiner neuen Frau Urlaub in Amerika machen. GaoLing und ich würden sie am Hafen von San Francisco in unserem neuen Auto empfangen, einem glänzenden schwarzen Wagen mit vielen bequemen Sitzen und dazu einem amerikanischen Fahrer. Bevor wir sie zu unserer Villa oben auf einem Hügel führen, würden wir noch an einem Tanzsaal Halt machen. Und um unser Wiedersehen zu feiern, darin waren wir uns alle einig, würden wir tanzen, tanzen, tanzen.

DUFT

Jeden Abend legte ich mich in meiner Hongkonger Pension erst einmal mit feuchten Tüchern auf der Brust auf die Pritsche dort. Die Wände schwitzten, weil man die Fenster nicht öffnen konnte, um frische Luft hereinzulassen. Das Haus lag in einer nach Fisch riechenden Straße auf der Halbinsel Kowloon. Hier wurde der Fisch allerdings nicht verkauft. Dort, wo er verkauft wurde, roch es vielmehr nach dem morgendlichen Meer, salzig und scharf. Ich dagegen wohnte also in der Ummauerten Stadt von Kowloon, am Sammelpunkt einer breiten Gosse, wo die Fischschuppen, das Blut und die Innereien aus den Eimern der Fischhändler nachts angeschwemmt wurden. Beim Einatmen sog ich die Dünste des Todes ein, ein erstickender, saurer Gestank, der wie mit unsichtbarer Hand in meinen Eingeweiden wühlte. Der Geruch Hongkongs, des »Duftenden Hafens«, wird mir immer in der Nase bleiben.

Die Briten und die anderen Ausländer lebten auf der Insel Hongkong. In der Ummauerten Stadt Kowloon war jedoch fast alles chinesisch, ob vermögend oder verlottert, ob mittellos oder mächtig, alle Spielarten waren vertreten, und doch hatten wir etwas gemeinsam: Wir waren stark gewesen, wir waren schwach gewesen, wir waren verzweifelt genug gewesen, um unser Vaterland und unsere Familien zu verlassen.

Dann gab es auch noch die Leute, die aus der Verzweiflung

anderer Geld machten. Ich ging zu vielen blinden Sehern und Seherinnen, den *wenmipo*, die behaupteten, sie seien Geisterschreiber. »Ich habe eine Nachricht von einem Kind«, riefen sie. »Eine Nachricht von einem Sohn.« – »Einem Ehemann.« – »Einem Vorfahren, der verärgert ist.« Ich setzte mich zu einer Frau, die mir sagte: »Deine Liebste Tante ist bereits wieder geboren worden. Gehe drei Straßen nach Osten, dann drei Straßen nach Norden. Ein Bettlermädchen wird dir zurufen: ›Tante, hab Mitleid, gib mir Hoffnung.‹ Daran wirst du erkennen, dass sie es ist. Gib ihr eine Münze, und der Fluch ist vorbei.« Ich tat genau, was sie mir gesagt hatte. Und genau in besagter Straße sprach ein Mädchen genau diese Worte. Ich war überglücklich. Dann sagte noch ein anderes Mädchen denselben Spruch, dann wieder ein anderes und noch eines, zehn, zwanzig, dreißig kleine Mädchen, alle ohne Hoffnung. Ich gab auch ihnen Geld, für alle Fälle. Und für jede Einzelne empfand ich Mitleid. Am nächsten Tag sah ich noch eine blinde Frau, die mit Geistern sprechen konnte. Auch sie erklärte mir, wo ich Liebste Tante finden konnte. Geh hierhin, geh dahin. Am nächsten Tag war es dasselbe. Ich verbrauchte alle meine Ersparnisse, aber das war mir egal. Bald, es konnte jeden Tag sein, würde ich ja nach Amerika fahren.

Nachdem ich schon einen Monat lang in Hongkong war, kam ein Brief von GaoLing:

»Meine treue Schwester, vergib mir, dass ich dir nicht früher geschrieben habe. Lehrer Pan hat mir zwar deine Adresse geschickt, aber sie hat mich nicht gleich erreicht, weil wir von einer Kirchenfrau zur nächsten ziehen mussten. Ich bedaure sehr, dir mitteilen zu müssen, dass Miss Grutoff eine Woche nach unserer Ankunft hier gestorben ist. Kurz bevor sie zum Himmel aufgestiegen ist, hat sie noch gesagt, dass es ein Fehler gewesen sei, nach Amerika zurückzukehren. Sie wollte eigentlich wieder nach China, damit ihre sterblichen Überreste dort ruhen konnten, neben denen von Miss Towler. Ich habe mich gefreut, wie sehr sie China liebte, aber leider war es zu spät, sie zurückzuschicken. Ich war auf ihrer Beerdigung, wo aber nicht sehr viele Leute kamen. Ich war auch die Einzige, die geweint hat. Was für eine großartige Frau sie doch war.

Die anderen Neuigkeiten, die ich habe, sind auch nicht so gut. Ich habe erfahren, dass ich nicht für dich bürgen kann, jedenfalls noch nicht. Eigentlich hätte ich fast selbst nicht bleiben können. Es ist mir ein Rätsel, wie wir haben glauben können, dass alles so einfach gehen würde. Erst jetzt merke ich, wie einfältig wir doch waren. Wir hätten viel mehr Fragen stellen sollen. Inzwischen habe ich diese Fragen aber gestellt und weiß jetzt, dass es mehrere Möglichkeiten für dich gibt, später nachzukommen. Wie viel später, ist im Einzelnen unterschiedlich.

Eine Möglichkeit ist, einen Einreiseantrag als Flüchtling zu stellen. Die zugelassene Quote für Chinesen ist allerdings sehr niedrig, und zahllose Leute stellen solche Anträge. Um ehrlich zu sein, deine Aussichten sind da wie ein Leck, das gegen die Flut ankämpft.

Eine weitere Möglichkeit ist, dass ich zuerst amerikanische Staatsbürgerin werde, damit ich dann für dich als meine Schwester bürgen kann. Du musst dann behaupten, dass Mutter und Vater deine richtigen Eltern sind, für eine Kusine darf ich nämlich nicht bürgen. Als unmittelbare Verwandte wärst du dann vor den gewöhnlichen Flüchtlingen an der Reihe. Damit ich Amerikanerin werden kann, muss ich aber zuerst Englisch lernen und eine gute Anstellung finden. Ich verspreche dir, dass ich sehr eifrig lernen werde, falls wir tatsächlich auf dieses Mittel zurückgreifen müssen.

Es gibt noch eine dritte Möglichkeit: Ich kann einen Amerikaner heiraten, um dann schneller eingebürgert zu werden. Natürlich ist es ungünstig, dass ich schon mit Chang Fu Nan verheiratet bin, aber ich finde, das braucht ja niemand zu erfahren. Auf meinem Visumsantrag habe ich es vorsichtshalber nicht erwähnt. Du solltest auch Folgendes wissen: Als ich den Antrag auf das Visum gestellt habe, hat mich der Beamte nach Dokumenten gefragt, die meine Geburt belegen, worauf ich sagte: ›Wer hat denn für so etwas eine Urkunde?‹ Er sagte dann: ›Ach, sie ist wohl wie bei allen anderen im Krieg verbrannt.‹ Ich fand, dass das eine gute Erklärung war, und habe ihm deshalb sofort zugestimmt. Wenn du deinen Visumsantrag stellst, solltest du also einfach dasselbe behaupten. Mach dich auch fünf Jahre jünger, gib an, du seist 1921 geboren. Ich habe das bereits gemacht, mein Geburtsjahr ist jetzt 1922, nur der Monat ist derselbe geblieben. Das gibt einem sozusagen mehr Zeit, um sich hier einzufinden.

Mutter und Vater haben bereits geschrieben und mich darum gebeten, ihnen mein übriges Geld zu schicken. Ich musste zurückschreiben, dass ich keines mehr habe. Wenn ich in Zukunft welches haben sollte, werde ich natürlich zuerst dir etwas schicken. Ich habe solche Gewissensbisse, weil du darauf bestanden hast, dass ich zuerst fahre, und ich dein Angebot einfach angenommen habe. Jetzt bist du diejenige, die festsitzt und nicht weiß, was sie tun soll. Bitte versteh mich nicht falsch. Das Leben hier ist nicht so leicht wie gedacht. Und das mit dem Geldverdienen ist auch nicht so einfach, wie wir es uns vorgestellt haben. All diese Geschichten vom sofortigen Reichtum, glaube kein Wort davon. Was das Tanzen betrifft, das gibt es nur in den Filmen. Den größten Teil des Tages gehe ich putzen. Ich bekomme dafür fünfundzwanzig Cent. Das hört sich vielleicht nach viel an, aber so viel kostet allein ein Abendessen. Es ist also schwierig, etwas zu sparen. Für dich bin ich natürlich bereit zu hungern.

In seinem letzten Brief hat Vater geschrieben, er wäre fast vor Wut gestorben, nachdem er erfahren hat, dass Fu Nan das Tuschegeschäft in Peking verloren hat. Er behauptet, Fu Nan sei nach Unsterbliches Herz zurückgekehrt und liege jetzt die ganze Zeit nutzlos herum, wobei Vater Chang daran offenbar nichts auszusetzen hat. Er sagt, Fu Nan sei ein großer Kriegsheld, er habe Leben gerettet und dabei immerhin zwei Finger verloren. Du weißt bestimmt, was ich gedacht habe, als ich das gelesen habe. Am schrecklichsten daran ist, dass unsere Familie immer noch die Tuschestifte und -riegel liefern muss, wir aber nichts vom Gewinn abbekommen, lediglich die Schulden werden weniger. Alle mussten zusätzlich noch Heimarbeiten annehmen, Körbe flechten, Flickarbeiten, untergeordnete Tätigkeiten verrichten, sodass Mutter klagt, wir seien schon so tief gefallen wie die Mieter. Sie bittet mich, doch schnell reich zu werden, damit ich sie aus dieser Hölle befreien kann.

Eine große Menge an Schuld und Verantwortung lastet auf mir.«

Nachdem ich GaoLings Brief gelesen hatte, war mir, als würde mir eine Axt das Genick durchschlagen, obwohl ich bereits längst tot war. Ich hatte völlig umsonst in Hongkong gewartet. Ich konnte noch ein Jahr warten, zehn Jahre oder sogar den Rest meines Lebens hier verbringen, in dieser überfüllten Stadt zwischen verzweifelten Menschen, die teilweise noch traurigere Geschichten erlebt hatten als ich. Ich kannte hier niemanden, und ich vermisste meine Freunde. Es gab kein Amerika für mich. Das Glück war nicht auf meiner Seite.

Am nächsten Tag packte ich meine Sachen und machte mich dann auf den Weg zum Bahnhof, um nach Peking zurückzufahren. Am Schalter wollte ich mit meinem restlichen Geld eine Fahrkarte kaufen. »Die Karte kostet jetzt mehr, Fräulein«, sagte der Kartenverkäufer. Wie war das möglich? »Doch, das Geld ist mittlerweile weniger wert«, erklärte er mir, »alles kostet jetzt mehr.« Ich erkundigte mich nach einer Fahrkarte in einer niedrigeren Klasse. Das sei bereits die niedrigste, meinte er und zeigte auf eine Wandtafel, an der die Preise angeschrieben waren.

Jetzt saß ich wirklich fest. Ich überlegte, an Lehrer Pan oder vielleicht Schwester Yu zu schreiben. Aber dann dachte ich mir, ach was, was sollte ich jemandem so viel Mühe machen. Nein, du löst dieses Problem selbst. Ich könnte ja meine Wertsachen verpfänden. Als ich sie näher betrachtete, sah ich jedoch, dass sie wohl nur für mich Schätze darstellten: ein Notizbuch von Kai Jing, die Jacke, die GaoLing mir geschenkt hatte, als ich ins Waisenhaus geschickt wurde, die Aufzeichnungen von Liebster Tante und das Foto von ihr.

Aber da war noch der Orakelknochen.

Ich wickelte ihn aus dem weichen Tuch aus und betrachtete die Zeichen, die auf der einen Seite eingeritzt waren. Unbekannte Wörter, die erinnert werden sollten. Früher einmal war ein Orakelknochen doppelt so viel wert gewesen wie ein Drachenknochen. Ich trug meinen Schatz nacheinander in drei Läden. Der erste gehörte einem Knochenheiler. Er meinte, solche Knochen würde man nicht mehr als Medizin verwenden, nur als Kuriosität sei er vielleicht etwas wert. Dann bot er mir einen Betrag an, der mich überraschte, denn es war beinahe genug, um eine Fahrkarte zweiter Klasse nach Peking zu kaufen. Im nächsten Laden wurden Schmuck und Kuriositäten verkauft. Der Ladenbesitzer dort holte eine Lupe hervor. Er untersuchte den Orakelknochen sorgfältig und betrachtete ihn mehrmals von allen Seiten. Er sagte, er sei zwar echt, aber kein sonderlich gutes Exemplar eines Orakelknochens. Er bot mir den Preis einer Erster-Klasse-Fahrkarte. Beim dritten Laden handelte es sich um ein Antiquitätengeschäft für Touristen. Wie der Schmuckhändler untersuchte der Mann hier den Orakelknochen mit einem besonderen Glas. Er rief einen anderen Mann herbei, der ihn sich auch ansehen sollte. Dann stellte er mir viele Fragen. »Wo haben Sie den gefunden?... Was? Wie hat ein Mädchen wie Sie einen solchen Schatz finden können?... Ach, Sie sind die Enkelin eines Knochenheilers? Seit wann sind Sie schon in Hongkong?... Ach, Sie wollen nach Amerika? Vielleicht hat der Knochen hier ja jemandem gehört, der nach Amerika gefahren ist. Haben Sie ihm den etwa abgenommen? Heutzutage treiben sich eine Menge Diebe in Hongkong herum. Sind Sie vielleicht auch eine? Fräulein, hier geblieben, Fräulein, ich hole gleich die Polizei.«

Verärgert und gedemütigt war ich aus dem Laden gerannt. Aber mein Herz raste, denn jetzt wusste ich, dass das, was ich in der Hand hielt, viel wert war. Trotzdem, konnte ich ihn verkaufen? Der Knochen hatte meiner Mutter gehört, meinem Großvater. Er war meine Verbindung zu ihnen. Konnte ich ihn wirklich einem Fremden überlassen, nur um meine Heimat zu verlassen, die Gräber meiner Vorfahren? Je länger ich darüber nachdachte, desto stärker wurde ich. Kai Jing hatte Recht gehabt. So war mein Charakter.

Ich legte mir einen Plan zurecht. Ich würde eine billigere Wohnung finden – ja, noch billiger als dieses stinkige Fischhaus – und mir Arbeit suchen. Ich würde ein paar Monate lang Geld sparen. Sollte das Visum dann noch nicht genehmigt worden sein, würde ich nach Peking zurückkehren. Dort konnte ich mit meinem Wissen wenigstens Arbeit an einer Waisenschule annehmen. Ich würde bequem und unter Freunden warten können. Wenn GaoLing mir ein Visum besorgen konnte, gut, dann würde ich eben wieder nach Hongkong zurückkehren. Wenn nicht, auch gut, dann würde ich bleiben und als Lehrerin arbeiten.

Noch am gleichen Tag zog ich in eine billigere Unterkunft, in ein Zimmer, das ich mit zwei Frauen teilen musste. Die eine schnarchte, die andere war krank. Wir schliefen abwechselnd auf der einen Pritsche, das schnarchende Mädchen am Vormittag, ich am Nachmittag, die Kranke nach mir. Die beiden, die gerade nicht schliefen, machten sich draußen auf die Suche nach Arbeit, die man mit nach Hause nehmen konnte: Schuhe flicken, Schals säumen, Körbe flechten, Kragen besticken, Schüsseln bemalen, alles, womit man etwas verdienen konnte. Auf diese Weise ging ein Monat herum. Als das kranke Mädchen schließlich nicht mehr zu husten aufhörte, zog ich aus.

»Sie haben Glück gehabt, dass Sie nicht Tb bekommen haben, so wie das andere Mädchen«, erzählte mir ein Melonenverkäufer später. »Jetzt husten sie beide Blut.« Tb!, schoss es mir durch den Kopf. Genau diese Krankheit hatte ich vorgespielt, um vor den Japanern zu fliehen. Würde ich jetzt der Krankheit entfliehen können?

Danach wohnte ich bei einer Dame aus Schanghai, die früher einmal sehr, sehr reich gewesen sein musste, es mittlerweile aber nicht mehr war.

Wir teilten uns einen heißen kleinen Raum über unserer Arbeitsstätte, wo wir Wäsche auskochten. Wir tauchten die Kleider ins Wasser und holten sie mit langen Stöcken heraus. Wenn sie angespritzt wurde, brüllte sie mich an, selbst wenn es gar nicht meine Schuld war. Ihr Mann war ein hoher Offizier der Kuomintang gewesen. Ein Mädchen aus der Wäscherei erzählte mir, er sei ins Gefängnis geworfen worden, weil er im Krieg mit den Japanern eine Sache gemacht habe. »Wie kann die sich bloß so hochnäsig aufführen«, sagte das Mädchen, »wo doch alle auf sie hinabblicken?« Die hochnäsige Dame stellte die Regel auf, dass ich nachts kein Geräusch machen durfte – weder husten noch niesen, noch aufstoßen. Ich musste leise gehen und so tun, als wären meine Schuhe aus Watte. Sie weinte oft, und dann jammerte sie der Göttin der Gnade vor, was für eine schreckliche Strafe es sei, dass sie mit so einer Person zusammenleben musste, womit sie mich meinte. Warte ab, sagte ich mir, vielleicht änderst du deine Meinung über sie ja noch so wie damals bei Schwester Yu. Aber nichts änderte sich.

Nach dieser fürchterlichen Frau war ich froh, bei einer älteren Dame einziehen zu können, die taub war. Für zusätzliches Geld half ich ihr, die ganze Nacht lang Erdnüsse zu kochen und zu schälen. Morgens verkauften wir die Erdnüsse an Leute, die sie zu ihrem Frühstücksreisbrei aßen. Während der Hitze des Nachmittags schliefen wir. Das war ein bequemes Leben: Erdnüsse und schlafen. Eines Tages kam jedoch ein Pärchen vorbei und behauptete, mit der tauben Dame verwandt zu sein: »Wo wir jetzt hier sind, musst du uns auch aufnehmen.« Die Dame wusste nicht, wer die zwei waren, also konstruierten die beiden eine komplizierte Verbindung, worauf die Dame zugeben musste, dass sie ja vielleicht wirklich verwandt waren. Bevor ich also wieder auszog, zählte ich mein Geld. Es reichte gerade einmal für die allerbilligste Fahrkarte nach Peking.

Ein weiteres Mal machte ich mich auf den Weg zum Bahnhof, aber nur um festzustellen, dass das Geld schon wieder an Wert verloren hatte und der Preis der Fahrkarte noch weiter gestiegen war, auf die doppelte Höhe. Ich kam mir vor wie ein kleiner Käfer, der eine Wand hinaufkrabbelte, während das Wasser immer schneller anstieg.

Diesmal brauchte ich einen besseren Einfall, um meine Situation, mein *siqing*, zu ändern. In beiden Sprachen klangen die Wörter sehr ähnlich. An jeder Straßenecke hörte man Leute von überallher darüber reden: »Meine Situation ist so. So kann ich meine Situation verbessern.« Mir wurde klar, dass ich in Hongkong an einem Ort angelangt war, wo jeder glaubte, seine Situation, sein Schicksal verändern zu können, um den bisherigen Verhältnissen zu entfliehen. Und es gab viele Möglichkeiten, etwas zu ändern. Man konnte schlau sein, man konnte gierig sein, man konnte Beziehungen haben.

Schlau war ich natürlich, aber wäre ich gierig gewesen, hätte ich den Orakelknochen verkauft. Doch wieder beschloss ich, dass ich das nicht tun durfte. So schlecht war ich noch nicht dran, so arm war ich noch nicht an Respekt für meine Familie.

Was Beziehungen anging, so hatte ich jetzt, wo Miss Grutoff tot war, nur GaoLing, aber die brachte mir nichts. Sie war nicht findig genug. Wenn ich als Erste nach Amerika gegangen wäre, hätte ich meine Stärke benutzt, meinen Charakter, um eine Möglichkeit zu finden, innerhalb höchstens ein paar Wochen ein Visum zu ergattern. Dann würde ich nicht in diesen Schwierigkeiten stecken, nur weil GaoLing nicht wusste, wie sie die Sache anpacken sollte. Das war der Haken: GaoLing war zwar stark, aber nicht immer auf die richtige Art. Sie war immer Mutters Liebling gewesen, war verwöhnt und verhätschelt worden. Und all die Jahre im Waisenhaus über hatte sie ein leichtes Leben gehabt. Von mir wie auch von Schwester Yu hatte sie viel Unterstützung erhalten, sodass sie sich selbst nie Gedanken machen musste. Wenn der Fluss abwärts floss, würde ihr nie einfallen, flussaufwärts zu schwimmen. Sie wusste, wie sie bekam, was sie wollte, aber nur, wenn andere ihr halfen.

Am nächsten Morgen hatte ich mir eine neue Vorgehensweise zurechtgelegt. Ich nahm mein bisschen Geld und kaufte mir den weißen Kittel und die Hosen einer *majie*. Die Briten waren ganz verrückt nach solchen Dienstboten – galten sie doch als fromm, vornehm und sauber. Ich fand Arbeit bei einer englischen Dame und ihrer uralten Mutter. Sie hießen Flowers.

Ihnen gehörte ein Haus in der Nähe des Victoria Peak. Das Haus war kleiner als die umliegenden, eher schon ein Häuschen, zu dem ein schmaler, gewundener, von grünem Farn gesäumter Pfad führte. Die beiden alten englischen Damen lebten oben, und ich wohnte in einem Kellerzimmer des Häuschens.

Miss Patsy war die Tochter. Sie war siebzig Jahre alt und in Hongkong geboren worden. Ihre Mutter musste mindestens neunzig sein, sie hieß Lady Ina. Ihr Mann hatte früher ein erfolgreiches Unternehmen geführt, das Waren von Indien über China nach England transportiert hatte. Wenn Miss Patsy von ihm sprach, nannte sie ihn immer Sir Flowers, obwohl er doch ihr Vater war. Ich legte mir zurecht, dass der Name »Flowers« von den Blumen herrührte, aus denen Opium gemacht wurde. Das wurde nämlich früher hauptsächlich auf den Schiffen zwischen Indien und Hongkong transportiert. Auf diesem Weg war das Opiumrauchen vielen Chinesen zur Sucht geworden. Weil Miss Patsy schon immer in Hongkong gelebt hatte, konnte sie Kantonesisch ebenso gut sprechen wie die Einheimischen. Es war ein besonderer Dialekt. Als ich dort einzog, sprach sie mich in der Sprache der Einheimischen an, die ich aber bis auf die Wörter, die dem Mandarin ein wenig ähnlich waren, nicht verstand. Später mischte sie ein bisschen Englisch darunter, von dem ich noch einiges aus der Zeit an der Waisenschule verstand. Miss Patsy sprach allerdings britisches Englisch, das zu Anfang für mich auch sehr schwer zu verstehen war.

Lady Inas Worte waren nicht weniger schwer verständlich. Die Laute, die sie äußerte, waren so weich und klumpig wie das Porridge, das sie jeden Tag aß. Sie war so alt, dass sie wieder einem kleinem Kind glich. Sie machte sich ins Höschen, sowohl stinkend als auch nass. Ich weiß das, weil ich sie immer sauber machen musste. Miss Patsy sagte dann zu mir: »Lady Ina möchte sich die Hände waschen.« Ich hob Lady Ina also vom Sofa oder dem Bett oder dem Esszimmerstuhl hoch. Glücklicherweise war sie so klein wie ein Kind. Sie hatte auch Wutanfälle wie ein Kind. »Nein, nein, nein, nein, nein«, schrie sie immer, während ich sie zum Bad führte, Zentimeter um Zentimeter, so langsam, dass wir zwei Schildkröten ähnelten, die an den Panzern zusammenklebten. Sie hörte auch beim Waschen nicht damit auf, »nein, nein, nein, nein, nein«, weil sie es nicht mochte, wenn sie mit Wasser in Berührung kam, besonders nicht mit dem Kopf. Drei- oder viermal jeden Tag zog ich sie um und machte sie, ihre Höschen, aber auch ihre anderen Kleider sauber. Miss Patsy wollte nicht, dass ihre Mutter Windeln trug, weil das eine große Kränkung gewesen wäre. Also musste ich waschen, waschen, waschen, jede Menge Kleider, jeden Tag. Wenigstens war Miss Patsy eine freundliche Dame und sehr höflich. Wenn Lady Ina einen Wutanfall bekam, musste Miss Patsy nur mit fröhlicher Stimme drei Wörter sagen: »Wir haben Besuch!«, und urplötzlich unterbrach Lady Ina ihr Tun. Sie setzte sich hin, machte den krummen Rücken ganz gerade und faltete die Hände im Schoß. Wie man es ihr als kleines Mädchen beigebracht hatte: Vor Besuchern hatte sie ganz Lady zu sein, auch wenn es nur gespielt war.

In jenem Haus gab es auch einen Papagei, einen großen grauen Vogel namens Kuckuck – Kuckuck wie der Uhrenvogel. Zuerst dachte ich, Miss Patsy würde ihn *ku-ku* nennen, nach dem chinesischen Wort für weinen, denn genau so verhielt er sich manchmal, *ku! ku! ku!*, als wäre er tödlich verwundet. Manchmal lachte er aber auch lange und laut wie eine Irrsinnige. Er konnte alle Arten von Geräusch nachahmen – Mann, Frau, Affe, Säuglinge. Eines Tages hörte ich einmal den Wasserkessel pfeifen. Ich lief hin, aber der Wasserkessel war niemand anders als Kuckuck, der auf seinem Zweig wippte und den Hals reckte, als ob er sich freute, dass er mich hereingelegt hatte. Ein andermal hörte ich ein chinesisches Mädchen »Baba! Baba! Schlag mich nicht! Bitte schlag mich nicht!« rufen, bis es schrie, dass mir das Blut in den Adern gefror.

»Kuckuck war schon so niederträchtig, als Sir Flowers ihn mir zu meinem zehnten Geburtstag gekauft hat«, sagte Miss Patsy. »In sechzig Jahren hat er nur das gelernt, was ihm gepasst hat, nicht anders, als es die meisten Männer tun.« Miss Patsy liebte diesen Papagei wie einen Sohn, aber Lady Ina bezeichnete ihn als wahren Teufel. Immer wenn sie diesen Vogel lachen hörte, watschelte sie zu seinem Käfig, drohte ihm mit dem Finger und sagte so etwas wie »*Ei-schill*, sei still.« Manchmal sagte der Vogel schon, wenn sie bloß den Finger hob: »*Ei-schill*«, genau wie Lady Ina. Das verwirrte Lady Ina nicht wenig. Hä? Hatte sie etwa schon gesprochen? Ich konnte jedenfalls an ihrem Gesicht ablesen, dass sie das dachte. Sie drehte den Kopf erst in die eine, dann in die andere Richtung, als würden sich ihre beiden Kopfhälften streiten. Manchmal ging sie bis zum anderen Ende des Zimmers, Zentimeter für Zentimeter, hob den Finger und sagte: »*Ei-schill!*« Und dann wiederholte es der Vogel. Immer wieder ging es hin und her: »Sei still! Sei still!« Einmal ging Lady Ina gerade wieder zu dem Vogel, aber bevor sie etwas sagen konnte, trällerte Kuckuck in Miss Patsys fröhlichem Singsang: »Wir haben Besuch!« Auf der Stelle setzte sich Lady Ina auf einen Stuhl in der Nähe, zog ein Spitzentuch aus dem Ärmel, faltete die Hände im Schoß, machte den Mund zu und wartete stumm, die blauen Augen fest auf die Tür gerichtet.

Hier lernte ich Englisch. Ich war der Ansicht, wenn ein Vogel gutes Englisch sprechen konnte, dann konnte ich es auch. Ich musste die Wörter lediglich richtig aussprechen, sonst würde Lady Ina meine Anweisungen nicht befolgen. Aber weil Miss Patsy nur in einfachen Worten mit ihrer Mutter sprach, war es für mich leicht, neue Ausdrücke zu lernen: *aufstehen, hinsetzen, das Mittagessen ist serviert, Teezeit, schreckliches Wetter, nicht wahr.*

Während der nächsten zwei Jahre kam es mir so vor, als würde sich meine Situation nie ändern. Monat für Monat ging ich zum Bahnhof, nur um dort festzustellen, dass die Fahrkarten schon wieder teurer geworden waren. Monat für Monat bekam ich einen Brief von GaoLing. Sie berichtete mir von ihrem neuen Leben in San Francisco und wie unangenehm es sei, Fremden zur Last fallen zu müssen. Die Kirche, die sie unterstützte, hatte ihr ein Zimmer bei einer alten Großmutter besorgt. Sie hieß Frau Wu und sprach Mandarin. »Sie ist sehr reich, benimmt sich aber wie eine arme Frau«, schrieb GaoLing. »Sie hebt alles auf, was sie für zu gut hält, um es gleich zu essen – Obst, Pralinen, Cashewnüsse. Deshalb legt sie es immer oben auf den Kühlschrank. Wenn es dann eigentlich zu verdorben ist, um es noch zu essen, steckt sie es sich in den Mund und sagt: ›Warum behaupten alle bloß, dass das so gut schmeckt? Was soll daran so gut sein?‹« Das also war GaoLings Art, mir zu erzählen, wie hart ihr Leben war.

Eines Monats erhielt ich jedoch einen Brief von GaoLing, der nicht mit Klagen begann. »Gute Nachrichten«, schrieb sie. »Ich habe zwei Junggesellen kennen gelernt, und ich glaube, ich sollte einen von ihnen heiraten. Beide sind amerikanische Staatsbürger und wurden in diesem Land geboren. Laut meinem Pass mit dem neuen Geburtsjahr ist einer ein Jahr älter als ich, der andere drei Jahre älter. Der Ältere studiert Medizin, der Jüngere Zahnmedizin. Der Ältere ist ernster und sehr klug. Der Jüngere sieht dafür besser aus und ist sehr witzig. Ich kann mich kaum entscheiden, wem ich den Hof machen soll. Was meinst du?«

Als ich diesen Brief las, hatte ich Lady Ina gerade zum zweiten Mal innerhalb einer Stunde den Po sauber gemacht. Am liebsten hätte ich über den Ozean gelangt, GaoLing an den Schultern gerüttelt und sie angebrüllt: »Heirate den, der dich als Erster nimmt. Wie kannst du mich bloß fragen, welchen du nehmen sollst, wo ich nicht einmal weiß, wie ich von einem Tag auf den anderen leben soll?«

Ich antwortete GaoLing nicht sofort. Ich hatte am Nachmittag noch eine Erledigung auf dem Vogelmarkt zu machen. Miss Patsy meinte nämlich, Kuckuck brauche einen neuen Käfig. Also stieg ich den Berg hinunter und fuhr dann mit der Fähre nach Kowloon. Das Gedränge auf dem Festland wurde von Tag zu Tag größer, weil immer mehr Leute aus China ankamen. »Der Bürgerkrieg wird schlimmer«, hatte Schwester Yu mir geschrieben, »die Kämpfe sind jetzt so erbittert wie im Krieg gegen Japan. Selbst wenn du im Moment genug Geld hättest, um nach Peking zurückzukehren, solltest du es lieber nicht tun. Die Nationalisten würden behaupten, du seist Kommunistin, weil Kai Jing jetzt als deren Märtyrer gilt, die Kommunisten aber würden sagen, du seist Nationalistin, weil du in einem amerikanischen Waisenhaus gelebt hast. Egal, wie schlimm das eine oder andere wäre, es ändert sich mit jeder Stadt, durch die man kommt.«

Als ich das las, machte ich mir keine Sorgen mehr darüber, wie ich wieder nach Peking gelangen sollte. Stattdessen machte ich mir nun Sorgen über Schwester Yu, Lehrer Pan und dessen neue Frau. Auch sie konnten sowohl für die eine als auch für die andere Seite als Feinde gelten. Den ganzen Weg zum Vogelmarkt beherrschte mich dieser Gedanke. Ich spürte plötzlich, wie mir ein kalter Schauer über den Rücken lief, obwohl der Tag an sich warm war. Als folgte mir ein Geist, so kam es mir vor. Ich ging weiter, bog um eine Ecke, dann um noch eine, aber das Gefühl, dass mir jemand folgte, wurde immer stärker. Jäh blieb ich stehen und drehte mich um. Da sagte ein Mann zu mir: »Du bist es also wirklich.«

Es war Fu Nan, GaoLings Mann. Ihm fehlten jetzt nicht bloß die zwei Finger, sondern die ganze linke Hand. Das Gesicht war grau, die Augen gelb und rot umrändert. »Wo ist meine Frau?«, fragte er.

Ich zögerte, bevor ich antwortete. Welche Antwort konnte gefährlich werden? »Weg«, sagte ich schließlich, und ich war froh, diese Worte, ohne zu lügen, sagen zu können. »In Amerika.«

»Amerika?« Zuerst wirkte er erstaunt, aber dann lächelte er. »Das habe ich schon gewusst. Ich wollte nur sehen, ob du mir die Wahrheit sagst.«

»Ich habe nichts zu verbergen.«

»Dann wirst du sicher auch nicht verbergen wollen, dass du ebenfalls nach Amerika willst, oder?«

»Wer sagt das?«

»Die ganze Familie Liu. Wie Hunde hecheln sie der Aussicht hinterher, ihrer Tochter irgendwann folgen zu können. Warum solltest du zuerst gehen, sagen sie, wo du doch gar nicht ihre richtige Schwester bist? Man kann nur für echte Verwandte bürgen, aber nicht für Bastarde.« Er lächelte mich mit geheucheltem Bedauern an, dann fügte er hinzu: »Ehemänner sollten natürlich an erster Stelle kommen.«

Ich wollte vor ihm zurückweichen, aber er packte mich am Arm. »Du hilfst mir, dann helfe ich dir«, sagte er. »Gib mir ihre Adresse, mehr will ich nicht. Wenn sie nicht will, dass ich komme, dann war es das, und du bist als Nächste an der Reihe. Ich erzähle es auch bestimmt nicht der Familie Liu.«

»Ich weiß schon jetzt, wie wenig sie will, dass du nachreist. Sie ist nach Amerika gegangen, um vor dir wegzulaufen.«

»Gib mir ihre Adresse, sonst gehe ich zu den zuständigen Behörden und erzähle dort, dass ihr gar keine richtigen Schwestern seid. Dann kannst du deine Aussicht, nach Amerika zu gehen, wie ich begraben.«

Ich starrte diesen schrecklichen Mann an. Was sagte er da? Würde er das wirklich tun? Ich eilte davon und mischte mich ins Getümmel, bis ich mir sicher war, ihn abgehängt zu haben. Am Vogelmarkt hielt ich aus den Augenwinkeln heraus Ausschau. Ich feilschte nicht lange herum, und sofort, nachdem ich einen Käfig gekauft hatte, fuhr ich so schnell wie möglich mit der Fähre zurück auf die Hongkong-Insel. Die Papiere, auf denen stand, wo ich wohnte, hielt ich die ganze Zeit fest umklammert. Was würde Fu Nan tun? Würde er es wirklich den Behörden melden? Wie gerissen war er? Welchen Behörden würde er es überhaupt melden wollen?

Am Abend schrieb ich GaoLing einen Brief, in dem ich ihr von Fu Nans Drohungen erzählte. »Nur du allein weißt, wie durchtrieben er wirklich ist«, schrieb ich. »Er könnte den Behörden auch melden, dass du bereits verheiratet bist, und dann bekommst du Schwierigkeiten, besonders wenn du einen Amerikaner heiraten willst.«

Am nächsten Tag verließ ich das Haus, um den Brief aufzugeben. Sobald ich auf die Straße getreten war, verspürte ich wieder die plötzliche Kälte. Ich steckte den Brief in meine Bluse. Fu Nan lauerte hinter der nächsten Ecke und fing mich dort ab.

»Gib mir Geld«, sagte er. »Wenigstens das kannst du doch für deinen Schwager tun, oder etwa nicht? Oder bist du gar nicht die Schwester meiner Frau?«

Während der nächsten paar Wochen tauchte er immer dann auf, wenn ich das Haus verließ. Die Polizei konnte ich nicht rufen. Was hätte ich der erzählen sollen? »Mein Schwager, der gar nicht wirklich mein Schwager ist, verfolgt mich und will Geld von mir und die Adresse meiner Schwester, die gar nicht wirklich meine Schwester ist«? Als ich eines Tages wieder einmal aus dem Haus trat, um auf den Markt zu gehen, war er verschwunden. Die ganze Zeit, während ich unterwegs war, rechnete ich damit, dass er gleich vor mich trat. Innerlich bereitete ich mich bereits auf seinen elenden Anblick vor. Nichts. Als ich nach Hause zurückkehrte, war ich einerseits verwirrt, fühlte mich jedoch auch seltsam erleichtert. Vielleicht war er ja gestorben, dachte ich frohgemut. Die ganze nächste Woche über war er nirgends zu sehen. Kein plötzlicher Kälteschauer, den ich spürte. Konnte es sein, dass sich alles zum Glücklichen wendete? Als ich den nächsten Brief von GaoLing öffnete, war ich davon überzeugt, dass dem so war:

»Ich war richtig wütend, als ich gehört habe, dass Fu Nan dich belästigt«, schrieb sie. »Dieser Hurensohn schreckt vor nichts zurück, dieser alte Gierschlund. Man wird ihn nur dann ein paar Tage los, wenn man ihm Geld für sein Opium gibt. Aber bald werden die Schwierigkeiten ein Ende für dich haben. Es gibt gute Nachrichten! Ich habe nämlich noch eine andere Möglichkeit gefunden, wie du hier einreisen kannst. Erinnerst du dich an die Brüder Young, von denen ich dir erzählt habe – wo der eine Zahnmedizin und der andere Medizin studiert? Deren Vater meint, er könne ein Leumundszeugnis ausstellen, damit jemand wie du als ›berühmter Gastkünstler‹ einreisen kann. Das ist etwas wie ein Tourist mit besonderen Privilegien. Ich finde es sehr nett von dieser Familie, das zu tun, immerhin bin ich ja noch nicht mit ihnen verwandt. Natürlich kann ich sie schlecht fragen, ob sie dir auch die Reise bezahlen. Aber sie haben den Antrag bereits fertig und alle Dokumente besorgt. Als Nächstes muss ich nur noch mehr Geld verdienen, damit wir die Schiffspassage bezahlen können. Halte dich in der Zwischenzeit bereit, jeden Moment abzureisen. Hole dir die Schiffsfahrpläne, lass dich vom Arzt auf Parasiten untersuchen...«

Ich las die lange Liste durch, die sie vorbereitet hatte, und war überrascht, wie klug sie doch eigentlich war. Was sie alles wusste! Ich kam mir jetzt vor wie ein Kind, das von seiner besorgten Mutter an die Hand genommen wird. Ich war so glücklich, dass ich meinen Tränen noch auf der Fähre freien Lauf ließ. Und weil ich auf der Fähre war, bekam ich auch keine Angst, als ich auf einmal einen kalten Windhauch spürte. Ich empfand ihn sogar als angenehm. Doch dann blickte ich auf.

Vor mir stand Fu Nan. Ihm fehlte ein Auge.

Ich wäre beinahe über Bord gegangen, so sehr erschrak ich. Mir war, als würde mir genau das Gleiche bevorstehen. »Gib mir Geld«, sagte er.

In der Nacht stellte ich das Bild von Liebster Tante auf einen niedrigen Tisch und zündete Räucherstäbchen an. Ich bat sie und ihren Vater um Vergebung. Ich sagte, mit dem Geschenk, das sie mir gegeben habe, könne ich mir jetzt meine Freiheit erkaufen, ich hoffe nur, sie sei mir nicht auch dafür böse.

Am nächsten Tag verkaufte ich den Orakelknochen an jenen zweiten Laden, den ich vor so vielen Monaten aufgesucht hatte. Zusammen mit meinen Ersparnissen als Dienstmädchen hatte ich jetzt genug Geld, um mir eine Fahrkarte für das Zwischendeck zu leisten. Ich besorgte mir einen Fahrplan und schickte GaoLing ein Telegramm. Alle paar Tage gab ich Fu Nan etwas Geld, mit dem er seine Sucht befriedigen konnte, genug jedenfalls, um ihn träumen zu lassen. Und schließlich wurde das Visum genehmigt. Ich war eine »berühmte Gastkünstlerin«.

Ich fuhr nach Amerika, einem Land ohne Flüche und Geister. Als ich von Bord ging, war ich fünf Jahre jünger. Und doch fühlte ich mich sehr alt.

Dritter Teil

Eins

Mr. Tang war in LuLing verliebt, obwohl er sie noch nie getroffen hatte. Ruth spürte das. Er hörte sich an, als wäre er jemand, der sie besser kannte als sonst jemand, sogar besser als ihre eigene Tochter. Er war achtzig Jahre alt und hatte den Zweiten Weltkrieg überlebt, den Bürgerkrieg in China, die Kulturrevolution und einen dreifachen Bypass. In China war er ein berühmter Schriftsteller gewesen, aber hier blieb sein Werk unübersetzt und deshalb unbekannt. Ein Linguistikkollege von Art hatte die Verbindung zu Ruth hergestellt.

»Sie ist eine Frau von starkem Charakter und sehr ehrlich«, hatte er Ruth am Telefon erzählt, nachdem er mit der Übersetzung der Papiere begonnen hatte, die sie ihm geschickt hatte. »Ich hätte gern ein Bild von ihr, wo man sie als junge Frau sieht. Das würde mir helfen, ihre Worte so ins Englische zu übertragen, wie sie sie auf Chinesisch ausgedrückt hat.«

Ruth hielt das für eine seltsame Bitte, aber sie kam ihr nach und schickte ihm gescannte Kopien des Fotos von LuLing und GaoLing mit deren Mutter, als sie noch jung waren, und ein weiteres, das LuLing bei ihrer Ankunft in Amerika zeigte. Später bat Mr. Tang sie auch um ein Bild von Liebster Tante. »Sie war ungewöhnlich«, bemerkte er. »Autodidaktin, freimütig, ziemlich rebellisch für ihre Zeit.« Ruth hätte am liebsten sofort gefragt: War Liebste Tante wirklich die echte Mutter ihrer

Mutter? Aber sie hielt sich damit zurück, sie wollte die ganze Übersetzung nämlich in einem Rutsch lesen, nicht stückchenweise. Mr. Tang hatte angekündigt, dass er etwa zwei Monate dafür brauchen würde. »Ich transliteriere ungern einfach Wort für Wort. Ich möchte es lieber natürlicher formulieren und doch gleichzeitig sichergehen, dass es die Worte Ihrer Mutter sind, ein Dokument für Sie und Ihre Kinder, die nachfolgenden Generationen. Alles muss genau stimmen. Finden Sie nicht auch?«

Während Mr. Tang mit der Übersetzung beschäftigt war, wohnte Ruth bei LuLing. Sie hatte Art ihre Entscheidung für diesen Schritt gleich nach dessen Rückkehr aus Hawaii mitgeteilt.

»Das kommt aber etwas plötzlich«, sagte er, während er ihr beim Packen zusah. »Findest du das nicht etwas überstürzt? Wie wär's stattdessen mit einer Haushaltshilfe?«

Hatte sie die Schwierigkeiten ihrer Mutter während der letzten sechs Monate nicht richtig vermitteln können? Oder hatte Art einfach nicht aufgepasst? Es frustrierte sie, wie wenig sie sich zu kennen schienen.

»Ich glaube, es wäre weit einfacher, wenn du eine Haushaltshilfe für dich und die Mädchen einstellen würdest«, sagte Ruth.

Art seufzte.

»Ist ja gut, sorry. Aber die Haushaltshilfen, die ich für meine Mutter besorge, kündigen alle sofort wieder, und Tante Gal oder sonst jemand kann sich auch nur ab und zu für einen Tag um sie kümmern. Tante Gal hat gemeint, die eine Woche mit ihr war schlimmer als ihren Enkelkindern hinterherzuhechten, als die noch im Krabbelalter waren. Aber wenigstens glaubt jetzt auch sie, dass die Diagnose stimmt und Ginseng kein Allheilmittel dagegen ist.«

»Bist du dir sicher, dass sonst alles in Ordnung ist?«, fragte er, während er Ruth ins Kabuff folgte.

»Wie meinst du das?« Sie holte Disketten und Notizbücher aus den Regalen.

»Na, mit uns. Mit dir und mir. Gibt es da etwas, über das wir sprechen sollten, außer dass der Kopf deiner Mutter nicht mehr richtig funktioniert?«

»Wie kommst du darauf?«

»Du wirkst – ich weiß nicht – distanziert, irgendwie ein bisschen verärgert.«

»Ich bin eben ziemlich angespannt. Erst letzte Woche habe ich richtig gesehen, in welchem Zustand sie wirklich ist, und das hat mir Angst gemacht. Sie stellt eine Gefahr für sich selbst dar. Es geht ihr viel schlechter, als ich dachte. Mir ist klar geworden, dass die Krankheit weiter fortgeschritten ist, als ich zuerst angenommen habe. Es hat wahrscheinlich schon vor sechs oder sieben Jahren angefangen. Mir ist schleierhaft, warum mir das nie aufgefallen ist...«

»Dass du jetzt zu ihr ziehst, hat also nichts mit uns zu tun?«

»Nein«, sagte Ruth bestimmt. Dann fügte sie leise hinzu: »Keine Ahnung.« Sie schwieg lange. »Du hast mich einmal gefragt, was ich wegen *meiner* Mutter unternehmen will. Und da ist es mir aufgefallen. Ja, was werde *ich* unternehmen? Ich hatte das Gefühl, es hängt alles an mir. Ich habe versucht, damit umzugehen, so gut ich kann, und das ist jetzt daraus geworden. Vielleicht hat es ja doch mit uns zu tun, dass ich ausziehe. Falls aber tatsächlich wir ein Problem haben, dann ist es jetzt zweitrangig und kommt erst nach der Krankheit meiner Mutter. Mehr kann ich im Moment nicht verkraften.«

Art wirkte unsicher. »Na ja, also, wenn du irgendwann das Gefühl hast, darüber reden zu können...« Er verstummte so kläglich, dass Ruth beinahe versucht war, ihm zu versichern, dass eigentlich doch alles in Ordnung war.

Auch LuLing verstand nicht ganz, weshalb Ruth bei ihr wohnen wollte.

»Ich soll ein Kinderbuch schreiben, mit Tierillustrationen«, hatte Ruth ihr erklärt. Sie war mittlerweile daran gewöhnt zu lügen, ohne hinterher Gewissensbisse zu bekommen. »Ich bin davon ausgegangen, dass vielleicht du die Bilder malst. Dann wäre es doch auch leichter, hier mit dir zusammenzuarbeiten, da ist es nicht so laut.«

»Wie viele Tiere? Welche?« LuLing war aufgeregt wie ein Kind, dem man einen Zoobesuch versprochen hatte.

»Was wir wollen. Du kannst entscheiden, was du malst. Alles im chinesischen Stil.«

»In Ordnung.« Ihrer Mutter schien die Aussicht, zum Erfolg ihrer Tochter beitragen zu können, zu gefallen. Ruth seufzte, erleichtert und doch traurig. Warum hatte sie ihre Mutter nicht schon viel früher gebeten, Zeichnungen anzufertigen? Sie hätte es tun sollen, als ihre Mutter noch eine ruhige Hand und einen klaren Verstand besaß. Es brach ihr das Herz, mit ansehen zu müssen, wie sehr ihre Mutter sich abmühte, wie gewissenhaft sie war, wie fest entschlossen, das Ihre dazu beizutragen. Ihre Mutter glücklich zu machen, wie wäre das die ganze Zeit doch so einfach gewesen! LuLing wollte einfach nur, dass man sie für unentbehrlich hielt, wie es einer Mutter eben zukam.

Tag für Tag ging LuLing jetzt an ihren Schreibtisch und verbrachte erst einmal eine Viertelstunde damit, ihren Tuschestift zu reiben. Glücklicherweise hatte sie Tiermotive schon häufig für Rollenbilder gemalt – Fisch, Pferd, Katze, Affe, Ente – und konnte die Striche für die Bilder und die Schriftzeichen aus einer neuromotorischen Erinnerung heraus ausführen. Die Ergebnisse waren zittrige, aber doch erkennbare Wiedergaben dessen, was sie früher einmal perfekt gekonnt hatte. Sobald LuLing sich jedoch an etwas Neues wagte, entglitt ihr die Hand auf die gleiche Weise wie das Denken, was Ruth an den Rand der Verzweiflung brachte, einer Verzweiflung, die der ihrer Mutter glich, auch wenn sie versuchte, es nicht zu zeigen. Jedes Mal, wenn LuLing ein Bild fertig hatte, lobte Ruth es also, legte es beiseite und schlug dann ein neues Tier vor.

»Nilpferd?« LuLing rätselte über dem Wort. »Wie man sagt auf Chinesisch?«

»Egal«, meinte Ruth. »Wie wär's mit einem Elefanten? Male einen Elefanten, du weißt schon, mit der langen Nase und den großen Ohren.«

Aber LuLing runzelte immer noch die Stirn. »Warum du aufgeben? Etwas Schwieriges vielleicht mehr wert als einfach. Nilpferd, wie sieht aus? Horn hier?« Sie tippte sich oben auf den Kopf.

»Das ist ein Nashorn. Das geht auch. Male doch einfach ein Nashorn.«

»Kein Nilpferd?«

»Mach dir keine Sorgen deswegen.«

»Ich nicht Sorgen! Du Sorgen! Ich das sehen. Schau dein Gesicht. Du nicht verstecken vor mir. Ich weiß. Ich deine Mutter! Okeh-okeh, du nicht mehr Sorgen Nilpferd. Ich Sorgen für dich. Später mir einfallen, dann ich dir sage, du zufrieden. Okeh jetzt? Nicht mehr weinen.«

Immer, wenn Ruth arbeitete, verhielt sich ihre Mutter still. »Eifrig lernen«, flüsterte sie dann. Wenn Ruth aber fernsah, war LuLing wie eh und je der Ansicht, dass Ruth nichts Wichtiges mache. Dann plapperte sie wie ein Wasserfall, erzählte von Gaoling und ihren schlimmsten Unverschämtheiten in all den Jahren. »Sie wollte ich fahre auf Traumschiff nach Hawaii. Ich frage, woher ich soll haben solches Geld? Meine Sozialversicherung nur siebenhundertfünfzig Dollar. Sie mir sagt: Du nichts gönnen! Ich sage: Das nicht so, das *arm*. Ich nicht reiche Witwe. Ha! Sie vergessen, sie einmal wollte meinen Mann heiraten. Mir gesagt, als er sterben, *Glück* sie anderen Bruder genommen...«

Manchmal hörte Ruth interessiert zu und versuchte auszumachen, wie viel LuLing bei jeder Wiederholung änderte. Sie war beruhigt, wenn LuLing eine Geschichte auf die gleiche Weise wiederholte. Manchmal wurde Ruth aber auch gereizt, wenn sie zuhören musste, und diese Gereiztheit verlieh ihr ein merkwürdiges Gefühl der Befriedigung, als wäre alles beim Alten.

»Das Mädchen unten macht Popcorn fast jeden Abend! Brennt an, Feueralarm geht los. Sie nicht weiß, ich kann riechen. Stinkt! Nur essen Popcorn! Kein Wunder so dürr. Dann sie mir sagt, dies nicht gut funktionieren, das nicht gut. Immer beschweren, droht mir ›An-*kla*-ge‹, ›Ge-*setz*-verstoß‹...«

Nachts, wenn Ruth in ihrem alten Bett lag, hatte sie das Gefühl, sie sei als Erwachsene verkleidet in ihre Jugend zurückgekehrt. Sie war derselbe Mensch, und doch war sie es nicht. Vielleicht war sie auch zwei Versionen ihrer Selbst, Ruth$_{1969}$ und Ruth^{1999}, die eine unschuldiger, die andere aufmerksamer, die eine hilfloser, die andere selbstständiger, beide aber ängstlich. Sie war das Kind ihrer Mutter, und gleichzeitig die Mutter des Kindes, zu dem ihre Mutter geworden war. Jede Kombination war möglich, wie bei chinesischen Namen und Zeichen, wo dieselben, scheinbar einfachen Elemente auf unterschiedliche Art neu kombiniert werden konnten. Sie lag im Bett ihrer Kindheit, in dem es immer noch diese jugendhaften Momente vor den Träumen gab, in denen sie allein war und sich voller Schmerz fragte: Was wird geschehen? Und genau wie in der Kindheit lauschte sie ihrem Atem und fürchtete sich bei dem Gedanken, dass der ihrer Mutter eines Tages versagen könnte. Immer wenn ihr das bewusst wurde, wurde jedes Einatmen zur Anstrengung. Das Ausatmen war einfach ein Lösen. Ruth hatte Angst, loszulassen.

Mehrmals pro Woche sprachen LuLing und Ruth mit Geistern. Ruth holte dann das alte Sandtablett vom Kühlschrank herunter und schlug vor, Liebster Tante zu schreiben. Ihre Mutter reagierte jedes Mal höflich, als böte ihr jemand Pralinen an: »Oh!... Na ja, vielleicht ein bisschen.« LuLing wollte wissen, ob das Kinderbuch Ruth berühmt machen würde. Ruth ließ Liebste Tante antworten, dass LuLing berühmt werden würde.

LuLing konnte sich aber auch nach dem aktuellen Börsenstand erkundigen. »Dow Jones geht rauf oder runter?«, fragte sie eines Tages.

Ruth malte einen aufwärts gerichteten Pfeil.

»Intel verkaufen, Intel kaufen?«

Ruth wusste, dass ihre Mutter den Aktienmarkt hauptsächlich aus reinem Vergnügen beobachtete. Beim Aufräumen hatte sie nämlich keine Briefe von Börsenmaklern gefunden, weder Werbesendungen noch andere. *Günstig kaufen*, schrieb sie also.

LuLing nickte. »Ah, warten bis unten. Liebste Tante sehr schlau.«

Als Ruth eines Abends die Essstäbchen bereithielt, um wieder einmal Antworten zu erahnen, fragte LuLing sie: »Warum du und Art streiten?«

»Wir streiten uns nicht.«

»Dann warum ihr nicht lebt zusammen? Wegen mir? Meine Schuld?«

»Natürlich nicht.« Ruth sagte das eine Idee zu laut.

»Ich denke, vielleicht doch so.« LuLing bedachte Ruth mit ihrem allwissenden Blick. »Lange Zeit vorher, du ihn kennen gelernt, ich dir sage, warum ihr erst zusammen wohnen? Du machst das, er dich nie heiratet. Du weißt noch? Oh, jetzt du denkst, ah, Mutter Recht. Zusammen wohnen, jetzt ich übrig, leicht wegwerfen. Nicht schämen. Du sein ehrlich.«

Genau das hatte ihre Mutter alles gesagt, erinnerte sich Ruth verärgert. Sie fingerte verlegen herum und wischte verirrte Sandkörner vom Rand des Tabletts. Es überraschte sie, an was sich ihre Mutter alles erinnerte, gleichzeitig berührte sie deren

Besorgnis. Was LuLing über Art gesagt hatte, entsprach zwar nicht ganz der Wahrheit, und doch hatte sie den Kern getroffen, die Tatsache, dass Ruth sich vorkam, als wäre sie übrig geblieben, die Letzte, die in der Reihe stand, um eine Portion dessen zu bekommen, was auch immer serviert wurde.

Zwischen Art und ihr gab es ein unschönes Problem. Während ihrer Probetrennung – war es das etwa nicht? – hatte sie das weitaus stärker gespürt. Sie erkannte jetzt ihre emotionale Abhängigkeit deutlicher, wie sie versuchte, sich sogar dann auf ihn einzustellen, wenn es gar nicht nötig war. Früher einmal hatte sie angenommen, jedes Paar passe sich einander an, ob verheiratet oder nicht, entweder bereitwillig oder widerwillig aus Notwendigkeit. Aber hatte Art sich auch auf sie eingestellt? Wenn dem so war, dann wusste sie nicht, auf welche Weise. Aber jetzt, nach ihrer Trennung, fühlte sie sich auf einmal unbeschwert, nicht mehr so festgebunden. Ein solches Gefühl zu haben, damit hatte sie eigentlich erst gerechnet, wenn sie einmal ihre Mutter verlieren würde. Inzwischen wollte sie sich lieber an ihre Mutter klammern, als wäre sie ihre Schwimmweste.

»Mich wundert nur, dass ich mich ohne Art nicht einsamer fühle«, erzählte sie Wendy am Telefon. »Ich habe das Gefühl, mehr ich selbst zu sein.«

»Vermisst du die Mädchen?«

»Nicht sehr, zumindest nicht ihren Krach und ihre nicht nachlassende Energie. Glaubst du, ich bin abgestumpft oder so was?«

»Ich glaube, du bist einfach erschöpft.«

Zwei Mal pro Woche gingen Ruth und ihre Mutter zum Abendessen in die Vallejo Street. An diesen Tagen musste Ruth ihre Arbeit früher beenden, um noch einkaufen zu gehen. Da sie ihre Mutter nicht allein lassen wollte, nahm sie sie mit. Beim Einkaufen kommentierte LuLing sämtliche Preise und fragte Ruth, ob sie nicht lieber warten wolle, bis die Sachen heruntergesetzt würden. Sobald Ruth zu Hause war – doch, sie rief es sich jedes Mal ins Bewusstsein, die Wohnung in der Vallejo Street war immer noch ihr Zuhause –, setzte sie LuLing erst einmal vor den Fernseher. Dann sah sie die Post durch, die an sie und Art als Paar adressiert war. Sie stellte fest, wie wenig es davon gab. Die Reparaturrechnungen waren meist auf ihren Namen allein ausgestellt. Am Ende des Abends war sie dann völlig erschöpft, traurig und doch froh, wieder ins Haus ihrer Mutter, in ihr kleines Bett zurückzukehren.

Als sie eines Abends gerade in der Küche damit beschäftigt war, Gemüse zu schneiden, schlich sich Art neben sie und gab ihr einen Klaps auf den Po. »Kann nicht GaoLing mal auf deine Mutter aufpassen? Dann könntest du zu einem ehelichen Besuch über Nacht bleiben.«

Sie wurde rot. Sie wollte sich an ihn lehnen, die Arme um ihn schlingen, aber gleichzeitig hatte sie Angst davor, als müsste sie von einer Felswand springen.

Er küsste sie auf den Hals. »Du könntest auch jetzt gleich eine Pause machen, und wir schleichen uns ins Bad. Wie wär's mit einem Quickie?«

Sie lachte unsicher. »Die kriegen doch alle mit, was wir machen.«

»Ach was.«

Sie spürte Arts Atem am Ohr. »Meine Mutter weiß alles, sie sieht alles.«

Art hörte sofort auf, und Ruth war enttäuscht.

Während des zweiten Monats ihres Getrenntlebens sagte Ruth einmal zu Art: »Wenn du wirklich willst, dass wir zusammen essen, dann solltest du vielleicht zur Abwechslung einmal zu meiner Mutter kommen, statt dass ich sie die ganze Zeit zum Essen hierher schleppe. Das ist auf Dauer ganz schön anstrengend.«

Von nun an kamen Art und die Mädchen zwei Mal die Woche zu LuLing. »Ruth, wann kommst du endlich wieder nach Hause?«, jammerte Dory eines Abends, als sie ihr beim Salatmachen zusah. »Dad ist echt langweilig. Fia sagt auch die ganze Zeit: ›Dad, du kannst dich anstrengen, so viel du willst, es gibt hier einfach nichts Gutes zu essen.‹«

Ruth freute sich, dass sie den anderen fehlte. »Ich weiß nicht, mein Schatz. Waipo braucht mich eben.«

»Wir brauchen dich auch.«

Ruth spürte, wie ihr Herz einen Satz machte. »Ich weiß, aber Waipo ist ziemlich krank. Ich muss bei ihr bleiben.«

»Kann ich denn dann auch bei euch wohnen?«

Ruth lachte. »Von mir aus gern, aber du musst erst deinen Dad fragen.«

Zwei Wochenenden später schneiten Fia und Dory mit einer Luftmatratze herein. Sie schliefen in Ruths Zimmer. »Nur für Mädchen«, sagte Dory streng, Art musste also wieder nach Hause fahren. Abends sahen Ruth und die Mädchen fern und verzierten sich gegenseitig die Hände mit Henna-Tattoos. Am nächsten Wochenende fragte Art, ob jetzt auch Jungs Zutritt hätten.

»Ich glaube, das lässt sich arrangieren«, meinte Ruth neckisch.

Art brachte seine Zahnbürste mit, Kleidung zum Wechseln und einen tragbaren CD-Player, dazu eine Michael-Feinstein-CD mit Gershwin-Musik. Als es Nacht war, zwängte er sich mit Ruth in das kleine Bett. Ihr stehe der Sinn nicht nach Liebe, weil LuLing gleich im Zimmer nebenan schlafe. So jedenfalls erklärte sie es Art.

»Dann kuscheln wir eben nur«, sagte er. Ruth war froh, dass er nicht auf weitere Erklärungen drängte. Sie schmiegte sich an seine Brust. Bis tief in die Nacht hinein lauschte sie seinem sonoren Atmen und den Nebelhörnern. Zum ersten Mal seit langem fühlte sie sich geborgen.

Wie angekündigt, meldete sich Mr. Tang nach zwei Monaten bei Ruth. »Sind Sie sich sicher, dass es nicht noch mehr Texte gibt?«

»Leider ja. Ich habe das Haus meiner Mutter gründlich sauber gemacht, Zimmer für Zimmer, Schublade für Schublade. Ich habe dabei sogar tausend Dollar gefunden, die sie unter einer Parkettdiele versteckt hat. Wenn da noch etwas wäre, hätte ich es sicher gefunden.«

»Dann bin ich fertig.« Mr. Tang klang betrübt. »Da waren übrigens ein paar Seiten mit dem immer gleichen Satz dabei, nämlich dass sie sich Sorgen macht, weil sie schon zu vieles vergisst. Die Schrift ist ziemlich zittrig, wahrscheinlich sind die Seiten neueren Datums. Ich habe mir gedacht, das könnte Sie womöglich beunruhigen, deshalb sage ich es Ihnen lieber gleich, dann können Sie sich darauf einstellen.«

Ruth dankte ihm.

»Macht es Ihnen etwas aus, wenn ich jetzt gleich vorbeikomme und Ihnen meine Arbeit übergebe?«, fragte er förmlich. »Würde das gehen?«

»Macht es Ihnen auch keine Umstände?«

»Es wäre mir eine Ehre. Um ehrlich zu sein, ich würde Ihre Mutter sehr gern kennen lernen. Nach meiner tage- und nächtelangen Beschäftigung mit ihrem Text habe ich das Gefühl, sie wie eine alte Freundin zu kennen. Sie fehlt mir schon jetzt.«

»Sie wird nicht dieselbe Frau sein wie diejenige, die diese Seiten geschrieben hat«, sagte Ruth wie zur Warnung.

»Mag sein ... Aber irgendwie glaube ich, sie ist es doch.«

»Hätten Sie denn Lust, heute Abend zu uns zum Essen zu kommen?«

Ruth zog ihre Mutter damit auf, dass ein Verehrer sie besuchen komme und sie sich hübsch anziehen solle.

»Nein! Kommt niemand.«

Aber Ruth lächelte und nickte.

»Wer?«

»Ein alter Freund von einer deiner alten Freundinnen in China«, antwortete Ruth ausweichend.

LuLing grübelte angestrengt. »Ah ja. Jetzt ich erinnere.«

Ruth half ihr beim Baden und Anziehen. Sie band ihr ein Tuch um den Hals, kämmte ihr die Haare und trug ihr etwas Lippenstift auf. »Du siehst schön aus«, sagte Ruth, und das entsprach der Wahrheit.

LuLing sah sich im Spiegel an. »Schön. Zu schade für GaoLing, nicht so hübsch wie ich.« Ruth lachte. Ihre Mutter war nie eitel gewesen, aber mit der Demenz schienen auch ihre Bescheidenheitszensoren nicht mehr zu funktionieren. Die Demenz wirkte wie ein Wahrheitsserum.

Um Punkt sieben Uhr kam Mr. Tang mit LuLings Papieren und seiner Übersetzung. Er war ein schlanker Mann mit weißem Haar, tiefen Lachfalten und einem sehr freundlichen Gesicht. Er hatte LuLing eine Tüte Orangen mitgebracht.

»Das wäre doch nicht nötig gewesen«, sagte sie mechanisch, während sie die Früchte schon auf weiche Stellen untersuchte. Sie schimpfte Ruth auf Chinesisch: »Nimm ihm den Mantel ab. Biete ihm einen Platz an. Gib ihm etwas zu trinken.«

»Machen Sie sich nur keine Umstände«, sagte Mr. Tang.

»Oh, Sie sprechen ja den vornehmen Beijing-Dialekt«, sagte LuLing. Sie wurde mädchenhaft und schüchtern, was Ruth amüsierte. Mr. Tang seinerseits ließ seinen ganzen Charme spielen, zog LuLing den Stuhl ein Stück nach hinten, damit sie sich setzen konnte, schenkte ihr zuerst Tee ein, goss nach, wenn ihre Tasse halb leer war. Sie und Mr. Tang unterhielten sich weiterhin auf Chinesisch, und Ruth schien es, als würde sich ihre Mutter logischer und weniger verworren anhören.

»Woher in China stammen Sie?«, fragte LuLing.

»Aus Tianjin. Später habe ich an der Yenching-Universität studiert.«

»Ah, dort war auch mein erster Mann, ein sehr kluger junger Mann. Pan Kai Jing. Kannten Sie ihn?«

»Ich habe von ihm gehört«, sagte Mr. Tang. »Er hat dort Geologie studiert, nicht wahr?«

»Das stimmt! Er hat an vielen wichtigen Dingen gearbeitet. Haben Sie schon einmal vom Pekingmenschen gehört?«

»Natürlich, der Pekingmensch ist weltberühmt.«

LuLing blickte wehmütig. »Er ist gestorben, während er diese alten Knochen bewacht hat.«

»Er war ein großer Held, nicht wenige haben seine Tapferkeit bewundert. Sie dagegen müssen sehr gelitten haben.«

Ruth hörte fasziniert zu. Es war, als kannte Mr. Tang ihre Mutter schon aus alten Tagen. Er führte sie mühelos in die alten Erinnerungen zurück, in jene, die noch nicht der Zerstörung zum Opfer gefallen waren. Aber dann hörte sie ihre Mutter sagen: »Meine Tochter Luyi hat auch mit uns gearbeitet. Sie war auf derselben Schule, in der ich gelebt habe, nachdem Liebste Tante gestorben war.«

Ruth drehte ihr den Kopf zu, überrascht zunächst, dann gerührt, dass ihre Mutter sie in ihre Vergangenheit mit einschloss.

»Ja, ich habe mit Bedauern von Ihrer Mutter gehört. Sie muss eine großartige Frau gewesen sein. Sehr klug.«

LuLing neigte den Kopf, offenbar bemüht, nicht von Trauergefühlen überwältigt zu werden. »Sie war die Tochter eines Knochenheilers.«

Mr. Tang nickte. »Ein sehr berühmter Arzt.«

Am Ende des Abends dankte Mr. Tang LuLing überschwänglich für die wunderbaren Stunden der Erinnerung an alte Zeiten. »Würden Sie mir die Ehre erweisen, Sie bald wieder besuchen zu dürfen?«

LuLing kicherte. Sie hob die Augenbrauen und sah Ruth an.

»Sie sind jederzeit willkommen«, sagte Ruth.

»Morgen!«, platzte LuLing heraus. »Kommen Sie morgen.«

Ruth blieb die ganze Nacht wach, um den Text zu lesen, den Mr. Tang übersetzt hatte. »Wahrheit«, so begann die Erzählung. LuLing fing an, all die Wahrheiten aufzuzählen, die sie mit der Zeit erfuhr, verlor jedoch bald den Überblick, da jede Tatsache zu neuen Fragen führte. Ihre Mutter war eigentlich fünf Jahre älter, als Ruth immer gedacht hatte. Also hatte sie Dr. Huey gegenüber die Wahrheit über ihr Alter gesagt! Und dass sie nicht GaoLings Schwester war, auch das war richtig. Trotzdem *waren* ihre Mutter und GaoLing Schwestern, mehr als Ruth je gedacht hätte. Sie hatten mehr Grund gehabt, eine verwandtschaftliche Beziehung von sich zu weisen, als manch andere Schwestern, und doch hatten sie fest zusammengehalten, waren stets unwiderruflich aneinander gebunden gewesen durch Groll, Schulden und Liebe. Ruth war fasziniert.

Bestimmte Einzelheiten der Geschichte ihrer Mutter machten sie aber auch traurig. Warum hatte LuLing geglaubt, Ruth nie sagen zu dürfen, dass Liebste Tante ihre Mutter war? Fürchtete sie, die eigene Tochter würde sich schämen, dass LuLing ein uneheliches Kind war? Ruth hätte ihr versichert, dass das keine Schande und heutzutage sogar beinahe schon schick war, als Kind der Liebe geboren zu sein. Mit einem Mal kam Ruth dann die Erinnerung, dass sie als Kind ja immer schreckliche Angst vor Liebster Tante gehabt hatte. Sie hatte sich darüber geärgert, dass sie in ihr Leben getreten war, hatte sie für die Schrulligkeit ihrer Mutter verantwortlich gemacht, für deren ganze Schwarzmalerei. Wie sehr Liebste Tante doch missverstanden worden war – sowohl von ihrer Tochter als auch von ihrer Enkelin. Es hatte jedoch auch Momente gegeben, in denen Ruth gespürt hatte, dass Liebste Tante sie beobachtete, dass sie wusste, wann Ruth litt.

Ruth dachte darüber nach, während sie jetzt in ihrem alten Kinderbett lag. Sie begriff nun, weshalb ihre Mutter immer die Knochen von Liebster Tante hatte finden und am richtigen Ort begraben wollen. Sie wollte durch das Ende der Welt gehen und alles wieder gutmachen. Sie wollte ihrer Mutter damit nur sagen: »Es tut mir Leid, und ich verzeihe auch dir.«

Am nächsten Tag rief sie Art an, um ihm von dem zu erzählen, was sie gelesen hatte. »Es kommt mir vor, als hätte ich den magischen Faden gefunden, um die zerrissene Decke zu flicken. Es ist gleichzeitig wundervoll und traurig.«

»Ich würde es auch gern lesen. Darf ich?«

»Ich möchte sogar, dass du es liest.« Ruth seufzte. »Sie hätte mir das alles vor Jahren erzählen sollen. Es hätte so viel ausgemacht...«

Art unterbrach sie: »Es gibt auch Dinge, die ich dir vor Jahren hätte sagen sollen.«

Ruth schwieg und wartete.

»Ich habe über deine Mutter nachgedacht, und ich habe auch über uns nachgedacht.«

Ihr Herz begann zu rasen.

»Als wir uns kennen gelernt haben, da wollten wir nichts als selbstverständlich voraussetzen, weißt du noch?«

»Nicht ich habe das gesagt, du warst das.«

»Ich war das?«

»Ganz bestimmt, so war's.«

»Seltsam. Ich dachte, du hättest das gesagt.«

»Aha, du hast es als selbstverständlich vorausgesetzt!«

Er lachte. »Deine Mutter scheint nicht die Einzige mit Gedächtnisproblemen zu sein. Na gut, wenn ich es gesagt habe, dann habe ich mich eben getäuscht, ich glaube nämlich, dass es wichtig ist, gewisse Dinge vorauszusetzen – zum einen, dass der Mensch, mit dem man zusammen ist, das für lange Zeit sein sollte, dass er für einen sorgen soll und auch für das, was man mitbringt, das ganze Paket, die Mutter und alles, was da sonst noch so ist. Aus welchem Grund auch immer ich das mit dem Nichtvoraussetzen gesagt habe und du das dann auch ohne Einwände mitgemacht hast – na ja, ich fand das damals wohl toll, dass ich Liebe zum Nulltarif bekommen habe –, ich hatte jedenfalls keine Ahnung, was ich verlieren würde, bis du ausgezogen bist.«

Art hielt inne. Ruth wusste, dass er auf eine Antwort von ihr wartete. Einerseits hätte sie am liebsten dankbar ausgerufen, dass er genau das ausgesprochen hatte, was auch sie empfunden hatte, aber nicht ausdrücken konnte. Doch hatte sie auch Angst, dass es zu spät war. Sie verspürte keine Freude über sein Eingeständnis. Sie war traurig.

»Ich weiß nicht, was ich sagen soll«, sagte sie schließlich.

»Du brauchst auch nichts zu sagen. Ich wollte nur, dass du es weißt... Das andere ist, ich mache mir wirklich Gedanken, wie du auf lange Sicht für deine Mutter sorgen willst. Ich weiß, wie sehr du dich anstrengst, wie wichtig es ist und wie sehr sie jemanden in ihrer Nähe braucht. Uns ist aber beiden auch klar, dass sich ihr Zustand verschlimmern wird. Sie wird immer mehr Betreuung brauchen, allein wird sie es jedenfalls nicht schaffen, und deine Kräfte sind auch begrenzt. Du hast deine Arbeit und auch ein eigenes Leben. Deine Mutter wäre die Letzte, die will, dass du das ihretwegen aufgibst.«

»Ich kann nicht ständig neue Haushaltshilfen einstellen.«

»Ich weiß... Deshalb habe ich mich auch über Alzheimer informiert, die Stadien der Erkrankung, die medizinischen Erfordernisse, Hilfsgruppen. Und ich habe mir etwas überlegt, vielleicht wäre das eine Lösung... betreutes Wohnen in einem Wohnheim.«

»Das ist keine Lösung.« Ruth fühlte sich wie damals, als ihre Mutter ihr den Zehn-Millionen-Dollar-Scheck aus der Zeitschriftenlotterie gezeigt hatte.

»Warum nicht?«

»Weil meine Mutter das nie mitmachen würde. *Ich* würde das nicht mitmachen. Sie würde denken, ich schicke sie in den Hundezwinger. Sie würde tagaus, tagein damit drohen, sich umzubringen...«

»Ich spreche doch nicht von einem Pflegeheim mit Bettpfannen. Hier geht es wie gesagt um betreutes Wohnen. Es ist das neueste Konzept, sozusagen für die geburtenstarken Jahrgänge, so was wie ein Club Med für Senioren – Mahlzeiten, Zugehfrauen, Wäsche, Begleitung bei Erledigungen, organisierte Ausflüge, Sport, sogar Tanzveranstaltungen. Und alles unter Aufsicht, vierundzwanzig Stunden lang. Da wird ein hohes Niveau geboten, es wirkt überhaupt nicht bedrückend. Ich habe mir schon ein paar Wohnheime angesehen, und ich habe eines gefunden, das wirklich toll ist, nicht weit von dort, wo deine Mutter jetzt wohnt...«

»Vergiss es. Hohes Niveau oder nicht, sie würde niemals in so etwas einziehen.«

»Einen Versuch wär's wert.«

»Und ich sage dir, vergiss es. Sie macht das nicht.«

»He, he. Bevor du den Vorschlag rundweg ablehnst, sag mir doch lieber im Einzelnen, was dagegen spricht. Vielleicht kommen wir so weiter.«

»Da gibt es nichts weiterzukommen. Aber wenn du es wissen willst, zum einen würde sie nie ihre eigene Wohnung verlassen. Zweitens sind es die Kosten. Ich nehme mal an, dass diese Heime nicht umsonst sind, aber das müssten sie sein, damit sie überhaupt darüber nachdenkt. Und wenn doch alles umsonst wäre, würde sie denken, es sei Sozialhilfe. Dann würde sie es allein aus diesem Grund ablehnen.«

»Na gut. Darauf kann ich eingehen. Was noch?«

Ruth holte tief Luft. »Sie müsste es gern machen. Sie müsste dort leben *wollen*, es müsste ihre Entscheidung sein und nicht deine oder meine.«

»Okay. Aber sie kann uns besuchen, so oft sie will.«

Ruth bemerkte, dass er »dich und mich« gesagt hatte. Sie strich die Segel. Art gab sich Mühe. Es war seine Weise, ihr zu sagen, dass er sie liebte, so gut er es eben konnte.

Zwei Tage später zeigte LuLing Ruth eine offiziell aussehende Benachrichtigung vom Kalifornischen Ministerium für Öffentliche Sicherheit, mit einem Briefkopf, der in Arts Computer entstanden war.

»Radon strömt aus!«, rief LuLing. »Was das bedeutet, Radon strömt aus?«

»Lass mal sehen.« Ruth überflog den Brief. Art hatte es wirklich schlau angestellt. Ruth spielte mit. »Hm. Das ist ein schweres Gas, heißt es, radioaktiv und gefährlich für die Lunge. Die Gaswerke haben es bei einer Routineinspektion in Sachen Erdbebenrisiken entdeckt. Das Gas tritt nicht etwa aus einer undichten Leitung aus, es kommt aus dem Boden und dem Gestein unter dem Haus. Hier steht, dass du für drei Monate ausziehen musst, damit sie ein Gutachten machen und durch intensive Belüftung die Risiken beseitigen können.«

»Ai-ya! Kostet wie viel?«

»Hm. Nichts, steht hier. Die Stadt macht das umsonst. Mensch, die zahlen dir sogar die Unterkunft, wo du während der Belüftung wohnen sollst. Drei Monate kostenfrei wohnen... inklusive Essen. Das Mira Mar Manor – ›in der Nähe Ihres jetzigen Wohnorts‹, heißt es hier, ›mit dem Komfort eines Fünf-Sterne-Hotels‹. Das ist die oberste Stufe, fünf Sterne. Die bitten dich, dass du so bald wie möglich dort einziehst.«

»Kostenlos fünf Sterne? Für zwei?«

Ruth tat so, als würde sie das Kleingedruckte lesen. »Nein. Offenbar nur für eine Person. Ich kann also nicht mit.« Sie seufzte enttäuscht.

»Hach, ich meine nicht dich!«, rief ihre Mutter. »Was mit Mädchen unten?«

»Ach so.« Ruth hatte völlig die Mieterin vergessen. Art leider auch. Ihre Mutter, Gedächtnisschwäche hin oder her, hatte die Mieterin offenbar nicht aus den Augen verloren.

»Sie hat bestimmt einen ähnlichen Brief bekommen. Sie würden doch niemanden in dem Gebäude lassen, nicht, wenn man davon lungenkrank werden kann.«

LuLing legte die Stirn in Falten. »Dann sie wohnt in meinem *selben* Hotel?«

»Oh!... Nein, es ist wahrscheinlich ein anderes, bestimmt kein so schönes, immerhin gehört dir ja das Haus, und sie ist nur die Mieterin.«

»Aber sie mir zahlt trotzdem *Miete*?«

Ruth sah wieder in den Brief. »Natürlich. Nach dem Gesetz ändert sich nichts daran.«

LuLing nickte zufrieden. »Dann okeh.«

Ruth berichtete Art telefonisch, dass sein Plan offenbar funktionierte. Sie war froh, dass er sich daraufhin nicht selbstgefällig äußerte.

»Es ist irgendwie beängstigend, wie leicht sie reinzulegen ist«, meinte er nur. »Man kann sich gut vorstellen, dass auf diese Weise viele alte Leute um ihre Häuser und Ersparnisse betrogen werden.«

»Ich komme mir vor wie ein Verschwörer«, sagte Ruth. »Als hätten wir gerade eine geheime Mission durchgeführt.«

»Sie ist da wie viele andere, die sich auf alles einlassen, wenn es nur umsonst ist.«

»Apropos, wie viel kostet dieses Mira Mar überhaupt?«

»Mach dir darüber keine Gedanken.«

»Sag schon.«

»Ich zahle das. Wenn es ihr gefällt und sie bleibt, dann finden wir später eine Lösung. Wenn es ihr nicht gefällt, gehen die drei Monate auf mich. Sie kann wieder in ihr Haus zurück, und wir denken uns etwas anderes aus.«

Ruth gefiel es, dass er wieder in der Kategorie »Wir« dachte.
»Wir teilen uns lieber die Kosten für die drei Monate.«

»Ich übernehme das, okay?«

»Warum sollte ich darauf eingehen?«

»Weil ich dadurch das Gefühl habe, nach langer Zeit wieder einmal etwas wirklich Wichtiges zu tun. Nenn es, wie du willst. Eine gute Tat pro Tag wie bei den Pfadfindern. Eine Mitzwa. Das Förderprogramm ›Wie werde ich ein besserer Mensch‹. Vorübergehender Wahnsinn. Ich fühle mich gut dabei, menschlich. Es macht mich glücklich.«

Glücklich. Wenn doch nur auch ihre Mutter in einer Einrichtung wie dem Mira Mar glücklich sein könnte. Ruth fragte sich, was Menschen überhaupt glücklich machte. Konnte man an einem Ort sein Glück finden? In einem anderen Menschen? Wie stand es um ihr Glück? Musste man einfach nur wissen, was man wollte, um dann durch den Nebel danach zu greifen?

Als sie vor dem dreistöckigen Gebäude mit Holzfassade parkten, stellte Ruth erleichtert fest, dass es nicht wie ein übliches Heim aussah. LuLing war übers Wochenende bei ihrer Schwester, und Art hatte Ruth den Vorschlag gemacht, das Mira Mar Manor schon einmal ohne ihre Mutter aufzusuchen, damit sie sich auf deren mögliche Einwände vorbereiten konnten. Das Mira Mar Manor wurde von Zypressen flankiert, durch die jetzt der Wind fuhr, und war mit Blick auf das Meer. Auf einem Schild an dem schmiedeeisernen Zaun hieß es, dass es sich um ein historisches Gebäude von San Francisco handelte, das nach dem Großen Erdbeben als Waisenhaus erbaut worden war.

Ruth und Art wurden in ein eichengetäfeltes Büro geführt. Man teilte ihnen mit, dass der Leiter des Pflegedienstes gleich komme. Sie setzten sich steif auf das Ledersofa, das gegenüber dem wuchtigen Schreibtisch stand. An der Wand hingen gerahmte Diplome und Zulassungen, dazu alte Aufnahmen des Gebäudes in seiner ursprünglichen Gestalt, vor dem sich strahlende Mädchen in weißen Kitteln aufgereiht hatten.

»Tut mir Leid, dass Sie warten mussten«, hörte Ruth jemanden mit britischem Akzent sagen. Ruth wandte sich um und war überrascht, einen eleganten jungen Inder in Anzug und Krawatte vor sich zu sehen. »Edward Patel«, stellte er sich mit einem herzlichen Lächeln vor. Er schüttelte ihnen die Hand und reichte dann jedem seine Visitenkarte. Der ist bestimmt erst Anfang dreißig, dachte Ruth. Er sah eher wie ein Börsenmakler aus, nicht wie jemand, der sich mit Abführmitteln und Arthritismedikamenten befasste.

»Beginnen wir doch gleich hier«, sagte Patel und führte sie zurück ins Foyer, »das sehen unsere Senioren nämlich als Erstes, wenn sie hier ankommen.« Er setzte zu einem offenbar häufig heruntergeleierten Sermon an: »Wir im Mira Mar Manor sind der Meinung, dass ein Zuhause mehr als ein Bett ist. Es ist ein ganzes Konzept.«

Konzept? Ruth blickte Art an. Das würde nie funktionieren.

»Wofür stehen das P und das F in ›P und F Gesundheitsfürsorge‹?«, fragte Art, der die Visitenkarte betrachtete.

»Patel und Finkelstein. Einer meiner Onkel war hier Gründungsmitglied. Er war lange Zeit im Hotelgewerbe. Morris Finkelstein ist Arzt. Seine Mutter lebt übrigens auch hier.«

Ruth staunte darüber, dass eine jüdische Mutter ihrem Sohn erlaubte, sie in so einem Heim unterzubringen. *Das* war nun wirklich ein Argument.

Sie traten durch eine Terrassentür in einen Garten, der von Hecken umgrenzt war. Auf beiden Seiten befand sich eine schattige Laube mit Gitterdach, das mit Jasmin zugewachsen war. Darunter waren gepolsterte Stühle und dunkle Glastische. Ein paar der Frauen, die dort saßen, blickten von ihren Gesprächen auf.

»Hallo, Edward!«, riefen drei der Frauen der Reihe nach.

»Guten Morgen, Betty, Dorothy, Rose. Wow, Betty, die Farbe steht Ihnen aber wirklich gut!«

»Passen Sie auf, junge Dame«, sagte die alte Frau mit gespieltem Ernst zu Ruth. »Der verkauft Ihnen noch glatt die Hosen, die Sie am Leib tragen.« Patel lachte unbeschwert, aber Ruth fragte sich, ob die Frau wirklich nur Spaß machte. Na ja, zumindest kannte er ihre Namen.

Mitten durch den Garten führte ein rötlicher Pfad, der von Bänken – zum Teil mit Sonnendach – gesäumt wurde. Patel wies sie auf Annehmlichkeiten hin, die ein ungeübtes Auge womöglich gar nicht wahrnehmen würde. Seine Stimme war klangvoll, Vertrauen erweckend und verriet Sachkenntnis, wie die eines Englischlehrers, den Ruth einmal gehabt hatte. Der Spazierweg, so erklärte er, habe denselben Belag, der auch für Laufbahnen in Hallen verwendet werde, also keine lockeren Ziegel oder Steine, die jemandem, der schwach auf den Beinen war, zum Verhängnis werden konnten. Wenn einer der Senioren stürze, sagte er, könne er sich natürlich trotzdem die Hüfte brechen, aber es war weniger wahrscheinlich, dass sie in unendlich viele Stücke zersplitterte. »Studien haben gezeigt, dass genau das so verhängnisvoll für diese Leute ist. Ein Sturz, und peng!« Patel schnippte mit den Fingern. »Das passiert häufig, wenn ältere Leute allein leben und ihr Haus nicht anspruchsgerecht umgebaut wurde. Die haben meist weder Rampen noch Handläufe.«

Patel deutete auf die Blumen im Garten. »Alle Pflanzen sind dornenfrei und ungiftig, es gibt keinen tödlich giftigen Oleander oder Fingerhut, den womöglich jemand in seiner Verwirrung einmal anknabbern könnte.« Jede Pflanze wurde durch ein an einem Pfosten angebrachtes Schild auf Augenhöhe bezeichnet – niemand müsse sich also bücken. »Unseren Senioren macht es Spaß, die Kräuter benennen zu können. Montagnachmittags werden immer Kräuter gesammelt. Es gibt Rosmarin, Petersilie, Oregano, Thymian, Basilikum, Salbei. Mit dem Wort ›Echinacea‹ haben die meisten allerdings so ihre Schwierigkeiten. Eine Dame hat einmal ›Chinasee‹ dazu gesagt. Jetzt nennen wir die Pflanze alle so.«

Die Kräuter aus dem Garten, fuhr Patel fort, würden dann für die Zubereitung der Speisen verwendet. »Die Damen sind immer noch stolz auf ihre Kochkünste. Sie weisen uns gern an, hier und da noch eine Prise Oregano hinzuzufügen oder das Huhn innen und nicht etwa außen mit Salbei einzureiben, solche Dinge eben.« Ruth konnte sich vorstellen, wie sich Dutzende von Frauen über das Essen beschwerten und ihre Mutter über alle hinwegbrüllte, es sei zu salzig.

Sie setzten ihren Weg zu einem Gewächshaus im hinteren Teil des Gartens fort. »Das hier nennen wir die Liebesgärtnerei«, erklärte Patel, als sie die Farbenpracht betraten – grelles Rosa und mönchskuttengelbes Safran. Die Luft war feucht und kühl.

»Jeder Bewohner hat seine Orchidee. Auf die Blumentöpfe ist der Name gemalt, den sie ihren Orchideen geben. Wie Ihnen vielleicht schon aufgefallen ist, sind etwa neunzig Prozent unserer Bewohner Frauen. Und egal, wie alt sie sind, viele haben noch einen ausgeprägten Mutterinstinkt. Mit all ihrer Liebe gießen sie täglich ihre Orchideen. Wir verwenden eine Dendrobie namens *cuthbertsonii*. Sie blüht fast das ganze Jahr über ununterbrochen, aber im Gegensatz zu den meisten anderen Orchideenarten verträgt sie es, wenn man sie täglich gießt. Viele unserer Bewohner haben die Orchideen nach ihren Männern oder Kindern oder Angehörigen, die bereits verstorben sind, benannt. Sie sprechen oft mit ihren Pflanzen, streicheln und küssen die Blütenblätter und machen viel Aufhebens um sie. Wir geben ihnen kleine Pipetten und ein Eimerchen mit Wasser, das wir ›Liebestrank‹ nennen. ›Mama ist ja da,

Mama ist ja da‹, hört man die Damen oft rufen. Es ist recht anrührend zu sehen, wie sie ihre Orchideen füttern.«

Ruth traten Tränen in die Augen. Warum weinte sie? Hör auf, sagte sie sich, du bist albern und sentimental. Er redet von einem Geschäftsplan, Herrgott noch mal, von Formen des Glücklichseins, die ins Konzept passen. Sie wandte sich ab, als wollte sie eine Reihe Orchideen näher betrachten. Als sie sich wieder gefasst hatte, sagte sie: »Bestimmt fühlen sich die Leute hier sehr wohl.«

»Und wie. Wir haben versucht, an alles zu denken, woran eine Familie denken würde.«

»Oder auch nicht«, warf Art ein.

»Es ist einiges, woran man denken muss«, sagte Patel mit einem bescheidenen Lächeln.

»Kommt es vor, dass sich jemand sperrt, besonders am Anfang?«

»Oh ja, durchaus. Das ist auch zu erwarten. Sie wollen meist nicht aus ihrem alten Zuhause weg, weil dort alle ihre Erinnerungen sind. Andere wiederum wollen nicht das Erbe ihrer Kinder verbrauchen. Sie finden auch nicht, dass sie alt sind – zumindest nicht *so* alt, sagen sie. Ich bin mir sicher, dass wir dasselbe sagen werden, wenn wir einmal in dem Alter sind.«

Ruth lachte höflich. »Wir müssen meiner Mutter vielleicht etwas vormachen, damit sie herkommt.«

»Nun, damit werden Sie nicht die ersten Angehörigen sein, die das tun«, sagte Patel. »Die Täuschungsmanöver, die manche Leute anwenden, um ihre Eltern hierher zu locken – die sind manchmal ganz schön raffiniert. Ich könnte ein ganzes Buch darüber schreiben.«

»Zum Beispiel?«

»Wir haben ein paar Leute hier, die nicht wissen, dass es etwas kostet, hier zu wohnen.«

»Nicht möglich!«, rief Art aus und zwinkerte Ruth zu.

»Oh doch. Ihre Sparsamkeit rührt meist noch aus der Zeit der Wirtschaftskrise her. Miete zu zahlen bedeutet für sie, das Geld zum Fenster hinauszuwerfen. Sie sind es gewöhnt, in einem Haus zu leben, das abbezahlt ist.«

Ruth nickte. Ihre Mutter hatte erst im Jahr zuvor die letzte Rate für ihr Haus gezahlt. Sie gingen den Weg zurück nach drinnen und dann einen Gang entlang zum Speisesaal.

»Einer unserer Bewohner«, sagte Patel, »ist ein neunzigjähriger ehemaliger Soziologieprofessor. Er ist immer noch recht scharfsinnig, aber er glaubt, dass sein Aufenthalt hier durch ein Forschungsstipendium seiner Alma Mater finanziert wird, damit er die Auswirkungen des Alterns studieren kann. Es gibt auch eine Frau – sie war früher Klavierlehrerin –, die glaubt, dass man sie angestellt hat, damit sie jeden Abend nach dem Essen Musik spielt. Sie ist übrigens gar nicht schlecht. Wir stellen den meisten Angehörigen die Rechnungen direkt zu, sodass ihre Eltern nicht einmal wissen, wie hoch die Gebühren sind.

»Ist das denn legal?«, fragte Ruth.

»Voll und ganz, solange die Angehörigen die Vormundschaft haben oder über eine Vermögensvollmacht verfügen. Manche nehmen eine Hypothek auf oder verkaufen das Haus ihrer Eltern, um die Rechnungen dann mit dem Geld zu zahlen, das sie treuhänderisch verwalten. Ich kann jedenfalls ein Lied davon singen, wie schwierig manche Senioren davon zu überzeugen sind, überhaupt einmal darüber nachzudenken, in einer Einrichtung wie dieser zu wohnen. Aber ich garantiere Ihnen, sobald Ihre Mutter einen Monat hier gelebt hat, wird sie nicht mehr weg wollen.«

»Wie stellen Sie das an, tun Sie ihnen etwas ins Essen?«, sagte Ruth.

Patel hatte den Witz offenbar nicht mitbekommen. »Nun, wegen der Diät, die viele unserer Bewohner halten müssen, bieten wir generell keine zu stark gewürzten Speisen an. Wir beschäftigen eine Ernährungswissenschaftlerin, die den monatlichen Speiseplan zusammenstellt. Die meisten Gerichte sind fett- und cholesterinarm. Wir bieten sogar Speisen für strikte Veganer an. Die Bewohner erhalten täglich eine ausgedruckte Speisekarte.« Er nahm eine Speisekarte von dem Tisch zur Hand, neben dem sie gerade standen.

Ruth überflog sie. Heute gab es Truthahnfleischklöße, Thunfischauflauf oder Tofu-Fajitas, dazu Salat, Brötchen, frisches Obst, Mangosorbet und Makronen. Das konnte zu einem Problem werden: Es gab kein chinesisches Essen.

Als sie das zur Sprache brachte, hatte Patel jedoch sofort eine Antwort parat: »Auch damit haben wir uns bereits auseinander gesetzt. Chinesisches, japanisches, koscheres Essen und was es sonst noch alles gibt. Wir unterhalten einen Lieferservice von Restaurants, die wir getestet haben. Da wir derzeit zwei weitere chinesische Mitbewohner haben, die zwei Mal die Woche dort bestellen, könnte sich Ihre Mutter gern daran beteiligen. Eine unserer Köchinnen ist auch Chinesin. Am Wochenende kocht sie immer Reisbrei zum Frühstück. Der wird auch von einigen unserer nicht chinesischen Bewohner gern gegessen.« Patel kehrte übergangslos zu seinem erprobten Jargon zurück: »Unabhängig von den speziellen Diäten schätzen alle die Bedienung am Tisch und die Stofftischtücher bei den Mahlzeiten, ganz wie in einem feinen Restaurant. Aber niemand muss oder darf Trinkgeld geben.« Ruth nickte. LuLings Vorstellung von einem großzügigen Trinkgeld wäre sowieso höchstens ein Dollar.

»Wir bieten wirklich ein sorgenfreies Leben, und so sollte es auch sein, wenn man in diesem Alter ist, finden Sie nicht auch?« Patel sah dabei Ruth an. Er musste sie als den eigentlichen Hemmschuh ausgemacht haben. Wie kam er darauf? Hatte sie eine Falte quer über der Stirn? Arts Begeisterung für das Heim war dafür umso offensichtlicher.

Ruth beschloss, sich abgebrüht zu geben. »Gibt es sonst noch

Leute hier, die, nun ja, die wie meine Mutter sind? Gibt es noch welche, die Probleme mit ihrem Gedächtnis haben?«

»Man kann mit ziemlicher Sicherheit davon ausgehen, dass die Hälfte der Bevölkerung über fünfundachtzig unter Gedächtnisschwäche leidet, die sich mehr oder weniger stark äußert. Und unser Durchschnittsalter liegt hier immerhin bei siebenundachtzig Jahren.«

»Ich meine nicht einfach nur Gedächtnisschwäche. Was ist, wenn die Sache...«

»Sie meinen so etwas wie Alzheimer? Demenz?« Patel führte sie in einen weiteren großen Raum. »Ich komme sofort auf Ihre Frage zurück. Das hier wäre also der Aufenthaltsraum.«

Einige Leute blickten von einem Bingospiel auf, das ein junger Mann leitete. Ruth fiel auf, dass die meisten hübsch angezogen waren. Eine der Frauen beispielsweise trug einen taubenblauen Hosenanzug, dazu Perlenkette und Ohrringe, als besuchte sie einen Ostergottesdienst. Ein hakennasiger Mann mit einer flotten Baskenmütze zwinkerte ihr zu. Sie stellte ihn sich mit dreißig vor, einen forschen Geschäftsmann, der überzeugt war von seiner Geltung in der Welt und seinem Anklang bei den Frauen.

»Bingo!«, rief eine Frau, die ein stark fliehendes Kinn hatte.

»Ich habe noch nicht alle Zahlen ausgerufen, Anna«, sagte der junge Mann geduldig. »Sie brauchen doch mindestens fünf, um zu gewinnen. Wir haben bisher aber erst drei.«

»Also wirklich, dann wollen Sie mich also als dumm bezeichnen.«

»Nein! Nein! Nein!«, rief eine Frau, die ein Umhängetuch trug. »Wie können Sie es wagen, hier dieses Wort zu gebrauchen.«

»Richtig, Loretta«, sagte der junge Mann. »Niemand hier ist dumm. Manchmal kommen wir nur ein bisschen durcheinander, das ist alles.«

»Dumm, dumm, dumm«, murmelte Anna vor sich hin, als würde sie fluchen. Sie warf Loretta einen bösen Blick zu. »Dumm!«

Patel wirkte angesichts der Szene überhaupt nicht beunruhigt. Leise führte er Ruth und Art aus dem Saal. Als sie sich im Aufzug befanden, sprach er weiter: »Um auf Ihre Frage zurückzukommen: Die meisten Bewohner würden wir lediglich als ›gebrechlich‹ bezeichnen. Sie können vielleicht nicht mehr so gut sehen und hören oder nicht mehr ohne Stock oder Gehhilfe herumlaufen. Manche sind cleverer als sie oder ich, andere kommen leicht durcheinander und zeigen Anzeichen von Demenz wegen Alzheimer, oder was es sonst noch gibt. Sie sind meistens vergesslich, was die Einnahme ihrer Tabletten betrifft, deshalb werden die Medikamente immer von uns ausgegeben. Aber sie wissen immer, welchen Tag wir haben, ob es der Kinosonntag ist oder der Kräutermontag. Aber wenn sie das Jahr nicht mehr wissen, was macht das schon? Wir müssen uns daran gewöhnen, dass manche Vorstellungen von Zeit hier irrelevant sind.«

»Wir können es Ihnen auch gleich sagen«, meinte Art, nachdem sie im zweiten Stock angekommen waren. »Mrs. Young ist in dem Glauben, dass man sie hierher evakuiert, weil bei ihr zu Hause Radon austritt.« Er holte eine Kopie des Briefs hervor, den er geschrieben hatte.

»Das hatten wir noch nicht«, sagte Patel mit einem leisen Schmunzeln. »Den Trick muss ich an andere Angehörige weitergeben, deren Eltern erst ein bisschen angestupst werden müssen. Na so was, kostenfrei wohnen, dank des Kalifornischen Ministeriums für Öffentliche Sicherheit. Wirklich eine gute Idee, es offiziell aussehen zu lassen. Das wirkt wie ein Zeichen von Autorität, wie eine Vorladung.« Er schob eine der Türen auf den Gang auf. »Das ist die Wohneinheit, die gerade frei geworden ist.« Sie betraten eine unmöblierte Wohnung, die auf den Garten hinausblickte: Wohnzimmer, Schlafzimmer und Bad. Es roch nach frischer Farbe und neuen Teppichen. Ruth wurde klar, was Patel mit »gerade frei geworden« meinte: Der vorige Bewohner war gestorben. Die Fröhlichkeit des Ortes erschien ihr jetzt bedrohlich, eine Fassade, die eine dunklere Wahrheit verbarg.

»Das ist eine unserer schönsten Wohneinheiten«, sagte Patel. »Es gibt auch weniger teure Zimmer, kleinere Einzimmerappartements, meist ohne Aussicht auf das Meer oder den Garten. In, sagen wir, etwa einem Monat sollte auch so eines frei werden.«

Mein Gott! Er rechnete damit, dass bald jemand starb. Und er sagte es so gelassen, so nüchtern! Ruth fühlte sich gefangen, wollte verzweifelt entfliehen. Dieser Ort war wie ein Todesurteil. Würde es ihre Mutter nicht genauso empfinden? Sie würde hier niemals auch nur einen Monat lang bleiben, geschweige denn drei.

»Wir können ohne Aufpreis Möbel zur Verfügung stellen«, sagte Patel. »Aber normalerweise wollen die Bewohner eigene Sachen mitbringen. Dadurch wird es persönlicher, und sie können es sich wie zu Hause einrichten. Wir unterstützen das. Jedem Stockwerk ist zudem festes Personal zugeteilt, jeweils zwei Betreuerinnen pro Stockwerk, Tag und Nacht. Jeder kennt also jeden mit Namen. Eine der Mitarbeiterinnen spricht sogar Chinesisch.«

»Kantonesisch oder Mandarin?«, fragte Ruth.

»Gute Frage.« Er zog einen Digitalrecorder hervor und sprach hinein: »Herausfinden, ob Janie Kantonesisch oder Mandarin spricht.«

»Übrigens«, sagte Ruth, »wie hoch sind eigentlich die Gebühren?«

Patel antwortete ohne Zögern. »Dreitausendzweihundert bis -achthundert pro Monat, je nach Zimmer und den benötigten

Dienstleistungen. Monatlich eine Begleitung zu einem Arztbesuch ist eingeschlossen. Ich kann Ihnen unten eine detaillierte Preisliste zeigen.«

Ruth war fassungslos angesichts der Preise. »Wusstest du das?«, fragte sie Art. Er nickte. Sie war einerseits entsetzt über die Kosten, andererseits aber auch erstaunt, dass Art gewillt war, allein für drei Monate aufzukommen, das waren immerhin beinahe zwölftausend Dollar. Sie starrte ihn mit offenem Mund an.

»Das ist es wert«, flüsterte er.

»Das ist verrückt.«

Als sie wieder im Auto saßen, um zu ihrer Mutter zu fahren, kam sie noch einmal auf das Thema zurück.

»Du darfst das nicht einfach als Miete betrachten«, erwiderte Art. »Die Mahlzeiten sind mit eingeschlossen, die Wohnung, eine Krankenschwester rund um die Uhr, Hilfe mit den Medikamenten, die Wäsche...«

»Genau, und eine sehr teure Orchidee! Ich mag jedenfalls nicht, dass du das allein zahlst, nicht für drei Monate.«

»Das ist es wert«, sagte er wieder.

Ruth stöhnte. »Hör zu, ich zahle die Hälfte, und angenommen es klappt, kriegst du alles zurück.«

»Wir haben das doch schon besprochen. Es wird nicht geteilt, und es gibt nichts zurückzuzahlen. Ich habe etwas Geld gespart, und ich möchte das. Ich verstehe das auch weder als Bedingung, dass wir beide wieder zusammenkommen, noch will ich deine Mutter loswerden. Es ist keine Bedingung für irgendwas. Kein Druckmittel gegen dich, damit du dich so oder so entscheidest. Es sind keine Erwartungen daran geknüpft.«

»Das ist nett gedacht von dir, aber...«

»Es ist mehr als nett gedacht. Es soll ein Geschenk sein. Du musst lernen, Geschenke manchmal einfach anzunehmen, Ruth. Du tust dir Unrecht, wenn du es nicht tust.«

»Wovon redest du eigentlich?«

»Davon, dass du etwas von einem anderen Menschen möchtest, eine Art Liebes- oder Treuebeweis oder den Beweis, dass jemand an dich glaubt. Gleichzeitig erwartest du aber nicht, dass du ihn auch tatsächlich einmal bekommst. Und wenn man dir diesen Beweis doch liefert, dann siehst du ihn nicht. Oder du sträubst dich, weigerst dich.«

»Das tue ich nicht...«

»Manchmal bist du wie jemand, der den grauen Star hat und wieder sehen will, aber die Operation verweigert, weil er Angst hat, ganz zu erblinden. Du würdest lieber von allein blind werden, als irgendein Risiko einzugehen. Und dann siehst du nicht, dass die Lösung direkt vor deiner Nase liegt.«

»Das stimmt nicht«, sagte sie aufgebracht. Und doch wusste sie, dass etwas Wahres an dem war, was Art sagte. Es traf vielleicht nicht alles zu, aber Teile davon waren ihr so vertraut wie die Flutwelle in ihren Träumen. Sie wandte ihm das Gesicht zu. »Hast du schon immer so über mich gedacht?«

»Na ja, nicht in so vielen Worten. Außerdem habe ich eigentlich erst in den letzten paar Monaten darüber nachgedacht, in der Zeit, als du weg warst. Ich habe mir die Frage gestellt, ob es stimmt, was du über mich gesagt hast. Mir ist dann klar geworden, dass ich tatsächlich ichbezogen bin, dass ich es gewöhnt bin, immer zuerst an mich zu denken. Aber mir ist auch klar geworden, dass du dazu tendierst, erst an andere zu denken, bevor du an dich selbst denkst. Es ist, als hätte ich die Genehmigung von dir, weniger verantwortungsbewusst zu sein. Ich will nicht behaupten, dass das alles deine Schuld ist. Aber du musst lernen, dir auch etwas zurückgeben zu lassen, es anzunehmen, wenn es dir angeboten wird. Kämpfe nicht dagegen an. Sei nicht so verkrampft und denke, es wäre kompliziert. Nimm es einfach an, und wenn du höflich sein willst, dann sag danke.«

Ruth drehte sich alles im Kopf. Sie wurde hin und her gerissen, und sie hatte Angst. »Danke«, sagte sie schließlich.

Zu Ruths Überraschung schien ihre Mutter keine Einwände dagegen zu haben, im Mira Mar Manor zu bleiben. Andererseits, weshalb sollte sie auch? LuLing dachte ja, es sei nur vorübergehend – und umsonst. Nachdem sie einen Rundgang gemacht hatten, nahmen Ruth und Art sie in einen Imbiss in der Nähe mit, um dort zu Mittag zu essen, aber auch um LuLings Reaktion zu hören.

»Bei so vielen alten Leuten Radon strömt aus«, brummte sie kopfschüttelnd.

»Nicht alle wohnen dort, weil bei ihnen Radon austritt«, sagte Art. Ruth fragte sich, wo das hinführen sollte.

»Oh. Andere Probleme im Haus?«

»Gar keine Probleme. Es gefällt ihnen einfach, dort zu wohnen.«

LuLing schnaubte. »Warum?«

»Na ja, man kann sich dort wohl fühlen, und es bietet alle Annehmlichkeiten. Sie haben viel Gesellschaft. Es ist fast wie auf einer Kreuzfahrt.«

LuLing verzog angewidert das Gesicht. »Kreuzfahrt! Gaoling immer wollen, ich gehe auf Kreuzfahrt. Du nichts gönnen, sie sagt. Ich nichts gönnen? Ich arm, ich nicht habe Geld werfen in Meer...«

Ruth war sich sicher, dass Art damit alles verpatzt hatte. Kreuzfahrt. Wenn er in den letzten paar Jahren das ewige Lamentieren ihrer Mutter mitbekommen hätte, dann hätte er gewusst, dass das genau der falsche Vergleich war.

»Wer kann sich leisten Kreuzfahrt?«, meckerte ihre Mutter.

»Viele Leute finden es im Mira Mar billiger als zu Hause«, sagte Art.

LuLing hob eine Augenbraue. »Wie billig?«
»Ungefähr tausend Dollar im Monat.«
»Tausend! Ai-ya! Zu viel!«
»Aber da ist außer der Miete noch Essen, Tanzen, Wasser und Strom dabei, *und* Kabelfernsehen. Das gibt es kostenlos dazu.«
LuLing konnte kein Kabelfernsehen empfangen. Sie sprach oft davon, es sich anzuschaffen, aber sie überlegte es sich dann immer wieder anders, wenn sie herausfand, wie viel es kostete.
»Auch chinesischer Kanal?«
»Ja. Mehrere sogar. Und Grundsteuer muss man auch nicht bezahlen.«
Wieder etwas, das LuLing zu interessieren schien. Sie zahlte zwar nur wenig Grundsteuer, weil durch eine gesetzliche Regelung der Besitz älterer Menschen geschützt war. Dennoch kam ihr der Betrag jedes Jahr, wenn sie die Abrechnung erhielt, unglaublich hoch vor.
»Nicht alle Wohneinheiten kosten tausend pro Monat«, fuhr Art fort. »Deine Wohnung ist teurer, weil es die Nummer eins ist, mit der besten Aussicht, im obersten Stockwerk. Wir haben Glück, dass wir sie kostenlos bekommen haben.«
»Ah, beste Wohnung.«
»Die Nummer eins«, betonte Art. »Die kleineren Wohnungen sind billiger... Schatz, was hat Mr. Patel noch mal gesagt, was sie kosten?«
Ruth war nicht darauf vorbereitet gewesen. Sie tat so, als müsste sie angestrengt nachdenken. »Ich glaube, er hat siebenhundertfünfzig gesagt.«
»So viel ich bekomme Sozialversicherung«, sagte LuLing selbstgefällig.
»Mr. Patel hat auch gesagt, Leute, die weniger essen, könnten einen Nachlass bekommen«, sagte Art schnell.
»Ich esse weniger. Nicht wie Amerikaner, immer nehmen viel auf Teller.«

»Für dich könnte das wahrscheinlich in Frage kommen. Ich glaube, man muss weniger als fünfundfünfzig Kilo wiegen...«

»Nein, Art«, unterbrach ihn Ruth. »Er hat gesagt, die Grenze liegt bei fünfundvierzig.«

»Ich nur vierzig.«

»Na egal«, meinte Art leichthin, »jemand wie du könnte jedenfalls in der besten Einheit wohnen, und zwar für den Betrag, den du jeden Monat von der Sozialversicherung bekommst. Das wäre, als würdest du dort umsonst wohnen.«

Während sie weiteraßen, konnte Ruth geradezu sehen, wie ihre Mutter im Kopf das *kostenlose* Kabelfernsehen, die *großen* Preisnachlässe, die *beste* Wohnung zusammenrechnete – alles unwiderstehliche Vorstellungen.

Als LuLing wieder etwas sagte, war die hämische Freude unverkennbar: »Wahrscheinlich GaoLing denkt, ich habe viel Geld hier wohnen. Genau wie Kreuzfahrt.«

Zwei

Sie feierten Tante Gals 77. Geburtstag – in Wahrheit ihren 82., doch das wussten nur sie selbst, LuLing und Ruth.

Der Young-Clan hatte sich in GaoLings und Edmunds Bungalow in Saratoga versammelt. Tante Gal hatte einen *lei*, einen Kranz aus Seidenblumen, um den Hals und trug ein *muumuu*, ein langes Kleid mit Hibiskusmuster. Sie hatte alle zu einem hawaiischen *luau* geladen. Onkel Edmund trug ein Aloha-Hemd, das mit Ukulelen bedruckt war. Sie waren gerade von ihrer zwölften Kreuzfahrt nach Hawaii zurückgekehrt. LuLing, Art, Ruth und die anderen Angehörigen saßen am Pool im Garten – oder *lanai*, wie Tante Gal sich ausdrückte –, wo Onkel Edmund einen Grill für Spareribs in ausreichenden Mengen angeheizt hatte, um allen Anwesenden Verdauungsbeschwerden zu verursachen. Die Tiki-Gasfackeln verströmten eine Wärme, dass es schien, als ob es hier draußen noch recht mild wäre. Den Kindern konnte man da allerdings nichts vormachen. Sie befanden, dass der Pool viel zu kalt sei, und entschieden sich dann dafür, auf dem Rasen herumzubolzen. Alle paar Minuten mussten sie den Fußball mit einem Käscher aus dem Wasser fischen. »Spritzen zu viel«, beschwerte sich LuLing.

Als GaoLing in die Küche ging, um die noch fehlenden Beilagen herzurichten, folgte Ruth ihr. Sie hatte auf eine Gelegenheit gewartet, um mit ihrer Tante unter vier Augen zu sprechen. »Jetzt kriegst du wenigstens mal mit, wie man Tee-Eier macht«, sagte Tante Gal, während Ruth die hart gekochten Eier schälte. »Man nimmt dazu zwei Esslöffel Teeblätter. Es muss aber schwarzer Tee sein, kein japanischer grüner und auch nicht der Kräutertee, den ihr jungen Leute immer trinkt, weil der so gesund sein soll. Gib die Blätter in das Käseleinen und binde es fest zu. Jetzt legst du die gekochten Eier in den Topf, gibst die Teeblätter dazu, eine halbe Tasse Sojasoße bei zwanzig Eiern und sechs Stück Sternanis.« Sie streute auch reichlich Salz in die Mischung. Ihre Langlebigkeit hatte sie offenbar ihren Genen und nicht ihrer Ernährung zu verdanken. »Eine Stunde kochen«, fuhr sie fort und stellte den Topf auf den Herd, wo sie ihn auf kleiner Flamme köcheln ließ. »Als kleines Mädchen hast du sie immer gern gegessen. Glückseier haben wir sie genannt. Ihr Kinder mochtet sie lieber als alles andere, deshalb haben deine Mama und ich sie so oft gemacht. Aber einmal hast du hintereinander fünf Stück gegessen, dass dir ganz schlecht davon geworden ist. Das war eine große Sauerei auf meinem Sofa! Danach hast du gesagt, keine Eier, keine Eier mehr. Auch im Jahr darauf wolltest du noch keine essen. Aber im Jahr danach fandest du sie wieder lecker, lecker.«

Ruth konnte sich überhaupt nicht daran erinnern. Sie fragte sich, ob GaoLing sie nicht mit ihrer Tochter verwechselte. Zeigte jetzt auch ihre Tante Anzeichen von Demenz?

GaoLing holte eine Schüssel mit gekochter, in Streifen geschnittener Sellerie aus dem Kühlschrank. Ohne abzumessen, übergoss sie die Sellerie mit Sesamöl und Sojasoße und plapperte dabei weiter, als wäre sie in einer Kochsendung.

»Vielleicht sollte ich eines Tages einmal ein Buch schreiben. Mit dem Titel: *Eine kulinarische Reise nach China* – was hältst du davon, gut nicht? Nur einfache Rezepte. Wenn du mal nicht zu viel zu tun hast, könntest du mir ja beim Schreiben helfen. Nicht umsonst, natürlich. Die meisten Rezepte habe ich schon im Kopf, hier oben drin. Ich brauche nur jemanden, der sie aufschreibt. Ich würde dich also dafür bezahlen, Tante hin, Tante her.«

Ruth wollte GaoLing nicht in diesem Vorhaben bestärken. »Hast du solche Eier auch gemacht, als du mit Mama in dem Waisenhaus gelebt hast?«

GaoLing rührte nicht weiter. Sie blickte auf. »So, so, deine Mutter hat dir also davon erzählt.« Sie probierte ein Stück Sellerie und gab dann noch etwas Sojasoße dazu. »Früher wollte sie nie jemandem erzählen, warum sie in eine Waisenschule gegangen ist.« GaoLing schwieg und schürzte die Lippen, als hätte sie schon zu viel verraten.

»Du meinst, weil Liebste Tante ihre Mutter war.«

GaoLing schnalzte mit der Zunge. »Aha, sie hat dir also auch davon erzählt. Gut, ich bin froh darum. Es ist besser, die Wahrheit zu sagen.«

»Ich weiß auch, dass ihr beide fünf Jahre älter seid, als wir immer gedacht haben. Und dass dein richtiger Geburtstag vier Monate oder so früher ist.«

GaoLing setzte zu einem Lachen an, sah dabei aber aus, als wollte sie nur ausweichen. »Ich wollte immer ehrlich sein. Aber deine Mama hatte vor so vielen Sachen Angst – ach, sie hat befürchtet, die Behörden schicken sie nach China zurück, wenn sie erfahren, dass sie nicht meine richtige Schwester ist. Und Edwin würde sie vielleicht nicht heiraten, weil sie zu alt war. Später dann hatte sie Angst, dass du dich schämen würdest, wenn du wüsstest, wer deine wirkliche Großmutter war, unverheiratet, mit zerstörtem Gesicht, von den anderen behandelt wie eine Dienerin. Und ich? Mit der Zeit habe ich angefangen, moderner zu denken. Alte Geheimnisse? Hier kümmert das niemand. Mutter nicht verheiratet? Ach was, genau wie Madonna. Aber deine Mutter hat trotzdem gesagt, nein, nicht verraten, versprechen.«

»Weiß das sonst noch jemand? Onkel Edmund, Sally, Billy?«

»Nein, nein, überhaupt niemand. Ich habe es deiner Mutter ja versprochen... Onkel Edmund weiß es natürlich. Wir haben keine Geheimnisse voreinander. Ich sage ihm alles... Na ja, das mit dem Alter weiß er nicht. Aber ich habe nicht gelogen. Ich habe es vergessen. Wirklich wahr! Ich fühle mich nicht einmal wie siebenundsiebzig. Im Kopf bin ich höchstens sechzig. Aber jetzt erinnerst du mich daran, dass ich sogar noch älter bin – wie alt eigentlich?«

»Zweiundachtzig.«

»Oje.« Sie ließ die Schultern hängen, während sie diese Tatsache auf sich wirken ließ. »Zweiundachtzig. Das ist jetzt, wie weniger Geld auf der Bank zu haben als angenommen.«

»Du siehst trotzdem zwanzig Jahre jünger aus. Mama auch. Und mach dir keine Sorgen, ich verrate es niemandem, nicht einmal Onkel Edmund. Das Komische ist, als sie letztes Jahr dem Arzt gegenüber behauptet hat, sie wär zweiundachtzig, dachte ich erst, das wäre ein sicheres Zeichen dafür, dass mit ihr etwas nicht stimmt. Es hat sich ja auch herausgestellt, dass sie wirklich Alzheimer hat; nur mit ihrem Alter, da hatte sie die ganze Zeit Recht. Sie hat nur vergessen zu lügen...«

»Das hat mit lügen nichts zu tun«, sagte GaoLing kopfschüttelnd. »Es war ein Geheimnis.«

»Das meinte ich ja. Ich hätte ihr Alter nie erfahren, wenn ich nicht gelesen hätte, was sie aufgeschrieben hat.«

»Sie hat etwas aufgeschrieben – über ihr Alter?«

»Über viele Dinge, ein ganzer Packen Papier, so dick. Es ist so was wie ihre Lebensgeschichte, alles, was sie nicht vergessen wollte. Die Dinge, über die sie nicht sprechen konnte. Ihre Mutter, das Waisenhaus, ihren ersten Mann, deinen.«

Tante Gal schien sich in ihrer Haut immer unwohler zu fühlen. »Wann hat sie das geschrieben?«

»Ach, das muss vor sieben oder acht Jahren gewesen sein,

wahrscheinlich, als sie angefangen hat, sich über ihr Gedächtnis Sorgen zu machen. Sie hat mir vor einer ganzen Weile ein paar Seiten gegeben. Es war aber alles auf Chinesisch, deshalb habe ich es nie geschafft, es zu lesen. Vor ein paar Monaten habe ich dann jemanden gefunden, der es mir übersetzt hat.«

»Warum hast du nicht mich gefragt?« GaoLing tat beleidigt. »Ich bin deine Tante, sie ist meine Schwester. Wir sind immer noch blutsverwandt, auch wenn wir nicht dieselbe Mutter haben.«

In Wahrheit hatte Ruth befürchtet, ihre Mutter hätte vielleicht einige nicht sehr schmeichelhafte Bemerkungen über GaoLing geschrieben. Jetzt dachte sie, dass GaoLing womöglich sogar Passagen zensiert hätte, in denen es um ihre eigenen Geheimnisse ging, ihre Ehe mit einem Opiumsüchtigen zum Beispiel. »Ich wollte dir keine Umstände machen«, sagte sie.

Ihre Tante schniefte. »Wofür sind denn Verwandte da, wenn man ihnen keine Umstände machen darf.«

»Das stimmt auch wieder.«

»Du kannst mich jederzeit rufen, das weißt du. Chinesisches Essen? Kein Problem, dann koche ich es dir. Chinesische Schrift übersetzen, das kann ich auch. Soll ich auf deine Mama aufpassen? Da brauchst du gar nicht erst zu fragen, bring sie einfach vorbei.«

»Übrigens, weißt du noch, wie wir uns darüber unterhalten haben, was Mama in Zukunft brauchen wird? Art und ich haben uns jetzt etwas angesehen, das Mira Mar Manor, eine Einrichtung für betreutes Wohnen, sehr nett. Für Betreuung rund um die Uhr ist dort gesorgt, die Leute werden beschäftigt, es gibt eine Krankenschwester, die die Einnahme der Medikamenten beaufsichtigt...«

GaoLing sah missbilligend drein. »Wie kannst du deine Mama bloß in ein Pflegeheim stecken wollen? Nein, ausgeschlossen.« Sie presste den Mund zusammen und schüttelte den Kopf.

»Es ist nicht, was du denkst...«

»Tu das nicht! Wenn du dich nicht um deine Mama kümmern kannst, dann lass sie hier bei mir wohnen.«

Ruth wusste, dass GaoLing kaum fähig war, auch nur zwei Tage hintereinander mit LuLing fertig zu werden. »Ich hätte fast einen Herzanfall bekommen«, hatte ihre Tante nach LuLings letztem Besuch bei ihr gesagt. Trotzdem schämte sich Ruth, wie sie jetzt in den Augen ihrer Tante als pflichtvergessene und lieblose Tochter dastand. Alle Zweifel, die sie wegen des Mira Mar gehabt hatte, kamen wieder an die Oberfläche, und sie war sich ihrer Absichten nicht mehr so sicher. War das wirklich die beste Lösung für die Hege und Pflege ihrer Mutter? Ließ sie ihre Mutter nicht eher aus reiner Bequemlichkeit im Stich? Sie fragte sich, ob sie bei dieser Sache wohl einfach Arts Argumentation übernahm, wie sie es bei so vielen Aspekten ihrer Beziehung gemacht hatte. Es schien ihr, als hätte sich nichts geändert, als würde sie ihr Leben immer noch durch andere, für andere leben.

»Ich weiß einfach nicht, wie ich es sonst anstellen soll«, sagte Ruth. In ihrer Stimme lag die ganze Verzweiflung, die sich in ihr aufgestaut hatte. »Diese Krankheit, sie ist einfach schrecklich, sie schreitet schneller voran, als ich dachte. Man kann Mama keinen Moment allein lassen. Sie läuft weg. Sie weiß nicht, ob es zehn Minuten oder zehn Stunden her ist, dass sie etwas gegessen hat. Sie badet sich nicht allein, weil sie Angst vor den Wasserhähnen hat...«

»Ich weiß, ich weiß. Das ist alles ziemlich schwierig und sehr traurig. Deshalb sage ich ja, wenn du das nicht mehr allein schaffst, bring sie einfach her. Die eine Hälfte der Zeit bei mir, die andere bei dir. Dann geht es leichter.«

Ruth zog den Kopf ein. »Mama hat sich das Mira Mar schon angesehen. Es hat ihr gefallen. Sie fand, dass es wie auf einer Kreuzfahrt ist.«

GaoLing rümpfte die Nase.

Ruth wollte die Zustimmung ihrer Tante. Sie spürte auch, dass GaoLing wollte, dass Ruth sie darum bat. Sie und ihre Mutter hatten sich ihr Leben lang immer wieder gegenseitig behütet. Ruth sah GaoLing in die Augen. »Ich treffe keine endgültige Entscheidung, bevor du nicht damit einverstanden bist. Aber ich hätte gern, dass du es dir einmal ansiehst. Ich könnte dir dann auch eine Kopie von Mamas Aufzeichnungen geben.«

Der letzte Punkt schien GaoLings Interesse zu wecken.

»Wo wir gerade davon reden«, fuhr Ruth fort, »ich frage mich die ganze Zeit, was wohl mit den Leuten geschehen ist, die du und Mama in China gekannt habt. Mama hat nichts über die erzählt, nachdem sie Hongkong verlassen hat. Was war denn mit dem Mann, mit dem du verheiratet warst, Fu Nan, und mit seinem Vater? Haben sie die Tuschehandlung behalten?«

GaoLing sah sich um, wie um sicherzugehen, dass kein Lauscher in der Nähe war. »Diese Leute waren *schrecklich.*« Sie verzog das Gesicht. »So schlimm, dass du dir gar nicht vorstellen kannst, wie schlimm. Der Sohn hat tief in Schwierigkeiten gesteckt. Hat deine Mutter darüber geschrieben?«

Ruth nickte. »Er war opiumsüchtig.«

GaoLing schien es den Atem zu verschlagen, wie gründlich LuLings Erzählung war. »Das stimmt«, sagte sie. »Später ist er dann gestorben, so um 1960, genau weiß das allerdings niemand. Jedenfalls hat er zu dem Zeitpunkt damit aufgehört, allen möglichen Leuten zu schreiben und sie anzurufen. Er hat sie bedroht, damit sie ihm Geld schicken.«

»Weiß Onkel Edmund von ihm?«

GaoLing schnaubte. »Was hätte ich ihm denn sagen sollen? Dass ich noch verheiratet war? Dein Onkel hätte dann alles Recht gehabt, sich zu fragen, ob wir wirklich verheiratet sind, ob ich Bigamistin bin, ob unsere Kinder – na ja, wie deine Mutter eben. Später habe ich dann vergessen, es ihm zu sagen. Und als ich gehört habe, dass mein erster Mann wahrscheinlich tot ist, war es zu spät, einen Schritt zurück zu machen und etwas zu erklären, was sowieso vergessen werden sollte. Du verstehst schon.«

»Wie mit deinem Alter.«

»Genau. Und was Vater Chang betrifft, tja, 1950, da sind die Kommunisten gegen alle Grundbesitzer vorgegangen. Sie haben Vater Chang ins Gefängnis gesteckt und ein Geständnis aus ihm herausgeprügelt. Er hat zugegeben, viele Geschäfte zu besitzen, Leute zu betrügen und mit Opium zu handeln. Er wurde für schuldig befunden und in einer öffentlichen Hinrichtung erschossen.«

Ruth stellte sich das bildlich vor. Im Prinzip war sie ja gegen die Todesstrafe, aber es war ihr eine heimliche Befriedigung, dass der Mann, der ihrer Großmutter und ihrer Mutter so viel Kummer bereitet hatte, ein gerechtes Ende gefunden hatte.

»Man hat auch sein Haus beschlagnahmt. Seine Frau wurde zwangsweise Straßenfegerin, und alle seine Söhne mussten draußen in Wuhan arbeiten, wo es so heiß ist, dass die meisten Leute lieber in einem Fass mit heißem Öl baden würden, als dort hinzugehen. Mein Vater und meine Mutter waren froh, dass sie bereits arm waren und deshalb nicht so eine Strafe erleiden mussten.«

»Und Schwester Yu und Lehrer Pan, hast du von denen noch etwas erfahren?«

»Über meinen Bruder – also Jiu Jiu in Beijing. Er hat erzählt, dass Schwester Yu oft befördert worden ist, bis sie einen hohen Rang in der kommunistischen Partei innehatte. Ich weiß ihren Titel jetzt nicht mehr, es hatte aber etwas mit Linientreue und Reformen zu tun. Während der Kulturrevolution hat sich dann alles gewendet, und sie wurde wegen ihrer Vergangenheit mit den Missionaren als Beispiel für mangelnde Linientreue vorgeführt. Die Revolutionäre haben sie lange Zeit ins Gefängnis gesteckt und sie dort ziemlich schlecht behandelt. Als sie wieder herausgekommen ist, war sie aber immer noch überzeugte

Kommunistin. Später ist sie, glaube ich, einfach an Altersschwäche gestorben.«

»Und Lehrer Pan?«

»Laut Jiu Jiu hat das Land einmal eine große Feier für die chinesischen Arbeiter abgehalten, die an der Entdeckung des Pekingmenschen beteiligt gewesen waren. In dem Zeitungsausschnitt, den er mir geschickt hat, stand, dass Pan Kai Jing – also der, den deine Mutter geheiratet hat – als Märtyrer gestorben ist, weil er damals den Aufenthaltsort der Kommunisten nicht preisgegeben hat. Sein Vater, Lehrer Pan, war bei der Feier, um die Belobigung für seinen Sohn entgegenzunehmen. Was danach mit Lehrer Pan geschehen ist, weiß ich nicht. Mittlerweile müsste er längst tot sein. Ach, wie traurig das alles ist. Wir waren einmal wie eine richtige Familie. Wir haben füreinander Opfer gebracht. Schwester Yu hätte auch nach Amerika kommen können, aber sie hat deiner Mama und mir den Vortritt gelassen. Deshalb hat deine Mama dich nach Schwester Yu benannt.«

»Ich dachte, ich wäre nach Ruth Grutoff benannt worden.«

»Nach ihr auch. Aber dein chinesischer Name kommt von Schwester Yu. Yu Luyi. Luyi, das bedeutet ›Alles, was du dir wünschst‹.«

Ruth war gleichzeitig verblüfft, aber auch gerührt, wie viel Mühe sich ihre Mutter bei ihrer Namensgebung gegeben hatte. Den größten Teil ihrer Kindheit über hatte sie sowohl ihren amerikanischen als auch ihren chinesischen Namen richtig gehasst, den altmodischen Klang von »Ruth«, das ihre Mutter nicht einmal aussprechen konnte, und »Luyi«, das sich anhörte wie der Name eines einfachen Burschen, eines Boxers etwa oder eines Straßenschlägers.

»Wusstest du, dass deine Mama auch darauf verzichtet hat, nach Amerika zu gehen, damit ich als Erste hierher kommen konnte?«

»So ungefähr.« Ihr graute schon vor dem Tag, an dem

GaoLing die Passagen las, in denen beschrieben wurde, wie sie es durch ihr gewieftes Taktieren geschafft hatte, nach Amerika zu gelangen.

»Oft habe ich ihr dafür gedankt, aber sie hat immer gesagt: ›Ach was, rede nicht davon, sonst werde ich böse.‹ Ich habe oft versucht, es ihr zu vergelten, aber sie hat es immer abgetan. Jedes Jahr laden wir sie nach Hawaii ein. Jedes Jahr sagt sie mir, sie hat nicht das Geld dafür.«

Ruth nickte. Wie oft hatte sie sich die Klagen ihrer Mutter darüber anhören müssen!

»Jedes Mal sage ich ihr, ich lade dich ein, du brauchst doch gar kein Geld. Dann sagt sie, sie kann mich nicht zahlen lassen. Vergiss es! Also sage ich ihr: ›Nimm das Geld vom Charles-Schwab-Konto.‹ Nein, das Geld rührt sie nicht an. Ich weiß einfach nicht, warum sie sich da *immer* noch so sträubt.«

»Was für ein Charles-Schwab-Konto denn?«

»*Das* hat sie dir also nicht erzählt? Es geht um die Hälfte des Geldes, das deine Großeltern hinterlassen haben.«

»Ich dachte, sie hätten ihr nur ganz wenig vererbt.«

»Ja, aber das war nicht richtig von ihnen. Sehr altmodisch. Deine Mama war sehr ungehalten deswegen. Deshalb wollte sie das Geld auch nicht, sogar nachdem dein Onkel Edmund und ich ihr angeboten haben, wir könnten die Erbschaft ja halbieren. Anfänglich haben wir ihre Hälfte also erst mal in Schatzbriefe gesteckt. Deine Mama hat immer so getan, als wüsste sie nichts davon. Eines Tages hat sie dann aber so etwas gesagt wie: ›Ich habe gehört, man kann mehr Geld verdienen, wenn man in Aktien investiert.‹ Also haben wir ihr ein Aktiendepot eröffnet. Dann hieß es auf einmal: ›Ich habe gehört, diese Aktie steht gut, diese hier steht schlecht.‹ Wir wussten also, was der Makler kaufen oder verkaufen sollte. Dann hat sie gesagt: ›Ich habe gehört, es ist besser, selbst zu investieren, geringere Gebühren.‹ Also haben wir ein Charles-Schwab-Konto für sie eröffnet.«

Ruth bekam eine Gänsehaut. »Waren bei den Aktien, die sie genannt hat, etwa auch welche von IBM, U.S. Steel, AT&T oder Intel dabei?«

GaoLing nickte. »Zu schade, dass Edmund nie auf ihren Rat gehört hat. Der musste immer irgendeinem neuen Börsengang hinterherjagen.«

Ruth rief sich jetzt ins Gedächtnis zurück, wie oft doch ihre Mutter Liebste Tante mit Hilfe des Sandtabletts nach Aktientipps gefragt hatte. Sie hätte nie gedacht, dass ihre Antworten so wichtig gewesen waren, da ihre Mutter ja scheinbar kein Geld hatte, das sie einsetzen konnte. Sie hatte immer gedacht, LuLing würde den Aktienmarkt nur mitverfolgen wie andere Leute Seifenopern. Wenn ihre Mutter dann eine Auswahl von Aktien nannte, hatte sich Ruth stets die mit den wenigsten Buchstaben ausgesucht. So hatte ihre Mutter also offenbar ihre Entscheidungen getroffen. Oder doch nicht? Hatte sie etwa auch Hinweise und Tipps von anderer Seite bekommen?

»Mit den Aktien lief es also gut?«, fragte Ruth mit klopfendem Herzen.

»Besser als beim Dow Jones, besser als bei Edmund mit seinen Aktien – sie war ein wahres Wall-Street-Genie! Mit jedem Jahr wurde es mehr. Und sie hat nicht einen Penny angerührt. Sie hätte auf viele Kreuzfahrten gehen, ein tolles Haus, ein großes Auto kaufen können. Aber nein. Ich glaube, sie hat alles für dich gespart... Willst du gar nicht wissen, wie viel es ist?«

Ruth schüttelte den Kopf. Es war bereits jetzt mehr, als sie verkraften konnte. »Sag's mir ein andermal.« Statt sich über das viele Geld zu freuen, schmerzte es Ruth, wie sehr sich ihre Mutter all die Jahre Freude und Glück versagt hatte. Aus Liebe war sie in Hongkong zurückgeblieben, damit GaoLing als Erste die Chance auf Freiheit bekam. Nie verlangte sie Liebe im Gegenzug dafür. Wie war sie so geworden? War es wegen des Selbstmords von Liebster Tante?

»Übrigens«, sagte Ruth, »wie lautete eigentlich der richtige Name von Liebster Tante?«

»Liebster Tante?«

»Bao Bomu.«

»Oje, oje, *Bao Bomu*! Ehrlich gesagt, nur deine Mutter hat sie so genannt. Alle anderen haben Bao Mu zu ihr gesagt.«

»Was ist denn der Unterschied zwischen ›Bao Bomu‹ und ›Bao Mu‹?«

»*Bao* kann ›lieb, wertvoll‹ bedeuten, aber es kann auch für ›schützen‹ stehen. Beide Bedeutungen werden im dritten Ton gesprochen, *baaaaooo*. Das *mu* steht für ›Mutter‹, aber in der Kombination *bao mu* ist dem *mu* eine Silbe vorangestellt, durch die es mehr die Bedeutung einer Dienstbotin bekommt. *Bao mu* heißt so viel wie ›Babysitter‹, ›Kindermädchen‹. Und *bomu*, das heißt ›Tante‹. Ich glaube, LuLings Mutter hat ihr beigebracht, das so zu sagen und zu schreiben. Das klang dann nicht so gewöhnlich.«

»Wie war denn ihr richtiger Name? Mama kann sich nicht daran erinnern, und das macht ihr wirklich zu schaffen.«

»Ich weiß es auch nicht mehr... Keine Ahnung.«

Ruth war enttäuscht. Jetzt würde sie es nie erfahren. Niemand würde je den Namen ihrer Großmutter wissen. Sie hatte zwar existiert, aber ohne Namen fehlte ihr ein großer Teil ihrer Existenz, konnte sie nicht einem Gesicht zugeordnet, nicht an einer Familie festgemacht werden.

»Wir anderen alle haben sie Bao Mu genannt«, fuhr GaoLing fort, »aber es gab auch viele schlimme Spitznamen wegen ihrem Gesicht. Verbranntes Holz, Brennender Mund, solche Dinge eben. Die Leute wollten nicht gemein sein, die Spitznamen waren nur als Spaß gedacht... Na ja, jetzt, wo ich darüber nachdenke, waren sie doch gemein, ziemlich sogar. Das war nicht recht.«

Es tat Ruth weh, das zu hören. Sie bekam einen Kloß im

Hals. Sie hätte dieser Frau aus der Vergangenheit, ihrer Großmutter, gern erzählt, dass sie ihrer Enkelin nicht gleichgültig war, dass diese ebenso wie deren Mutter wissen wollte, wo ihre Knochen waren. »Das Haus in Unsterbliches Herz«, sagte Ruth, »steht das noch?«

»Unsterbliches Herz?... Ach, du meinst unser Dorf – ich kenne nur den chinesischen Namen.« Sie sprach die Silben einzeln aus. »*Xian Xin*. Doch, ich glaube, so könnte man es übersetzen, das Herz des Unsterblichen, so ungefähr. Das Haus ist jedenfalls weg. Das weiß ich von meinem Bruder. Nach ein paar Jahren der Dürre hat es ein großes Unwetter gegeben. Die Erde wurde vom Berg heruntergespült, und die Schlucht wurde überflutet, wodurch die Seitenwände aufgeweicht wurden. Der Boden, auf dem unser Haus gestanden hat, ist abgesackt und Stück für Stück hinuntergerutscht. Die hinteren Zimmer wurden mitgerissen, dann der Brunnen, bis nur noch das halbe Haus übrig war. So hat es noch mehrere Jahre lang da gestanden. 1972 ist dann alles auf einmal hinuntergestürzt, und die Erde hat sich darüber geschlossen. Mein Bruder meint, dass das letztlich unsere Mutter umgebracht hat, auch wenn sie schon seit Jahren nicht mehr in dem Haus gewohnt hat.«

»Das Haus liegt also jetzt im Ende der Welt?«

»Was ist das denn – das Ende von was?«

»Die Schlucht.«

Sie murmelte wieder ein paar chinesische Silben vor sich hin und lachte dann. »Stimmt, so haben wir die Schlucht als Kinder bezeichnet. Das Ende der Welt. Unsere Eltern haben nämlich gesagt, je näher der Abgrund an unser Haus rückt, desto schneller sind wir am Ende der Welt. Sie meinten natürlich, mit unserem Glück wäre es dann zu Ende, das war es. Und sie hatten Recht! Wir hatten jedenfalls viele Namen für den Ort. Manche haben ›Ende des Landes‹ dazu gesagt, so wie ›Land's End‹ in San Francisco, wo deine Mama jetzt wohnt. Die meisten Leute im

Dorf haben die Schlucht aber einfach als Müllhalde bezeichnet. Damals war es noch nicht so, dass einmal die Woche jemand kam, um Abfall oder Recyclingmüll abzuholen. Natürlich hat man damals auch nicht so viel weggeworfen. Knochen und verdorbenes Essen, das haben die Schweine und die Hunde gefressen. Alte Kleider wurden geflickt und jüngeren Kindern gegeben. Wenn die Kleider in so schlechtem Zustand waren, dass man sie nicht mehr ausbessern konnte, haben wir sie in Streifen gerissen und daraus Futter für Winterjacken gewebt. Mit den Schuhen war es genauso. Man hat die Löcher repariert, die Sohlen geflickt. Du siehst also, nur die schlechtesten Sachen wurden weggeworfen, die nutzlosesten. Als wir klein waren, haben unsere Eltern uns gern damit gedroht, uns in die Schlucht zu werfen, wenn wir nicht parierten – als wären auch wir völlig nutzlos! Als wir dann älter waren und dort unten spielen wollten, haben sie uns eine ganz andere Geschichte aufgetischt. Dort unten, haben sie gesagt, ist alles, wovor wir Angst hätten...«

»Leichen?«

»Leichen, Geister, Dämonen, Tiergeister, japanische Soldaten, alles, was uns Angst eingejagt hatte.«

»Wurden dort wirklich Leichen hinuntergeworfen?«

GaoLing antwortete erst nach einer Weile. Ruth war sich sicher, dass ihre Tante erst eine schlimme Erinnerung zu verdauen hatte.

»Damals war alles anders... Damals konnte sich nämlich nicht jeder einen Friedhof oder gar eine feierliche Beerdigung leisten. Beerdigungen haben zehn Mal so viel gekostet wie eine Hochzeit. Aber es waren nicht nur die Kosten. Manchmal konnte man jemanden aus anderen Gründen nicht beerdigen. Eine Leiche also dort hinunterzuwerfen, nun ja, das war schlecht, aber nicht so wie du denkst, nicht, als wäre uns der Mensch völlig egal, der gestorben ist.«

»Was ist mit der Leiche von Liebster Tante?«

»Ai-ya. Deine Mama hat wirklich alles aufgeschrieben! Ja, das war sehr schlimm, was meine Mutter getan hat. Sie war wahnsinnig vor Angst, als sie das gemacht hat, sie hatte Angst, dass Bao Mu die ganze Familie mit einem Fluch belegt hatte. Nachdem sie die Leiche dort hinuntergeworfen hatte, ist eine Wolke schwarzer Vögel aufgestiegen. Sie hatten große Flügel, so groß wie Schirme. Sie haben fast die ganze Sonne verdunkelt, so viele waren es. Sie sind oben herumgeflattert und haben gewartet, bis die wilden Hunde mit der Leiche fertig waren. Und einer unserer Bediensteten...«

»Alter Koch.«

»Ja, Alter Koch, er war derjenige, der die Leiche dort hingebracht hat. Er dachte, die Vögel wären Bao Mus Seele und ihre Armee von Geistern. Er hat sich davor gefürchtet, dass sie ihn mit ihren Krallen packt und mit hinaufzieht, wenn er sie nicht anständig begräbt. Deshalb hat er einen langen Stock genommen und die wilden Hunde verjagt. Die Vögel sind über ihm herumgeflattert und haben zugesehen, wie er Steine auf ihre Leiche aufgehäuft hat. Aber selbst nachdem er all das gemacht hatte, war unser Haushalt immer noch verflucht.«

»Das hast du geglaubt?«

GaoLing schien nachzudenken. »Das muss ich wohl. Damals habe ich alles geglaubt, was meine Familie geglaubt hat. Ich habe es nicht in Frage gestellt. Alter Koch ist nur zwei Jahre später gestorben.«

»Und jetzt?«

GaoLing schwieg lange. »Jetzt glaube ich, dass Bao Mu viel Traurigkeit hinterlassen hat. Ihr Tod war damals wie diese Schlucht. Alles, was uns nicht behagte, alles, was uns Angst einjagte, wir haben es immer ihrem Tod in die Schuhe geschoben.«

Auf einmal kam Dory in die Küche gestürzt. »Ruth! Ruth! Komm schnell! Waipo ist in den Pool gefallen. Sie ist fast ertrunken.«

Als Ruth im Garten angelangt war, trug Art ihre Mutter gerade die Treppe auf der flachen Poolseite hinauf. LuLing hustete und zitterte am ganzen Leib. Sally brachte einen Stapel Handtücher aus dem Haus. »Hat denn niemand auf sie aufgepasst?«, rief Ruth, die zu aufgebracht war, um taktvoller zu sein.

LuLing sah Ruth an, als wäre sie diejenige, die ausgeschimpft wurde. »Ai-ya, so dumm.«

»Alles in Ordnung«, sagte Art zu LuLing. »Wir sind nur ein bisschen erschrocken. Es ist nichts weiter passiert.«

»Sie war nur drei Meter weg von uns«, sagte Billy. »Ist einfach hineingelaufen, und im nächsten Augenblick war sie schon untergegangen. Art ist sofort hinterhergesprungen, mitsamt seinem Bier.«

Ruth wickelte ihre Mutter in Handtücher und rubbelte sie ab, um ihren Kreislauf anzuregen.

»Ich habe sie da unten gesehen«, stöhnte LuLing hustend auf Chinesisch. »Sie hat mich gebeten, ihr zu helfen, unter den Steinen hervorzukommen. Dann wurde der Boden zum Himmel, und ich bin durch eine Regenwolke immer weiter nach unten gefallen.« Sie wandte sich um, um zu zeigen, wo sie das Phantom gesehen hatte.

Als Ruth den Kopf zu der Stelle drehte, auf die ihre Mutter gedeutet hatte, erblickte sie Tante Gal, der ins Gesicht geschrieben stand, dass sie endlich begriffen hatte.

Ruth ließ ihre Mutter bei Tante Gal und verbrachte den nächsten Tag in LuLings Haus, um auszusortieren, was ins Mira Mar Manor gebracht werden sollte. Auf ihrer Liste waren fast alle Schlafzimmermöbel verzeichnet sowie Bettwäsche und Handtücher, die ihre Mutter bislang unbenutzt verstaut hatte. Aber was war mit ihren Rollenbildern, der Tusche und den Pinseln? Der Anblick dieser Zeichen einer Zeit, in der sie noch geschickter gewesen war, könnte ihre Mutter frustrieren. Eines jedoch stand fest: den Ruhesessel mit dem Vinylbezug würde Ruth nicht mitnehmen. Sie würde ihrer Mutter einen neuen kaufen, einen viel schöneren, einen aus weichem, burgunderfarbenem Leder. Schon beim Gedanken an dieses Vorhaben freute sich Ruth. Sie malte sich aus, wie die Augen ihrer Mutter vor Staunen und Dankbarkeit leuchten würden, wenn sie prüfte, wie weich das Polster war, und dann murmelte: »Oh, sehr weich, sehr gut.«

Am Abend fuhr sie zu Bruno's Supper Club, um sich mit Art zu treffen. Vor Jahren waren sie dort häufig hingegangen, sozusagen als Vorspiel zu einer romantischen Nacht. In dem Restaurant gab es Nischen, in denen man eng beisammen sitzen und schmusen konnte.

Sie parkte um die Ecke eine Straße weiter. Ein Blick auf die Uhr zeigte ihr, dass sie eine Viertelstunde zu früh war. Sie wollte auf keinen Fall den Eindruck erwecken, als könnte sie es kaum mehr erwarten. Vor ihr war die Buchhandlung Modern Times. Sie ging hinein und wie gewohnt steuerte sie auf den Ramschtisch zu, wo die Bücher auf drei achtundneunzig herabgesetzt und mit leuchtend grünen Aufklebern versehen waren, die literarischen Äquivalente der Zehenschildchen in Leichenhallen. Es gab die üblichen Kunstbücher, Biografien und Klatschgeschichten über Kurzzeitberühmtheiten. Dann fiel ihr Blick auf *Das Nirvana Wide Web: Vernetzung zu einem höheren Bewusstsein*. Ted, der Autor von *Internet-Spiritualität*, hatte Recht gehabt. Sein Thema war äußerst zeitgebunden gewesen. Es war bereits passé. Insgeheim freute sie sich hämisch. Auf dem Belletristiktisch lag eine Auswahl von Romanen, hauptsächlich moderne Literatur von Autoren, die bei der breiten Masse nicht sehr bekannt waren. Sie nahm ein schmales Bändchen, das ihr gut in der Hand lag und sie zum Lesen im Bett bei gedämpftem Licht einlud. Sie suchte noch ein anderes heraus, hielt es in der Hand, blätterte es durch, und ihr Auge und ihre Phantasie wählten hier und dort eine Zeile aus. Sie alle zogen sie an, diese Prismen anderer Leben und Zeiten. Und sie verspürte Mitleid, als wären es Hunde in einem Tierheim, grundlos ausgesetzt, aber trotzdem voller Hoffnung, dass irgendjemand sie noch liebte. Als sie den Laden schließlich verließ, hatte sie fünf Bücher erstanden.

Art saß bereits bei Bruno's in der Bar, die nostalgisch im Stil des Glamours der Fünfzigerjahre eingerichtet war. »Du siehst glücklich aus«, sagte er.

»Ehrlich?« Es war ihr sofort peinlich. In letzter Zeit hatten Wendy, Gideon und andere sie wiederholt auf ihre Gefühle angesprochen. Angeblich hatte sie besorgt oder verärgert, verwirrt oder überrascht gewirkt. Doch jedes Mal war sich Ruth keiner besonderen Empfindungen bewusst gewesen. Offensichtlich trug sie mit ihrem Gesicht etwas nach außen. Aber wie konnte es sein, dass sie selbst nicht wusste, was sie empfand?

Der Oberkellner führte sie zu einer Nische, die offensichtlich erst vor kurzem neu mit Leder bezogen worden war. Dem Restaurant war es gelungen, alles aussehen zu lassen, als hätte sich hier seit fünfzig Jahren nichts geändert – bis auf die Preise und die Tatsache, dass es jetzt so etwas wie Seegurke und Tintenfisch als Vorspeise gab. Während sie die Speisekarte lasen, kam der Kellner mit einer Flasche Champagner.

»Die habe ich bestellt«, flüsterte Art, »zu unserem Jahrestag... Weißt du noch? Nacktyoga? Dein schwuler Kumpel? Wir haben uns vor genau zehn Jahren kennen gelernt.«

Ruth lachte. Sie hatte nicht daran gedacht. Während der Kellner ihnen einschenkte, flüsterte sie zurück: »Ich fand, für einen Perversen hattest du ziemlich schöne Füße.«

Als sie wieder allein waren, hob Art sein Sektglas. »Auf zehn Jahre, die im Großen und Ganzen wirklich erstaunlich waren – es hat ja nur ganz selten ein wenig fragwürdigere Zeiten gegeben – und auf die Hoffnung, dass wir wieder dahin kommen, wo wir sein sollten.« Er drückte ihr die freie Hand auf die Schenkel und sagte: »Wir sollten es irgendwann mal ausprobieren.«

»Was?«

»Nacktyoga.«

Eine plötzliche Wärme durchflutete sie. Nachdem sie monatelang bei ihrer Mutter gewohnt hatte, fühlte sie sich wie eine Jungfrau.

»Hey, Baby, wie wär's, wenn wir nachher noch zu mir gehen?«

Die Aussicht darauf erregte sie.

Der Kellner stand wieder vor ihnen, um die Bestellung aufzunehmen. »Die Dame und ich würden gern mit Austern anfangen«, sagte Art. »Da das unsere erste Verabredung ist, sollten es die mit der besten aphrodisischen Wirkung sein. Welche würden Sie da empfehlen?«

»Das wären die Kumamotos«, antwortete der Kellner, ohne eine Miene zu verziehen.

In dieser Nacht schliefen sie nicht gleich miteinander. Sie lagen im Bett, Art hielt Ruth in den Armen, und durch das offene Schlafzimmerfenster hörten sie die Nebelhörner. »In all den Jahren, die wir zusammen sind«, sagte er, »habe ich, glaube ich, keinen wirklich wichtigen Teil von dir kennen gelernt. Du verschließt deine Geheimnisse in dir. Du versteckst dich. Es ist, als hätte ich dich nie nackt gesehen und müsste mir vorstellen, wie du hinter den Gardinen aussiehst.«

»Ich verstecke nichts bewusst.« Nachdem Ruth das gesagt hatte, fragte sie sich, ob das auch stimmte. Andererseits, wer gab schon alles preis – all die Irritationen, all die Ängste? Wie langweilig das wäre. Was meinte er eigentlich genau mit Geheimnissen?

»Ich möchte, dass wir vertrauter werden. Ich will wissen, was du willst. Nicht nur in Bezug auf uns, sondern vom Leben überhaupt. Was macht dich am glücklichsten? Tust du das, was du tun willst?«

Sie lachte verlegen. »Dieses Gefühlszeugs ist genau das, was ich für andere immer redigiere. Ich kann in zehn Kapiteln beschreiben, wie man sein Glück findet, weiß aber selbst immer noch nicht, was es ist.«

»Warum hältst du mich ständig auf Distanz?«

Ruth wurde ärgerlich. Sie mochte es nicht, wenn Art sich benahm, als würde er sie besser kennen als sie selbst.

Er rüttelte sie am Arm. »Tut mir Leid. Ich hätte das nicht sagen sollen. Ich möchte nicht, dass du dich verkrampfst. Ich versuche nur, dich kennen zu lernen. Als ich dem Kellner gesagt habe, dass wir unsere erste Verabredung haben, habe ich das in gewisser Weise auch so gemeint. Ich will so tun, als hätte ich dich gerade erst kennen gelernt, Liebe auf den ersten Blick, und als wollte ich jetzt wissen, wer du bist. Ich liebe dich, Ruth, aber ich kenne dich nicht. Ich will doch wissen, wer diese Person ist, diese Frau, die ich liebe. Das ist alles.«

Ruth lehnte sich an seine Brust. »Ich weiß nicht, ich weiß nicht«, sagte sie leise. »Manchmal komme ich mir vor wie zwei Augen und zwei Ohren, und ich versuche einfach nur, in Sicherheit zu bleiben und zu begreifen, was um mich geschieht. Ich weiß, was ich meiden, worüber ich mir Sorgen machen muss. Ich bin wie diese Kinder, die im Gewehrfeuer aufwachsen. Ich will keinen Schmerz. Ich will nicht sterben. Ich will nicht sehen, dass andere Menschen um mich herum sterben. Aber in mir ist nichts mehr, womit ich herausfinden könnte, wo ich da hineinpasse oder was ich will. Wenn ich etwas will, dann *wissen*, was man wollen kann.«

Drei

In der ersten Galerie des Museums für asiatische Kunst beobachtete Ruth, wie Mr. Tang ihrer Mutter einen Kuss auf die Wange gab. LuLing lachte wie ein schüchternes Schulmädchen, dann schlenderten sie Hand in Hand in die nächste Galerie.

Art stupste Ruth und reichte ihr den Arm. »Na komm, denen möchte ich in nichts nachstehen.« Sie holten LuLing und ihren Begleiter ein, die sich inzwischen vor den Bronzeglocken auf die Bank gesetzt hatten. Die Glocken hingen in zwei Reihen an einem gewaltigen Rahmen, der etwa vier Meter hoch und fünf Meter lang war.

»Das ist wie ein Xylofon für die Götter«, flüsterte Ruth und setzte sich neben Mr. Tang.

»Jede Glocke macht zwei unterschiedliche Töne.« Mr. Tangs Stimme war sanft, strahlte aber doch Autorität aus. »Der Hammer trifft die Glocke sowohl unten als auch an der rechten Seite. Wenn viele Musiker da sind und die Glocken gleichzeitig geschlagen werden, entsteht so eine sehr komplexe Musik mit tonalen Schichtungen. Ich hatte vor kurzem das Vergnügen, dabei zu sein, als sie von chinesischen Musikern gespielt wurden.« Er lächelte bei der Erinnerung daran. »In Gedanken wurde ich um dreitausend Jahre zurückversetzt. Ich hörte, was ein Mensch aus jener Zeit hörte, verspürte die gleiche Ehrfurcht. Ich konnte mir vorstellen, wie dieser Mensch zuhörte, eine Frau, glaube ich, eine sehr schöne Frau.« Er drückte LuLing die Hand. »Und ich habe mir gedacht, in weiteren dreitausend Jahren wird vielleicht eine andere Frau diese Töne hören und an mich denken, wird sich vorstellen, wie ein gut aussehender Mann zugehört hat. Obwohl wir einander nicht kennen, verbindet uns die Musik. Findest du nicht?« Er sah LuLing an.

»Schön«, antwortete sie.

»Ihre Mutter und ich denken auf die gleiche Weise«, sagte er zu Ruth. Sie lächelte ihn an. Ihr wurde klar, dass Mr. Tang für LuLing übersetzte, so wie sie es früher getan hatte. Aber er wusste, dass er sich nicht mit Wörtern und ihren genauen Bedeutungen befassen musste. Er übersetzte einfach das, was LuLing im Herzen trug: ihre guten Vorsätze, ihre Hoffnungen.

Seit dem letzten Monat wohnte LuLing im Mira Mar Manor, wo Mr. Tang sie mehrere Male die Woche besuchte. Am Samstagnachmittag machte er immer Ausflüge mit ihr – sie besuchten Matineen, kostenlose Proben des Symphonieorchesters, machten Spaziergänge durch den Botanischen Garten. Heute hatten sie sich eine Ausstellung über chinesische Archäologie vorgenommen, und er hatte Ruth und Art eingeladen, doch mitzukommen. »Ich möchte Ihnen etwas Interessantes zeigen«, hatte er am Telefon geheimnisvoll angekündigt. »Es lohnt sich sehr.«

Für Ruth lohnte es sich schon, ihre Mutter so glücklich zu sehen. *Glücklich.* Ruth dachte über das Wort nach. Bis vor kurzem hatte sie nicht gewusst, was das in LuLings Fall alles umfassen konnte. Schon, ihre Mutter beklagte sich immer noch über alles. Das Essen im Mira Mar war, wie vorhergesagt, »zu salzig«, der Lieferservice des Restaurants war »so langsam, Essen schon kalt wenn kommt«. Und sie hasste den Ledersessel, den Ruth ihr gekauft hatte. Ruth musste ihn durch den alten

Ruhesessel mit Vinylbezug ersetzen. Aber die meisten Sorgen und Ärgernisse hatte LuLing hinter sich gelassen: die Mieterin im unteren Stockwerk, die Angst, jemand würde ihr Geld stehlen, das Gefühl, ein Fluch stünde über ihrem Leben und eine Katastrophe drohe, wenn sie nicht unablässig auf der Hut sei. Oder hatte sie das einfach alles vergessen? Vielleicht war ja die Tatsache, dass sie sich verliebt hatte, das Zaubermittel. Oder der Tapetenwechsel hatte die Erinnerungen an eine traurigere Vergangenheit verdrängt. Sie erzählte zwar noch aus der Vergangenheit, sogar noch öfter als früher, nur stellte LuLing sie jetzt positiver dar. Zum einen gehörte Mr. Tang jetzt dazu. LuLing benahm sich, als würden sie sich schon viele Leben lang kennen und nicht erst seit etwa einem Monat. »Dieses selbe Ding er und ich gesehen vor langer Zeit«, sagte LuLing laut, während sie alle die Glocken bewunderten, »nur wir sind jetzt älter.«

Mr. Tang half LuLing auf, und sie gingen mit Ruth und Art zu einer der Vitrinen, die mitten im Raum standen. »Dieses Objekt hier wird von chinesischen Gelehrten hoch geschätzt«, erklärte er. »Die meisten Besucher wollen lediglich die rituellen Weingefäße sehen, die Totengewänder aus Jadeplättchen. Aber für einen wahren Gelehrten ist das hier das Paradestück.« Ruth blickte in den Schaukasten. Für sie ähnelte dieses Paradestück einem großen Wok mit Schriftzeichen darauf.

»Es ist ein Meisterwerk aus Bronze«, fuhr Mr. Tang fort, »aber es geht auch um die Inschrift. Es ist ein episches Gedicht, geschrieben von den großen Gelehrten über die großen Herrscher ihrer Zeit. Einer der Kaiser, den sie preisen, war Zhou, ebenjener Zhou aus Zhoukoudian – wo Ihre Mutter früher gelebt hat und wo der Pekingmensch gefunden wurde.«

»Am Mund des Berges?«, fragte Ruth.

»Genau da. Obwohl Zhou gar nicht dort gelebt hat. Viele Orte tragen seinen Namen, so wie es in jeder Stadt in den Vereinigten Staaten eine Washington Street gibt... Folgen Sie mir bitte. Der Grund, weshalb ich Sie hergebeten habe, befindet sich im nächsten Raum.«

Gleich darauf standen sie vor einem weiteren Schaukasten. »Sehen Sie sich die englische Erläuterung bitte erst einmal nicht an«, sagte Mr. Tang. »Was, glauben Sie, ist das?« Ruth sah einen elfenbeinfarbenen, schaufelförmigen Gegenstand, durchzogen von Rissen und voller schwarzer Löcher. War das ein altes Go-Brett? Ein Kochgegenstand? Daneben lag ein kleinerer Gegenstand. Er war hellbraun und oval, mit einem Nut an beiden Seiten und Schriftzeichen statt Löchern. Sie erkannte sofort, was das war, aber bevor sie es sagen konnte, sprach ihre Mutter es auf Chinesisch aus: »Orakelknochen.«

Ruth war erstaunt, woran sich ihre Mutter alles erinnern konnte. Sie wusste, dass sie von LuLing nicht erwarten durfte, sich an Termine zu erinnern oder an nicht weit zurückliegende Ereignisse, wer wo gewesen und wann was passiert war. Aber ihre Mutter überraschte sie häufig mit der Klarheit ihrer Gefühle, wenn sie von ihrer Jugend erzählte, und Elemente davon passten von der Stimmung her zu dem, was sie in ihren Memoiren geschrieben hatte. Für Ruth war das ein Beweis dafür, dass die Wege in die Vergangenheit ihrer Mutter immer noch offen waren, auch wenn sie an ein paar Stellen zerfurcht waren und es Umwege gab. Manchmal vermischte sie die Vergangenheit auch mit Erinnerungen aus anderen Phasen ihres Lebens. Aber jener Teil ihrer Geschichte war dennoch ein Reservoir, aus dem sie schöpfen und das sie teilen konnte. Es machte nichts aus, dass ein paar Einzelheiten verschwammen. Selbst wenn sie bearbeitet worden war, war die Vergangenheit voller Bedeutung.

In den zurückliegenden Wochen hatte LuLing mehrmals erzählt, wie sie den apfelgrünen Jadering bekommen hatte, den Ruth in dem Ruhesessel gefunden hatte. »Wir sind Tanzen gegangen, du und ich«, sagte sie auf Chinesisch. »Wir sind die

Treppen heruntergekommen, und du hast mich Edwin vorgestellt. Er hat mir in die Augen gesehen und den Blick lange nicht abgewendet. Du hast gelächelt und bist dann verschwunden. Das war ganz schön frech von dir. Ich wusste, was du denkst! Als er mich gefragt hat, ob ich ihn heiraten will, hat er mir den Ring geschenkt.« Ruth vermutete, dass GaoLing es gewesen war, die die beiden einander vorgestellt hatte.

Nun hörte Ruth, wie LuLing Art auf Mandarin ansprach: »Meine Mutter hat so einen gefunden. Er war mit Worten der Schönheit beschrieben. Sie hat ihn mir geschenkt, als sie sich sicher war, dass ich nicht mehr vergessen würde, was wichtig ist. Ich wollte ihn nie verlieren.« Art nickte, als hätte er verstanden, was sie gesagt hatte, und dann übersetzte LuLing für Mr. Tang ins Englische: »Ich ihm sagen, diesen Knochen meine Mutter mir einen geschenkt.«

»Sehr bedeutungsvoll«, sagte er, »besonders da deine Mutter die Tochter eines Knochenheilers war.«

»Berühmt«, sagte LuLing.

Mr. Tang nickte, als würde auch er sich erinnern. »Alle aus den umliegenden Dörfern sind zu ihm gekommen. Und dein Vater kam wegen eines gebrochenen Fußes. Sein Pferd war ihm darauf getreten. So hat er deine Mutter kennen gelernt. Wegen diesem Pferd.«

LuLing bekam einen leeren Blick. Ruth befürchtete schon, ihre Mutter würde gleich anfangen zu weinen. Doch stattdessen hellte sich LuLings Miene gleich wieder auf, und sie sagte: »Liu Xing. So hat er sie genannt. Meine Mutter sagt, er schreiben Liebesgedicht darüber.«

Art sah Ruth an, als ob er sich von ihr bestätigen lassen wollte, dass das richtig war. Er hatte zwar einen Teil der Übersetzung von Ruths Memoiren gelesen, aber den chinesischen Namen konnte er offenbar mit keiner Person verbinden. »Das bedeutet ›Sternschnuppe‹«, flüsterte Ruth. »Ich erklär's dir später.« Dann fragte sie LuLing: »Und wie war der Familienname deiner Mutter?« Ruth wusste, dass sie damit ein Risiko einging, aber immerhin war das Denken ihrer Mutter jetzt in das Territorium der Namen eingedrungen. Vielleicht verbargen sich da ja noch andere, wie Wegweiser, die nur darauf warteten, ans Licht geholt zu werden.

Ohne langes Zögern antwortete ihre Mutter: »Familienname Gu.« Sie sah Ruth ernst an. »Ich dir so oft sage, du weißt nicht mehr? Ihr Vater Dr. Gu. Sie Gu Doktor Tochter.«

Ruth wollte vor Freude laut aufschreien, aber im nächsten Moment begriff sie, dass ihre Mutter nur das chinesische Wort für »Knochen« gesagt hatte. Dr. Gu, Dr. Knochen, Knochendoktor. Art hatte die Brauen gehoben. Wahrscheinlich erwartete er, dass der lange verloren geglaubte Familienname endlich gefunden worden war. »Ich erkläre es dir später«, sagte Ruth wieder, aber diesmal klang ihre Stimme dabei recht teilnahmslos.

»Aha.«

Mr. Tang malte Zeichen in die Luft. »*Gu*, so? Oder so?«

Ihre Mutter machte ein besorgtes Gesicht. »Ich weiß nicht mehr.«

»Ich auch nicht«, sagte Mr. Tang schnell. »Na ja, macht nichts.«

Art wechselte das Thema. »Was bedeutet die Schrift auf dem Orakelknochen?«

»Das sind Fragen, die die Kaiser den Göttern gestellt haben«, sagte Mr. Tang. »Wie wird das Wetter morgen, wer wird den Krieg gewinnen, wann sollte das Getreide gesät werden. So ähnlich wie die Morgennachrichten im Radio, nur wollten sie die Berichte schon im Voraus.«

»Und, sind die Antworten richtig ausgefallen?«

»Wer weiß? Die Sprünge neben den schwarzen Flecken sind die Antworten. Die Knochenwahrsager haben einen erhitzten

Nagel benutzt, um den Knochen zerspringen zu lassen. Es hat dabei sogar ein Geräusch gemacht – *pock!* Die Sprünge haben sie als Antwort des Himmels interpretiert. Dass die erfolgreicheren Wahrsager sehr geschickt darin waren, den Kaisern das zu sagen, was sie hören wollten, dessen bin ich mir sicher.«

»Ein großartiges linguistisches Rätsel«, sagte Art.

Ruth dachte an das Sandtablett, das sie und ihre Mutter so viele Jahre lang benutzt hatten. Auch sie hatte versucht, das zu erraten, was ihre Mutter beruhigen könnte, die Wörter zu finden, die sie besänftigten, aber nicht gleich als Betrug entlarvt werden würden. Manchmal hatte sie sich die Antworten einfach nur so ausgedacht, aber bei anderen Gelegenheiten hatte sie sich wirklich angestrengt, das zu schreiben, was ihrer Mutter am besten tat. Worte des Trostes, dass ihr Mann sie vermisste beispielsweise, dass Liebste Tante nicht böse auf sie war.

»Wo wir gerade von Rätseln sprechen, Mr. Tang«, sagte Ruth, »neulich haben Sie erwähnt, dass die Knochen des Pekingmenschen verschwunden sind.«

LuLing blickte auf. »Mensch, aus Mann und Frau.«

»Da hast du Recht, Mama – die Pekingfrau also. Was könnte eigentlich mit den Knochen passiert sein? Wurden sie auf den Bahngleisen auf dem Weg nach Tianjin zerdrückt? Oder sind sie mit dem Schiff untergegangen?«

»Wenn es die Knochen noch gibt«, antwortete Mr. Tang, »verrät jedenfalls niemand, wo. Alle paar Jahre steht natürlich etwas darüber in der Zeitung. Immer wenn jemand mit Bezug zu damals stirbt, die Frau eines amerikanischen Soldaten, ein ehemaliger japanischer Offizier, ein alter Archäologe in Taiwan oder Hongkong. Manchmal heißt es, man hat Knochen in einer Holzkiste gefunden, die genauso aussieht wie die Kisten, in die damals, 1941, die Knochen verpackt wurden. Dann kursieren die Gerüchte, dass es die Knochen des Pekingmenschen sind. Vereinbarungen werden getroffen, große Summen werden bezahlt, und was es sonst noch alles gibt. Aber meist stellt sich dann heraus, dass es nur Ochsenschwanzknochen sind. Oder es sind Abgüsse des Originals. Oder sie verschwinden wieder, bevor sie untersucht werden können. In einer der Versionen wollte derjenige, der die Knochen gestohlen hat, sie zu einem Händler auf eine Insel bringen, stürzte aber mit dem Flugzeug über dem Meer ab.«

Ruth dachte an den Fluch der Geister, die wütend waren, dass ihre Knochen vom Rest ihrer sterblichen Überreste getrennt wurden.»Und was glauben Sie?«

»Ich weiß nicht. Die Geschichte steckt voller Geheimnisse. Wir wissen nicht, was für immer verloren ist oder was wieder an die Oberfläche kommen wird. Jedes Ding existiert nur für einen bestimmten Zeitabschnitt. Und dieses Fragment der Zeit wird auf geheimnisvolle Weise erhalten oder verloren oder gefunden, je nachdem. Die Geheimnisse sind ein wundervoller Teil des Lebens.« Mr. Tang zwinkerte LuLing zu.

»Wundervoll«, echote sie.

Er sah auf seine Uhr. »Wie wäre es jetzt mit einem wundervollen Mittagessen?«

»Wundervoll«, antworteten alle wie aus einem Mund.

Als Ruth und Art in jener Nacht im Bett lagen, dachte Ruth laut über Mr. Tangs romantisches Interesse an ihrer Mutter nach. »Ich verstehe ja, dass er fasziniert von ihr ist, wo er doch ihre Memoiren übersetzt hat. Aber er ist ein Mensch, der sich für Kultur, Musik, Lyrik interessiert. Da kann sie nicht mithalten, und ihr Zustand wird sich zudem nur verschlimmern. Vielleicht dauert es nicht mehr lange, da weiß sie nicht einmal mehr, wer er ist.«

»Er ist in sie verliebt, sozusagen seit sie ein kleines Mädchen war«, sagte Art. »Sie ist nicht nur eine vorübergehende Bekanntschaft. Er liebt alles an ihr, und dazu gehört auch, wer sie war, wer sie ist, wer sie sein wird. Er weiß mehr über sie als die meisten verheirateten Paare voneinander wissen.« Er zog Ruth näher zu sich. »Ich hoffe, dass wir das auch einmal erreichen werden. Eine Verpflichtung durch die Zeit, in Vergangenheit, Gegenwart und Zukunft… eine Ehe.«

Ruth hielt die Luft an. Sie hatte diese Vorstellung so lange aus ihrem Kopf verbannt, dass sie immer noch das Gefühl hatte, es sei ein gefährliches Tabu.

»Ich habe ja schon früher versucht, dich rechtlich an mich zu binden, nämlich durch die Beteiligung an der Wohnung, die du aber leider immer noch nicht angenommen hast.«

Das also hatte er gemeint, als er ihr angeboten hatte, einen Prozentsatz der Zinsen zu übernehmen. Sie war selbst davon überrascht, wie ihre Abwehrmechanismen funktionierten.

»Es ist nur so eine Idee«, sagte Art verlegen. »Kein Druck. Ich wollte nur wissen, wie du darüber denkst.«

Sie drückte sich enger an ihn und küsste ihn auf die Schulter. »Wundervoll«, antwortete sie.

»Der Name, ich weiß den Familiennamen deiner Mutter.« GaoLing rief Ruth mit diesen aufregenden Neuigkeiten an.

»Das gibt's nicht, sag schon!«

»Zuerst muss ich dir aber erzählen, wie viel Mühe es mich gekostet hat, das herauszufinden. Also, nachdem du mich danach gefragt hast, habe ich Jiu Jiu nach Beijing geschrieben. Er wusste es auch nicht, aber er hat geantwortet, er würde eine Frau fragen, die mit einem Vetter verheiratet ist, dessen Familie immer noch in dem Dorf lebt, in dem deine Großmutter geboren wurde. Es hat eine Weile gedauert, die meisten Leute, die das wissen könnten, sind nämlich schon tot. Aber zu guter Letzt haben sie eine alte Frau ausfindig gemacht, deren Großvater Fotograf war. Und die hatte immer noch seine ganzen alten Glasplatten. Sie lagen in einem Vorratskeller, und glücklicherweise waren nicht allzu viele beschädigt. Der Großvater der Frau hat sehr genau Buch geführt, die ganzen Daten, wer was bezahlt hat, die Namen der Leute, die er fotografiert hat. Tausende von Platten und Fotos. Jedenfalls hat sich die alte Dame daran erinnert, dass ihr Großvater ihr einmal ein Foto von einem sehr hübschen Mädchen gezeigt hat. Sie hatte eine hübsche Kappe auf und trug eine Jacke mit hohem Kragen.«

»Das Foto von Liebster Tante, das Mama auch hat?«

»Es muss dasselbe sein. Die alte Dame hat gesagt, dass es eine traurige Geschichte gewesen sein soll, kurz nachdem nämlich die Aufnahme gemacht worden war, sei das Mädchen fürs Leben gezeichnet worden, ihr Vater war tot, die ganze Familie zerstört. Die Dorfbewohner hätten gesagt, das Mädchen sei von Anfang an vom Unglück verfolgt gewesen...«

Ruth hielt es nicht länger aus. »Wie war der Name?«

»Gu.«

»Gu?« Ruth war enttäuscht. Wieder derselbe Fehler. »*Gu* ist doch nur das Wort für ›Knochen‹«, sagte sie. »Sie muss gedacht haben, ›Knochendoktor‹ heißt ›Dr. Knochen‹.«

»Nein, nein«, sagte GaoLing. »*Gu* wie in ›Schlucht‹. Das ist ein anderes *gu*. Es klingt zwar genauso wie das *gu* für Knochen, aber es wird anders geschrieben. Das *gu* im dritten Ton kann vieles bedeuten: ›alt‹, ›Schlucht‹, ›Knochen‹, aber auch ›Schenkel‹, ›blind‹, ›Korn‹, ›Händler‹. Und so wie das Zeichen für ›Knochen‹ geschrieben wird, kann es auch für ›Charakter‹ stehen. Deshalb benutzen wir den Ausdruck ›Das steckt dir in den Knochen‹. Es heißt so viel wie: ›Das ist dein Charakter‹.«

Früher hatte Ruth immer gedacht, das Chinesische sei in seinen Lauten begrenzt und deshalb verwirrend. Jetzt hatte sie den Eindruck, die mehrfachen Bedeutungen machten es sehr reich. *Der blinde Knochendoktor von der Schlucht reparierte den Schenkel des alten Kornhändlers.*

»Bist du dir sicher, dass es Gu war?«

»So stand es auf der Fotoplatte.«

»Stand ihr Vorname auch dabei?«

»Liu Xin.«

»Sternschnuppe?«

»Das ist *liu xing*, es klingt beinahe gleich, *xing* heißt ›Stern‹, *xin* ist aber die ›Wahrheit‹. Liu Xin bedeutet etwa ›Bleibe ehrlich‹. Weil die Wörter ähnlich klingen, haben manche Leute, die sie nicht mochten, sie wahrscheinlich tatsächlich Liu Xing genannt. Die Sternschnuppe kann nämlich auch eine schlechte Bedeutung haben.«

»Warum?«

»Ach, das ist nicht so einfach. Die Leute glauben jedenfalls, dass es sehr schlecht ist, wenn man einen Schweifstern sieht. Das ist der andere, der mit dem langen, langsamen Schweif, der manchmal zu sehen ist.«

»Ein Komet?«

»Ja, Komet. Ein Komet bedeutet, dass eine schlimme Katastrophe bevorsteht. Und deshalb verwechseln manche Leute den Schweifstern mit der Sternschnuppe und glauben, eine Sternschnuppe bringt Unglück, obwohl das gar nicht stimmt. Sie verhält sich ja auch nicht gerade günstig – sie verbrennt schnell, den einen Tag da, den nächsten weg, genau wie das, was mit Liebster Tante passiert ist.«

Ihre Mutter hatte etwas darüber geschrieben, fiel Ruth wieder ein, eine Geschichte, die Liebste Tante der kleinen LuLing erzählt hatte – sie habe nachts hinauf in den Himmel geblickt und eine Sternschnuppe gesehen, die ihr in den offenen Mund gefallen sei.

Ruth musste weinen. Ihre Großmutter hatte einen Namen. Gu Liu Xin. Sie hatte existiert. Sie existierte noch. Liebste Tante gehörte zu einer Familie. LuLing gehörte zu derselben Familie, und Ruth gehörte zu ihnen beiden. Der Familienname war die ganze Zeit über da gewesen, wie ein Knochen, der nur in den Spalten einer Schlucht feststeckte. LuLing hatte ihn erspürt, während sie in dem Museum den Orakelknochen betrachtet hatte. Und einen ganz kurzen Augenblick lang war der Vorname ebenfalls vor ihr aufgeblitzt, eine Sternschnuppe, die in die Erdatmosphäre eindrang und sich jetzt unauslöschlich in Ruths Gedächtnis eingrub.

Epilog

Es ist der zwölfte August, und Ruth sitzt still in ihrem Kabuff. Nebelhörner tönen durch die Nacht und heißen die Schiffe in der Bucht willkommen.

Ruth hat ihre Stimme noch. Ihre Fähigkeit zu sprechen wird also nicht durch Flüche, Sternschnuppen oder Krankheiten regiert. Das weiß sie jetzt ganz sicher. Aber sie muss auch nicht sprechen. Sie kann schreiben. Früher hatte sie nie einen Grund gehabt, für sich zu schreiben, immer nur für andere. Jetzt hat sie diesen Grund.

Sie hat das Bild ihrer Großmutter vor sich. Ruth betrachtet es jeden Tag. Durch dieses Bild kann sie von der Vergangenheit aus deutlich in die Gegenwart blicken. Hätte sich ihre Großmutter je vorstellen können, dass sie eine Enkelin wie sie haben würde – eine Frau, die einen Ehemann hat, der sie liebt, zwei Mädchen, die sie bewundern, ein Haus, das ihr mitgehört, liebe Freunde, ein Leben mit lediglich den üblichen Sorgen über undichte Stellen und Kalorien?

Ruth erinnerte sich, wie ihre Mutter immer davon gesprochen hatte, durch einen Fluch oder von eigener Hand zu sterben. Dieser Drang hatte sie nie losgelassen, bis sie allmählich den Verstand verlor, das Netz der Erinnerung, in dem ihr Kummer festgehalten wurde. Und während sich ihre Mutter teilweise immer noch an Vergangenes erinnern kann, hat sie begonnen, die Vergangenheit zu verändern. Sie erzählt nicht mehr von den traurigen Erlebnissen. Sie erinnert sich nur, sehr, sehr geliebt worden zu sein. Sie erinnert sich, dass sie für Bao Bomu der Grund für das Leben an sich war.

Neulich rief Ruths Mutter sie an. Sie hörte sich an wie früher, ängstlich und beunruhigt. »Luyi«, sagte sie schnell auf Chinesisch, »ich mache mir Sorgen, dass ich dir schreckliche Dinge angetan habe, als du ein Kind warst, und dass ich dir sehr wehgetan habe. Aber ich kann mich nicht erinnern, was ich gemacht habe...«

»Da gibt es nichts...«, sagte Ruth.

»Ich wollte nur sagen, wie sehr ich hoffe, dass du es vergessen kannst, so wie ich es vergessen habe. Ich hoffe, du kannst mir vergeben, wenn ich dich nämlich verletzt habe, tut es mir sehr Leid.«

Nachdem sie aufgelegt hatten, weinte Ruth eine ganze Stunde lang, so glücklich war sie. Es war nicht zu spät für sie, einander und sich selbst zu verzeihen.

Jetzt betrachtete Ruth das Foto und stellt sich ihre Mutter als kleines Mädchen und ihre Großmutter als junge Frau vor. Dies sind die Frauen, die ihr Leben formten, die ihr »in den Knochen stecken«. Sie waren die Ursache, dass sie sich fragte, ob die Ordnung und das Chaos in ihrem Leben eine Sache des Schicksals oder des Glücks waren oder ob alles von Selbstbestimmung oder den Handlungen anderer abhing. Sie hatten ihr beigebracht, sich Sorgen zu machen. Aber sie hat auch erkannt, dass diese Warnungen nicht weitergegeben wurden, um ihr einfach nur Angst zu machen, sondern damit sie unbedingt vermied, in ihre Fußstapfen zu treten, und stattdessen auf etwas Besseres hoffte. Sie wollten, dass sie die Flüche los wurde.

Hier in ihrem Kabuff kehrt Ruth in die Vergangenheit zurück. Der Laptop wird zum Sandtablett. Ruth ist wieder sechs Jahre alt, das Kind von damals, der gebrochene Arm ist geheilt, die andere Hand hält ein Essstäbchen, sie ist bereit, die Worte zu erspüren. Bao Bomu kommt, so wie immer, und setzt sich neben sie. Ihr Gesicht ist unversehrt, so schön wie auf dem Foto. Sie reibt einen Tuschestift in einen Reibstein aus *duan*.

»Denke über deine Absichten nach«, sagt Bao Bomu. »Was in deinem Herzen ist, was du an andere weitergeben willst.« Seite an Seite fangen Ruth und ihre Großmutter an. Wörter fließen. Sie sind eins geworden, sechs Jahre alt, sechzehn, sechsundvierzig, zweiundachtzig. Sie schreiben über das, was geschehen ist, warum es geschehen ist, wie sie andere Dinge geschehen lassen können. Sie schreiben Geschichten über Dinge, die passiert sind, die aber nicht hätten passieren sollen. Sie schreiben darüber, was hätte sein können, was noch werden könnte. Sie schreiben über eine Vergangenheit, die verändert werden kann. Was, so sagt Bao Bomu, ist die Vergangenheit denn anderes als das, woran wir uns bewusst erinnern wollen? Sie können sich entscheiden, Vergangenes nicht zu verstecken, sondern das zu nehmen, was zerbrochen ist, sie können den Schmerz spüren, doch wissen sie, dass die Wunde heilen wird. Sie wissen, wo das Glück liegt: nicht in einem Loch oder einem Land, sondern in der Liebe und in der Freiheit, zu geben und zu nehmen, was schon die ganze Zeit über da war.

Ruth erinnerte sich daran, während sie eine Geschichte schreibt. Sie ist für ihre Großmutter, für sie selbst, für das kleine Mädchen, das ihre Mutter wurde.

Danksagung

Meiner lieben verstorbenen Freundin und Lektorin Faith Sale danke ich von ganzem Herzen. Sie erkannte immer den Unterschied zwischen dem, was ich versuchte zu schreiben, und dem, was ich schreiben wollte. Sie versprach, mich durch dieses Buch zu begleiten, und obwohl sie starb, bevor ich damit fertig war, glaube ich, dass sie ihr Versprechen gehalten hat.

Molly Giles, die seit langem meine Mentorin ist, hat dieses Buch wieder zum Leben erweckt, als ich zu viel Angst hatte, auch nur darin zu blättern. Danke, Molly, für dein wachsames Auge sowie für die Vorschläge, die immer meinen Absichten entsprochen haben. Ich danke dir auch für den Optimismus, den du mir in großen Dosen verabreicht hast, in schweren Zeiten, wie wir nun im Nachhinein sagen können.

Es war ein Segen, die Unterstützung, Freundlichkeit und die Protektion von Lou und Greg bekommen zu haben, die Anleitungen von Sandra Dijkstra, Anna Jardine und Aimee Taub, und den geistigen Beistand der nächtlichen Besucher von AOLs *Caregivers' Support for the Elderly*.

Das Schicksal hat mir beim letzten Entwurf zwei Ghostwriter zu Hilfe kommen lassen. Das Herz der Geschichte gehört meiner Großmutter, die Stimme aber meiner Mutter. Ihnen gebührt die ganze Ehre, und ich habe ihnen bereits versprochen, dass ich mich das nächste Mal noch mehr anstrenge.